KB274742

최후의 결전

천년의 역사를 바꾼 정지상과 김부식의 대결

최후의 결전

초판 1쇄 인쇄 2013년 5월 9일 초판 1쇄 발행 2013년 5월 20일

지은이 우영수   펴낸이 연준혁

출판 4분사 편집장 김남철
편집 신민희   디자인 강경신
제작 이재승

펴낸곳 (주)위즈덤하우스 출판등록 2000년 5월 23일 제13-1071호
주소 (413-380) 경기도 고양시 일산동구 장항동 846번지 센트럴프라자 6층
전화 031)936-4000 팩스 031)903-3893
전자우편 yedam1@wisdomhouse.co.kr 홈페이지 www.wisdomhouse.co.kr

종이 월드페이퍼 인쇄·제본 (주)현문

값 12,000원   ⓒ 우영수, 2013
ISBN 978-89-93119-59-6   03810

* 역사의아침은 (주)위즈덤하우스의 역사 전문 브랜드입니다.
* 잘못된 책은 바꿔드립니다.
* 이 책의 전부 또는 일부 내용을 재사용하려면
  사전에 저작권자와 (주)위즈덤하우스의 동의를 받아야 합니다.

국립중앙도서관 출판시도서목록(CIP)

최후의 결전 : 천년의 역사를 바꾼 정지상과 김부식의 대
결 / 지은이: 우영수. -- 고양 : 위즈덤하우스, 2013
p. ;   cm

ISBN 978-89-93119-59-6 03810 : ₩12000

한국 현대 소설[韓國現代小說]

813.7-KDC5
895.735-DDC21   CIP2013005203

최후의 결전

천년의 역사를 바꾼 정지상과 김부식의 대결

인종은 생각했다. 자신의 미망을 밝히려면 얼마나 더 많은 촛불이 필요할는지, 고려를 다 밝히려면 얼마나 많은 촛불이 커져야 할는지, 천하를 밝히려면 또 얼마나 많은 촛불이 함께 해야 할는지. 뻗었던 팔을 접자 촛불을 받아 대왕검이 빛을 발하며 모습을 드러냈다. 빛을 받자 대왕검은 더욱더 소리 높이며 징징 울었다. 칼날을 칼집에 넣었다. 휘두를 수 없는 칼은 칼집에 갇혀 어둠과 함께 빛을 잃고 또다시 많은 시간을 기다려야 했다.

우영수 지음

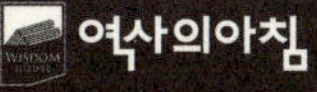

서경성으로 떠난 여행

1983년 어느 여름 날, 막 도착한 광주역 광장은 새벽공기로 상쾌했다. 그때 광주로 행선지를 정한 이유는 1980년에 일어난 '광주 민주화 운동'이 남긴 아물지 않은 상처 때문이었다. 당시 이 사건을 두고 어떤 이는 '민주화 운동'이라 했고, 또 다른 이는 '반란'이라 불렀다. 무엇이 진실인지 알 수 없었던 젊은 날, '광주의 봄'은 나에게 혼돈 그 자체였다.

그러나 광주에 발을 내딛자마자 이 혼돈이 가시는 데는 오랜 시간이 걸리지 않았다. 새벽 다섯 시가 조금 넘은 이른 시간인데 광장에 한 소년이 서 있었다. 그 소년은 내 손을 잡아끌며 "형! 국밥 먹고 가요" 하고 말을 걸었다. '광주의 봄'에 관한 진실을 이 소년도 알고 있을까. 나는 소년에게 조심스럽게 질문을 던졌다.

"애야! 이곳에서 군인들이 사람들을 총으로 쏘고 칼로 찔러 죽였다는 게 정말 사실이니?"

소년은 하얀 이를 드러내며 천진난만하게 입을 열었다.

"그럼요! 군인들이 칼로 죽은 여자들의 가슴도 도려냈는걸요?"

이 끔찍한 '광주 민주화 운동'과 비슷한 일이 900년 전에도 있었다. 1135년 서경성(지금의 평양)에서 신라 출신이 중심이 되어 모인 개경파들이 수도를 옮겨 개혁을 꿈꾼 서경파와 서경 사람들을 무참히 도륙했던 것이다. 어쩔 수 없이 서경성에 갇힌 사람들은 철저히 외부와 단절된 채, 2년 동안 개경파에게 저항하다가 목숨을 내놓아야만 했다. 당시 고려의 군주 인종은 마음속으로는 서경 사람에게 동조했지만, 왕권에 깊숙이 개입하고 있었던 개경파의 눈치를 보다 결국 이 비극을 외면했다. 이 반란이 진압된 후 홀연 김부식金富軾이라는 한 사내가 고려 정국의 1인자로 떠오르게 된다.

역사는 반복되는 것일까? 나에겐 1980년의 광주와 1135년의 서경성이 겹쳐 보인다. 두 사건 모두 특정 지역 사람들이 억울하게 목숨을 잃어야 했고, 사건에 대한 평가도 극과 극으로 나뉜다. 두 사건의 승자는 정국의 1인자로 떠올라 한 시대를 풍미했으며, 이후 시대적 변화와 함께 역사의 방향도 달라졌다.

《고려사高麗史》에서는 900년 전에 일어난 이 사건을 '묘청妙淸의 난'이라 기록하고 있다. 즉, 묘청을 비롯한 악의 무리가 백성들을 선동해 망령된 '칭제건원稱帝建元'을 내세우면서 서경성을 근거로 고려 왕권에 반역한 사건이라고 전한다. 죽지 않고 살아남아 항거한 서경 사람에게는 '서경역적西京逆賊'이란 글씨를 이마에 새겨 귀양 보낼 정도였다.

그러나 묘청의 난을 다르게 기억하고 평가하는 사람들도 있다. 그들에 따르면 이 사건은 유학이 중시한 문자 학문에 대항한 자연과학 학문 운동이기도 하며, 중국을 맹목적으로 우대하는 사대파에 대항한 자주파의 저항이라고도 평한다. 복종과 굴욕에서 벗어나 민족정기를 스스로 세우고, 옛 조선의 영광을 재현하려 했던 항거라고도 한다. 특히 신채호는 묘청의 난을 두고 "조선 역사상 일천 년래 제1대 사건"이라고 하며 크게 주목했을 뿐 아니라, 만약 이 사건의 승자가 바뀌었더라면 조선의 역사가 달라졌을 것이라고 통탄했다.

만일 《고려사》의 기록이 진실이 아니라고 가정하면 어떠할까. '묘청의 난'에서 승자가 된 자는 여러 가지 두려움에 시달릴 수밖에 없었을 것이다. 진실이 드러날 것에 대한 두려움, 그로 인해 받아야 할 엄중한 질책과 비난에 대한 두려움, 잃어버릴지도 모를 권력과 내려놓아야 할 현실의 부귀영화에 대한 집착까지. 아마도 가장 두려운 점은 흘러가는 시간과의 싸움이었을 것이다.

이런 이유로 김부식은 《삼국사기三國史記》를 집필하지 않았을까. 아마 그가 죽은 후 자신의 입장을 두둔해줄 역사적 근거가 필요했을 것이다. 하지만 학자라는 체면이 있었으니 너무 노골적으로 자신에게 유리하게 역사를 기록한다면 문제가 될 수도 있었기에, 적당히 진실을 비켜나가거나 회피한, 사실을 비틀고 덧칠해 외면한 역사를 기록해놓았다. 우리 한민족의 정체성과 옛일에 대한 기억을 혼미하게 만들어, 우리의 앞날을 미궁 속에 빠지게 한 역사가 고스란히 《삼국사기》에 담겨 있는 것이다.

과연 누가 이러한 허구와 혼란의 역사에서 우리를 올바른 역사로 이끌어 줄 수 있을까? 1983년, 나에게 광주의 진실을 알려준 소년은 아직 살아 있겠지만, 900년 전 피 흘리며 죽어간 '서경역적'들은 백골이 부서져 먼지가 되어버렸다. 그래도 나는 희망을 잃지 않고 900년의 세월 동안 살아남은 역사적 자료와 상상에 기대어 1135년 서경성으로 여행을 떠나려고 한다. 어느 여름 날 광주에서처럼 서경성 앞에서도 감춰진 고려사의 진실을 나에게 말해줄 소년을 만날 수 있으리라 기대해본다.

　지금도 우리 역사의 본 모습을 찾고자 혼신의 노력을 다하고 있는 많은 분들이 있다. 이 소설의 주 내용은 그분들의 노력에 기대고 있다. 그분들의 수고가 없었다면, 우리 역사의 진실 저 너머를 살펴보려는 여행은 아마 불가능했을지도 모른다. 이 자리를 빌려 그분들에게 감사한 마음을 전한다.

2013년 5월
우영수

차례

정지상(鄭知常, ?~1135)

서경 출신의 문신이자 시인이다. 묘청·백수한白壽翰과 함께 동이족의 전통사상인 풍류대도를 신봉하며 삼성三聖으로 불렸다. 김부식을 중심으로 한 유교적·사대적인 성향의 개경 세력과 대립했다. 서경을 새 수도로 삼고 금나라를 정벌해야 한다는 묘청의 난에 적극 가담하여 칭제건원을 주장했으나 결국 개경 세력의 토벌군에게 패한 뒤 참살되었다.

김부식(金富軾, 1075~1151)

고려 중기의 유학자·역사가·정치가로 이자겸과 묘청의 난을 진압하며 고려 정계의 일인자로 올랐다. 경주 출신으로 유학과 중국 중심의 세계질서를 신봉했으며, 유교적 대의명분으로 묘청의 난을 진압한 후 끊임없이 자신의 정치적 이상을 실현하려 했으며, 관직에서 물러난 후 사대주의에 입각한 역사서라 평가받는《삼국사기》를 편찬했다.

묘청(妙淸, ?~1135)

한미한 승려 출신으로 동이족의 전통을 이어받은 풍류대도와 유불선을 아우르는 민중사상을 신봉했다. 칭제건원과 금국정벌을 주장하며 서경에 신궁인 대화궁을 짓고, 고려의 수도를 서경으로 옮겨 천하통일을 이루려 했으나 그 움직임이 실패로 돌아가자 1135년 난을 일으켰다. 결국 개경 세력에 의해 반역죄로 몰려 처단되었지만, 서경천도운동은 자주정신에 입각한 민족적 기상을 표출했다는 평을 받고 있다.

인종(仁宗, 1109~1146)

고려 제17대 왕으로 15세에 외조부 이자겸李資謙의 옹립을 통해 즉위했다. 이자겸의 난과 척준경拓俊京의 숙청을 계기로 실권을 잡았으며, 묘청의 서경천도와 칭제건원론, 금국정벌론 등에 찬성했다. 하지만 우유부단한 성품 탓에 자신의 뜻을 끝까지 관철하지 못하고, 김부식 등 개경 세력의 강력한 반대에 부딪혀 자신의 뜻을 펼치지 못했다.

윤언이(尹彦頤, 1090~1149)

고려 북방을 개척한 윤관의 아들로 호는 금강거사金剛居士다. 주역에 능통했던 그는 김부식과 반목했으며, 서경에서 묘청의 난이 일어나자 김부식의 막료로 출정해 서경을 함락시키는데 공을 세웠다. 그러나 정지상과 내통했다는 탄핵을 받고 끝내 좌천되는 굴곡진 삶을 살았다.

조휘

소설 속 가상 인물로 여진인 어머니와 고려인 아버지 사이에서 태어난 조선 여인이다. 정지상과 연인 사이이자 풍류대도 사상을 실현하려 했던 당찬 성품의 소유자다. 정지상이 죽은 뒤 서경성이 함락되자 정지상의 아이를 데리고 탈출해 동이족의 역사서와 이상을 보존하는 여생을 택한다.

허역

소설 속 가상 인물로 옛 조선에서부터 전래되었던 풍류대도 사상을 신봉하던 화랑의 후예다. 고려를 조선의 맥을 잇는 세계 중심국가로 세우려 했던 묘청과 정지상 등을 따라 서경에서 봉기했으나 장렬하게 최후를 맞는다.

김부철(金富轍, 1079~1136)

김부식의 동생으로 묘청의 난이 일어나자 장기 전략책을 올려 서경성을 진압한 인물이다. 형과 함께 송나라를 동경하여 송나라 시인 소동파 형제의 또 다른 이름인 소식蘇軾·소철蘇轍을 따라 김부식·김부철로 개명을 할 정도로 골수 사대주의자였다.

호종단(胡宗旦, ?~?)

송나라 복주福州 사람으로 고려에 귀화한 인물이다. 《고려사》에 따르면 성품이 슬기롭고 민첩하며, 아는 것이 많고 잡기에 능해서 주술로 사람을 제압하는 술법을 자주 보였다고 한다. 인종 때 보문각대제寶文閣待制와 기거사인起居舍人에 오르기도 했다.

임완(林完, ?~?)

송나라 사람으로 고려에 귀화한 인물이다. 과거에 급제하고 예부원외랑을 지냈으며, 국자사업지제고國子司業知制誥에 올랐다. 천재지변이 일어나 조서를 내려 시무책을 건의하라는 인종에게 묘청의 대화궁 건설을 반대하는 장문의 상소를 올리는 등 서경 중심으로 정권이 옮겨가는 것을 극렬하게 반대했다.

계속되는 싸움

어두웠다. 한 치의 틈도 없었다. 모든 것이 암흑 속에서 어둠을 뒤집어 쓴 채 존재감을 잃어버리고 있었다. 소리도 없었다. 무게도 느낌도 존재하지 않았다. 순간 두려움이 실낱같은 싸늘한 칼날 빛과 함께 시작됐다. 두려움은 하얀 손의 형체를 갖추며 어둠 속에서 모습을 나타냈다. 손이 목을 틀어잡았다. 죽음에 대한 두려움이 뜨거운 숨길을 끊어버렸다. 공포는 암흑이었다. 암흑 속에서 누군가가 빼꼼히 얼굴을 드러냈다. 백지처럼 창백한 얼굴을 들이민 이는 정지상이었다. 지상은 온몸에 피를 덮고 있는 악귀의 모습이었다. 악귀가 긴부식에게 속삭였다. 악귀의 입에서 피비린내가 터져 나왔다.

"부식아! 부식아!"

지상은 손에 서책 한 권을 들고 있었다. 지상이 찢어낸 한 쪽을 허공에 날리자 하얀 글자들이 어둠 속에서 춤을 췄다. 비행을 마치고 어지럽게 떨어지던 글자들이 순식간에 불꽃이 되어 타올랐다. 어둠 속에서 빛들이 춤을 췄다. 춤추는 불꽃들은 각기 다른 얼굴 모습을 하고 있었다. 그들은 서경성西京城에서 도살당한 백성들이었다. 그들이 정지상과 함께 떼를 지어 김부식에게로 다가왔다. 얼굴엔 검붉은 피딱지로 새겨진 '서경역적西京逆賊'이라는 글자들이 아직도 피를 뚝뚝 흘리고 있었다.

서경역적들이 김부식을 불렀다.

"부식아! 부식아!"

다가온 그들이 김부식을 에워쌌다. 주먹이 날아들었다. 발길질이 뒤를 이었다. 팔을 잘린 사내 하나가 어둠 속에서 칼날을 휘둘렀다. 김부식의 팔이 떨어졌다. 그 사내의 얼굴에도 '서경역적'이란 낙인이 찍혀 있었다. 피를 온몸에 둘러쓴 아이는 톱을 들고 김부식의 다리를 썰었다. 핏줄이 터지며 붉은 피가 사방으로 솟아올랐다. 아이의 볼에도 '서경역적'이라고 쓰여 있었다. 칼질에 가슴을 잃은 여인이 빨갛게 물든 저고리를 벗어 김부식에게 던졌다. 여인의 가슴에서 피가 솟구쳐 터져 나왔다. 그 여인의 가슴에도 '서경역적'이라 적혀 있었다.

"부식아! 우리가 역적이다. 서경의 역적이다!"

정지상이 다가왔다. 지상의 얼굴에도 '서경역적'이라고 쓰여 있었다. 지상은 김부식에게 다가가 김부식을 깔고 앉았다. 흐르는 김부식의 피를 손가락으로 찍어서 들고 있던 하얀 종이 위에 무엇인가를 적어 내렸다. 부식의 붉은 피가 하얀 종이를 타고 흘러내렸다. 지상이 종이를 부식에게 펼쳐 보였다. 선명한 붉은 글자였다. 글자가 김부식에게 묻고 있었다.

"부식아! 《삼국사기》를 왜 썼느냐? 무엇을 지우려 함이냐? 무엇을 감추려 하느냐?"

눈을 뜨자 어둠이 순식간에 사라졌다. 부식은 죽지 않고 또 하루를 맞았다. 온몸은 땀에 절어 소금질이 되어 있었다. 악몽은 끝나지 않을 것 같았다. 같은 싸움이 계속되고 있었다. 서경성의 반란을 진압한 이후부터 김부식이 치르고 있는 꿈속의 전쟁이었다.

부식은 눈을 감았다. 가슴을 진정시키고 호흡을 가다듬었다. 쿵쾅거리던 가슴이 조금씩 잦아들었다. 그러나 머릿속엔 피를 흘리는 서경 백성들의 모습이 떠다니고 있었다. 하나하나 모두에게 서경역적이라 낙인찍은 이가 바로 부식 자신이었다. 전쟁은 끝났지만 부식에겐 전쟁이 계속되고 있었다. 눈을 뜨자 지난 일들이 생생하게 모습을 드러내고 있었다. 김부식을 괴롭히는 악귀에겐 '못다 한 꿈'이었고 김부식에게는 '끝나지 않을 전쟁'이었다.

수상한 방문객들

햇빛이 쏟아져 내렸다. 겹겹이 몸을 포갠 나무잎사귀들이 사력을 다해 땅으로 내려치는 빛들을 막았다. 햇빛을 등져서인지 잎들은 파란 빛을 더했다. 간혹 바람이 불자 나뭇잎들이 이리저리 흔들리며 서로 몸을 비벼댔다. 열린 틈새를 비집고 쏟아진 햇빛이 땅바닥에 떨어져 황금빛 선을 그렸다. 맨 앞에 선 사내가 양손으로 얼굴을 가리면서 고개를 들었다. 빛에 눈을 베인 사내는 눈을 찡긋 감았다. 사내의 얼굴에서 떨어진 땀방울이 길바닥에 빛이 그려놓은 밝은 선 위로 검은 점들을 찍어댔다.

"괜찮으십니까?"

사내가 걸음을 멈추고 뒤따르던 일행을 바라봤다. 산길을 따라 삼삼오오 뒤를 따르고 있었다.

"좀 덥긴 하지만 그래도 숲길이니 이만하면 되었소이다."

비대한 몸을 뒤뚱대며 따르던 사내가 말을 받았다. 사내의 몸은 땀으로 흠뻑 젖어 있었다. 사내는 가쁜 숨을 다스리려는 듯 반복적으로 연신 입을 움찔대며 호흡을 골랐다. 사내 뒤로는 비슷한 관복의 사내 세 명이 가까이 뒤를 이었다. 그 뒤론 창을 든 병사들에 둘러싸인 채 두 마리의 말이 끄는 수레가 청개靑蓋를 두른 채 길을 따라왔다.

"힘드시면 가마에 오르십시오. 정사正使께서 그리 걸으시니 황망합니다."

"괜찮소. 어화원御花園부터 가마를 타서 지루해서 그럽니다. 오랜 뱃길이며 연이은 연회로 살도 제법 붙어서 거북하외다. 계속 이리 갑시다."

송의 황제 휘종徽宗이 고려에 파견한 사신단의 정사 노윤적路允迪이었다. 몸집이 비대한 사내였다. 노윤적은 좀처럼 걷지 않았다. 그러나 개성 황궁의 북문을 나선 후 마주한 풍경이 그를 가마에서 끌어내렸다. 어화원을 떠나 왕궁의 북문을 나서 귀산사龜山寺를 거쳐 안화사安和寺에 이르는 길은 절경 중의 절경이었다. 보일 듯 말 듯 나타났다 사라지는 숲길, 언덕과 길을 따라 휘감고 도는 물소리, 7월의 햇빛을 받고 바람에 찰랑거리는 잎새들, 뜨거운 햇빛으로 달구어진 7월의 더위를 뚫고 다가와 얼굴을 두드리는 신선한 바람. 어디서든 좀처럼 경험하기 어려운 자연이 가져다준 호사였다.

노윤적은 연신 흐르는 땀을 닦아 내렸다. 국신사國信寺로 고려를 빙문해 모든 임무를 마친 후였다. 1년 전에 훙거薨去한 고려 예종睿宗의 영전에 제전祭奠하고 새로운 국왕 인종仁宗을 알현했다. 자신의 황제 휘종이 하사한 전례 없는 제문과 조위弔慰 물품을 여덟 척의 배에 싣고 나선 길이었다. 주어진 임무를 잘 끝냈다는 만족감에 노윤적의 마음은 평온했다. 마음을 놓자 두둑이 붙은 살들이 피부 밑에서 스멀스멀 부풀어 올라 숨이 막혔다. 고려 조정이 베푼 수많은 연회로 붙은 살들이었다.

"고려의 강산은 비단으로 수를 놓은 것 같소이다. 절경이외다."

가쁜 숨을 몰아쉬며 노윤적이 고개를 돌렸다. 힘겨운 표정으로 노윤적의 뒤를 따르던 또 한 사내가 공손하게 대답을 올렸다.

"대륙과 달리 산들이 많아서 그렇습니다. 그래서 고려인들은 자신들의 땅을 금수강산이라고 합니다."

"금수강산이라……."

노윤적이 재미있다는 표정 속에 쓴 웃음을 지어 보이며 사내에게 말을 건넸다.

"그래. 그런 금수강산에 못을 치고 다니시는 맛이 어떻습니까?"

"아니, 무슨 말씀을 그리……."

노윤적의 말을 받은 사내는 일그러진 표정으로 주변을 둘러봤다. 당황한 기색이 역력했다. 일행을 호위하며 따라오는 고려군 병사들은 아무런 표정 변화도 보이지 않았다. 다행이었다. 사내는 원망스럽다는 표정을 노윤적에게 지어 보였다.

"우리끼리 뭐 감출 게 있겠소? 송宋 조정에서도 몇몇만이 알고 있는 기밀입니다. 나는 공이 이곳 고려에 와서 무슨 일을 하고 있는지 알고 있는 몇 안 되는 사람들 중 하나입니다. 경계하지 마십시오."

"그렇긴 하지만……. 정사! 이곳은 고려입니다. 눈과 귀가 많습니다. 말씀을……."

사내는 붉어진 얼굴빛을 감추지 못했다.

"우리말을 쓰는데 저들이 알아들을 리도 없고, 또한 우리 주변엔 보이지 않는 경호가 있으니 누구라도 함부로 접근하지 못할 것입니다. 걱정 마시오."

당황한 안색의 사내를 달랜 노윤적은 느긋하게 한마디를 덧붙였다.

"공의 임무와 역할에 대해서는 절대 함구하란 황명이 특별히 있으셨습니다. 조심하겠소이다. 비밀 유지에 각별히 조심할 테니 공은 걱정 마시오."

"예. 바다를 건너 타국 고려 조정에 와서 녹을 먹고는 있으나 황제 폐하의 뜻을 한시도 잊은 적이 없습니다. 돌아가셔서 그리 말씀 올려 주십시오."

사내는 머리를 조아렸다. 노윤적보단 연배가 훨씬 위로 보였다. 그러나 사내의 송 조정 내에서의 계급은 급사중給事中에 올라 있는 노윤적보단 한참 아래였다. 사내는 오래전 송 조정의 밀명을 받고 고려로 귀화한 호종단이었다.

"보문각대제로 계신다 들었습니다."

"예. 그렇습니다. 고려 국왕과 학문을 논하는 경연과 각종 도서를 보관하는 장서를 담당하는 직책입니다."

호종단은 연신 주변을 살피며 경계를 풀지 않았다. 귀와 입은 노윤적을 향하고 있었지만 호종단의 눈은 사방을 빈틈없이 훑고 있었다. 대륙의 언어로 말을 하고 있었지만 경계와 조심은 간자間者의 기본적 소앙이었디. 낮말은 새기 듣는 법. 좀 진까지 유쾌하게 들리딘 산새들의 노랫소리마저 귀에 거슬리기 시작했다. 일그러진 호종단의 눈살은 좀처럼 펴지지 않았다.

"하하하. 그 양반도……. 걱정 마시오. 이 숲 주변의 어딘가에서 우리 비밀 경호원들이 단도리를 하고 있을 게요. 송나라가 자랑하는 비밀 경호단이오. 내 보장하외다."

노윤적은 호종단의 표정이 신경 쓰였는지 주변을 둘러보며 넉넉하게 미소를 지어 보였다. 비록 고려였지만 노윤적은 거리낌이 없는 듯 했다.

"정사께서 돌아가시는 길에 보고서를 드리겠습니다. 제가 이곳에 서 은밀히 수행한 일들을 적은 것입니다. 개봉開封에 돌아가셔서 황제 폐하께 잘 좀 보고해주십시오."

호종단의 목소리는 은밀하고 작았다. 곧 귀국할 노윤적과는 달리 자신은 고려에서 계속 살 사람이었다. 호종단은 송나라 복주 사람이 었다. 송의 태학에 입학한 후 상사생上舍生으로 조정에서 근무하다 절 강성浙江省에 잠시 머문 뒤 고려로 귀화했다. 고려 예종은 호종단의 학 식과 재주를 아꼈다. 예종의 후대를 업고 한림원翰林院을 거쳐 지제고 知制誥, 좌정언左正言, 기거랑起居郎을 연임한 후 지금은 보문각대제로 고 려 조정에서 일하고 있었다.

"그리하겠소. 그런데 하시는 일은 구체적으로 어떤 일이시오? 워낙 비밀이라 물어볼 사람도 없고 대충 감만 잡고 있는 상황이오. 내게도 좀 설명을 주셔야 황제폐하께 자세히 말씀을 올릴 것이 아니겠소?"

노윤적의 표정은 거만에 가까웠다. 호종단이 아무리 황제의 은밀 한 특별 명령을 받고 임무를 수행하고 있다고는 하나 송으로 돌아가 황제에게 고해줄 사람은 자신이었다. 일을 잘하고 못하는 것은 자신 의 혀가 결정할 일이었다. 호종단은 주변을 둘러보며 떨떠름한 표정을 감춘 채 입을 열었다.

"뭐, 신이 하는 일이야……. 황제폐하의 밀명을 받아 시간이 날 때 틈틈이 고려의 강산을 살피고 돌아다닙니다. 제가 풍수를 좀 알아서, 산과 들에 흩어져 있는 고려의 혈맥血脈을 찾는 일을 합니다. 고려의 정기가 흐르는 곳으로 판단되면 그 맥을 끊기 위해서 산과 들판에 철심을 박거나 못질을 하고 있습니다."

"못질 말이오?"

"예! 그렇습니다. 혈을 끊고 맥을 누르려면 혈점엔 칼질을 해야 하고 맥점엔 못질을 해야 합니다. 침을 놓아서 기와 혈을 제어하는 것과 같은 이치입니다."

노윤적이 진지한 눈빛을 보내자 호종단의 목소리가 조금 높아졌다. 자신의 일에 대한 자부심이 은근히 배어 있는 목소리였다.

"몇 달 전에는 옛 신라의 학자 최치원崔致遠의 난랑비鸞郎碑를 찾아서 없애버렸습니다."

"난랑비라……. 그게 뭡니까?"

"이곳 고려에는 풍류도風流徒라는 조선朝鮮 고유의 가르침이 전해지고 있습니다. 민족정기를 세우려는 조선인들의 전통사상입니다. 그런 사상을 배우고 따르는 이들을 옛 고구려에서는 조의선인皁衣仙人이라고 했고 신라에서는 화랑花郎이라 했습니다. 그런 이들이 신봉하는 가르침의 내역과 역사를 최치원이란 자가 비석에 적어 놓은 금석문金石文이 있었기에 이를 찾아서 없애버렸습니다."

"조의선인? 검은 옷을 입은 선사라……. 무슨 비밀 결사 같은 느낌입니다."

"그렇습니다. 그들은 국가의 핵심적 인재들입니다. 그들은 학문과 무예를 빠짐없이 모두 배워 국가를 지탱할 인재로 성장하는 것입니다. 문무를 겸비한 국가의 도량입니다. 그런 가르침을 받은 인재들이 고구려를 지킨 힘이었고 신라통일의 뿌리였다고 고려인들은 믿고 있습니다. 연개소문과 김유신이 바로 그들의 대표적인 예입니다."

"당唐을 괴롭혔던 바로 그 무시무시한 연개소문을 말씀하시는 게요?”

호종단이 고개를 끄덕였다. 노윤적은 한동안 말없이 호종단을 바라봤다.

“무슨 일인지 알겠소이다. 고생이 많습니다.”

“고생이야……. 맡은 바 임무를 다할 뿐입니다.”

“멀리 이국까지 와서 그런 임무를 수행하는 공도 공이지만 그런 심모원려深謀遠慮의 계책을 생각하시고 오랜 세월 동안 은밀하게 추진하시는 황제폐하의 뜻도 참으로 대단하시오.”

노윤적이 입맛을 다시며 감탄을 쏟아냈다. 계책은 집요했다. 장구함과 은밀함은 기본이었고 숨어 있는 뜻은 너무도 섬뜩해서였다.

“바로 그런 분이 우리 황제폐하가 아니십니까?”

두 사람의 대화를 듣고만 따르던 부사副使 부묵경傅墨卿이 앞으로 다가서며 거들고 나섰다.

“혹자는 황제폐하를 정치에는 관심이 없고 예술과 여흥에만 관심이 있는 것으로 말하곤 하지만 자세히 보면 그렇지가 않습니다. 폐하는 큰 그림을 그리시는 분이십니다.”

“그렇게 보시었소?”

노윤적이 부묵경을 바라보며 미소를 지어 보였다. 고려에 사신으로 오려고 송의 황도 개봉을 출발한 지가 벌써 다섯 달 전이었다. 둘은 정사와 부사로서 온전히 다섯 달을 얼굴을 마주하며 함께 보내야 했다. 작은 표정 변화 하나가 무엇을 의미하는지 이제는 척하면 삼천리였다. 두 사람은 마주보며 웃음을 지어 보였다.

“그래서 저 사람이 저리 죽어나질 않습니까?”

노윤적이 고개를 돌려 일행을 뒤따르며 연신 사방을 살피고 있는 한 사내를 가리켰다. 호리호리한 사내 하나가 화첩을 든 채 사방을 살피며 걸음을 재촉하고 있었다. 그저 즐기며 걷는 노윤적이나 부묵경과는 분위기가 달랐다. 사내의 눈은 무엇 하나 놓치지 않으려 무척이나 분주했다. 걷다가 걸음을 멈추곤 무엇인가를 쓰고 또 그렸다.

"황제께서 이번 방문을 통해 고려의 모든 것을 하나도 빠짐없이 살피고 돌아오라고 하셨습니다. 그래서 내가 추천한 것이 저 사람 서긍徐兢이외다. 글과 그림에 능한 사람이지요."

"안화사입니다."

앞서 걷던 고려의 호위대장이 뒤를 돌아보며 외쳤다. 노윤적 일행은 대화를 멈추고 앞을 주시했다. 굽이치던 산길이 숲 속을 벗어나고 있었다. 고개를 들자 개경의 진산鎭山인 송악산이 병풍처럼 펼쳐져 있었다. 마치 긴 머리칼을 풀어헤친 여인이 두 손을 가슴에 살며시 올려놓은 채 단아하게 누워 있는 모습이었다. 안화사는 그 송악산을 배경으로 산 밑 중턱 숲 속에 그림처럼 앉아 있었다. 송악산 어디에선가 시작한 물줄기가 맑은 냇물이 되어 안화사를 감싸고 흐르며 돌들을 두드리고 있었다. 사면으로는 송백수松栢樹가 빼곡하게 싸여 하늘에 닿아 있었다. 병풍처럼 숲에 둘러싸인 안화사에 이르자 한여름의 뜨거움은 사라지고 서늘한 기운이 성큼 다가왔다. 노윤적은 풀어헤쳤던 옷깃을 여미며 감탄사를 토해냈다.

"신선의 세계입니다."

안화사는 궁궐의 정원인 어화원에서 시작하여 북문을 지나고, 귀산사를 거쳐 송악산 기슭을 따라 6~7여 리에 이르는 거리에 있었다. 이 길은 경치가 으뜸이라서 고려 왕실의 산책로로 최고의 인기를 누렸다. 후백제에 인질로 갔다 억울하게 죽은 왕건王建의 사촌동생 왕신王信을 위로하고자 지었던 사찰을 예종이 중건하여 자신의 원찰願刹로 삼은 빼어난 사찰이었다. 안화사로 들어선 일행은 냉천정冷泉亭을 지나 경내로 깊숙이 들어갔다. 수많은 문을 지나 일행이 향한 곳은 신한문宸翰門 안쪽의 석가불존이었다. 석가불존에 다다른 노윤적이 급히 무릎을 꿇고 사찰의 편액에 절을 했다. 편액에는 '능인지전能仁之殿'이라고 쓰여 있었다. 부묵경과 서긍, 송 사신단 일행 모두가 무릎을 꿇고 노윤적을 따랐다. 사신단 일행은 약속이나 한 듯 두 번 절을 올리고는 일어서서 정중한 자세로 배례를 했다. 옆에 있던 호종단과 임완林完은 절을 하지는 않았지만 같은 자세로 서서 배례했다. 종교적 엄숙함과 경외감이 서린 배례였다. 노윤적이 배례한 채 낮지만 엄숙하게 입을 열었다.

"이곳 이역만리 고려에 와서 황제폐하의 어필御筆을 보게 되옵니다. 하명하신 임무를 완수하고 귀국하겠나이다. 황제폐하!"

"황제폐하 만세!"

노윤적을 따라 사신단 일행 모든 이가 복창을 했다. 일견 비장한 각오까지 표정에 담겨 있었다. 고려의 예종이 안화사를 중건하자 송의 황제 휘종은 친히 '능인지전'이란 편액의 글을 써 고려에 보내왔다. 안화사의 정문에 걸려 있는 송의 원로대신 태사 채경蔡京이 쓴 '정국안화지사靖國安和之寺'란 편액과 함께였다. 휘종의 배려는 거기서 끝나지 않았다. 흙으로 빚은 16나한의 조상은 물론 안화사의 중건을 위해 필요한 물자까지 고려에 보냈다. 겉으로는 도사를 파견하는 등 안화사를 도교적 사찰로 만들면 좋겠다는 휘종의 희망을 표방하면서였다. 그러나 안화사 중건을 위한 파격적 지원은 복잡한 송의 속내를 반영하고 있었다. 송은 중원의 황제국임을 자부하고 있었으나 자부심은 표면에 불과했다. 송을 둘러싼 현실은 냉혹했다. 송을 둘러싼 거란의 요遼, 여진의 금金과 토번의 서하西夏 등 모든 주변국들이 송을 압박하고 있었다. 송의 운명은 위태롭게 흔들리고 있었다. 그런 상황에서 고려와의 연합은 목숨을 연장하기 위한 계책이었다. 자부심은 사라지고 위기감이 송의 조정을 무겁게 덮고 있었다. 노윤적의 고려행 또한 예종의 서거와 인종의 즉위를 축하한다는 통상적인 외교 행보를 표방하고는 있었으나 속으로는 살길을 찾으려는 고육지책이었다.

· · ·

안화천安和泉이라는 정자에 다다른 일행은 자리를 함께했다. 주변 재운각齋雲閣에는 샘물이 솟아올랐다. 소리는 청아했고 물은 얼음같이 차가웠다. 샘물이 목을 타고 넘자 이내 땀방울들이 사라졌다. 몸이 식어 한결 여유가 생겼으나 사신단의 표정은 밝지 않았다. 자신들 황제의 친필 편액을 대하고 나자 잠시 잊고 있던 현실이 마음을 짓눌러서였다. 괴석에 둘러싸여 있어 병풍 속의 그림에 앉아 있는 듯한 착각을 들게 할 만큼 안화사의 풍경은 화려했다. 그러나 그 한가운데 자리를 차지하고 앉아 있는 사신단 일행의 마음은 겉모습과는 달리 위축되고 초라했다. 노윤적이 손짓을 하자 장수 하나가 다가왔다. 송에서부터 사신단을 경호하고자 따라왔던 경호대의 수장이었다.

"주변은 어떠하냐?"

"사방 50여 보 안은 걱정하실 필요 없습니다. 개미새끼 한 마리도 접근하지 못할 것입니다. 편히 이야기를 나누셔도 될 듯합니다."

"온통 숲으로 둘러싸인 사찰이다. 그리 장담할 것이 아닌 것 같은

데……."

"소장이 장담하건대 적어도 대감의 말소리를 들을 수 있는 거리에는 아무도 없습니다. 보이지 않는 곳에도 저희 쪽 눈들이 있습니다. 이중 삼중의 비밀 경호를 펼치고 있으니 걱정 마십시오."

"그래."

노윤적이 경호대 수장에게서 눈을 뗀 후 주변을 둘러봤다. 기암괴석과 푸른 잎을 겹겹이 두른 송백들이 자신을 바라보고 있었다. 왠지 모든 것에 고려의 혼령이 숨어 있는 듯 분위기가 괴괴했다. 천혜의 절경이 순간 압박감으로 변해 가슴을 눌러왔다. 노윤적은 헛기침을 하곤 자세를 바로잡았다.

"황제폐하께서 따뜻한 성은으로 친필 편액을 하사한 것이라고는 하나 솔직히 말하자면 고려 조정의 환심을 사기 위해 보내신 것들이 아니겠소?"

작아진 노윤적의 목소리가 무겁게 깔렸다. 찬 샘물을 한 잔 들이켜서인지 목소리에 냉기가 서려 있었다.

"그건……."

말을 받기는 했으나 호종단 또한 차마 말을 잇지 못했다. 분위기가 무거워지자 조용히 앉아 있던 임완이 조심스레 입을 열고 나섰다.

"거란의 요와도 불편한 관계인데 엎친 데 덮친 격으로 여진의 금까지 발호가 심해 조정이 평안하지 않다고 들었습니다."

임완 또한 송에서 고려로 귀화한 인물이었다. 예종시에 문과에 급제한 후로 예부원禮部員 외랑外郎을 거처 서적소의 고문을 맡고 있었다. 뿌리가 뿌리인 만큼 송의 사신단을 따라서 호종단과 함께 안화사를 방문하고 있던 중이었다.

"그러게요. 걱정입니다. 북방의 오랑캐들이 저리 발호하고 있으니 나라가 평온할 날이 없습니다. 중원의 황제국이란 자부심은 온데간데없고 오랑캐들의 눈치를 보며 살고 있질 않습니까?"

"애당초 돈으로 평화를 산 것이 문제입니다."

부묵경의 말을 받은 호종단이 격한 감정을 토해냈다.

"지난 시절에 탕구트의 서하와의 관계만 해도 그렇습니다. 겉으로는 서하가 우리 송에 신하의 예를 취하고 있다고는 하나 어디 그게 신하입니까? 기실 우리가 서하에게 매년 비단이며 차며 은 등을 바치고 있질 않습니까?"

"문약한 대신들이 문제입니다. 애당초 목숨을 걸고 싸워야 했는데 겁을 먹고 돈으로 평화를 사는 데 급급했으니 이런 결과가 계속 반복되는 것입니다."

이번에는 임완이 나섰다. 송의 나약한 대외정책은 서하와의 관계에만 국한되지 않았다. 거란의 요와 치열하게 싸우던 송은 1004년 화친조약을 맺고 송이 형, 요가 아우가 되었다. 그러나 기실 송은 해마다 비단 20만 필과 은 10만 냥을 요에 바쳐야 했다. 돈으로 산 거짓 명예요 위장된 평화였다.

"타국에 와서 고국을 위해 노심초사하며 걱정하는 심정을 모르지는 않으나 발언을 좀 조심하셔야 하겠소."

호종단과 임완이 각각 나서서 문제를 제기하자 노윤적이 제동을 걸고 나섰다. 개봉에서 황제를 모시고 있는 입장에서 아무래도 듣기가 거북해서였다. 땅바닥에 깔았던 눈을 떼고 노윤적이 고개를 들었다.

"그래서 그대들에게 거는 황제폐하의 기대가 큰 것입니다. 아시겠습니까?"

호종단과 임완을 바라보며 노윤적이 계속했다.

"그렇기 때문에 더욱더 고려를 우리 편으로 묶어둬야 합니다. 황제 폐하께서 은밀히 그대들을 고려로 귀화시켜 고려 조정에 입조시키고 또한 고려 왕실에 재물을 보내 환심을 사는 것이 다 그런 연유가 아니 겠습니까?"

분위기를 잡았다고 판단했는지 노윤적이 부사 부묵경을 바라보며 눈짓을 보냈다. 부묵경이 주변을 한번 살핀 후 말을 이었다.

"개봉을 떠날 때 황제폐하께서 정사와 저를 불러 당부에 당부를 하셨습니다. 그래서 황제폐하의 친필이 걸려 있는 안화사를 방문하고 싶다는 구실을 대고 그대들을 이리 초청한 것입니다. 아무래도 궁 안 에서는 눈들이 많아서……."

정자 주변에는 송나라 군사들이 경계를 서고 있었다. 동행한 고려 군사들은 멀리 물러나서 삼삼오오 자리를 차지하고 앉아 휴식을 취 하고 있었다. 부사 부묵경이 입을 축인 후 계속했다.

"잘 아시는 일이지만 다행스럽게도 고려 조정에는 옛 신라에 뿌리 를 둔 대신들이 적지 않습니다. 그들이 누구의 후예입니까? 당에 입 조를 약속하고 중국 황제국에 충성을 맹세했던 신라의 후예이옵니 다. 또한 이들은 유학을 바탕으로 한 세계관을 갖고 있습니다. 황제폐 하께서는 이들에게 기대가 크십니다. 이들을 잘 조종해서 고려로 하 여금 송에 사대하도록 하고 거란의 요와 여진의 금 등 오랑캐들과는 반목하게 해야 합니다."

전형적인 이이제이以夷制夷 정책이었다. 고려의 환심을 사려 대우하 고는 있었으나 거란의 요나 여진의 금이나 고려나 모두 송에게는 같 은 오랑캐의 나라였다. 다만 유교를 받아들이고 당에게 충성을 맹세

했던 신라 출신 대신들이 조정에 진출해 있는 고려가 좀더 다루기 쉬운 상대일 뿐이었다.

"그래서 지금껏 해왔던 대로 고려 곳곳에 생생하게 전해 내려오고 있는 조선의 뿌리를 없애는 작업을 은밀하게 계속 진행해야 합니다. 저들의 뿌리가 거란과 여진과 같다는 것을 기억하지 못하도록 말입니다. 그래야만 형제를 못 알아보고 형제끼리 싸울 것이 아닙니까?"

비장함이 묻어 있는 말투였다. 듣고 있는 호종단과 임완 역시 입을 굳게 다문 채 눈만 깜박였다. 고향과 가족을 버리고 고려로 귀화한 이유였다. 적진에서 적을 교란하여 뿌리를 흔드는 일이었다. 두 사람은 각자 약속이나 한 듯 주먹을 굳게 쥐었다.

"돌아가실 때 제가 이곳에서 은밀하게 한 일들을 적은 보고서를 드릴 테니 가져가 황제폐하께 보고해주십시오. 고려의 산천을 누비고 들판을 달려 고려의 기와 맥을 찾아내 칼질을 하고 철침과 못을 박은 일에 대한 기록입니다. 또한 각종 조선의 옛 역사를 기록한 서책과 비석과 기념비를 찾아내서 파괴한 일들을 기록했습니다."

호종단이 목소리를 낮게 깔았다. 낮은 목소리였지만 자신이 해온 일에 대한 자부심과 자랑스러움이 교만하게 묻어 있었다. 거기에 질세라 임완도 거들고 나섰다.

"황제폐하의 기대를 잘 알고 있습니다. 다행이 고려왕의 환심을 사 서적소의 고문으로 일하고 있습니다. 고려의 옛일들을 기록한 서적들에 쉽게 접근할 수 있는 자리입니다. 해서 저 또한 조선의 옛 서적들을 은밀히 수집하고 있습니다. 곧 황제폐하의 기대에 부합하는 결과가 있을 것입니다."

고려에 송의 인사들이 귀화하기 시작한 것은 고려 광종光宗대를 기점으로였다. 후주後周의 쌍기雙冀가 고려에 귀화해 과거제도 등 대륙의 제도와 문물을 소개하자 고려 조정이 이들을 환대했다. 고려에 가면 환대를 받는다는 풍문이 돌자 자격도 없는 이들이 국경을 넘어 고려로 밀려 들어왔다. 호종단과 임완은 그런 흐름을 이용한 위장귀화였다.

"명심하십시오. 조선의 역사와 정신적 전통을 뿌리째 뽑아내야 합니다. 그래야 그들이 자신들의 형제들과 계속 반목할 것입니다. 시간이 걸릴지라도 한 번 바뀐 인식과 사상은 뒤집기 어려운 것입니다. 그래야 고려를 송의 옆에 붙잡아둘 수 있습니다. 황제폐하께서 지난날 김부식에게《자치통감資治通鑑》을 하사하셨던 연유가 거기 있습니다. 아시겠습니까?"

"황제폐하의 생각은 참으로 깊으십니다."

가라앉아 있던 분위기를 환기시키며 노윤적이 입을 열었다. 오랜만에 환한 미소를 짓고서였다.

"그게 언제 일입니까? 고려의 김부식이란 자가 고려의 사신단 일행으로 개봉을 방문했던 일이?"

"아마 한 6, 7년 전 아니었습니까?"

호종단이 기억을 떠올리려 애쓰며 대답을 했다.

"맞습니다. 아마도 그때쯤이었죠. 저는 그때 황제폐하께서 김부식을 칭찬하시고 하도 치켜세우셔서 왜 그러시나 했습니다. 그때 김부식은 정사도 아니었거니와 한낱 문한관文翰官으로 사신단을 따라왔을 뿐이었는데 말입니다. 황제폐하께서 직접 불러 융숭하게 대접도 하시길래 이상하게 생각했었습니다. 그때에는 그 깊은 뜻을 헤아리지 못했습니다."

"하하하! 그러셨습니까?"

호종단이 노윤적의 말을 받았다.

"그때 황제폐하의 융숭한 대접을 받은 김부식은 아직도 그때의 영광을 잊지 못하고 있습니다. 고려 조정 대신들 중에 가장 송에게 친밀감을 표시하는 인물이 되어 있습니다. 그때 하사 받은《자치통감》을 읽고 또 읽어 대륙의 역사에 대해서는 저보다도 더 정통할 정도입니다."

《자치통감》은 북송의 사마광司馬光이 전국시대부터 송 이전의 후주 때까지를 편년체로 기록한 중국의 역사서였다. 통치에 자료가 되고 거울이 된다는 뜻으로 역대의 역사기록을 통해 귀감이 될 일을 적고 왕조 흥망의 대의명분을 밝히려는 데 뜻이 있는 역사서였다. 따라서 사실을 있는 그대로 기록하기보다는 춘추필법春秋筆法이라는 독특한 사관을 적용하여 기사를 선택하고 정치나 인물들의 득실을 주관적으로 평론한 것을 근간으로 엮은 역사서였다.

"그렇습니까? 칭찬은 우둔한 소도 춤을 추게 한다지 않습니까? 아마도 김부식은 황제폐하의 기대에 어긋나지 않을 것입니다."

"그럴 것입니다. 김부식은 경주 출신으로 유학자 집안에서 태어났습니다. 유학을 기본으로 사대하는 사상이 골수로 박혀 있는 자입니다. 오죽했으면 김부식 형제들의 이름을 소동파蘇東坡 형제들의 이름인 소식·소철을 따라 김부식과 김부철로 비꼈겠습니까? 기대해도 좋을 듯합니다."

모여 앉은 이들의 표정이 밝아졌다. 현실에서 몰리고는 있었지만 아직 희망의 씨앗이 자라고 있었다.

"아무튼 명심하십시오. 지금 고려는 천하에서 가장 안정되고 강력한 국력을 갖고 있는 나라입니다. 거란도 몇 번이나 침략을 시도했지만 번번히 실패했고 지금 발흥하려 날뛰는 금의 여진족들도 고려의 영향력 하에 있었던 족속입니다. 고구려를 계승한 고려입니다. 고려를 거란과 여진이 함부로 할 수 없는 이유입니다. 모든 방법을 동원해서 고려를 우리 편에 서게 해야 우리가 안전할 수 있습니다."

"명심하겠습니다. 김부식도 서적소의 고문을 맡은 적이 있어 저와 친한 편입니다. 가까이서 그자의 동향을 잘 살피도록 하겠습니다."

서적소의 고문직을 맡고 있는 임완의 말이 끝나자마자 노윤적이 화제를 돌렸다.

"그래, 요즘 고려 조정은 어떻소이까?"

옆자리에 함께한 서긍은 묵묵히 듣고만 있었다. 그러나 그의 손은 쓰고 그리느라 흰 종이 위를 날아다녔다. 이번 사신단이 보고 들은 모든 것을 정리해서 황제에게 보고하는 것이 그의 임무였다. 호종단과 임완을 청한 것도 둘의 활동내용도 들어보고 고려에 대해 그동안 수집하고 정리한 자료를 확인하려는 의도에서였다.

"선대왕 예종이 승하하고 인종이 즉위한 후 일촉즉발의 칼날 위를 걷고 있는 형국입니다. 새 왕의 보령이 이제 갓 열넷 아닙니까?"

모두의 눈과 귀가 호종단의 입을 향했다.

"나이는 어리다 하나 신 왕은 총명하고 박학한 듯했습니다. 대신들에게 쉽게 휘둘리겠습니까?"

묵묵히 기록만 하고 있던 서긍이 손에 쥐고 있던 작은 서책 위에 붓을 정지하곤 호종단에게 눈길을 돌렸다. 자신이 관찰했던 인종은 엄정해서 관료들이 두려워하는 군왕이었다.

"그게 좀 그렇습니다. 총기는 있다 하나 한양공漢陽公 이자겸李資謙은 군왕의 외조부입니다. 또한 예종의 동생이었던 대방공帶方公 왕보王俌와 그를 지원했던 한안인韓安仁세력을 제압해 인종의 왕권을 보호한

것도 이자겸입니다. 여러 가지 상황을 볼 때 인종은 외조부인 이자겸
의 영향력을 벗어나기가 쉽지 않을 것입니다."

한안인은 예종대에 이자겸과 함께 정국을 운영하던 맞수였다. 예
종이 승하하고 어린 인종이 즉위하자 둘의 대립은 숙명이었다. 이자
겸은 인종의 숙부인 대방공 왕보를 지원하는 한안인세력을 반역죄로
몰아 숙청해버렸다. 한안인은 유배되는 도중 바다에 빠져 목숨을 잃
었고, 문공미·문공유文公裕·한주·이영 등 한안인의 측근들은 유배되
었다. 인종 즉위년, 1122년 12월의 참사였다.

"그럼 이자겸을 눈여겨봐야 하겠습니다."

"그것도 또한……."

임완이 부묵경의 판단에 제동을 걸고 나섰다.

"고려 왕위 계승은 얼마 전까지만 해도 형제간 승계가 일반적이질
않았습니까? 좀더 지켜봐야 하겠지요. 고려 조정이 좀 복잡합니까?
왕실만 보더라도 피로 얽히고설켜 복잡한데 거기다 호족세력들까지
얽혀 있고, 훈신세력과 신진사대부세력까지 더해진 형국이니 말입니
다."

"그렇습니다. 아직은 좀 판단하기에 이릅니다."

호종단이 임완을 지지하고 나섰다.

"이자겸이 한안인파를 몰아내고 권력을 잡고 있다고는 하나 속내
는 좀 복잡합니다. 김부식을 중심으로 하는 신진사대부 유학파도 이
자겸을 견제하고 있고, 또……."

호종단이 머뭇거리자 노윤적이 재촉했다.

"왜 걸리는 게 또 있기라도 합니까?"

"뭐랄까요. 아직 뚜렷하게 모습을 드러내고 있지는 않으나 서경을

중심으로 한 북벌파들의 움직임도 눈여겨볼 필요가 있습니다."

"북벌파라니요?"

노윤적의 눈이 커졌다. 이름이 주는 의미가 심상치 않아서였다. 고려의 북방이라면 거란과 여진 지역을 말했으나 자신들의 송과도 관련이 없지 않아서였다. 고려의 북방은 송의 전신인 당이 확보하고자 국운을 걸고 고구려와 싸웠던 지역이었다.

"아시겠지만 옛 고구려의 잃어버린 영토를 회복해야 한다고 주장하는 세력이 있습니다. 주로 옛 고구려의 왕도였던 평양성, 즉 지금의 서경을 지역적 배경으로 하고 있는 세력입니다."

"서경을 중심으로 한다면 지역적인 한계가 있는 게 아닙니까?"

"꼭 그렇지만도 않습니다. 지역적으로는 서경을 중심으로 하지만 이들의 생각을 공유하는 계급과 계층이 광범위하게 퍼져 있는 실정입니다."

"중심인물이라도 있는 겝니까?"

부묵경이 기다리다 못해 답답한 표정을 지으며 호종단을 재촉했다.

"글쎄요……."

머뭇거리며 임완과 눈을 마주친 호종단이 조심스럽게 다시 입을 열었다.

"고구려의 옛 강역을 회복하고 더 나가서는 고조선의 영광을 재현한다는 것은 모든 고려인들의 꿈입니다. 고려 태조太祖의 유훈이기도 했습니다. 유학을 공부한 신진사대부 계층 중에서도 '북벌'을 지지하는 계층이 있으며 또한 지난 예종대에 있었던 여진정벌 때에 동원되고 성장했던 군부세력들도 같은 생각을 하고 있다고 볼 수 있습니다. 정지상이 전자를 대표한다면 윤언이는 후자 세력을 대표하는 인물이라고 할 수 있습니다."

"정지상과 윤언이라……."

노윤적이 입맛을 다셨다. 개인적으로는 윤언이란 이름이 거슬려서였다.

"윤언이라면 지난번 여진정벌 때 활약했던 윤관尹瓘의 아들이 아닙니까?"

"그렇습니다. 여진을 정벌하고 방어를 위해 9성을 쌓았었지만 여러 가지 곡절 끝에 성들을 여진에게 반환하고 정적들로부터 견제를 받아 실각한 윤관의 자식입니다. 지금도 윤언이는 정치적으로 견제를 받고 있습니다. 그러나 호랑이 새끼가 고양이일 수는 없질 않겠습니까? 또한 은밀하지만 고려 곳곳에 이자를 따르는 자들이 광범위하게 퍼져 있습니다."

"윤언이 못지 않게 정지상도 주의 깊게 살펴봐야 할 인물입니다. 워낙 석학이라 인종의 총애가 깊습니다. 또한 그의 출신이 서경입니다. 지금은 신라 출신 동경東京세력들에게 견제를 받고 있으나 서경이란 무시하지 못할 역사와 배경을 갖고 있는 지역입니다."

"그렇습니다. 바로 그것이 황제폐하께서 우려하시는 것이기도 하고요. 고려가 옛 고조선의 영광을 기억하고 여진의 금과 힘을 합친다면 우리로서는 최악의 상황이 될 것입니다. 어떻게 하든 고려를 우리 송의 영향력 아래 묶어두고 자신들의 형제인 거란, 여진과 반목하게 해야 합니다."

심각한 표정으로 노윤적이 호종단을 바라봤다. 호종단의 고려에서의 역할이 주목 받는 이유였다. 고려로 하여금 형제를 배척하고 송에게 마음을 주도록 하기 위해서는 고려의 뿌리와 정신을 자르고 흔드는 것이 중요했다. 호종단이 고려 곳곳을 누비며 역사서를 파괴하고 땅에 못질을 하는 이유였다.

"답답하시겠지만 좀더 기다려보십시오. 아직은 섣불리 어느 편을 들 상황이 아닙니다. 조만간 파열음이 들릴 듯하니 일의 진전을 보고 나서 행동을 하더라도 늦지 않을 것입니다."

호종단이 인내를 요구했다. 권력의 향배에 따라서는 누구라도 화를 당할 가능성이 있었다. 중립은 최선의 선택이었다. 나라의 주인이 아닌 자신 같은 타자들은 권력 다툼의 결과를 보고 승자 쪽에 적당히 세를 더하면 될 일이었다.

"언제까지 기다려야 합니까? 지금 같아서는 김부식 같은 유학파들이 득세를 하는 것이 쉽지 않아 보입니다."

송은 김부식을 중심으로 하는 경주 출신 유학파들에게 기대를 걸고 있었다. 유학파는 사상적으로 유학을 배경으로 하고 있어 중국을 중심으로 하는 자신들의 세계 경영 철학에 공감하고 있어서였다. 그러나 무엇보다도 경주를 중심으로 하는 옛 신라세력은 지난 시절에 당과 실제로 협력을 했던 경험를 공유하고 있었다. 사상보다도 경험이 더 짜릿한 동질감을 자극하고 있었다.

"그러게 말입니다. 어찌하든 고려를 이용해야 남으로 뻗치는 여진의 발흥을 견제할 수 있을 텐데 말입니다."

"여진의 일은 쉽게 풀릴 수도 있습니다."

노윤적의 걱정을 다독거리며 호종단이 나섰다.

"여진의 금이 고려를 압박한다면 우리가 나서지 않아도 고려 조정이 발끈할 것입니다. 예로부터 고려에 사대하던 여진이 아닙니까? 힘을 얻었다 하여 여진이 고려를 압박한다면 이는 상상하지 못할 고려의 큰 반발을 부를 것입니다. 생각해보십시오. 자존심 강한 고려가 자신들을 상전으로 모셨던 여진에게 고개를 숙이겠습니까?"

정사 노윤적이 말없이 고개를 끄덕였다. 송에게 고려는 복잡한 숙제였다. 고려의 건국 이후 송과 고려가 평화적으로 교류를 하고 있다고는 하나 고려는 고구려를 계승한 잠재적 적국이지만 현실적으로는 북방의 거란과 여진 등 오랑캐를 견제하는 데 힘을 합쳐야 할 우방이었다. 더군다나 고려는 개국 이후로 거란의 침략을 이겨냈고 여진을 정벌했던 군사적 강국이기도 했다.

"그렇다면 다행이지요. 명심하시오. 어떻게 하든 고려를 저들로부터 떼어놓아야 합니다. 그렇지 않으면 우리가 안심을 할 수 없소이다. 지금 다시 대륙이 동이東夷라는 오랑캐들의 말굽 아래 바람 앞의 촛불 신세가 되었습니다. 고려의 뿌리는 동이입니다. 잊지 말아야 합니다. 우리 조상들이 벌였던 동이와의 그 처절했던 투쟁을 말입니다."

"최선을 다하겠습니다. 걱정 마시고 돌아가셔서 황제폐하께 이쪽 사정을 상세히 보고해주십시오."

호종단과 임완이 가볍게 상체를 숙여 노윤적에게 예를 표시했다. 노윤적은 황제를 대변하는 사신단장인 만큼 또 다른 송의 황제였다. 혹 있을지 모를 주변의 눈을 의식해서 그렇지 사실 마음속으로 두 사람은 황제 앞에 무릎을 꿇고 있었다.

"눈이 있어 내일 직접 배웅을 하지 못할 것입니다. 먼 길 조심해서 돌아가십시오."

"황제폐하께서는 그대들의 활약을 기대하고 계십니다. 명심하시오."

노윤적이 낮지만 단호하게 부탁조의 명령을 내렸다. 계절은 7월이었고 거리는 멀었지만 황제의 명령은 냉엄한 천자天子의 명령이었다.

　　1123년 3월, 송의 황도 개봉을 떠난 황제 휘종의 사신단인 국신사 노윤적 일행은 6월 12일 개성의 예성항에 입항했다. 떠나기로 한 날이 7월 13일이었으니 노윤적 일행이 개경에 머문 것은 한 달을 꽉 채우고도 하루를 더한 31일이었다.

　　국신사는 두 가지 임무를 이행했다. 첫째는 황제 휘종의 조서詔書를 고려 국왕에 전하는 것이었고, 나머지 하나는 1년 전에 훙거한 예종의 영전에 제전하고 조의의 뜻을 보인 것이었다. 노윤적 일행은 바닷길을 이용해야 했다. 1115년 건국한 여진의 금나라가 송과 고려의 중간에 자리하고 육로를 막고 있어서였다. 7월 15일 예성항을 떠난 일행은 험난한 바닷길을 통해 한 달이 넘어서야 정해현定海縣에 도착할 수 있었다. 그리고 다시 두 달의 육로를 통해 개봉으로 돌아간 일행은 고려를 방문하는 동안 보고 들은 것을 소상히 적고 그렸다. 고려의 역사·정치·경제·문화·종교·인물 등 거의 모든 것들이 글과 그림으로 빠짐없이 정리되었다. 서긍은 이 책을 《선화봉사고려도경宣和奉使高麗圖經》이라 칭하고 그의 황제 휘종에게 바쳤다. 짧은 기간이었지만 그들은 고려를 샅샅이 훑은 수상한 방문객들이었다.

팽팽한 활시위

백성들은 고개를 숙인 채 침묵하고 있었다. 그들의 눈 또한 초점을 잃은 채 먼지 날리는 바닥만 응시하고 있었다. 아무도 고개를 들어 인종을 바라보지 않았고 아무도 귀를 열어 그의 말을 들으려도 하지 않았다. 길바닥엔 말발굽에 차인 건조한 먼지만 날아올라 허공을 맴돌았다. 힘없이 어지러이 불규칙적으로 귓가를 때리던 말발굽 소리가 멈춘 것은 백성들의 마음처럼 굳게 닫쳐 있던 성문 앞에 다가서서였다.

"성문을 열어라! 폐하시다!"

성문은 열렸지만 분위기는 안과 밖이 뚝같이 닮아 있었다. 형형색색의 복장이었지만 한결같은 모습의 신하들이 도열해 있었다. 모두가 고개를 숙인 채 모두가 입을 닫은 채 같은 틀을 방금 벗어난 목석들이 줄을 지어 회경전會慶殿을 향해 도열해 있었다.

"귀경을 축하드립니다. 폐하!"

맨 앞에 선 시중의 목소리가 궁성의 침묵을 깼다.

"축하드립니다. 폐하!"

이윽고 시중을 따라 복창하는 신료들의 목소리가 궁성 안 팍팍한 공기 속을 날기 시작했다. 목소리는 건조했고 눈빛은 황량했다. 어떤 느낌인지 인종은 이해할 수 없었다. 그들이 무엇을 생각하고 있는지 알 수 없었다. 침묵을 깨는 말발굽소리를 따라 행렬이 다시 무리를 지어 나가기 시작했다. 그리고 멀어지는 행렬의 뒷모습을 뒤로하고 힘없는 백성들의 모습도 작아져 갔다.

마주하고 앉아 있는 신료들은 고개를 바닥에 박고 표정을 감춘 채였다. 무슨 걱정이 있는지 모든 이들이 입을 올곧게 닫아걸고는 꼼짝도 하지 않았다. 표정을 읽을 수 있는 유일한 이는 반쯤 앞으로 몸을 내밀고 나앉은 인종의 외할아비이자 장인뿐이었다. 사내의 눈빛이 인종의 몸을 위아래로 훑고 지나갔다. 모든 것을 가진 자의 여유처럼 흰 수염은 허공에서 바람을 타고 소리 없이 가볍게 춤을 췄다.

'내 외조부이자 장인인 이 인간. 내 이모를 아내로 부르게 한 이 인간. 난 내 어미를 처형이라 불러야 할 형편이고, 난 내 형제들을 조카라 불러야 할 고려의 황제다. 난 이 인간으로 인해 내 정체성을 잃은 채 어둠 속을 헤매야 했다. 이 인간은 또 무슨 얘기를 할 것인가? 난 또 어찌 반응해야 할 것인가? 난 이 인간 앞에서 어찌할 바를 모른 채 피만 끓여야 할 열여덟 핏덩이에 불과하구나.'

"폐하!"

득달같은 목소리에 눈을 뜨자 인종이 상상한 그 인간이 온화하게 꾸민 미소를 보이며 그를 바라보고 앉아 있었다. 인종은 그의 여유가 죽이고 싶을 정도로 얄미웠다.

"여행은 평안하셨습니까?"

"피곤할 게 무어 있겠습니까? 남경南京과 서경을 돌며 정사를 돌보는 것은 오래된 전통인 것을……. 조선국공朝鮮國公의 배려 덕분에 잘 다녀왔습니다."

"신의 기쁨이자 당연한 책무이옵니다."

이자겸이 짐짓 목소리를 다듬었다. 거드름이 묻어 있다 못해 밖으로 철철 넘쳐 흘렀다. 자신을 치하하는 인종을 잘 보라는 듯 고개를 돌려 몸을 숙이고 배석하고 있는 신료들을 살피면서였다. 인종보다도 더 높은 자신의 위상을 한 번 더 확인시키려는 듯 이자겸의 어깨는 당당하게 펼쳐져 있었고 표정은 상기되어 있었다.

"그래……. 그동안 개경엔 별일 없었습니까?"

"일이라고 할 게 있겠습니까? 폐하께서 순행하시는 동안 숭덕부崇德府를 중심으로 모든 일을 잘 처리하였습니다."

거드름이 묻어 있는 목소리는 끝없는 오르막을 오르고 있었다. 예종이 승하하자 이자겸은 열네 살이었던 예종의 맏아들 해楷를 왕위로 올렸다. 고려 17대 왕 인종이었다. 인종의 숙부인 대방공 왕보, 대원공大原公 왕효王佟를 비롯하여 중서시랑 평장사 한안인, 추밀원 부사 문공인, 이중약과 정극영 등 수십 명을 숙청하고 귀양 보내고 나서였다. 명목은 반란죄였으나 본질은 척족 이자겸 일파와 예종의 오랜 총신이었던 한안인 일파 간의 권력투쟁이었다. 한안인은 귀양 도중 이자겸의 심복들에 의해 바다에 수장되었고 이런저런 이유로 이자겸과 반대에 섰던 수많은 이들이 목숨을 내어놓아야 했다. 그러곤 이자겸의 세상이 찾아왔다. 숭덕부는 권력을 장악한 이자겸이 정권을 마음대로 하려고 설치한 최고 의결기관이었다. 자신의 집은 의친궁懿親宮이라 칭하며 왕의 권위를 넘나들고 있었다. 그런 그를 조선국공으로 책봉한 것은 이자겸을 중심으로 한 권력이 공고히 되었음을 인정한 마지못한 조치였다. 왕은 인종이었으나 이자겸은 왕 위에 존재하는 상왕이었다. 이자겸의 군세軍勢는 손가락을 까닥여 외손이자 사위인 인종을 부를 정도였다.

"알겠습니다. 모든 정사가 잘 처리되고 있으니 내 감사할 뿐입니다."

감추지도 드러내지도 못하는 인종의 답답한 마음이 입술에 걸쳐져 목 안으로 둘둘 말려들었다. 얼굴을 평온했으나 마음이 천 근의 무게로 눌려서인지 목소리가 땅바닥을 긁고 있었다.

"내 피곤도 하니 오늘은 쉬겠습니다."

"폐하!"

일어서려는 인종을 만류하며 이자겸이 앞으로 나섰다. 인종이 어두운 표정을 지으며 이자겸을 바라봤다. 업무를 종료하겠다는 인종의 뜻은 이자겸의 결재를 얻지 못했다.

"무슨 일이라도……."

"건덕전乾德殿에 금나라에서 온 사신들이 머물고 있습니다."

"그건 내 들어서 알고 있습니다. 무슨 일이라도 있습니까? 공께서 처리하시면 될 일이지……. 딱히 제게 언급하시는 이유라도 있으신지요?"

인종의 얼굴 표정이 굳어버렸다. 언제는 따로 물어봤느냐는 표정이었다.

"아뢰기 황공하오나 지난번 사재소경司宰少卿 진숙陳淑을 금으로 보내 국서國書를 전했으나 국서가 표문체로 되어 있지 않고, 또 신臣을 칭하지 않았다 하여 저들이 거절했습니다. 지금 사신이 금나라 황제의 조서를 갖고 와서 신하의 예를 요청하고 있습니다."

"저런 발칙한 놈들……."

인종의 얼굴이 벌겋게 타올랐다. 찢어질 듯한 목소리가 사방을 할퀴었다. 말은 표면적으로 건덕전의 금나라 사신들을 향하고 있었으나 눈빛은 코앞의 이자겸을 향해 있었다.

"지지리 궁색하게 대륙을 떠돌던 것들이 어찌하여 힘을 길러 땅덩어리를 조금 차지하게 되었다고 이제 고려에 와서 상국임을 자임한답니까?"

"예, 폐하!"

인종의 분노에 놀랐는지 이자겸이 표정을 조금 부드럽게 지으며 낮은 목소리로 대답했다. 그러나 곧 이자겸의 얼굴빛은 평상을 찾고 있었다.

"폐하! 그건 반드시 그런 것만도 아니옵니다. 진정하시고 천천히 들어보십시오."

이자겸은 인종의 눈을 똑바로 바라보며 말을 끊을 듯 또박또박 이어갔다. 진정하고 내 말을 잘 들으라는 무언의 압박을 담고서였다. 이자겸의 목소리가 힘을 얻어가는 만큼 인종의 표정이 누그러졌다. 아직은 신하 위의 왕이라기보다 할아버지 앞의 착한 손자였다.

"이제 세상이 바뀌었습니다. 저들이 암울한 옛일을 갖고 있는 것은 분명하오나 지금은 요를 궤멸시키려 하고 있고 남으로는 송을 압박하고 있습니다. 이제 여진의 금은 강국이옵니다. 현실을 받아들이셔야 합니다."

이죽거리기라도 하듯 이자겸이 마지막 구절에서 미소를 지어 보였다. 분열되고 나약했던 부족국가에서 황제국으로 떠오른 금나라의 사정이 자신의 처지와 별반 다르지 않아서였다. 이자겸은 자신의 여

동생이 순종順宗에게 시집가자 음서로 벼슬길에 나설 수 있었다. 그러나 순종이 즉위한 지 3개월 만에 죽고 순종의 왕비로 입궁했던 자신의 여동생 장경궁주가 순종 사후에 노비와 간통하다 발각되자 이자겸 또한 파직되는 불운을 겪어야 했다. 한동안 벼슬길에 나서지 못한 이자겸에게 기회가 찾아온 것은 자신의 둘째 딸을 예종에게 시집 보내고서였다. 게다가 예종 사후 외손인 인종에게 다시 자신의 셋째와 넷째 딸을 출가시키고는 외손자이자 사위인 어린 왕을 보필한다는 구실하에 절대권력을 전횡하고 있었다.

"내적으로도 폐하의 즉위년 이래 작지 않은 환란이 반복되고 있습니다. 저들의 청을 받아들이셔서 외교관계라도 안정되게 하십시오. 그것이 상책입니다. 폐하!"

은근한 압박이 느껴질 정도로 이자겸의 목소리는 확고하게 들렸다. 이씨가 왕이 될 것이라는 십팔자참十八子讖이란 소문이 흉흉하게 도는 개경이었다. 국가의 위상이 한순간에 뒤바뀌는 약육강식의 세상이었다. 한 나라 왕의 이름이 왕씨에서 이씨로 바뀌어도 하등의 이상할 것이 없는 상황이었다. 금의 요구를 인정하라는 이자겸의 요청은 그래서 단순하게만 들리지 않았다.

"그래도 세상엔 도리가 있고 이치가 있는 법입니다. 강국이 되었다고는 하나 지금까지 이어온 서로 간의 예의가 있질 않습니까?"

"폐하! 약육강식이 국제정세를 지배하는 기본 이치입니다. 약자가 강자에게 예를 갖추는 것은 당연한 것입니다. 오늘날 강국이 된 금의 상황을 살펴 소홀함이 없어야 합니다."

이자겸의 목표는 단순했다. 나라 밖의 외교적 혼란은 자신을 중심으로 한 권력강화에 불확실성만 더하는 꼴이었다. 지금은 밖을 안정시키고 고려 안에서 자신의 권력을 강화하는 일이 최우선적인 정치 목표였다. 고려가 금을 지배하든지 받들든지 그런 것은 중요치 않았다.

"폐하! 윤허하신다면 한 말씀 올리겠습니다."

궁지에 몰리던 인종이 뜻밖의 목소리에 고개를 돌렸다. 학식과 글이 뛰어나 일전에 부왕 예종의 실록을 편찬토록 명령을 내렸던 예부시랑 김부식이었다.

"말해보시오."

이자겸의 표정이 일그러지기 시작했다. 마무리되는 시점인데 꼬리를 잡고 나선 이가 눈엣가시 같은 인물이어서였다. 일전에 자신의 생일을 '인수절仁壽節'로 명명하자 왕이 아닌 신하의 생일에 '절'을 붙이는 것은 부당하다며 꼿꼿하게 따졌던 이가 김부식이었다.

"절대로 금에게 신하의 예를 표하시면 아니 되옵니다."

첫마디가 간결했다. 김부식이 절대 불가하다는 결론을 서두에 던져놓고는 허리를 반듯이 세우며 계속했다.

"저희 고려국은 이미 송과 군신관계를 맺고 있습니다. 하늘 아래 태양이 둘이 아닐진대 어찌 송과 군신관계를 맺은 상태에서 또 다시 금을 상국으로 받들 수 있겠습니까? 이는 예에 어긋나는 일입니다."

"그 무슨 소리요? 송과 맺은 군신관계는 사대의 예를 갖추자고 그런 것이지 진정으로 송을 상국으로 모셔서가 아니질 않소?"

이자겸이 핏발을 세우며 김부식을 노려봤다. 목소리는 차분했으나 분노를 감추고 있어서인지 심하게 떨고 있었다. 그러나 김부식은 이자겸의 시선을 외면하며 계속했다.

"일단 맺은 약조는 지켜야 합니다. 더군다나 여진의 금은 오랑캐

나라입니다. 근본도 없을 뿐 아니라 상국으로서 지켜야 할 예의범절
도 모르는 나라입니다. 힘이 강하다 하여 상국으로 받들어야 한다면
이는 산야에 떠도는 짐승에게 인간이 고개를 숙여야 함을 의미할 것
입니다.”

“또 그 고리타분한 공맹의 예를 논하시오?”

이자겸의 목소리가 높아져 갔다. 번번히 예를 따지고 법을 논하며
사사건건 물고 늘어지는 신료들이 이자겸에겐 눈엣가시였다.

“보시오! 예부시랑!”

자리에서 벌떡 일어선 이자겸이 김부식에게로 바싹 다가가서 서릿
발 같은 목소리로 다그쳤다.

“지금 그대가 상전으로 모시는 송이 어떤 처지인지나 알고 그러시
오?”

“예와 신의로 맺은 인연이나 약조는 상대의 처지가 어떠한지를 떠
나 지켜야 할 도리입니다. 송이 지금은 금에게 밀려 곤궁한 상황에 처
해 있긴 하나 이는 일시적인 상황입니다.”

고개를 숙이고는 있었으나 김부식의 목소리는 기개를 잃지 않고
있었다.

“폐하! 여진은 고래로 고구려와 발해에 복종해온 나라이옵니다.
지금에 와서 일시적으로 강해졌다고 저희 고려가 고개를 숙일 수는
없사옵니다.”

“닥치시오! 그리했다가 저들이 국경을 넘어 군마를 몰아오면 그땐
어찌할 작정이시오? 공맹의 예를 논하다 백성들을 다 도륙시킬 참이
시오?”

이자겸이 씩씩대며 김부식을 통박했다. 글쟁이들이란 참으로 한심

한 족속이었다. 서책에 쓰인 글귀와 의미에만 매달린 채 현실은 외면하고 형식논리만을 고집하는 인간들이어서였다. 더군다나 자신에게 꼿꼿하게 머리를 든 채 법과 도를 들이밀며 저항하는 그들은 현실적으로 골치 아픈 정적이기도 했다.

"폐하! 예부시랑 김부식의 망령된 언사는 현실을 무시하고 국난을 자처하는 망발입니다. 한 치의 관심도 두지 마십시오."

인종은 눈을 감고 두 사람의 논쟁을 외면하고 있었다. 씩씩대는 이자겸의 모습을 상상하며 즐기는 것도 싫지 않은 일이었다. 그러나 그 즐거움도 잠시였다. 이자겸이 생각보다 더 열을 받았는지 자신의 자리로 돌아와선 인종을 향해 압박하듯 결정을 요구했다.

"폐하! 군자의 예로 맺은 약조를 버릴 수는 없습니다. 더군다나 상대는 오랑캐의 나라입니다. 오랑캐에게 고개를 숙일 수는 없습니다."

김부식도 물러서지 않았다. 이자겸이 눈에 불을 켜며 김부식을 바라봤다. 숨소리가 거칠어지며 순식간에 터져버릴 듯한 험한 분위기가 좌중을 찍어 누르고 있었다.

"폐하! 신이 한 말씀 올려도 되겠습니까?"

팽팽한 긴장감을 뚫고 단아한 목소리가 들렸다. 인종에게서 가장 민 신하들의 말석 부근에서였다. 의외의 목소리에 모든 시선이 말석으로 향했다. 자리에서 앞으로 나선 채 인종을 향해 고개를 숙이고 답을 기다리고 있는 이는 좌정언 정지상이었다.

"그래! 중대한 국사에 관한 일이오. 편하게 말해보시오."

"예부시랑께서 여진의 금을 오랑캐의 나라라 하시는 것은 옳지 않습니다."

순간 김부식의 차가운 눈빛이 허공을 타고 정지상에게로 향했다.

팽팽한 논쟁의 순간 자신의 주장을 정면으로 치고 나와서였다. 그렇지 않아도 이자겸의 위세에 눌려 힘들게 버티고 있던 상황이었다. 김부식이 목소리를 높였다.

"그 무슨 망령된 소리시오. 오랑캐를 오랑캐라 하는데 옳지 않다니?"

"저들이 풍속이 비루하고 산야를 떠도는 족속이기는 하나 오랫동안 우리 고려와 공유함이 많습니다. 고구려의 정통성을 잇고 있는 우리 고려에게는 형제이자 이웃입니다. 그런 그들을 오랑캐라 비하함은 옳지 않습니다. 여진이 고구려와 함께 피를 나눈 형제임을 잊지 마시옵소서."

담담한 목소리로 정지상이 고하기를 계속했다.

"저들을 오랑캐라 부르는 것은 중국의 진시황秦始皇이 자신들의 중화민족을 제외한 여타 민족을 오랑캐로 부르기 시작한 때부터입니다. 만리장성 밖의 족속은 모두가 다 오랑캐라 하지 않습니까? 동이가 중국인들이 부르는 중국 동북쪽의 오랑캐를 의미한다면, 고려도 오랑캐가 아니고 무엇이겠습니까?"

정지상을 바라보며 이자겸이 미소를 짓고 있었다. 정지상의 논리에 동조해서가 아니라 김부식의 얼굴이 흙빛으로 변해가고 있어서였다. 김부식 못지 않게 깐깐한 정지상이라 마음에 들지 않긴 마찬가지였다. 그러나 적의 적은 아군이었다.

"폐하! 허황된 논리에 현혹되지 마시옵소서. 공맹의 예와 법을 모르는 이들이 오랑캐입니다. 단지 이웃하고 살았다 해서 형제가 되는 것은 아니옵니다."

김부식이 인종을 향해 목소리를 높이며 정지상을 통박하고 나섰다.

"폐하! 공맹의 예와 법이 유일한 가치 판단의 기준이 되는 것은 아닙니다. 저들은 유구한 세월을 저희 고려 백성과 함께 살아온 이웃이요 형제들입니다. 공맹의 예와 법을 조금 모른다 하여 핏줄을 핏줄이 아니라 하는 것은 더 큰 잘못이옵니다."

정지상도 물러서지 않았다. 논쟁의 중심이 갑자기 정지상과 김부식 두 사람의 설전으로 옮겨가자 이자겸은 느긋하게 두 사람을 바라보고만 있었다. 정지상도 평소엔 비딱한 태도로 자신을 대했기에 괘씸하긴 마찬가지였다. 그러나 김부식을 통박하고 나선 지금 이 순간은 자신의 벗이었다.

"그래서 지금 상국으로 모셨던 송을 버리고 여진의 금에게 신하임을 자청하자는 말씀이오?"

"그것은 폐하께서 결정하실 일이오나 송만을 유일한 상국으로 모셔야 한다는 것은 잘못된 사대입니다. 유학의 가르침을 배우고 따르는 것은 그 가르침이 세상에 도움이 되기 때문이옵니다. 너무 지나치게 형식적 논리로 세상의 모든 일에 공맹의 논리를 앞세우는 것은 문제가 될 수 있음을 고하는 것입니다."

"아! 되었소. 내 그대들의 주장을 모르는 바가 아니니 그만들 하시오. 이만하면 충분한 논의가 되었다 생각되오."

분위기가 험악할 정도로 어색해지자 이자겸이 앞으로 나섰다. 김부식이 수세에 몰렸다 판단해서였다. 마무리를 할 시간이었다.

"이번 금나라와의 외교관계는 현실을 고려해서 처리할 것이니 다시는 이 문제를 언급하지 마시오. 또 거론하는 자가 있으면 항명으로 다스리겠소."

인종을 흘깃 바라보곤 이자겸이 종회를 선포해버렸다. 인종은 입을 굳게 닫고 아무런 말이 없었다. 형식적이나마 왕명을 듣고자 자리를 뜨는 인종을 잡아 세웠던 사람이 이자겸이었다. 논쟁에 대해 왕이 한마디 언급도 없는 상태에서 자신이 공식적으로 결론을 내렸다는 것은 왕의 존재가 그 형식마저도 필요 없는 상황임을 의미했다. 모든 신하들은 고개를 숙인 채 침묵했다. 김부식만이 흥분으로 들썩이는 가슴을 진정시키며 정지상을 노려보고 있었다.

· · ·

"왔는가?"

"찾으셨다 들었습니다. 폐하!"

급히 달려와서인지 가쁜 숨을 다듬으며 정지상이 예를 표했다. 인종은 고개도 돌리지 않은 채 활을 당겨 허공을 겨누었다. '씨익' 하는 소리를 내며 활시위가 팽팽하게 당겨졌다. 잠시 침묵이 흐른 뒤 '팽!' 하는 소리와 함께 살이 비상을 시작했다. 그러곤 '쿵!' 하는 요란한 소리가 가깝게 들려왔고 과녁 옆에 서 있던 병사가 깃발로 둥근 큰 원을 그렸다.

"명중이오!"

정지상이 자신을 찾은 인종을 알현하기 위해 도착한 곳은 신봉문神鳳門 앞에 위치한 구정毬庭이었다. 군의 행사를 행하는 병영이었다. 간혹 격구와 사열도 진행됐고 전장으로 떠나는 병사들을 전송하는 곳이었다. 곧추선 나무들이 병영을 에워싸고 있었다. 좌우로 내관들이 줄을 서 있었고 몇몇 장수들이 활을 쏘고 있는 인종의 뒤에서 배석하고 서 있었다. 물 한 잔을 건네받은 인종이 단숨에 물을 넘기곤 그제야 정지상을 바라봤다.

"폐하! 활 솜씨가 일품이시옵니다."

"하하! 그리 말해주니 감사하오. 이 정도도 쏘지 못한다면 고려의 왕으로 자격이 있겠소?"

"그건……."

"하하! 역시 빈말은 잘 못 하는 분입니다. 아부도 잘 못 하시고……. 대쪽 같은 좌정언이라고 들었습니다."

"폐하! 과찬이십니다."

정지상이 어쩔 줄 몰라 하며 얼굴을 붉혔다.

"칭찬이 아닙니다. 있는 그대로 좌정언의 품성을 말하는 것일 뿐……."

알 듯 모를 듯 미소를 지으며 인종이 정지상을 바라봤다. 정지상은 인종의 눈길이 부담스러웠다. 눈을 어디다 두어야 할지 가늠하지 못한 채 예를 갖추고 서 있었다.

"왜 그러시었소?"

"무엇을 말씀이신지……."

다짜고짜 인종이 질문을 했다. 연유를 묻고 있었으나 무엇에 대한 질문인지 파악하지 못한 정지상은 멀뚱하게 눈만 껌박였다.

"지난번 내가 서경에서 돌아오던 날 회경전에서 있었던 조회에서의 일 말입니다. 예부시랑 김부식의 오랑캐론을 통박했던……."

"아! 그 일이라면……."

정지상은 대답의 방향을 잡지 못하고 머뭇거렸다. 인종은 그런 정지상을 기다리지 않고 계속했다.

"내 좌정언의 곧은 품성과 기개는 잘 알고 있습니다. 그러나 정치적 감각은 좀 떨어지는 게 아니신지?"

"폐하! 신에게 잘못이 있었다면 꾸짖어주십시오."

"말은 바른 말이었으나 결론적으로는 이자겸을 도운 꼴이 되질 않았소?"

인종이 비꼬는 듯 목소리를 틀며 능청스레 말을 건넸다.

"폐하! 신은 여진의 금을 있는 그대로 보지 않고 공맹의 이념적 틀을 가지고 잘못 바라보는 것을 바로잡으려 했을 뿐입니다. 결론이 그리되어 폐하의 뜻에 어긋났다면 신을 벌하여 주십시오."

그제야 인종의 말뜻을 간파한 정지상이 송구하다는 표정으로 인종을 바라봤다. 결론적으로 이자겸을 도운 꼴이라고 책망을 하고는 있었지만 인종의 눈빛은 그리 차갑지만은 않았다.

"이걸 알아보시겠소?"

황망한 표정의 정지상을 바라보던 인종이 화제를 옮겼다. 들고 있던 활을 정지상에게 내밀었다.

"이건……."

즉답을 하지 못한 채 한참을 바라보던 정지상이 활을 두루 살핀 후 인종의 눈치를 보며 입을 열었다.

"이것은 단궁檀弓이 아니옵니까?"

"알아보시겠소?"

"예, 폐하! 신이 군사의 일을 잘 알지는 못하나 단궁을 어찌 모르겠습니까?"

"단궁을 몰라보면 내가 지난번 회경전에서의 일을 벌하려 했는데 알아보시니 벌은 면하게 되었소이다."

인종이 작은 미소를 지어보였다.

"삼국 초기부터는 각궁角弓이 많이 쓰이고 있으나 그 전에는 고조선에서부터 부여, 옥저 등 삼한에 이르기까지 단궁이 널리 사용되었던 것으로 알고 있습니다. 조선단궁朝鮮檀弓 혹은 낙랑단궁樂浪檀弓으로 불렸다 들었습니다. 중국의 활과는 다른 우리 고유의 활로 알고 있습니다."

벌을 면하게 되었다는 말을 들어서인지 정지상의 표정이 한결 밝아져 있었다. 단궁은 박달나무 혹은 두만강 유역에서 나는 광대싸리나무를 이용해서 만든 목궁이었다. 숙신肅愼이 썼던 단궁은 이를 호시라 하여 쇠를 뚫는 강궁으로 유명해 천하의 보배라 여겼다. 숙신의 호시는 고구려를 거쳐 고려에까지 그 전통이 이어져 내려오고 있었다. 여진의 금 또한 이 활을 계승하여 군사력을 강화하는 데 활용했다.

"역시 해박하시오."

"과찬이십니다. 폐하!"

"활만 놓고 보아도 누가 형제고 누가 타인인지 구분이 되는 것이 아니겠소?"

"그렇습니다. 폐하! 피를 나눈 형제들끼리 오랜 시간 함께했던 풍습의 흔적은 지우려 한다 해도 쉽게 지워지는 것이 아니옵니다."

"그렇소이다. 이 활은 오래진 현종 연긴에 동여진의 봉국대장군奉國大將軍 소물개蘇勿蓋라는 자가 말 아홉 필과 과선戈船 세 척, 호시 6만을 우리 조정에 내헌來獻할 때 받아둔 것이오. 장화전長和殿에 아직도 몇 점 보관되어 있기에 내 이리 가져와 시위를 당겨보고 있었소."

인종이 활을 위로 들어 하늘을 향했다. 시위를 당긴 인종은 아무런 말없이 하늘을 바라보고만 있었다. 하늘을 향한 인종의 눈빛이 왠지 공허해 보였다. 파란 하늘빛만큼 정지상의 가슴이 쓰려왔다.

"내 공의 말에 동감은 합니다. 그러나……."

인종이 주위의 사람들을 물리고 나서 활을 탁자에 올려놓고 정지상을 바라봤다. 걱정과 근심이 서린 눈빛이 공허감을 대신하고 있었다.

"이자겸이 금을 받들자는 것은 자신이 장악하고 있는 지금의 권력 구도를 바꾸고 싶지 않아서이고……. 김부식이 송을 받들어야 한다고 주장하는 것은 유학을 중심으로 한 자신들 파벌의 기득권을 유지하겠다는 생각이 아니겠소?"

정지상은 뜻하지 않은 인종의 언급에 화들짝 놀라며 당황했다. 어린 왕이었지만 인종은 상황의 본질을 꿰뚫고 있었다. 긴장감이 온몸을 경직시켰다.

"그대가 잘 알고 있듯이 고려는 황제의 나라이오. 그러나 오늘의 현실이 그러지 못 하니 내 가슴이 답답하고 앞이 깜깜할 뿐이오. 내가 온전한 왕으로 보이시오?"

"폐하!"

"너무 긴장하실 것 없소이다. 내 어린 나이에 왕위에 올라 외척의 비호를 받고는 있으나 왕이 된 이상 어찌 생각이 없겠소? 왕실은 이자겸 일파의 전횡으로 흔들리고 있고 고구려의 정통성을 계승했다는 태조 왕건 폐하의 유지는 오간 데 없는 상황이 되어버렸소."

"폐하! 신의 무력함을 꾸짖어주시옵소서."

정지상이 인종 앞에 무릎을 꿇고 앉았다. 어려서 이자겸에게 휘둘리고만 있다고 생각했던 왕이었다. 그러나 인종은 많은 고민을 안고 어둠 속에서 홀로 괴로워하고 있었다.

"일어나시오. 그게 어디 공이 혼자 짊어질 일이랍디까?"

탁자 위에 놓인 단궁을 집어 들어 살을 먹인 인종이 시위를 당겼다. '씨익' 하는 바람소리와 함께 단궁이 몸을 휘며 원을 그렸다. 팽팽한 긴장감이 활 몸통을 타고 인종의 팔 근육으로 퍼져나갔다.

"팡!"

화살이 비상을 시작했다. 순식간에 날아간 화살이 과녁을 꿰뚫고 소리를 토해냈다.

"꽈앙!"

인종의 울분을 담고 있는지 과녁을 때리는 소리가 훈련장을 요동쳐댔다. 굉음이 사라지자 인종이 나지막이 입을 열었다.

"고구려의 정통성을 계승하고 부국강병으로 온 세상에 우뚝 서야 할 고려가 지금 길을 잃고 헤매고 있소. 왕실의 권위는 땅에 떨어져 있고, 조선의 정신은 바람 앞에 촛불 신세가 되어 있소이다."

말을 던져놓고 다시 시위를 먹인 인종이 살을 날렸다. 저편에서 살이 과녁을 때리는 둔탁한 소리가 터졌다. 한참을 기다리다 침묵하며 서 있는 인종에게 정지상이 다가갔다. 그대로 두면 울분과 외로움으로 몇 년이라도 그렇게 서 있을 것 같은 걱정이 들어서였다.

"폐하! 길이 없는 것은 아니옵니다."

다가선 정지상이 작지만 힘이 들어간 목소리로 인종에게 말을 건넸다. 신심이 담겨 있어서인지 목소리는 단호했고 단아했다. 인종은 아무런 대답 없이 몸을 돌려 정지상을 바라만 봤다. 인종의 쓸쓸한 눈빛이 무엇인가를 갈구하고 있었다.

"폐하! 이것을 보시옵소서."

정지상이 탁자로 다가가서 놓여 있던 또 하나의 활을 잡았다. 그러곤 두 팔을 활짝 펴며 활을 앞으로 펼쳐 들었다.

"저들이 저희 족속을 동북쪽에 있는 오랑캐라 합니다. 동이입니다."

어둡던 인종의 눈빛이 호기심으로 빛을 발하기 시작했다.

"이夷가 무엇이옵니까?"

"……."

"이는 큰（大） 활（弓）을 의미합니다. 여기서 크다는 것, 대大는 만물의 주인인 '사람'이며 만물을 키우는 '태양'이기도 하고 만물의 군주이신 '임금'을 의미합니다."

"그런 뜻이 숨어 있었소? 나는 몰랐소."

다가선 인종이 활을 들어 살피며 정지상의 얼굴을 응시했다. 충분히 재미있으니 빨리 계속하라는 재촉을 담고서였다.

"또한 궁弓은 저희 동이족의 지혜를 담고 있는 신물信物입니다."

"신물이라? 그 무슨 의미요?"

"예로부터 저희 고조선의 후예들은 활을 호弧라고 불렀습니다. 호는 반원을, 현弦은 반지름을 그리고 시矢는 지름을 의미합니다. 잘 보십시오."

정지상이 활을 들어 시위를 당겼다 놓았다 반복했다. 반원의 활이 휘청대며 팽팽하게 당겨졌다 풀어졌다를 반복했다.

"활은 도형 중에 원을 기본으로 해서 제작한 것입니다. 활은 몸통（弧）, 시위（弦） 그리고 화살（矢）을 구성요소로 하고 있습니다. 세 개의 각각이 하나로 합쳐져 원을 형성하는 것이옵니다."

"신기하오. 전쟁 도구로만 여겼던 활에 그런 신묘한 의미가 담겨 있는 줄은 몰랐소이다."

"그것만이 아니옵니다. 동이의 뿌리는 고조선입니다. 예로부터 고조선은 삼위일체三位一體 사상을 중시했습니다. 천天, 지地, 인人의 화합을 중요시했던 것이지요. 그래서 삼위일체를 의미하는 삼각형이 중요한 의미를 지니고 있는 것입니다."

"그런데요?"

갑자기 화제가 다른 곳으로 옮겨가자 인종의 눈빛이 더 반짝이기 시작했다.

"화살을 보십시오."

활을 내려놓은 정지상이 이번에는 화살을 들어 인종의 앞으로 내밀었다.

"고래로 화살은 뱀을 상징하는 것으로 알려져 있습니다. 뱀의 머리는 화살촉이 되고 꼬리는 몸통이 되어 화살을 이루고 있습니다. 이 화살촉이 밑변 삼각형을 형상화하는 것입니다."

"허어! 듣고 보니 오묘한 설명이외다."

"폐하! 또한 화살촉을 형상화한 밑변 삼각형과 함께 윗변 삼각형도 삼위일체사상을 보여주는 또 하나의 상징입니다."

"밑변 삼각형은 뱀을 형상화한 것이라 한다니 그럼 윗변 삼각형은 무엇을 형상화한 것이오?"

인종이 질문을 던졌다. 정지상은 속으로 회심의 미소를 지었다. 질문을 들어보니 인종이 상당한 관심을 갖고 있어서였다.

"잘 보셨습니다. 윗변 삼각형도 형상화한 동물이 있습니다. 그것은 소입니다. 왜 그런지 이해하시겠습니까?"

정지상은 답변과 함께 다시 질문들 던졌다. 인종의 관심 정도를 확인해보고 싶은 생각이 들어서였다.

"그것은……. 뿔이 달린 소머리를 형상화하면 답이 나올 것 같소이다. 소의 두 뿔과 턱을 이으면 윗변 삼각형이 되질 않겠소?"

"맞사옵니다."

정지상이 화살을 앞으로 내밀며 반가운 표정을 지었다. 인종도 정답에 기뻤는지 오랜만에 밝은 표정을 지어 보였다.

"소는 고래로 희생을 상징하는 동물이었고 뱀은 지혜를 상징하는 동물이라고 합니다. 이 두 동물은 활을 통해서 하나가 됩니다. 활을 만드는 재료가 소뿔이며 화살은 뱀의 형상을 그대로 간직하기 때문입니다. 이들이 형상화하고 있는 것은 모두 삼각형으로 동이족의 삼위일체 사상을 상징하는 것이 되옵니다. 그리고……."

"무엇이오?"

정지상이 주저하자 인종이 재촉하고 나섰다. 무엇인가 감추려는 듯해서였다.

"제가 송에 사신으로 갔을 때 얼핏 들은 바에 의하면 서쪽에 있는 색목인色目人들의 일부 무리들은 이 두 삼각형을 포개어 육각형별을 만들어 자신들의 중요한 상징으로 삼고 있다고 했습니다. 저들이 그 형상을 다윗의 별이라 부른다고 들었습니다."

"세상에 널리 퍼진 사상인가 보오. 색목인들까지 형상화해서 쓰고 있다니."

"그렇습니다. 폐하! 저들이 자신들 신앙의 상징으로 받드는 육각형의 별 형상도 삼위일체 사상을 기반으로 하고 있습니다. 동서양 모두에 삼위일체 사상이 펼쳐져 있는 것이옵니다. 이렇게 삼위일체 사상이 온 세상에 퍼진 것은 바로 우리의 옛 고조선이 세상에서 으뜸가는 나라였기 때문입니다."

"내 그것은 들어서 잘 알고 있소. 그래서 삼한과 고려가 고조선의 전통을 이어오고 있는 것이 아니겠소?"

"그렇습니다. 폐하! 바로 그 고조선을 건국하고 그 전통을 이어온 것이 바로 동이입니다. 그러나 신이 좀더 드리고 싶은 말씀은 동이의 의미가 활에만 국한된 것이 아니라는 것입니다."

"뭐 다른 의미가 또 있다는 말이오?"

머뭇거리는 정지상을 바라보며 인종이 재촉했다.

"폐하께서 활을 쏘시기에 활에 관련된 말씀을 드리긴 하였으나 동이는 좀더 큰 의미를 갖고 있습니다. 동이의 본뜻을 이해하고 그 의미를 계승하여 다시 살릴 수 있다면 오늘날의 정치적 혼란도 극복할 수 있지 않을까 생각됩니다."

조심스런 표정으로 정지상이 설명을 계속했다.

"폐하! 환국桓國에 대해서 알고 계시지 않습니까?"

"삼한에 사는 백성치고 환국을 모르는 이가 어디 있겠소? 환웅桓雄께서 땅으로 내려오시기 전에 계셨던 하늘나라를 칭하는 것이 아니요?"

"그렇습니다. 하늘나라의 신들이 거처하시던 곳이었습니다. 우리 민족의 시원이기도 합니다. 고조선은 환국을 지상에 재현한 국가가 되는 것이옵니다. 사해의 모든 문화가 이곳 환국의 풍류에서 시작되었다고 합니다. 동이란 작게는 중국인들이 활을 잘 쏘는 저희 종족을 오랑캐라 부르기 위해 넝넝한 이름입니다. 그러나 근원을 살펴보면 동이는 원래 환국에서 중요한 역할을 한 계급 혹은 집단을 의미하는 말이옵니다. 저희 동이는 환국에서 풍류를 주관하고 전수한 집단이었습니다."

"그게 무슨 의미요?"

인종은 궁금증과 호기심이 섞인, 무척 흥미롭다는 표정을 지으며 정지상에게 바싹 다가왔다.

"하늘 국가인 환국의 통치사상과 통치기술을 땅에 존재하는 인간들의 국가에게 전수하고 주관하는 집단이 바로 동이족, 즉 우리 민족이었다는 의미입니다. 동이는 일종의 종교 결사적 집단이었습니다."

"종교 결사적 집단이었다고?"

"그렇게 볼 수 있습니다. 하늘의 통치이념을 전달하고 이를 인간들에게 전수시키는 것이 동이의 임무였으니까요. 그래서 동이는 불교나 유교와 구별되는 독자적인 종교이념과 체계를 가졌습니다. 그래서 예로부터 동이는 가장 중요한 역할을 담당한 세력이었으며 또한 타 세력으로부터 가장 견제를 받은 민족이기도 한 것입니다."

"음, 동이라……."

이해를 하려 노력하는 듯 인종은 아무런 말도 없이 눈만 깜박이며 정지상을 바라봤다. 한참을 서 있다 인종이 정지상을 뚫어지게 바라보며 질문을 던졌다.

"그렇다 하더라도……. 그게 지금의 혼란을 수습하는 데 무슨 도움이 된다는 것이오?"

"폐하! 지금 조정은 이자겸 일파의 손에 농단을 당하고 있습니다. 통치의 원칙도 없고 방향도 없는 상황입니다. 오직 저들 일족의 부귀영화가 목표라면 목표가 아니옵니까?"

정지상은 설명을 이어가며 인종의 표정을 조심스레 살폈다. 조정 곳곳에 자릴 잡고 독버섯처럼 자라나 권력을 장악하고 있는 이자겸 일족에 인종도 속해 있어서였다. 이자겸은 인종의 외조부며 장인이었고 이자겸 일파는 모두 다 인종과 피를 나눈 친인척이었다. 다행히 인종의 표정은 덤덤했다.

"또한 신라의 맥을 잇는 경주 출신들은 유교사상을 기본으로 해서 송을 모방한 정치체제를 만들려 하고 있습니다. 유학은 그 정신이 사악하지는 않으나 삼한의 실정에 맞지 않는 부분이 없지 않습니다. 또한 송을 추종하다 보니 동이의 옛 국가인 조선의 전통과 고유사상을 가벼이 여길 뿐만이 아니라 때론 이를 파괴하려는 경향이 있습니다. 그러다 보니 유학의 뿌리인 대륙의 중국에 사대하는 나쁜 풍속을 만들어내고 있습니다. 세월이 지나면 사대의 미망에 빠져 자신들의 뿌리마저 잊지 않을까 두려울 뿐입니다."

말을 잠시 끊고 인종을 바라봤지만 인종은 아무런 반응 없이 정지상을 응시하고만 있었다. 표정은 어서 갈 길을 계속 가라는 무언의 주문을 담고 있었다.

"해서 드리는 말씀입니다. 동이의 전통을 다시 세우셔서 혼란에 빠진 고려의 앞날을 밝히시옵소서."

"동이의 전통이 무엇이오?"

인종은 망설이지 않았다. 정지상에게 길을 묻고 있었다.

"동이의 전통이란 하늘의 뜻을 받들어 홍익인간弘益人間의 이념을 세상에 실현하는 것이옵니다. 저희 동이족이 고래로부터 갖고 있었던 신성한 의무이기도 합니다."

"공의 수상하는 바가 무슨 뜻인지는 알겠으나 아직은 그 내용이 명확하지 않소이다. 또 그것이 무엇인지 안다고 해도 무엇을 어찌해야 할지 잘 모르겠소."

"송구하옵니다. 폐하!"

정지상은 곤혹스러운 표정을 지어 보였다. 화두는 던졌으나 인종의 지적이 핵심을 찌르고 있어서였다. 인종이 자신을 활터로 불러 질문을 던졌기에 즉흥적 반응으로 화두를 꺼내놓았을 뿐 아직까지 정지상 자신도 좀더 많은 공부가 필요한 까닭이었다. 그러나 화두만을 던져놓고 물러나기에는 모든 상황이 만만치 않게 흘러가고 있었다.

"폐하! 아직은 신이 충분한 역량을 갖추고 있질 못합니다. 하지만 폐하께서 조금 시간을 주신다면 신이 최선을 다해 방법을 찾을 것이옵니다."

"내가 도와주면?"

"예! 폐하! 신이 작은 재주를 갖고 미력이나마 노력하여 궁궐에 있는 비서원秘書院을 자주 찾았습니다. 이곳에는 청연각靑讌閣과 더불어 수많은 역사서들이 보관되어 있습니다. 신이 폐하께 동이에 관해 조금이나마 설명을 올릴 수 있었던 것은 그곳에 있는 수많은 서적 중 일부라도 일독을 할 수 있었기에 가능한 일입니다."

"그곳에 그런 내용을 담고 있는 비서들이 있다는 말이오?"

"보관은 되어 있으나 이곳저곳에 방치되어 있고 정리가 되어 있는 서적들도 그 내용이 다 파악이 안 된 것으로 알고 있습니다."

"아니 그런 소중한 서적들이 그리 방치되어 있다니 그 무슨 소리요?"

"송구하오나 모든 이들의 관심이 유학과 불교에 가 있는 상황입니다. 그러다 보니 우리의 옛 사상은 홀대를 받고 있는 실정입니다."

"불행한 일이오. 우리의 일을 기록한 역사서들이 밖에서 들어온 유학과 불교경전에 밀려 먼지를 뒤집어쓰고 방치되어 있다니……."

"이곳 개경만의 일이 아니옵니다."

"어디 또 그런 곳이 있다는 말이오?"

"일전에 제가 서경에 들렀을 때 혹 하여 살펴봤더니 서경의 문서고인 수서원修書院도 상황이 별반 다르지 않았습니다."

"수서원도?"

"그렇습니다. 서경의 경우에는 더 심각하지 않을까 합니다. 서경이 어디이옵니까? 고구려의 도성都城이었던 곳이옵니다. 아마도 조사를 해본다면 더 많은 자료들이 빛을 보지 못하고 숨겨져 있을 것이 분명합니다."

"그렇겠구려……."

잠시 밝아졌던 인종의 표정이 다시 어두워지기 시작했다.

"어찌하면 좋겠소?"

"폐하! 신의 재주가 크지는 않사오나 폐하께서 허락해주신다면 이런 내용들을 공부하고 정리하여 고려가 나갈 길을 밝히는 데 온 힘을 다하겠습니다. 그렇게 뜻을 다시 세우신 후에 산야에 묻혀 있는 석학들과 인재들을 불러들인다면 잊혀가고 잘못 알려져 있던 동이의 바른 길이 광명대로로 다시 나올 수 있을 것이옵니다."

정지상이 인종 앞에 무릎을 꿇고 청을 넣었다. 한참을 응시하고 서 있던 인종이 가까이 다가가 정지상의 어깨를 잡고 일으켜 세웠다.

"내 명을 내려 조치할 것이니 그리하도록 하시오. 내 하루 속히 그대가 짐과 고려를 위해 바른 길을 보여줄 수 있길 기대하겠소. 아시겠소?"

"감사합니다. 폐하! 최선을 다할 것입니다."

"허나……."

정지상의 어깨에서 손을 뗀 인종이 뒤로 물러나며 거리를 두고 입을 열었다. 좀 전과는 다르게 낮게 깔린 목소리였다.

"이것 하나는 기억하시오. 군왕은 모든 정치세력들의 한 가운데 서 있소. 정치적 균형을 유지해야 하는 나로서는 대놓고 그대를 도울 수

가 없는 것이 현실이오. 내가 최선을 다하여 은밀히 그대를 도울 것이
나 그들과 싸워 동이족의 나라였던 고조선의 건국이념의 참뜻을 바
로세우는 것은 그대의 책무요. 아시겠소? 내 말뜻을?”
　“폐하께서 기회를 주시는 것만으로도 감사드릴 뿐입니다. 신이 최
선을 다하겠습니다. 폐하!”

치솟는 불길

"알아보시었소?"

어둠 속에서 김부식의 눈이 싸늘하게 반짝였다. 시어사侍御史 이중李仲, 예부외랑 임완, 중서령中書令 임원후任元厚의 표정도 긴장감으로 딱딱하게 굳어 있었다. 무거운 침묵 속에서 한동안 촛불만이 홀로 어지러이 춤췄다.

"그쪽에서 조만간 움직일 것 같습니다."

이중이 마른입을 다시며 떠듬거렸다.

"확실한 것이오?"

"폐하께서 이공수李公壽 공에게 자문을 구하셨다 들었습니다."

"왜 하필 이공수란 말이오?"

참지정사參知政事 이공수는 곧바른 성격으로 매사에 공명정대한 중신이었다. 그러나 그는 이자겸의 육촌형이었다. 아무리 반듯한 사람이라고는 하나 이자겸의 혈육이었다. 이자겸 제거를 논의하기에는 아무래도 껄끄러운 인물일 수밖에 없었다. 떨떠름한 표정으로 김부식이 계속했다.

"그래, 이공수는 뭐라 했다 하오?"

"폐하께 신중을 기하는 것이 좋을 것 같다고 아뢰며 반대를 했다 합니다."

"폐하의 반응은?"

"폐하의 성격을 잘 아시질 않습니까? 결정을 못 내리시고 고민하시겠지요."

임원후가 중간을 자르며 대화에 끼어들었다. 우유부단한 인종의 성격으로 볼 때 결정이 쉽지 않으리라는 것이었다.

"아닙니다. 이번에는 좀 다를 것 같습니다."

임완이 침묵을 깨고 끼어들었다. 모두의 눈이 임완을 향했다.

"뭐 그리 판단할 근거라도 있으시오?"

"지난번 이자겸이 개인적으로 송에 사신을 보내 자신을 지국군사知國軍事로 임명해줄 것을 요청한 일이 있었습니다. 폐하께서는 더 이상 못 참겠다고 하셨답니다."

임완은 송나라에서 고려로 귀화한 인물이었다. 그래서 고려와 송 간의 접촉에 대해서 소상한 정보를 갖고 있었다. 이자겸은 송 조정에 자신을 고려의 최고 책임자인 지국군사로 명해줄 것을 요청한 일이 있었다. 송 조정에 자신을 인종과 같은 제후諸侯로 인정해달라고 요청한 것이었다. 인종의 분노는 폭발 직전이었다.

"어디 그게 한두 번의 일이오? 이번에도 끙끙 앓다가 또 주저앉고 마실 게요. 좀 우유부단하셔야지요. 고민과 함께 몸을 사리고 앉아만 계실 겁니다."

"아닙니다. 이번에는 폐하의 분노를 눈치챈 내시지후內侍祗候 김안金安

과 내시록사內侍錄事 안보린安甫鱗이 각오를 하고 앞장을 서고 있습니다. 나름 충정을 목숨처럼 내세우는 자들입니다. 혹 이번엔 이들이 일을 낼지 모르겠습니다.”

오가는 대화를 듣고 있던 김부식은 한참을 침묵하고 있다가 싸늘한 눈길을 이중에게 보냈다. 침묵하던 모든 이들의 눈길이 김부식에게로 쏠렸다.

“감시의 눈초리를 놓지 마시고 한 사람 한 사람의 행동 하나 발언 하나까지 살펴봅시다. 이자겸 쪽에도 사람을 붙여놓고 말입니다. 김안과 안보린이 대장군 지록연智綠延과 접촉해서 거사를 계획하고 있는 것 같으니 조만간 승패가 나겠지요. 우리는 나서지 말고 지켜만 보면 됩니다. 누가 승자가 되든……. 그런데…….”

경계심으로 가뜩이나 팽팽하게 땅겨져 있던 김부식의 목소리가 순간 끊어졌다. 평소에도 침착하고 매사에 주도면밀한 김부식이었다. 하지만 오늘은 긴장감이 남달랐다. 주변을 조심스레 살핀 후 김부식이 가느다란 눈길로 좌중을 훑어보며 입을 열었다.

“정지상은 뭘 하고 있는지 좀 알아보셨습니까?”

김부식은 이중에게서 눈길을 떼지 않고 신중하게 물었다. 눈길이 부담이 되었는지 이중이 입맛을 다시며 주변을 돌리보더니 입을 열었다.

“요즘엔 비서원에서 살다시피 한답니다. 얼마 전엔 서경의 수서원에도 다녀왔다 들었습니다.”

“그건 지난번에도 들었던 얘기가 아닙니까? 서경까지라……. 한 치 앞을 예상 못할 사단이 날 상황인데도 그리 서재에 들어앉아만 있다니…….”

인종이 정지상을 불러 은밀하게 만난 후 세 달이 지나고 있었다.

김부식은 정지상에게 사람을 붙여놓고 정지상의 동태를 살피고 있었다. 그러나 예상과 달리 정지상은 혼란스런 정치 상황과는 동떨어진 채 서원만 들락거리고 있었다.

"그래 뭐하러 그리 먼지와 책들만 있는 서원에서 처박혀 있는지는 알아보시었소?"

탐탁지 않다는 표정으로 김부식이 계속 질문을 던졌다. 왕과 다른 신하들 앞에서 자신을 정면으로 통박하고 나섰던 정지상이었다. 대놓고 벌을 주고 싶었지만 논쟁은 논쟁으로 해결해야 할 문제였다. 머릿속 생각을 물리적으로만 억누를 수 없는 만큼 정지상은 만만치 않은 골칫거리였다.

"비서원에 알아본 바에 의하면 정지상은 폐하의 재가를 얻고서는 왕실에서 보관 중인 고서들을 탐독하고 있다고 합니다."

"고서라니 어떤 서책들을 말하는 것입니까?"

본능적으로 무엇을 느꼈는지 김부식의 목소리가 격양되고 있었다.

"왕실에서 보관해오는 비서들이 있습니다. 고조선과 삼한의 옛일을 기록한 것이라 알고 있습니다. 말이 비서지 통일신라 이후로는 불교서적과 유교서적들에 밀려 이제는 별로 관심을 보이는 이가 없는 그런 책들입니다."

"아니오. 아니오."

고개를 가로 저으며 김부식이 임완의 말을 잘랐다. 별 볼일 없는 일이라는 임완과는 너무도 다른 반응이었다.

"그대는 송에서 고려로 오셔서 그렇게 생각하겠지만 그리 간단히 넘어갈 일이 아니오. 더군다나 폐하께서 정지상에게 무엇인가를 지시하신 것으로 보이는데 정지상이 한가하게 시간을 보낼 리가 없소이다."

"너무 민감하게 반응하시는 것 아닙니까?"

임원후가 김부식을 우려 섞인 눈빛으로 바라봤다. 뱀처럼 차가운 피를 갖고 있는 이가 김부식이었다. 유교 방식의 예의범절 교육은 그렇지 않아도 천성적으로 냉정한 김부식을 자신의 표정을 남에게 좀처럼 들키지 않는 사람으로 만들어놓았다. 그런 김부식인데도 정지상의 이름만 들으면 이상하리만치 얼굴빛을 붉혔고, 호흡도 거칠어졌다.

"그렇지 않습니다. 아직도 이 나라는 불교의 영향력이 유학을 압도하고 있는 나라입니다. 더군다나 옛 고구려의 치세를 기억하며 북방 개척을 주장하는 사람들이 아직도 곳곳에 존재합니다. 조심해야 합니다. 잘못하다가는 어렵사리 기반을 넓히고 조심스레 뿌리를 박아온 우리 유학파가 당할 수가 있습니다."

"너무 과민하신 거 아닙니까? 이제 우리의 유교적 정치이념과 제도도 나름 뿌리를 내렸습니다."

"그렇지 않습니다. 나름 세상 모든 것엔 흐름이란 게 있습니다. 내용도 내용이지만 시류가 맞아야 하는 거죠. 지금 송은 여진의 금에 밀리고 있는 처지입니다. 금의 압박이 가뜩이나 심한데 이럴 때 정신을 놓고 있다간 당할 수 있습니다."

고려 성종 이후로 유교의 정치이념화가 꾸준히게 진행되고 있었다. 사상과 계급질서 및 중앙집권적 정치체제와 교육 등 유교는 빠르게 자리를 잡아가고 있었다. 그러나 불교의 뿌리는 더 오래되고 깊어서 좀처럼 자리를 내주지 않고 있었다. 불교는 토착 전통사상과 융합한 채로 외래사상인 유학을 직·간접적으로 경계하고 있었다. 더군다나 세상이 격변하고 있었다. 송과 협력하여 거란의 요를 멸망시킨 여진의 금이 송을 강하게 압박하고 있는 형국이었다. 금에게 밀리고 있는 송은 바람 앞의 촛불 신세였다. 유학의 종주국이랄 수 있는 송마저 여진의 금에게 밀리고 있는 지금 방심한다면 유학파들도 자리를 내어놓아야 할지 몰랐다. 그런데 정지상이 서원을 돌며 고서를 탐독하고 있다는 것은 불길한 소식이었다.

"정지상을 철저히 감시해야 합니다. 이자겸보다도 더 골치 아플 수 있는 인사입니다. 내 말을 명심하십시오."

"참내, 시랑께서도……."

이중이 동의할 수 없다는 표정을 지으며 말끝을 흐렸다. 너무도 진지한 김부식의 표정을 보니 대놓고 반박하기가 쑥스러워서였다. 그러나 김부식이 이중의 얼굴을 똑바로 바라보며 정색을 하고 나섰다.

"잘 들으세요. 내 짚이는 게 있어서 그럽니다. 여러분께서는 신라시대 최치원을 기억하실 겁니다."

"유생이라면 최치원 공을 모르는 이가 있겠습니까? 통일신라 때 유학의 기반을 닦으신 분이 아니십니까? 따지고 보면 우리들의 대 선배님이 아니십니까?"

최치원은 신라의 영재였다. 12세에 당에 유학 가서는 18세에 당의 빈공과實貢科에 급제한 후 당의 관리로 재임하다 신라로 귀국했다. 최치원은 골품제에 찌든 신라를 유학정치사상을 중심으로 개혁하고자 진성여왕에게 〈시무10조〉를 올렸다. 삼한에 유학을 전파시키고 제도화 하는 데 앞장섰던 1세대 격 유학자였다. 〈토황소격문討黃巢檄文〉은 당에서 황소가 변란을 일으키자 토벌사령관인 고변高駢 휘하에 종군하던 최치원이 황소를 격멸하고자 쓴 격문이었는데 황소가 이를 읽다가 자신도 모르게 침상에서 내려앉았다는 일화가 전할 만큼 뛰어난 명문이었다.

"그런데 이 최치원이 말년에 외도를 했습니다."

"외도라뇨?"

"이상하게도 말년에 가서는 유불선儒佛仙 삼도 통합과 풍류도의 중요성을 주장하며 유학과 거리를 뒀다는 것입니다. 제가 보기엔 이건 정통 유학자가 보일 행동은 아니었다는 것입니다."

"골품제를 개혁하려다 현실의 벽에 부딪히자 잠시 그러신 것일 테죠. 유학의 근본을 바꾸자는 것은 아니었던 것으로 저는 기억합니다. 외도라 하기엔 좀 무리가 있는 것 아닙니까?"

임원후가 나섰다. 최치원의 뿌리는 고려의 최지몽崔知夢과 최승로崔承老에 이어지며 삼한에서 유학의 전통을 잇고 있었다. 그런 그가 외도를 했다는 것은 그냥 지나칠 작은 일이 아니었다.

"그건 논란의 여지가 있긴 하지만……."

임원후의 표정이 진지해지자 김부식이 한 발 뒤로 물러났다. 자칫 잘못하면 유학의 전통을 놓고 한바탕 논란이 시작될 수 있어서였다.

"아무튼 제가 드리려는 말씀은 최치원이 말년에 의지했던 것이 바로 조선의 고서였다는 점입니다. 정통유학자였던 최치원 공을 흔들만큼 무엇인가 관심을 끄는 내용이 있었을 것 같아 마음이 걸립니다."

"시랑이 걱정할 만큼입니까?"

"저도 읽어보지는 않아서 어떤 내용들인지는 상세히 모릅니다. 그러나 최치원의 예도 그렇고 또 원효元曉대사의 예를 보아도 그렇습니다. 그 내용이 간단치만은 않을 것이라는 생각이 들어서 걱정이 됩니다."

"원효대사까지 말입니까?"

"그렇습니다. 원효대사도 말년에는 광대와 어울리는 등 온갖 기행과 함께 풍류도에 관심을 기울였습니다. 유학의 최고 석학과 불교의 최고 승려 모두 다 무엇인가로부터 영향을 받았다면 이는 그냥 지나칠 일이 아닙니다."

"그럼 시랑께서는 그 무엇인가가 삼한의 고서들에 들어 있는 내용을 바탕으로 하고 있다고 생각하시는 겁니까?"

"글쎄요……. 저도 잘은 모르겠지만 지금으로서 추론할 수 있는 공통점이란 그것밖에 없어서 드리는 말씀입니다."

모여 있는 모든 이의 눈빛이 반짝였다. 유학을 기본이념으로 치세治世하자는 그들로서는 충분하지는 않지만 조심할 이유가 있어 보여서였다. 김부식이 임완을 바라봤다.

"외랑께서는 서적소의 고문이시질 않습니까?"

"그렇습니다만……."

"내 부탁이 있습니다. 외랑께서 서적소의 관원들을 시켜 비서원에 있는 고서들의 목록을 철저히 조사해주십시오. 또한 정지상이 어떤 책들을 주로 읽고 있는지도 알아야 합니다. 한 치의 빠짐도 없이 이행해주셔야 합니다, 아시겠습니까?"

"알겠습니다. 시랑께서 그리도 강하게 말씀하시니……."

너무도 진지한 김부식의 표정에 압도된 임완은 다른 말을 할 수가 없었다. 임완의 다짐을 듣고 김부식은 사람들을 자신 가까이로 더 들이며 목소리를 낮췄다.

"이번에 김안과 안보린이 계획하는 일이 좋은 기회가 될 수도 있겠다는 생각입니다. 일단은 저들끼리 싸우게 하고 우리는 조용히 비켜서서 결과를 보면 될 것입니다. 그리고 변화가 생긴다면 그 기회를 이용해 이렇게 준비하는 게 어떨지……."

주변을 한 번 더 살펴본 김부식이 침을 삼켰다. 어둠 속에서 김부식의 목소리가 낮게 깔려 바닥을 긁고 있었다.

• • •

"어찌 그리도 방자하단 말인가?"

인종의 목소리가 터져 나왔다.

얼굴이 빨갛게 달아오른 인종은 분노를 이기지 못한 채 두 주먹을 불끈 쥐고 온몸을 떨고 있었다. 젊은 왕이 이리도 분노한 적은 처음이었다. 이자겸은 인종으로 하여금 자신의 집으로 와서 자신을 지국군사로 임명해달라고 명령 아닌 명령을 해놓고 있었다. 인종의 궁궐보다 이자겸의 사가私家가 높은 지위를 뽐내고 있는 형국이었다.

"더는 두고 보시면 안 됩니다. 치십시오. 폐하!"

옆에 있던 내시지후 김안이 목소리를 높였다. 가까이 모시며 인종을 잘 알고 있던 김안이었다. 그렇지 않아도 이자겸을 제거할 것을 끈질기게 권유하고 있었지만 우유부단한 인종이 결단을 하지 못하자 노심초사하고 있던 김안이었다. 그러나 김안은 때가 왔음을 느꼈다. 인종의 분노는 한계를 넘고 있었다. 인종의 눈에서 불꽃과 핏물이 터져 나오고 있었다.

"역적을 쳐라!"

상장군 오탁吳卓이 군마를 소집해 이자겸을 공격할 준비를 하는 동안, 상장군 최탁崔卓은 군사들을 이끌고 궁궐을 숙위하고 있던 병부상서兵部尙書 척준신拓俊臣의 집무실로 들이닥쳤다. 한잔을 걸쳤는지 척준신의 얼굴은 벌겋게 달아올라 있었다.

"어떤 놈들이냐?"

자리를 박차고 일어나긴 했지만 비대한 몸이 휘청이는 순간 최탁이 발을 날려 척준신의 가슴을 찼다. 몸이 바닥에 떨어지자 책상 부서지는 소리와 섞여 굉음을 만들어냈다.

"나다! 이 역적놈아!"

"아니 이 미친놈이 어디 병부상서인 내게……."

가슴을 움켜쥐고 나가 떨어졌지만 척준신의 호기는 죽지 않았다. 이자겸의 사돈인 자신의 형 평장사平章事 척준경拓俊京은 권력의 핵심 중의 핵심이었다. 척준경은 예종대에 여진을 정벌한 공으로 일약 평민에서 공신으로 변신한 자였다. 그런 형에게 의지한 척준신은 일개 군졸에서 병부상서직까지 올라서서 권력의 맛에 취해 있었다. 그런 그를 발로 찰 사람이 있다면 그건 이자겸과 자신의 형인 척준경뿐이었다. 감히 왕도 어찌하지 못할 자신이었다.

"왕명이다. 이 역적놈아! 목을 내놓아라!"

최탁이 척준신의 목에 칼을 날렸다. 떨구어진 목은 아직도 상황을 실감하지 못하는지 두 눈을 깜박이며 최탁을 바라보고 있었다. 피비린내가 진동했다.

"이놈들도 마찬가지다. 모조리 주살해라!"

최탁이 방 안에 있던 척준신의 측근들을 살펴보며 병사들에게 명령을 내렸다. 몇몇이 칼을 뽑아 들긴 했지만 기선을 제압당한 후였다. 또한 자신들의 주군인 척준신의 목이 피를 뿜으며 바닥을 뒹굴고 있었다.

"오, 네놈은 척준경의 아들 척순이 아니냐?"

방 안을 살피던 최탁이 흥분을 감추지 못하고 한 사내를 응시했다. 간혹 보았던 척준경의 아들 척순이 겁먹은 표정으로 어정쩡하게 칼을 든 채로 서 있었다.

"네 삼촌을 따라 궁궐에 있었나 본데……. 잘되었다. 어차피 죽을 놈인데 먼저 가는 것도 나쁘지 않을 터이니……."

아비 척준경을 닮아 몸은 건장했으나 당황해서인지 척순은 반항도 못 하고 바닥에 큰 몸을 떨구었다. 여기저기서 남은 자들을 죽이는 칼춤이 정점을 치닫고 있었다.

"더러운 놈들이다. 그 피가 궁궐을 적시지 못하게 궁궐 문밖에 내다 버려라!"

최탁이 흥분으로 씩씩거리며 부하들에게 명령을 내렸다.

신봉문 밖에 척준신 등 역적들의 시체를 내던지던 최탁은 어둠 속에서 한 무리가 급하게 달려오고 있는 것을 보곤 곧 칼을 빼어 들었다. 가까이 다가오자 숨을 헐떡이는 자의 모습이 어렴풋하게 눈에 들어왔다.

"아니! 이건 오탁 상장군 아니시오?"

오탁은 역할을 분담해 이자겸의 집을 공격하기로 하고 군사를 이끌고 나갔던 터였다. 오탁의 표정은 완전히 얼어 있었다. 인사도 받지 않고 신봉문 안으로 급히 들어가는 오탁의 뒤로 대장군 권수와 상군 고석이 따라붙고 있었다. 모두 표정이 귀신에 홀린 듯 얼이 빠져 있었다.

"장군! 척준경이 남문 주작문朱雀門을 돌파하고 지금 이리로 공격해 들어오고 있습니다."

"뭐라?"

"누군가가 소식을 미리 넣었는지 저희들이 이자겸의 집에 도착하기도 전에 척준경이 군사들을 이끌고 궁궐로 오고 있었습니다."

"문을 닫아거시오. 장군!"

신봉문 안으로 들어간 오탁이 그제야 좀 정신이 드는지 문 밖에 나와 있던 최탁에게 고래고래 소리를 질렀다. 오탁은 아직도 두려움에 홀렸는지 두 발을 벌벌 떨고 서 있었다.

"빨리 거시오!"

오탁의 채근에 최탁도 정신이 혼란스러워지기 시작했다. 신봉문을 닫아걸려는 순간 어둠 속에서 호랑이 같은 목소리가 천지를 진동시키며 다가왔다.

"이놈들아! 나 척준경이다. 문을 그대로 놓아두어라."

최탁도 얼이 빠졌다. 간신히 신봉문을 닫아걸고는 오탁 옆에 선 최탁도 식은땀을 비오듯 흘리고 있었다.

"아니…… . 저 인간이 어찌 알고…… ."

겨우 문틈으로 밖을 보자 무장을 하고 군사 서른 명 정도를 데리고 온 척준경이 문을 발로 차며 고래고래 고함을 지르고 있었다.

"열어라!"

왕족의 집에 종자로 들어가 추밀원 말단으로 전전하던 척준경의 인생이 바뀐 것은 여진족의 고려 침공 덕분이었다. 여진의 침공이 있자 임간이 군사를 이끌고 나갔지만 여진의 기마병에게 참담한 패배를 당했다. 이때 갑옷과 말을 빌린 후 적진에 홀로 뛰어든 척준경은 적장을 베고 고려군 두 명을 구해냈다. 임간은 이를 시기하고 척준경을 명령불복종이란 무고로 투옥하지만 그의 재능을 알아본 윤관이 척준경을 구해줬다. 그후 윤관과 함께 여진정벌에 나선 척준경은 불사조 같은 투혼으로 몇 번이나 위기 속에서 고려군을 구하는 공훈을 세웠다. 2만 명의 여진족을 맞이하여 단지 백 명의 결사대를 이끌고 나가 싸워 적장 열아홉 명을 베어 전쟁을 승리로 이끌었다. 또 함흥 전투에서는 여진에 포위되어 목숨을 내어놓아야 했던 윤관을 구출해냈다. 척준경은 전투의 신이었다. 그를 막으려면 몇 천의 병사는 있어야 했다. 최탁과 오탁도 상장군이었다. 척준경의 이름에 기대어 그의 동생 척준신이 선배인 자신들을 제치고 병부상서까지 이르자 불만으로 왕의 친위 쿠데타에 가담은 했으나 척준경을 막기엔 무력한 장수였다. 문밖에서 악귀처럼 외치고 있는 척준경의 목소리만 듣고서도 둘은 두 다리를 떨고 서 있었다.

"다행이 군사가 적소이다. 제 아무리 척준경이라 할지라도 문을 기대어 방어하는 우리를 당할 수는 없을 것이오."

떨리는 손으로 간신히 칼을 부여잡고 오탁이 입을 열었다. 긴장으로 말이 간간이 끊어졌다 이어지기를 반복했다.

"신봉문을 사수하라!"

장군 고석이 군사들을 끌어모아 긴급히 가져온 목책으로 문을 겹겹이 받쳤다. 그래도 척준경의 발길질에 문이 들썩였고 문을 압박하고 버티던 병사들의 몸이 가볍게 나가떨어졌다.

"열어라! 네놈들이 무사할 줄 아느냐!"

쩌렁쩌렁 척준경의 목소리가 궁궐을 뒤흔늘었다.

"오탁아! 최탁아! 이 쥐새끼들아! 지금 네 처자식들은 우리가 포박하고 있다. 더 버티면 가족들의 목숨을 구하지 못할 것이다."

아무도 나서지 못하고 문만 의지한 채 척준경의 진입을 저지하고 있었다. 날이 밝아왔다. 척준경의 군사들과 궁궐의 군사들은 신봉문을 사이에 두고 모여들기 시작했다. 어젯밤과는 달리 척준경의 군사들은 무장도 하고 병사 수도 불어나 있었다. 척준경의 목소리는 아직도 쟁쟁했다. 전투에 나선 이상 척준경의 분노를 잠재울 것은 적병들의 뜨거운 피뿐이었다.

"문을 찍어라!"

출가한 이자겸의 아들 의장이 현화사 승려 3백 명을 데리고 척준경에게 합류한 것은 해가 모습을 드러내기 시작한 직후였다. 승려들은 도끼를 가지고 와 신봉문을 찍어내기 시작했다. 궁궐 안의 병사들은 담 위로 올라가 승려들을 향해 화살을 날렸다. 날려진 화살들이 승려들의 하얀 머리를 수박 쪼개듯 쪼갰다. 피를 뿜어내며 승려들이 쓰러졌다. 신봉문이 핏빛으로 물들어가고 있었다.

"장군! 이걸 좀……."

핏대를 올리며 군사들을 독려하고 있는 척준경을 부하가 불러 세웠다.

"뭐냐?"

고개를 돌리며 불쾌한 표정을 짓던 척준경의 눈빛이 순간 돌변했다.

"아니……. 이게 어찌된 일이냐?"

병사가 멍석을 펼치자 피범벅이 된 시체 두 구가 모습을 드러냈다. 순간 척준경은 시체 위로 몸을 던졌다. 아들 척순과 동생 척준신의 시체였다.

"순아! 준신아!"

척준경이 아들과 동생의 이름을 부르며 미친 듯 절규하기 시작했다. 한 손에는 동생의 목을 부여잡고 다른 손으로는 아들의 몸을 안고서였다.

"어떤 놈이라더냐?"

"잘은 모르겠으나 숙위를 서시던 어젯밤 들이닥친 궁궐수비대에 당하신 것 같습니다. 김안이 아닐는지요."

"내 이놈을……."

동생의 목을 들고 앉아 있던 척준경이 목을 몸 옆에 다시 내려놓고는 벌떡 일어서서 신봉문을 향해 걸어갔다. 화살이 빗발쳤으나 척준경은 개의치 않았다. 문 앞으로 다가선 척준경은 쓰러져 있는 승려의 손에 쥐어져 있던 도끼를 빼어 들곤 미친 듯이 신봉문을 찍어대기 시작했다.

"찍어라! 내 이놈들을 가만두지 않을 것이다. 찍어라!"

척준경의 괴력이 분노와 함께 터져버리자 신봉문도 버티질 못했다. 한쪽 문이 허물어져 내리자 척준경이 문을 박차고 궁궐로 진입해 들어갔다. 따르는 병사들의 수도 제법 불어나 있었다. 최탁, 오탁은 줄행랑을 쳐 모습도 보이지 않았고 몇몇 뒤쳐진 병사들만 척준경의 군사들에게 무기를 놓고 무릎을 꿇었다.

신봉문의 서쪽으로 길을 잡은 척준경은 태초문太初門을 지나 인종이 거처하고 있는 옹건전擁乾殿으로 들이닥쳤다. 옹건전의 모든 문이 닫혀 있었다. 지키는 병사도 없고 주변이 조용해서 고함을 쳐댄 척준경의 군사들을 쑥스럽게까지 만들었다. 저항세력도 없는데 괜스레 소란을 일으킨 꼴이었다.

"나와라! 폐하를 부추겨 난을 일으킨 김안이 놈은 어디 있느냐?"

척준경의 목소리가 천지를 흔들듯 요동쳤다.

"이 간신배 새끼……. 어디다 쥐새끼 같은 몸을 숨기고 있느냐?"

옹건전으로 진입하는 척준경을 제지한 것은 신봉문 진입 소식을 듣고 궁궐 안으로 들어온 이자겸이었다.

"자제하시오."

이자겸의 등장에 척준경이 잠시 주춤했다. 그러나 그것도 잠시 척준경은 목소리를 다시 높였다.

"내 입장이 되시면 자제가 되시겠소?"

주위를 둘러본 척준경은 병사 하나가 들고 있던 횃불을 낚아채고는 옹건전 앞으로 들이닥쳤다.

"네놈이 안 나온다면 내가 네 발로 나오게 해주마!"

불은 삽시간에 춤을 추며 타오르기 시작했다. 검은 연기가 빠른 속도로 치솟았고 붉은 불길은 주변으로 퍼져나갔다. 이자겸도 정신을 잃은 척준경을 막지 못했다.

"안에서 나오는 자는 모두 주살하라!"

밖으로 나선 병사들은 척준경의 칼날에 몸뚱어리가 두 동강이 나버렸다.

"나와라! 김안 이놈아! 안보린은 어디 숨었느냐?"

찾던 인물들이 보이지 않자 척준경이 더욱더 날뛰기 시작했다. 척준경은 한 손엔 횃불을 들고 이리저리 불을 질렀고 칼을 든 다른 손은 보이는 대로 칼질을 해댔다. 뒤에 서서 이를 본 이자겸이 덤덤하게 한마디를 혼자 속으로 삼켰다.

'허어, 한 마리의 악귀로구나…….'

불길은 순식간에 궁성 이곳저곳으로 옮겨붙었다. 내전으로 번진 불길은 궁궐 전체를 화염으로 휘감았다. 떠오르는 아침 햇빛보다 만월대가 더욱더 붉게 빛났다. 척준경은 미친 듯 궁궐 이곳저곳을 들쑤시고 다녔다. 그가 가는 곳마다 붉은 불길이 치솟았고 피가 넘쳤다.

인종은 얼이 빠진 채 말없이 앉아 있었다. 불길이 치솟는 옹건전을 벗어나 후원에 있는 산호정으로 간신히 도망쳐 나와 있었다. 불길이

곳곳에서 기세를 더하며 하늘로 치올랐다. 검은 연기와 함께 이리 뛰고 저리 뛰는 사람들로 궁궐은 소란스러웠고 지옥 그 자체였다. 따르는 신하들도 손가락으로 셀 수 있을 정도로 미미했다. 이 시간, 지금 인종을 따르는 것 자체가 이자겸과 척준경에게는 분명한 저항의 신호였다. 넋을 놓고 앉아 있는 인종을 향해 한 무리가 다가왔다. 여유롭게 다가오는 이는 이자겸이었다. 변란의 승패를 예고나 하는 듯 이자겸의 뒤를 따르는 무리들은 구름 같았고, 타오르는 불길처럼 기세가 등등했다. 인종 앞으로 다가온 이자겸은 아무런 말없이 인종을 내려다보기만 했다.

얼마나 시간이 흘렀을까? 인종이 고개를 들고 자신의 외조부이자 장인을 바라보며 힘겹게 입을 열었다.

"내 공께 선위할 것입니다. 그러니 더 이상 희생을 막고 사태를 수습하십시오."

인종이 스스로 폐위를 언급하자 이자겸은 표정이 급격하게 밝아졌다. 그러나 곧 표정을 수습한 채 이자겸이 입을 열었다. 승자의 여유와 만족이 묻어 있는 목소리였다.

"그러게……. 왜 그러시었소."

이자겸은 인종 주변에 있던 몇몇 신하들의 얼굴을 살폈다. 죽을 각오가 되어 있냐고 묻고 있었다. 다시 고개를 든 이자겸은 인종에게 너그러운 표정을 지어 보였다.

"폐하께서 직접 그리 말씀하시니……. 이제 그럼 무거운 짐을 내려……."

"불가합니다. 폐하!"

이자겸의 말을 자르며 날카롭게 누군가의 목소리가 주변을 흔들었다. 다급함과 간절함이 목소리에 묻어 있었다. 모두의 고개가 소리가 나는 쪽으로 돌려졌을 때 그곳에서는 몇몇 신하들이 헐레벌떡 인종과 이자겸의 무리가 있는 곳으로 뛰어오고 있었다. 화염과 검은 연기 속에서 모습을 드러낸 이는 이자겸의 재종형 이공수였다.

"난이 있었다 하나 어찌 선위를 언급하시옵니까? 불가합니다."

인종의 앞으로 다가온 이공수는 급히 무릎을 꿇으며 외쳤다. 이자겸의 얼굴색이 흙빛으로 변해갔다. 또 다른 목소리가 이공수를 지지하고 나섰다.

"참지정사 이공수의 의견이 지당하옵니다. 분부를 거두어주십시오. 폐하!"

궁궐의 참변을 듣고 득달같이 달려온 몇몇 신하들이었다. 그들은 숨을 헐떡이고 있었다. 김부식, 정지상, 임완 그리고 이중 등의 모습이 보였다.

"이런……."

이자겸은 곤혹스런 표정으로 주변을 둘러봤다. 척준경이 옆에 있다면 힘으로라도 분위기를 누르면 될 일이었지만 아들을 잃은 척준경은 복수를 구하는 악귀가 되어 김안을 찾는다며 불을 지르며 궁궐 이곳저곳을 뛰어다니고 있었다. 지금은 우악스런 척준경의 협박이 절대적으로 필요한 시간이었다.

"말씀을 거두십시오. 절대 불가합니다. 폐하!"

와중에 이공수가 목소리를 더 높였다. 변란으로 정신없이 쌍방으로 나뉘어 전투를 벌이던 군사들도 그제야 정신이 들었는지 칼을 칼집에 넣고 멀뚱멀뚱 돌아가는 사태를 지켜보고만 서 있었다.

"끙."

이공수는 이자겸에게는 육촌형뻘이었다. 형이라는 핏줄 관계가 이자겸을 난처하게 하고는 있었지만 더 큰 문제는 이공수가 신망이 높은 중신이었다는 점이었다. 이공수는 예종대에 병부시랑兵部侍郞직을 14년간 맡으면서 선군選軍의 임무를 담당했는데 공평무사해서 군졸들의 칭송을 받고 있었다. 명령을 내려 이공수를 죽이라면 그 명령을 받들 이가 별반 없을 터였다. 이자겸은 입을 닫고 우물쭈물 서 있기만 했다. 눈을 땅에 깐 인종도 눈치만 보고 앉아 있긴 마찬가지였다.

"폐하를 모시어라!"

개의치 않는다는 듯 이공수가 시종들을 재촉했다. 시종 몇몇이 인종을 부축하고 산호정을 벗어나기 시작했다. 궁성은 불길로 타올랐다. 검붉은 연기와 불길만이 출렁거렸다. 한 치 앞도 분간 못 할 불길 속에서 인종은 눈물을 흘리며 말에 올랐다.

"궁 밖의 연덕궁延德宮으로 간다. 폐하를 모시어라!"

그때 연기 속에서 나타난 척준경이 인종을 따라나서는 상장군 오탁을 제지하고 나섰다. 한 손엔 횃불을 들고 한 손엔 서슬 퍼런 칼을 들고서였다. 칼날에서 핏물이 뚝뚝 떨어졌다.

"네놈은 어딜 가느냐?"

한마디와 함께 척준경이 오탁의 목을 벴다. 순식간에 몸에서 떨어진 오탁의 목이 인종을 바라보고 소리쳤다.

"폐하! 살려……."

그러고는 끝이 아니었다. 척준경은 칼을 휘두르며 인종을 따르던 시종과 신하들을 베기 시작했다. 악귀의 칼춤이었다. 척준경은 죽어가는 목 없는 오탁의 몸으로 달려들어 사지를 찢기 시작했다. 피와 불꽃과 검푸른 연기가 궁성을 넘실거렸다. 이자겸은 자리를 피하는 인종의 뒷모습만 바라보고 서 있었다. 목 안으로 넘어가던 왕권이 검붉은 화염과 함께 눈앞에서 사라지고 있었다.

불길과 연기가 끝없이 솟아올랐다. 때론 강렬한 열기가 어지러이 춤을 추며 뜨겁게 솟아올랐고 때론 하얀 연기가 한바탕 원을 그려대며 주변을 삼킬 듯 요동쳤다. 불길은 커져갔고 매캐한 연기는 개경 전 지역으로 퍼져나갔다. 맹렬히 타오르는 불길과 화마와 싸우고 있는 사람들의 목소리가 뒤엉켜 연기 속에서 아우성쳤다. 개경은 가려진 연기로 밤 아닌 밤을 맞고 있었다.

문을 나서는 인종 일행의 뒷모습이 사라지자 매캐한 연기를 참지 못한 임완은 궁궐을 가로지르는 작은 냇가로 다가갔다. 항상 맑아서 백천白川이라 불렸다. 송악산 서쪽 기슭에서 발원한 물은 궁성을 관통하며 동남쪽을 향해 빠르게 흘렀다. 지금은 냇물도 연기가 싫었던지 빛을 잃은 채 분주하게 흐르고 있었다. 불길로 화끈해진 얼굴을 씻어낸 후 잠시 냉기를 느끼고 있는데 누군가가 뒤로 다가왔다.

“일찍 나오셨나 봅니다.”

호종단이었다. 목소리는 여유가 있었다. 화염과 검은 연기로 조금만 떨어져 있으면 얼굴조차 구분이 불가능한 상황이었다. 얼떨결에 얼굴을 들어 자신을 바라보고 있는 임완을 보고는 호종단이 알 듯 모를 듯한 미소를 지어 보였다. 호종단은 몇 번인가 손짓과 눈짓을 하며 임완을 불러 세웠다.

“준비는 되시었소?”

“무슨 말씀이신지?”

“지난번에 논의했던 그 일 말입니다.

“아! 예!”

한참을 더듬던 임완이 무엇인가 기억이 났는지 다소 긴장한 표정을 지으며 호종단을 응시했다.

"어찌 보면 지금이 하늘이 주신 기회가 아니겠습니까?"

"지난번 말씀하셔서 준비는 하고 있었으나……. 정말 이렇게 빨리 기회가 올 줄은 몰랐습니다."

"쉿! 목소리를 낮추시오. 그냥 준비한 대로만 이행을 하시오."

"알겠습니다. 이 난리 중에 어떻게 알겠습니까? 하늘이 우리를 돕고 있음입니다."

낮은 목소리로 대답을 한 임완이 총총걸음으로 검은 연기 속으로 모습을 감추었다. 불길은 더욱더 거세게 퍼져나갔다. 궁성 모든 곳에서 불꽃과 연기가 치솟고 있었다.

반전

궁궐은 3일 낮 밤을 꺼지지 않을 것처럼 타올랐다. 재가 날고 날아 하늘을 덮어버리곤 힘을 다하자 땅 위로 가라앉았다. 온 세상이 타버린 재로 까맣게 덮여 있었다. 신봉루에서 시작된 불은 태초문을 거쳐 광명천 돌담길을 따라 합문에 이르렀고 다시 북상하며 중광전과 창덕문을 태워버렸다.

또 다른 불길은 신봉루에서 그대로 북상하여 창합문과 전문을 거쳐 회경문까지 타올랐다. 회경문을 태운 불은 동쪽의 장화전을 위협했고 서쪽으로 방향을 튼 불길은 건덕전을 거쳐 청연각과 보문각까지 휩쓴 후 내전까지 불길을 뻗쳤다. 그나마 화마를 피한 곳은 넓은 구정의 남쪽 문인 승평문 일대뿐이었다. 어느 곳도 성한 곳이 없었고 어느 곳도 재를 뒤집어쓰지 않은 곳이 없었다.

고려는 황제국임을 자부하는 나라였다. 제후의 궁궐은 정전 앞에 세 개의 문을 갖고 있었으나 황제국인 고려는 정전 앞에 다섯 개의 문을 지니고 있었다. 광화문, 승평문, 신봉문루, 창합문과 회경전문을 지나서야 제1정전인 회경전에 이르는 구조였다. 그러나 모든 것이 재가 된 지금은 제후국은 고사하고 일반 사가에도 비견 못할 초라한 잿더미에 불과했다. 인종은 재난을 피해 궁성 밖의 자남산 기슭에 위치한 연덕궁에 기거해야 했다.

만덕전萬德殿에서 바라본 건덕전은 까만 뼈만 앙상하게 드러내놓은 채 흉물스럽게 버티고 서 있었다. 만국의 사신을 접대하던 화려함은 한 줌의 재가 되어 자취를 감춰버렸다.

인종은 목숨과 왕위를 지켰지만 인종을 지키던 근신들과 내신들은 싸늘한 주검이 되어야 했다. 주모자인 지록연과 김안은 유배되었다. 지록연은 유배지에서 이자겸의 명에 의해 살해되어 사지를 잘린 채 길바닥에 묻혀버렸다. 오탁의 아들 오자승은 절벽에서 몸을 던졌다. 유배되어 길을 떠났던 많은 이들이 유배지에 도달하기도 전에 목숨을 내어놓아야 했다. 불길은 그렇게 피를 먹고 타올랐다. 모든 것이 한줌의 재로 어두웠다. 이제 개경에서 가슴을 펴고 눈을 뜰 수 있는 사람은 이자겸과 척준경뿐이었다.

무엇을 해야 한다는 말인가? 이자겸의 눈빛은 두려웠고 척준경의 목소리는 공포 그 자체였다. 무모했고 성급했다. 결정을 재촉하는 김인과 인보린을 자제시킬 능력도 없었고, 친위혁명을 성공시킬 만반의 준비도 없었으며, 눈치를 보던 병사들을 따르게 할 용단도 없었다. 그저 감정에 휩쓸려 이쪽저쪽을 오가다 얼떨결에 벌인 일은 감당하지 못할 잿더미만 남겨둔 채 인종의 마음을 천근만근으로 누르고 있었다. 그리고 검붉은 화염에 휩싸였던 이곳, 검은 재만 더덕더덕 곳곳에 쌓여 있는 궁궐을 향해 백성들은 절망과 분노를 쏟아내고 있었다. 그들은 궁궐을 향해 등을 대고 돌아서 있었고, 임금을 향해 눈과 귀를 닫아걸고 재만 날리는 하늘만 바라보고 서 있었다.

　어디로 가야 한다는 말인가? 이제는 몸을 편히 뉘일 장소조차 없어져버렸고 국사를 볼 집무실도 사라져버렸다. 모두가 타버린 잿더미 속에 분노와 희망 모두 산산조각 난 가루로 쌓여 있었다. 불타고 허물어진 전각들은 층층이 겹쳐져 있어 더욱더 흉물스러웠다. 멀리 보이는 신봉문은 흔적도 없이 사라지고 잿더미 속에서 연기만 뿜어내고 있었다. 아직도 척준경이 찍어 내리던 도끼질 소리가 인종의 가슴을 두드려댔다. 수백 개의 작은 담장으로 연결된 승평문만이 화를 피하고 화려한 2층 누각을 보전하고 서 있었다. 네 귀퉁이에 달린 동화주銅火珠가 햇빛에 반짝이며 재만 남은 다른 전각들을 비웃고 있었다.

　왕업이 다시 빛을 볼 수 있을까? 이제 잿더미에 잠긴 개경을 버리고 어디로 가야 할까? 서경으로 가야 할까? 남경일까? 동경일까? 서경이 아니라도 좋다. 그 어디라도 좋다. 이자겸을 벗어날 수만 있다면. 척준경의 목소리를 듣지 않을 수 있는 곳이라면.

　그래도 어둠의 잿빛을 뚫고 희망이 자라고 있었다. 새싹이 파랗게 피어나고 있었다. 인종이 허리를 굽혀 검은 재로 뒤덮인 땅을 비집고 올라온 새싹을 바라봤다. 힘겹게 땅을 뚫었는지 파란 머리에 검은 재를 쓰고 있었다. 손을 뻗어 '톡' 하고 건드리자 작은 녀석이 낭창거리며 몸을 떨며 잿빛 가루를 흩뿌렸다. 잿가루가 퍼져나가자 새싹은 온전히 녹색빛을 뿜어내며 생명을 토해냈다. 흩뿌려진 재는 새싹을 위해 제 몸을 바칠 것이었다.

· · ·

“폐하! 탕약 시간이옵니다.”

목소리가 방문을 넘자 내의內醫 최사전崔思全이 탕약을 받쳐 들고 목소리를 따라 방 안으로 들어왔다. 최사전이 무릎을 꿇고 앉아 탕약을 앞으로 내밀었다. 순간 최사전은 인종의 옆에 앉아 있던 왕비 이씨에게로 고개를 돌렸다. 최사전은 입을 다물고 있었지만 무엇인가를 표정으로 말하려 애를 쓰고 있었다. 인종이 탕약을 받아 든 순간 왕비 이씨는 일어서려는 듯 몸을 일으키다 갑자기 인종에게 몸을 떨구며 넘어졌다. 순간 인종과 왕비 이씨의 몸이 하나가 되어 뒤엉켜서 보료 위로 떨어졌다.

“폐하! 죽을죄를 지었나이다.”

인종의 몸에 안긴 왕비 이씨가 황급히 인종에게 고했다. 엎질러진 탕약을 온몸에 뒤집어쓰고서였다. 떨구어진 하얀 사발이 방 안을 구르며 요란한 소리를 냈다.

“데지 않으셨소?”

손을 휘저으며 인종이 왕비 이씨의 얼굴을 닦았다. 검은 탕약이 얼굴과 머리를 적시고 있었다. 하얀 저고리 위로 흩뿌려진 탕약이 어지러이 무늬를 그려놓았다.

“괜찮습니다. 갑자기 빈혈기가…….”

말을 입으로 삼키며 왕비 이씨는 인종의 품속에 얼굴을 묻었다. 초조해 보였지만 안도의 표정이 숨어 있었다. 최사전의 표정도 긴장과 안도감으로 범벅이 되어 있었다. 왕비 이씨를 안고서 인종은 아무런 말도 없었다. 두 사람 앞에 무릎을 꿇고 앉아 있던 최사전은 고개를 박고는 울기 시작했다. 두 손을 입에 가져가 입을 막고서였다. 소리 없는 울음이었다. 그러나 소리가 없는 만큼 최사전의 몸은 더 요동쳤다.

"폐하!"

"되었소! 아무런 말 마시오."

인종은 격정을 삼키는 최사전을 제지했다. 손가락으로 자신의 입술을 막고서였다. 이런 황당한 상황이 무엇을 의미하는지 인종은 알고 있었다. 방바닥에 흘러내린 탕약이 붉은빛을 발하고 있었다. 독을 탄 탕약을 최사전의 신호를 받은 왕비 이씨가 일부러 엎지른 것이었다. 붉어진 인종의 눈에서 눈물이 흐르기 시작했다. 붉고 뜨거운 눈물이 인종의 품에 안긴 왕비 이씨의 얼굴에 떨궈졌다. 탕약과 눈물이 범벅이 되어 하얀 왕비의 얼굴을 따라 흘러내렸다. 왕비 이씨도 하염없이 눈물을 토하기 시작했다.

"마마! 아비를 대신해 저를 벌하소서……."

왕비 이씨는 말을 끝맺지 못하고 하염없이 눈물만 흘렸다.

"왕비께서 무슨 죄가 있으시겠소? 그만하시오."

인종이 왕비 이씨의 등을 다독였다. 격정과 혼란 속에 그나마 온기를 머금은 위로요 격려였다. 아무런 말없이 두 사람을 바라보던 최사전이 눈물을 훔치고는 조심스럽게 입을 열었다.

"폐하! 이제 다른 방도가 없습니다. 지난번 말씀드린 일을 윤허해 주십시오."

"글쎄……. 지난번에도 너무 서두르다가 도리어 당하질 않았소? 이번에는 잘될지?"

머뭇거리는 인종을 최사전이 붙잡고 늘어졌다. 집요한 설득이 이어졌다.

"외람되오나 신이 점을 쳐보았습니다. 길조입니다. 윤허만 해주신다면 반드시 성사시키겠나이다."

난 이후 이자겸과 척준경 사이에는 미묘한 긴장과 대립관계가 형성되고 있었다. 이자겸의 아들 이지언의 종이 척준경의 종과 다투다 한 말이 분열의 씨앗이었다. 척준경의 종에게 흠뻑 두드려 맞은 이지언의 종이 분에 못 이겨 '척준경은 왕에게 활을 쏘고 궁궐에 불을 지른 대역적, 일족을 멸하고 관련된 자들은 모두 관노로 삼아야 하니 역적 척준경의 종인 네놈은 관노보다도 못한 놈이다'라고 쏘아붙였다. 이를 전해 들은 우직하고 단순한 척준경은 이자겸의 집으로 찾아가 서로의 죄를 따지자며 이자겸 앞에서 소란을 피우면서 거칠게 항의했다. 누가 시작한 일인데 이제 와서 자신에게만 죄를 뒤집어씌우려는 것이냐며 척준경이 따지고 들자 이자겸이 사과를 하고 화해를 해 덮긴 했지만 이후로 이자겸의 마음속에서 불신이 자라는 계기가 되었다. 인종에게 아뢰는 최사전은 그 틈을 이용하자고 인종에게 제안을 했다. 우직한 척준경을 꼬드겨 이자겸을 제거하자는 제안이었다.

"생각보다 더 단순하고 나름 충성심이 큰 자입니다. 명분을 주고 애국심을 부추기면 넘어올 것이옵니다. 윤허해주시옵소서."

최사선은 인종을 물고 늘어졌다. 탕약에 독을 넣어 믹이라는 이자겸의 명을 왕비 이씨와 함께 어겼으니 자신은 앞날을 기약할 수 없게 되어서였다. 왕비 이씨는 이자겸의 딸이었으나 최사전은 입장이 달랐다.

"그리하라!"

하는 수 없다는 듯 들릴 듯 말 듯 인종이 입을 열었다. 왕비 이씨는 옆에서 눈물만을 흘리며 눈을 감고 있었다.

인종은 연경궁延慶宮 남쪽의 흩어진 담을 바라보았다. 이자겸의 중흥댁重興宅 서원西院에 머물다 연경궁으로 들어온 것이 며칠 전이었다. 맘을 놓지 못한 이자겸은 연경궁 남쪽에 거처를 정하고는 인종을 감시하고자 북쪽 담을 헐고 통로를 내고 있었다. 허물어진 담처럼 인종의 몸과 마음은 무너지고 흩어져서 이자겸 앞에 벌거숭이로 내동댕이쳐 있었다. 담 사이로 난 길을 따라 차가운 바람이 불어왔다. 눈에서 하염없이 눈물이 흘렀지만 인종은 닦지 않고 말없이 앉아만 있었다. 아롱거리는 시야를 비집고 자신을 감시하고 있을 이자겸의 얼굴이 들이닥쳤다. 인종은 울었다. 아무런 말없이 울고 또 울었다. 자신은 만인의 왕이었으나 신하의 노리개였고, 이자겸의 외손이었으나 정치적 도구에 불과했다.

"폐하!"

눈물을 흘리고 앉아 있는 인종을 찾으며 황급히 누군가가 다가왔다. 눈물을 닦고 보니 며칠 전 척준경을 만나서 충성 다짐을 받았다고 보고했던 최사전이었다. 다급함이 발걸음에 묻어 있었다. 자신의 발에 걸려 넘어져서는 비대한 몸을 굴리면서 앉아서 울고 있던 인종의 발치까지 다가왔다.

"폐하! 이자겸이 지금 숭덕부의 군사들을 이끌고 이곳으로 오고 있다 합니다."

숨이 턱을 넘어서 터져 나왔다. 울고 있던 인종은 놀랐는지 딸꾹질을 해대며 황급한 표정으로 주변을 둘러봤다.

"무슨 일이라더냐? 왜 군사를 몰고 온다느냐?"

“이자겸이 결단을 내렸다 합니다. 폐하를…….”

차마 말을 잇지 못하고 최사전은 주변을 둘러봤다. 이자겸이 심어 놓은 신하가 있다면 그 또한 위해 요인이었다. 모두가 고개를 돌리고 눈을 마주치지 않았다.

“어찌해야 한다는 말이냐?”

“방법이 없습니다. 척준경을 부르소서!”

“그래……. 척준경은 지금 어디 있느냐?”

황급히 소리치자 거리를 두고 물러나 있던 내시 하나가 거리를 좁혀 다가왔다. 조의趙毅였다.

“척준경은 지금 병부兵部에 있다 합니다. 명을 주시옵소서.”

“지금 내 글을 직접 써줄 것이니 너는 곧 척준경에게 내 글을 전하라.”

연경궁으로 든 인종은 다급하게 친필을 쓰기 시작했다. 우직했지만 의심이 많은 척준경이었다. 친필이 아니면 설득되질 않을 것이 분명했고 명령을 내리기가 불가능해서였다. 어필을 받아 든 조의는 연경궁을 벗어나 황급히 뛰기 시작했다.

• • •

궁궐은 순식간에 혼란에 휩싸였다. 어디서 소식을 들었는지 이공수가 연경궁으로 들어왔다. 일방 순검도령巡檢都領 정유황鄭惟晃이 군기감에서 갑옷과 병기를 갖춘 1백여 명의 군사들과 연경궁으로 뒤이어서 들이닥쳤다. 몇몇 병사들은 접전이 있었는지 벌써 피를 흘리고 있었다.

"무슨 일이 있었느냐?"

정황을 묻자 연경궁 밖을 노려보며 경계를 서고 있던 정유황이 숨을 헐떡이며 목소리를 높였다. 입을 열자 침이 사방으로 튀어나갔다.

"군기감에 들렀다 이곳으로 오는 도중 소경少卿 유원식柳元湜을 만났습니다. 이 자가 대세가 기울었다며 역적의 편에 서라 하기에 목을 치고 오는 길입니다."

"이놈들이 오늘 작심을 하였구나!"

상황 판단이 섰는지 이공수가 인종 옆으로 다가가면서 급히 결정을 청했다.

"폐하! 척준경이 이곳으로 오고 있다고 합니다. 이곳에서 나가 척준경과 합류하신 후 군기감으로 들어가십시오. 이곳은 방어하기에 적절치가 않습니다."

말을 끝내기도 전에 이공수는 인종의 옷을 잡아끌었다. 우유부단한 인종의 답을 기다릴 여유가 없어서였다. 앞장선 인종과 이공수를 따라 내시들이며 병사들이 줄지어 달려 나갔다. 돌담을 따라 긴 행렬이 이어지며 선두가 천복전天福殿에 이르렀을 때 헐레벌떡 숨을 몰아쉬며 척준경이 다가왔다. 갑옷과 투구를 둘러쓴 척준경은 30여 명의 장졸들과 함께였다.

"폐하! 어서 군기감으로 가십시오."

척준경 일행의 뒤에는 일단의 군사들이 거리를 좁혀왔다. 일부는 화살을 날리고 있었다.

"우두두둑!"

거리가 있어서인지 화살은 일행에 닿지 않았다. 그러나 적과 아군의 구분이 불가능한 혼전 상황에서 땅바닥을 두드리는 화살의 소리

만으로도 공포감은 극에 달았다. 인종을 급히 군기감으로 보낸 척준
경은 일행의 뒤에 남아 다가오는 적병들을 마주했다.

"어서 오너라! 파리 같은 놈들아! 나 척준경이다!"

척준경의 목소리가 주변을 뒤흔들었다. 거리를 좁혀온 군사들은
감히 나서지 못하고 쭈뼛거렸다. 수십 명을 마주하고 선 척준경은 상
황을 압도하고 나섰다. 번쩍이는 칼빛이 상대의 기세를 찌를 듯 반짝
였다. 수많은 전투에서 여진족들을 토벌하며 쌓은 척준경의 명성은
세월이 지나서도 빛을 발하고 있었다.

"비겁한 파리새끼들이구나!"

척준경의 위세에 눌린 수많은 병사들이 한 발자국도 나서지 못하
고 눈치만 보고 있자 척준경은 몸을 돌려 군기감으로 향했다. 적병들
에게 등을 보이고는 여유 있게 발걸음을 옮겼다.

• • •

군기감에는 인종을 지지하는 신료들과 병사들이 겹겹으로 인종
을 둘러싸고 대기하고 있었다. 김부식과 정지상을 비롯한 많은 신하
들도 진을 지고 서 있는 군사들 뒤에서 열을 맞추어 인종을 에워싸고
있었다. 어색했지만 모두가 칼을 손에 쥐고 결전의 기세를 다듬었다.
척준경이 합류한 후 머지않은 시간에 이자겸도 군기감으로 군대를 몰
고 들이닥쳤다. 군기감 앞마당을 사이에 두고 양측 간에 팽팽한 긴장
감이 흘렀다. 이자겸은 적지 않게 당황하고 있었다. 군사를 몰아 오늘
은 왕을 절단 내고 왕위에 오르겠다는 생각이었다. 그런데 어찌 알았
는지 인종은 군사를 불러들여 준비를 하고 있었다. 이자겸 측의 장군

강호康好가 앞으로 나섰다.

"겁쟁이 왕은 앞으로 나와 목을 늘이시오."

"역적 놈이 어디서 주둥이를 놀리느냐?"

겹으로 줄은 선 군사들을 비집고 정지상이 앞으로 나섰다.

"넘본다고 아무나 왕의 자리에 앉을 수는 없는 것이다. 욕심은 나겠지만 하늘의 뜻을 받들고 백성들의 희망을 헤아릴 줄 알아야 하느니 어찌 겁박과 힘만으로 왕위를 차지하려 하느냐?"

팽팽한 긴장 속에 단아한 목소리가 반란군을 설득하고 나서자 양쪽 병사들이 웅성거리기 시작했다. 앞으로 나선 자는 바람만 불어도 날아가 버릴 것 같은 연약한 벼슬아치였다.

"십팔자가 왕이 된다는 소문으로 왕이 될 수 없는 것이다. 고래로 지상의 왕권은 천손의 피를 받은 하늘의 아들이 되는 것이다. 그 하늘의 뜻을 확인할 수 있는 것은 만 백성들의 민심인 것이다."

"멍청한 놈아! 그 하늘의 뜻이 어디 있다는 것이냐? 세 치 혀로 황망히 혹세무민하지 말라!"

강호 옆에 서 있던 고진수高珍守가 목청을 돋우며 앞으로 나섰다. 이자겸은 상황을 헤아리는지 고개를 돌려가며 주변을 흘깃거렸다.

"사사로이 백성들의 재산을 빼앗아 백성들의 원한이 하늘을 찌르고 이자겸 일족의 처마가 개경 거리를 뒤덮었으며 그들의 창고에서 나는 고기 썩는 냄새로 온 세상이 악취로 가득 찼다. 네놈은 그것을 천하의 뜻으로 알고 있느냐?"

추상같은 추궁이 이어지자 고진수가 머쓱해하며 뒤로 한 발을 물렀다. 이를 본 이자겸의 얼굴이 찌그러지자 이번에는 강호가 목소리를 다시 높였다.

"이놈들아! 어찌 됐던 무슨 힘으로 우리를 막을 것이냐? 목들을 내놓아라!"

"그래! 내 목을 취할 수 있는지 네놈 솜씨 좀 보자!"

뒤에 서 있던 척준경이 앞으로 나섰다. 척준경은 틈을 주지 않고 그대로 달려 들어가서 강호에게로 돌진했다. 뜻밖의 급습으로 경황을 차리지 못한 강호는 쭈뼛거리다 칼 한 번을 써보지도 못한 채 자신의 목을 땅바닥에 내려놓았다. 강호의 목에서 뿜어져 나오는 피가 하늘로 솟구쳤다.

"또 어떤 놈이냐? 내가 척준경이다!"

고진수가 뒤로 몸을 빼는 순간 이번에는 척준경의 칼날이 고진수의 허리를 파고들었다. 갑옷을 입고 있었지만 둔탁한 소리와 함께 고진수의 허리가 꺾였다.

"우지직!"

"와아!"

순간 인종을 경호하던 군사들이 앞으로 내달리기 시작했다.

"역적들을 한 놈도 빠짐없이 처단하라!"

순간적으로 돌진이 시작되자 기가 꺾여 있는 이자겸의 군사들이 맥을 놓고 쓰러져갔다. 상황이 한 방향으로 몰리자 정규병들은 칼을 놓고 투항하기 시작했다. 기를 쓰고 달려드는 병사들은 이자겸의 사병들이 대다수였다. 그러나 팽팽한 대치도 잠시, 척준경의 칼이 춤을 추자 이자겸의 사병들은 추풍낙엽처럼 쓰러져갔다. 척준경은 아귀와 같았다. 칼이 번뜩이는 데마다 서너 명이 한꺼번에 피를 토했다. 가벼운 전투복 차림의 병사들은 팔과 다리를 내어놓았다. 갑옷을 입은 자들은 몸을 지킬 수는 있었으나 척준경의 칼에 맞아 입으로 피를 토하며 쓰러졌다. 척준경의 칼은 때로는 날카로운 칼날이었고 때로는 무거운 몽둥이였다. 척준경의 고함소리가 튀는 피와 함께 사방으로 날았다. 오래지 않아 이자겸은 척준경에게 멱살을 잡혀 인종 앞에 무릎을 꿇었다.

"이자겸과 그 처자들을 팔관보八關寶에 가두고 나머지 일당들을 모두 잡아들여라! 항복하면 살려둘 것이나 반항하는 자가 있다면 용서치 말라!"

이공수가 추상같이 명을 내렸다. 승세를 잡은 지금이 역적의 씨를 말려야 하는 절호의 기회였다.

"이지미李之美가 사병 1백 명을 이끌고 광화문에 도달해 있다 합니다."

숨을 헐떡이며 병사 하나가 급하게 척준경에게 고했다. 잔당을 소탕하려 사방으로 병사들이 급파된 직후였다.

"이지미가?"

"예! 아직 자신의 아비가 항복하고 감금된 것을 모르는지 광화문 안팎을 서성이고만 있다 합니다."

"그래? 그렇다면 절호의 기회다. 이자가 우매하다고는 하나 이자겸의 큰아들이 아니냐? 확실하게 눌러놓아야 후환이 없다. 가자!"

척준경이 군사들을 이끌고 앞으로 나섰다. 손에 들린 칼에서는 핏물이 뚝뚝 떨어졌다. 투구엔 피범벅이 되어 있어 지옥에서 방금 솟아오른 악귀의 모습이었다.

· · ·

병사들이 사방으로 나간 후, 군기감은 또 다른 일로 소란했다. 잡혀 들어온 이자겸의 가족들과 그를 따르던 신료들이며 종복들의 수가 적지 않았다. 이씨 가문의 힘을 믿고 착복하고 가렴하고 주구하던 자들이었다. 그들은 스스로를 왕의 가문으로 생각하고 행동했다. 인종이 이자겸의 외손이어서이기도 했지만 자신들은 왕씨가 아닌 이씨 왕조의 일원이라 생각했다. 이자겸은 자신을 대우하는 예법을 왕태자의 격에 따랐으며 자신의 생일을 인수절이라 칭했다. 그들의 집 처마는 개경의 하늘을 가렸고 뇌물은 공공연했으며 수만 근의 고기가 창고에서 썩어 나갔다. 백성들의 토지도 그들 것이었고, 마차도 자신들 것이었고, 소와 말도 자신들의 짐승이었다. 이씨가 아니면 고개를 숙여야 했고 이씨 집안과 손톱만큼의 연결도 없는 자들은 사람이 아니었다. 그런 그들이 지금 짐승이 되어 군기감 앞마당에 무릎을 꿇고 앉아 있었다. 이씨 왕조를 꿈꾸던 이자겸의 일족들이었다.

인종은 아무런 말없이 서 있었다. 역적들을 잡아 왕권을 지키기는 했으나 목숨을 내어놓고 주검이 되어 썩어가는 이들과 피를 흘리고 결박되어 무릎을 꿇고 있는 그들 모두가 자신의 핏줄이었다. 외할미는 외할아비의 옆에서 눈물을 흘렸고 외삼촌은 피를 질질 흘리며 분노에 몸을 떨고 있었으며 외사촌들은 공포에 질린 채 자신을 바라보며 용서를 길구하고 있었다. 인종은 고개를 들어 눈길을 하늘로 가져갔다. 하루가 끝나가고 있는지 하늘은 파란색을 잃고 어두워지고 있었다. 오늘은 참으로 길고 길었던 하루였다.

"폐하! 연경궁으로 가십시오."

최사전이 인종을 재촉했다. 힘에 겨운지 인종은 휘청거리며 늘어져 있었다. 인종이 자리를 뜨려 하자 군기감 앞마당에서 목소리가 터져 나왔다.

"폐하! 할미를 이렇게 두고 가십니까?"

인종의 외할미 최씨였다. 이자겸의 아내는 손뼉을 치며 땅바닥을 두드리고 대성통곡을 쏟아냈다.

"황후가 궁으로 들어간 후부터 태자 낳기만 축원하다가 전하를 낳으매 하늘에 전하의 장수를 빌어마지않았소! 천지 귀신이 나의 지성을 하감할 줄만 믿었더니 뜻밖에 폐하가 오늘 적신賊臣을 믿고 골육骨肉을 해치는구려!"

발걸음을 떼던 인종이 순간 자리에 멈춰 섰다. 인종의 얼굴이 붉어졌다. 입은 굳게 닫혀 있었다.

"저 요망한 역적의 입을 닥치게 하라!"

누군가 무리 속에서 고함을 쳤다. 순간 또 다른 여인 하나가 무리 밖으로 나서면서 인종을 불렀다.

"폐하! 어찌 간신들의 말을 들으시고 혈육을 이리 대하십니까?"

여인은 경계병들을 비집고 들어서서는 인종의 옷자락을 잡고 매달렸다. 이종사촌이었다. 공포와 절망감으로 범벅이 된 여인이 인종의 이름을 외쳐댔다. 옷자락을 놓치자 이번에는 왕비 이씨의 옷자락을 잡고 늘어졌다.

"이모! 저를 살려주십시오. 제가 무슨 죄가 있습니까?"

인종은 눈을 감고 아무런 말을 하지 않았다. 인종의 눈에서 물줄기가 흘러내렸다.

병사들이 황급히 여인을 무리 속으로 떨어뜨려놓았다. 나뒹구르며 무리 속으로 떨어진 여인의 손에는 찢겨진 옷자락이 잡혀 있었다. 찢겨나간 인종의 옷자락이었다. 인종은 쭈뼛거리며 발걸음을 떼지 못했다. 한때는 죽이고 싶도록 미워한 이자겸의 일가였다. 결국 일이 이리는 되었으나 희생자가 되어버린 혈족들이 못내 안쓰러웠다. 움직이지 못하는 인종을 떼밀어 발걸음을 내딛게 한 것은 이공수였다. 그들은 이공수에게도 핏줄이었다. 그러나 우유부단한 인종을 그대로 방치할 경우 무슨 사단이 다시 날지 짐작하기 어렵지 않아서였다. 힘겹게 발걸음을 내딛는 인종을 따르는 왕비 이씨도 하염없이 눈물을 흘렸다.

"폐하! 왕비 이씨도 저들의 무리 속에 결박하십시오."

김부식이 인종의 옆에 서 있는 왕비 이씨를 지목하고 나섰다. 순간 주위의 분위기가 싸늘하게 식어갔다.

"그게 무슨 소리요?"

"폐하의 곁을 지켰다고는 하나 역적의 딸이옵니다. 역적을 벌하심에 추호의 사사로운 감정도 허락되어서는 안 되옵니다. 성정을 굳게 하시고 왕비 이씨를 벌하소서!"

"그렇게까지야……."

인종은 말을 하지 못하고 주변을 둘러봤다. 어쩔 줄 몰라 하며 주변에 도움을 청하고 있었다. 외할아비와 할미가 죄를 받고 있는 상황에서 아내 또한 예외일 수가 없었다. 신료들은 입을 굳게 다물고 고개를 숙이고 있었다.

"폐하의 고충을 모르는 것은 아니오나 죄를 묻는 데 사사로이 핏줄을 따지시면 아니 되옵니다. 한 치의 빈틈도 용서치 마시옵소서. 저들은 폐하를 핍박하고 백성들을 겁박한 간악한 역적의 무리들이옵니다. 국법과 왕명이 지엄함을 보여주셔야 합니다. 폐하!"

물러섬 없이 김부식이 인종을 채근했다. 평소대로 냉철한 눈빛을 하고서였다.

"폐하! 그 일은 나중에 처리하셔도 될 듯합니다. 오늘은 연경궁으로 드십시오."

이공수가 앞으로 나섰다. 친족이라면 이공수도 이자겸의 혈족이었다. 애를 태우는 인종을 보고만 있을 수 없어서였다.

"그래……. 그럽시다. 갑시다!"

황급히 에두르며 인종이 발걸음을 잡고 나섰다. 퇴로가 보이자 꽁지를 빼려는 생각에서였다. 김부식도 곤란한 표정을 지어 보였지만 이공수가 나선 상황에서는 강경하게 고집을 피울 수가 없었다. 엉거주춤 물러난 김부식을 확인한 이공수가 앞장서며 목소리를 높였다.

"폐하를 모시어라!"

어둠이 서쪽 하늘에 걸려 온 궁궐에 검은색을 칠하고 있었다.

이자겸이 숙청되었다는 선포가 있자 개경 백성들은 만세를 부르며 환호했다. 왕 아닌 왕에 의한 폭정에 시달리던 백성들이었다. 외척 정치, 부패한 정치에 시달리던 백성들은 눈물을 흘리며 이자겸의 몰락을 기뻐했다. 이자겸을 치려다 도리어 왕위마저 잃을 뻔했던 인종으로서는 대 반전이었다. 왕의 친위 정변이 실패로 끝난 1126년 2월에 이은 5월의 대 반전이었다. 인종은 척준경이 사직을 지켰다 하여 위사공신에 책봉하고 검교태사檢校太師 수태보守太保 문하평장사 판호부사 겸 서경유수사에 임명했다. 이공수는 위사공신 문하평장사 판이부사에 김향을 위사공신 호부상서 지문하성사에, 최사전을 병부상서에 임명했다. 이들은 몰락한 이자겸의 뒤를 이은 새로운 권력의 실세들이었다.

하얀 그림자

산과 산을 잇는 골짜기를 벗어나자 평탄한 평지가 펼쳐졌다. 오르내림과 굽이침이 들판을 달렸다. 빠르게 달리느라 내내 거친 숨을 뿜어내던 말 숨소리도 한결 부드러워졌다. 지상은 손으로 말 등을 다독거렸다. 부드러운 털 사이로 탄탄한 근육의 강건함이 손끝에 전해졌다. 그래도 이틀을 급하게 몰아친 것이 못내 미안했다. 녀석도 칭찬을 아는지 머리를 휘두르며 하얀 숨결을 토해냈다. 지상은 고개를 들고 몸을 바로 곧추세웠다. 먼발치 구름 속에 산과 들이 희미하게 길을 잡고 있었다.

서경으로 향하는 지상의 마음은 천근만근의 무게로 지척거렸다. 황성은 불에 타 모습을 알 수 없었고 인종은 이곳저곳을 배회하며 유랑생활을 하고 있었다. 황제국임을 뽐내던 황궁은 검은 잿더미가 되어 송악산 아래에 널브러진 채 방치되어 있었다. 인종은 이자겸의 난 후 새로 왕비로 맞이한 임원후의 딸이 기거하는 연덕궁에 이어 移御하기도 했지만 일정한 거처가 없었다. 인종이 수시로 거처하는 연덕궁,

연경궁, 수창궁壽昌宮이 번갈아가며 대궐의 역할을 대신했다. 대궐은 복구되지 못한 채 잿더미로 방치되어 있었다. 신하들 또한 흩어져 모습을 보이지 않았다. 중심인 황궁이 재로 사라지자 모두가 중심을 잃고 허공을 배회하고 있었다. 그런 만큼 신하는 물론 백성들의 마음도 왕으로부터 멀어져갔다.

저녁으로 들어서서인지 공기가 제법 쌀쌀했다. 개경에서 서경까지 북으로 향한 5백여 리 남짓, 말을 재촉하여 달려온 이틀 거리였다. 지상 앞에 펼쳐진 굽이치는 평야의 끝에 대동강이 흐르고 있었다. 강물 건너편에는 대동강이 뿜어낸 안개 속에 똬리를 틀고 서경이 모습을 드러낼 것이었다. 지상은 양발에 힘을 주어 말을 재촉했다. 물 냄새가 가슴 안으로 가득 들이닥쳤다. 비리다고 할까? 시원하다고 할까? 풋풋한 냄새였다. 산과 들을 쓰다듬고 매만지며 휘감아 바다로 향하는 대동강 냄새였다. 물 냄새엔 사람들도 섞여 있었다. 그물을 던지고 노를 젓는 이, 물길을 내어 땅을 적시는 이, 물 위에서 노래를 하는 이, 흐르는 물엔 모든 이들의 땀과 꿈이 함께 배어 있었다.

강 건너엔 옹벽을 앞에 두르고 배를 불쑥 앞으로 내밀고 서 있는 대동문이 서 있었다. 대동문은 지상에게 묻고 있었다. 어디를 갔다 이제야 다시 오느냐고? 지상은 알고 있었다. 그 질문은 대동문이 아니라 그 뒤에 버티고 서 있을 서경이 자신에게 하고 있다고. 서경은 묻고 있었다. 이제 서경은 지상에게 무엇이냐고? 서경을 들렀다간 어디로 갈 것이냐고? 대동문 안에 있을 서경인들이 지상에게 질문을 하고 있었다.

서경은 고구려의 왕성王城 평양성이었다. 어느 누구의 침공에도 문을 열지 않았던 난공불낙의 요새였고 고구려의 자존심이었다. 연개

104

소문 자식들의 골육상쟁으로 스스로 문을 열어야 했던 평양성은 나당연합군의 군화에 밟힌 채 몰락해갔다. 신라의 변방으로 추락한 평양성을 기억한 것은 성벽에서 떨어져 나와 들판을 뒹굴던 돌들과 잡초뿐이었다. 대동강은 그런 굴욕과 아픔을 세월 속에 흘리며 침묵하며 흐르고 있었다.

잊혀가던 평양성에 빛이 찾아온 것은 고려의 건국과 함께였다. 태조는 자신이 동명성왕東明聖王과 주몽의 계승자임을 자처했다. 평양, 서경은 고구려와 고려가, 주몽과 왕건이 만나는 신성한 장소가 되었다. 사민정책으로 사람들이 몰려들자 뒹굴던 돌들이 자리를 찾았고 바람에 흩날리던 잡초가 모습을 감추었다. 대동강이 뿜어내던 물안개 속에 숨어 있던 평양성은 새로이 모습을 드러냈다.

서경은 잃어버린 옛 북방 영토를 꿈꾸는 고려인들의 상징이요 희망이었다. 남침하는 소손녕의 거란군을 막아선 서희徐熙가 고려가 고구려의 후손임을 주장해 서북의 압록강 지역을 거란의 요로부터 얻어낸 것은 평양성이 뒤에 있었기 때문이었다. 서희는 소손녕 앞에서 목소리 높여 외쳤다. 평양성을 서경으로 삼고 있는 고려는 고구려의 후예라고. 그래서 요동까지 고려의 영토라고. 또한 숙종의 유지를 받들어 결행한 예송대의 여진성벌이 시작된 곳도 서경에서였다. 예종이 북쪽으로 진군해나가는 윤관에게 부월斧鉞을 하사하며 여진정벌을 다짐한 곳도 평양성 서경이었다.

그러나 평양성 서경의 부상을 모두가 반겼던 것은 아니었다. 서경이 황도인 개경을 이어 서도西都로 부상하자 겉으로 표현은 자제했지만 불편한 눈으로 바라보는 이들이 늘어갔다. 그들은 서경의 지위를 격하시키려 은밀히 노력했다. 그들의 바람은 성종대에 옛 경주를 동경

으로 삼아 개경과 서경을 중심으로 하는 양경제兩京制를 삼경제三京制
로 바꿈으로써 부분적으로 실현될 수 있었다. 그러나 만족할 만한 수
준은 아니었다.

서경성은 목에 박힌 가시인 양 끝없이 그들을 괴롭혔다. 그들은 거
란의 침공이 있자 청천강 이북의 영토를 할양하고 평화를 사자고 했
고 송을 받들어 유교적 세계질서 속에 안주하자고 주장했다. 그들은
북방을 포기하고 안주를 원한 자칭 평화주의자였다. 그런 평화주의
자들과 북벌론자들 간에 논쟁이 벌어질 때마다 서경은 뜨거운 감자
였다.

지상은 눈을 크게 뜨고 호흡을 가다듬었다. 멀리 오른쪽으로 안개
속에서 모란봉이 모습을 드러내고 있었다. 서경 북쪽에 우뚝 서 있는
모란봉은 서경인들의 자부심이었다. 지상의 가슴이 뛰기 시작했다. 서
경은 지상의 고향이었다. 몇 년 만에 다시 찾는 고향이었다. 지상의 가
슴은 쿵쾅거렸다. 서경은 지상이 가슴속에 품고 있는 연인이요 어머니
였다. 때론 따뜻했고 때론 달콤한 지상의 사랑이었다. 그러나 사랑은
달콤하기만 하지 않았다. 사랑은 뜨거운 만큼 고통이요 족쇄였다.

지상이 과거에 급제한 것은 선왕 예종 7년, 1112년의 일이었다. 그
러나 정지상은 급제 후 곧 등용되지 못했다. 서경인이란 사실이 발목
을 잡고 있어서였다. 또한 과거시험에 합격한 지상을 만나봤던 호종단
이 정지상의 됨됨이를 따지며 등용을 반대하고 있었다. 서경 출신은
과거에 급제해 출세하더라도 재상에 오를 수 없는 시대였다. 더군다
나 출세는 고사하고 정지상은 호종단의 반대로 인해 등용조차 될 수
없었다. 지상은 좌절과 분노와 방황 속에서 2년을 더 서경에서 보내
야 했다. 그런 그에게 등용의 기회가 온 것은 선발 담당관청이 다시금

왕에게 아뢰어 지상을 불러 왕경에 머물게 하고 등용하기를 재차 삼차 요청하고 나서였다. 서경인들에게 개경은 먼 길이요 바라보기 거북한 황도였다.

사람들은 지상을 가리켜 천재라 불렀다. 다섯 살에 시를 쓰고 유교경전을 모두 탐독해냈던 지상은 서경의 희망이었다. 그 천재의 가슴속엔 항상 열정과 꿈이 가득했다. 꿈과 열정은 자유로움과 하나였다. 서경을 둘러싼 푸른 산들은 지상의 기개였고 평양성과 평야를 감싸고 흐르는 대동강 물은 지상의 여유였다. 꿈은 가슴속에서 자랐고 자유는 산야를 뛰어놀았다. 지상에 대한 서경인들의 칭찬은 기대감으로 커져갔다. 그리고 서경인들의 충만한 기대감은 지상에게 새로운 역할을 요청하고 있었다. 지상이 있을 곳은 서경이 아니라 정치의 황도 개경이었다. 지상이 써야 할 글은 산과 들을 노래할 시가 아니라 정국을 논할 책策이요 설設이었다. 막 잠에서 깨어난 서경은 더 오랜 시간을 기다릴 여유가 없었다. 꿈을 이루기 위해서는 먼저 진흙탕에서 뒹굴어야 했다.

그런 서경인들의 꿈과 기대에 떠밀려 떠났던 서경으로 돌아온 것이 10년의 세월을 뒤로 하고서였다. 이틀을 서두르고 말을 몰아쳐서인지 지금은 시원한 대동강물 한 모금이 절실한 시간이었다. 지상은 말에서 내려 몸을 굽히곤 대동강 물을 손에 담았다. 매끈하고 시원한 물이 손가락 사이로 넘실대며 손목으로 차올랐다. 찰랑이던 물을 한 모금 넘기자 시원함이 가슴속으로 밀려들었다. 차가움이 목을 타고 넘어 들자 가슴속이 시원함으로 가득 차올랐다. 개경에서는 맛보지 못한 상쾌한 자유였다. 지상은 다시 물을 손에 가득 담아 팔을 뻗어 말 앞으로 들이밀었다. 말은 목이 탔는지 헐떡이며 게걸스럽게 혀를 날름거렸다. 시원함과 미끄러움이 손안에서 요동치고 있었다. 지상은 커다란 녀석의 눈을 바라봤다. 목적지에 다 왔다는 안도감이 가득한 눈빛이었다. 그러나 안도감은 오래가지 않았다.

말에게 물을 먹이던 지상은 순식간에 들이닥친 한 무리의 일행들에게 밀려 몸을 피해야 했다. 그들은 서경 대동문 쪽에서 건너온 배에서 내린 후 쏜살같이 남으로 길을 잡았다. 앞선 이가 두 명, 뒤를 따르는 이가 세 명. 뒤편의 세 명은 두 마리의 말이 끄는 마차를 호송하고 있었다. 모두 일곱 마리의 말들이 뽀얀 먼지를 일으키며 남쪽으로 내달렸다. 하얀 먼지 속에서 몸을 추스른 지상은 멍하니 그들의 뒷모습을 바라보고만 있었다. 그러나 그것도 잠시, 지상은 왠지 모를 두려움을 느꼈다. 이유도 정체도 알 수 없었지만 잠시 동안의 여유를 깨뜨리고 남으로 달리는 일행은 지상의 길을 재촉하고 있었다.

막연한 두려움이 현실로 모습을 드러낸 것은 오랜 시간이 지나지 않아서였다. 대동교를 건넌 후 중성中城을 거친 지상은 곧바로 내성內城의 수서원으로 곧바로 향했다. 좌측 먼발치로 을밀대가 보이는 장소였다. 수서원 관리들은 웬일인지 분주해 보였다. 지상의 등장을 눈치도 못 챘는지 분주히 서고들을 정리하고 있었다.

"뉘십니까?"

수서원 앞에서 두리번거리던 지상을 보고 관리 하나가 질문을 던졌다. 말투에 격식은 있었지만 황망 중에 나타난 나그네의 존재가 귀찮다는 속내를 감추지 않고서였다.

"개경에서 온 사람입니다만……."

"허! 오늘은 웬일로 그리도 개경 손님들이 많으신지……."

그래 놓곤 지상의 표정을 '획' 하니 훑어봤다. 반갑지만은 않은 표정이었다. 싸늘한 눈길이 지상의 위아래를 반복하며 더듬고 있었다.

"어인 일로?"

"개경 궁궐에서 폐하를 모시고 있는 좌정언 정지상이라 합니다. 책임자 되시는 분을 볼 수 있을는지요?"

"접니다. 뉘신지요?"

한 걸음 떨어진 곳에서 반듯하게 차려 입은 관원 하나가 지상 쪽으로 다가왔다. 상관에 대한 예의를 갖추고 있었지만 뜻밖의 손님 출현에 의아하다는 표정을 짓고서였다.

"개경의 궁궐에 변란이 있었습니다. 궁궐이 3일 낮 밤의 화마 속에 잿더미가 되었소이다. 비서원도 예외가 아닌지라 수많은 장서들이 화마를 피하지 못하는 피해를 봤습니다. 해서 이곳에 보관하고 있는 몇몇 서적들을 개경으로 옮기라는 폐하의 지시가 있었습니다."

지상이 품속에서 서류를 꺼내 들었다. 수서원에서 반출할 서적들의 목록이 적혀 있는 서류였다. 책임자란 관원은 서류를 받아 들고 쭉 내려 보곤 난처한 기색을 감추지 못했다.

"좌정언 직을 맡고 있다 하셨습니까?"

"그렇소이다. 근데 그건 왜?"

"이런 서적을 반출하겠다고 하시는 분의 직함이 서석소와 관련도 없거니와……"

"아! 그건 사정이 좀 그리되었소이다."

"무슨 사정이 있는 줄은 모르겠으나 지금 여기 적힌 대부분의 서적들은 오늘 이른 아침에 이미 반출이 완료된 서적들입니다."

관원의 눈빛이 싸늘하게 바뀌어갔다. 이미 목소리는 냉기를 품고 있었다. 마치 당신이 자격이 되는 사람이냐고 묻는 표정이었다. 무엇인가를 느꼈는지 수서원 관리들이 지상을 둘러싸고 모여들었다. 약간은 험악한 표정을 짓고서였다.

"그게 무슨 소리요? 내가 찾는 서적들이 이미 반출이 되었다니? 도대체 어디로 갔다는 말이오?"

"여봐라! 이놈을 옭매어라!"

대답을 하기도 전에 달려든 관원 셋이 지상을 억누르고 팔을 비틀었다. 옆에 있던 시종도 상황이 같긴 매한가지였다. 팔이 비틀리고 몸이 결박당하자 지상은 갑자기 몸이 허물어지는 느낌을 느꼈다. 무엇인지는 몰랐으나 이틀간의 수고로움이 헛고생으로 결과를 맺고 있어서였다.

• • •

오래된 차 향기라고 할까? 무엇인가 아주 작은 것이 유쾌하게 썩어가는 냄새랄까? 쌉싸름한 냄새가 지상의 코를 자극하고 있었다. 강하지도, 눈치 못 챌 만큼 약하지도 않은 냄새였다. 마음은 급했지만 지금은 이 냄새가 가장 큰 위안이었다. 고개를 돌리자 정리되지 않은 책들이 무질서하게 서고에 쌓여 지상을 응시하고 있었다. 책들은 말이 없었다. 쌉싸름한 먹물 냄새만을 뿜어내며 누군가가 다가와 자신을 열어주길 기다리고만 있었다. 눈을 가느다랗게 뜨자 어지러이 겹쳐진 책들 위를 조심스럽게 왔다 갔다 하는 작은 서생원이 어둠 속에서 머리를 조심스럽게 내밀었다. 녀석은 지상을 노려보고 있었다. 그 녀석의 눈은 강한 경계심을 내뿜고 있었다. '너는 누구냐?' 하며 갑자기 나타난 불청객에게 정체를 묻고 있었다. 사람들이 찾지 않는 수서원의 한적한 구석 이곳은 확실한 자신의 근거지였다. 서생원은 뜻밖의 방문객에게 누구냐고 묻고 있었다.

오랏줄에 묶인 것은 아니었으나 지상은 수서원 관원들에 의해서 수서원으로 들어온 책을 분류하기 전에 임시로 보관하는 작은 골방에 감금되어 있었다. 책들과 함께여서 그나마 다행이었다. 짧지 않은 시간을 지상은 책을 읽으며 소일하고 있었다. 지상의 죄목은 수서원 관원들에겐 간단하고 명료했다. 개경의 비서원을 담당하는 서적소 고문 임완의 명령이라며 개경의 관원들이 들이닥친 것이 이른 아침이었다. 밤을 새우며 달려왔는지 관원들은 지쳐 있었다. 그러나 그들은 무척이나 서둘렀다. 개경에서 일어난 일은 정지상이 전한 상황과 일치했다. 난이 있었고 개경의 궁궐이 3일 낮 밤을 불 속에서 화염을 뿜었다고 했다. 비서원도 피해를 벗어나질 못했다. 비서원 건물과 함께 보관되어 있던 수많은 서적들이 잿더미가 되어버렸다 했다. 자신들의 임무는 왕궁에서 필요한 서적들을 옮기는 것이라 했다. 개경의 비서원 관리들이 서적들을 마차에 싣고 떠난 얼마 후 같은 목적을 갖고 좌정언이란 사람이 들이닥친 것이었다.

어둠 속에서 낯익은 목소리가 지상의 정신을 깨웠다. 감금 상태로만 이틀을 넘어설 때 즈음이었다. 지상이 고개를 들사 이틀간의 어둠 속에서 무뎌졌던 의식이 서서히 깨어났다. 문을 열고 들어선 이는 자신을 감금하라 명령했던 수서원 책임 관리자였다. 이틀 전의 당당함과는 다른 황당한 표정을 짓고서였다.

"죄송합니다. 개경까지 확인을 마쳤습니다. 미처 몰라 뵙고 무례를 범한 것을 용서하십시오. 하지만 저희들의 입장도……."

"됐습니다. 오해는 풀렸으면 됐고……. 혹 제가 드린 목록에 있는 책들을 구할 수 있겠습니까?"

지상은 기다림의 뒤끝이라 본론을 꺼내 들었다. 속박되어 있던 이틀 동안 내내 불길한 생각을 떨칠 수 없어서였다.

"근데……. 그게……."

"무슨 다른 일이라도? 신분이 확인된 이상 서적들을 갖고 갈 수 있질 않겠소?"

머뭇거리는 관원을 바라보며 지상이 다그치듯 목소리를 높였다. 오랜 속박 뒤의 반응치곤 미적거림이 영 못마땅해서였다.

"죄송한데……. 공이 제시하신 목록의 서적들은 이틀 전 다 개경으로 반출되었습니다. 이상하게도 비서원 관원들이 제출한 서적들과 공의 서적 목록이 거의 일치합니다."

순간 지상은 나락으로 떨어지는 듯 아찔했다. 며칠 동안 떨치지 못했던 정체 모를 두려움이 모습을 드러내서였다. 궁궐의 서적들을 보관하는 비서원은 궁의 건물들과는 거리가 제법 떨어진 한적한 곳에 위치해 있었다. 왕과 학사들을 위한 도서관, 연구실 및 토론실의 역할을 하는 건물들이 청연각과 보문각들이었다. 이 건물들은 구정에서 시작되어 회경전에 이르는 중심부 관청들과는 거리가 있었다. 적극적으로 관학官學 진흥 정책을 편 선대왕 예종은 왕과 신하들간의 토론장인 경연을 활성화하기 위하여 내전 깊숙한 곳의 서쪽에 청연각과 동쪽에 보문각을 건축했다. 비서원도 그런 취지를 살려 청연각 근처에 두고 서적을 관리하도록 했다. 그런 측면에서 비서원은 궁궐 내에서 불길이 미칠 마지막 장소로 보아도 무방했다. 그러나 척준경의 광기로 시작된 불길은 회경전을 중심으로 한 건물 외에도 주변 건물들을 모두 태우고 말았다. 피해를 본 것은 건물만도 아니었다. 건물 안에 함께 있었던 재물이며 서적이며 모든 것이 화마를 피할 수 없었다. 비서원도 화마에 휘말려 보관하고 있던 수많은 서적들과 함께 검디검은 한 더미의 재로 변해버렸다. 개경의 난으로 정신이 없던 인종은 정지상의 보고를 듣는 둥 마는 둥했다. 정지상은 서경으로 가보겠다는 말은 하지도 못했다.

비서원의 피해 사실만을 인종에게 고하고 급히 서경의 수서원으로 향했던 것은 개경 궁궐에서의 화재가 비서원까지 덮친 것이 못내 미심쩍어서였다. 그래서 바삐 길을 떠난 것이 난이 정리되고 어느 정도 개경이 안정된 직후였다.

"그럼 개경의 비서원에 가면 볼 수는 있겠지요?"

"그런데……. 그것이……."

"뭐요? 또?"

지상이 약간의 언성을 높이며 날카롭게 질문을 던졌다. 이틀간의 기다림으로 인해 짜증이 났기 때문이기도 했지만 머뭇거리는 수서원 책임자의 표정이 못내 못마땅해서였다. 관원 또한 무척이나 곤혹스러운 표정이었다.

"좌정언 나리의 신분은 확인이 되었으나, 저희도 좀 상황이 수상하여 확인 치 개경으로 급파한 자를 통해 비서원에 알아봤는데 이곳에서 반출된 서적들이 개경으로 반입되질 않았다 합니다."

"뭐라고요? 그럼 반출된 서적들이 어디로 갔단 말이오?"

"그게……. 저희들도 지금 확인을 하고 있습니다."

"서적소 고문 임완 공이 사람을 보내 가져갔다 하지 않았소?"

"확인한 바에 의하면 임완 공도 모르는 일이라고 한다 합니다."

황망하고 당황한 표정을 감추지 못하고 수서원 책임 관리가 주절

거렸다. 정지상을 가두었던 것은 일도 아니었다. 자신이 보관하고 있
던 수많은 서적들이 종적을 감추어버린 것이었다.

"허어, 무슨 말인지……."

지상 또한 믿기지 않는다는 황당한 표정을 지으며 망연히 서 있었
다. 순간 지상의 머릿속에 서경으로 드는 대동강변에서 만났던 일행
들의 모습이 떠올랐다. 보이지 않는 누군가가 지상보다 한 걸음 앞서
있었다. 더욱더 지상을 불안하게 만든 것은 그들이 반출해 간 책들의
목록이었다. 보이지 않는 자들이 가져간 서적에는 지상이 원치 않는
몇몇 서적들이 포함되어 있었다. 그러나 수서원이 보관하고 있던 자신
이 원하는 서적들 모두가 하나도 빠짐없이 반출에 포함되어 있었다.
누군가 자신의 머리 뚜껑을 열고 속을 들여다본 것 같은 더러운 느낌
이었다.

개경에는 비서원을, 서경에는 수서원을 두고 서적을 보관하고 있
었던 것은 비상상황에 대비하고자 자료를 이중으로 보관한 것이었다.
서경의 서적 보관소의 이름을 수서원이라고 한 것은 또 다른 이유가
있었다. 중복되긴 했지만 개경의 서적 보관소가 치국治國에 관련된 유
학서적들을 좀더 중점적으로 관리했던 데 반해 서경의 수서원은 고
래로 내려오는 전통의 국학 서적들을 집중적으로 보관하고 있었다.
그런데 지금 그 서적들이 개경에선 불에 타 재가 되어버렸고 서경의
수서원에서는 자취를 감추고 있었다.

• • •

속이 뒤집힐 듯 메슥거렸다. 자신의 속을 다 까발려 남에게 보여준

것처럼 불쾌했다. 지상의 속은 다 뒤집혀져 적나라하게 모습을 드러낸 채 말라가고 있었다. 또한 그것뿐이 아니었다. 지상은 몸이 천근만근의 무게로 눌려 미동도 하지 못할 듯 묵직했다. 누군가가 자신의 등 위에 올라타 '착' 하고 달라붙어서는 자신을 지켜보고 있었다. 그런 메슥거리고 거북한 느낌이 시작된 것은 구정에서 인종을 접견한 직후부터였다. 왕의 주변엔 수많은 눈들이 붙어 있기에 며칠을 지나면 없어질 그림자로만 생각하고 있었다. 그러나 그림자는 밤이 되어도 떠나질 않았고 며칠의 시간이 지나도 붙박이로 고정된 채 지상의 뒤를 쫓고 있었다. 궁성에서도 사저에서도, 길거리에서도 술에 취한 주점에서도 그림자는 항상 지상과 한 몸인 양 행세했다. 처음엔 묵직했으나 시간이 지나자 한 몸이 되었는지 무게조차 느낄 수 없었다. 그러나 지금 그 정체 모를 존재감이 다시 서경까지 따라와 불길하게 고개를 내밀고 있었다.

수서원을 나서는 지상의 발걸음은 감당할 수 없는 무게로 땅바닥을 질질 끌고 있었다. 사라진 서적들이 가져다준 낙담은 천 근의 무게였고 자신을 기다리는 인종을 대면해야 할 마음은 만 근의 무게였다. 그러나 어두운 미로를 헤맬 자신과 고려를 인도할 정신이 담겨 있다고 믿고 있던 시적들이 없어진 것은 무게조차 가늠할 수 없는 낙담이요 절망이었다. 그것은 시간과 공간이 서로 얽혀 하늘과 땅을 짓누르는 감당할 수 없는 중압감이었다.

남에게 휘둘려 길을 헤맨다면 갈 길을 기약할 수 없었다. 자신이 감당해야 할 운명의 무게조차도 헤아릴 수 없다면 모든 걸음은 무의미한 발자국에 불과했다. 무엇이 올바른지, 무엇을 의지해 살아야 할지도 알 수 없다면 인생은 헤아릴 수 없고, 비교할 수 없고, 또 판단할 수 없는 끝없는 미로 속을 헤매야 할 의미 없는 방황일 것이었다. 그리 된다면 백성이 왕을 자청할 것이며, 짐승이 사람을 자청할 것이며, 미 물이 짐승을 자청할 것이었다. 그리된다면 참을 수 있을지도 몰랐다. 만에 하나 미물이 왕을 자청하고 짐승도 왕을 자청하며 서로 싸운다 면 사람이 설 땅은 다름 아닌 지옥이요 혼돈일 것이었다.

그러나 무게를 더한 것은 사라진 서적들이 가져다준 낙담만이 아 니었다. 정체 모를 누군가가 언제부터인가 지상의 어깨에 붙어 있었 다. 처음엔 경계하고 의심했으나 항상 함께 있었던 익숙함으로 인해 의식하지 못했던 그 누군가가 지상의 목을 조르고 있었다. 그 누군가 는 어깨에 매달린 채 종전보다도 더한 두세 배의 무게로 자신의 존재 감을 다시금 일깨우고 있었다. 그 무엇인가가 속삭이고 있었다. '너는 누구냐?'

그러나 허탈감마저 호사였다. 지상은 긴장했다. 온몸을 기어다니 던 신경이 바짝 깨어나 타오르기 시작했다. 수서원을 나서는 순간부 터 지상을 따르는 그림자가 있었다. 그림자는 지상과 일정한 간격을 유지했다. 빨라지면 다가왔고 지척거리면 물러났다.

상대를 뗄 수 없다는 판단이 서자 지상은 걸음을 멈추고 상대를 기다렸다. 정체를 모르는 그가 항상 한 발씩 자신을 앞선 상대라면 도 망갈 구석이 없어서였다. 지상이 멈추어 서자 상대도 정지했다. 한동 안 두 사람은 이쪽저쪽의 각자 끝에서 기다리고 서 있었다. 지상은 기 다렸다. 헤어날 수 없는 것이라면 진작에 맞닥뜨려야 했다. 지상은 또 기다렸다.

얼마나 시간이 지났을까? 그림자가 움직이기 시작했다. 발걸음은 소리를 키우며 지상을 향해 다가왔다. 지상은 주먹을 쥐고 빨라지는 호흡을 가다듬으려 마음속으로 수를 세기 시작했다. '하나! 둘……'.
다가오는 이가 지상의 어깨에 눌어붙어 함께 지냈던 보이지 않던 그
림자라면 그의 임무가 끝났다는 것을 의미할지 몰랐다. 그림자가 원
하는 것이 지상의 목숨이라면 고향에서 목숨을 내어놓는 것도 별반
나쁘지 않을 것 같았다. 호흡이 잦아들었다. 다가오는 걸음이 소리를
더해가자 지상은 몸을 돌려 조금 전 문을 나섰던 수서원을 향했다.
수서원 처마 기와를 비켜 때린 한 줄기 빛이 지상의 눈으로 파고들었
다. 어렴풋이 햇빛을 등진 그림자가 지상에게로 다가와 걸음을 멈추
어 섰다. 지상은 호흡을 멈추고 상대를 바라봤다.

"절 알아보시겠습니까?"

단아한 목소리가 햇빛과 함께 지상에게 쏟아져 들었다. 따가웠지
만 따뜻한 빛줄기였다. 지상은 한 손을 들어 눈을 가리며 햇빛을 등지
고 자신 앞에 선 그림자를 벗겨 내렸다. 빛이 강해서인지 상대는 모습
을 온전히 드러내지 않았다.

"누구신지?"

눈은 부셨지만 온전한 그림이 눈에 들어오기엔 많은 시간이 걸리
지 않았다.

"아! 그대는……."

"알아보시겠습니까?"

낙담과 포기로 쳐져 있던 지상의 영혼과 몸이 묘한 흥분으로 화들
짝 깨어났다.

"어찌 그대가?"

잿빛 모자와 흰옷을 단정하게 쓰고 입은 이가 지상을 향해 미소
짓고 서 있었다. 상대에게서 밝고 깨끗한 미소를 확인한 지상은 순간

어깨가 가벼워지는 것을 느꼈다. 어깨 위에 붙어 있던 그림자가 모습을 감춘 듯했다. 몸이 가벼워지자 가슴이 활짝 펼쳐지며 흥분으로 들썩이기 시작했다. 지상의 호흡이 다시 빨라지기 시작했다.

"오랫동안 기다렸습니다. 서경엔 어찌 이제야 오셨습니까?"

지상의 어깨엔 서경인들이 올려놓은 꿈이 있었다. 서경을 출발점으로 다시 북으로 나갈 꿈이요 희망이었다. 그 꿈은 삶을 인도할 명분이요 목적이었다. 그 꿈은 개경에 있는 지상과 서경인들을 묶어주는 탯줄이었다. 그러나 그 꿈은 묵직했다. 꿈은 묵직한 무게만큼 큰 그림자를 드리우고 있었다. 지상이 피할 수도 거부할 수도 없게 그림자는 사방팔방에 존재했다. 그 그림자 속에 작고 밝은 빛이 존재했다. 서경인들과 공유하지 않은 지상만의 작은 희망이었다. 그것은 사랑이었다. 그것은 열정이었다. 사랑과 열정은 한 여인을 향해 있었다. 그녀의 그림자는 해가 뜨면 햇빛이었고 달이 뜨면 달빛이었다. 지상 앞에 서 있는 여인은 지상이 원하는 어떤 색으로도 변할 수 있는 무지개를 닮은 빛이었다. 들판을 달릴 때면 초록빛이 되어 들풀처럼 출렁였고 물을 가를 때면 파란빛이 되어 물결처럼 파도쳤다. 그 여인이 다시 나나 앞에 서서 말없이 지상을 바라보고 서 있었다. 흰빛 그림자의 주인공이 지상 앞에서 빛을 뿜어내며 서 있었다.

"그대가……. 어찌 이곳엔?"

"공을 기다렸습니다."

"……."

지상은 입을 굳게 다물고 눈망울만 깜박이며 서서 햇빛을 쏟아내고 있는 하얀 여인을 바라봤다. 몸은 가벼워졌으나 입안의 혀는 천근만근의 무게로 턱을 누르고 있었다. 가슴은 벅찼으나 입은 묵직했고 다리는 풀려버린 듯 휘청댔다.

"어찌 잊을 수 있었겠습니까? 이렇게 수서원에 들어와 기다리고 있었습니다. 포기하는 대신 기다려서 마음이 편했습니다. 공께서 그리도 좋아하시던 서책들이 있는 곳이 아닙니까? 서책 향기가 좋았습니다. 그 향기엔 공의 체취가 있었습니다. 그 향기를 맡고 있노라면 항상 공과 함께하는 듯했습니다."

지상은 서경의 벌판을 뛰어다니며 그녀의 그림자를 쫓고 또 쫓았다. 놓칠세라 따라다니며 밟던 그녀의 그림자는 지상이었고 그녀 자신이었다. 밝아서 좋았고, 넘쳐서 좋았다. 그녀의 미소는 공맹의 가르침보다 더 달콤했고 그녀의 숨결은 부처의 자비보다 더 따뜻했다. 그녀의 손을 잡고 들판을 뛰는 동안이면 세상은 둘만의 것이었다. 부족함도 없었고 부러울 것도 없었다. 둘이 손을 잡고 있으면 세상이 하나였다.

"나를 아직도 기다리고 있을 줄은 몰랐소."

과거에 급제는 했으나 등용되지 못한 지상은 서경으로 돌아와야 했다. 단지 서경인이란 이유로 개경 조정은 지상을 부르지 않았다. 자신의 어깨에 놓인 서경의 꿈의 무게를 감당하며 지상은 시간과 싸워야 했다. 우울하고 음습했던 어둠 속에서 신음하던 지상에게 빛을 밝힌 것이 그녀였다. 빛은 달콤했고 찬란했다. 그림자가 크고 어두운 만큼 빛은 눈부신 듯 선명했다. 서경에서 앞날을 기약할 수 없었던 지상에게 그녀는 또 다른 희망이요 꿈이었다. 사랑은 그렇게 시작됐다.

그러나 지상은 그녀의 꿈만 꾸고 있을 수 없었다. 지상의 어깨엔 서경인들의 꿈이 얹혀 있었다. 그 꿈은 개인들의 작은 꿈이 아니었다. 그 꿈은 서경인 모두가 꾸고 있는 서경의 꿈이었고 고려 모든 백성들이 품어야 할 조선의 꿈이었다. 그 꿈은 서경의 평야를 벗어나 북쪽 벌판으로 달려갈 북풍이었다.

"저도 공을 이렇게 기다리게 될 줄은 몰랐습니다."

지상이 꿈을 좇아 개경으로 떠나자 태양을 잃은 조휘는 그림자를 잃고 수서원의 하급 관리가 되어 있었다. 조휘는 대동강변의 들판에 누워 지상과 하나가 되었듯이 매일매일 서책들을 정리하며 닦고 또 닦았다. 읽고 또 읽었다. 또다시 사랑하는 것을 잃지 않기 위해서.

"처음엔 야속했었지요. 떠나간 공이, 공을 떼어내버린 서경인들이."

"수서원엔 어찌된 일로?"

"햇빛을 잃어버리자 사는 게 두려웠습니다. 어둠 속을 헤매다 정신을 차렸을 땐 몸마저 성치 않았습니다. 포기하려 할 때 찾아온 게 또 다른 희망이었습니다."

작은 눈물방울이 조휘의 얼굴을 타고 흘렀다. 그러나 왠지 슬픔만의 눈물은 아닌 듯했다. 눈물은 빛을 받아 반짝였다.

"기억나십니까? 서경을 떠나기 전에 제게 불러주신 노래를?"

"어찌 잊었겠소."

뜰 앞에 잎 하나 떨어지자

마루 밑 온갖 벌레 슬피 우네

홀홀하게 떠남을 말릴 수 없으니

그대 유유히 어디로 가는가

한 조각 마음은 산자락에 걸려 있고

달 밝으니 꿈은 외로워

남포에 봄 물결 푸르러질 때

그대는 훗날 약속 제발 잊지 마소

지상의 단아한 목소리가 풀잎들을 두드렸다. 풀잎들은 노래에 취해 물결치며 바람에 몸을 맡겼다. 지상은 조휘의 몸과 하나가 되어 풀잎 숲에 누웠다. 그렇게 사랑은 영원할 것 같았다. 지상은 눈을 감고 그날의 약속을 기억했다. 개경으로 가기 위해 대동강을 건너던 날 희미한 물안개 속에서 자신에게 손을 흔들고 서 있던 자신의 하얀 그림자에게 했던 이별의 약속이었다.

"제가 보내드릴 수밖에 없었던 이유를 잘 아시질 않습니까? 공은 저만의 연인이 아니었습니다. 서경 모든 사람들의 연인이 아니셨습니까?"

평범한 낭군이었다면 품을 수 있었을 사람이었다. 그러나 지상은 서경의 사람이었다. 보낼 수밖에 없었던 사람이었다. 또 그렇지 않을 사람이었다면 애당초 마음에 품지도 않았을 사람이었다.

"아직도 그 약속을 기억하고 계십니까? 아직도 저희 서경인들은 그 꿈을 꿀 수 있겠습니까?"

재촉하지 않았다. 강요하지도 않았다. 그저 좋아서 한 선택이었고 뿌리칠 수 없어서 받아들여야 했던 운명이었다. 조휘는 지금 그 약속을 지상에게 묻고 있었다.

"잘 모르겠어. 우리의 꿈을 위해 살아왔다고 자부했건만……. 지금은 잘 모르겠어. 내가 그렇게 살고 있는지……. 그 약속을 지켜낼 수 있는지?"

떨쳐졌던 그림자가 다시 지상의 어깨 위로 달라붙었다. 땅이 다시 내려앉으며 지상의 몸이 낙하를 시작했다. 서경으로 돌아온 지금 추락의 느낌은 더욱더 강렬했고 아찔했다. 아슬아슬하게 지켜오던 다짐이요 각오였다. 서경의 비상을 위해, 북방을 향한 열망의 실현을 위해 그리고 잊히고만 고구려의 큰 뜻을 위해 서경인들의 꿈을 어깨에 지고 살아가겠다는 다부진 각오였다. 그런 다짐은 신분으로 나누어지고 지역으로 갈라진 정치의 도시 개경에서 지상의 삶을 지탱하는 원칙이요 힘이었다. 그러나 서경으로 돌아와 찾고 있던 서적들의 흔적을 놓쳐버린 지금, 조휘가 나타나 옛 약조를 기억하느냐고 묻고 있는 지금, 지상은 자신 있게 대답할 수 없었다.

"제가 궁벽한 곳에 있고 미천하여 세상 돌아가는 이치를 다 알지는 못하지만 그리 낙담하실 일만은 아닌가 싶습니다."

"그게 무슨 소리요?"

"오늘 공께서 찾으시는 서적들을 반출해 간 자들도 무척이나 서둘고 초조한 기색이었습니다. 뭔가에 쫓기는 자들이었습니다."

"그게 무슨 의미요? 내가 서경에 온 이유를 알고 있다는 말이요?"

지상이 화들짝 놀라며 조휘를 바라봤다. 조휘는 따뜻한 미소를 짓고 있었다.

"어쨌든 나는 그것들을 잃어버리고 말았소. 그 흔적을 찾을 수 있을지도 모르겠고……."

낙담하고 서 있는 지상을 바라보던 조휘가 작은 입술을 열었다.

"제가 모시는 스승님이 계십니다. 이곳 서경의 수서원으로 개경에서 귀인이 한 분 오신다고 귀띔을 하시길래 이렇게 기다리고 있던 참이었습니다. 그게 공일 줄은 몰랐습니다."

"그게 누구십니까?"

지상이 물었지만 조휘는 대답 없이 미소만 지어 보였다. 그 미소가 싫지는 않았지만 지금의 지상에겐 다소 황당한 미소였다. 지상이 혼돈의 시간들을 밝혀줄 것으로 믿었던 가르침들이었다. 4천 년 동안을 살아남은 진리의 글들이었다. 눈앞에서 놓쳐버려 가치조차 헤아릴 수 없을 서책들이었다. 지상은 믿고 있었다. 눈앞에서 사라진 서책들은 그저 종이를 엮어놓은 책들이 아니라 삶을 밝힐 빛들이었다. 약속을 실현시켜 줄 지혜의 빛들이었다.

"저들이 초조하고 서둘고 있다는 것은 아직도 공에게 가능성이 남아 있다는 것 아니겠습니까?"

지상이 낙담한 표정을 하고서 조휘를 바라봤다. 이별의 고통으로 눈물을 흘리며 지상의 옷자락을 부여잡고 놓지 않았던 여인이었다. 그 여인이 이별의 슬픔을 이겨내고 오랜 시간을 건너 뛴 채 자신의 앞에서 다시 빛을 밝히고 있었다. 옛날처럼 몸이 델 만큼 뜨거운 빛은 아니었다. 그러나 답답한 마음을 밝힐 만큼은 밝았고, 떨고 있는 몸을 녹일 만큼은 따뜻한 빛이었다.

"제가 수서원에 있으면서 조금 읽어둔 게 있습니다. 제가 우매하여 내용들을 머릿속에 잘 기억하고 또 그 뜻을 가슴에 잘 새기고 있는지는 모르겠습니다. 하지만 공께서 찾으시는 서책들이 모두 없어졌다 해서 길이 없는 것은 아닙니다."

"그게 무슨 소리요?"

"간단치 않고 시간은 좀더 걸리겠으나……. 서적들을 잃으셨다면 거기에 적혀 있을 가르침들을 다시 찾고 모으시면 되질 않겠습니까? 어차피 글이란 깨달음을 글자로 적어놓은 것이 아닙니까? 애초에 형체가 없는 것들이 형체를 갖추고 있다가 사라져버렸으니 드리는 말씀입니다."

"마치 잃어버린 것들이 모두 어딘가에 있다는 말로 들립니다."

"예! 맞습니다. 공께서 찾으시는 것들은 사람들의 가슴속에 담겨 있고 머릿속에 기억되어 있습니다. 제게 약조하셨던 것처럼 그것들은 우리 모두가 서로에게 다짐하고 약속했던 우리들의 다짐이 아니었습니까?"

알 듯 모를 듯, 혼란한 표정을 짓고 있는 지상 앞으로 조휘가 손을 내밀었다. 작고 가냘픈 손이었다.

"저를 따르시지요."

지상은 손을 내밀어 가냘픈 조휘의 손을 잡았다. 다시 온몸이 뜨거워지기 시작했다.

서도의 꿈

앞선 조휘의 치맛자락이 바람에 날리며 지상을 부르고 있었다. 산들바람이 부지런히 뒤를 따르는 지상의 얼굴을 토닥거렸다. 산과 들판 사이의 개울들이 재잘거리며 소리 내어 흐르며 지상의 기억을 부르고 있었다. 그때도 지금과 같았다. 조휘는 늘 앞에서 뛰고 날았다. 무게가 없는 것처럼 살랑였고 형체가 없는 것처럼 출렁였다. 지상은 그녀의 흰빛 그림자를 따르곤 했다. 그림자는 하늘을 닮은 파란색이었고, 길가에 피어난 풀들을 닮은 초록색이었다.

그 길과 하늘과 산이 맞닿는 곳에 파란 하늘과 초록 풀들을 담고 강물이 졸졸 흘렀다. 맑은 강물은 산을 등지고 내려앉은 대화사大華寺를 감싸고 있었다. 물길은 다리 아래에서 잠시 모였다간 다시 속도를 더하며 강물로 휘몰아치며 쏟아져 달려 나갔다. 들썩이며 휘몰아치는 물결들이 반짝거리는 햇빛을 사방으로 뿜어내며 아우성쳤다. 봉긋한 다리를 건너자 연꽃이 활짝 핀 연못 저 너머에서 가슴을 활짝 열어젖힌 채 대화사가 지상을 기다리고 있었다.

둘은 이곳을 뛰어다니곤 했다. 가슴이 터질 듯한 시절이었다. 마음이 열정으로 뜨겁게 끓던 시절이었다. 몸이 사랑으로 타던 시절이었다. 그러나 지금, 대화사 정문을 들어서는 지상의 가슴은 차분함과 흥분이 묘하게 섞여 있었다. 차분함은 지상의 마음을 가득 채우고 있는 서경인들과의 약속 때문이었다. 함께 이루어야 할 꿈 때문이었다. 그러나 그 꿈을 비집고 작은 흥분이 다시 살아나고 있었다. 기억의 저편에 숨겨놓았던 사랑의 옛 추억이 열기를 다시 찾고 있었다. 대화사 정문을 넘어선 조휘는 걸음을 멈추어선 옷깃을 여미며 부처를 향해 손을 모아 예를 올렸다. 대웅전 안에 앉아 있는 부처가 그녀를 향해 미소를 짓고 있었다. 지상도 손을 모아 가슴으로 가져갔다. 가슴이 쿵쾅거리며 뛰고 있었다.

. . .

눈을 뜨자 법당 앞을 메운 수많은 사람들의 머리가 연못을 두드리는 빗줄기처럼 명멸하는 파문을 만들어냈다. 웅성거림, 소란스러움, 속삭임, 그리고 침묵. 딱히 '이거다'라고 말할 수는 없었지만 무엇인가가 사람들 무리 속을 흐르고 있었다. 열기가 뜨거웠다. 마치 잘 간수되지 못하면 터져버릴 것 같은 열기였다. 목탁소리가 그 속을 차분히 흐르며 긴장 속에 균형을 유지하고 있었다.

얼핏 봐도 천 명은 족히 될 듯한 사람들이 대웅전 안과 앞마당을 가득 메우고 있었다. 몇몇 무리들은 대웅전 옆으로 늘어선 전각들 계단에 걸터앉아 대웅전을 향해 합장하고 앉아 있었다. 지상도 원인 모를 열기에 휩싸여 자신의 두 손을 모아 가슴에 가져갔다. 그러나 지상은 궁금증으로 고개를 두리번거렸다. 눈이 마주치자 조휘가 가벼운 미소를 보내왔다. 막연한 제안이었다. 좀더 일찍 서경으로 오지 못했다는 자책감이 가슴을 누르고 있을 때 지상을 잡아챈 것은 다소 황당했지만 피할 수 없는 조휘의 제안이었다. 먹물을 머금은 서적들은 사라졌지만 담겨 있을 뜻은 찾을 수 있다고 했다. 조휘는 가보면 알게 된다는 말을 던져놓고는 침묵한 채 앞장서서 지상을 재촉했다. 지상은 묵묵히 조휘를 따랐다. 따르지 않으면 왠지 떠나간 것을 속죄할 길이 없을 듯해서였다. 그것보다 더 두려웠던 것은 따르지 않으면 영영 떠나버릴 것 같은 조휘를 다시 놓쳐버릴까 두려워서였다. 그리고 그 희망의 장소는 뜻밖에도 지상이 조휘와 함께 사랑을 키웠던 대화사였다.

얼마 동안 가슴에 손을 얹고 눈을 감고 있었을까? 갑자기 군중들 속에서 웅성거림이 시작됐다. 잠시 후 군중들이 '아미타불'을 외쳤다. 그러곤 갑작스러운 침묵이 찾아왔다. 지상은 고개를 들어 대웅전을 바라봤다. 어디선가 홀연히 나타난 스님 한 사람이 대웅전 안, 한가운데 앉아 있는 부처를 등지고 군중을 향해 서 있었다. 대웅전 안의 어둠 속에 앉아 있는 부처상이 만들어낸 뚜렷한 대비가 우뚝 선 스님을 누느러지게 느러냈다. 허름하고 어두웠으나 샛빛 장삼은 밝게 빛을 발하고 있었다.

"아미타불!"

스님이 나지막한 목소리로 염불을 하자 군중이 '아미타불'을 따라 외쳤다. 장내는 순식간에 침묵 속에 빠져버린 듯 조용했다. 모두의 귀와 눈이 스님에게로 향했다.

"여러분! 왜 오셨습니까?"

스님이 외쳤다. 목소리는 낮고 작았으나 가슴을 울리고 있었다. 작은 목소리가 사찰 안을 흔들고 있었다. 지상은 한참 먼 거리를 두고 앉아 있었지만 스님의 목소리는 지상의 가슴을 쿡쿡 찔러댔다.

"이 땡중이 묘한 요술을 부린다기에 찾아오셨습니까?"

온화한 표정을 지으며 군중을 둘러보며 스님이 계속했다.

"무설설무법법無設設無法法입니다."

"아미타불!"

"도리가 따로 있는 것이 아니고 길이 따로 있는 것도 아닙니다. 그저 자신이 걷는 길이 최고요 최선인 것입니다. 꺼림칙하지 않는 한 후회하지 않는 한 그게 바른길이요 그게 부처의 길입니다."

지상은 고개를 돌려 군중들을 살펴봤다. 사람들의 표정은 편안해 보였다. 옆의 조휘도 같은 표정이었다. 큰 변화도 없었고 큰 감동도 없는 듯 모두의 표정은 평온함 그 자체였다. 지상에게는 차라리 군중들의 담담함이 스님의 이상한 설교보다도 더 이상하게 느껴졌다. 조휘는 지상을 바라보고 알 듯 모를 듯 미소를 지어 보였다. 말은 없었지만 좀더 기다려보라는 표정이었다. 지상은 고개를 돌려 대웅전 앞의 스님에게로 눈길을 향했다.

"제가 중입니다. 제가 무슨 큰 힘을 갖고 있는 영험한 중이라 믿으시겠지만 그건 그렇지가 않습니다. 위대한 것은 자연의 힘입니다. 제가 갖고 있는 힘이란 그것을 좀더 자세히 알고 이해하고 있다는 것뿐입니다."

그래도 군중들의 눈엔 스님에 대한 경외심과 존경심이 가득 차 있었다.

"물이 흐르는 데는 나름의 길이 있고 이치가 있습니다. 바람이 부는 것도 이와 같은 것입니다. 구름 또한 자연의 법칙을 벗어나질 않습니다. 사람이 그 이치를 이해하고 활용하면 그것이 도술이고 이것이 바로 지혜인 것입니다."

평소 보아왔던 스님과는 다른 설법이었다. 머리를 깎고 있는 중은 분명했다. 그러나 설법은 부처의 도가 아니라 자연의 이치와 흐름을 설명하고 있었다. 스님이라기보다는 도교를 신봉하는 도사 같은 느낌이 들었다. 지상은 문뜩 서경에서 떠돌고 있다는 유명한 스님의 이야기를 기억해냈다. 이름은 묘청이라고 했다. 풍수와 지리에 밝아 사람들이 영험한 도사로 받든다고 했다. 지상이 고개를 돌려 조휘를 바라봤다. 조휘의 표정 역시 덤덤했다. 조휘는 분위기에 익숙한 듯 아무런 말없이 시선을 고정한 채 설법을 듣고만 있었다.

"환인桓因의 아들이신 환웅께서 무리 3천을 거느리시고 지상으로 강림하실 때 풍백風伯과 우사雨師 그리고 운사雲師를 대동하셨습니다. 이는 자연의 법칙을 잘 이해하고 있는 이들 신으로 하여금 인간의 생활과 긴밀한 곡식, 생명과 질병, 형벌과 선악 등을 주관하게 하여 인간 세상을 이롭게 하실 목적 때문이었습니다. 이런 환웅의 사상을 우리는 홍익인간이라고 불러왔습니다."

지금 중이 외치고 있는 부처의 가르침이 아닌 환웅의 역사는, 지상이 서경에서 찾고자 했던 우리 역사의 바로 그 내용이었다. 조휘를 바라보자 그제야 조휘는 미소를 머금고 지상의 눈길을 받았다.

"도참사상圖讖思想도 마찬가지입니다. 희한한 비술이 아닙니다. 얻기 힘든 도술도 아닙니다. 우리가 더불어 함께 살고 있는 자연의 목소리에 조금 더 귀를 기울이면 들을 수 있는 이치입니다. 물이 흐르는 이치에 대해 좀더 이해하려는 자세를 갖는 것, 바람과 구름이 움직이는 것에 대해 좀더 세심한 관심을 갖는 것. 그래서 우리가 우리 주변의 자연을 좀더 잘 이해하고 자연과 사람과 더불어 지혜롭게 평안하게 살아갈 때. 바로 그게 홍익인간을 가능케 했던 사상이요 우리 조상님들이 전해주신 삶의 지혜입니다. 바로 그것이 여러분이 도술로 잘못 알고 있는 도참사상의 기본인 것입니다."

군중의 침묵이 깊어갔다. 아무도 입을 여는 자가 없었다. 묘한 열기만이 스님을 향해 한 방향으로 집중되고 있었다.

"인간의 행복은 바로 자연을 이해하고 자연의 이치를 배우고 자연과 더불어 살 때 가능한 것입니다. 한때 우리 역사에 그런 풍백과 운사, 그리고 우사들이 많은 시대가 있었습니다. 그들을 박사博士라 부르던 때였습니다. 자연을 이해하고 자연과 더불어 살았던 그때를 우리는 태평성대라고 했습니다. 이것이 부처께서 말씀하신 극락이요 환웅께서 주장하신 홍익인간의 시대인 것입니다."

설법은 끝이 없었다. 그러나 설법의 내용은 소문과는 무척이나 다른 모습을 하고 있었다. 풍문이 그랬다. 묘청이란 스님이 있어 도술을 행하고 다닌다고. 축지법을 써서 하루에 3천 리를 달리고 둔갑술을 써서 여우와 호랑이의 모습으로 사람을 홀리고, 금단도金丹道에 정통하여 그가 만든 금단을 먹으면 불로장생한다고도 했다. 바람과 구름을 부리는 묘청은 하늘을 날고 가뭄을 막고 홍수를 내린다고도 했다. 그래서 묘청은 신이었고 도사였다. 사람들에겐 경외심과 두려움의 대상이었다.

한참 뒤 오랫동안의 설법이 끝나고 열기가 가라앉을 무렵 조휘가 지상의 옷자락을 잡아끌었다. 신선한 충격에 잡혀 있던 지상은 그제야 무리의 한가운데 앉아 합장을 하고 앉아 있는 자신을 발견했다. 스님은 대웅전 앞을 떠나 있었고 사람들도 삼삼오오 무리를 벗어나고 있었다.

"따르시지요."

먼저 일어선 조휘가 지상을 바라보며 작은 미소를 지어 보였다. 올 만한 가치가 있었냐고 묻고 있는 듯했다.

"저분이 누구십니까?"

"소문으로 들어 알고 계시질 않습니까?"

더는 말없이 조휘가 길을 잡았다. 조휘의 표정엔 몇 시간 전 지상을 처음 만났을 때의 흥분과 열정 대신 평안함이 가득한 듯했다. 흩어지는 사람들 속을 헤집고 조휘가 길을 잡은 것은 대웅전 뒤편 뜰을 지난 작은 문이었다. 고개를 숙일 정도로 작은 문을 열고 들어서자 제법 넓은 뜰이 나타났다. 뜰 안은 전형적인 사찰과는 모습이 사뭇 달랐다. 사각형 뜰 안 한쪽에는 열 개 남짓의 솟대들이 서 있었다. 나무를 다듬고 잘라서 비슷한 크기로 세워놓은 솟대였다. 비스듬하게 서 있기도 했고 약간 서로 겹쳐 있기도 했지만 대부분 꼿꼿이 하늘을 향해 있었다. 각각의 솟대 위에는 기러기며 까치며 까마귀며 오리 등의 모습을 딴 조각들이 얹혀 있었다. 모두가 태양을 향해 있었다.

"이것은 솟대가 아닙니까?"

"그렇습니다. 솟대입니다. 하늘을 공경하는 우리 민족의 염원을 담고 있는 것들입니다. 태양을 향한 우리 민족의 신앙이지요."

지상의 질문에 굵고 나직한 목소리가 대답했다. 지상은 고개를 돌렸다. 어느새 다가와 지상의 등 뒤에서 궁금증에 대답을 한 것은 아까 청중을 향해 강연을 했던 스님이었다. 온화한 미소를 갖고 있는 사내였다.

"스님! 정지상 공을 모셔왔습니다."

다가온 스님에게 조휘가 정지상을 소개했다. 조휘의 목소리는 차분했다. 목소리는 존경을 넘어서는 경외감 같은 느낌을 담고 있었다.

"드십시다."

스님은 고개를 숙여 인사한 후 덤덤한 눈빛으로 두 사람을 안으로 청했다. 뜰 안 한쪽에 자리한 스님의 거처였다. 지상은 작은 문턱을 넘어 조휘를 따라 방 안으로 들어갔다. 어둠에 덮인 방 안의 모습을 확인하기에 시간이 조금 걸렸다. 지상은 눈을 가느다랗게 뜨고 방 안을 살폈다. 앞섰던 스님이 한쪽에 자리를 잡고 앉자 어둠 속에서 천천히 모습이 드러나기 시작했다.

"정지상이라 합니다."

인사를 올린 뒤 고개를 들자 스님의 모습이 확연해졌다.

"묘청입니다."

긴 설법으로 목이 탔는지 묘청은 물 잔을 들어 목을 축였다. 빛을 좀더 받은 얼굴이 구체적인 모습을 갖추기 시작했다. 묘청은 반듯한 계란 꼴의 얼굴을 갖고 있었다. 오뚝 선 콧날이 먼저 빛을 받아 반짝였다. 입술은 두툼하지도 가녀리지도 않은 중간 즈음. 좀 전에 마신 물을 수습하는지 위아래 입술이 가볍게 움직이며 호흡을 골랐다.

"이제야 오셨습니다."

잠시 침묵이 흘렀다. 묘청이 기다렸다는 듯이 지상에게 먼저 말을 걸었다.

"……"

지상은 대답을 하지 못하고 옆자리에 앉아 있는 조휘를 바라봤다. 조휘는 눈도 마주치지 않고 희미한 미소만을 짓고 있었다.

"서경이 낳은 천재 정지상 공이 아니십니까? 조정에 나가셔서는 바른 직언으로 폐하를 모시고 있는 분이라 들었습니다."

"무슨 말씀을 그리……. 과찬이십니다."

"헛걸음을 하셔서 상심이 크시겠습니다."

지상의 낭패를 다독이려는 듯 묘청의 목소리가 차분했다. 묘청은 자신과는 달리 오래전부터 자신을 알고 있는 듯했다.

"며칠 전에 별자리를 좀 살폈습니다. 공이 이곳으로 오실 것 같아 조휘 낭자를 보내 기다리게 했습니다. 서경에 오신 뜻을 이루지 못했지만 너무 상심하시지는 마십시오."

"그게……."

"길이 없겠습니까? 다만 좀더 수고스러워졌을 뿐……. 뜻이 있다면 길은 항상 있는 법……. 아미타불!"

"어떻게 하면 되겠습니까?"

모든 것을 다 알고 있다는 묘청의 표정에 압도된 지상은 자초지종을 설명도 하지 않고 방법을 묻고 나섰다. 지상은 가슴을 누르고 있는 실망감으로부터 빨리 탈출하고 싶었다.

"설명을 좀 상세히 드리시지요."

조휘가 지상에게 눈길을 돌린 채 입을 열었다. 지상의 다급함을 조금 누그러뜨리려는 목적에서였다. 너무 서둘렀다 싶었는지 지상이 호흡을 다듬고 천천히 입을 열었다.

"이미 아시겠지만 일전에 개경 궁궐에 화재가 있었습니다. 척준경이란 자가 온 궁궐을 이 잡듯이 헤집으며 불을 내는 바람에 남아난 건물이 별반 없을 정도입니다."

지상의 얼굴빛이 개경 황궁에 날고 있을 검은 재처럼 검게 변해갔다.

"궁궐 안의 비서원도 화마를 피하지 못했습니다. 보관되어 있던 많은 서적들이 소실되었습니다. 필요한 서적들을 구하고자 이곳 서경의 수서원에 왔는데⋯⋯. 웬 괴한들이 제가 반출하려던 서적들을 먼저 탈취해 갔다 합니다."

"어제 제가 수서원에 확인을 했습니다. 일전에 스님께서 제게 시간 나는 대로 읽어보라시며 주셨던 목록에 적혀 있던 대부분의 도서들이 해당됩니다."

지상 대신 조휘가 입을 열고 나섰다. 조휘는 지상이 수서원에 감금되어 있었던 며칠 동안 반출된 서적들의 목록을 작성하고 확인했다. 공교롭게도 반출된 서적들은 묘청이 조휘에게 읽어보라고 권유했던 대부분의 서적들과 일치했다.

"대부분이 국학과 관련된 고서와 비서들이었습니다."

조휘의 목소리는 침통했다. 그 일이 무엇을 의미하는지 이해하고 있는 목소리였다. 현재로서는 누군가 강탈해 간 서적들이 한 방에 모여 있는 세 사람을 연결해주는 유일한 고리였다.

조휘가 묘청을 알게 된 것은 2년 전 즈음이었다. 묘청은 수서원에서 사환으로 일하고 있는 조휘를 찾아왔다. 인연을 맺기까지는 오랜 시간이 걸리지 않았다. 신비한 스님으로 서경 일대에 소문도 나 있던 묘청을 알아보는 데는 시간이 필요치 않았다. 또한 묘청은 조휘와 만난 첫날 다짜고짜 직설적으로 조휘에게 도움을 청했다. 경계를 안 한 것은 아니었지만 거리낌 없는 묘청의 태도가 조휘는 싫지 않았다.

수서원의 서적들은 외부 반출이 엄격하게 금지되어 있었다. 외부인에게 반출이 허용되는 아주 흔하지 않은 경우에는 아주 까다로운 절차를 거쳐서 짧은 기간 동안만 제한적으로 반출이 허용될 뿐이었다. 다행스러웠던 것은 묘청이 찾은 서적들은 다른 사람들이 좀처럼 찾지 않아 먼지를 뒤집어쓰고 구석에 처박혀 있던 책들이었다. 한두 권의 대출을 통해 신뢰가 쌓여가자 먼지를 뒤집어쓰고 있던 고서들은 두 사람 간의 은밀한 통로를 통해 수서원을 벗어나 세상 빛을 구경하곤 다시 은밀히 수서원으로 돌아왔다.

조휘가 그런 서적들을 읽기 시작한 것은 아주 작은 호기심에서였다. 묘청이 빌려가서 읽은 책들은 겹겹이 쌓여 있던 먼지를 벗어던지고 깨끗한 상태가 되어 수서원으로 돌아왔다. 처음엔 그저 돌아온 책들을 제자리에 돌려놓았을 뿐이었다. 그러나 어느 정도 시간이 지나고 호기심에 표지 몇 쪽을 넘겼던 책들은 곧 조휘의 마음을 사로잡았다. 그리고 묘청이 빌려갔다 돌려놓은 책의 순서는 자연스럽게 조휘가 읽어야 할 도서목록이 되어 있었다. 그런데 그 서적들이 홀연히 사라진 것을 계기로 세 사람이 함께 자리를 마주하고 있었다. 이제 사라진 서적들에 관심을 갖고 있는 사람들은 세 사람만이 아니었다.

"어떤 자들입니까?"

"그게……. 개경 비서원의 관원을 사칭했다 하는데 비서원에는 서적들이 입고되질 않았다 합니다."

"확실합니까?"

묘청이 지상을 바라보며 다시 한 번 더 질문을 했다. 묘청의 표정은 상상 이상이었다. 분실된 서적들에 대해 아쉬워할 유일한 당사자로만 알았던 지상 자신의 표정보다 더 심각한 얼굴이었다.

"제가 수서원에 잡혀 있던 며칠 동안 수서원 관리들이 개경으로 사람을 보내 확인한 사항입니다. 서적들은 비서원에 입고되지 않았습니다."

“……”

묘청은 입을 굳게 닫고 한참 동안 눈을 감고 있었다. 감히 범접하지 못할 분위기가 주위를 압도했다. 지상은 아무 말도 하지 못하고 조휘와 묘청의 표정을 살폈다. 무거운 침묵이 흘렀다.

“스님!”

침묵이 얼마나 흘렀을까? 문 밖에서 누군가가 묘청을 찾았다. 묘청은 눈을 뜨지 않고 나지막이 대답했다.

“모시어라!”

대답과 함께 방문이 열리자 빛이 쏟아져 들어왔다. 다부진 체격의 사내가 빛과 함께 방 안으로 밀려 들어왔다. 사내가 묘청과 인사를 나누고 자리에 앉아서 지상을 향해 얼굴을 들었다.

“아니! 그대는?”

“알아보시겠습니까? 윤언이입니다.”

“어찌 공께서 이곳 서경엔……”

“서로 잘 아실 테지만, 인연이 아니겠습니까? 이렇게 서경에 함께 오신 것이……”

놀란 표정의 지상을 바라보며 묘청이 미소를 지어 보였다. 지상은 자리에서 일어나 윤언이의 두 손을 잡고 반갑게 흔들었다. 윤언이의 벼슬은 기거랑이었다. 좌정언 지상과는 정치와 정책을 논할 만큼 가까운 사이였다. 그러나 서경에서의 조우는 뜻밖의 일이었다. 반가운 인사가 끝나자 묘청은 두 사람에게 자리를 권했다. 이제 모두가 자리를 같이했으니 뭔가를 시작하겠다는 표정이었다.

“좌정언께서도 잘 아시겠지만 윤언이 공께서는 북쪽에 뜻이 계십니다. 그런 인연으로 저와는 오래되지는 않았으나 교류가 있었습니다.”

묘청이 말을 이었다. 지상은 담담한 자세로 묵묵히 앉아서 묘청과 윤언이를 바라봤다. 윤언이의 얼굴빛은 약간 상기되어 있었다. 학자와 무장이 잘 버무려진 반듯하고 다부진 표정의 사내였다. 윤언이에게 있어서 북방의 일이란 국사요 가업이었다. 예종대에 여진을 정벌하고 9성을 쌓았던 이가 윤언이의 부친 윤관이었다. 윤언이는 정벌군의 총사령관이었던 부친 옆을 지키며 압록강과 두만강을 건너 여진정벌에 참여했었다.

"두 분을 한자리에 이리 모신 것은 국가와 백성들의 앞날을 놓고 긴밀히 상의드릴 일이 있어서입니다."

다소 긴장된 표정으로 묘청이 입을 열었다. 윤언이의 표정은 변함이 없었다. 지상과는 달리 뭔가 사전 교감이 있었던 눈치였다.

"세상이 어지럽습니다. 왕권은 땅에 떨어지고 변방은 갈수록 혼란하니 백성들이 마음을 둘 곳이 없습니다."

"그거야 하루 이틀의 일이 아니질 않습니까?"

"아닙니다. 이번 일만 해도 그렇습니다. 책 몇 권이 사라진 일이라 그냥 가볍게 지나갈 수도 있겠으나 그 의미를 곱씹어보면 이게 그렇게 단순하지가 않습니다."

"짚이는 것이 있으십니까? 혹 저들의 정제라도 아시는 겁니까?"

"그렇다면 불안하지도 않을 것입니다."

고개를 들고 지상을 바라보는 묘청의 얼굴 표정이 다시 어두워지기 시작했다. 지상은 묘청의 어두워진 표정에서 불길함을 느꼈다.

"공은 분서갱유焚書坑儒를 기억하십니까?"

"진시황이 행했던 그 악행 말씀입니까?"

"맞습니다. 책을 불사르고 유생들을 생으로 매장해서 죽인 일 말입니다. 권력이 저지른 아주 추악한 일이었습니다."

"그런데 그 일을 거론하심은?"

질문을 던져놓는 순간 지상의 얼굴이 급격하게 어두워져 갔다. 책을 불사르고 학자들을 죽인 일이 그저 먼 옛날의 일로만 생각할 수 없겠다는 생각이 들어서였다.

"그럼 스님은 누군가가 개경의 비서원에 고의로 불을 냈고 또한 이곳 수서원의 서적들마저 반출하여 없애려 한다는 말씀이십니까?"

"역시 정지상 공이십니다."

지상의 빠른 추리와 직감에 호기심 어린 표정을 지으며 묘청이 지상을 바라봤다.

"그건 모르지요. 하지만 그리 생각이 드는 것을 피할 수 없으니 그게 걱정입니다. 거기에는 그럴 만한 사정도 있고……."

묘청이 말끝을 흐렸다. 섬뜩한 뱀 꼬리가 소리 없이 어둠 속으로 사라지고 있었다. 지상은 무엇인가가 차가운 비수가 되어 가슴을 찌르는 듯 날카로운 통증을 느꼈다.

"그럴 만한 사정이라뇨?"

"아직 명확히 증거를 잡은 것은 아니나 몇몇 인물들의 동태가 심상치가 않아서 그렇습니다."

침묵하고 앉아 있던 윤언이가 입을 열었다. 내용만큼 무거운 목소리였다.

"일반적으로 분서갱유는 진시황의 정책에 반대하는 내용을 담은 서적들을 불태우고 유생들을 매장한 일로 기억되고 있습니다."

"저도 그리 알고 있습니다. 그런데 무슨 감추어진 다른 사연이라도?"

"있습니다. 문제는 진시황의 정책이 무슨 내용을 갖고 있었느냐 하는 것입니다. 분서갱유엔 잘 알려지지 않은 아주 엄청난 비밀이 숨겨져 있습니다. 그리고 그건 고려를 비롯한 동이족들이 반드시 알아야 할 비밀입니다."

"동이족들이라 하셨습니까?"

지상이 눈을 동그랗게 뜨고 달려들듯 묘청에게 다가갔다. 묘청은 서둘지 않았다. 눈을 감고 한참을 뜸을 들이던 묘청이 입을 연 것은 밖으로 나갔던 조휘가 차를 들고 다시 들어온 후였다.

"진秦나라는 춘추전국春秋戰國시대를 통일한 중국 최초의 통일국가였습니다. 춘추전국시대는 말 그대로 어지러웠던 혼돈의 시기였습니다. 약육강식의 시대였죠."

춘추전국시대란 기원전 770년부터 기원전 220년까지의 대략 5백 년 시기를 말한다. 주나라 평왕平王 이후를 춘추시대라 하고 위열왕威烈王 이후부터 진나라 시황의 통일까지를 전국시대라 일컫는다. 주나라의 봉건제도가 무너지고 부침하는 제후국을 다스리던 제후 왕들이 패권을 다투며 하극상과 약육강식의 논리가 천하를 지배하던 시기였다. 질서가 무너지고 하루도 전쟁이 끊이질 않던 혼돈의 시대였다.

"한때는 170여 제후국이 다툴 만큼 혼란한 시대였다고 알고 있습니다. 진의 시황제가 혼란을 수습하고 최초로 통일국가를 형성한 후 자신을 황제라 칭하질 않았습니까?"

지상이 알고 있는 것을 묘청의 뒤를 이어 후렴을 넣었다.

"그렇죠. 밖으로 드러난 역사는 그리 말합니다. 그러나 속을 들여다보면 우리가 놓치고 있는 이야기들이 있습니다."

미소였을까? 자조였을까? 묘청의 표정이 조금 일그러졌다. 돌아와 앉아 있는 조휘는 고개를 숙인 채 모은 손을 다독이며 침묵하고 있었고 윤언이는 눈을 감고 있었다.

"이 춘추전국시대는 바로 천하의 패권을 두고 동이족과 하화족이 싸웠던 혼돈의 시대였습니다."

"우리와 중국을 말씀하십니까?"

지상이 정색을 하며 질문을 던지고 나섰다.

"그렇습니다. 일반적으로 춘추전국시대는 중국인들이 세운 여러 나라들이 싸운 시대로 알려져 있지만 자세히 보면 사정이 그렇지 않습니다. 당시에 만리장성의 북쪽에는 우리의 고조선이 있었습니다. 그러나 장성의 남쪽 중원에서는 천하를 두고 서로 핏줄을 달리하는 동이족과 하화족이 싸움을 벌였던 시대였죠. 그런 혼란을 수습하고 통일국가를 세운 것이 진입니다."

"그런데 그게 분서갱유와 어떤 관련이 있다는 말씀이신지요?"

"바로 그게 문제였던 것입니다. 진의 시황은 통일국가를 건국하고 나서 다시는 춘추전국시대 같은 혼돈의 시기가 있어서는 안 되겠다는 생각을 합니다. 그래서 진시황이 추진한 정책이 만리장성을 쌓고 책과 유생들을 없애는 분서갱유였습니다."

"만리장성은 유목민족으로부터 중국민족을 구분하고 보호하기 위해 축조한 성으로 알고 있습니다."

"그렇습니다. 장성을 쌓음으로써 중국인들을 북쪽 동이족의 침략으로부터 보호하자는 것이었죠. 그런데 이 장성의 축조가 그와 같은 목적을 달성하고자 한 물리적 조치였다면 분서갱유는 같은 목적을 달성하기 위해 펼친 정신적 문화적 조치였다는 것입니다."

지상의 눈빛이 반짝거렸다. 미처 생각지 못했던 것이 가슴을 들이

밀고 닥쳐서였다.

"진시황은 중국인들을 괴롭히고 위협이 되었던 동이족들의 역사를 지워버리고 싶었습니다. 동이족들에게 당했던 수치스러운 화하족의 역사는 없애고 밝고 위대했던 역사만을 남기고 싶다는 유혹에 빠졌지요. 그래서 불사른 책들이 바로 그런 동이족의 영광스런 역사를 기록한 역사서들이며, 잡아다 생매장한 것이 동이족들의 역사를 기억하고 있던 학자들이었다는 것입니다."

기록된 역사가 전하는 분서갱유는 달랐다. 그저 시황제의 정책에 반대하는 서적들과 유생들을 불사르고 매장했다는 것이 일반적으로 알려진 내용이었다. 진시황의 어떤 정책을 반대한 것인지는 기록들이 전하지 않고 있었다.

"어디 그것뿐이겠습니까? 동이족을 향한 이들의 역사 말살 정책은 진시황 이후로 계속되어 오고 있습니다."

놀란 듯 커다랗게 눈을 뜨고 자신을 바라보고 있는 지상을 의식하지 못한 듯 묘청은 눈길을 허공에 대고 독백하듯 계속했다.

"백제가 멸망하고 고구려가 패망했을 때 사비도성과 평양성에서 솟아오른 불은 백성들의 집과 성곽만이 불에 타서가 아니었습니다. 고조선과 부여를 거쳐 삼한에 이르렀던 우리의 역사서들도 내부분 그때 분실되고 소실되었던 것입니다."

"그럼 스님께선 수서원에서 사라진 서적들도 같은 운명이 될 수 있다는 것을 말씀하심입니까? 비서원에서 불타버린 서적들도 같은 운명이었고요?"

지상이 목소리를 키우며 질문을 던졌다. 듣고 있던 이야기를 연결하면 너무도 자명한 결론이 나와서였다.

"그리되지 말아야 하겠지요. 그리되게 놓아두면 안 되겠지요. 나무아미타불!"

대답 없이 묘청이 손을 모아 합장을 하곤 염불을 외웠다.

"말씀하신 진나라의 일은 극심했던 전쟁이 끝난 이후였고 사비성과 평양성이 불에 탄 것도 백제와 고구려가 당나라에 패망했던 전쟁의 끝이 아니었습니까? 지금은 평화의 시대입니다. 누가 그런 짓을 하겠습니까?"

부인이라도 하려는 듯 지상이 강하게 반론을 제기하고 나섰다. 선뜻 묘청의 논리에 동의할 수가 없어서이기도 했고 자신이 애타게 찾고 있는 서적들이 영원히 돌아올 수 없다는 예상을 부정하고 싶어서이기도 했다.

"역사와 문화를 둘러싼 주도권 다툼은 전시에만 있는 것이 아닙니다. 또한 그런 전쟁은 병사들만의 전쟁도 아닙니다."

"누구를 말씀하시는 겁니까?"

지상의 목소리가 높아졌다. 생각하고 상상하기에 더 불쾌한 답이 지상의 머리를 때려서였다. 묘청은 피하지 않았다. 직답이 지상에게로 날아왔다.

"지금 유학을 최고의 학문이라 내세우고 있는 유생들의 사고방식이 걱정될 정도입니다. 그들은 우리의 사상과 글을 멀리하고 중국의 학문을 최고로 여기며 공맹의 가르침을 여과 없이 받아들이고 있습니다."

"무슨 소리이십니까? 저도 유학을 공부한 유생이라면 유생입니다. 그런 말씀은 지나치십니다."

지상이 발끈하고 나섰다. 유생으로서의 자존심이 상했는지 지상의 얼굴이 붉게 물들고 있었다.

"공 같은 유생은 다행이라면 다행입니다. 그래서 서경까지 먼 걸음을 하지 않으셨습니까? 공맹의 가르침과 우리 민족의 뿌리를 기록한 역사를 균형 있게 보시려고 하니 말입니다."

한 치의 흐트러짐 없이 묘청이 지상을 정면으로 응시했다.

"그러나 잘 생각해보십시오. 유학사상을 중심으로 한 정치체제를 주장하고 유학의 뿌리인 송나라만을 사대하려는 사람들이 있습니다. 더 큰 문제는 이들이 특정 지역적 배경을 갖고 있다는 것입니다."

"지역적 배경이라면?"

"이미 한 번 당을 사대하고 중국의 황제를 모셨던 경험이 있는 신라 출신 인사들입니다. 지역적으로는 남경인 경주세력입니다. 그들의 사고방식은 아마도 많이 다를 것입니다. 이런 사람들이 공과 똑같이 생각하고 행동할까요?"

지상은 숨이 멎을 듯한 충격을 받았다. 묘청이 주장하고 있는 논리는 명백하게 한 방향을 가리키고 있었다. 그것은 구정에서 인종에게 지상이 설파하고 싶었던 논리였다.

"금을 금수의 나라라 한다지요? 송만이 문화국이며 상국으로 받들 만한 나라라 한다지요?"

지상이 입을 열지 못하고 굳어 있는 것과 반대로 이번에는 윤언이가 나섰다. 오랜 기다림 뒤에 눈을 뜨고서였다.

"여진을 정벌한 것이 얼마 전의 일입니다. 그러나 그것은 국경의 혼란을 막고 옛 강토를 경영하고자 함이었습니다. 여진을 말살하자는 것이 아니었고 질서를 세워 다시 그들을 포용해서 함께 살고자 하는 뜻에서였습니다. 그들은 옛 고조선부터 우리의 이웃이요 형제가 아니었습니까?”

거란이 강동 6주를 고려에 돌려준 것도 따지고 보면 거란족과 고려인들이 유구한 역사를 함께한 이웃이요 형제였기 때문이었다. 여진도 마찬가지였다. 여진정벌 후 축조했던 9성을 여진에게 다시 돌려준 것은 방어상의 곤란함도 원인이었지만 바닥에는 같은 민족이라는 핏줄에 관한 정서가 흐르고 있었다.

“여진이 저리 발흥해 나라를 세우니 걱정이 아닙니까? 그렇지만 현실은 현실……. 형제와 싸웠다고 원수라 할 수는 없는 것이 아닙니까? 이런 틈을 파고들어 송에게 사대할 것을 주장하며 근본을 잊고 핏줄을 부인하려고 날 뛰는 자들을 경계해야 합니다.”

윤언이의 말을 받은 묘청이 조심스럽게 지상을 바라보며 계속했다.

“지금 일부 무리들이 자신들의 정치적 목적을 위해 은밀하게 행동하고 있습니다. 일차적으로 서적이든 금석문이든 기록의 형태와 상관없이 옛 기록들을 없애고 있습니다. 어떻게든 우리의 기억을 없애고 왜곡하기 위해서입니다. 그리고 현실적으로는 형제 간의 싸움을 부채질하여 혼란을 조성하고 자신들이 신봉하고 있는 유학사상을 중심으로 송을 사대하는 나라를 만들려 획책하고 있는 것입니다.”

지상도 알고 있는 내용이었다. 그 논리는 인종 앞에서 김부식과 이자겸이 금에 대한 사대 문제를 두고 벌인 논쟁 중에 지상이 뛰어들며 사용한 바로 그 논리였다.

“일단 자료들을 없앤 후엔 우리의 옛일들을 황당한 얘기라 매도하겠지요. 그러곤 그 빈자리에 자신들의 유학사상을 대신 세우려 획책할 것입니다.”

지상의 다리에서 힘이 확 빠져나갔다. 마치 모든 피가 순식간에 증발해버려 온몸에 송송 구멍이 난 듯한 느낌이었다. 지상은 눈을 감았다. 지탱하기 힘든 몸을 버티려면 마음속의 한 가닥 빛에라도 의지할 필요가 절실해서였다.

"수서원에서 서적들을 빼돌린 자들이 그런 목적을 갖고 있는 자들이 아니길 바랄 뿐이지요. 그래서 그나마 보호하고 있던 마지막 기록들을 되찾고 싶어서지요. 그래서 우리의 역사를 바로 알기 위해서지요. 그래서 우리 생각의 뿌리를 잠식해 들어오는 유학의 해악을 막고 싶어서지요. 그래서 형제를 짐승이라 부르지 않고 우리를 노리는 적을 친구라 부르지 않도록 하기 위해서지요."

간신히 몸을 지탱하던 한 줄기 빛이 사라졌던 피를 불러들였다. 지상은 다시금 온몸이 훈훈해져 오는 것을 느꼈다. 뜨거운 피가 다시 들어와서 송송대며, 온몸을 휘감았던 차가운 바람을 밀어내고 몸을 가득 채웠다. 후들거리던 다리가 다시 힘을 얻자 지상은 발을 딛고 힘차게 일어서선 묘청에게 예를 올렸다. 윤언이도 자리에서 일어선 후 묘청에게 예를 올렸다. 거스를 수 없는 숙연함이 방을 가득 메웠다. 묘청이 두 사람에게 답례를 하자 정지상이 윤언이를 바라본 후 입을 열었다.

"스님! 어찌하면 되겠습니까?"

"길을 보여드리면 따르시겠습니까?"

"길이 있다면 그리해야지요."

묘청이 미소를 지으며 방 안에 있는 모두를 둘러봤다. 묘청의 눈빛은 따뜻했지만 각오가 서려 있었다.

"찾아내야 합니다. 그들을 쫓아서 잃어버린 서책들을 회수하고 그들의 정체를 만천하에 드러내 세상으로 하여금 경계토록 해야 합니다."

묘청은 다짐을 하며 윤언이를 바라봤다. 당부가 담겨 있는 눈빛이었다.

"그 일은 제가 조처하도록 하겠습니다."

묘청의 눈빛을 받은 윤언이가 다부진 목소리로 대답을 했다. 각오가 서려 있는 목소리였다.

"그리고……."

윤언이에게서 눈길을 거둔 묘청이 깊게 숨을 들이마셨다. 잠시 침묵이 이어지자 묘청의 표정을 바라본 조휘가 방문을 열고 나가 방 문 앞에 섰다. 법회가 끝난 후라 사찰 안은 조용했다. 조휘가 방문을 닫고 밖에 서자 묘청이 목소리를 낮추었다.

"우선은 더 급한 일이 있습니다."

"무엇입니까?"

덩달아 정지상의 목소리도 낮게 깔렸다. 묘청의 심각한 표정을 보니 심상치 않아서였다.

"우선은 척준경을 제거해 왕권을 바로 세워야 합니다."

"척준경을요?"

"이자겸을 제거하는 데 공이 있다고는 하나 이자는 한때는 이자겸과 함께 국정을 문란하게 했고 또한 난중에 왕에게 화살을 날렸고 무고한 대신들을 도륙한 역적입니다. 이런 자를 그대로 두어서는 왕권이 제대로 서질 않습니다. 제거해야 합니다."

정지상은 윤언이의 표정을 살폈다. 윤언이는 대답 없이 고개만을 끄덕였다. 무언의 동의는 하고 있었으나 표정은 복잡했다.

"왕권을 회복하는 길이라면……."

윤언이가 쓸쓸하게 입을 열었다. 척준경은 윤언이의 아비 윤관과 함께 여진을 정벌한 여진정벌의 핵심 공신이었다. 또한 윤관 일가와

146

척준경 사이에는 남다른 사연이 있었다. 여진정벌을 진행하던 예종 3년, 윤관은 정예병 8천을 이끌고 가한촌 근처의 병목지점을 지나다 여진의 매복에 걸렸다. 매복한 여진 병사들은 윤관의 목을 향해 칼과 창을 날렸다. 정벌군의 대원수 윤관의 목을 내어놓아야 할 상황이었다. 절대절명의 위급한 순간 포위망을 뚫고 들어와 윤관과 윤언이의 목숨을 구해준 이가 척준경이었다. 모두가 포기하려는 순간 악귀 같은 척준경의 투혼이 가져다준 믿지 못할 탈출이었다. 윤관은 척준경을 아들로 삼았고 척준경은 윤관의 후광을 업고 출세가도를 달렸다. 윤관과 척준경은 여진정벌의 영웅이었다. 그래서 윤언이는 척준경을 형제라 불렀다. 쓸쓸함을 잊기라도 하려는 듯 윤언이가 입술을 앙다물었다.

"어찌하시렵니까? 계획이라도?"

표정을 정리하며 윤언이가 묘청에게 물었다. 이번에는 정지상을 바라보며 묘청이 계속했다.

"폐하를 이곳 서경으로 모셔 와야 합니다."

"폐하를 서경으로요?"

"개경은 지금 척준경의 세상이 아닙니까? 개경에서는 어렵습니다. 장소를 옮겨야 합니다. 개경은 지금 황궁이 타서 잿더미라고 들었습니다. 폐하는 궁성 밖 비빈들의 궁을 전전하시고 계시질 않습니까?"

"예. 그건 그렇습니다."

"그러니 때가 아닙니까? 그렇지 않아도 폐하께서는 개경과 서경, 남경을 순회하며 통치를 하는 전통을 따르고 계십니다. 개경이 저리 된 지금 서경으로 행차하셔서 통치의 안정을 기하셔야 합니다. 그리고……."

묘청의 눈빛이 반짝였다.

"폐하께서 서경으로 오셨을 때를 이용해서 척준경을 치는 것입니다. 이곳이 어딥니까? 서경이 아닙니까? 역적의 목을 칠 준비가 되어 있습니다."

세 사람의 눈이 빛을 발했다.

"이곳 서경에서 역적의 목을 치고 왕권을 다시 세우는 것입니다. 서경이 고려의 도성으로 거듭난다면 옛 조선의 정기를 살려 천하의 제일국이 될 수 있습니다."

묘청의 목소리가 떨리고 있었다.

낭도들의 결집

만남은 짧았으나 의미는 깊고 깊었다. 다행이었던 것은 앞날을 걱정만 하고 있던 묘청과 정지상, 윤언이가 만나서 뜻을 합쳤다는 것이었다. 가끔은 걸림돌이 디딤돌이 되는 게 세상의 이치였다. 누군가에 의해 사라진 서책들이 세 사람을 서경으로 불러 모았다. 최악이라 생각했던 상황에서 세 사람은 뜻을 하나로 모았다. 묘청은 서경에 남았다. 분노한 서경인들의 뜻을 모으기 위해서였고 정지상은 인종이 있는 개경으로 돌아가고 있었다.

같은 시각 윤언이는 북쪽으로 말을 달리고 있었다. 윤언이에게는 익숙한 길이었다. 윤언이의 아비 윤관이 여진정벌에 관여하게 된 것은 숙종대의 일이었다. 여진은 만주 일대에 거주하며 고려를 상국으로 섬겨왔다. 고려는 백두산을 경계로 삼고 길주 이북으로 영토를 확장한 후 만주를 지배하며 여진족을 관할해왔다. 그런 고려에 여진이 반기를 든 것은 오고내의 아들 영가^{盈歌, 금나라 목종} 이후였다. 영가는 고려에 사절을 파견하고 조회까지 했으나 그의 조카 오아속^{금나라 강종}

이 부족인 완안부를 이끌면서 본격적으로 반항하기 시작했다. 숙종은 거처를 서경으로 옮기며 여진을 토벌하는 한편 윤관으로 하여금 별무반을 창설케 해 대대적인 여진정벌을 계획했으나 뜻을 이루지 못했다. 그런 뜻을 받든 이가 숙종의 아들 예종이었다. 예종은 즉위 이듬해인 1107년 윤관을 원수로 오연총을 부원수로 삼고 대대적인 여진정벌을 명했다. 그동안 준비했던 17만의 군대가 북쪽으로 향했다. 윤언이는 아비를 보필하고 형 윤언순과 함께 북쪽으로 말을 달렸다.

북쪽 길은 험난했다. 산과 산으로 연결된 길은 굽이치고 출렁였다. 또한 찬바람이 살을 에고 뼛속까지 들이닥쳤다. 하얀 입김이 퍼져 나와 눈앞을 가렸다. 그렇지 않아도 눈으로 덮인 하얀 산과 들은 윤언이가 뱉어내는 하얀 입김으로 다시 중첩되어 가려져 시야에서 모습을 감추고 있었다. 윤언이가 눈을 가느다랗게 뜨고 앞을 보자 굽이치는 계곡이 어렴풋이 모습을 드러냈다. 계곡능선은 내려치는 하얀 눈발 속에서 나타났다 사라졌다를 반복했다.

말도 뜨거운 입김을 뿜어내며 지쳐갈 무렵 하얀 눈 속에서 희끄무레한 나무 한 그루가 모습을 나타냈다. 눈을 크게 뜬 윤언이는 나무 옆의 돌무덤을 바라보고 희미하게 미소를 지어 보였다. 좀더 다가가자 돌무덤 뒤로 희미하게 돌기와를 이고 있는 자그마한 기와집이 눈 속에 모습을 드러냈다. 기와집 옆에 서 있는 나뭇가지에는 다섯 가지 색의 천 조각들이 늘어져 눈발에 휘날렸다.

윤언이는 말에서 내렸다. 기와집으로 다가가 문을 열자 희미한 어둠 속에서 술잔과 접시가 놓인 탁상이 모습을 드러냈다. 문을 닫자 바람이 잠잠해졌다. 손을 호호 불어 냉기를 가시게 한 후 윤언이는 탁상 위의 잔을 들곤 자신이 가져온 물통 속의 물을 잔에 부었다. 술이라도 있었으면 더 좋았을 터이지만 지금은 그런 호사를 기대할 때가 아니었다. 물이라도 가득 담은 술잔을 다소곳이 내려놓은 윤언이가 손을 모아 기도를 올렸다.

"천신天神이신 환인과 환웅, 그리고 지상의 제황이신 단군께 기원드립니다. 제 능력의 부족함을 일깨우시고 작은 힘이지만 조선의 큰 뜻을 펴게 도와주소서!"

두 번 머리를 조아리고 한동안 고개를 숙여 정성을 올린 윤언이는 밖으로 나왔다. 서낭당이 있다는 것은 마을이 가까워졌다는 의미였다. 고개를 돌리자, 길 안내자처럼 솟대 열댓 개가 땅에 박혀 있는 길 모퉁이 너머 계곡 사이로 멀리 평지가 보였다. 크지 않은 분지였다. 눈바람이 앞을 가리고 계곡의 너머에 있어 찾기 쉽지는 않았으나 계곡 저편 너머 마을이 윤언이를 기다리고 있었다. 윤언이는 말에게 다가가 목덜미를 다독거렸다. 먼 길이었으나 목적지가 눈앞에 있었다. 말 등에 올라타는 순간 윤언이는 무엇인가 자신의 몸에 날카롭게 파고드는 느낌이 들었다. 느낌도 순간. 윤언이는 말 등에서 오랏줄에 묶여 둔탁한 소리를 내며 땅 위에 굴러 떨어졌다.

"쿵!"

차갑게 언 땅이라 고통이 심했다. 순간 눈물이 울컥하며 올라와 터질 뻔했다. 손을 움직여봤으나 포박된 상황이라 한 치도 틈이 없었다. 자신을 태우고 먼 길을 달려온 말만이 앞발을 높이 들고 울어댔다.

"어떤 놈이냐?"

바닥에 떨구어진 채로 윤언이가 목청을 높였다. 상황은 딱했으나 목청은 기개를 품고 있었다.

"누가 할 소릴 네놈이 하느냐?"

땅에 결박당한 채 떨구어져 있으니 눈앞으로 길게 늘어진 사내의 두 다리가 다가왔다. 기선을 제압하려는지 사내가 더 이상 질문도 없이 발길질을 해댔다.

"읍!"

소리가 터지지 않았다. 가슴으로 날아온 사내의 발은 윤언이의 가슴 깊숙이 박혔다. 순간 정신이 혼미해졌다. 휘몰아치는 눈바람 소리만이 귓속을 후벼 파고 있었다.

• • •

누군가의 목소리가 희미하게 귀를 두드렸다. 가슴은 통증으로 욱신거렸지만 몸은 편한 느낌이었다. 찬바람 대신 훈훈한 열기가 몸을 다독거렸다. 윤언이가 눈을 떴다. 장작을 태우는 화롯가에 웬 사내가 앉아 있었다. 화로 옆으로는 칼을 비롯한 병장기가 놓여 있었고 화로 위로는 물통이 올려져 있었다. 물통의 구멍으로 하얀 수증기가 뿜어져 사방으로 퍼져나갔다. 팔에 힘을 주었더니 자연스레 움직였다. 포박도 면한 것이었다.

"여보시오?"

"깨어나셨습니까?"

윤언이가 부르는 소리에 고개를 돌린 사내가 반가운 표정으로 윤언이를 바라봤다. 그러곤 더 이상 말없이 밖으로 나간 사내는 잠시 후 몇몇 사내와 함께 막사 안으로 들어왔다. 윤언이는 자리를 잡고 앉아 있었다.

"깨어나셨습니까?"

기대한 대로 낯이 익은 얼굴이었다. 주변에 서 있는 사내들은 초면이었지만 가운데 앉아서 윤언이를 응시하고 있는 사내는 틀림없이 안면이 있는 사람이었다. 남아 있던 마지막 긴장감이 스르르 풀려나갔다. 윤언이는 굳었던 허리를 펴며 입을 열었다.

"알아보시겠는가?"

대답 대신 사내가 공손하게 허리를 굽혔다. 주변의 사내들도 따라서 고개를 숙이며 윤언이에게 예를 표했다.

"여진정벌의 영웅이신 윤관 원수의 둘째 자제분이 아니십니까? 제 기억이 틀림없다면 윤언이 장군이 되실 겁니다."

나이는 윤언이와 비슷한 연배였다. 건장한 체격이 사내의 이력을 말해주고 있었다.

"그리 험악하게 모셔서 죄송합니다. 워낙 외부 손님이 없었던지라……."

"아닙니다. 이해합니다. 이리 급작스레 닥쳤으니 경계는 당연한 것이지요."

"저를 기억하시겠습니까?"

고개를 든 사내가 윤언이를 바라보며 질문을 던졌다. 주변의 사내들 눈빛이 반짝였다. 험악하진 않았으나 이름을 틀리기라도 하면 야단이 날 분위기였다.

"물을 한 잔……."

윤관은 물을 한 잔 먼저 청했다. 몸은 풀렸다 하나 추위와 긴장으로 속은 아직도 얼음 쪼가리가 긁어대고 있었다. 받아 든 따뜻한 물 한 잔이 목을 타고 넘어가자 가슴이 넉넉해졌다. 언 입술도 노긋하게 풀어지기 시작했다.

"내 기억이 맞는다면 그대는 아마도 길주성에서 여진과 싸워 명성을 날린 병마판관 허재의 자재 아니시겠는가? 이름을 허역이라 기억하고 있소이다."

"하하하!"

사내의 입에서 웃음이 터져 나왔다. 사내는 만족한 미소를 품은 채 주변을 둘러봤다. 아비의 공적도 기억하고 있어서 좋았을 테고 자신의 이름을 정확히 알고 있으니 더 만족스러운 표정이었다.

예종 3년 겨울, 9성에 대한 여진의 공격이 계속되고 있었다. 그중에서도 길주성에 대한 여진의 공격은 더 날카로웠고 끈질겼다. 길주는 공험진과 함께 가장 여진과 가까이 위치하고 있는 군사적 요충지였다. 길주성에 대한 여진군의 포위는 해를 넘기며 계속됐다.

예종 4년, 1109년 5월에 재개된 길주성에 대한 여진의 공격은 수개월 동안 계속된 공격의 백미였다. 병마부사 이관진과 병마판관 허재는 병졸들을 독려해 성을 이중삼중으로 쌓으며 방어하고 있었다. 고려군 2천여 명이 6만 명의 여진군을 맞아 치열하게 싸웠던 130여 일간의 전투였다. 길주성을 포기할 수 없었던 고려군은 부원수 오연총으로 하여금 병력을 이끌고 나가 길주성을 지원하게 했지만 오연총의 군대는 공험진에서 여진족에게 격파 당해 뿔뿔이 흩어졌다. 그때 윤언이는 수하 몇 명과 함께 길주성으로 가까스로 들어갈 수 있었다. 그때 병마판관 허재 옆엔 아비 옆을 지키고 있던 무사가 있었다. 그게 허역이었다.

"역시 윤관 원수의 핏줄이십니다. 10년도 더 지난 그 옛일을 기억하고 계시다니 말입니다. 10년이 뭡니까? 아마도 15년 전의 일로 기억합니다."

웃고는 있었으나 사내는 경계를 풀지 않았다. 기억은 저편의 일이었고 지금은 강산이 한 번 바뀌고도 더 변할 시간이 둘 사이를 흐르고 있었다.

"근데 무슨 일로 이리 험한 백두산까지 오셨습니까?"

건네받은 음식을 목으로 넘기며 여유를 찾고 있던 윤언이에게 질문이 쏟아졌다. 인사가 끝나서인지 딱히 반기지만은 않는 표정을 짓고서였다. 주변에 서 있는 사내들은 인상이 더 험악했다. 그들은 윤언이와 함께 기억하고 나눌 아무 기억도 갖고 있지 않았다. 예의를 차리고는 있었으나 분위기가 언제든지 변할 수 있는 상황이었다. 고기 한 점을 넘긴 후 윤언이가 물을 한 모금 삼키곤 자세를 바로 잡았다.

"자네를 찾아왔네."

윤언이가 눈빛을 허역에게로 집중시켰다. 허역과 윤언이는 전장에서 젊음을 보낸 사내들이었다. 허역의 눈매가 긴장으로 가느다랗게 일그러졌다.

"벌써 오랜 세월이 흘렀습니다. 저를 찾으실 이유가 없는 것으로 아는데요. 개인적인 방문이십니까? 아니면 조정 일로 오셨습니까?"

"글쎄 개인적인 일이라면 개인의 일이고 나라의 일이라면 나랏일일 테니……."

순간 허역의 표정이 일그러지며 굳어갔다. 윤언이를 노려보던 허역이 입을 열었다.

"나랏일이라면 돌아가십시오. 저희가 관여할 연유가 없습니다."

"그럼 개인 일이라고 하면 될까?"

"장난하십니까?"

허역이 다소 거칠게 대응했다. 목소리는 분노 때문인지 약간 높아져 있었다.

"윤관 원수의 자제이신 공께는 아무런 감정이 없습니다. 그러니 나라 일로 오셨다면 그냥 돌아가십시오. 윤관 원수님과의 옛일을 생각해서 가시는 길은 안전하게 보장하겠습니다."

"그대의 분노를 이해하네. 나라도 같은 입장이었다면……."

"이해하시는 척하지 마십시오. 다시 개경으로 돌아가 벼슬을 하며 호의호식하신 대감이십니다. 어찌 저희들의 분노를 이해한다 감히 그러십니까?"

분노였다. 잊혔던 저편의 분노가 살아나자 허역의 가슴은 불로 끓기 시작했다. 뜨거움을 삼키는지 큰 목젖을 '꿈틀' 하며 허역이 계속했다.

"저희를 먼저 버린 게 조정입니다. 지금 와서 무슨 구실을 대고 또다시 현혹하려 하십니까? 이제 저희는 개경의 황성과는 상관없는 사람들입니다. 이대로 놓아두십시오. 부탁입니다."

처음엔 분노로 목소리가 터진 듯했다. 그러나 허역은 부탁을 하고 있었다.

"지금 이곳에 있는 사람들이 누구인지 아십니까?"

윤언이는 대답하지 않았다. 이곳 산채에서 거주하는 사람들의 이야기는 이미 전해 들어서 알고 있어서였다.

"조정이 9성을 쌓고 반 강제로 이주시킨 사람들입니다. 이들은 고려를 위해서 정든 고향을 떠나 백두산을 넘어 9성으로 이주해 갔던 사람들입니다. 아시질 않습니까? 9성을 반환하며 조정이 이들에게 어찌했는지를?"

윤언이의 침묵이 계속됐다. 여진정벌의 원수 윤관은 처음 6성을 쌓고 이들 지역을 영구적인 고려의 영토로 하기 위해 고려인들을 이주시켰다. 후에 추가로 쌓은 3성을 합한 9성에 최종적으로 이주시킨 고려인들의 수가 대략 35만 명이었다. 그러나 승리의 달콤함은 잠깐이었다. 쫓겨난 여진족은 빼앗긴 땅을 찾기 위해 9성에 대한 파상적인 공세를 단행했다. 또 한편으로 여진은 사절단을 고려 조정으로 보내 영토를 반환해줄 것을 간절히 요구했다. 9성을 돌려준다면 자손 대대로 조공을 바칠 것이며, 기왓장 하나 돌 하나라도 고려 국경 안으로 던지지 않겠다며 다짐하며 간청했다. 그러던 차에 길주성을 둘러싼 전투에서 오연총이 대패하자 고려 조정의 분위기는 순식간에 강화론으로 변하기 시작했다. 1109년에 예종은 신하들의 강화론을 받아들여 9성을 반환했다. 군사들은 돌아왔으나 이주한 주민들은 또 다른 선택을 강요받은 셈이었다.

"아네. 내 다 알고 있네."

윤언이는 모두는 아니라 해도 조금의 책임감을 느끼고 있었다. 떨쳐버리려야 떨칠 수 없는 미안함이었고 자책이었다.

"그들을 버린 셈이 되었으니 무어라 사죄를 해야 하겠나? 그러나 그래서 다시 이곳으로 찾아온 걸세."

윤언이가 자신의 주변에 있는 사람들을 둘러봤다. 모두의 눈빛 속에 반쯤의 원망과 반쯤의 분노가 녹아 있었다.

"저간의 사정을 알고 있지 않은가? 내 부친께서도 강화파들에게 정치적 공격을 받아 그리되었다는 것을."

9성의 반환이 결정되자 윤관과 오연총은 개경으로 발길을 돌려야 했다. 그러나 조정에서는 두 사람에게 여진정벌 패전의 책임을 물어야 한다는 정적들의 공격이 기다리고 있었다. 평소 북벌론을 강하게 반대했던 유학파 중심의 강화파들이었다. 패군의 죄를 다스려야 한다는 극렬한 신하들의 요구가 빗발치자 예종은 승선을 보내 중도에서 신표인 부월을 거두었다. 윤관과 오연총은 왕에게 보고도 하지 못하고 집으로 물러나야 했다. 공격은 거기서 끝나질 않았다. 윤관에 대한 탄핵은 계속됐다. 윤관과 오연총은 관직에서 해임을 당했고, 공신호도 삭제당했다.

"내 뻔뻔하게 보일지 모르나, 그래서 그대들이 도와줘야 하네. 아직도 조정엔 우리 고조선의 뿌리를 잊고 고구려의 옛 강토를 포기하고 다른 나라에 사대해야 한다는 망령된 무리들이 판을 치고 있네."

"그래서 뭘 어찌하시겠다는 겁니까? 윤관 원수는 우리의 영웅이었습니다. 그런데 그분이 그렇게 허망하게 정적들에게 탄핵당하지 않았습니까? 그리고 조정은 우리들을 버렸습니다. 무얼 어찌하시겠다고 이리 오셔서 옛 상처를 들춰내시는 겁니까?"

"그래서 더 한층 가열하게 싸워야 하질 않겠나? 그런 평화주의자를 가장한 패배주의자들을 몰아내고 국격을 다시 찾고 옛 강토를 다시 찾기 위해서 말일세."

윤언이도 물러서지 않았다. 허역의 목소리가 높아지자 윤언이의 목소리도 커져갔다.

"그대들 낭도郎徒들이 다시 일어서야 하네. 그대들은 조선의 희망이네. 여기서 주저앉아 있으면 안 되네."

• • •

허역은 윤언이를 찾지 않았다. 윤언이 또한 산채에 머물며 발길을 돌리지 않았다. 간혹 마주칠 때도 둘은 말을 나누지 않았다. 한쪽은 어색한 침묵이었고 또 다른 쪽은 계산된 침묵이었다. 윤언이는 확신하고 있었다. 허역은 돌아오리라고. 윤언이의 확신은 마을 입구에서 보았던 성황당에서 기인하는 자신감이었다. 성황당 옆에 서 있던 성황목을 윤언이는 신단수神檀樹로 간파했다. 신단수는 작게는 시골마을을 지키는 성황목이었으나 본질은 태양신을 섬기는 성지聖地를 상징하는 징표였다. 그 성지를 동이는 소도蘇塗라 불렀다. 소도가 동이의 성지인 것은 나무[木]에 걸린 태양[日]이 동東이었기 때문이었다. 동이들은 나무로 솟대를 세워 매일 아침 태양을 맞이했다. 그리고 그곳에서 동이들은 태양신인 천신께 제사를 지냈다. 그들은 기도하고 수양하고 기도하고 수양했다. 소도인 마을은 낭도들이 도를 닦고 훈련을 받는 훈련소이기도 했다. 윤언이는 서경을 떠날 때 묘청이 자신에게 했던 말을 또렷이 기억하고 있었다.

'마을 입구에 성황당과 성황목이 있는지 확인하십시오. 신단수가 있다면 그들이 조선의 가르침인 풍류대도風流大道를 버리지 않았음을 의미합니다. 옛 화랑의 정신을 따르고 있다는 징표입니다. 그들은 낭도들입니다. 반드시 설득하여 세상으로 불러낼 수 있을 것입니다.'

마을 입구엔 성황당이 있었고 신단수로 볼 수 있는 성황목이 성황당을 지키고 있었다. 더욱이 성황당 안에는 단군을 그린 그림이 모셔져 있었다. 자유롭게 마을을 돌아다니던 윤언이는 또 다른 확신을 갖게 되었다. 어디서인지는 알 수 없었으나 윤언이가 머물고 있는 며칠 사이 젊은이들이 삼삼오오 무리를 지어 마을로 들어오고 있었다.

그날도 태양은 동쪽에서 떠올라 솟대 위에 자신의 몸을 올려놓고 빛을 발하고 있었다. 허역은 아침 일찍 윤언이를 찾았다. 며칠간 끝도 없이 계속되던 두 사람 사이의 침묵이 깨진 것이었다. 허역은 하얀 의관을 정제하고 있었다.

"따르시지요."

윤언이는 아무런 질문도 하지 않았다. 각오하고 갈망했던 일이 다가오고 있었다. 마음은 평온했다. 산채를 벗어난 허역은 말없이 굽이치는 길을 따라 묵묵히 걷기만 했다. 자그마한 두 산 사이의 계곡을 지나자 거짓말 같이 넓은 평원이 눈앞에 펼쳐졌다. 평원의 앞 저쪽 멀리로 거대한 산이 눈을 이고 하얗게 우뚝 솟아 있었다. 산은 눈을 받아 빛을 토해냈다. 윤언이가 작은 감탄을 쏟아냈다.

"백두산입니다."

몸을 돌린 허역이 윤언이를 바라보며 입을 열었다. 입에서 하얀 입김이 뽀얗게 쏟아져 나왔다. 흩어지는 하얀 입김 사이로 흰 눈을 이고 있는 백두산이 윤언이를 바라보고 있었다.

"하얀 눈을 이고 있어서 백두白頭라고 합니다. 하지만 우리의 낭가 사상에서는 백두는 소머리를 의미합니다. 부도라고도 부릅니다. 하늘의 태양과 달과 별의 움직임을 살피는 천문대인 것이지요. 저희의 역사서에는 이 백두를 구변진단九變震檀이라고 적어놓았습니다. 저희 낭도들이 이곳으로 들어온 이유입니다. 좀더 하늘에 가까이 가기 위해서지요."

세차歲差 운동으로 인해 정북正北은 끊임없이 변화했다. 그래서 하늘의 움직임을 관찰해온 부도도 움직여야 했다. 구변진단은 북극성을 찾아 천하를 아홉 번씩 이동하는 부도를 의미했다. 단檀의 동방어가 박달朴達, 배달倍達 혹은 백달白達이었으니 이 소리에서 비롯된 말이 우리의 백두였다.

"저희는 하늘의 움직임을 살피며 '깨달음'을 얻으려 끊임없이 수련하고 있습니다. 그게 낭도의 기본 임무입니다."

허역은 작은 미소를 지어 보였다. 결심이 섰는지 표정이 밝고 깨끗했다. 허역이 평원 아래를 향해 손을 뻗었다. 평온에는 열과 대오를 가지런히 정리한 채 일단의 사람들이 서 있었다. 백여 명 남짓한 젊은이들이었다. 허역은 열을 지어 서 있는 낭도들의 앞으로 나갔다. 한가운데에 둥근 큰 원형의 평평한 반석이 자리하고 있었다. 하늘에 제사를 지내는 환구단이었다. 원형 반석 위에는 산양이 제물로 올려져 있었다. 주변엔 솟대가 이곳저곳에 쌓여 있는 돌무덤 위에 꽂혀 있었다. 하늘로 솟은 솟대에는 북과 청동종 등이 걸려 바람에 흔들렸다. 반석은 정북을 향하고 있었다. 정북의 북극성은 세상의 중심이었다. 반석 앞에 선 허역은 눈을 들어 북쪽의 백두산을 정면으로 응시했다.

"환인이시여! 단군의 후예들이 천신이신 환인께 예를 드리옵니다."

허역이 선창하자 모든 이들이 고개를 들어 하늘을 향했다. 윤언이도 손을 모아 합장한 후 고개를 들어 하늘을 바라봤다. 겨울 하늘이라 믿기지 않을 만큼 파란 하늘이 온 세상을 덮고 있었다.

"하느님이시여! 이제 그동안 기른 낭도들을 세상으로 내보냅니다. 하느님을 대신하여 하늘의 명을 받은 이들에게 부명符命과 도록圖錄을 하사하니 속세에 내려가 나라를 받들고 하늘의 도리를 실천하게 하시옵소서."

뒤에 서 있던 낭도들이 고개를 숙이며 예를 표했다. 그들의 가슴에 걸려 있는 청동거울이 햇빛을 받아 반짝였다.

"하느님께 제사를 드리는 것은 천손인 저희 동이족의 의무이자 신성한 권리였습니다. 이제 화하족들은 동이족의 역사를 지우고 감추고는 자신들의 왕을 천자라 부르고 자신들을 천손이라 부르며 자신들만이 하느님께 제사할 수 있다 주장합니다. 낭도들로 하여 뒤집힌 역사를 바로 세워 하늘의 도가 지상에 살아 있음을 보여주시옵소서. 흩어진 동이의 형제들을 모아 하나님의 뜻을 받들게 하시고 하나님의 뜻이신 홍익인간의 세상을 만들게 하시옵소서."

축문이 끝나자 허역이 술잔을 들고 낭도들의 줄 앞에 섰다. 옆 춤에서 칼을 꺼내 든 허역이 자신의 손을 베어 핏방울을 잔에 떨궜다. 맑은 술 위로 빨간 피가 퍼져나갔다. 흰 잔은 낭도들의 줄 앞자리에 선 사내들에게 돌려졌다. 매번 앞자리 사내들이 칼로 손을 베어 술잔에 피를 떨궜다. 다시 잔이 허역에게 돌아오자 허역은 술잔을 기울여 술을 한 모금 마셨다. 같은 순서로 낭도들의 대표 격인 무리 앞의 사내들이 잔을 돌리며 한 모금씩 술을 마셨다. 빈 잔이 다시 자신에게 돌아오자 허역이 잔을 내려놓고 손을 들며 외쳤다.

"낭도들이여! 오늘의 다짐을 잊지 말라! 하느님의 역사를 하느님의 겨레에게 다시 돌려줘야 한다! 오늘 조선의 역사가 다시 태어난다!"

낭도들이 춤을 추기 시작했다. 잘 훈련된 군무였다. 모두가 하나 되어 내뿜는 노랫소리가 평탄한 고원에서 시작되어 사방으로 퍼져나갔다. 간단한 손동작으로 시작된 군무는 낭도들이 검을 빼어 들면서 절정으로 치달았다. 칼날 위를 춤추는 햇빛이 빛을 사방으로 뿜어냈다.

• • •

서경을 근거지로 하고 있던 허역의 집안은 전통적 고유신앙인 풍류대도를 신봉하는 무사 집안이었다. 집안의 장정들 중 엄밀히 선발

된 장정은 풍류대도의 가르침을 따라 낭도로 훈련되고 교육을 받았다. 이들 낭도를 신라에서는 화랑이라 불렀고 고구려에서는 조의선인이라 불렀다. 화랑은 풍류의 전통을 이어받은 사람들이다. 신라가 화랑제도를 부활시킨 것은 풍류를 부활시킨 것이었다. 이는 동이족의 해님^{桓因}의 씨뿌리기와 관련된다. '사나이'는 '산 아이'를 의미한다. 삼신산^山에서 혈통을 받은 아이를 '사나이'라 부른 연유이다. 어진 재상과 충성된 선비가 화랑에서 솟아나고, 좋은 장수, 날랜 군사도 화랑에서 생겨났다. 그래서 화랑제도는 '씨뿌리기'와 '태교'와 관련된 풍류의 전통을 이은 것이다.

화랑은 가무음곡^{歌舞音曲}을 통한 인격도야와 현실정치 참여라는 풍류의 두 요소를 보존한 종교 결사로서 풍류의 전통을 이었다. 가무음곡은 고대의 신앙 행위와 관련이 있으니 한겨레가 이에 능한 이유이다. 풍류는 태양신을 숭배한 특별한 종족이 스스로 태양신의 후예임을 자처하면서 세계를 지배하되, 그들이 개발한 고도의 문화를 여러 이민족에게 가르치던 도덕 정치였고, 그 도덕 정치의 양대 기본요소가 봉토입국^{封土入國}과 예악교화^{禮樂敎化}였다.

그런 출신의 허역이 백두산 아래 고원으로 들어온 것은 9성에서 고려군이 철수를 결정한 직후였다. 낭도들은 윤관을 고구려의 연개소문이며 신라의 김유신이라 생각했다. 그래서 윤관을 따르면 옛 고조선과 고구려의 영광을 회복할 수 있을 거라는 믿음을 갖고 있었다.

낭도들은 윤관의 별무반에 삼삼오오 들어가 꿈에 그리던 북벌에 참여했다. 그러나 여진정벌이 실패로 끝나고 윤관이 파직되자 낭도들은 갈 길을 잃어버렸다. 전통사상을 말살시키려는 세력들은 이들의 존재 자체에 거부감을 갖고 있었다. 버림 받은 이들은 백두산 아래로 들어와 후일을 다짐해야 했다. 언제부터인지 전통의 풍류대도는 견제받고 거부되고 있었다. 외래 종교인 불교는 전통의 풍류대도와 화합을 통해 우리 민족 속에 자리를 잡았으나 유학은 노골적으로 풍류대도를 배척하고 있었다.

이런 냉대와 배제는 하늘에 지내는 제사에서도 모습을 드러냈다. 고려 조정에서도 하늘에 제사를 지내고 있었다. 그러나 형식과 내용에 문제가 많았다. 성종 2년에 들어서자 고려 조정은 송의 형식을 받아들여 원구단에서 하늘에 제사를 올렸다. 그러나 유학도들을 중심으로 이를 반대하는 의견이 퍼지기 시작했다. 그들은 하늘에 제사 지내는 자격을 문제 삼았다. 유학도들은 주장했다. 하늘에 제사 지낼 자격을 갖고 있는 이는 천자여야 한다고. 그리고 그들은 덧붙였다. 유일한 천자는 중국의 황제라고. 유학에 기댄 그들이 바라본 고려의 황제는 천자가 아닌 지상의 제후왕일 뿐이었다. 그래서 원구단에서 하늘에 제사 지내는 행사는 설치와 폐지를 반복하고 있었다. 그 배후에는 유학파와 전통 풍류대도파 사이의 숙명적인 대립이 자리하고 있었다.

의식이 끝나자 허역이 윤언이를 청해 자리를 함께했다. 마주본 두 사람은 서로에게 미소를 지어 보였다. 처음부터 두 사람은 알고 있었다. 피할 수 없는 길을 함께 가야 한다고. 확인하고 싶었던 것은 서로의 변함없는 신념이었다. 15년의 세월이 가져다준 간격이었다. 윤언이에게 강한 거부감을 보였던 것은 그만큼 새로운 세상을 향한 실천 의지가 강하냐고 물어본 것이었다.

"잘 보셨습니까? 가급적 전통적인 형식을 따라 지낸 제사인데 문제가 없었는지 모르겠습니다."

허역이 조금 전 끝낸 제천 행사를 언급했다.

"형식이 무에 문제겠습니까? 담겨 있는 뜻이 온전하면 되는 것을. 잘 보았습니다. 저로서는 새롭게 다짐을 하는 계기도 되었습니다."

"어떻게 하면 되겠습니까?"

술 한 잔을 단숨에 들이켠 허역이 윤언이를 바라보고 질문을 던졌다. 방향이 정해진 만큼 계획을 알 필요가 있어서였다. 제천 의식에 참여한 낭도들은 들판에 흩어져 무리를 지어 음식을 나누어 먹고 있었다.

"일단은 척준경을 제거하려 합니다. 폐하를 중심으로 국가 기강을 바로 세운 후에 수도를 서경으로 옮겨야 하겠지요. 그러고 나면 북방이 다음 목표가 될 것입니다. 고려는 동이족들이 세운 천손의 나라입니다. 이 전통을 다시 세상에 펼치는 것입니다."

"계획은 있으십니까?"

"정지상 공이 개경으로 가서 폐하를 만나고 있을 것입니다. 폐하를 설득하여 서경으로 행차하시도록 할 예정입니다. 폐하가 서경으로 움직인다면 서경 유수직을 맡고 있는 척준경 또한 서경으로 올 것입니다. 오기만 한다면 서경에서 척준경을 제거하려 합니다. 아무래도 척준경의 기반은 개경이 아닙니까?"

"그럼. 지원을 위해 낭도들을 보내야 하겠습니다."

"예. 그리해주신다면 큰 힘이 될 것입니다. 서경엔 우리와 뜻을 같이하는 사람들이 많습니다. 군사적 준비가 소홀하지는 않을 것입니다. 그러나 아시다시피 척준경이 어떤 사람입니까? 혼자서도 몇 천을 상대할 기개와 힘이 있는 사람입니다."

척준경은 여진정벌의 또 다른 영웅이었다. 고려군이 위기에 처할 때마다 단신으로 적진을 뚫어 패배를 승리로 바꾼 주역이었다. 팽팽한 석성石城전투를 승리로 바꾼 것은 단기로 여진 진영으로 돌격을 감행해 여진 추장 수 명을 격살한 척준경이었다. 가한촌에서 여진군에게 목숨을 잃을 뻔한 대원수 윤관을 구한 것도 수 겹으로 둘러싼 여진의 포위망을 뚫은 척준경이었다. 여진군 2만 명이 영주성을 포위하고 식량이 떨어져가는 고려군을 압박했을 때 특공대를 조직해 적진을 유린한 것도 척준경이었다. 수많은 여진군에게 포위된 웅주성을 구하고자 단신으로 적진을 뚫고 응원군을 데려와 웅주성을 구한 것도 척준경이었다. 그는 여진정벌의 또 다른 영웅이었고 전투의 신이었다.

"척준경은 아군이면 천군만마이지만 적군이면 악귀와 같은 존재입니다."

"그래서 부탁인데……. 만일을 대비해 낭도들을 서경 성안 요소요소에 배치를 해놓아야 할 것 같습니다. 척준경이 폐하를 따라 서경성 안으로 들어만 와준다면 그 기회를 놓치지 말아야 합니다."

"알겠습니다. 특히 무술에 능한 낭도들을 선발해 조치하도록 하겠습니다."

"그리고……."

윤언이가 주변을 살펴본 후 목소리를 낮추었다. 그런 윤언이를 본 허역이 작은 미소를 지어 보였다. 정치인으로 살아온 윤언이에게 배어 있는 조심성이 우습기도 하고 안쓰럽기도 해서였다.

"이곳에서는 편안하게 말씀하셔도 됩니다."

"지금 조정에 눈여겨볼 자가 있습니다. 폐하의 신임을 얻어 보문각 대제라는 중책을 맡고 있는 자입니다. 송에서 귀화한 자인데 이자의 행동거지가 예사롭지 않습니다."

"호종단을 말씀하시는군요."

“호종단을 알고 계셨습니까?”

“알다마다요. 이곳에서 기르고 있는 낭도들은 전국에서 선발된 기재들입니다. 그런 만큼 저희들의 눈과 귀는 이곳 백두산 부근으로 한정되어 있질 않습니다. 고려 산하에 있는 돌 하나 풀뿌리 하나에도 저희 낭도들의 귀와 눈이 있다고 보시면 될 것입니다.”

“그냥 숨어만 계셨던 게 아니었습니다.”

윤언이가 미소를 지으며 허역을 바라봤다. 뜻이 같으니 걱정도 닮아 있었다.

“잠시 기다려보십시오.”

잠시 일어선 허역은 낭도 무리들로 다가가서는 누군가를 데리고 자리로 돌아왔다. 젊은 낭도 하나가 다가와 인사를 올렸다.

“탐라 출신 낭도입니다. 한번 이야기를 들어보십시오.”

허역이 눈짓으로 낭도에게 명을 내렸다. 젊은 낭도는 다소곳이 이야기를 시작했다.

“얼마 전 웬 자가 탐라로 들어와서 탐라를 샅샅이 살피고 간 적이 있었습니다. 문제는 이자가 돌아간 이후로 탐라 이곳저곳의 샘이 막혀 물을 구할 수가 없게 되었습니다. 할 수 없이 수많은 백성들이 해안가로 이주해야 하는 곤경을 겪었습니다.”

“그 무슨 해괴한 말인가?”

“그 자가 샘물의 맥을 끊어놓은 것입니다. 또한 지리적으로 혈이 되고 맥이 되는 곳을 찾아다니며 혈은 끊고 맥은 눌러 막는 악행을 저질렀습니다. 예로부터 탐라에 걸출한 인재가 많이 난다는 얘기가 있습니다. 그게 바로 탐라가 갖고 있는 효엄 있는 풍수지리적 기氣 때문이란 것입니다. 이를 끊고 막는 것은 그러한 인재의 출현을 막고자 하는 것이 아니겠습니까?”

“아니 그 자가 바로 호종단이란 말씀이시오?”

“그렇습니다.”

허역이 옆에서 맞장구를 쳤다. 심각한 표정을 짓고서였다.

“그것뿐만이 아닙니다. 탐라에서의 일을 전해 듣고 그자를 추적해서 호종단이라는 것을 알아낸 이후로 전국의 낭도들을 붙여 그자의 행실을 추적해왔습니다.”

“그래서요?”

설명을 하고 부탁하려던 일이었는데 윤언이가 설명을 들어야 하는 입장으로 바뀌어 있었다. 윤언이가 진지하게 대답을 재촉했다.

“이자의 패악이 가공할 수준입니다. 양양襄陽에서는 낭도들의 옛 기록을 적은 사선비四仙碑를 부수어 거북 모양의 비석 받침돌만 남겨놓았고, 선춘령先春嶺 아래에 있는 옛 고구려의 비석을 파괴하여 글의 뜻을 알 수 없도록 했다 합니다. 특히 이 고구려 비석에는 고구려의 왕이 천제天祭를 지낼 자격을 갖춘 황제임을 밝힌 글귀가 있었는데 이 글자들을 모두 파괴한 것으로 보입니다. 아마도 중국의 황제만이 천자라는 자신들의 주장을 합리화하려는 시도로 보입니다. 저희가 추적하지 못한 수많은 다른 패악들을 생각하면 등골이 오싹할 뿐입니다.”

“허어! 그 정도일 줄은 몰랐습니다.”

윤언이의 표정이 심각해졌다. 자신이 상상한 그 이상의 일들이 벌어지고 있었다.

“조정에선 전혀 눈치도 못 채셨습니까?”

“그렇습니다. 이자가 송에서 망명해온 자라 고려의 금수강산을 방문하고 싶다고 폐하께 부탁을 넣어 간혹 전국의 산천을 유람한다고만 알고 있었을 뿐, 곳곳을 다니며 그런 패악을 저지르고 있는 줄은 꿈에도 생각하지 못했습니다.”

“그럼 아까 호종단을 언급하신 연유는?”

허역이 궁금하다는 표정을 지으며 윤언이를 재촉했다.

“얼마 전 난으로 궁궐이 불타는 일이 있었습니다. 궁궐의 상당 부분이 불타고 소실되었는데 이상하게도 거리가 있는 비서원과 청원각 등 서적 보관소들도 하나같이 화마를 피하지 못했습니다.”

“그럼 보관하고 있던 서적들도?”

“그렇습니다. 많은 학문 서적과 함께 왕실에서 비밀리에 보관하고 있던 전통 사서들과 옛 기록들도 함께 소실되었습니다.”

“범인은 잡으셨습니까?”

“그걸 잘 모르겠습니다. 정말 난중에 일어난 화재로 그렇게 된 것인지 아니면 누군가가 고의로 방화를 한 것인지 말입니다. 화재로 모든 것이 다 타버렸는지라 증거도 하나 없는 상황입니다.”

“허어! 낭패입니다.”

낙담하던 허역이 정색을 하며 자세를 바로잡았다.

“아니 이게 다 일맥상통하는 측면이 있습니다. 혹 호종단이 배후에…….”

“저도 그런 생각이 들어서 그리 언급한 것입니다. 그런데 더 큰 문제는 얼마 전 서경의 수서원에서도 비슷한 일이 벌어졌다는 것입니다.”

“수서원도 화재를 당했습니까?”

허역이 화들짝 놀라며 자세를 곧추세웠다.

“화재는 아니지만 어떤 자들이 관원을 사칭해서 서적들을 반출해 간 사건이 있었습니다. 그런데 그 서적들이 모두 다 우리 동이족의 역사를 기록한 것들입니다."

"딱히 호종단을 지목하신 이유라도?"

"서적을 반출해 간 자들이 개경의 서적소 고문인 임완의 이름을 빙자했다고 합니다. 임완은 모르는 일이라 주장하고 있습니다. 그런데 공교롭게도 바로 이 임완이란 자도 송에서 고려로 귀화를 한 인물입니다."

"냄새가 납니다. 아주 지독한 냄새가……."

허역이 반짝이는 눈을 가느다랗게 찌푸렸다. 단편적으로 조각조각 사방으로 흩어져 있던 사건들의 조각 맞추기가 시작되자 하나의 그림을 완성해가고 있는 느낌이었다.

"해서 부탁입니다. 아마도 개경의 일부 관원들이 비밀리에 관여된 것 같습니다. 해서 우리도 공식적으로 대응할 수가 없습니다. 아마도 배후는 호종단이나 임완이 아닐까 합니다. 다만 증거가 없으니 함부로 나설 수도 없습니다. 또한 그들은 폐하의 총애를 받고 있는 귀화인들입니다. 그러니 이 일을 좀 맡아주십시오. 우리도 은밀히 움직일 필요가 있습니다. 이곳 낭도들을 동원해서 저들을 감시하고, 혹 있을 추가적인 불상사를 막아야 할 것입니다. 또한 수서원에서 서적을 반출해 간 자들을 찾아내주십시오. 다행이 아직 재앙을 피해 있다면 혹 다시 찾을 수 있을지도 모르겠습니다."

"알겠습니다. 조치를 취하도록 하겠습니다."

"걱정입니다. 저들의 의도가 그리 간악하고 은밀한지 몰랐습니다. 어디서부터 어떻게 대응을 해야 할지 막막합니다."

허역과 윤언이의 표정이 딱딱하게 굳어 있었다. 생각보다 적들은 아주 깊게 몸속에 들어앉아 똬리를 틀고 있었다.

"한 가지만 물어도 되겠습니까?"

허역이 조심스레 윤언이의 표정을 살폈다.

"그러십시오. 이제 같은 배를 타지 않았습니까? 궁금하신 것은 무엇이라도."

"계획에 참여하고 있는 이들은 누구입니까?"

핵심적인 질문이었다. 무엇을 목적으로 하고 있는지도 중요하지만 실행에서 더욱 중요한 것은 주체가 누구인가였다. 또한 일의 진행 중에 피아를 구분할 수 있어야만 했다.

"서경에서는 묘청이란 선사께서 역할을 하고 계십니다. 정신적 지도자라고 해야 하겠지요. 개경에선 저와 정지상 공이 역할을 맡고 있고 폐하의 측근 중엔 김안 공도 있습니다. 또한 뜻을 같이하는 몇몇 분들이 더 계십니다."

"알겠습니다. 그리고……."

허역이 말을 하려다 말을 끊고 윤언이를 똑바로 응시했다. 뭔가 아주 심각한 말을 하고 싶은 표정을 짓고서였다. 허역의 침묵이 계속되자 윤언이가 나섰다. 말을 듣지 않으면 자신이 더 궁금해져 불안할 듯한 느낌을 떨칠 수 없었다.

"이건 분명히 하고 싶습니다."

"무엇입니까?"

윤언이가 재촉하고 나서자 허역이 자세를 바로 하고 똑바로 윤언이를 응시했다. 목소리는 차분했지만 엄숙한 긴장감이 묻어 있었다. 입술이 떨고 있었다.

"이번에는 끝을 보겠습니다. 목숨을 내어놓을지언정 중간에서 그만두는 일은 없을 것입니다. 무슨 의미인지 아시겠습니까?"

　허역은 다짐을 하고 있었다. 불교는 타협적인 종교였다. 풍류대도와의 타협을 통해 불교는 동이족의 삼한사회 속에 자리를 잡을 수 있었다. 그러나 유학은 달랐다. 유학은 풍류대도를 배척하고 자신의 사상체계를 따르도록 선택을 강요하고 있었다. 윤언이가 대답을 하지 못하고 앉아 있자 허역의 다짐이 계속되었다. 약속에 대한 요구였고 자기 자신에 대한 다짐이었다.

　"풍류대도의 전통을 잇고 있다는 것이 저희의 마지막 존재 이유입니다. 저희 낭도들은 이제 더 이상 물러날 곳이 없습니다. 물러서느니 차라리 죽음을 택할 것입니다."

　윤언이는 아무 말도 하지 못했다. 지키지 못했던 과거를 반복할 수 없었다. 윤언이는 입을 다문 채 허역을 바라봤다.

　"조선의 역사가 다시 서지 못한다면 우리 낭도들은 존재 가치가 없습니다. 죽음으로 대가를 치를 것입니다."

　허역의 눈이 반짝였다.

세 개의 알

황제국의 법도를 따라 건설한 고려 황궁은 고려인들의 자부심이자 미래를 향한 다짐이었다. 그러나 검게 그을린 채 무너져 내려 땅바닥을 뒹굴고 있는 타다 남은 목재 기둥과 산산이 깨어져 흩어진 기와들은 치욕이요 고욕이었다. 자신에게 내려온 황실의 영광을 잿더미로 바꾸었다는 죄의식은 끊임없이 인종을 괴롭히고 있었다. 그래서 차마 눈뜨고 볼 수 없는, 재와 먼지로 뒤집혀 형체를 알 수 없는 개경을 떠난 것은 피할 수 없는 도피였다. 다만 위안이 하나 있다면 이자겸이 제거되어 최악의 상황은 면했다는 인도김이었다.

인종은 잊고 싶었다. 신하에게 당한 모욕감과 아무것도 할 수 없었던 무력감을. 인종은 외면하고 있었다. 자신에 대한 실망감과 백성들이 보냈던 차가운 시선들을. 서경에 머무는 동안 누군가가 자신이 알지 못하는 사이에 감쪽같이 개경 황궁을 깨끗이 복원시켜놓는다면. 화려했던 옛 개경 황궁이 거짓말처럼 순식간에 다시 모습을 드러낸다면. 그리고 지금의 치욕스런 시간들이 훌쩍 흘러버려 장성한 20대로 천하를 호령할 수 있다면. 모든 신하들이 진정 복종심으로 자신 앞에 무릎 꿇을 수 있다면. 그러나 지금은 현실을 외면하고 도피 속에서 위안을 찾을 시간이었다.

모처럼 찾아온 평화였다. 대동강 물은 빠르지도 느리지도 않았다. 우뚝 솟아 있는 북쪽 구릉지대의 북성北城을 동으로 끼고 흐른 대동강은 능라도 사이의 물길을 빠르게 빠져나와선 주춤했다. 한숨을 돌린 물길은 넓어진 강을 따라 천천히 남서쪽으로 흘러갔다. 반짝이는 물빛이 강물 위를 날아다녔다. 눈이 부셨지만 인종은 만족했다. 앞으로는 반짝이는 미래만 있을 듯한 느낌이었다.

"폐하! 표정이 밝으십니다. 서경으로 오시길 잘하셨습니다."

새로 맞이한 왕비 연덕궁주 임씨였다. 대신들의 강력한 주청을 받아들여 두 이씨 왕비들을 폐한 후 맞이한 새로운 왕비였다. 왕비 임씨는 임신으로 제법 배가 불러 있었다.

"그래 보입니까?"

"예! 다행입니다. 서경에라도 오셔서 근심을 잊으실 수 있으니……."

"문제가 사라진 게 아니질 않습니까? 다만 잠시 잊힌 것이니……."

"이곳도 폐하의 땅이 아니십니까? 또한 비상 상황을 대비하고자 준비한 서경입니다. 천천히 머리도 식히시면서 앞날을 준비하십시오. 그리고……."

말을 잇지 못하고 왕비 임씨가 자신의 배를 쓰다듬었다. 이를 본 인종이 가까이 다가가 손을 왕비 임씨의 배에 올려놓고 귀를 가져갔다.

"그래야 하겠지요. 왕통을 이을 새 생명도 이리 세상에 나올 준비를 하는데……."

"폐하! 좌정언 정지상이 승선을 청하고 있습니다."

자세를 바로 한 인종이 쑥스러웠는지 즉답을 못 하고 머뭇거렸다. 왕비 임씨가 자세를 바로 하자 그제야 목소리를 다듬었다.

"허가하라!"

뱃머리로 나선 병사 하나가 파란 깃발을 둥글게 흔들었다. 두 번의 원이 그려지자 다가온 배가 인종이 타고 있는 누선樓船에 밧줄을 올리고 사다리를 댔다. 뒤뚱거리며 올려진 나무 사다리 계단을 타고 누선으로 오르는 정지상의 모습이 눈에 들어왔다. 뒤편으로는 서경성으로 드는 대동문이 물안개 속에서 흐릿하게 모습을 보였다.

"폐하! 좌정언 정지상입니다."

다가온 정지상이 예를 올렸다. 이번 서경행을 권한 장본인이었다. 정지상도 인종처럼 서경성에 온 이후로 무척이나 밝은 표정을 짓고 있었다.

"그대의 말을 듣길 잘했소. 이곳에 오니 한층 마음이 편해졌소."

"다행입니다. 개경의 일은 잠시 잊으시고 이곳 서경에서 새로운 내일을 설계하십시오. 신과 더불어 이곳 서경인들이 최선을 다해 모실 것입니다."

"그리하겠소. 잘 부탁합니다. 근데 ……."

말을 흐리며 인종이 정지상 옆에 서 있는 사내를 바라봤다. 특이한 복장과 차림이었다. 사람도 별반 없는 선상이라 특히 눈길을 끌었다. 사내는 회색빛의 장삼을 입고 있었다. 머리도 삭발한 상황이라 누가 봐도 스님임에 틀림없어 보였다.

"폐하! 일전에 말씀드렸던 묘청이라 합니다."

정지상을 대신해서 옆에서 인종을 모시고 있던 일관日官 백수한白壽

翰이 앞으로 나서며 입을 열었다. 난에 난이 꼬리를 잇자 불안해진 인종은 일관을 옆에 가까이 두고 있었다. 백수한은 천문지리에도 능했지만 특히 꿈의 해몽에 탁월했다. 무수한 밤을 불안과 악몽에 시달리고 있던 인종에겐 누구보다도 필요한 존재였다.

"아! 서경 일대에 명성이 자자한 묘청이란 분이십니까?"

"그렇습니다. 일전에 말씀드린 대로 세상을 보는 눈과 귀를 갖고 있는 분입니다. 새롭게 앞날을 구상하고 계시는 폐하께 도움이 될 듯하여 이리 데려왔습니다."

정지상이 옆에 선 묘청에게 손짓을 하며 소개를 덧붙였다.

"묘청이라 하옵니다. 폐하를 뵙게 되어 영광입니다."

"영광은요……. 내 명성은 많이 들었습니다. 특히 일관 백수한과 좌정언 정지상 공의 특별한 천거가 있어서 한번 뵙고 싶었습니다."

개경으로 돌아간 정지상은 인종에게 서경행을 권유해 승낙을 얻은 후부터 인종을 대할 때마다 짬짬이 묘청을 소개하기 시작했다. 다행이었던 것은 인종도 서경에서 기행을 행하고 있다는 묘청의 이름을 알고 있었다. 그러나 묘청에 대한 인종의 인식은 호감과 반감이 묘하게 섞인 어정쩡한 것이었다. 백성들을 돕고 있다는 것에는 호감이 갔으나 소문이 무성한 기이한 행실에는 언뜻 신뢰가 가지 않아서였다. 그러던 차에 결정적인 역할을 한 것이 백수한이었다. 백수한은 서경에 근무한 이력이 있었다. 인종의 은밀한 부분까지도 조언을 하고 있던 백수한이 묘청을 극찬하고 나서자 서경에 들어온 인종이 묘청과의 알현을 허락한 것이었다.

"내 그대에게 궁금한 점이 많았습니다. 좀 석연치 않은 것도 있었으나 그대가 좋은 행실로 백성들의 많은 어려움을 돌봐주고 있다 하기에……."

　꿇어앉은 묘청을 요리조리 살피며 인종이 조심스레 입을 열었다. 인종은 사람을 까다롭게 살피고 경계했다. 어린 나이에 왕으로 등극해 여러 번의 난을 겪으며 터득한 일종의 처세술이었다.

　"과찬이십니다. 폐하!"

　"내 평소에 천문이며 역학 등을 신뢰하지 않았습니다. 그런데 최근에 들어 일관 백수한이 그런 불신을 극복하는 데 많이 도움을 주었소이다."

　인종이 따뜻한 눈빛을 백수한에게 보냈다. 곧이어 같은 눈빛이 정지상에게로 갔다.

　"또한 일전에 서경을 다녀온 정지상 공 또한 그대를 만나보라 수차례 천거하기에……. 주변 사람들을 보면 그 사람을 알 수 있지 않겠소. 내 그래서 그대를 청했소."

　"폐하의 기대에 어긋나지 않도록 하겠습니다."

　묘청이 한껏 자세를 낮추며 바닥에 고개를 박았다. 순간 선체가 우측으로 심하게 기울어졌다. 누선이 몸을 돌려 큰 반원을 그리며 대동강 상류로 방향을 틀었다. 흐르는 물결에 의지하던 배가 이제는 노에 의지할 차례였다. 선창에 맞추어 노와 틀이 부딪지는 소리가 배 바닥에 가득했다. 배가 반듯하게 자세를 잡자 다과상이 내어져 왔다. 푸른 청자 속에 있던 녹색 빛 차가 하얀 수증기를 뿜어내며 하얀 자기에 담겼다. 인종이 먼저 한 모금을 마신 후 배석한 신하들에게 청했다. 가운데로 인종과 왕비 임씨가, 좌측으로는 정지상과 백수한이 그리고 오른편에 묘청이 홀로 자리를 했다. 잠시 침묵이 흘렀다. 인종은 강변을 바라보며 회상에 잠긴 듯 눈을 감은 채 고개를 좌우로 흔들었다. 강물에 배가 흔들리듯 왕위에 오른 뒤 신하들에게 휘둘리며 갈피를 못 잡고 있는 인종이었다.

"아시겠지요. 얼마나 나라가 혼란하고 조정은 또 얼마나 혼탁하고 내 속은 또 얼마나 썩어 있는지?"

"폐하!"

차를 들고 있던 정지상과 백수한이 찻잔을 급히 내려놓고 고개를 숙였다. 신하가 듣기에도 민망한 탄식이었다.

"다 경륜이 없는 어린 임금 때문이 아니겠소?"

"폐하!"

옆에 있던 왕비 임씨마저 황망한 표정으로 인종을 바라봤다.

"폐하! 폐하의 보령은 문제가 아니십니다."

황망한 표정의 세 사람과는 달리 묘청이 덤덤한 표정을 지으며 입을 열었다. 순간 강바람 한 줄기가 파문을 일으켰다. 인종의 옷자락이 펄럭였다.

"신 묘청이 편안하게 말씀 올리겠습니다. 무례가 되더라도 궁벽한 곳에서 나고 자란 미천한 중이기에 그러려니 하시고 양해해주시옵소서."

"내 코가 석 자외다. 난세를 해결할 방법이 있다면 형식과 예를 따지지 말고 말씀해주시오."

얼굴에 드리웠던 어두운 그림자를 걷어낸 인종이 묘청을 똑바로 바라보며 청했다. 다급한 저간의 상황을 이겨내고자 하는 절박함이 묻어 있었다.

"지금의 혼란은 얼핏 보면 나이 어리신 폐하로 인해 초래된 일로 보이기도 합니다만 이자겸 일당의 파행적 통치가 겉으로 드러난 현상입니다."

　인종의 표정이 일그러졌다. 한때는 외조부이자 장인이었다. 또한 자신을 대신해 수렴청정 아닌 수렴청정을 했던 권력의 실세였다. 그런 만큼 이자겸에 대해서 인종이 갖고 있는 감정은 복잡한 것이었다. 지난해 이자겸이 유배지에서 수명을 다하자 인종은 특별 지시를 해 이자겸의 인척들을 방면했다. 지난 일이야 어찌됐던 그들은 인종 자신의 혈육이었다. 그리고 신하들의 강권으로 폐비를 명하긴 했지만 두 이씨 왕비들은 한때는 살을 섞고 피를 나누어 딸까지 생산한 부부이기도 했다. 얽히고설킨 핏줄이 인종의 분노를 치렁치렁 옭매어 감고 있었다.

　"제가 보기에 폐하의 즉위 후 초래된 혼란은 고려가 겪어야 할 과정 중의 하나가 아니었나 합니다. 폐하가 아닌 다른 분이 왕위에 올랐어도 비슷한 일이 벌어졌을 것입니다."

　"스님! 너무 내 생각을 않으셔도 됩니다. 그리 위로를 하시는 뜻은 알겠으나 그렇다고 내 마음이 편해질 것 같지는 않습니다."

　수많은 칭찬과 아첨을 들어온 인종이었다. 신하들의 말은 항상 달았다. 그러나 결과는 매번 씁쓸했다. 신묘한 중이란 천거에 자리를 함께했는데 첫 마디가 그동안 들었던 달콤한 말과 나르시 않았다. 인종의 표정이 다시 어두워졌다.

　"폐하! 태조께서 고려를 세우신 것이 근 150년 전의 일이옵니다."

　인종의 표정 변화를 개의치 않는다는 듯 묘청이 작은 미소를 지으며 계속했다. 정지상은 두 사람의 표정을 세심히 살폈다. 첫 단추가 중요했다.

　"신이 보기에 지금 태조 폐하께서 건국하신 고려 왕실이란 둥지엔

색이 각각 다른 알 세 개가 놓여 있는 형국입니다.”

“알이 세 개라?”

인종의 어두운 표정이 조금 밝아졌다. 호기심이 그를 자극했다. 아직은 말 한마디에 일희일비하는 10대 소년이었다.

“첫 번째 알은 태조 폐하께서 낳아놓으신 것입니다.”

“태조 폐하께서 낳아놓으셨다고요?”

“그렇습니다. 태조께서는 고려란 둥지를 만드신 분이십니다. 그러나 동시에 친척과 인척들로 복잡하게 구성된 왕실 가족이란 숙제도 남겨놓으셨습니다. 폐하도 아시다시피 좀 복잡하옵니까?”

“그건…….”

태조 왕건은 지방 호족들과 결혼동맹을 통해서 정치적 기반을 강화시켜 나갔다. 태조는 공식적으로 부인만 29명이었다. 부인들은 주로 호족출신의 딸이거나 부하 장수의 딸이었다. 후백제가 멸망할 때 견훤의 사위 박영규가 투항해 오자 왕건은 그의 맏딸, 즉 견훤의 외손녀를 부인으로 맞이했다. 그 둘째 딸은 자신의 아들^{정종}과 결혼시켰다. 신라가 투항했을 때도 경순왕의 백부인 김억렴의 딸과 혼인했다.

“외람되오나 혼란했던 건국의 시기에는 불가피한 선택이었을 수도 있긴 합니다. 그러나 살펴보십시오. 복잡한 결혼동맹으로 인해 왕실은 왕실 간의 근친혼으로 중첩하여 결혼을 해왔습니다. 그 결과 왕족 내에서 더 가까운 핏줄을 엮어 왕족들 간에 끼리끼리 무리를 만든 결과를 낳았습니다. 이게 계속되는 친족 간의 권력투쟁을 촉발한 원인이 되었습니다.”

결혼동맹으로 거대한 왕실이 형성되자 태조 왕건은 기발한 조치를 내렸다. 아들은 왕씨를 따르되 딸자식은 어미 쪽의 성을 따르도록

한 조치였다. 그러곤 왕씨 아들과 왕씨의 핏줄이지만 왕씨가 아닌 딸들을 중복해서 혼인하도록 했다. 왕가의 폭발적 인구 팽창을 근친혼으로 막아낸 것이었다. 결혼동맹이 희석되는 것은 막았지만 이는 후에 계속되는 핏줄 간 권력투쟁의 씨앗이 되었다.

"그건 그렇지만 무슨 말씀을 하시려는 건지……."

인종이 불편한 표정을 지으며 묘청을 바라봤다. 얘기를 해보라고 멍석을 깔아줬더니 고려의 뿌리까지 언급하고 나서서였다. 태조 왕건은 신성불가침한 성역이었다. 묘청은 건드리면 안 될 성역을 건드리고 있었다.

"황공하오나 신은 이런 결혼동맹이 오랫동안 정치적 안정을 위협해왔다고 판단하고 있습니다. 오늘날의 혼란도 그와 무관하지가 않습니다."

"그게 어찌 그러하다는 것이오?"

인종의 표정이 점점 더 일그러져갔다. 인종은 정지상과 백수한을 바라봤다. 도움을 청하려 했으나 두 사람 다 눈도 마주치지 않고 고개만을 숙이고 앉아 있었다. 더 들어보라는 의미였다. 묘청이 계속했다.

"혜종 폐하의 경우는 어떠하셨습니까? 즉위하시자마자 두 번이나 자객의 습격을 받지 않으셨습니까? 성종 폐하 대에는 왕규가 반란을 주도했었습니다. 이 모두가 복잡한 왕실의 핏줄이 빚어낸 정권투쟁이었습니다."

혜종은 왕건의 장남이었다. 뛰어난 무인이기도 했던 혜종은 왕건을 따라 전장을 누비며 왕건의 신임을 받아 대를 이었다. 그러나 사적인 권력과 동맹으로 형성된 왕족들의 정치판에서 혜종의 집안은 너무 약한 편이었다. 정치적 후견인으로 삼았던 왕건의 심복 박술희도 충성심은 높았지만 정치적 배경이 약한 충청도 출신이었다. 자신의 침실까지 들어온 암살자를 혜종은 직접 맨손으로 때려잡아야 했다. 그러나 배후세력에 대한 숙청은커녕 배후가 누구인지조차 추궁하지 않았다. 그것은 혜종이 관용을 베푼 것이 아니었다. 혜종은 배후를 제압할 힘이 없었다. 뛰어나올 배후가 부담스러워 덮은 것이었다. 혜종의 뒤를 이은 왕건의 둘째 아들 정종도 사정은 마찬가지였다. 모든 형제들이 정종을 노렸다. 그러나 왕권을 노린 것은 형제뿐만이 아니었다. 두 딸을 왕건에게 주고, 또 한 딸은 정종에게 주었던 왕규가 반란을 시도했다. 정종은 왕식렴이 이끄는 서경군의 지원을 받아 간신이 왕권을 지킬 수 있었다.

"무슨 말인지……. 무슨 숨겨진 깊은 뜻이라도 있는 것이오?"

인종은 불편한 표정을 풀지 않았다. 감추고 싶은 족보가 밖으로 걸어 나온 꼴이었다.

"폐하! 국가 경영은 경영철학을 바탕으로 정비된 제도를 통해서 실행해야 병폐가 적은 것입니다. 황공하게 지난 역사를 들추어낸 것은 폐하를 불편하게 하려는 것이 아니라 원칙과 제도 없이 이행된 왕권의 승계가 가져다준 폐해를 지적하고 싶어서입니다."

"그건 좀 지나친 평가가 아니시오?"

나이는 어렸으나 엄연한 군주였다. 더군다나 묘청이 선대의 문제점을 지적하고 나서자 인종도 더는 참을 수가 없었는지 얼굴이 벌겋게 달아올랐다.

"그렇다면 광종 폐하 때의 개혁은 무엇이었고 성종 폐하 때의 제도 정비는 무엇이었소? 또한 선왕께서는 여진을 정벌하고 백두산을 넘어 옛 고구려 영토를 개척하셨지 않소?"

"폐하! 그런 개혁과 노력을 과소평가하자는 것이 아닙니다."

묘청이 들고 있던 염주를 앞에 내려놓으며 머리를 조아렸다. 황송한 듯 머리는 조아리고 있었으나 목소리는 전혀 달랐다.

"광종 폐하께서는 과거제도를 도입하시고 노비안검법을 시행하는 등 제도를 개선하시려 노력을 기울이셨던 것이 사실입니다. 허나 운영 방식을 놓고 보면 그런 제도를 정치적으로 활용하신 경향이 강했다 할 수 있습니다."

"지나치시오!"

인종이 언성을 높였다. 얼핏 들으면 국가 운영의 반석을 놓기 위한 제도적 개혁보다 순간적인 정치적 목적을 위해 임시방편으로 제도를 이용한 것이라는 비판이었다.

"폐하! 신은 목숨을 내어놓을 각오입니다. 죽이시더라도 다 듣고 벌하시옵소서!"

묘청의 음성은 간곡했지만 강단이 묻어 있었다.

"좋소이다. 내 듣겠소. 하지만 나를 설득하지 못한다면 죽음을 각오하시오."

반쯤 일어섰던 인종이 자리에 '풀썩' 하고 다시 앉았다. 고개를 돌리고 불쾌함을 대놓고 표시하고 있었다.

"광종 폐하 때의 개혁은 의미는 있사오나 방법상으로 문제도 많았던 것 또한 사실입니다. 여러 제도들이 정치적 안정을 다지려 급조되고 임시방편적으로 이용된 측면이 많았습니다."

묘청이 정지상을 흘깃 바라봤다. 정지상의 표정은 곤혹스러운 듯했으나 불가피성을 인식하고 있는 듯했다. 정지상은 입술을 앙다물고 있었다.

"또한 과거제도의 채택 등 외국의 제도와 문물을 수입하셨습니다. 발전된 문물을 수입하는 것은 좋은 일이나 좀더 살펴보십시오. 제도를 수입한다는 명분하에 외국관료들을 무분별하게 끌어들여 전통문화와 정치이념을 혼란에 빠트린 것도 사실입니다."

광종은 송에서 귀화한 인재들을 등용하고 우대했다. 그러나 문제는 이러한 조치가 반대세력을 숙청하는 구실과 토대를 제공했다는 것이었다. 고려로 가면 우대 받는다는 소문이 돌자 자격 미달의 송 관료들이 짐을 싸서 고려로 밀려들어 왔다.

"성종 폐하의 개혁은 제도적으로 발전이 없지는 않았습니다. 하지만 증명도 되지 않은 송의 문물을 발전된 것이라 평가하고 무분별하게 도입한 측면이 없지 않습니다. 설혹 그러한 제도들이 송에는 맞는다 하여도 고려에 맞는다는 보장은 없는 것이옵니다."

묘청도 긴장했는지 목소리가 팽팽하게 당겨져 있었다. 정치적 혼란과 왕실 내부의 혈육 간의 권력투쟁이 어느 정도 가라앉은 것이 문종과 성종을 지나서였다. 고려는 간신히 통일만 해놓은 채 대략 50년의 세월을 표류하고 있었다. 성종대에 이르러서야 겨우 전국에 12목을 선정하고 목사를 파견할 수 있었다. 이를 토대로 중앙과 지방의 관료제가 모습을 갖추기 시작했고 학교, 사회복지제도 등이 정비되기 시작했다. 고구려의 맥을 이었다고 자부하는 고려로서는 참으로 더딘 통치체제의 정비였다. 고려 울타리 안이었으나 많은 것들이 제각기 떠다니고 있었다.

"송구하오나 왕실 내부의 혈육이 아닌 외부 사람과 결혼을 한 분이 순종 폐하와 폐하, 오직 두 분이십니다."

인종의 표정이 딱딱하게 굳어갔다. 선대왕의 이야기로 비판을 한

껏 늘어놓은 묘청이 이제는 자신의 결혼을 언급하고 나섰다.

"그런데 공교롭게도 세 분 왕후가 모두 이자겸의 집안 사람들이었습니다."

순종의 비 장경궁주는 이자겸의 여동생이었다. 그리고 인종의 두 이씨 부인은 이자겸의 딸들이었다. 순종은 병약해서 즉위 후 넉 달을 버티지 못했다. 권력투쟁이 일어날 소지조차 없었다.

"이 어찌 설명드린 왕실의 권력투쟁과 관련이 없다 하겠습니까?"

설명인즉, 왕실 내부에서 핏줄끼리 진행되었던 권력투쟁에 외부인이 가담하게 된 것도 사실 국왕과의 결혼을 통해서였다. 인종은 그런 피 튀기는 권력투쟁을 막 벗어난 상태였다.

머리를 조아린 채 묘청은 침묵하고 있었다. 인종이 이해를 못 했다면 자신의 목을 떨굴 차례였다. 그는 기다렸으나 인종의 침묵은 계속됐다. 묘청이 다시 입을 열었다.

"이제 그런 문제점들을 직시하십시오. 우선은 왕실의 문제를 정리하시어 왕권을 안정시켜야 합니다. 그리하신 후 올바른 전통을 다시 세우고 나라 안팎의 옛일을 고려하시어 제도를 정비하시어야 합니다. 그래야 고구려의 계승국인 고려로서 거듭날 수 있을 것입니다. 폐하!"

"좋소이다. 첫 번째 알은 내다 버려야 할 썩은 알이라는 것은 알겠고, 그럼 나머지 두 개의 알은 무엇이오?"

한참 만에 인종이 입을 열었다. 나머지 두 개의 알에 대해서 질문을 하자 정지상은 깊게 참고 있던 숨을 조심스럽게 내쉬었다. 인종이 질문을 했다는 것은 묘청의 목이 온전할 수 있다는 의미였다. 옆으로 고개를 돌리자 백수한도 같은 표정을 짓고 있었다. 묘청의 목이 떨어진다면 두 사람은 적어도 한 팔 정도를 내어놓아야 할 상황이었다. 그러나 문제는 시작일 뿐이었다. 문제를 지적했다면 해결책을 내어놓아야 했다. 능라도 앞에 도달한 누선이 다시 방향을 돌렸다. 역류로 지친 사공들이 쉴 시간이었다. 방향을 틀어 자세를 바로잡은 누선이 강물에 선채를 맡긴 채 유유히 흘러가기 시작했다.

"폐하! 우선은 썩은 알부터 둥지에서 제거해야 합니다."

침묵하고 앉아 있던 정지상이 앞으로 나섰다. 묘청을 바라보고 한 질문인데 정지상이 나서자 인종의 입가에 묘한 미소가 흘렀다.

"말해보시오. 무슨 의미인지?"

"폐하! 왕실 내부에서 벌어졌던 골육상쟁의 비극 끝에 척준경이 서 있습니다. 이자를 제거하셔야 합니다."

인종의 눈이 커졌다. 썩 내키지 않는 제안이었다. 그러나 듣고 보니 일리가 있는 말이었다. 신하들의 달콤한 말에 항상 속아 쓴맛을 보곤 했던 인종이었다. 지금은 쓴 말 뒤에 무엇이 올지 궁금했다. 그러나 선대왕들의 얘기가 옛일이라면 척준경의 일은 현재였다. 달콤함을 맛보려다가 왕위는 물론 목숨을 내어놓아야 할지 몰랐다. 인종은 기억했다. 자신에게 달라붙어 살려달라고 애원했던 신하와 시종들을 칼로 베고 찌르던 척준경의 모습이 비릿한 피 냄새와 함께 되살아나고 있었다.

"그렇지만 척준경은……."

"폐하! 이곳은 서경입니다."

흔들리는 인종의 눈빛을 잡아 세우려 정지상이 목소리를 높였다. 아직은 어린 황제였다. 가끔은 다그칠 필요가 있었다. 정지상의 목소리가 빠르게 높아졌다.

"폐하를 따라 서경에 온 척준경은 혈혈단신입니다. 이때를 놓치지 말아야 합니다."

"척준경은 서경유수관도 겸하고 있질 않소?"

"걱정하지 마시옵소서. 이곳 서경에는 폐하의 뜻을 받들 충신들이 많습니다. 이미 서경관은 뜻을 함께했습니다. 또한 서경의 유력 호족들과 유지들이 뜻을 같이한 상황입니다."

서경 정부는 서경유수관과 서경관의 이중 구조로 되어 있었다. 서경유수관은 재상급의 고위 관료가 임명되어 개경에서 서경을 감시하고 다스리는 자리였다. 서경관은 서경에서 중앙 정부의 6부와 여러 관청을 모방하여 축소 설치한 기관을 직접 다스렸다. 이는 서경의 중요성과 독립적 성격을 고려한 특별한 조치였다. 개경에 버금가는 서경의 왕도로서의 위상을 보여주는 제도였다.

"그러나 척준경은 천하의 맹장이오."

"폐하! 척준경이 천하의 맹장인 것은 분명하나 이제는 나이가 있사옵니다. 또한 자신을 따르는 중심적인 추종세력들이 개경에 머물고 있는 지금, 그의 힘은 한계가 있사옵니다."

인종이 입을 다물고 한참을 침묵했다.

"폐하! 군사적 준비는 염려치 마십시오. 서경에 배치된 군사들을 중심으로 철서히 준비하겠습니다. 또한 윤인이 장군이 특별히 동원한 무사들을 배치하여 혹 있을지 모를 척준경의 난동에 대비할 것입니다."

"윤언이 공까지 이번 일에 참여하고 있다는 말입니까?"

"그렇습니다. 폐하! 지금 이곳 서경에서 척준경과 척준경을 따르는 일부를 제외하고는 모두가 참여하고 있다고 보시면 될 것입니다."

인종은 결단하지 못하고 머뭇거렸다. 인종은 자리에서 일어나 뱃전을 기웃거렸다. 갑자기 모든 대동강 물이 피가 되어 자신에게 달려들듯 출렁거렸다. 비릿한 피 냄새가 코앞에 가득했다. 뱃전에서 한참 동안 서 있던 인종이 고개를 돌리자 누군가가 고개를 숙이고 자신 뒤에 서 있었다. 일관 백수한이었다.

"폐하! 신이 하늘의 뜻을 살펴보았습니다. 걱정하실 것 없사옵니다. 개경에서 품으신 뜻이 이곳 서경에서 펼쳐질 것이옵니다."

"정말이냐?"

인종이 낮은 목소리로 속삭이듯 다시 물었다.

"하늘의 뜻이옵니다."

• • •

서경을 방문한 고려의 황제들은 태조의 사당인 진전에 들려 태조의 초상을 알현했다. 그러곤 구제궁과 영명사에 들려 동명성왕을 알현하는 것이 관례가 되어 있었다. 동명성왕과 태조를 알현하는 것은 고구려의 전통을 계승하고 있는 고려의 의지를 표방하는 것이었다. 인종도 같은 절차를 밟은 후 을밀대 부근의 용언궁龍堰宮으로 들어갔다. 이자겸의 난 후 내친 이씨 왕비를 대신해 들인 임원후의 딸 연덕궁주 임씨와 함께였다. 용언궁으로 들어간 것은 난으로 지쳤던 신하들을 위로하기 위함이었고 지기地氣가 좋다는 용언궁에서 임신한 왕비 임씨를 휴식하게 하기 위함이었다.

모처럼 평화로운 연회였다. 정북에 자리 잡은 인종의 자리에는 장막이 설치되어 있었다. 염색 비단으로 만든 천막이었다. 바탕은 비단으로 황색과 흰색이 어우러져 화려했다. 인종과 왕비 임씨 앞엔 사각형의 소반에 음식이 담겨 있었다. 뒤로 재상급의 제신들이 자리를 했고 왕의 앞으로는 문무반 신하들이 양쪽으로 자리를 나누어 배석했다. 앞쪽 멀리 대동강 물이 동에서 서로 유유히 흐르고 있었다.

"폐하! 서경으로 행차하심을 축하드리옵니다. 머무시는 동안 불편하심이 없도록 온 서경인들이 정성을 다하여 받들어 모실 것입니다."

이자겸을 몰아낸 공훈으로 검교태사 수태보에 오른 척준경이었다. 서경유수관을 겸하고 있던 척준경은 인종이 서경으로 행차하자 인종을 모시고 서경을 방문하고 있었다.

"작년에 몇 번의 난으로 나라 사정이 녹록지 않습니다. 백성들의 일상생활에 폐가 없도록 신경을 쓰십시오."

"예! 폐하!"

이자겸을 둘러싼 두 번의 난이 조금이나마 수습되기 시작한 것이 올해 들어서였다. 지난해 2월과 5월에 난이 두 번 있은 후 이자겸을 축출하여 유배시켰으나 정치적 긴장이 계속되고 있었다. 12월에 이자겸이 유배지에서 죽음을 맞이하자 그제야 고려 조정은 이자겸의 망령에서 벗어날 수 있었다. 그러나 화재로 타버린 개경의 황궁은 아물지 않은 상처로 남아 있었다. 서경으로 옮겨온 것은 그런 상처를 치유하고 백성들을 위무하기 위함이었다.

"그럼 시작하겠습니다."

척준경이 예를 표하며 뒤돌아서서 신호를 보냈다. 신호와 함께 경연장으로 군사들로 분장한 광대들이 노도처럼 들이닥쳤다. 북과 장구 소리가 장내를 가득 메우며 흥을 돋우고 나섰다. 앞장선 기병의 고삐에서 나는 방울소리가 주변을 가득 채웠다.

"진격하라! 후백제군들을 섬멸하고 삼한을 통일한다!"

군사를 지휘하는 태조 왕건이 외쳤다. 그러나 기세도 잠시, 진격하는 군사들 주변으로 적군이 포위하며 압박해 들어왔다. 장창이 질서 정연하게 압박해 들어오자 앞장선 태조는 말에서 떨어져 나뒹굴었다. 곧이어 칼날이 날아들어 태조의 목에 떨어지려는 순간 천지를 흔드는 목소리가 주변을 떨쳤다.

"무엄하다! 감히 어디다 칼을 겨누느냐!"

순식간에 포위를 뚫은 장수는 태조를 말에 태워 포위망을 벗어나게 하고는 적들과 검무를 시작했다.

"둥, 둥, 둥, 둥, 둥!"

북소리가 최고조를 향해 달려갔다. 그럴 때마다 후백제군들은 낙엽처럼 춤추며 쓰러져갔다.

"와아!"

후백제군들은 포위망 속에 남은 장수에게 달려들어 창을 밀어대고 쑤셔댔다. 수없이 무수한 칼날들도 들이닥쳤다. 창을 몸에 박고 칼을 움켜쥔 장수가 떨구어진 고개를 힘겹게 들어 멀어지는 태조의 말을 향해 독백한다.

"폐하! 반드시 삼한통일의 위업을 이루소서! 신 신숭겸申崇謙은 죽어서라도 폐하의 위업을 위해 백골쇄신 하겠습니다."

피를 터뜨리며 외쳐댄 장수가 마지막 힘을 다해 검무를 시작하자 주변을 에워싸고 있던 후백제군들이 모두 쓰러진다. 주검과 핏물 속에 홀로 남겨진 장수는 무릎을 꿇고 칼을 땅에 꽂은 후 고개를 들어 하늘을 바라보며 혼신의 한마디를 뱉어낸다.

"충忠!"

우레와 같은 박수가 터져 나왔다. 연극이었지만 피가 끓고 가슴이 요동치기 시작했다. 무릎을 꿇은 채 죽음을 맞이한 장수는 신숭겸이

었다. 대구 팔공산 전투에서 견훤에게 포위당한 태조 왕건을 구하다
가 전사한 고려의 명장이었다. 피를 쏟고 있는 장수가 미동도 없이 주
검으로 무대 한가운데 정지하고 있자, 누군가 흰빛 복장을 하고 가운
데로 나서며 노래를 불렀다.

> 임을 위해 목숨 다한
>
> 그 마음이 하늘 끝까지 미치네
>
> 넋은 갔지만
>
> 임이 주신 벼슬 또한 대단했구나
>
> 그대들의 뜻을 잊지 못하리
>
> 그때의 두 공신功臣이여
>
> 이미 오래되었으나
>
> 그 자취는 지금까지 나타나누나

낭랑한 목소리가 장내를 숙연하게 압도했다. 모두가 눈을 감은 채
충신을 기리고 있었다. 그러나 두 사람만은 눈을 감지 않고 서로를 바
라봤다. 인종과 정지상이었다. 인종은 좌측에 정렬해 있는 정지상에
게 신호를 보냈다. 정지상은 고개를 살짝 숙여 복명을 표시했다. 곧이
어 연극이 끝나자 신숭겸 역을 했던 광대가 일어서서 다시 인종에게
예를 표했다. 우레와 같은 박수가 터져 나왔다. 인종이 자리에서 일어
나 배우의 공을 치하하고 나섰다.

"몇 번을 보아왔던 극이나 오늘은 그 의미가 더 크오. 나라가 혼란
할 때입니다. 신숭겸 공 같은 충신들이 어느 때보다도 필요한 때입니다.
그대들은 이러한 나의 뜻을 따라 충성으로 종묘를 받들도록 하시오."

"충성을 다하겠습니다! 폐하!"

배석한 모든 신하들이 자리에 무릎을 꿇고 앉으며 충성을 다짐하고 나섰다.

"폐하! 즐거운 연회 중이긴 하나 긴히 드릴 말씀이 있습니다."

정지상이 앞으로 나섰다. 모든 이의 눈이 정지상에게로 쏠렸다. 다른 상황이라면 주목을 좀 덜 받았을 것이었다. 그러나 서경에서는 달랐다. 하물며 인종의 서경 행차에 관한 많은 일을 정지상이 주도하고 있었다.

"무엇이오? 편히 말씀해보시오."

정지상의 목소리가 가늘게 떨리고 있었다. 그가 바라본 인종의 표정은 딱딱하게 굳어 있었다. 일국을 경영하는 황제였으나 아직은 열일곱에 불과한 소년이었다. 지상은 떨리는 자신의 가슴을 진정시키려 호흡을 가다듬었다. 자신이 조금만 흔들리기라도 한다면 인종이 주저앉을 것 같은 느낌이었다. 지상이 목소리를 다듬었다.

"자고로 국왕을 모심은 사심이 없고 그 끝이 없어야 합니다. 신숭겸 공께서 태조 폐하를 위하여 목숨을 던졌던 옛일은 그래서 아름답고 마음에 새길 일입니다. 시류에 편승하여 나가고 들어오기를 손바닥처럼 쉽게 뒤집길 반복하는 것은 충성이 아닙니다."

분위기가 묘하게 바뀌고 있었다. 무엇보다도 사람들의 눈에 띈 것은 인종 바로 옆에 앉아 있는 척준경의 표정이었다. 희희낙락하며 연극을 즐기던 척준경의 표정이 벌겋게 달아오르기 시작했다. 정지상은 자신을 쏘아보고 있는 척준경의 시선을 외면하며 계속했다.

"지난 날 역적 이자겸을 축출하는 데 공은 있으나 난중에 폐하께 화살을 날렸고 폐하를 보필하는 충신들을 도륙한 척준경의 죄는 용서할 수 없사옵니다. 지난 5월의 일은 일시의 공로이고, 2월의 일은 만세의 죄입니다."

이름이 거명되자 싸늘한 긴장감이 순식간에 퍼져나갔다. 둘러선 신하들의 시선이 척준경에게로 쏠렸다.

"또한……."

척준경이 자리에서 벌떡 일어서서 정지상을 향해 불꽃같은 눈빛을 쏟아냈다. 정지상의 목소리가 더 커졌다.

"궁궐을 돌아다니며 황궁에 불을 지른 죄 또한 결코 가볍지 않습니다. 이런 자를 벌하지 않으시면 또 다른 자가 나타나 폐하를 핍박하며 충신을 자청할 것입니다. 폐하! 반드시 척준경을 벌하시옵소서!"

"네놈! 무슨 망언이냐?"

척준경이 고함을 치며 자리를 박차고 앞으로 나섰다. 정지상에게 달려든 척준경이 정지상의 멱살을 잡아채며 고함을 질렀다.

"이놈을 잡아다 하옥시켜라!"

같은 순간 인종의 좌우에 있던 호위군이 앞으로 나서며 인종을 에워쌌다. 이를 바라본 척준경은 별 신경을 쓰지 않고 단하에 도열해 있던 호위 병사들을 향해 소리쳤다.

"무엇들 하느냐? 어서 이놈을 끌어내 하옥시켜라!"

척준경의 목소리가 쩌렁쩌렁 울려 퍼졌다. 그러나 아무도 움직이는 자가 없었다. 인종을 보호하려 움직인 군사 말고는 어느 한 명도 움직이질 않았다.

"이놈들아! 나다! 척준경이다."

목소리를 키우며 척준경은 주변을 돌아봤다. 인종은 호위군에 싸여 모습을 볼 수 없었다. 둘러싼 호위병사들 어깨 사이로 화려한 인종의 높은 모자만이 어른거렸다. 비단으로 만든 검은색 한면漢冕이었다.
척준경이 눈을 돌려 인종의 바로 뒤에 서 있는 이공수를 바라봤다.
이자겸의 축출 후 자신과 함께 재상으로 추대된 이공수였다. 이공수
는 눈길을 돌려버렸다. 바로 옆에 있던 김인존도 마찬가지였다.

"분사병부상서!"

고개를 돌린 척준경이 이번에는 서경의 병권을 담담하고 있는 분
사병부상서를 불렀다. 자신이 서경유수관이었다. 지금 상황에서 확실
하게 자신의 명령을 들을 직속 부하였다.

"병부상서!"

그러나 분사병부상서도 모습을 드러내지 않았다. 고개를 돌려 어
디를 쳐다봐도 자신과 눈을 마주치는 사람이 없었다. 그때 자신의 손
아귀에 목을 잡혀 공중에서 달랑대던 정지상이 목소리를 높였다.

"어서 무릎을 꿇고 폐하의 명을 받으시오!"

숨이 넘어가는 목소리로 정지상이 척준경의 코앞에서 외쳤다. 그
래도 척준경은 정지상의 목을 놓지 않았다. 정지상을 든 채로 걸음을
내디디며 누군가를 애타게 찾았다. 한 걸음, 두 걸음. 발자국은 계속됐
으나 자신과 눈을 마주치는 사람이 하나도 없었다. 다가가면 고개를
돌렸고 눈길을 주면 외면했다. 그리고 이름을 불러도 그들은 대답하
지 않았다. 얼마 전까지만 해도 자신을 만나려고 그리도 애를 쓰던 자
들이 그렇게 애타게 불러도 아무런 반응이 없었다. 한참을 서서 고개
를 두리번거리던 척준경이 정지상을 땅바닥에 패대기쳤다. 힘없이 발
길을 돌린 척준경은 인종 앞으로 다가갔다. 호위병들이 칼을 빼어 든
채 척준경을 향해 공격 자세를 취했다.

"무릎을 꿇으시오!"

앞으로 나선 이는 윤언이였다.

"무릎을 꿇고 폐하의 명령을 받으시오."

"윤 공! 그대마저……."

싸늘한 분위기 속에 굳게 쥐고 있던 척준경의 두 주먹이 스르르 풀렸다.

"쿵!"

땅바닥에 무릎을 짓이기며 척준경의 몸이 떨어졌다. 무릎 깨지는 소리가 서경성 안으로 퍼져나갔다. 곧이어 몇몇이 오라 줄에 묶여 척준경 옆으로 끌려 나왔다. 척준경의 측근들이었다. 그들을 바라본 척준경은 포기했는지 눈을 감아버렸다. 땅바닥에서 일어선 정지상은 의관을 정제하고 인종을 배경으로 삼아 꿇어앉은 척준경의 앞에 섰다. 단호한 표정이었다.

"폐하의 명이시다! 척준경을 암타도로 유배하라! 또한 최식은 초도로, 상주목 부사 이후진, 귀주사 소억, 낭장 정유황, 서재장, 판관 윤한은 지방으로 각각 유배한다."

풍류대도를 논하다

기린각麒麟閣에 초대된 신하들은 개경에서 인종을 따라온 신하들만
이 아니었다. 인종은 정지상에게 지시를 내려 서경의 유생 25명도 합
석할 것을 명했다. 이런 특별한 초대는 정지상이 제안한 것이었다. 서
경에 인종이 와 있는 만큼 서경인들의 생각과 꿈을 설명할 필요가 있
어서였다. 경연의 주제는 두 가지였다. 우선 인종은 정지상으로 하여
금《서경書經》의 무일無逸편을 강의하게 했고, 이어서 묘청이 인종에게
바쳤던 글도 함께 논의하도록 조치했다. 묘청이 인종에게 바친 글은
묘청이 대동강 위에서 인종에게 설파했던 고려가 숙제로 갖고 있는
두 번째와 세 번째 알과 관련이 있는 글이었다. 두 번째 주제는 동이족
에게 전파된 화하족의 역사와 문화와 관련된 내용이었고 세 번째 주
제는 우리 전통의 일을 적은 역사서였다.

　인종은 그 글들을 읽고 또 읽었다. 그러곤 정지상에게 명해 기린각
에서《서경》과 함께 강독하고 제신들이 함께 논의했으면 좋겠다는 의
사를 표시했다. 이날따라 무거운 침묵이 경연장을 흐르고 있었다. 가

운데 앉아 있는 인종의 표정도 긴장으로 상기되어 있었다. 걱정이 있으면 으레 그랬듯이 인종은 좌측에 도열해 앉아 있는 제신들과 우측의 서경 출신 유생들을 훑어보기를 반복했다. 좌측에는 인종을 따라 서경까지 온 이공수·임원후·김부식·윤언이 등이 자리를 하고 있었다. 우측에는 유생들과 함께 초청된 묘청이 자리를 하고 있었고 강독을 맡은 정지상은 인종의 바로 앞쪽 옆으로 조금 비껴 선 곳에 자리했다. 인종은 대 파란을 예상하고 있었다. 묘청이 자신에게 준 글에는 전통적인 《서경》의 내용과 상치되는 내용이 허다해서였다. 묘청은 책 표지에 쓰길 '풍류대도'라 적고 부제로 '우리의 전통 역사와 사상'이라고 적어놓았다.

경연은 시작부터 파격이었다. 김부식이 먼저 문제를 제기하고 나섰다.

"폐하! 폐하를 앞에 모시고 강연하고 논의하는 경연이란 풍속은 오래되고 아름다운 조정의 전통입니다. 그러나 그런 자리에 제신들이 아닌 유생들을 초청하고 또한 근본을 알 수 없는 중을 함께하도록 한 것은 예에도 맞지 않고 격식에도 반하는 일입니다. 지금이라도 다시 조치하시어 전통에 맞게 경연을 행하십시오."

인종은 침묵했다. 정지상이 나섰다. 제안한 자가 본인이니 인종의 침묵은 '결자해지'를 의미했다.

"경연에 폐하를 모시고 신료들이 참석하는 것은 전통임에 맞지만 다른 이들의 초청을 막는 경우를 보지 못하였습니다. 더군다나 지금 폐하께서는 전국의 인재들을 초빙하시어 난국을 타개할 의견을 구하고 계십니다. 서경의 유생들이 참여하는 것은 서경인들의 생각을 듣고자 하심이고 묘청대사가 참여하는 것은 종교계의 의견을 묻는 일입니다. 이들의 참여는 형식인 전통을 깬다기보다 실질인 논의 내용을 충실하게 하는 것이니 피할 이유가 없습니다."

차분하고 낭랑한 목소리였다. 인종도 아무런 반응 없이 앞만 바라보고 있었다. 누구누구의 참여를 청한 예는 있었으나 누구누구의 참여를 막는 예는 없었다. 열린 자리였고 소통의 자리였다. 참여자의 자격에 관한 논란에서 밀리자 이번에는 내용적인 문제를 들고 나왔다. 김부식이 말을 이었다.

"오늘 강연의 내용을 《서경》이라 알고 있습니다. 아시다시피 《서경》은 옛 상고시대의 일을 적은 것으로 나라를 다스리는 법도를 그 내용으로 하고 있습니다. 경이라 칭한 것은 옛 성인이 산정删定하여 존중의 의미를 담고 있는 것입니다. 헌데, 오늘 옛 성현의 글과 함께 미천한 중의 글도 함께 논하라 하심은 심히 잘못된 분부라 여겨집니다. 세상 여러 사람의 의견을 구하심은 옛 성현의 일을 먼저 논하시고 나중에 따로 자리를 내어 하셔도 무방할 것입니다."

김부식은 물러서지 않았다. 미천한 중이라며 대놓고 반대 의사를 밝혔다. 서경의 유생들은 자신과 근본이 같았다. 그러나 묘청은 달랐다. 묘청만큼은 막고 싶어서였다. 더군다나 인종의 비 임씨가 아비인 임원후에게 귀띔해준 내용을 전해 들은 김부식은 경악했다. 묘청이 인종에게 적어 올렸다는 글은 김부식 일파가 믿고 따르는 역사와 사상과는 판이하게 다른 모습을 하고 있었다.

"말씀이 지나치십니다. 누가 성현이고 누가 미천하다 하십니까?"

정지상도 물러서지 않았다.

"묘청선사께서는 부처의 가르침뿐 아니라 우리의 전통사상에 대해서도 정통하십니다. 또한 가난하고 굶주린 백성들을 구휼하고 있을 뿐 아니라 이런 우리 고유의 사상을 전파하여 백성들을 정신적으로도 계도하고 있습니다. 고래로 이름이 드높으면 성현이고 땅바닥에서 백성들을 구휼하고 그들과 함께하는 것은 비천한 것입니까?"

"아! 되었소이다. 그만들 하시오."

침묵을 깨고 이공수가 나섰다. 눈을 감고 있는 인종의 표정을 살피고서였다. 뭐라고 결단을 내리진 않았으나 인종은 불편한 기색을 감추지 않고 있었다.

"폐하께서 청하신 일입니다. 경연에 참석자를 제한하는 특별한 규정이 있는 것도 아니니 그대로 진행하도록 합시다. 더욱이 오늘은 폐하께서 직접 서경인들의 생각을 들으시는 자리입니다."

이공수가 나서서 끓어오르는 논란을 잠재웠다. 김부식은 벌겋게 달아올라 씩씩거리기만 할 뿐 더 이상 나서지 않았다. 재상 이공수의 말에 인종이 침묵하고 있었다. 그러나 무엇보다도 어떤 내용인지 들어보지도 않고 통박한다는 것 자체가 반대자에겐 큰 부담이 될 수 있었다.

"좌정언! 시작하시오!"

이공수의 하명이 있자 정지상은 좌우를 한번 둘러보고 책상 위에 놓인 시적을 읽어 내려가기 시작했다. 묘청이 인종에게 올렸다는 문제의 글이었다. 좀 전의 논쟁 때와는 사뭇 다른 낭랑한 목소리였다. 모두가 숨을 죽이고 귀를 쫑긋 세웠다.

"우리 한겨레의 종족 칭호로 널리 알려진 동이족의 나라, 즉 환인의 환국, 환웅의 배달국倍達國, 환검桓檢(단군왕검)의 고조선은 고대에 전 세계를 다스리던 세계 정부였습니다."

정지상의 강독이 시작되자마자 파란이 일기 시작했다. 싸늘하게 식어가는 분위기를 무시하듯 정지상은 낭랑한 목소리로 강독을 이어갔다.

"그 세계 정부의 통치 계급인 동이족이 풍류대도를 통치의 이념으로 삼아 세계를 세 부분으로 나누어 다스렸으니, 이것이 곧 삼한三韓입니다. 삼한은 환인을 천황天皇으로, 환웅을 지황地皇으로, 단군을 인황人皇으로 삼는 '삼환신三桓神'에서 유래한 통치체계입니다. 고조선의 중앙정부가 진한辰韓이었고, 단군이 바로 진한왕이었습니다. 단군을 대신하여 영토권을 행사하던 지황을 마한왕馬韓王이라 칭했으며, 또한 단군의 씨를 받아 태후가 낳은 지상의 아들을 '천자'라 했고, 이들이 다스린 지상의 나라 이름을 변한弁韓이라 불렀습니다."

"폐하! 신 김부식은 좌정언이 읽고 있는 글의 내용과 뜻을 이해 못하겠나이다."

정지상이 잠시 숨을 돌리는 순간 김부식이 목소리를 높이며 지상의 강독을 끊고 나섰다. 김부식의 표정은 황당함 자체였다. 더 이상 듣고 있지 못하겠다는 표정을 숨기지 않고서였다.

"황공하오나 그 내용이 황당하고 횡설수설하는지라 어찌 받아들여야 할지를 모르겠습니다. 이는 혹세무민할 내용인바 폐하께서는 더 이상 강독을 용납하지 마시옵소서."

"어찌 그러시오? 학식에 있어 둘째가라면 서운하실 예부시랑이 아니시오. 그러지 마시고 차분하게 어떤 내용과 어떤 부분이 의문이 가는지 지적을 하시오. 그러면 묘청스님께서 설명을 하시질 않겠소?"

인종은 차분한 표정으로 김부식의 청을 받아넘겼다. 먼저 한번 읽어본 인종이었다. 본인도 궁금한 점이 없지 않았으나 인종의 궁금증은 김부식의 것과 접근법이 달랐다. 김부식의 것이 부인을 위한 것이라면 인종의 것은 보충을 위한 질문이었다.

"조선이 저희 동이족의 옛 국가임을 모르지는 않으나 조선이 전 세계를 다스렸던 세계 정부라 함은 과장하는 바가 도를 넘는 일이라 하겠습니다. 아시다시피 세계의 통치질서는 천자가 다스리는 중국을 중심으로 해서 주변의 제후국들이 질서를 유지하며 주변을 다스리는 것이옵니다."

"그래, 그대는 그 중국이 어느 나라라 생각하시오?"

눈을 지그시 감고 있던 인종이 김부식의 설명 뒤끝에 질문을 이었다. 김부식은 즉답을 하지 못하고 주변을 둘러봤다.

"지금은 송이옵니다."

잠시 머뭇거리던 김부식이 자세를 바로 하고 각오를 다진 듯 대답을 올렸다.

"묘청스님께서는 어찌 생각하십니까?"

옹골찬 표정과 자세로 앉아 있는 김부식에게서 눈길을 돌린 인종이 묘청을 바라봤다. 묘청은 여유 있게 작은 미소를 짓고 앉아 있었다.

"폐하! 소신의 학식이 깊고 높지는 않사오나 제가 이해하고 알고 있는 바를 소상하게 설명드리겠나이다."

입을 연 묘청이 사세를 바로 하며 설명을 시작했다. 강독하던 정지상은 잠시 서적에서 눈을 떼곤 묘청과 김부식을 바라봤다. 정지상의 입가에도 미소가 번졌다.

"천하의 중심 국가인 중국이 되려면 군사적·문화적, 통치상의 정통성을 갖고 있어야 합니다. 그리하면 주변국들이 진정한 '가운데 나라(中國)'임을 인정하는 것입니다. 우리의 옛 조선이 세계 정부의 중심국인 중국이었다고 하는 것은 우리 동이족의 옛 국가가 군사적으로

강국이었고 문화적으로 최고였으며 하늘의 지배자이신 환인의 맥을
잇는 통치상의 정통국가였음을 말하는 것입니다.”

“그렇다면 옛 고조선의 통치 시에는 동이족의 조선이 화하족의 어
느 국가보다도 강했으며 또한 높은 문화를 갖고 있었다는 것이오?”

“그렇습니다. 폐하!”

김부식이 나서려다 머뭇거렸다. 묘청이 틈을 주지 않고 계속했다.

“화하족의 나라인 중국, 즉 지금의 송은 자신들의 역사적 계통을
요堯, 순舜의 시대를 이은 하夏, 상商 그리고 주周나라로 인식하고 있습
니다. 그러나 저희 동이족의 역사인식은 이와는 다릅니다.”

“어떻게 다르다는 것이오?”

“요, 순의 태평성대와 이를 이은 하와 상, 그리고 서주西周시대까지
가 동이족의 역사이옵니다. 춘추전국시대로 구분되는 동주東周의 혼
란했던 시대가 지나자 비로소 화하족들은 자신들의 역사상 최초의
제국인 진秦을 중심으로 역사의 무대에 등장시킨 것입니다. 그래서 저
들이 진의 황제를 가리켜 자신들의 최초의 제국을 시작한, 혹은 자신
들의 역사를 시작한 황제라 하여 ‘시작한 황제’, 즉 ‘시황제始皇帝’ 혹은
나라 이름을 앞에 붙여 진시황제秦始皇帝라 부르는 이유입니다.”

“황제란 이름은 고대의 삼황오제三皇伍帝를 따라 부른 이름으로 알
고 있소이다. 그렇다면 그 삼황오제는 동이족의 역사요 아님 화하족
의 역사요?”

“동이족의 역사이옵니다.”

인종의 질문에 묘청이 한 치의 망설임도 없이 단호하게 대답했다.

“그동안 우리가 일반적으로 알고 있었던 역사인식과는 사뭇 다르
질 않소? 화하족의 중국인들은 삼황오제를 자신들의 역사로 알고 또

그리 세상에 전파하고 있지를 않소?"

인종이 자문 형식을 빌려 묘청에게 질문을 했다. 인종의 눈길이 배석하고 있는 신하들을 차분하게 둘러봤다. 모두가 비슷한 질문을 갖고 있는 듯, 신료들의 표정도 비슷했다.

"그렇다면 어찌해서 그러한 역사의 왜곡이 있었다는 것이오? 도대체 어찌해서 동이족은 자신들의 역사를 그리 도둑질을 당하였소?"

인종의 질문이 계속됐다. 묘청은 정지상을 바라봤다. 정지상은 눈을 감은 채 아무런 말이 없었다. 표정은 편안한 듯 보였다. 눈을 감고 앉아만 있긴 김부식도 마찬가지였다. 처음에 대들듯한 자세는 온데간데없었다. 그러나 김부식의 가슴은 들썩였다. 숨도 고르지 않은지 연실 입술을 실룩이고 있었다. 자세를 바로 한 묘청이 계속했다.

"말씀 올린 대로 삼황은 천황과 지황, 그리고 인황을 의미하는 것입니다. 즉 저희 동이족의 환인과 환웅, 단군왕검이신 환검을 말함입니다. 즉 중국의 역대 왕조와 삼황과는 직접적인 연관이 없습니다. 다만 고대 삼황의 업적이 너무도 혁혁하여 중국의 역대 제왕들이 자신들을 삼황의 후예로 자처하였을 뿐입니다."

"그렇다면 진시황이 삼황을 자처한 최초의 황제란 말이오?"

"그렇습니다. 저들의 역사서에 삼황이 처음으로 등장하는 것은 전한前漢의 사마천司馬遷이 쓴 《사기史記》에서입니다. 사마천은 중국의 역사를 기록하며 우리 동이족의 옛 사서를 참고했다 합니다."

이런 역사적 답습은 한漢제국의 건국 시기와 관련이 있었다. 역사상 최고의 폭군 중의 하나인 진시황의 분서갱유가 한제국이 성립하기 직전에 일어났고, 이때 진시황이 대대적으로 동이를 정벌했다는 사실은 동이족의 역사서가 중국인들에게 유출됐음을 의미했다.

"그럼 화하족은 어찌된 연유로 그 역사서를 참고할 수가 있었소?"

인종의 질문이 계속됐다. 장단을 맞추는 듯 묘청과 인종의 질의응답이 계속됐다.

"춘추전국시대는 혼돈의 시대였습니다. 북방에는 고조선이 있었지만 그 고조선의 국경 남쪽, 즉 지금의 만리장성 남쪽에서는 화하족과 동이족이 패권을 두고 싸운 혼란한 시기였습니다. 진시황이 이러한 혼란을 평정하고 통일국가를 세웠다는 것은 고조선의 남쪽에서 진시황의 화하족이 동이족을 대대적으로 정벌했다는 것을 의미합니다. 바로 이 정벌 과정에서 동이족의 많은 역사서들이 진시황의 손에 넘어가게 된 것입니다."

인종이 턱에 손을 갖다 대며 머리를 갸우뚱거렸다. 눈빛은 진지했으나 확신이 없는 표정이었다. 순간 이를 본 정지상이 입을 열고 나섰다.

"폐하! 진 제국의 성립 초기에 벌어졌던 분서갱유를 기억하십니까?"

급작스럽게 정지상이 등장하자 인종의 눈길이 정지상에게로 쏠렸다.

"알고 있소이다. 진시황이 자신의 정책에 반대하는 책들을 모아 불사르고, 신하들을 생으로 매장하여 죽였다는 것 아닙니까?"

"그렇습니다. 그러나 거기에는 커다란 오해 하나가 있사옵니다."

"무슨 오해입니까?"

"일반적으로 진시황이 자신의 정책에 반대한 책을 불사르고 학자들을 죽였다고만 알려져 있습니다. 그러나 정작 진시황이 그토록 천인공노할 행위를 저지르며 지키려 한 정책이 무엇인지는 설명이 없습니다."

"그러고 보니 궁금하오이다. 나도 그리만 알고 있었을 뿐, 정작 무엇이 문제였는지는 모르고 있었소."

"바로 거기에 우리 동이족의 비극이 숨어 있습니다. 진시황이 분서갱유를 통해 불태운 자료들은 동이의 세계 지배를 기록한 역사서들이며, 생매장한 유생들은 그런 역사를 알고 있던 학자들이었습니다."

"무엇이오?"

인종의 목소리가 높아졌다.

"춘추전국의 혼란을 수습하고 천하를 통일한 진제국을 건국한 진시황이 가장 두려워한 것은 다시 혼란이 오는 것이었습니다. 그리고 그 두려움의 대상이 바로 북방으로 물러난 동이족이었습니다. 고조선의 지원을 받은 동이족들이 다시 쳐들어올까봐 두려웠던 것입니다. 그래서 진시황은 만리장성을 쌓아 물리적으로 동이족과 화하족을 격리시켜 화하족을 보호하려 한 것입니다. 그들의 두려움이 얼마나 컸는지는 온갖 희생을 무릅쓰고 만 리에 이르는 장성을 쌓은 것에서 잘 알 수 있습니다. 장성의 축조가 두려움을 극복하려 했던 물리적 조치라면 이어진 분서갱유는 두려움을 극복하려 했던 문화적·역사적 조치였습니다. 그 전에 오랜 시간 동안 동이족에게 배워야 했던 수치스런 화하족의 역사, 동이족의 시배하에 시달렸던 치욕스러웠던 화하족의 수난을 기록하고 있는 역사서들을 불태우고 그런 역사를 기억하고 있는 학자들을 죽여야 했던 것입니다."

인종이 정지상과 묘청을 번갈아가며 바라봤다. 두 사람의 주장을 확인이라도 하려는 듯 인종의 눈이 답을 구하고 있었다. 이번에는 묘청이 아뢰었다.

"그러한 그들의 역사왜곡이 한제국에 와서 사마천이란 자가 작성한 《사기》에 의해서 완성되었다는 것은 의미하는 바가 크다 하겠습니다. 진시황에 의해서 각성되기 시작한 화하족의 역사와 문화가 저들이 역사상 가장 자랑하는 한제국에 와서 기본 골격을 갖추게 된 것이옵니다. 이는 한제국 이후로 자신들을 가리켜 한족漢族이라 부르기 시작한 것과도 무관치 않습니다. 폐하!"

묘청이 설명을 마치며 머리를 바닥에 조아렸다. '쿵' 하고 소리가 울려 퍼졌다. 진실을 깨우려는 자책의 소리였다.

"이를 바로잡지 않고 그대로 놓아두시면 저들은 과거에 그랬듯이 후세에도 똑같은 짓을 반복할 것입니다. 이를 경계하시옵소서!"

묘청이 고개를 박은 채로 목소리를 높였다. 곧바로 정지상도 머리를 조아렸다. 정지상의 머리 찧는 소리도 작지 않았다. 두 사람의 머리 으깨는 소리가 모두의 가슴을 두드리고 있었다. 침묵이 흘렀다. 어느 누구 하나 입을 열지 않았다. 진실 여부를 떠나 너무도 엄청난 주장이요 시도였다. 침묵은 오래 지속됐다.

"삼신산三神山은 삼신三神이 사는 곳을 의미합니다. 국조삼신이신 환인·환웅·단군, 즉 천황(해님)·지황(달님)·인황(별님)을 삼신이라 하는데, 바로 이들이 살던 곳을 삼신산이라 불렀습니다. 환인과 환웅, 태양신의 직계 혈통인 단군은 천하에서 선발되어 교육받은 신녀들과 동침하였고, 하느님의 씨를 세상에 퍼뜨렸습니다. 단군의 씨를 받은 여신들이 바로 이곳 삼신산의 조정에서 조회朝會하는 제후들에게 왕비로 시집보내졌다 합니다. 이 여인들이 낳은 아이들이 바로 천자이며, 하늘의 명을 받들어 지상의 왕이 되었습니다."

갑자기 좌중이 웅성거리기 시작했다. 언급하기조차 두려운 천자의 존재가 단군의 씨를 받은 지상의 왕이라는 정지상의 언급은 파격 그 자체였기 때문이었다. 정지상의 낭랑한 목소리가 웅성거리는 좌중을 거침없이 휩쓸고 있었다.

"천자에게 지상에 나라를 세우게 한 목적은 풍류의 혈통으로 세계를 통치하도록 하는 것이었습니다. 그리하여 하나의 나라를 세울 때 하나의 신전을 세우게 했습니다. 삼신산, 즉 신전의 중앙에 삼한의 하나를 세워 중국^{中國, 지금의 중국이 아니라 가운데 국가를 의미}이라 부르게 했습니다. 동이족은 세상을 아홉 지역으로 나누어 통치했습니다. 그래서 동이를 구이^{九夷}라 불렀던 것입니다. 중국은 구이의 아홉 나라, 즉 구주^{九州}의 중심으로 천자가 있는 나라를 의미합니다. 이러한 통치제도의 핵심적인 사상을 '풍류대도'라 불렀습니다. 결국 풍류는 태양신족이기도 한 봉황족의 혈통을 전 세계에 퍼뜨려, 혈통에 따른 봉토입국 제도에 따라 세계를 지배했습니다. 바로 그 세계를 우리는 환국 혹은 조선이라 불렀습니다."

침묵 속에 정지상의 강독이 계속됐다. 조금 전과는 달리 절대적 침묵이 자리를 덮고 있었다. 도발적이기에 온전히 확신할 수 없었지만 충분히 개연성이 있는 주장이 가져다준 절대적 침묵이었다.

"폐하! 너무도 믿기 어려운 주장입니다."

적막감을 깨며 김부식이 나섰다. 흥분으로 가슴을 들썩이고 있었지만 김부식의 목소리는 조심스러웠다. 김부식이 계속했다.

"인간의 생명은 남녀의 운우지정이 합해짐으로써 발생하는 것입니다. 그런 현실을 도외시하며 하늘의 씨를 받아 지상의 아이들을 낳는다는 것은 삼척동자도 웃을 일이 아니겠습니까?"

김부식이 주변의 신료들을 힐끔거리며 바라봤다. 너무도 상식적인 자신의 주장을 어떻게 반박하겠느냐는 질책이요 추궁이었다. 분위기상 조심스럽기는 했지만 김부식을 따르는 몇몇 신하들의 얼굴에 그제야 화기가 돌기 시작했다.

"환인의 천국을 믿지 않는다면 설명이 곤란한 것은 사실입니다."

묘청이 김부식의 질문을 받았다. 묘청의 얼굴엔 여유가 묻어 있었다.

"아주 먼 옛일이라 하늘의 일과 하느님(桓因)의 존재에 대해 의문을 가질 수도 있을 것입니다. 그러나 그렇다고 그 존재가 부인될 수 있는 것은 아닙니다."

"어째서 그렇다는 것이오?"

강독 분위기 속에 신하들과 함께 빠져 있던 인종이 질문을 하고 나섰다. 조금 전의 심각한 표정과 호기심을 함께 얼굴에 달고서였다.

"하늘에 있는 하늘 국가, 즉 환국을 다스리는 환인의 존재를 저들 화하인들도 인정하고 있어서입니다."

"무슨 근거로 그리 말씀을 하십니까? 중국의 어느 학자가 환인의 존재를 인정한다고 그리 무책임하게 말씀을 하십니까?"

김부식이 집요하게 묘청을 몰아세웠다. 이번만큼은 자신이 있는 표정이었다.

"그들도 자신들의 황제를 천자라 하질 않습니까?"

묘청이 답을 하곤 김부식의 얼굴을 정면으로 바라봤다. 순간 김부식의 얼굴에 '아차' 하는 낭패감이 퍼졌다. 천자란 하늘의 자식이다. 중국인들은 주장했다. 황제가 될 자격을 갖고 있는 사람은 하늘이 정한 하늘의 자식인 '천자'라고. 하늘의 아들이 있다면 하늘이 있는 것. 더 이상 설명이 필요 없었다. 김부식의 표정이 더욱더 일그러졌다. 묘청이 계속했다.

"천자란 단어 그 자체가 하늘의 존재를 인정하는 것이옵니다. 이 '천자'란 단어는 지금은 중국인들이 더 신성시하고 더 자주 사용하는 단어입니다. 이상한 것은 중국인들은 '천자'의 존엄성은 받들어 모시면서도 하늘이 어떻게, 언제부터 존재하게 되었는지는 전혀 설명하고 있질 않습니다.

그러나 저희 동이족의 역사서들은 환국의 존재와 환인의 존재를 명확하게 설명하고 있으며 그 하늘의 뜻과 제도가 지상에 환웅과 환검을 통해 어떻게 내려지고 전파되었는지를 상세히 설명하고 있습니다. 이는 저들 중국인들이 동이족의 역사를 생각 없이 베끼고 새김 없이 차용한 근거이옵니다."

김부식의 얼굴빛이 흑색으로 변해갔다. 다시 묘청의 뒤를 이어 정지상이 나섰다.

"폐하! 재미있는 사례가 있사옵니다. 이는 동이족의 역사관과 세계관이 바다 저쪽 색목인들의 국가들에도 존재하고 있음을 의미합니다."

"그건 또 무슨 소리요?"

인종의 표정이 호기심으로 밝아졌다.

"얼마 전 벽란도 항구에 대식국大食國사람들이 무역을 위해서 들어왔었습니다."

대식국이란 지금의 중동지방에서 유럽까지 대 제국을 세웠던 사라센제국을 당, 송나라 사람들이 부르던 이름이었다. 중국인들이 아라비아인들을 모욕적인 이름인 '대식'이라고 부른 연유는 아랍인들이 7세기에 중국의 서쪽 변방에서 급속하게 영토를 확장한 데서 기인했다. '영토를 게걸스럽게 먹는 자'들이란 의미로 부른 '대식국'은 또 다른 오랑캐를 의미하는 말이었다. 중국인이 아니면 모두가 치욕스런

야만인이요 미개인이었다. 그리고 그들과 그들이 정복한 또 다른 서
양 세계의 사람들은 푸른 눈을 갖고 있었다. 색목인은 눈에 색깔을 갖
고 있다는 의미로 지은 이름이었다.

"신이 그들에게 들은 바에 의하면 그들 나라와 인접한 서쪽에도
하늘의 성령聖靈에 의해 지상의 딸에게 잉태되어 태어난 자가 있다고
합니다. 그 자는 자신을 '예수'라 칭하며 하느님의 아들이라고 주장했
다고 합니다. 이게 바로 '천자'가 아니겠습니까?"

"그것이 사실이오?"

"벽란도를 통해 들어온 대식국 사람들에게 들을 바에 의하면 바로
그들 족속이 전에 신이 설명을 드렸던 육각형의 별을 신성한 기호로
받드는 사람들이라 합니다."

정지상이 전에 설명했던 활의 기원에 대한 설명을 상기시키며 설
명을 계속했다.

"재미있는 것은 육각형의 별을 신봉하는 족속들도 성령에 의해 잉
태되어 지상의 왕으로 태어났다는 하나님의 아들을 믿지 않고 죽음
으로 내몰았다는 것입니다. 허나 그 믿음이 지금은 큰 세력을 형성하
여 하나의 신앙이 되었다 들었습니다."

인종의 표정이 호기심으로 가득했다. 듣긴 했지만 보지도 믿지도
않았던 내용들이 또 다른 세상에 존재하고 있다는 것이 신기했고 또
한편으로는 믿고 싶기도 해서였다. 자신도 황제의 위치에 있다 하여
천자라 불릴 때가 있었다. 어딘가에 그런 자가 또 존재하고 있다면 그
것만으로도 위안이 되기 때문이었다.

"폐하! 천자란 개념은 어찌 보면 세상을 다스리는 핵심적 개념이
옵니다. 색목인들은 이러한 사상을 왕권신수설王權神授說이라 부른다

고 들었습니다."

묘청이 나섰다. 묘청은 몸을 곧바로 세우곤 양손으로 무엇인가를 그리는 듯했다. 진지하고 심각한 표정을 짓고서였다.

"이런 사상이 저희 동이족에게는 풍류대도로 전해져온 것입니다. 풍류대도의 기본적 내용은 다음과 같습니다. 환국은 환인께서 지배하시며 하늘나라에 있습니다. 이 환국을 지상에 재현한 것이 환웅이십니다. 삼신산이란 신전을 중심으로 하는 국가입니다. 이 신전에 존재하는 것이 바로 세계의 중심국이며 이를 지배하는 자가 환인과 환웅의 혈통을 받은 자, 즉 단군왕검이십니다. 다시 지상의 왕인 천자는 세상의 제후들로 하여금 각 지역에 나라를 세우게 하고 하늘의 뜻을 받들어 인간을 다스리도록 합니다. 이게 봉토입국인 것입니다."

"그럼 바로 조선이 그 중심적인 국가란 말이오?"

"그렇습니다. 조선이 바로 그 중심이었습니다. 그리고 그 조선은 세계를 혹은 부部로 혹은 방方으로 구분하여 다스렸다 합니다. 그들 부, 혹은 방의 개별 이름이 바로 부여, 진한, 마한, 변한, 낙랑, 신라, 고구려, 백제, 진 등으로 불렸습니다. 이것이 바로 동이의 국가들이 조선이란 큰 이름 하에 각기 그 개별 부와 방의 이름들을 국가의 이름으로 사용히고 있는 이유입니다."

"고려라는 이름은 그럼 무엇을 의미하오?"

"아시다시피 고려는 고구려에서 나온 이름입니다. 고구려라는 이름은 단군조선의 통치제도인 3경京 5부部 중, 중앙인 중부中部를 가리키는 이름입니다. 단군조선은 5부 제도를 채택했는데 그중 중부의 이름이 바로 '계루'였고 이 계루가 변천하여 '고리' 그리고 후에 '고구려'로 일컫게 된 것입니다. 옛 고구려의 5부, 혹은 백제의 5방 제도 등이 이러한 조선의 5부제 통치제도의 전통을 따른 것입니다."

"흥미롭습니다. 그런데 궁금한 것이 있습니다. 환국이란 도대체 무엇입니까? 지상에 세워진 나라들의 근본 같기는 한데 그 뜻을 잘 모르겠습니다."

인종이 잠시 화제를 돌렸다. 호기심이 가득한 눈빛이었다. 정지상이 서책을 앞쪽으로 넘기며 호흡을 가다듬었다.

"환인께서는 하늘나라 환국을 두고 다스리셨습니다. 이 환국을 우리는 천국이라고 부릅니다. 환국은 정치할 필요성이 없었던, 종교만으로 세상을 다스리던 신전국가神殿國家였습니다. 이 환국에서 모든 나라가 퍼져나갔으니 이를 신시라 불렀습니다. 신시는 환국에서 창안된 지식과 기술을 이용하여 세상을 지배한 최초의 정치 조직인 셈이지요."

정지상은 설명을 하며 김부식의 표정을 살폈다. 김부식의 얼굴은 일그러지다 못해 찌그러져 무너지고 있었다.

"환인의 아들 환웅이 태백산에서 신시神市를 열어 인사人事를 주관하였으니, 바로 그 신시가 배달국입니다. 한편 반고는 삼위산三危山에 이르러 국가를 세우고 군주가 되니 그 국가를 제견諸畎이라 하고, 그를 반고가한盤固可汗이라고 불렀습니다. 환웅은 곰족검은 눈동자, 검은 털인 동방족의 시조가 되고, 반고는 호족파란 눈동자, 노란 털인 서양족의 시조가 됩니다.

단군신화에 있는 단군의 출생 과정에 대한 기록은, 배달국 말기 동방과 서방의 동이족들끼리 세력 다툼이 있었고, 동방족이 승리하여 환국의 정통을 계승한 조선국을 세웠던 역사를 기록한 것이옵니다. 결국 최초의 정치조직이었던 환웅과 반고의 두 집단 중에서 승리한 환웅의 동이족 역사를 정통으로 기록한 것이 환웅의 신시, 즉 조선의 역사이옵니다."

"잘 이해가 되지 않소이다. 좀더 자세히 설명을 해보시오."

인종의 재촉이 이어졌다. 알 듯 말 듯한 정지상의 설명이 인종의 호기심을 팽팽하게 당기고 있었다.

"환인의 두 아들 환웅과 반고가 세상에 국가를 세우게 됩니다. 환웅은 태백산에 그리고 반고는 삼위산에 각기 신시를 세우게 됩니다. 바로 저희 신화에 나오는 곰족과 호족의 신화 내용입니다. 즉 환웅은 곰족의 시조로, 반고는 호족의 시조가 되니 이는 검은 머리 검은 눈의 곰족과 노랑머리 파란 눈의 호족으로 세상이 갈림을 의미합니다."

"검은 머리 검은 눈동자는 우리를 의미할 테고 그 노랑머리 파란 눈의 족속이 바로 색목인을 의미하오?"

"그렇습니다. 폐하!"

"재미있습니다. 천하의 역사를 그리 설명한 예를 본 적이 없소이다. 이제야 우리 고려의 뿌리에 대해 큰 그림으로라도 형체를 잡을 수 있을 것 같소. 계속해보시오."

인종이 재촉했다. 부분, 부분 반론을 제기하다가 묘청과 정지상의 설명에 설 지리를 잃어버린 김부식은 침묵하고 있었다. 김부식은 초조해지기 시작했다. '동이족의 역사'에 관한 사실적 내용도 중요했다. 그러나 더 중요한 것은 그러한 내용이 가져다줄 정치적 파장이었다. 어차피 현실정치란 옛일에 대한 기억과 미래에 대한 희망을 마음과 머리로 해석해서 제도화하고 실천하는 일이었다. 기억하고 있고 그래서 해석할 내용이 무엇이냐에 따라 미래의 모습이 달라지기 때문이었다. 김부식은 머리를 숙이고 침묵하곤 묘청과 정지상의 반복되는 강독과 설명을 듣고 있었다.

"또한 삼황은 고대사회의 중심 업무를 셋으로 나누어 관할하였음을 의미합니다. 천황은 제의祭儀, 지황은 태교胎敎, 인황은 조공朝貢을 담당하였습니다. 즉 천황은 종교적 업무를, 지황은 영토권을, 인황은 통치권을 각각 관장했다는 것입니다. 그리고 이런 분담은 역사적 변천을 거치게 됩니다. 즉, 국가 형성 초기에는 종교 집단이 사회를 지도하다가 어느 정도 지나면 생산 활동에 필요한 토지를 관리하기 위해 무사武士 집단이 질서를 유지하게 됩니다.

또한 사회의 규모가 커짐에 따라 무사 집단도 늘어나는데, 이들 사이의 분쟁을 조정해야 할 필요가 발생하자 무사 집단의 권한 일부를 위임한 조정자調停者를 선출하여 통치권을 부여하게 되었습니다. 종교·무사·조정 집단의 기본 골격은 고조선에 와서 통일된 체제로 제도화됩니다.

환국과 배달국은 각기 종교와 무사 집단이 이끈 나라를 의미합니다. 후에 조선국이 환국과 배달국의 체계를 그대로 이어받았는데, 이것이 바로 삼한 개념의 핵심적 내용입니다."

"조선이 환국과 배달국의 삼한 개념을 이었다고요?"

"폐하! 이것이 바로 삼위일체의 숨겨진 의미입니다."

"삼위일체라 하시었소?"

"그렇습니다. 삼황이 업무를 셋으로 나누었던 것이 바로 삼한의 전통으로 이어집니다. 여기서 삼위일체란 개념은 담배쌈지에 비유할 수 있을 것입니다. 쌈지에는 담배, 쑥 심지, 부싯돌을 넣는 세 개의 주머니가 있습니다. 담배를 피우려면 주머니에 든 쌈지를 열어 그 돌로 담배에 불을 피우고 나서 다시 쌈지를 덮고 주머니에 넣습니다. 이것이 바로 하나와 셋 그리고 다시 하나됨^{주머니}을 의미하는 쌈지의 논리입니다."

"어떤 일을 도모함에 세 가지가 다 필요하다는 의미입니까? 각기 존재하되 그러면서도 힘을 합쳐 하나가 되어 무위로 돌아가는 것 말입니다."

"그렇습니다. 폐하! 이게 바로 조선의 통치제도를 구성한 기본원리입니다. 조선이라는 큰 쌈지 속에 진한, 마한, 변한이라는 세 주머니가 존재한다고 비유할 수 있음입니다. 삼태극三太極의 도상이 바로 그 의미를 내포하고 있는 것이며 고구려, 백제, 신라가 각기 마한, 변한, 진한으로 불렸던 것도 이에 연유합니다."

"그렇다면 말이오……."

인종이 무엇인가를 말하려다 다시 입을 닫았다. 한참을 무엇인가에 몰두하던 인종의 얼굴이 밝아졌다.

"그렇다면 말이오. 삼한을 통일한 고려는 고구려뿐 아니라 쌈지의 세 기능을 모두 흡수하여 옛 조선으로 돌아가는 것이 아니요?"

묘청의 표정이 환하게 밝아왔다. 고구려를 계승했다고 표방한 고려였으나 고려는 고구려일 수만 없었다. 동이족의 전통을 계승한 고려는 고구려요 백제요 신라였다. 삼국이었으나 하나였고 하나였으나 모두를 포함하는 그 사체였다. 성지상의 얼굴도 환했다. 기쁨이 그의 전신에서 불을 밝히며 퍼져나갔다. 인종이 쌈지의 구조를 이해했다는 것은 희망을 의미했다. 그래서 정지상은 서두르고 있었다. 여기까지 온 이상 지체 없이 좀더 나갈 필요가 있었다.

"인류의 역사가 바로 환국의 풍류에서 시작된 것입니다. 그 풍류의 주체, 즉 풍류를 창안하고 주관하고 전수한 집단을 동이라고 불렀습니다. 바로 이 집단인 동이는 고대의 종교 결사였다. 그 종교 결사는

유교나 불교와 구별되는 독자적인 종교이념과 체계를 가졌으니, 동이
는 태양신의 신전인 천국에 거주하면서 고대의 정치와 종교는 물론이
요, 학문(지식)과 산업(농경), 군사에 이르기까지 전권을 장악했던 초인
집단으로서의 천민天民을 의미합니다. 바로 우리 한겨레가 바로 환국
에서부터 시작되는 천신들인 동이들의 혈통을 이어온 겨레입니다."

"독자적인 이념과 사상이라 하시었소?"

"예, 그렇습니다. 폐하! 이는 화랑이 왜 오늘날 유학에서 배척받고
있는지 알 수 있게 하는 대목입니다."

"화랑이 배척을 받는다니, 그 무슨 소리요?"

"그것은 바로 화랑이 풍류의 전통을 이어받은 사람들이기 때문입
니다. 신라가 화랑제도를 부활시킨 것은 풍류를 부활시키고자 했던
것입니다."

"아! 그랬구려."

인종이 무릎을 '탁' 하고 치며 밝은 미소를 지어 보였다. 배석한 신
하들의 표정도 깨달음 때문인지 맑고 밝았다.

"봉토입국은 인간 세상을 나누어 지배한다는 통치의 기본 구도입
니다. 세상에 내려온 동이족의 천자들에게 땅을 주어 국가를 세워 통
치하게 한다는 것입니다. 그리고 통치의 기본원리는 예와 음악으로
세상을 교화한다는 예악교화입니다. 그런데 통치의 기본구도는 같더
라도 통치원리는 다를 수 있습니다.

저희 동이족이 펴온 통치의 기본원리가 홍익인간을 실현하기 위한
예악교화라면, 저들 화하족이 보여준 통치의 기본원리는 군력軍力에
기반한 패권의 통치입니다. 저들이 떠받들고 있는 춘추전국시대의 유
생 공자가 혼란했던 자신들의 세상을 혐오하며 동방에 예가 있음을

216

부러워했던 것도 바로 이러한 동이의 기본통치원리를 사모했기 때문입니다."

뜨거운 열기가 좌중을 덮고 있었다. 묘청과 정지상의 주고받기가 끝없이 계속되고 있었다.

"이러한 동이의 전통을 살린 것이 고구려의 조의선인이었고 신라의 화랑이었습니다. 이러한 낭도들의 고귀한 전통이 다시 살아나 선대왕이신 예종 폐하 때 여진을 정벌한 힘이 되었던 것입니다."

강독과 설명을 마친 정지상의 등을 뜨거운 땀이 타고 흘렀다. 뜨거웠고 시원한 땀 줄기였다. 그것도 잠시, 곧 그 땀은 싸늘한 기운이 되어 정지상의 가슴을 찌르기 시작했다.

김부식이었다. 열기가 조금 가라앉길 기다렸던 김부식이 앞으로 나섰다.

"폐하! 지금까지 좌정언 정지상 공이 강독한 내용들이 무엇을 근거로 하는지 묻고 싶습니다."

잠시 침묵이 흘렀다. 순간, 분위기가 싸늘하게 식었다. 김부식이 계속했다.

"모든 기본원리들은 그 근본이 있는 것입니다. 지금까지 강의한 내용들을 들어보면 오랜 시간 동안 다듬어지고 정리된 고매한 역사와 전통을 기본으로 하고 있는 것으로 보입니다. 그렇다면 그 기원과 원천이 어디인지를 밝혀야 할 것입니다. 신은 이것을 묻고 싶습니다."

밝은 표정을 짓고 있던 인종이 묘청을 바라봤다. 자신에게 정지상이 강독한 내용을 적어 올린 것이 그였기 때문이었다. 인종의 눈빛이 대답을 청하고 있었다.

"폐하! 지금 좌정언이 강독한 것은 신이 정리한 내용입니다."

“그래 무엇을 근거로 그리 작성하시었소?”

“고래로 조선의 역사를 기록한 서적들을 근거로 작성하였습니다. 소신이 각 지방에서 수집하고 혹은 여러 곳에 있는 서적소에 보관하고 있던 서적들을 읽고 깨우친 내용을 정리, 요약한 것입니다.”

“그리 그냥 대충 넘어가시면 안 됩니다. 어떤 내용을 주장하려면 자신의 주장을 뒷받침할 수 있는 객관적 자료를 제시해야 할 것입니다. 그렇지 않다면 이는 혹세무민하려는 개인의 일방적 주장이라 비난 받아 마땅합니다.”

김부식이 집요하게 달려들었다. 주장의 출처를 대라는 말이었다.

“그건 예부시랑 김부식의 말이 맞소이다. 심오하고 중요한 역사에 관한 일이 아니오? 반드시 그 근거를 대 사람들을 납득시켜야지요.”

“폐하! 황공하오나 묘청스님이 참고한 책들을 지금은 보여드릴 수 없사옵니다.”

입을 닫고 앉아 있는 묘청 대신 정지상이 나섰다. 설명을 하고 있는 정지상의 표정이 급격히 어두워지고 있었다. 정지상의 대답에 신료들의 표정이 화들짝 깨어났다.

“이 무슨 소리요?”

인종 또한 놀라움을 감추지 않았다.

“송구스럽게도 지금까지의 내용을 담고 있는 서적들이 지난 이자겸의 난 때 궁궐에서 일어난 화재로 인하여 모두 소실되었습니다.”

“지난번 화재로 말이오?”

인종이 강하게 목소리를 높였다.

“그렇습니다. 비교적 궁궐 뒤쪽에 위치한 청연각과 비서원 등 서적 보관을 담당하는 건물들도 화마를 피하지 못하였습니다.”

"그렇다면 이곳 서경의 수서원에는 서적들이 보관되어 있을 것이 아닙니까?"

김부식이 수서원의 존재를 언급하고 나섰다. 서적의 보관을 위하여 비서원과 수서원을 이원화해서 운영한 이유였다. 비서원이 모두 전소되어 서적을 망실했다면 대안은 화마를 피한 서경의 수서원이었다.

"그것이……."

정지상이 대답을 못 하고 꾸물거렸다.

"왜 그러시오?"

답답하다는 듯 인종이 강하게 재촉했다.

"괴이한 일이 발생했습니다. 얼마 전 이곳 서경의 수서원에 정체 모를 자들이 들이닥쳐 개경의 관원을 사칭하고 서적들을 강탈해 간 일이 발생했습니다."

"무엇이오? 그게 말이 되는 소리요? 왕실의 고서와 비서들을 보관하는 곳에 정체 모를 자들이 들어와 서적을 강탈해 가다니……. 이 무슨 해괴한 소리요?"

인종의 언성이 높아졌다. 그러나 정지상은 더 이상 설명할 수 없었다. 묘청도 입을 닫고 있기는 마찬가지였다. 김부식은 보일 듯 말 듯 미소를 지어 보였다. 주장은 심오했으나 근거가 없었다.

"폐하! 신은 묘청의 혹세무민하는 일방적 주장이 폐하의 성정을 흐릴까 걱정되옵니다. 반드시 옳고 그름을 밝혀 진실을 밝히소서!"

힘을 얻은 김부식의 목소리가 높았다. 순간 반전된 분위기가 좌중을 덮자 싸늘한 침묵이 흐르고 있었다. 인종도 눈을 감고 무엇인가 생각하는 듯 고개를 흔들고 앉아 있을 뿐이었다. 한참을 침묵하고 있던 인종이 단호한 목소리로 명령을 내렸다.

"금오위金吾衛에 명하여 개경 비서원의 화재를 수사하라! 또한 서경
의 수서원에서 서적들을 강탈해 간 자들을 찾아내라!"

뿌려진 씨앗

촛불이 심하게 흔들렸다. 방 안으로 들어선 사내가 자리를 잡자 촛불이 흔들림을 멈추고 곧바로 오뚝 서서 타오르기 시작했다. 사내 둘의 그림자도 흔들림을 멈췄다. 호종단과 임완이었다.

"하하하! 그리되었습니까?"

호종단이 가슴을 펴며 호방하게 웃음을 날렸다.

"웃으실 일이 아닙니다."

못마땅한 내색을 하며 임완이 심각한 표정으로 호종단을 바라봤다. 이종 앞에서 있었던 경연의 내용을 전해 듣고 곧바로 호종단에게 걸음을 한 임완이었다. 둘은 개경에 머물고 있었지만 나름의 연락망을 가동하고 있었다.

"왜 그러십니까?"

"폐하께서 수서원에서 서적을 강탈해 간 자들을 추적하라는 명령을 하셨답니다."

"자신이 없으십니까? 그것도 예상하지 않고 일을 저지른 것도 아닐 텐데 뭘 그리 초조해하십니까?”

“그거야 걱정을 하지 않아도 될 일이지만…….”

임완은 미소를 짓고 있는 호종단이 마음에 들지 않았다. 빼돌린 서적들은 송에서 건너온 비밀 무사들이 보호하고 있었지만 어쨌든 고려 안이었다. 조심하고 또 조심해야 한다는 부담감이 임완의 가슴을 누르고 있었다. 호종단의 집으로 오기 바로 전에 추격을 시작한 조사단이 자신을 찾아왔었다. 서적을 빼돌린 자들이 서적소 고문인 자신의 관직을 사칭했다는 이유였다.

“재미있게 일이 돌아가서 그럽니다. 이제 김부식은 우리의 울타리를 벗어날 수 없게 되었소이다. 하하하!”

근거 없어 보이는 호종단의 자신감이 못내 못마땅하긴 했지만 너무도 확신에 찬 모습을 하고 있어 속내가 궁금했다.

“그게 무슨 소리이신지?”

“김부식이 보통 사람입니까? 얼마나 자존심이 강한 사람입니까?”

호종단이 밑도 끝도 없이 김부식의 자존심을 언급하고 나섰다.

“그렇게 왕 앞에서 논쟁을 벌였으니 이젠 자신이 한 주장을 굽힐 수가 없을 겁니다. 또한 김부식의 머리는 그것을 객관적 사실이라 믿고 있을 것이고요.”

김부식이 묘청과 한패가 된 정지상과 벌인 논쟁을 보고 받은 호종단의 반응이었다.

“그렇지 않아도 김부식의 역사인식은 사마천의 《사기》나 사마광의 《자치통감》을 기반으로 하고 있습니다. 좌정언 정지상이 강독한 내용을 객관적으로도 믿지 못할 처지인데 직접 왕 앞에서 묘청이란 자와 그리 논쟁을 벌였으니 이제는 자신의 주장을 굽힐 수 없을 것입니다.”

“그건 그렇습니다. 그런데 김부식이 저희 울타리를 벗어나지 못할 것이라는 말씀은 무슨 말씀이신지요?”

호종단과는 달리 임완이 조심스럽게 질문을 했다. 김부식의 자존심을 고려할 때 호종단의 설명은 충분히 이해 가능한 것이었다. 그러나 김부식이 자신들의 울타리를 벗어나지 못할 것이라는 호종단의 언급은 이해가 되지 않아서였다.

“생각해보십시오. 고려의 왕이 강독된 내용의 증명을 위해서 없어진 서적들을 찾으라고 명령했다 하질 않으셨습니까?”

“예, 그건 그렇습니다만…….”

“김부식도 묘청이 설파한 내용이 어느 정도 조선의 역사를 설명한 것이라는 사실을 알고 있을 것입니다. 그러나 증거를 대라고 묘청을 몰아붙인 것을 보면 김부식의 입장을 알 수 있질 않겠습니까? 김부식은 이제 자신의 주장을 굽히지 않고 외길로 나갈 것입니다. 김부식의 정치적 배경이나 외골수인 성격을 놓고 볼 때 앞으로 어찌 처신할지 뻔하질 않습니까? 그런 서적들이 발견되길 원치 않을 것입니다. 아마 발견되더라도 진위 여부를 문제 삼아 위서僞書로 몰든지 해서 존재 자체를 부정하려 할 것입니다.”

호종단의 표정이 사뭇 진지해졌다.

“그런데 그 서적들을 갖고 있는 것이 누굽니까?”

“그러면…….”

임완의 표정이 호종단의 표정을 닮아가기 시작했다. 그리 설명을 들으니 김부식은 이제 외통수에 빠진 꼴이 되어버린 셈이었다.

“이제 고려의 역사인식 문제를 둘러싼 저들의 싸움은 객관적 사실에 관한 논쟁이 아닙니다. 저렇게 자신들의 왕 앞에서 논쟁을 벌인 이상 이제는 정치적 문제가 되어버렸습니다. 그렇지 않아도 이자겸과 척준경을 제거한 이후 정치적 주도권을 잡기 위한 싸움이 어떻게 진행될까 궁금하던 참이었습니다.”

“대단하십니다. 거기까진 미처 생각지 못했습니다.”

그제야 미안한 기색을 띠며 임완이 머리를 긁적였다.

“서경파가 인종이 서경으로 행차한 지금 역사인식 문제를 들고 일어선 것도 바로 정치적 의도를 배경으로 하고 있습니다. 옛 역사에 기대에 북방으로 나가자는 주장이 아닙니까? 이는 곧 자신들의 정치적 입지를 강화하는 일입니다. 강하게 반대한 김부식도 문제를 정확히 인식하고 있긴 마찬가지입니다. 서경파의 득세는 곧 신라계인 동경파의 위축이 아니겠습니까? 이제는 충돌할 일만 남았습니다. 어찌 되었건 그 승패를 가를 관건이 조선의 역사를 기록하고 있는 서적들이라면 이제 결정권은 우리가 쥐고 있는 것이나 다름없습니다.”

“그렇지 않아도 서경파와 동경파의 충돌이 예견된 상황이었는데 일이 재미있게 돌아갈 징조입니다. 달라도 얼마나 많이 다른 이질적인 집단들입니까?”

호종단이 입가에 미소를 흘렸다. 은밀하고 작은 미소였다.

“그럼 누구 편을 들어야 하겠습니까? 당연히 김부식이 아니겠습니까?”

임완이 조심스럽게 호종단의 의견을 구하고 나섰다.

“당연한 것 아닙니까? 그리하는 것이 우리 송의 이해와도 맞습니다. 그래야지요. 또한 신라에 뿌리를 둔 동경파와는 협력의 전례가 있질 않습니까? 또 지금 그들은 선택의 여지가 없습니다. 개경에서 자신들의 정치권력을 유지하려면 서경파를 제압해야 하니⋯⋯."

촛불이 다시 춤을 추자 호종단의 그림자가 어지러이 흔들렸다.

"다만 중요한 것은 결정적인 패를 우리가 쥐고 있는 만큼 김부식의 동경파로 하여금 우리 송에 최대한 협조하도록 조정해야 하질 않겠습니까? 지켜봅시다. 어찌 돌아갈지를⋯⋯."

상안전 편전이 북적거렸다. 시녀들은 편전을 들락이며 분주했다. 편전은 평소보다 더 많은 하얀 천으로 치장을 하고 있었다. 편전으로 드는 정문 윗기둥엔 일정한 간격으로 재단된 얇은 하얀 포가 위로부터 늘어져 있었다. 편전 안쪽에 앉아 있는 인종의 모습이 보일 듯 말 듯 희미하게 비쳐졌다. 왕 옆에 선 일관 백수한은 무엇인가를 인종에게 설명하고 있었다. 모든 것이, 모두가 평소보다 조심하고 살피는 엄숙한 분위기였다. 편전 정문 양쪽 복도에는 신료들이 의관을 정제한 채 차분하게 열을 만들어 정렬했다. 모두가 고개를 숙이고 경건한 분위기를 만들어내고 있었다. 그러나 정숙함도 잠시. 편전 밖 상안전 중앙 마당이 소란스러워지기 시작했다.

"폐하! 관정도량灌頂道場을 개설하시면 안 되옵니다. 재고하십시오!"

편전 앞 계단에 무릎을 꿇고 앉은 김부식을 비롯한 몇몇 유생 출신 신료들이었다.

"군왕이 행할 예와 법이 있습니다. 근거도 모를 밀교식 관정도량을 베푸심은 예법에 어긋나옵니다. 폐하!"

한바탕 논쟁이 끝난 후 팽팽할 것으로 예상되던 정국 분위기가 급속히 서경파로 쏠렸다. 인종은 기다리지 않았다. 강탈된 서적을 추적할 것을 명한 인종은 묘청을 고문으로 임명한 후 국사에 대해 여러 가지 사항을 묘청과 함께 논했다. 관정도량을 받을 것을 인종에게 권한 것도 묘청이었다. 관정도량은 고려의 국왕들이 고승들로부터 종종 받곤 했던 일종의 세례였다. 국왕의 정수리에 물을 끼얹는 방식은 오래 전부터 고려 왕실 안에서 행해지던 관례요 전통이었다. 그러나 문제가 터진 것은 묘청이 행하려는 관정도량의 구체적인 내용과 형식이 왕실 밖으로 알려지면서부터였다. 묘청이 제안한 방식은 어찌 보면 그동안 베풀어졌던 방식과는 달리 파격적이었다. 그러나 묘청은 자신이 제안한 방식이 보다 정통에 가까운 방식이라고 주장했다.

파격적 방식이 알려진 것은 인종의 왕비 임씨를 통해서였다. 묘청이 나무로 제작한 목욕통같이 물을 담을 수 있는 큰 목기木器를 청했다는 소식이 알려지자 유생을 중심으로 한 신료들이 쌍수를 들고 반대를 하고 나섰다. 그렇지 않아도 관정도량 자체가 유교식 사고방식과는 맞지 않았다. 다만 대놓고 반대를 하지 못했던 것은 관정도량이 전통적으로 왕실에서 내려오는 전통 행사였다는 것 때문이었다. 그러던 차에 묘청이 좀더 엄격한 격식과 절차를 주장하며 보다 원형에 가까운 관정도량을 제안하고 나서자 이를 구실 삼아 유생들이 반대를 하고 나선 것이었다.

"폐하! 하늘의 뜻은 백성들에게서 나오는 것입니다. 천자도 이와 같습니다. 따로 하늘이 천자를 내심이 아니라 백성들의 뜻을 받들면 곧 성군이요 천자인 것입니다. 어찌 미신을 신봉하시어 근원을 알 수 없는 격식을 가벼이 행하십니까?"

유생 신료들의 반대 목소리가 상안전 안을 가득 메웠다. 행사에 맞게 의관을 갖춘 인종의 얼굴이 짜증으로 굳어졌다. 나름 묘청의 설법에 따라 환국의 전통을 잇는 행사라 믿고 준비한 관정도량이었다. 인종은 오늘 행사를 통해 다시 태어나고 싶었다. 나약한 어린 왕이 아니라 환국의 전통을 잇는 천자로서 백성 앞에 당당히 설 수 있는 군왕으로 변하고 싶었다. 짜증이 났는지 인종이 손을 휘저어 보였다. 뜻을 눈치챈 내시 김안이 편전을 나가 근위병에게 지시를 내렸다.

"폐하! 아니 되십니다. 허황된 예법을 배격하시고 공맹의 예를 따르십시오."

병사들에게 끌려 나가면서 김부식이 목청을 돋웠다. 아우성치는 유생들의 목소리도 끓고 있었다.

· · ·

편전 안팎이 잠잠해지자 의복을 정제한 인종이 대기하고 있는 편전으로 묘청이 들어왔다. 편전의 침대 앞에 인종이 무릎을 꿇고 앉아 있었다. 인종의 좌우로 엄선된 신녀들이 자리를 했고 일관 백수한은 그 끝에 자리를 잡았다. 인종의 뜻을 따른 신료들은 편전 바로 밖 복도 양쪽에 줄을 지어 부복하고 있었다. 인종 앞에 선 묘청이 합장을 하곤 기도를 올리기 시작했다.

"단군께 고합니다. 고려왕이 환인하느님의 뜻을 받들어 오늘 다시 태어나니 환국의 뜻이 고려에 있게 하십시오."

한 발 앞으로 나선 묘청이 손을 들자 인종이 머리를 조아리며 배례를 했다. 인종은 얇고 밝은 하얀 천을 겹으로 걸치고 있었다. 묘청이 꽃 한 송이를 인종에게 내밀었다. 화려하진 않았지만 팔 길이만큼의 길이에 푸른색 종이를 감고 그 위에 다홍, 보라, 노란색의 꽃을 매단 가지였다. 얼핏 보면 매화였고 달리 보면 국화였다. 신녀가 꽃을 받아 인종의 머리 위에 꽂았다.

"그대가 이제 하늘나라 환인의 뜻을 받든 '지화자持花者, 꽃을 잡은 자'니라. 홍익인간의 하늘의 뜻이 지상에 펼치도록 신명을 다해 매진하라!"

인종은 말없이 고개를 숙여 예를 표시했다. 묘청이 신호를 보내자 옆에 대기하고 있던 신녀들이 흰 천을 겹쳐 만든 줄을 던져 양쪽에서 잡고 인종의 몸에 걸었다. 인종이 눈을 감고 눕자 줄이 팽팽하게 당겨졌다. 사뿐히 인종의 몸이 들렸다. 들려진 인종의 몸은 바로 앞 흰 연기를 뿜어내고 있는 나무 물통 안으로 내려졌다.

"이제 너의 몸은 하느님의 품속에서 그 정령을 받아 다시 태어난다. 네가 환인의 혈통임을 명심하고 그 뜻을 받들지어다!"

살며시 내려진 인종은 물속에 잠시 잠겼다가 떠올랐다. 하얀 연무가 몸을 감쌌다. 물통 밖으로 인종을 내려놓은 신녀들이 하얀 천으로 만든 줄을 놓고 인종 옆에 부복했다. 묘청이 또 다른 신녀에게서 건네받은 겹쳐진 하얀 천을 인종 앞으로 내밀었다.

"환인께서 환인의 자식으로 다시 태어난 그대에게 내리시는 하늘의 옷이니 항상 그대의 근원을 잊지 말고 그 뜻을 받들기를 게을리하지 마라!"

받아 든 인종이 두 손을 포개 공손히 예를 올렸다.

"고려가 이 땅에서 환국의 전통을 잇고 있습니다. 고려왕이 환인의 아들로 다시 태어났습니다. 그가 온 세상의 주인인 환인의 자식임을 기억하소서!"

묘청의 축원이 끝나자 음악 연주가 시작됐다. 인종의 몸은 물안개와 축원과 음악으로 감싸여 포근했고 따뜻했다. 다시 선 인종이 정 가운데 의자로 다가가 자리를 잡았다.

깨끗한 옷으로 갈아입은 인종은 편전 앞뜰로 나와 도열하고 있는 문무백관 앞에 섰다. 표정은 깨끗했다. 모처럼 평안해 보이는 얼굴이었다. 인종이 앞에 서자 신하들이 만세삼창을 외쳤다. 이에 화답이라도 하려는 듯 앞으로 나선 인종이 입을 열었다.

"짐의 치세에 들어 정변으로 궁궐이 불에 타고, 자연재해와 질병의 발생으로 백성들의 생활이 궁핍해졌소이다. 이에 내 자신을 책망하고 부끄러워해 오다가 이제 다행이나마 역적을 단죄하고 환인의 아들로 다시 태어나 앞길을 다시 찾으니 고려의 앞날을 기약할 수 있게 되었소."

한 걸음 뒤에 서 있던 묘청이 작은 미소를 지어 보였다. 인종만큼이나 흡족한 표정이었다. 인종이 계속했다.

"이에 그 뜻을 깊게 새기려 내 오늘 유신維新의 칙령을 포고하니 그대들은 그 가르침을 새기고 실천하도록 하시오!"

인종의 명을 이어 정지상이 앞으로 나섰다. 하얀 두루마리를 펼친 정지상이 칙령을 읽어 내려가기 시작했다. 모든 신하들이 무릎을 꿇고 머리를 조아리며 칙령을 받았다.

제 일. 땅의 신령에 제사한다.
제 이. 지방에 왕의 사신을 파견해 지방관들을 관찰하여 고과를 매긴다.
제 삼. 수레와 의복의 제도를 검소하게 한다.
제 사. 쓸데없는 관직을 없앤다.
제 오. 농업을 장려하고 경작에 힘쓴다.
제 육. 시종관이 1인을 천거하되 부자격자를 천거한 경우 처벌한다.

제 칠. 관청에 곡식을 저장해 백성을 구휼한다.

제 팔. 백성에게 정해진 세금만을 걷는다.

제 구. 병사를 정규훈련 외에 노동에 동원하지 말라.

제 십. 토지를 안정되게 해 유랑하는 백성이 없도록 한다.

제 십일. 제위보와 대비원은 질병을 구제한다.

제 십이. 관청의 묵은 곡식을 억지로 배분해 이자를 취하지 말라.

제 십삼. 진사 선발에 다시 시詩, 부賦, 논술論述을 사용한다.

제 십사. 여러 주에 학교를 세워 도리를 가르쳐라.

제 십오. 산과 연못의 이익을 백성과 공유하라.

장락궁長樂宮 정전 앞의 영봉루迎鳳樓 앞마당에 흰 먼지가 뽀얗게 날아올랐다. 말을 탄 병사들이 두 줄로 정렬해 있었다. 한쪽은 파란색을 입은 개경의 신기군 병사들이었고 다른 쪽은 하얀색을 입은 서경의 신기군이었다. 가운데로 나무공이 떨어지자 말을 탄 병사들이 공을 쫓기 시작했다. 폭발적으로 뽀얀 먼지가 하늘을 덮었다. 파란색 옷의 병사 하나가 장시杖匙를 휘둘러 나무공을 높이 쏘아 올렸다. 말들이 폭풍같이 몸을 돌려 공을 쫓았다. 순간 파란색의 개경 신기군 병사가 땅바닥에 닿을 듯 낮게 몸을 말에 밀착시키며 공을 몰았다. '탁' 하는 가격 소리와 함께 공이 떠오르자 달려든 병사 하나가 장시로 공을 타격했다.

"쭈악!"

나무공이 구문毬門으로 빨려 들어갔다. 뽀얀 먼지를 일으키며 그 물망 안으로 사라져버렸다.

"한 점이오!"

빨간 깃발이 높이 올라갔다. 이번에는 정렬을 가다듬은 흰색 옷의 서경 신기군들이 나무공을 몰면서 상대방 구문으로 몰려갔다.

"와!"

영봉루 앞마당이 떠들썩했다. 먼지 속에 한 사내가 격구에 열광하는 무리를 헤집고 나와 술상이 차려진 영봉루로 올라와 자리를 잡았다. 상에 놓은 술잔과 술병을 든 사내는 맞은편에서 술잔을 기울이며 앉아 있던 김부식에게 다가갔다.

"예부시랑! 표정이 좋지 않아 보이십니다. 이런 경사스러운 날에 어찌 그런 험악한 표정이십니까?"

떠들썩한 격구경기를 도외시한 채 혼자 술잔을 기울이고 있던 김부식이 고개를 들었다. 김부식 앞에 서서 술잔을 권하며 자신을 똑바로 바라보는 사내가 있었다.

"이게 누구십니까?"

"잊지 않으셨습니까? 문공유입니다."

인종의 즉위 초, 한안인파로 찍혀 이자겸에 의해 유배를 당한 문공유였다. 서경으로 옮긴 인종이 유신의 칙령을 발표하고 그해 5월 임씨 부인에게서 원자까지 얻자 이를 경축하기 위해 유배당했던 한안인파를 소환하여 복권시켰던 것이다. 풀려난 힌안인파는 문공유를 포함해 문공유의 형 문공인, 한안중, 한충, 이신의, 정극영 등이었다. 오늘의 잔치는 이를 경축하고자 인종이 제안한 자리였다.

"이리 기쁜 날, 어찌 표정이 그리 울상이시오?"

"뭐가 기뻐서 웃고 있겠습니까?"

김부식이 하얀 먼지 속에서 뽀얀 잇몸을 들어내 웃고는 술 한 잔을 마신 후 문공유에게 잔을 권했다. 잔을 받아 든 문공유가 허락도 없이 김부식 옆에 자리를 차고 앉았다. 술잔이 채워지자 문공유도 단숨에 술잔을 비워냈다.

"내 공의 심정을 알 만합니다. 유배가 있는 동안 어찌 이리 상황이 바뀌어버렸습니까?"

"내가 알겠습니까?"

두 사람은 말없이 연거푸 세 잔씩을 주거니 받거니 연작했다.

"이제 보니 묘청과 정지상의 세상이 되어버렸습니다. 늑대를 몰아내니 호랑이가 들어앉았습니다."

또다시 술잔을 채우며 문공유가 지나가는 말처럼 투덜거렸다. 순간 김부식이 정색을 하며 말을 받았다.

"그러게 말입니다. 공맹의 도리는 오간 데 없고 땅에 제사하고 물에 제사하는 해괴한 습속이 판을 치는 세상이 되었습니다. 원자도 하늘의 용이 점지해준 것이라 하니 왜 겨드랑이에 날개가 없는지 이상할 뿐입니다."

"낙심이 크신가 봅니다. 평소에도 냉철하기로 치면 따를 자가 없던 김부식 공이 아니셨습니까? 아무리 술 마시고 즐기는 잔치판이라 하나 그리 말씀하시니 내 공의 실망의 크기를 알겠습니다."

문공유의 말에 정신을 번뜩 차린 듯 김부식이 말을 돌렸다.

"아무튼 고생이 많으셨습니다. 이게 몇 년 만입니까?"

문공유가 유배된 것은 인종 즉위 초였다. 이자겸이 한안인파를 제거할 때 일당으로 내몰아 유배를 보냈으니 4년의 시간이 지난 뒤였다.

"고생은요. 이곳에서 이자겸의 얼굴을 직접 대면했던 김 공이 더 고생이 많으셨지요. 저야 초야에 묻혀 글을 읽고 도를 닦지 않았습니까?"

유배에서 풀려난 자의 기쁨과 여유가 가득했다.

"그러니 잘되질 않았습니까? 닦으신 도력으로 실력 발휘하셔서 강성한 고려를 만드십시오."

"그렇지 않아도 그걸 논의드리려 이리 자리를 찾았습니다."

문공유의 표정이 진정되며 차분하게 가라앉았다. 김부식도 순간 정색을 하고는 술잔을 상 위에 내려놓았다.

"뭐 그리 급하시게……. 이런 자리에서……."

"국사를 논하는 데 자리가 따로 있겠습니까?"

술 한 잔을 함께 든 후 두 사람은 술상을 앞에 두고 마주하고 앉았다. 두 사람은 성향이 비슷했다. 객관적이고 냉철하게 현실을 인식하는 두 사람의 닮은 성격에서 같은 태도가 나오고 있었다. 넘치지 않게 과장되지도 않게. 두 사람은 현실을 있는 그대로 인식하려 노력하는 사람이었다. 그러나 무엇보다도 유학은 두 사람을 사상적으로 연결해주는 기본 뿌리였다.

"이제 혼란은 사라졌습니다. 나라의 기본을 다시 세우고 통치체제를 굳건한 반석 위에 올려놓아야 하질 않겠습니까? 그런데 제가 보니 조금 이상한 방향으로 비켜 가는 것 같아 걱정이 됩니다."

문공유가 먼저 시작했다. 술 한 잔을 더 마시고는 깊은 숨을 몰아 내쉬고서였다.

"맞는 말씀입니다."

"그러니 이제 김부식 공께서 앞장을 좀 서셔야 할 것 같습니다."

"무슨 말씀을……."

"그러지 마십시오. 혼란은 갔으나 아직 왕권이 미약하고 간악한 무리들이 사라졌다 하나 아직도 백성이 곤궁합니다. 이런 혼란을 바로 세울 사람은 내 보기에 김 공 같은 분입니다."

“칭찬이 과하십니다.”

김부식이 손사래를 치며 자세를 바로 했다. 몇 년을 떨어져 있던 사람이 갑자기 나타나서 자신을 치켜세우자 부담스러워서였다.

“내가 공을 개인적으로 치켜세우는 것이 아닙니다.”

정면으로 김부식을 바라보며 문공유가 정색을 했다.

“하루 빨리 유학의 가르침을 바탕으로 흔들리는 나라를 바로 세워야 하질 않겠습니까? 학문의 내공으로 보나 인간적 자질이나 정치적 역량으로 보나 그 일을 감당할 사람이 공밖에 없을 듯해서 이러는 겁니다.”

문공유는 진심을 담고 있었다. 그런 의중을 문공유의 눈빛에서 본 김부식은 더 이상 빼고 물러날 상황이 아님을 본능적으로 느꼈다. 김부식의 침묵이 계속되자 문공유가 계속했다.

“성종 폐하 이래로 유학의 이념이 치국의 원리로 자리를 잡은 듯하나 아직도 뿌리가 약한 상황입니다. 또한 궁궐을 벗어나면 일부 지역과 계층을 제외하곤 아직도 불교의 영향력에 미치지 못하는 것도 또한 현실입니다.”

“잘 보셨습니다.”

마음을 열었는지 김부식이 맞장구를 치고 나섰다.

“더 마음에 걸리는 것은 풍류도를 내세우며 왕을 미혹시키는 자들입니다.”

“공께서도 그리 보셨습니까?”

일체 냉정하게 대응하던 김부식의 목소리가 높아졌다.

“제가 유배생활이 몇 년입니까? 그동안 유배생활로 돌아다니느라 체계 있고 깊이 있게 배운 것은 없으나 백성들을 가까이서 보아왔지요.

백성들의 삶 속에 뿌리를 내리고 있는 이런 사상들은 체계나 깊이는 없어 보이나 끈질긴 생명력을 갖고 있습니다. 가볍게 볼 일이 아닙니다."

"그래서 더 걱정입니다. 우매한 자들은 미혹하기도 쉽질 않습니까? 우리의 사상이니 고유사상이니 하면서 혹세무민하려는 자들이 판을 치고 있습니다."

이때 또 한 사람이 두 사람에게로 다가왔다. 문공유와 같은 기간 다른 곳에서 유배생활을 해야 했던 문공유의 형 문공인이었다.

"무슨 말씀들을 그리 나누십니까?"

"아닙니다. 형 분들을 이리 다시 뵙게 되니 기쁠 따름입니다."

김부식은 말은 거두고 두 사람에게 술잔을 권했다. 문공유도 대화를 접고 술잔을 기울이기 시작했다. 더 깊은 이야기를 나누기에는 소란스러웠다. 화두를 던진 것으로 만족해야 할 시간이었다.

• • •

잔치가 파한 늦은 시각. 정지상은 대동강변을 걷고 있었다. 마음이 홀가분했다. 인종을 서경으로 모셔온 후 계획된 일들이 뜻대로 진행되고 있었다. 계획한 일이 잘된다면 개경으로 돌아가지 않아도 될 듯했다. 서경이 황도가 되면 정지상의 꿈은 단지 꿈이 아닌 현실이 될 것이었다. 그리 된다면 서경인들은 북쪽 변방의 버려진 백성들이 아니라 고려의 기둥인 황성의 백성이 될 것이었다. 북쪽을 향한 꿈도 서경성을 넘어 백두와 압록을 넘을 것이었다. 꿈은 옛 조선의 광활한 지역까지 끝없이 펼쳐질 원대한 현실이 될 것이었다. 대동강 물을 향해 정지상이 가슴을 활짝 폈다. 따르던 조휘가 가까이 다가섰다. 기척을 느낀 정지상이 몸을 돌려 조휘를 가슴에 당겨 안았다.

"누가 볼까 두렵습니다."

"누가 본다는 겁니까?"

정지상은 개의치 않고 조휘를 안은 팔에 힘을 주었다. 포근한 숨결이 턱 밑에 느껴졌다. 한 번 더 당기자 포근한 가슴이 지상의 가슴에 밀려들었다. 꿈같은 내음이었고 꿀 같은 살결이었다.

"이대로 서경에서 그대와 함께 꿈을 피우고 싶습니다. 서경이 황도가 된다면 다시는 이별하지 않아도 되질 않겠습니까?"

정지상이 살짝 조휘를 밀어내며 조휘의 눈을 바라봤다. 끝을 모를 하늘이 조휘의 눈 안에 담겨 있었다. 입술을 가져가자 꿀맛 같은 시원한 파란 바닷물이 지상의 가슴속으로 밀려들어왔다. 지상은 밀려든 바닷물을 온몸 가득 채워 넣었다. 그러곤 자신의 온몸을 부풀린 채 조휘에게로 파고들었다.

"다시는 이별하지 맙시다. 이제는 이곳 서경이 고려의 중심이 됩니다. 더 이상 무엇을 바라겠소? 그대와 함께 있을 날들만 기억합시다."

"서경이 황도가 아니 되면 또 어떻습니까? 공을 마음에서 지운 적이 없었습니다. 그랬더니 세월은 문제가 아니더군요."

품에 안긴 조휘가 고개를 들어 지상을 바라봤다. 따스한 눈길이었다.

"앞으로도 어떤 일이 있더라도 공을 가슴에 기억할 것입니다. 그리하면 헤어짐은 없을 것입니다."

조휘는 아무런 말이 없었다. 그저 침묵한 채 지상의 품에 안겨 눈을 감고 있었다. 정지상과 조휘는 한 몸이 되어 대동강 들판에 쓰러졌다. 강물이 소리 없이 흐르고 있었다. 갈대들이 바람을 타고 춤을 추고 있었다.

서책의 행방

허역은 서둘렀다. 엄선한 낭도들을 이끌고 백두산 부근 낭도 마을을 떠난 것이 벌써 사흘째였다. 하지만 윤언이를 만난 후 일을 시작하면서 정보망을 가동하고 의미 있는 정보가 잡힌 것은 거의 두 달이 다 되어서였다. 윤언이가 보인 절박감에 비하면 너무도 늦은 출발이었다. 허역은 고삐를 바싹 잡아당겼다. 함께 출발했던 낭도들은 남으로 이동하며 각자 임무를 받곤 하나하나 흩어져 제 갈 길로 길을 떠났다. 이제는 자신을 포함해 일곱 명만이 황성 개경을 향하고 있었다. 지치긴 했으나 좌측으로 모습을 드러낸 송악산이 길을 재촉했다. 희미했으나 개경을 둘러싼 나성羅城도 멀리서 모습을 드러내고 있었다.

“조금만 더 가면 갈림길입니다. 선의문宣義門도 머지않았습니다.”

묵묵히 말을 달리던 낭도 하나가 허역에게 다가오며 말을 걸었다. 입을 열자 뽀얀 먼지 속에 하얀 이가 밝게 빛났다.

“그러게 말이네. 나성이 보이는 것을 보니 개경이 코앞이야. 준비는 되었겠지?”

허역이 고개를 돌리지 않은 채 앞만 보며 말을 받았다. 말고삐를 당겨 속도를 줄였다. 속도가 줄자 먼지가 가라앉고 그제야 함께한 이들의 면면이 모습을 드러냈다.

"어제도 연락을 넣어 확인했습니다. 개경에 드시면 남대가南大街의 시전市廛에 있는 송상松商 박가의 송방松房을 찾으십시오. 지점장인 차인差人이 기다리고 있을 것입니다. 정보가 있다 했으니 상세히 설명드릴 것입니다."

"믿을 만한 자인가?"

"지금으로서는 최선입니다. 아시다시피 상인들의 손과 발이 미치지 않는 곳이 없습니다. 확인한 바로는 서경의 수서원에서 서적을 반출한 자들의 움직임을 그들이 포착하고 있었습니다. 직접 만나서 얘기를 해보시면 좀더 자세한 상황 파악이 가능하지 않겠습니까?"

윤언이와 헤어진 후 허역이 푼 정보망에 수서원의 서적을 반출한 자들의 거취가 잡힌 것은 상인들을 통해서였다. 확실하진 않았으나 서경에서 서적을 반출한 무리들은 개경으로 들어간 것으로 파악됐다. 허역이 개경으로 길을 택한 것은 좀더 정확한 정보를 얻어 그들을 추적하기 위함이었다.

"그래……. 그쪽 일은 어떠한가?"

"가봐야지요. 일단은 수상한 무리들의 거처를 확인하는 것부터 시작할 생각입니다. 정보 자체의 신빙성도 먼저 확인을 해야겠습니다."

"알겠네. 조심하도록 하게. 자칫하면 외교적 문제를 일으킬 수 있어. 그리되면 시작도 전에 내부에서 적을 만드는 꼴이 될 테니 조심하시게."

막상 낭도들을 풀어 정보를 수집하자 걸리는 일이 많았다. 수서원의 일과 관련된 정보를 수집하는 과정에서 걸러든 또 하나의 내용이 벽란도에 거주하는 송나라 출신 상인들과 관련된 것이었다. 바다를 건너는 국제 무역상을 표방하고 있었으나 수서원을 강탈한 자들과 연관이 있어 보여서였다. 송나라의 상인들과 함께 정체불명의 무사들이 벽란도에 출몰하고 있었다. 허역은 조를 나누어 개경과 벽란도의 일을 함께 확인하고자 계획을 세웠다. 이미 많은 시간이 흘러버려 증거 수집에도 한계가 있을 터였다. 의지할 것이라곤 매사에 헌신적인 낭도들의 열정뿐이었다.

"자! 이곳에서 길을 나누세!"

선의문 밖 갈림길에 도착한 허역이 길을 재촉했다. 자신은 직선으로 계속 나가 선의문을 통과한 후 개경에 들 예정이었고 또 한 조는 서쪽으로 길을 내어 예성강 하구에 있는 벽란도로 길을 잡아야 했다.

"일을 마치고 개경의 좌정언 댁으로 오게. 곧 보세!"

• • •

선의문을 지나 동쪽의 숭인문崇仁門으로 이어지는 길을 따랐다. 맑았던 도로변 물길이 앵계鶯溪 지역에 이르자 흙빛으로 턱 해저갔나. 노로변 물가에 있는 가축을 사고파는 가축시장에서 흘러든 오물이 물빛을 탁하게 했다. 남북 도로가 만나는 십자가에서 북쪽으로 방향을 틀자 코를 찌르던 역한 가축 오물 냄새가 바람에 날려 사라지고 대신 복잡한 시전 상가에서 피어난 온갖 냄새가 허역의 코를 자극했다. 상인들은 손님을 부르느라 정신이 없었다. 옷감, 신발 등 의복류와 말채찍과 마구 등 온갖 물품들이 손님들의 눈길을 끌려는 듯 길가로 나와 자리를 차지하고 있었다. 허역은 말에서 내려 말고삐를 잡고 길을 걸었다. 복잡한 시전에서 혹 모를 공격에 대비하기 위함이었다. 북쪽에 장엄하게 펼쳐진 송악산을 방향 삼아 북쪽으로 길을 잡은 지 오래지 않아 앞장서던 낭도가 고개를 돌려 허역을 바라봤다. 낭도는 다시 고개를 돌리곤 상점 안으로 들어갔다. 그러곤 잠시 뒤 상인 하나와 함께 나온 낭도가 허역을 안으로 불렀다. 상점 안 복잡한 가판대를 지나 안으로 들어선 후 작은 문을 지나자 사각형으로 구성된 집 안뜰이 모습을 드러냈다. 시전의 소음으로 조용하지는 않았으나 제법 차분한 분위기의 송방이었다.

"먼 길을 오셨다 들었습니다. 이곳 송방을 담당하는 차인입니다."

송방 입구 쪽의 왼편 작은 방으로 안내돼 간단한 다과상을 받은 허역을 바라보며 사내 하나가 인사를 건넸다. 송상의 하나인 박가의 상단商團 중 지점인 송방을 담당하는 사내였다.

"청을 들어주서서 감사합니다."

사내는 질문 아닌 질문에는 대답하지 않았다. 감사의 인사를 보내곤 본론을 꺼내 들었다. 허역의 마음이 편치 않아서였다. 차인이라는 사내는 눈썰미가 날카로웠다. 온갖 세상을 다 상대하는 상인답게 허역을 살피는 눈매가 예사롭지 않았다.

"그런데 그 자들의 일은 웬 연유로?"

허역의 표정이 편하지 않아서인지 사내도 궁금증이 가득한 표정이었다. 며칠 전 알고 지내는 사람으로부터 부탁 받은 일로 자리를 함께하긴 했으나 차인이 보기에 자신 앞에 선 사람들은 자신과는 부류가 다른 사람들이었다. 거기에다 질문의 내용 또한 2개월 전에 자신들 상단의 정보망에 걸려든 수상한 자들에 대한 것이었다.

"서경의 수서원에서 서적들이 강탈당한 사건이 있었습니다. 관인을 사칭하고 중요한 서적들을 강탈한 사건이라⋯⋯."

"그럼 관인이십니까?"

차인이 허역의 표정을 살피며 질문을 던졌다. 조심스런 표정이 역력했다.

"그렇진 않습니다. 저들이 관인을 사칭했기에 저희도 비공식적인 방식으로 탐문을 하고 있는 형편입니다. 다만 수사를 하는 이유는 조정을 위한 것입니다."

차인은 침묵했다. '관인을 사칭한 자들을 쫓는 조정을 위한 추적자들'. 어찌 생각하고 상대해야 할지 가늠이 서질 않았다.

"조정을 위해 일하는 관인이 아닌 분들이라⋯⋯."

머뭇거리던 차인이 입을 연 것은 한참이 지난 후였다. 일행인 듯한 상인 하나가 다가와 차인의 귓가에 무엇인가를 소곤거리고 난 후였다.

"말씀을 드리겠습니다. 워낙 저희와 오랫동안 거래를 해왔던 쪽에서 부탁을 넣었던 일이라⋯⋯."

허역과 함께 온 세 사람의 낭도들을 쭉 훑어본 차인이 결심이 섰는지 계속했다.

"물어 오신 그 즈음에 서경에서 이곳 개경으로 오는 수상한 무리들이 있었습니다. 역驛마다 저희 수하들이 있어서 움직임을 비교적 소상히 파악할 수 있었습니다. 말 두 필이 끄는 큰 마차 하나를 대략 열 명 남짓한 무리들이 이곳 개경까지 옮겼다고 들었습니다."

"혹 마차 안에 무엇이 들었는지도 파악하셨습니까?"

"아닙니다. 그건 파악하지 못했습니다. 워낙 마차 안의 물건에 대해서는 쉬쉬하는 분위기였다고 합니다. 저희가 하는 일 중에 중요한 것

하나가 상대 경쟁 상단의 동향을 감시하는 것입니다. 그래서 저희 수하들이 기억을 하고 있습니다. 그냥 평범한 물품은 아닐 것이란 인상을 주어서 말입니다."

"어디로 갔는지는 아십니까?"

"그것까지는……."

머뭇거리던 차인이 고개를 돌려 옆에 앉아 있던 상인 하나를 바라봤다. 차인이 눈짓을 보냈다. 뭔가 알고 있는 것을 말하라는 표정이었다. 머뭇거리던 사내가 한참 만에야 입을 열었다.

"확실한 것은 아니나……."

"괜찮습니다. 실마리라도 주시면 도움이 될 듯하니 부탁드립니다."

허역이 부드러운 말투로 부탁했다. 사내의 표정을 보니 재촉했다간 꼬리도 잡을 수 없을 것 같아서였다.

"워낙 그자들의 움직임이 은밀하긴 했지만 물건을 나르는 마차가 작지 않았고 중요한 물품을 나르는 눈치라서 서경부터는 행적이 쉽게 파악되었습니다. 그러나 아시다시피 이곳 시전은 온갖 상인들로 복잡한 곳입니다. 해서 개경 밖까지는 비교적 소상히 그자들의 행적을 알려드릴 수 있지만 일단 개경 안으로 든 자들은 추적이 쉽지 않았습니다."

사내가 자신의 상사인 차인과 허역을 번갈아 보며 설명을 계속했다.

"경쟁 상단의 일이기도 해서 그 후에도 계속 주시하고 있었습니다. 이렇게 뜻밖의 물건인 줄은 몰랐습니다."

차인이란 자가 부연 설명을 해놓고 자신의 수하를 바라봤다. 고개를 끄덕이며 신호를 보내자 사내가 말을 받아 설명을 계속했다.

"확실하지는 않으나 저희 애들의 말에 의하면 그 자들이 최종적으로 자남산 기슭으로 갔다고 합니다."

“자남산이라뇨? 그게 어딥니까?”

“이곳에서 멀지 않습니다. 시전 북쪽 끝 동쪽이 자남산 아래입니다.”

차인이 간단히 부연 설명을 넣고 나선 자신의 수하를 바라보며 질문을 했다.

“자남산으로 갔다고 할 증거라도 있느냐?”

“그게······.”

사내가 눈길을 깔며 상사인 차인의 질문에 꼬리를 감추는 듯 머뭇거렸다.

“괜찮다. 아는 대로 설명을 드려라.”

“자남산 기슭에 송과 거래를 하는 상단이 하나 있습니다. 혹자는 전주錢主가 송나라 사람이라고도 하고······. 그쪽 상단 일을 감시하려 저희가 은밀히 상단에 넣은 자의 보고에 의하면 찾고 계시는 물건이 그쪽으로 들어온 것으로 보입니다.”

자남산은 개경 시전이 있는 남대가의 동쪽에 자리한 산이었다. 이곳 산 아래에 있는 시장은 주로 기름을 사고파는 시장이었다. 조명이나 여성들이 쓰는 화장품, 그리고 음식 조리 등에 들어가는 기름을 다루다 보니 비교적 소득 수준이 높은 개경 주민이나 사찰과 거래를 많이 하고 있었다. 그곳에 근거를 둔 상단들은 비교적 규모가 크거나 권력자와 연계를 갖고 있는 상단들이었다.

“무슨 얘기를 들으셨습니까?”

허역이 재촉하고 나섰다.

“얼마 전에 그들이 기름을 다루는 전문가를 부른 적이 있다고 합니다.”

“기름을 다루는 전문가요?”

허역이 호기심으로 질문을 쏟아냈다.

"그쪽 상방 안에서 적지 않은 서적들에다가 기름을 입히는 작업을 했다는 것입니다."

"서적에 기름을 입혀요?"

"예! 그렇게 들었습니다. 몇 권씩을 포개서는 다시 종이로 싸고 줄로 묶은 후에 전체적으로 기름을 먹였다 들었습니다. 그리고 그런 작업을 주도한 게 바로 아까 저희 차인께서 말씀 올린 마차를 이끌고 나타난 사내들이었다고 들었습니다."

"어디로 다시 옮기려는 게 아닐까요? 서적들을 다시 싸고 기름을 먹였다면 이는 서적들을 습기로부터 보호하려는 것이 아닙니까?"

허역 옆에 앉아 있는 낭도 하나가 자세를 곧추세우며 허역에게 질문을 했다.

"또 다른 얘기는 들어보지 못했습니까? 어디로 갔다든지 아니면 서적이 어느 정도 된다든지……."

낭도의 질문을 들은 허역은 아랑곳하지 않고 사내에게 질문을 쏟아냈다. 허역의 표정이 한층 더 어두워졌다.

"그것은 모르겠습니다. 워낙 은밀하게 이루어졌다 했습니다."

"그 송방의 위치를 알려주실 수 있겠습니까?"

"그리하지요. 대신 저희들도 부탁이 있습니다."

"무슨? 말씀하십시오."

차인의 뜻밖의 요구에 허역은 잠시 머뭇거렸다. 그러나 도움을 받았으니 벗어날 길이 없었다.

"그 물건이 무엇인지 확인하신 후에 저희들에게도 알려주십시오. 만일 귀중한 상품이라면 저희들도 대응을 해야 하겠기에……."

"알겠습니다. 당연 그리하지요."

· · ·

달빛이 오늘 따라 싸늘하게 푸른빛을 비추고 있었다. 자남산 기슭에 매복한 허역은 박가 송방의 차인이 일러준 송상의 상방을 바라보고 있었다. 남대가의 시전과 연결된 길은 자남산 자락까지 연결되어 있었다. 상방은 그 길가에 자리했다. 상방의 안쪽으로는 사각형의 저택이 연결된 구조였다. 저택 안 곳곳에 밝혀둔 횃불이 타올라 어둠을 대낮처럼 밝혀주고 있었다.

"날이 이리도 좋으니 오늘은 힘들겠네."

밝게 빛나는 달을 본 허역은 눈을 감고 잠을 청했다. 경계를 위해 밝혀둔 횃불에 더해 달마저 도움을 주지 않았다. 낭도들 역시 체념한 듯 언덕에 등을 대고 돌아앉아 눈을 감았다.

"일어나세요!"

얼마나 시간이 흘렀을까? 낮고 날카로운 소리에 눈을 떴다. 누구인지 옆 사람의 모습이 시야에 들어오지 않았다. 그러나 목소리는 그가 누구인지 분명했다. 함께 훈련을 하고 딘련한 낭도였다.

"다행입니다. 안개가 끼기 시작해서 시야가 밝질 않습니다."

"지금이 몇 시진쯤 되었나?"

"한 시진도 안 돼 곧 동이 틀 것입니다. 시도하시려면 지금이 적기입니다."

자리에서 일어난 허역이 자세를 잡고 먼발치 아래에 있는 상방의 저택을 둘러봤다. 곳곳에 세워져 빛을 발하던 횃불도 한두 개만 남고 대부분이 꺼져가고 있었다. 허역이 고개를 끄덕이며 신호를 보냈다. 쏜살같이 내려가는 허역을 따라 날랜 낭도 둘이 어둠을 뚫고 언덕을 미끄러지며 내려갔다. 담벼락에 붙은 허역이 수신호를 보냈다. 낭도 하나가 담벼락 위로 몸을 날렸다. 곧이어 담벼락을 탄 낭도는 솟을대문 지붕 기와 위로 몸을 날려 기와 바닥에 납작하게 몸을 엎드렸다. 잠시 후 솟을대문 위에 위치한 사내가 수신호를 보냈다.

"가자!"

허역의 지시와 함께 허역이 낭도 하나와 함께 담을 넘었다. 왼쪽에 위치한 상인들의 합숙소를 끼고 저택의 중앙으로 향한 허역은 중앙 뒤쪽 오른쪽 귀퉁이에 위치해 있는 물품 창고로 길을 잡았다. 소리 없는 고양이 걸음이었다. 문에 다가간 허역이 단도를 집어 들고 열쇠를 밀차 작은 소리와 함께 열쇠가 밀려나 고리에서 풀려났다. 여기까진 박가 송방의 차인이 일러준 그대로였다.

낭도 하나를 문 앞에 위치시키고 허역은 미끄러질 듯 창고 안으로 몸을 숨겼다. 그 속은 어둠 그 자체였다. 밖과는 다른 냄새가 훅 하고 코끝을 찔러댔다. 온갖 물품이 섞이고 얽혀 뿜어내는 냄새였다. 그는 짐을 뒤지고 뒤졌다. 모양이 사각형이 아닌 것은 무시하고 직사각형이나 혹은 정사각형을 갖춘 물품들을 뒤졌다. 눈이 어둠에 적응할 즈음 포목 뒤에 가지런히 정리된 사각형 몇 개가 허역의 눈을 잡아끌었다. 허역을 그 짐 더미로 끈 것은 쌉싸름하게 코를 자극했던 기름 냄새였다. 한편으로는 고소했고 다른 한편으로는 여러 냄새와 함께 섞여서 고약하기도 했다. 사각형의 짐은 몇 더미로 나뉘어 질서정연하게 자리하고 있었다. 들은 대로 겉포장 종이로 쌓인 물건들은 끈으로 묶고 다시 기름칠을 했는지 손을 대자 미끄덩거렸다.

허역은 손을 가져가 겉표지 종이를 압박했다. 손바닥 감촉으로 겹쳐진 서적들이 느껴졌다. 다섯 권을 한 묶음으로 다시 포장하고 기름을 먹인 짐 더미였다. 물품 보관 창고 벽면의 나무판자 사이로 달빛이 어슴푸레 들이닥쳤다. 한 줄기 빛에 의지한 허역은 물품 위에 쓰어 있는 '향임안向臨安'이란 글자를 읽을 수 있었다. 그는 작은 칼을 품속에서 꺼내 들었다. 겉표지를 잘라 내려는 순간 갑자기 신호가 들렸다.

"구구!"

비둘기 소리를 가장한 신호음이었다. 두 번 꼬리를 달았으니 물러나란 신호였다. 들어온 순서 반대로 허역은 상단을 물러났다. 창고에서 나오고 길을 되짚고 솟을대문 지붕에 있는 낭도를 불러선 자남산 기슭으로 몸을 숨겼다. 동쪽에서 태양이 고개를 디밀며 모습을 나타냈다.

• • •

허역이 윤언이의 집에서 정지상과 함께 자리를 한 것은 자남산 상방을 살펴본 그날 늦은 저녁이었다. 자남산에서 물러난 허역은 개경 시전을 거닐며 낮 시간을 허송했다. 점심시간 전부터 당녀唐女가 있다는 기방을 찾아선 술을 거나하게 걸쳤다. 누기 뵈도 영락없는 긴달 무사였다. 술기운에 취한 채 한잠을 자곤 허역은 낭도들을 거느리고 윤언이의 집으로 숨어들었다. 흔들리는 촛불 앞에는 윤언이와 정지상, 허역 그리고 어제 벽란도에 갔다 돌아온 낭도가 한 명 함께 자리했다.

"그래 확인하셨습니까?"

허역을 마주한 정지상이 통성명도 하기 전에 일을 추궁하고 나섰다.

"급하십니다. 인사나 나누시고……."

급하게 몰아치는 정지상을 윤언이가 막고 나섰다. 작은 미소를 짓고 있었다.

"여진 정벌시 길주성 전투를 지휘했던 병마판관 허재의 자제이십니다."

"아차! 죄송합니다. 실례를 범했습니다."

그제서야 정지상은 여유를 갖고 목을 숙이며 예의를 취했다. 허역이 도착했다는 소식을 듣고 득달같이 윤언이의 집으로 달려온 탓에 약간 흥분한 정지상이었다.

"괜찮습니다. 정지상 공의 명성은 이미 들어서 알고 있습니다. 반갑습니다."

그러곤 정지상의 처지를 이해했는지 허역이 곧바로 결과를 설명하기 시작했다.

"오늘 자남산 기슭에 있는 송나라 상인의 상방에 은밀하게 침투해 들어갔었습니다."

"서적들의 행방을 확인하셨습니까?"

정지상의 목소리가 득달같이 휘몰아쳤다.

"확인했습니다. 창고 한쪽에 은밀히 감춰졌던 것은 서적들을 다섯 권씩 포개어 쌓고 다시 포장을 한 후 기름을 먹인 서적 더미들이었습니다."

허역의 눈빛이 정지상을 주시했다.

"물론 서적들의 제목까지 확인했으면 좋았겠지만 시간상 그러지는 못했습니다."

"아쉽습니다."

흥분으로 달궈져 있던 정지상이 약간은 실망한 듯 목소리를 낮췄다.

"소득이 아주 없었던 것은 아닙니다. 지난번 말씀하신 대로 수서원에서 강탈당한 서적들의 권수와 비슷한 권수가 묶음으로 포장된 것을 확인했습니다. 그리고……."

허역이 벽란도를 다녀왔다는 낭도를 바라보며 설명을 이어갔다.

"재미있는 것은 포장된 묶음들이 송의 수도 임안^{臨安, 지금의 항주}으로 보내질 것 같다는 점입니다. 포장 위에 향임안이라 적혀 있었고 또한 벽란도를 다녀온 저희 낭도에 의하면 그곳에서 암약하는 송나라 출신의 무사들이 최근에 대륙으로 건너갈 배를 대기시켜놓고 있다고 합니다."

"송나라 무사들이라고요?"

윤언이의 목소리가 높아졌다.

"그렇습니다. 이상한 점은 대개 상단을 보호한다는 자경 단원들은 시장에서 노는 건달들이 주가 되는 것이 보통인데 저희 낭도들이 파악한 바에 의하면 이자들의 기세가 보통 시정잡배와는 달랐다 합니다."

"그게 무슨 말씀입니까?"

정지상이 묻고 나서자 허역의 설명을 듣고 있던 낭도 하나가 앞으로 나섰다.

"보통 저희들은 상대를 보기만 해도 상대의 검기나 눈빛으로 어느 정도의 무사인지를 가늠합니다. 벽란도에서 마주친 송 출신 무사들은 시정잡배와는 달랐습니다. 나름 빈둥대는 듯하였으나 저희가 시험한 바에 의하면 보통을 넘는 무사들입니다."

"나도 그런 얘기를 들었습니다. 송에서 무사들을 파견하여 고려에서 금에 이르는 길을 은밀하게 조사하고 있다는 것 말입니다."

"그게 무슨 소리입니까? 송의 무사들이 첩자로 고려 땅을 밀행한다니요?”

허역이 의아한 표정을 짓고 질문을 하고 나서자 윤언이가 나섰다.

“저희 고려 조정도 파악하고 있는 정보입니다. 일전에 금이 송을 멸하자 남으로 물러난 저들이 남송을 건국하질 않았습니까? 개봉이 함락될 때 송의 황제 흠종欽宗과 휘종이 금에게 인질로 잡혀갔습니다. 남송이 저희 고려에 청하길 육로를 내어달라고 한 적이 있습니다. 그 길로 금에 잠입해 포로가 된 저들의 황제를 구하겠다고 주장했지요.”

“그랬습니까?”

“예! 은밀하게 고려의 도움도 요청했습니다만……. 금과의 관계를 고려하고 또 우리 내부의 교통로와 군사정보가 새어 나갈 것을 염려하여 송의 청을 거부했었습니다. 그래서 아마도 그들이 직접 군사를 파견해 은밀하게 길을 조사하고 정탐하고 있는 것 같습니다.”

윤언이의 설명을 듣는 자중의 분위기가 사뭇 비장했다. 어찌되었건 남송과 금의 가운데 놓인 것이 고려였고 분위기에 따라서는 전쟁에 휩쓸릴 수 있는 가능성이 적지 않았다.

“어쨌든 확실히 파악한 것은 아니나 대략 윤곽은 잡질 않았습니까? 수고하셨습니다.”

윤언이가 분위기를 수습하고 나섰다.

“아깝습니다. 조금만 더 시간이 있었다면 포장을 뜯고 서적의 제목을 파악할 수 있었을 텐데…….”

허역이 아쉽다는 표정을 짓고 얼굴을 찌푸렸다.

“아닙니다. 그 정도면 지금은 충분할 듯합니다. 중요한 것은 배후를 캐는 것입니다. 봉을 뜯었다면 저들도 누군가의 침입을 눈치챌 수 있을 터, 지금은 그 정도가 좋은 것 같습니다.”

윤언이가 계속했다. 학자요 전장을 누빈 장수답게 윤언이의 머릿속은 대책 수립으로 복잡했다. 대응책이 차곡차곡 전달됐다.

"일단은 상방을 감시해서 물품들이 밖으로 나가는 것을 감시해야 합니다. 벽란도 항구에도 낭도들을 배치하여 혹 있을지 모를 상황에 대비합시다. 그리고 상방에 있는 자들을 감시해서 저들이 접촉하는 조정 내 인사의 정체를 밝혀야 합니다."

적지에서 시를 읊다

"나리! 어사대부御史大夫 김부식 나리 댁에서 사람이 왔습니다."

김부식이란 이름에 정지상은 찬물을 뒤집어쓴 듯 정신이 화들짝 깨어났다. 서경에서의 일로 김부식과는 껄끄러운 사이가 되어 있었다. 개경으로 돌아온 후에도 별반 왕래를 않고 조정에서만 보고 서먹하게 지내던 참이었다.

"그 댁에서 웬일로 사람을 보냈다더냐?"

"저희 김부식 나리께서 집으로 모셔오라고 말씀하셨습니다."

하인의 뒤로 모습을 나타낸 이는 낯선 사내였다. 김부식을 자신의 나리라 칭하고 있었다. 표정이 온화한 하인이었다.

"나를 왜?"

이해하지 못하겠다는 의아한 표정을 지으며 지상이 사내를 살폈다. 사내는 지상의 하인을 흘깃 바라보곤 조심스럽게 입을 열었다.

"항상 궁궐에서만 뵈었기에 소원하셨다 하시면서 집으로 모시고 싶다 하셨습니다."

"알겠다. 내 준비를 할 테니 잠시 기다려라!"

지상은 김부식의 집 안 한가운데 정원으로 안내되었다. 사랑채와 본채를 앞뒤로 두고 작지 않은 연못을 앞으로 품어 두고 넉넉하게 서 있는 정자였다. 색채는 격하지 않았고 지붕은 드높지 않았다. 그러나 정자를 받치고 있는 기둥이며 하늘을 닮아 푸른색을 띤 기와지붕은 여유를 담고 있었다. 정자로 다가가자 평소에 궁성에서 지나치거나 혹은 자리를 함께해서 익숙해진 몇몇 얼굴이 김부식과 함께 지상을 맞이했다. 지상보다 먼저 온 듯 각각의 앞에는 음식과 술을 담은 상들이 놓여 있었다.

"어서 오시오! 좌정언!"

김부식이 자리에서 일어서며 반갑게 지상을 맞이했다.

"어사대부께서 이리 초대해주시니 감사합니다."

지상은 김부식에게 인사를 건네곤 돌아가며 주변 사람들에게 가볍게 고개를 숙여 예를 표했다. 지난번 난으로 곤경을 당해 유배를 당했다 돌아온 문공유가 함께 유배를 당했던 형 문공인과 함께 있었다. 뭔가 꺼림칙한지 어기적거리며 느지막이 자리에서 일어서며 인사를 건네는 이는 지제고 임완이었다. 김부식의 동생 김부철은 부식의 옆에 서서 시종일관 미소를 지으며 지상에게 눈인사를 건넸다. 또한 김부식의 복심이라 불리는 이중도 함께 있었다. 조금 뒤편에 앉아 있는 임원후는 눈길을 아래로 깐 채 술잔을 기울이고만 있었다.

"자! 한잔들 하시지요? 며칠 전 벽란도를 통해 들어온 송의 명주입니다."

김부식이 술잔을 높이 들었다. 향긋한 내음이 코를 타고 날아올라 머릿속을 찔러댔다. 거북한 속과 복잡한 머리 때문에 불편했던 심신이 따듯한 술 한 잔을 밀어 넣자 녹녹히 평온을 되찾고 있었다. 몇 순배가 돌자 이번에는 임원후까지 나서며 정지상에게 술잔을 권했다.

"폐하를 모시느라 수고가 많습니다. 내 잔 받으시오."

왕비 임씨의 아비 임원후였다. 나이로 쳐도 그렇고 관직으로 쳐도 이곳에서 가장 좌장인 임원후였다. 평소에도 정지상을 보며 못마땅한 표정을 지은 자라 불편했는데 잔을 받으려니 영 거북스러웠다.

"과찬이십니다."

불편한 기색을 감추며 정지상이 임원후의 잔을 받아 술을 넘겼다. 김부식의 형제들만 있었다면 모르겠으나 임원후에 문공유 형제까지 자리를 같이한 것이 계속 마음에 걸렸다. 역시나 곧 이어진 김부식의 언급은 지상을 긴장시켰다.

"오늘 이 자리를 함께하신 분들은 맡은 바 위치에서 묵묵히 고려를 지탱하고 있는 분들입니다. 내 그래서 앞일을 논의드리고자 이리 모셨습니다."

일견 이해가 가는 언급이었다. 문공유·문공인 형제는 선대왕인 예종을 모셨던 정치세력의 핵심이었다. 그런 연유로 이자겸에게 화를 당했지만 이자겸이 사라진 지금은 화려하게 복권된 정치의 실세였다. 임완은 송에서 귀화한 후 서적소의 고문으로 활동하면서 송의 문화와 교육제도를 고려에 전파하는 한편 고려와 송 조정을 연결하는 역할을 담당하고 있었다. 간혹 드러내놓고 해결치 못할 외교적인 사안들은 그의 손을 거쳐서 해결된다는 것이 공공연한 비밀이었다. 그런 임완이 유학에 대해 조예가 깊고 유학사상을 중심으로 한 정치체제를 확립하고자 노력하는 김부식의 측근이 되어 있는 것은 전혀 이상할 것이 없었다. 그러나 문제는 자신이었다. 지상이 좌정언이란 직책을 맡고는 있었으나 유학을 공부했다는 것 외에는 지역적 배경이나 연배나 정치적 성향이나 여러 가지로 함께 자리한 이들과 어울리지 않아서였다. 지상은 복잡한 머리를 가다듬으며 상에 올려져 있는 사과 한 조각을 들어 베어 물었다. '사각' 하고 깨져나가는 사과 조각이 머리를 뒤흔들었다.

"내 좌정언의 이야기는 많이 들어서 잘 알고 있습니다."

느닷없이 옆자리를 차지하고 앉아 있던 문공유가 지상을 칭찬하고 나섰다.

"무슨 말씀이신지?"

"내 눈으로 직접 보진 못했지만 개경으로 돌아온 후 들으니 지난번 난 때 이자겸 군대 앞에 나서서 역도들의 죄를 일깨우는 일장 훈시를 하셨다 들었습니다."

"아, 예! 그건……."

지상이 대답을 못 하고 말끝을 흘리자 옆에 있던 김부철이 선뜻 나섰다.

"쉽지 않은 일이었습니다. 난중에 양쪽의 군사들이 살기등등하게 대치하고 있는데 무장도 아닌 분이 단신으로 반란군 앞에 나섰으니 말입니다. 그 연설 또한 과연 좌정언다운 명연설이었습니다."

"그렇습니다."

침묵하고 있던 임완까지도 지상을 칭찬하고 나섰다. 반듯하고 속 깊은 지상이었다. 그러나 성심이 곧은 만큼 지상은 주변의 칭찬이 부담스러웠다. 서경의 천재란 별칭도 거북했고 차세대를 대표할 신진 인사란 칭찬도 과분했던 터였다. 그런데 오늘 김부식의 집에서 김부식의 측근 인사들에 둘러싸여 듣는 칭찬은 기대도 않았고 원치도 않았던 상황이었다.

"좌정언께서 곧은 기개로 폐하를 보필하고 있으니 이제 고려의 앞날이 걱정이 없습니다. 아니 그렇습니까?"

김부철이 힐긋 지상을 보며 말을 이었다.

"패악을 저지른 척준경을 몰아낸 정지상 공이 아니십니까? 그 충절이 하늘에 닿았으니 이제 고려는 밝은 세상을 앞두고 있음입니다."

"그 일이야 신하 된 자가 해야 할 마땅한 일이었습니다. 과찬이십니다."

"내 보기에도 그렇소. 좌정언의 충정 어린 직언과 과감한 행동이 없었다면 역적이 조정을 좌지우지할 뻔하였습니다."

한참을 침묵하고 있던 김부식이 동생의 말을 받고 나섰다. 지상이 거북스러워하는 것을 눈치챘는지 김부식이 화제를 돌렸다.

"중서령! 외손께서는 잘 성장하고 계십니까?"

"덕분에 잘 있습니다. 어찌나 귀엽고 생기가 발랄한지 폐하를 쏙 빼닮았습니다."

"축하드립니다! 왕실의 복이 아닙니까?"

김부철이 임원후에게 술잔을 높이 들고 환한 표정으로 인사를 건네자 임원후도 흡족한 표정으로 넉넉한 미소를 지어 보였다. 신하들이 이씨 가문의 왕비를 폐하고 새로운 왕비를 맞이할 것을 인종에게 청할 때 김부식이 추천한 것이 임원후의 딸이었다. 추천의 이유는 무엇보다도 임원후가 자신과 가까워서였다. 이자겸이 누린 권력기반을 김부식은 잘 이해하고 있었다. 자신에게 딸이라도 있었으면 내세웠겠지만 김부식 집안은 아들이 흥성하는 내력을 갖고 있었다. 열에 아홉은 아들이었고 여식이 있더라도 왕비로 내세울 인물에 미치질 못했다.

“그런데…….”

술 한 잔을 넘긴 김부식이 정색을 하며 입을 열었다. 술 냄새가 진하게 배어 있었지만 표정은 진지했다.

“척준경의 일이며 왕비마마를 다시 모시는 일이며 다른 것들은 어느 정도 제자리를 찾은 것 같습니다. 그런데 정작 중요한 일은 아직도…….”

김부식이 말끝을 흐리자 약속이나 한 듯 김부철이 말을 받았다.

“그렇습니다. 최근 계속된 정치적 혼란으로 국가통치의 뿌리가 흔들리고 있습니다. 아시겠지만 천재지변으로 인해 백성들이 고통 받고 있습니다. 웬 천재지변이 그리도 많은지…….”

이상하리만치 천재지변이 꼬리에 꼬리를 물고 있었다. 혜성이 출몰하는가 하면 가뭄과 홍수가 반복되고 있었다. 뜻하지 않은 서리도 가끔 내려 계절을 무색하게 할 정도였다. 백성들이 숙덕였다. 국가의 기강이 풀어지자 천신이 노한 탓이라고.

“그뿐입니까? 백성들이 세상의 도를 잃어버린 지도 벌써 오래전입니다. 온갖 미신과 근본을 알 수 없는 인사들이 살기에 바쁜 백성들을 꼬드겨 혹세무민하고 있습니다. 걱정입니다.”

문공유가 앞으로 나섰다. 몇 년간 지방에 유배되어 있던 문공유의 눈에 들어온 백성들의 삶은 혼란 그 자체였다. 중앙 정부의 정치적 혼란이 백성들에게 가져다준 것은 파탄 직전의 황폐화된 삶이었다.

“더군다나 여진의 금나라가 저리 발호하니 이 또한 세상의 근본질서가 흔들리고 있는 것이 아니겠습니까? 혼돈입니다. 혼돈!”

임완이 금을 언급하고 나섰다. 지상의 표정을 살피고서였다. 임완은 일전에 서경에서 인종 앞에서 있었던 지상과 김부식의 설전을 기억하고 있었다. 지상은 아무런 말을 하지 않고 눈을 감고 있었다. 부인할 것도 없었고 반박할 것도 없어서였다. 이자겸의 시대가 가져다준 혼란과 혼돈의 흔적이 온 세상을 무겁게 덮고 있었다. 숨 막혀 죽지 않고 살아난 것이 다행일 정도로 세상은 미쳐 돌아가고 있었다. 반론이 필요 없었다. 문제는 어찌 고칠 것인가 하는 점이었다.

"복잡하게 생각할 게 뭐 있겠습니까?"

시어사 이중이 나섰다. 강단 있고 말이 없는 인물이었다. 세상을 보는 눈도 간결했다. 잘못된 것과 바른 것이 있을 뿐 중간을 보지 못하는 인물이었다. 나름 성정이 올곧아 충성심도 남다른 인물이었다. 그래서 김부식은 이중을 자신이 어사대부로 일하고 있는 어사대에 추천하여 심복처럼 쓰고 있었다.

"옛일에 답이 있질 않겠습니까? 무너졌다고는 하지만 유학의 가르침을 주춧돌로 하여 정치체제를 다시 세우면 될 일이고, 여진의 금이 힘을 얻어 활개를 치고는 있으나 다시금 송을 받들어 오랑캐를 제압하면 될 일입니다."

어사대는 정치의 잘못을 논하고 풍속을 교정하고 백관을 탄핵하는 기관이었다. 그런 만큼 서릿발 같은 원칙과 기상이 필요한 기관이었다. 복잡할수록 핵심을 파악하고 단호한 대처가 필요한 일이기도 했다. 이중은 그런 의미에서 자리에 적격이었다. 단순하고 직설적인 성격을 갖고 있는 이중은 앞만 바라보고 달리는 말과 같은 인물이었다. 지상은 속으로 터져 나오려는 웃음을 참아야 했다. 그런 자리에 딱 맞는 인사가 이중이라는 생각이 들자 혼자만의 웃음이 나와서였다. 김부식은 사람을 보는 데도 식견이 있었다. 그러나 그런 생각도 잠시, 지상은 급변한 분위기에 주변을 두리번거렸다. 혼자만의 생각에 잠겨 있는 아주 잠시 동안 자신을 제외한 모든 이들이 자기들끼리 무엇인가를 합의하고는 자신을 바라보고 있는 듯해서였다. 모든 이들의 눈길이 지상을 향해 있었다.

"좌정언! 어떻게 생각하십니까?"

김부식의 목소리가 잠시 동안의 침묵을 깨고 지상에게 들이닥쳤다. 나지막했으나 얼음처럼 차갑고 날카로운 목소리였다.

"제가 무슨 말씀을……. 그런 일을 논의할 자리도 아니거니와 제가 감히 그런 말씀을 드릴 위치도 아닙니다."

지상은 흐트러지는 정신을 수습하고 정색을 하고 자세를 바로 잡았다. 어찌 수상하다 싶더니 얼떨결에 술 한 잔을 목으로 넘기고 보니 호랑이 굴에 제 발로 걸어 들어온 상황이 연출되어 있었다. 느닷없는 김부식의 초대도 의외였지만 모여 있는 이들의 약간은 긴장된 듯한 한결같은 표정도 부담이었다. 정지상은 직감적으로 느꼈다. 우연히 마련된 자리가 아니었다.

"내 형님을 대신해서 직설적으로 말씀드리겠소이다."

김부철이 정색을 하며 입을 열었다. 김부식과 주변의 표정을 살피려는지 입을 열고는 한참 동안 고개만을 두리번거리고 난 후였다. 김부식은 눈을 감아버리고는 고개를 하늘로 치켜들었다.

"좌정언께서는 서경을 대표하시는 유학자이십니다."

"무슨 당치 않으신 말씀을……. 제가 어찌 감히……."

"겸손도 지나치시면 비례가 됩니다. 좌정언의 벼슬이 아직 높지는 않으나 학문이 이미 고려에서 누구도 견줄 수 없는 분이십니다. 지난번 정변시 보여주신 기개도 타인에게 귀감이 되시니 이 또한 학자가 쉽게 갖지 못할 중요한 정치인의 자질을 갖고 계십니다."

김부철이 임완과 임원후 등을 돌아보며 계속했다.

"두서없이 말씀들을 하셨습니다만 얼핏 보니 우리가 가야 할 길은 정해져 있는 듯합니다. 이제 혼란도 어느 정도 극복이 되었으니 강성한 나라를 만들기 위해서 근본기강을 세울 일이 시급합니다."

"지당하신 말씀입니다."

정지상이 가볍게 동의의 뜻을 밝히자 김부철의 목소리가 힘을 얻기 시작했다.

"통치의 근본이념을 담고 있는 유학의 가르침을 기본으로 해서 나라를 바르게 세워야 하질 않겠습니까? 서경을 대표하시고 계신 좌정언께서 참여해주신다면 이는 전 고려가 하나로 힘을 합치는 것이 아니겠습니까?"

고려는 복잡한 세력들의 집합으로 이룩된 나라였다. 태조 왕건이 수많은 호족들의 딸들과 결혼을 해서 인맥을 형성한 것은 약한 기반 위의 왕권을 다지기 위한 고육지책이었다. 그러나 그런 얽히고설킨 인맥이 문제를 낳기도 했다. 거의 대부분의 지방 호족들이 왕실과 이런 저런 인연으로 인맥을 맺고 있어서였다. 복잡한 인연 속에 힘이 한 곳으로 몰리는 경우 인척이 발호하고 왕권을 위협했다. 이자겸의 난은 대표적인 사례였다. 유교적 학문과 사상을 중심으로 중앙집권적 통치체제를 세울 필요성은 그래서 더욱더 간절했다. 두서없이 핏줄로 얽힌 통치체제를 원칙과 이념으로 다듬어서 근간을 잡는 일은 필요하고 또 필요한 정치적 과제였기 때문이었다. 성종대에 최승로가 올린 〈시무28조〉는 그런 유학적 통치이념을 확립하고자 하는 노력의 일환이었다. 자리를 잡아가던 체제가 외척 이자겸에 의해 송두리째 뿌리를 뽑힐 위기를 극복하고 다시금 새로운 출발선 앞에 서 있는 형국이었다.

"제가 여러분들의 그런 생각에 반대할 이유가 없질 않습니까? 나라의 기강을 바로 세우고 통치체제를 굳건하게 반석에 올려놓는 일입니다."

"거 보십시오! 제가 뭐라고 했습니까? 좌정언이 반대할 이유가 없는 너무도 당연한 일을 가지고……."

이중이 어색해진 분위기를 이기지 못하고 목소리를 높였다. 어색한 웃음을 머금은 이중의 눈이 좌중의 얼굴들을 좇았다.

"그거야 당연한 것이지요. 하지만 좌정언!"

김부식이 감고 있던 눈을 뜨고 정색을 하고 나섰다. 이중은 순간 웃음을 멈추고 입을 닫았다. 오랫동안 상관으로 모셨던 김부식이 그런 표정을 짓는다는 것이 무엇을 의미하는지를 알고 있어서였다.

"기본 정치이념은 유학을 중심으로 그리 내용을 잡았다고는 하나 실제 해석과 현실 적용에는 적지 않은 이견들이 있는 것도 사실입니다. 우리는 지금 그런 현실정치에서 좌정언의 도움을 청하고 있는 것입니다."

이념을 하나로 모았다 해도 해석과 적용이 문제였다. 고려왕조에서 친인척의 문제는 시간과 함께 꼬리를 감추었다 하나 근본적으로 해결되지 않는 것이 하나 있었다. 그것은 특정 지방을 기반으로 하는 정치적 노선의 문제였다. 김부식이 동경인 경주를 기반으로 하는 유학 중심의 문벌귀족을 대표하고 있었다면 같은 유학적 소양을 공유했지만 정지상은 서경을 대표하고 있었다. 그래서인지 양 세력이 표방하고 있는 지향점도 달랐다. 특히 북방정책은 민감한 정치적 문제였다. 고구려의 맥을 잇고 있는 서경파에게 북방은 잃어버린, 회복해야 할 고토였으나 신라의 이름을 잇고 있는 동경, 경주 세력에겐 북방은 잊고 싶은 과거의 오점이었다. 그렇지 않아도 당을 끌어들여 백제와 고구려를 멸망시켜 대동강 이북을 당에게 헌납했다는 비난을 듣고 있는 경주세력이었다.

"좌정언! 세상을 냉철하게 보아주십시오. 서경분들의 입장을 이해 못 하는 것은 아니나 지금 북방 영토는 여진의 오랑캐에게 유린당하고 있습니다. 이럴 때일수록 송과 힘을 합쳐서 금에게 대항해야 합니다."

임완이 나섰다. 거란을 멸망시킨 여진의 금이 여세를 몰아 송나라의 개봉을 공격하자 송은 남쪽으로 물러나 남송을 건국하고 버티고 있었다. 송은 고려에 사신을 보내 군사를 동원해 자신들을 도와줄 것을 강하게 요청하고 있었다. 임완이 나선 것은 그런 저간의 사정을 배경으로 하고 있었다.

"정치란 흐르는 물과 같다 했습니다. 상황에 따라서 적응 못 할 일이 무에 있겠습니까? 그러나 물러설 수 없는 것도 있는 법입니다. 뿌리에 관한 일이 그것입니다. 가지와 잎사귀는 현실에 맞게 만들더라도 뿌리는 중심을 잡고 있어야 하질 않겠습니까? 뿌리마저 흔들린다면 거기서 나온 가지와 잎이 어떤 모양을 하고 있을지 걱정이 앞서는 이유입니다."

임완의 얼굴이 벌겋게 달아올랐다. 자신의 고향인 송이 금에게 망할지 모르는 촌각의 위기에 놓여 있는 지금, 정지상의 발언이 억지스런 방어 논리로만 들려서였다. 남송은 고려의 군사적 지원이 절실한 상황이었다. 임완은 그런 상황 속에 끼어 있었다.

"어사대부! 다 좋습니다. 유학을 중심으로 허물어진 통치체제를 복구하자는 것도 좋고 힘을 합쳐 실추된 왕권을 반석에 올려놓자는 것도 좋습니다. 하지만 송에 사대하는 것은 정도의 문제입니다. 외교적 관계를 고려해서 선린하고 친교하는 것은 권장할 일이나 맹목적으로 추종하는 것은 이치에도 어긋날뿐더러 궁극적으로 도움도 되지 않는 일입니다. 고려하시옵소서."

"말씀이 지나치시오! 뭐가 어긋나고, 뭐가 해악이 된다는 말씀이오?"

임완이 발끈하며 목소리를 높였다. 백척간두에 놓인 송의 입지가 바로 임완의 정치적 입지를 반영하고 있어서였다. 귀화했다고는 하나 고려 조정에서 임완이 갖고 있는 정치적 위상은 송의 힘을 기반으로 하고 있었다. 지금 그 뿌리가 위험한데 지상을 비롯한 서경세력이 발목을 잡고 있었다.

"고려의 뿌리를 잊게 하고 영원히 진실을 가리는 폐단을 지적하는 것이오."

"좌정언! 현실을 직시하시오. 그 어설픈 몇 권 서적 나부랭이를 읽고 그러시는 거요? 고려가 중국을 능가하는 뿌리를 갖고 있는 동이의 후손이라는?"

"이보시오!"

임완이 목소리를 높이자 황급히 김부식이 막고 나섰다. 다급함이 임완으로 하여금 이성을 잃게 하고 있다는 판단에서였다.

"혹시……. 누군가 했더니 바로 서적소의 고문으로 계시는 임완공이셨소?"

지상이 목소리를 높였다. 행방을 놓쳐버린 서적들의 흔적을 찾는 일로 그렇지 않아도 민감해져 있었기 때문이었다. 지상의 눈빛이 임완의 눈을 파고들었다. 순간 임완은 고개를 돌려버리곤 입을 다물었다. 임원후가 나섰다.

"무슨 일이라도 있습니까? 임완 공에게 그리 물으시니?"

지상은 답하지 않고 임완을 노려봤다. 그러나 고개를 돌린 임완은 침묵으로 일관하며 눈을 마주치지 않았다. 정지상이 눈길을 거두지 않고 김부식도 임완을 바라보고 있자 임완이 마지못해 고개를 돌리고 입을 열었다. 지상을 바라보는 임완의 눈빛이 흔들렸다.

"좌정언이 무슨 말씀을 하시는지는 모르겠으나 내 사과드리겠소. 그저 시중에 나도는 몇몇 서적들이 불손한 내용을 담고 있는지라……."

"공은 말씀을 삼가하십시오. 무엇이 불손한 내용이라는 것입니까?"

정지상이 불같이 목소리를 높였다. 말을 뱉어놓고 회피하려는 임완의 비겁함에 분노를 느껴서였다. 무엇보다도 '불손'하다는 내용에 대한 언급이 지상을 격노시켰기 때문이었다.

"좌정언! 자중하세요. 임완 공께서는 고려로 귀화하신 게 얼마 되지 않으십니다. 그런 만큼 저간의 세세한 사정과 고려의 역사에는 밝지 않은 게 당연하지 않겠습니까? 그리 몰아붙이시는 것은 과하다는 생각이 듭니다."

지상은 흥분을 가라앉히려 숨을 깊게 들이마셨다. 들이마신 공기마저 불같이 뜨겁게 가슴을 태우며 흘러내렸다. 다급하게 술잔을 들이키자 술마저 기름이 되어버렸는지 불기운이 더욱더 가슴속에서 타올랐다.

"좌정언의 뜻은 내 이해하고 있으나 지난번 폐하께 강독한 '풍류대도'란 것은 근본이 없는 것이 아니겠소. 근거도 없는 이야기들을 제멋대로 정리하여 폐하께 올린 묘청이란 자 또한 근본이 없는 것은 마찬가지가 아니겠소?"

겉으로는 임완을 막아섰지만 임원후의 칼날은 정지상의 가슴을 찌르고 들어왔다. 살을 파고 든 칼날은 멈추질 않았다. 칼날이 몸을 비틀어대자 고통이 온몸으로 퍼져나갔다.

"정지상 공은 정통으로 유학을 공부한 유학자입니다. 그런 분이 근본도 모르는 도를 신봉하며 백성들을 미혹하는 자들과 어울리는 것이 이해가 안 되서 드리는 말씀입니다."

"근본이 없다는 말씀은 지나치신 평가가 아닌가 합니다. 일전에 폐하 앞에서도 말씀드렸듯이 수서원에서 강탈된 서책들을 찾으면 될 일. 곧 좋은 결과가 있을 것으로 생각합니다."

정지상은 가급적 뛰는 가슴을 진정시키며 임원후의 말을 받았다.

"자! 그만하면 되었습니다. 내 집에 오신 손님들이시니 그만하십시다. 좋은 날이 왔으니 그런 논의는 언제든 할 수 있질 않겠소?"

김부식이 주변을 정리하면서 하인들에게 음식을 청했다. 준비를 많이 했는지 정자가 무너질 듯 크고 널찍한 상이 사람들 앞에 놓였다. 어색함이 깔렸지만 상 위로 내어진 음식의 냄새가 코를 자극하자 긴장감이 풀어지기 시작했다. 다들 약간의 술기운 탓인지 빠른 속도로 음식을 먹기 시작했다. 쌉쌀한 맛이었지만 지상도 몇 숟가락을 떠 복 안으로 빌어 넣었다. 따뜻한 국물이었지만 쓰린 속을 타고 내려가니 더 쌉쌀했고 따끔따끔 속을 긁어댔다. 지상은 속도를 조절하며 쓰린 속으로 국물을 밀어 넣었다. 특정한 목적을 갖고 자신을 초대한 김부식이 미웠으나 표현을 자제해야 했다. 그들의 제안에 동의하지 않고 논박을 한 이상 김부식의 집은 적지였다. 그 앞에 앉아서 똥물을 떠먹고 있는 듯 임완의 얼굴은 흑색으로 찌푸려 있었다.

"자, 많이들 드십시오. 오늘 특별히 신경을 좀 쓰라고 했습니다."

"아니 어사대부께서 이리도 소고기를 좋아하시는지는 몰랐습니다. 소고기로 만든 산적 맛이 일품입니다."

어색한 분위기를 돌려보려는지 임원후가 미소를 지으며 좌중에게 음식을 권했다.

"평소에 잘 못 먹던 음식이 아닙니까? 이자겸이 독차지 하던 소고기입니다. 이제 이자겸이 없어졌으니 이렇게 맛이라도 보는 게 아닙니까?"

불교가 대중화되자 백성들은 육식을 가급적 피하고 있었다. 불교를 받들고 사찰을 정기적으로 방문하며 불교의 덕에 의지하려는 국왕도 특별한 경우가 아니면 가급적 육식을 피했다. 신하들이 경우도 상황은 같았다. 다만 이자겸의 창고는 달랐다. 뇌물로 받은 고기 썩는 냄새가 개경 시내에 진동할 정도였다. 난 이후 썩어가던 고기를 신료들에게 배분하여 맛을 보라고 한 것을 김부식이 음식으로 만들어 내어놓은 것이었다. 유배생활로 육식과는 오랫동안 담을 쌓고 살았던 문공유와 문공인 형제는 정신을 빼앗긴 채 게걸스럽게 고기를 뜯고 있었다. 배가 어느 정도 차오를 시간이 지나자 김부식이 숟가락을 놓으며 지상에게 청을 넣었다.

"배가 이리 부르고 좋은 분들과 함께해 기분이 좋습니다. 이럴 때 좌정언의 시를 한 수 청하고 싶습니다."

뜻밖의 청에 지상은 긴장했다. 차나 술을 한잔하며 시를 청하는 경우는 종종 있었으나 음식을 앞에 두고 청을 받기는 처음 이어서였다. 곤혹스러워 하는 지상의 마음을 꿰뚫었는지 김부식이 좌중을 둘러보며 첨언했다.

"실례인 줄은 아나 공의 출중한 시를 언제 이리 가까이 앉아 직접 들어볼 수 있겠습니까? 여기 모든 사람의 청이니 수고스럽더라도 한 수 청하려 합니다."

"그럽시다. 어사대부의 말씀이 맞습니다. 정지상하면 고려 제일 한시의 대가가 아닙니까?"

문공인이 맞장구를 치며 젓가락을 내려놓았다. 순간 지상은 일그러졌다 애써 펴지는 김부식의 표정을 놓치지 않았다. 김부식과 지상은 한시에 있어 고려 제일인자를 놓고 싸우는 맞수였다. 사람들은 지상이 한 수 위라 했다. 그걸 사람을 앞에 두고 다시 한 번 더 확인을 하니 김부식의 자존심이 아팠을 것이었다. 순간적으로 김부식의 표정을 놓치지 않은 지상은 속으로 쾌감을 느꼈다. 지상을 제외하곤 아무도 눈치채지 못한 김부식의 표정처럼 지상만이 느낀 짜릿한 혼자만의 쾌감이었다.

"고려 제일은요……. 과찬이십니다. 고려 제일은 어사대부 김부식 공이 아니십니까? 오늘 대부께서 청하시고 여러 선배님들이 계시니 한 수 불러 가르침을 받겠습니다."

유쾌해진 표정을 감추고 지상이 상을 물리고 자세를 가다듬었다. 순식간에 분위기가 잡히자 둘러싼 사람들이 음식상에서 물러나 자세를 잡고 지상을 응시했다. 지상은 잠시 눈을 감고 앉아 있다가 천천히 입술을 움직였다.

절에서 경 읽는 소리 끝나니
하늘빛이 유리처럼 깨끗하네

두 구절이 채 끝나지도 않은 순간 김부식이 허리를 자르고 들어왔다. 큰 실례였으나 자리가 자리인 만큼 지상은 개의치 않는 듯 시 낭송을 중지하고 입을 닫았다. 지상은 덤덤한 표정으로 김부식을 바라봤다.

"기막힌 시가 아닙니까? 소리와 빛이 만나 하나가 되었습니다. 참으로 오묘한 시 입니다. 공감각적인 운치가 가히 일품입니다."

김부식의 칭찬이 쏟아졌다. 경을 읽어 마음이 깨끗해지니 하늘빛을 닮았다는 내포된 의미도 으뜸인 시였다. 김부식의 설명이 있자 그제야 뜻을 파악한 사람들이 알았다는 듯 놀라운 눈빛을 애써 밖으로 표현했다. 그러나 지상은 불쾌했고 김부식의 감추어진 뜻이 무엇인지를 파악하려 속으로 고심하고 있었다. 시를 낭송하는 가운데를 자르고 들어왔다는 것은 크나큰 실례였고 그걸 잘 알고 있을 김부식이었기에 지상은 내심 당황하고 있었다. 아니나 다를까 김부식은 뜻밖의 제안을 했다. 지상은 겉으로는 침착한 듯 표정을 붙잡고 있었지만 속으로는 경악을 금할 수 없었다. 잦아들던 열화가 다시 불을 뿜으며 속을 끓이기 시작했다.

"좌정언! 내 부탁이 있습니다. 시 구절이 너무도 절묘하고 좋아서 그러니 그 시를 내게 주시면 어떻겠습니까?"

김부식은 표정 하나 바뀌지 않았다. 김부식의 눈은 지상을 뚫어지게 바라보고 있었다. 남의 시를 달라는 부탁은 무례 중의 무례였다. 옆에 앉은 임완마저도 황당한 표정을 짓고 있었다. 시가 완성되면 다른 사람에게 바치는 경우는 종종 있었다. 그러나 그 경우에도 시를 지은 사람이 시를 바치는 사람에게 평소에 갖고 있던 존경과 감사를 표현하는 수단이었다. 시를 짓는 중도에 치고 들어와 반쪽짜리 시를 달라고 하는 이는 눈을 뜨고 처음이었다. 더군다나 두 소절에서 끝난 시

를 달라니 그 뒤에 또 다른 두 소절을 붙여 자기 것으로 하겠다는 의
미를 내포할 수 있었다. 아니나 다를까 당황하는 정지상은 한 치도 꽤
념치 않는다는 듯 얼굴빛 하나 변함없는 김부식이 말을 이었다.

"어떻습니까? 좌정언! 그대와 나를 고려 최고의 시인이라고 부른
다 합니다. 그 시를 내게 주시면 내가 두 소절을 추가하려 하오. 고려
최고의 시가 될 것이니 어찌하시겠소? 가능하시겠소?"

지상은 순간 김부식의 의도를 읽었다. 김부식은 식사 전에 김부철
과 임완의 입을 빌려 했던 제안을 시를 핑계 삼아 다시 하고 있었다.
지상의 재주를 내어 자신이 공을 들이고 있는 새로운 세상을 만드는
데 참여하라는 의미였다. 또한 김부식 자신의 이름으로 그 시를 세상
에 내놓겠다니 그것은 곧 자신을 따르라는 의미도 내포하고 있었다.
지상의 등에서 땀줄기가 흘러내렸다. 술기운과 음식으로 훈훈하던
등은 싸늘한 냉기로 급속히 얼어붙고 있었다. 지상과 달리 김부식은
상황을 음미하고 있었다. 어떤 대답이든 아쉬울 게 없다는 표정이었
다. 김부식의 싸늘한 눈빛이 지상을 압박했다.

"어렵겠습니다. 남의 시를 차용하시겠다니 황망함을 금치 못하겠
습니다. 이미 제 입을 빌려 두 소절이 세상으로 나왔으니 공의 두 소절
이 더해지더라도 시를 접한 세상 사람들은 '정지상의 시'라고 할 것입
니다. 세상 사람들이 어사대부를 질타하고 폄하할까 두렵습니다. 청
을 거두어주십시오."

지상은 대답은 차분했다. 목소리는 겸손했다. 그러나 지상의 가슴
은 분노로 떨고 있었다. 정지상은 가빠진 호흡을 다듬느라 숨을 깊게
들이마셨다. 지상의 가슴이 들썩였다. 앞에 앉아 있던 김부식의 가슴
도 들썩이고 있었다. 무안함과 분노가 김부식의 가슴속에서 끓고 있

었다. 그러나 한참 동안 정지상을 바라보던 김부식은 목소리를 차분하게 가다듬었다. 조용했지만 싸늘한 목소리가 김부식의 입을 타고 흘러나왔다.

"좌정언! 현실을 직시하세요. 삼한 사람이라면 굳이 서책을 보지 않아도 어렴풋이나마 옛 조선의 일을 알고 있을 것입니다. 그러나 지나간 일은 지나간 일……. 현실을 인정해야 할 땐 인정해야 할 것입니다."

"현실이 어떠하길래 그러십니까?"

정지상이 김부식을 똑바로 바라보며 질문을 했다. 다른 사람을 시키지 말고 앞으로 나서라는 질문이었다. 은유로 감추지 말고 하고 싶은 말을 직접 하라는 질문이었다.

"옛 영광이 있었다고 오늘날 다시 그 영광을 재현할 수 있는 것이 아닙니다. 지금은 송을 중심으로 오랑캐인 여진의 금을 타도하여 질서를 확립한 뒤 예와 법이 살아 있는 나라를 만들어야 할 때입니다."

"저도 남들 못지않게 공맹의 예와 법을 공부했다 자부하는 사람입니다. 그러나 공맹의 예가 유일한 예이고 법이라고는 생각하질 않습니다. 백성이 평안한 길이 있으면 그걸 따르면 될 일이지 어찌 공맹의 예와 법만 언급하십니까? 어사대부와 제 사이엔 현실인식에 대한 차이만 있는 것이 아니지 않나 싶습니다."

정지상의 반론을 들은 김부식의 얼굴이 파랗게 변해갔다. 얼음이 곧 깨어질 듯 표정이 창백하게 굳어갔다. 딱딱한 입술을 겨우 열고 김부식이 가느다랗게 목소리를 냈다.

"그럼 또 무슨 차이가 있소이까?"

"바라보는 곳도 다른 것 같아 송구할 따름입니다."

김부식의 냉랭한 질문을 정지상 또한 싸늘하게 받아넘겼다.

"바라보는 곳이라……."

천천히 입을 연 김부식이 정지상을 싸늘하게 바라봤다.

"지난 선대왕 때 있었던 여진정벌을 생각해보시오. 북쪽에 대한 일은 뜻만 있다고 이루어질 간단한 꿈이 아닙니다. 서경인들이 열망만 한다고 실현이 가능한 것이 아닙니다. 여진을 정벌하고도 정치적으로 물러날 수밖에 없었던 윤관 원수의 예를 잊으셨소이까?"

질문을 던졌지만 정지상은 대답을 하지 않았다. 잠시 눈과 입을 닫고 정지상의 반응을 기다리며 침묵하던 김부식이 싸늘한 목소리로 계속했다.

"잘 알겠습니다. 그리하시지요. 잔치는 끝났으니 이제 돌아가실 시간입니다. 나가지 않겠습니다. 살펴 가십시오."

"식사 감사드립니다. 이만 물러가겠습니다."

간단한 인사말을 던져놓은 정지상이 자리에서 일어나 길을 잡았다. 어색한 침묵이 못내 참을 수 없었던지 김부식이 고개를 돌려버렸다. 멀어지는 지상의 뒷모습을 보고 있던 주변 사람들이 지상의 모습이 사라지자 김부식에게 눈길을 모았다.

"건방진 자입니다. 어사대부께서 재주를 아껴 돕고자 하신 청인데……."

"아직 경험이 없고 세상 물정을 잘 몰라서 그러는 게지요."

"그러게 말입니다. 이제 자기들이 의지할 곳이라곤 폐하밖에 없을 텐데……."

"그것도 모르는 일입니다. 폐하를 모르셔서 그러십니까? 아침과 저녁 생각이 좀 다르셔야지요. 아직 어리셔서 그런지 도대체 종잡을 수 없는 분이 폐하입니다."

“그렇습니다. 지금은 저들이 폐하를 등에 업고 있다고 생각하겠지만 그건 모르는 일입니다. 싸움은 지금부터 시작입니다.”

임원후가 나서며 입을 열었다. 인종을 설득할 자신이 있다는 표정을 짓고서였다.

“보셨지만 이제 저들과의 타협은 불가능할 것 같습니다. 정지상을 빼내는 일도 불가능하고…….”

김부식이 주변 사람들을 하나하나 둘러봤다. 결연한 의지를 품은 눈빛이었다.

“이제 우리도 준비를 해야 할 것 같습니다.”

대화궁의 신축

"뭐라 하셨습니까?"

김부식의 얼굴이 창백해졌다. 숨도 못 쉬겠는지 입술을 앙 다문 채 가슴만 들썩이고 문 앞에 서 있었다. 전달한 문공유도 뜻밖의 반응에 어쩔 줄을 몰라 하며 머리만 긁적이고 서 있었다. 좋지 않은 반응을 예상 못 한 것은 아니었으나 김부식의 반응은 상상을 초월하고 있었다.

"일단 들어오세요. 안에서 자초지종을 논의하십시오."

두 사람 가운데 선 김부철이 문공유를 다독이며 상황을 정리하려 애를 썼다.

"대화궁大花宮이라 하셨습니까?"

가까스로 자리에 앉은 김부식이 눈길을 방바닥에 놓은 채 힘없이 질문했다.

"예! 임원후 공으로부터 전해 들은 이야기입니다. 틀림없습니다. 묘청이 폐하께 건의해서 서경의 임원역林原驛에 궁궐 신축을 청했다 합니다."

“대화궁이라…….”

김부식은 일체 반응을 보이지 않은 채 묘청이 제안했다는 궁궐의 이름만을 입에서 되뇌고 있었다. 답답했는지 김부철이 기다리지 못하고 나섰다.

“형님! 대책을 세워야 하질 않겠습니까?”

“대화궁이라…….”

“형님!”

김부철이 형 김부식을 재촉했다. 급박하게 달려온 문공유·문공인 형제와는 다르게 김부식의 표정은 생각보다 차분했다.

“폐하를 뵙고 결정을 번복시켜야 합니다.”

자리에 앉지도 않은 채 문공유가 김부식을 내려다보며 목소리를 돋우었다. 달려와 숨이 찼는지 흥분으로 격해 있어서인지 숨을 헐떡이며 얼굴을 붉히고 서서였다.

“일단 앉으십시오. 그리 해결될 일이 아닌 것 같소이다.”

차분한 김부식의 표정이 좌중을 압도했다. 흥분하고는 있었지만 김부식의 차분한 무게감에 눌린 문공유 형제가 먼저 자리를 하자 김부철도 어기적거리며 자리를 잡았다.

“놀라고 분노하시는 것을 모르는 것은 아니나 임원후 공의 전언에 의하면 이미 폐하의 결정은 확고하신 것 같습니다.”

“폐하의 결정이 확고하다고 해서 가만히 계실 일이 아닙니다. 저들이 서경 근교인 임원역에 궁궐을 짓자고 하는 것은 다른 의도가 있어서 그러는 것입니다.”

“그렇습니다. 문공유 공의 말씀이 맞습니다. 아시질 않습니까? 서경은 개국 초 이래로 개경과 함께 고려의 수도로 간주되어온 곳입니

다. 개경의 궁궐이 모두 타버려 흔적도 없는 지금 새로운 궁궐을 개경
이 아닌 서경에 짓겠다고 하심은 왕도를 옮기겠다는 의도를 깔고 있
는 것입니다."

문공유가 김부식을 재촉하고 나서자 김부철이 거들고 나섰다. 평
소 김부식의 냉철함이 믿음직스러웠던 문공유였다. 나이도 어리고 직
급도 낮았지만 문공유가 김부식을 신뢰하는 이유 중의 하나였다.

"잘 알고 있습니다. 근데 그것뿐만이 아닌 것 같습니다."

쓸쓸한 미소를 짓고 있던 김부식이 희미한 미소를 지어 보이며 입
을 열었다.

"아니, 무슨 다른 일이라도?"

김부철이 조급하게 다시 나섰다. 흥분도 미소도 좀처럼 표정에서
나타내지 않는 김부식이었다. 그러나 지금 김부철이 본 김부식의 표
정은 기쁨도 아니요 절망도 아닌 것이었다. 김부철이 나선 것은 처음
본 묘한 김부식의 표정이 불길해서였다.

"당연합니다. 저들은 왕도를 서경으로 옮기는 천도까지도 고려해
서 그리한 것일 겁니다."

"무슨 다른 짚이는 것이 또 있으십니까?"

흥분되었던 가슴을 어느 정도 진정시킨 문공인이 차분하게 질문
을 하고 나섰다.

"대화궁이란 이름이 갖는 의미가 심상치 않아서입니다."

"대화궁이란 이름 말입니까?"

"예! 그렇습니다. 대화궁이라는……."

"나리! 손님께서 오셨습니다."

김부식의 말을 자르고 하인의 목소리가 방 안으로 들이닥쳤다. 대

책 수립에 골몰하고 있는 상황 속의 뜻밖의 손님이라 모든 사람들의 눈길이 밖을 향했다.

"누구시더냐?"

다소 신경질적인 김부식의 반응에 문을 열고 들어선 것은 뜻밖의 손님이었다. 앞장선 이는 낯익은 임완이었다. 방문 안으로 들이닥치는 빛다발을 뒤로 하고 들어선 또 다른 이도 낯이 익은 인물이었다. 모두의 눈길이 임완을 따라 들어오는 인물에게 쏠렸다. 인종 즉위 후엔 보문각대제를 지내고 지금은 나이를 고려해 기거사인起居舍人으로 물러나 있던 호종단이었다.

"아니 이게……."

김부식이 자리에서 일어나 예를 표했다. 문공유 형제도 자리를 비켜서선 가볍게 목을 끄덕여 예를 표했다. 귀화인이라 정치적 비중이 결정적인 것은 아니었으나 호종단은 예종의 총애를 받았던 신하였다. 또한 송과의 외교적인 문제나 송의 선진제도를 고려에 흡수하는 창구란 중요한 역할을 해왔던 노신이었다. 송에 몇 번 사신을 다녀왔던 김부식은 이리저리 호종단의 도움을 많이 받고 있었다. 아무런 말없이 김부식이 앉았던 자리에 앉은 호종단이 둘러앉은 인물들을 바라보며 희미한 미소를 지어 보였다.

"미안합니다. 사전에 연락도 없이 이리 불쑥 걸음을 해서……."

호종단은 덤덤하게 양해를 구했다. 그러나 여유 있는 표정이었다.

"지금쯤이면 폐하께서 하신 결정을 두고 논의를 하고 계실 것 같아서 조금이나마 논의에 도움이 될까 해서 늙은이가 주책을 부렸습니다."

"들으셨습니까?"

김부철이 대화궁 얘기를 언급하고 나섰다.

"임완 공에게 들었습니다. 이곳에 모여 있다 하길래 이리 걸음을 했습니다."

김부식은 호종단의 표정을 살폈다. 귀화한 송 출신 인사들끼리 정보망을 가동하고 있다는 확인되지 않은 소문을 듣고 있었다. 그러나 자신의 집에 모여 있다는 소식을 듣고 자신의 집을 찾은 것은 기대 이상의 빠른 대응이었다. 찜찜했으나 김부식은 괘념치 않기로 마음을 먹었다. 자신의 집을 찾은 것은 우군임을 의미했다. 혹 적군이더라도 지금은 힘을 합칠 때였다. 서경파들에게 밀린 개경파와 경주파는 반격을 준비해야 했다.

"잘 오셨습니다. 그렇지 않아도 우둔한 제가 풀지 못하고 궁금한 게 있던 참이었습니다. 그런데 이리 걸음을 해주시니 감사할 뿐입니다."

김부식이 진지한 표정을 지으며 자세를 바로 했다. 주변 사람들도 김부식의 분위기를 파악했는지 진지한 표정을 지으며 자리를 잡았다.

"고려 제일의 인재이신 김부식 공이 아니십니까? 늙은이에게 질문할 게 있으시다니 제겐 영광입니다."

"얼핏 예전에 서경에 갔을 때 서경인들이 하던 얘기가 생각나서입니다. 임원역 부근이 가히 일국을 경영할 지세地勢라 들었던 것 같습니다. 어떠십니까? 공께서 보시기엔?"

공맹의 경서에는 능했지만 풍수지리와 도참에는 약했던 김부식이었다. 경서 중에 특히 《주역》은 김부식이 가장 취약한 부분이었다.

"특히 저는 대화궁이란 이름이 석연치 않습니다."

눈을 감고 침묵하고 있는 호종단에게 김부식이 질문을 쏟아냈다. 주변 인사들은 눈을 돌려가며 호종단과 김부식을 바라보고 있었다.

"역시 김부식 공이십니다."

한참을 침묵하고 있던 호종단이 눈을 뜨고 김부식을 바라봤다.

"제가 이리 한 걸음에 공을 찾은 것은 대화궁을 신축하는 일에 큰 정치적 의미가 있어서입니다. 진작 미리 대응하지 않았다간 후에 감당 못 할 큰일이 닥칠 것입니다."

"말씀해주십시오. 풍수지리에 능하신 공이 아니십니까?"

"그래서 제가 찾아왔습니다."

자신의 방문을 정당화시킨 호종단은 눈을 껌벅이며 심각한 표정을 지어보였다.

"시간이 없습니다. 대대적으로 폐하께 반대 의견을 올려 대화궁 신축을 막아야 합니다. 막지 못하면 후일 큰 대가를 치러야 할 것입니다."

"무슨 말씀이십니까?"

보고 있던 문공유가 나섰다. 호종단의 설명을 듣고 더 심각한 표정을 짓는 김부식의 표정을 보니 불길한 느낌이 들어서였다.

"임원역은 고래로 일국의 개국을 감당할 지세를 갖고 있는 지역입니다. 그곳에 궁궐 신축을 허용했다간 필히 왕도를 옮기는 천도를 피하지 못할 것입니다."

"전해 들은 바로는 묘청이 폐하께 임원역에 궁궐을 지을 것을 청하며 그 자리가 바로 궁궐을 세우면 천하를 병합할 수 있는 길지라고 했다 합니다."

임완이 끼어들었다. 임완의 표정도 굳어 있긴 매한가지였다.

"천하를 병합한다고요?"

"저들이 표방한 궁궐의 이름이 그걸 말해주고 있습니다."

임완에 이어 호종단이 말을 잇고 나섰다.

"얼핏 지나치면 대화궁이란 이름이 그저 밝은 꽃의 기운을 상징하는 좋은 이름으로만 이해될 수 있습니다. 그러나……."

"어떤 의미가 있습니까? 대화궁이라는 이름엔?"

김부식이 질문을 하고 나섰다. 자신의 입안에서 감돌던 이름이었다.

"지난번 서경에서 묘청과 정지상 일파들과 폐하 앞에서 일대 설전을 벌였다고 들었습니다. 조선 고유의 풍류대도란 주제를 놓고서……."

"그랬습니다. 저들이 워낙 옛 사상을 과장하고 허황되게 부풀려서 설명하는지라 제가 나서서 폐하께 그 잘못됨을 지적한 적이 있습니다. 그런데 무슨 연관이라도?"

"연관이 있지요. 아주 깊게 말입니다."

"풍류대도와 대화궁 간에 연관이 있다는 말씀입니까?"

"바로 보셨습니다. 역시 김부식 공이십니다. 하하하!"

진지한 표정을 짓고 있던 호종단의 얼굴에 화색이 퍼져나갔다.

"공께서는 조선의 풍류대도를 주장하는 자들이 들먹이는 소도를 알고 계시지요? 다른 말로는 부도浮屠라고도 합니다."

"알고 있습니다. 저들이 받드는 태양신에 제사 지내는 신성한 곳이라고 들었습니다. 저희 유교식으로 하면 원구단과 비슷한 곳이라고 알고 있습니다."

"그렇습니다. 부도란 태양신을 숭배하고 하늘의 움직임을 읽어 지상에 하늘의 뜻을 펴는 곳입니다. 저들이 주장하는 하늘의 뜻을 받드는 신성한 성소인 것입니다."

호종단이 천천히 설명을 이어갔다.

"그런데 서경의 임원역에 대화궁을 짓는다는 것은 바로 저들이 풍류대도의 성지인 부도를 짓겠다는 것을 의미합니다. 그리한 후엔 그 부도를 황도로 삼아 천하를 지배하겠다는 것이지요."

"예? 고려 왕실의 궁궐을 짓는 것과 풍류대도의 부도와 무슨 연관이 있다는 말씀이십니까?"

김부철이 호종단의 설명을 듣고 있다 질문을 하고 나섰다. 그러나 곧 김부철은 입을 닫았다. 형인 김부식이 눈짓으로 입을 막고 나서였다.

"대화궁이란 이름이 바로 다름 아닌 태양의 기운을 받는 곳이란 뜻을 갖고 있는 이름이기 때문입니다. 화는 얼핏보면 꽃을 지칭하는 말 같지만 감추어진 뜻은 태양의 빛을 의미합니다. 묘청이 임원역에 대화궁을 짓자고 한 것은 바로 태양 빛을 받아들이는 화혈花穴에 저들의 성소인 태양신을 받드는 궁궐을 짓자는 것입니다. 즉 저들의 부도를 짓자는 것이 되는 것이지요. 대화신궁大花神宮은 곧 태양신궁太陽神宮을 의미합니다."

"고려의 말이 그렇지 않습니까? 한자인 화와 태양을 의미하는 고려 말 '해'가 같은 소리를 갖고 있습니다. 그래서 대화궁은 대해궁, 즉 태양신궁으로 읽어야 합니다."

임완이 호종단을 거들고 나섰다.

"그래서 저들은 대화궁을 세우고 왕궁을 그리로 옮기면 천하를 제패할 수 있다고 허황되게 주장하고 있는 것입니다. 태양신을 모시고 그 부도에 자신들이 믿고 받드는 하늘의 학문인 천문학, 지리학, 풍수학과 연금술에 능통한 사제들을 모셔와 받들면 천하의 모든 국가들이 복종한다는 것이지요. 좀 허황된 주장입니까?"

"그 허황되고 거짓됨에 입을 열지 못하겠습니다. 어찌 막아야 하겠습니까?”

김부식이 정색을 하고 호종단을 바라봤다. 풍류대도를 주장하고 나선 묘청을 어찌하든 막아야 할 절박감이 김부식을 자극하고 있었다. 어찌 되었건 왕도가 옮겨 간다는 것은 정치세력의 변동을 의미했다. 남경 경주에서 개경까지 왔건만 다시 서경으로 가야 한다면 그것은 경주 중심의 유학파에게는 정치적 죽음을 의미했다. 호종단의 입장에서도 대화궁은 천지개벽을 의미했다. 대화궁을 중심으로 천하를 통치하겠다는 생각은 송의 중화주의에 정면으로 대치되는 것이었기 때문이었다.

“이건 연개소문이 고구려로 쳐들어온 당 군을 패퇴시키고 당나라 군사들의 유골을 모아 위령탑을 쌓고 당과 정면으로 맞선 것과 같은 짓입니다. 정면으로 송과 대립하겠다는 것입니다.”

임완이 주변 인물들의 표정을 살피며 불쾌감을 표했다.

“일단은 강력하게 대화궁의 신축을 반대하십시오.”

호종단이 김부식을 비롯한 주변의 인물들을 눈을 응시하며 강력하게 종용하고 나섰다. 무언의 강요를 담고서였다.

“이들을 놓아두면 후에 땅을 치고 후회할 것입니다. 지금은 유학의 가르침을 기본으로 나라의 기강을 세우고 통치체제의 기틀을 다질 때입니다. 허황된 무리들이 혹세무민하여 천하의 질서를 뒤집는 것을 막아야 합니다. 어떤 수단을 써서라도!”

“또한……”

김부식이 말이 없자 호종단이 계속했다.

“대화궁의 신축을 막는 동시에 저들 사상의 뿌리를 공격해야 합니다.”

"무슨 말씀이신지요?"

문공인이 입을 열었다. 한참 듣고만 있던 문공인의 표정은 밝지 않았다.

"폐하께서 대화궁의 신축을 재가하셨다는 것은 저들의 주장을 어느 정도 신뢰하고 계시다는 것을 의미합니다. 그러니 저들의 허황된 주장을 그 뿌리부터 흔들어 없애버려야 하질 않겠습니까?"

"어찌하면 되겠습니까?"

김부철이 질문을 하고 나섰다. 질문을 하곤 입을 닫고 있는 문공인을 대신해서였다.

"김부식 공을 중심으로 한 경주 출신 유학파들이 나서서 저들의 주장이 거짓이고 허황됨을 밝혀야 합니다. 논리적으로 공격하고 비판을 해야 합니다. 근거도 없는 허황된 주장이 아닙니까?"

임완이 호종단을 대신해서 강력하게 주문을 하고 나섰다. 호종단은 말없이 듣고만 있었다. 귀화인인 호종단과 임완은 지금까지 가급적 예민한 문제에는 나서지 않고 있었다. 그렇지 않아도 고려 토종사상인 풍류대도와 중국에서 유입된 유학사상이 정면으로 충돌하고 있는 상황에서 드러내놓고 개입한다는 것은 민족적 감정을 유발시킬 수 있어서였다. 그러나 이제는 양보할 수 없는 싸움이 벌어지고 있었다.

"제 수하들로부터 들었습니다. 저들이 전국에 흩어져 있던 낭도들을 소집하고 있다고 합니다."

임완이 화제를 돌리고 나섰다.

"낭도들이라뇨?"

"선대왕 폐하 때 여진정벌에 나섰던 낭도들 말입니다. 윤관 원수가 정치적 숙청을 당한 후 뿔뿔이 흩어져 숨을 죽이고 있던 그들이 다시 움직이기 시작했다고 합니다. 윤관의 아들 윤언이가 중심이 되어 그들을 충동질하고 있다 합니다."

"윤언이가요?"

김부식의 목소리가 긴장감으로 팽팽하게 당겨졌다.

"아직 무엇을 도모하는지는 밝혀지지 않았으나 심상치가 않습니다. 정지상과 윤언이가 가까운 사이고 윤언이는 전국에 흩어져 있는 낭도들에게 영향력이 적지 않은 인물입니다. 이번 대화궁 신축 건도 그렇고……."

김부식의 눈살이 찌푸려졌다. 며칠 전 정지상을 회유하려다 실패한 기억이 생생하게 떠올랐다. 김부식은 윤언이와도 악연을 갖고 있었다. 악연의 시작은 예종의 숙부인 대각국사 의천의 비문을 둘러싼 사건이었다. 윤언이의 아비 윤관은 예종의 명을 받들어 대각국사 의천의 묘비에 비문을 찬술했다. 그런데 내용이 만족스럽지 못하다고 불평하는 의천 문도들의 청을 받은 예종의 명으로 김부식이 비문을 고쳐서 찬술하곤 윤관의 비문을 내려버렸다. 윤언이가 김부식에게 서운한 감정을 감추지 않게 된 사건의 내역이었다.

"일전에 몇몇이 무리를 지어 벽란도에 나타나 이것저것을 수소문하고 다니는 모습이 저희 애들에게 잡혔습니다. 서늘이 무엇을 획책하는지 알아야 합니다."

어두운 표정의 김부식에게 호종단이 쐐기를 박듯 다그쳤다.

"그리고 필요하시다면 송 조정에 연락을 넣어 도움을 받을 수 있습니다. 김부식 공의 청이라면 황제께서 필히 도움을 주실 것입니다. 저들 주장의 황당함이 송과 고려의 전통적인 우호관계를 해칠가 걱정됩니다."

정지상은 차마 손을 놓을 수가 없었다. 도망가려는 조휘의 두 손을 꼭 잡은 정지상은 못내 손을 놓지 못하고 하염없이 조휘의 얼굴만 바라보고 있었다. 지상의 얼굴엔 아쉬움이 짙게 깔려 있었다.

"하필이면 어찌 낭자가 그 일을 맡으셨습니까?"

"대사를 도모하는 데 남녀가 따로 있겠습니까? 다행이 아닙니까? 제가 할 일이 있어서 기쁠 뿐입니다."

"그래……. 언제 떠나십니까?"

"내일 아침이 밝는 대로 떠날까 합니다. 마침 열도로 가는 상선이 있다 하니 잘되었습니다."

척준경의 축출 후 정국의 핵으로 떠오른 묘청은 인종의 마음을 잡기 위해 여러 가지 건의를 올리는 등 분주하게 움직이고 있었다. 개경으로 온 것도 인종의 마음을 확고하게 잡기 위함이었다. 가까이서 모시는 것만큼 확실한 방법은 없었다. 왕을 대변하는 정치력의 크기는 왕과의 거리가 결정했다. 왕과 가까워지는 만큼 권력의 크기도 커져 갔다. 서경에 대화궁을 신축할 것을 건의해 인종의 결정을 받은 묘청은 서두르고 있었다. 김부식파가 끊임없이 위서 문제를 제기하고 있어서였다. 그러나 수서원에서 강탈된 서적을 찾는 일은 별반 진척이 없었다. 꼭꼭 숨어버린 검은 그림자는 꼬리를 어둠 속에 감추고 모습을 보이지 않고 있었다.

그런 급박함 속에 묘청이 제안한 것은 전국 각지로 낭도들을 보내 전국 방방곡곡에 숨겨져 있는 고래의 서적들을 찾는 일이었다. 그리고 노력은 거기서 끝나지 않았다. 묘청은 여진의 금국과 일본국에도 낭도들을 보내기로 결정했다. 역사적으로 같은 뿌리를 갖고 있는 금과 일본국에 보관되어 있을 역사서들을 구하기 위함이었다. 조휘는 일본국에 갈 것을 자청하고 나섰다. 그러고는 자신의 손을 꼭 잡고 있는 정지상의 손에서 손을 슬며시 빼냈다. 작은 조휘의 손이 빠져나가자 정지상의 두 손은 빈 공간이 된 채 텅 비어버렸다. 지상은 마음도 손 같아 헛기침을 해대곤 조휘를 바라봤다.

"차라리 어느 정도 익숙한 여진으로 가시는 것이 더 편하질 않으셨소? 하필이면 험한 바닷길 넘어 일본으로……."

조휘가 작은 미소를 지어보였다. 정지상이 무엇을 말하는지 잘 알고 있어서였다.

"아닙니다. 차라리 아무런 연고가 없는 곳이 편할 듯하여 그리 자원했습니다. 임무를 잘 수행하고 곧 돌아올 것이니 걱정 마십시오."

조휘가 지상을 다독거렸다. 부드러운 목소리는 조휘의 가슴처럼 평온했고 포근했다. 정지상은 과거에 급제하고도 조정의 부름을 받지 못하고 방황하고 있었다. 선대왕 예종은 급제한 정지상을 직접 불러 다과상을 베풀며 고려의 인재라 치하했다. 그러나 그것뿐이었다. 서경 출신들은 이래저래 견제를 받아야했다. 벼슬길에 올라도 서경 출신은 재상에 등용되지 않았다. 정지상은 출발부터 견제를 받아 서경에 머물며 개경의 부름을 기다려야 했다. 그런 지상의 마음을 채워준 것이 조휘였다. 개경의 왕은 지상을 찾지 않았지만 조휘는 지상과 매일을 함께했다. 서경성 밖의 강과 벌판을 지상은 달리고 또 달렸다. 잡을 듯 놓칠 듯 지상의 앞에서 명멸하는 정치적 꿈을 향해 지상은 달리고 또 달렸다.

정지상은 지쳐가고 있었다. 그래도 개경의 왕은 끝내 그를 부르지 않았다. 그는 정치적 꿈을 포기하고 조휘와 서경에서의 일생을 계획했다. 그러나 그 계획마저도 지상이 선택할 수 있는 꿈이 아니었다. 그 꿈을 막고 나선 사람들은 서경인들이었다. 서경인들은 조휘의 출신을 문제 삼고 나섰다. 조휘는 고려인 아비와 여진인 어미를 둔 고려인이었다. 서경인들이 조휘와 정지상의 결혼을 반대한 것은 배타적이어서가 아니라 정지상의 재주를 더 아꼈기 때문이었다. 여진 핏줄 여인과의 결혼 문제가 더해진다면 서경이 낳은 천재는 개경으로 가는 길을 포기해야 했기 때문이었다. 지상은 조휘를 포기하지 않았다. 부모를 설득했고 집안을 이해시켰다. 그럴수록 지상은 조휘의 품을 파고들었다. 점점 두 사람은 둘이 아닌 하나로 거듭나고 있었다. 지상은 대동강 물을 따라 흐르면서 조휘와 함께 세월 속에 파묻히길 원했다. 세상을 떠나 물처럼 흘러가며 시를 짓고 사랑을 노래했다. 서경의 들과 강은 세상이었고, 조휘는 그곳에 흐르는 꿀과 젖이었다. 지상은 행복한 만큼 개경을 외면하며 서경의 들과 산을 달렸다.

　서경인들과 정지상의 실랑이가 극에 달할 무렵 반전이 찾아왔다. 기다리고 기다리던 개경의 왕이 부름을 보내 정지상을 다시 찾은 것은 급제 후 서경에 돌아와 방황한 지 2년의 세월이 지나고서였다. 왕은 서경세력을 반대하는 신하들에게 둘러싸여 서경과 지상을 잊고 있었다. 그리고 그 가운데 호종단이 서 있었다. 당시 간관이었던 호종단은 예종의 명을 받고 신급제자들에게 합문에서 술과 음식을 제공했다. 정지상의 인물됨을 알아본 호종단은 예종의 기억에서 정지상을 지우기 위해 두터운 장막을 치고 또 쳤다. 그나마 정지상의 존재를 기억하게 한 것은 지상이 지은 시가 사람들의 입에 올라 온 고려에 널리 퍼지고서였다. 그제야 예종은 선발 담당 관청의 청을 받아 서경 진사 정지상을 왕경에 부르도록 허락했다.

한가운데 서서 어찌할 줄 모르는 정지상을 왕경으로 보낸 것은 서경인들이 아니었다. 또한 정지상의 자의도 아니었다. 조휘는 지상의 등을 밀었다. 예종의 부름이 서경에 도착하던 날 조휘는 자취를 감춰 버렸다. 아무도 조휘의 행방을 아는 이가 없었다. 바람이 말했다. 북쪽에서 불어오는 바람을 거슬러 북쪽 벌판으로 갔노라고. 대동강 물이 속삭였다. 흐르는 물을 따라 황해로 흘러갔노라고. 벌판의 풀들이 말했다. 휘몰아치는 길을 따라 백두산 속으로 사라졌노라고. 조휘를 찾던 한 달의 세월이 지난 후 지상은 말을 몰아 왕경, 개경으로 향해야 했다.

"다시는 그대를 놓치고 싶지가 않소. 꼭 가야 하겠소?"

빠져나간 손을 다시 부여잡고 정지상이 조휘를 바라봤다. 촉촉한 눈물이 붉은 볼을 타고 흘렀다.

"공이 떠나셨을 때 저를 잡아주고 가르침을 주신 분이 묘청대사이십니다. 지금 그 분이 저를 필요로 합니다. 또 그 일은 공을 돕는 길이기도 합니다."

"왜 하필이면 바닷길을 택해 일본으로 가시기로 했소?"

"차마 금으로 간다고 하지는 못 하겠디이다. 실패하면 다른 사람들이 다시 손가락질할 것 같아서…… 또다시 근거 없는 차별과 의심을 받지 않기 위해서 그랬습니다."

조휘가 손을 뿌리치지 않고 지상의 품을 파고들었다. 정작 따뜻함이 필요한 사람이었다. 지상이 조휘를 힘주어 안았다.

"그래 일본국에 가서는 어찌하려는 것입니까?"

한참 후 지상이 조휘의 눈을 바라보며 질문을 던졌다. 그녀의 안위가 궁금했고 걱정되어서였다. 바닷길도 문제지만 정작 일본 땅을 밟고 할 일이 가늠이 되지 않아서였다.

"본국 백제가 멸망한 후 백제인들의 명맥이 일본으로 개명한 열도 백제에 남아 있질 않습니까? 묘청대사께서는 그곳에 아직 많은 역사서가 남아 있을 것으로 생각하십니다."

조휘의 밝은 눈망울이 정지상을 찾고 있었다.

"얼마나 걸릴까요?"

지상이 조휘를 바라보며 흘러갈 세월을 한탄하고 있었다.

"글쎄요. 가봐야 하겠지요. 훌쩍 건너갔다 돌아올 길이라면 두 달이면 족하겠지만 주어진 소임이 있으니……."

"꼭 무사히 돌아오시오. 아시겠소?"

지상이 다짐하듯 조휘를 꼭 안으며 묻고 또 물었다.

"꼭 돌아와서 함께 서경으로 돌아갑시다. 서경이 왕성이 되는 날 서경 들판을 함께 달리고 대동강 물로 목을 축입시다. 기다리겠소. 낭자가 돌아오는 날까지 이곳 개경에서 낭자를 기다릴 것입니다. 아시겠소?"

지상은 으스러지도록 조휘를 꼭 안았다. 다시는 놓치지 않으리란 다짐과 함께였다. 출렁이는 촛불을 따라 두 남녀가 하나 되어 춤을 추기 시작했다. 방 안에 열기가 가득 찼다. 촛농마저 뜨거움을 이기지 못하고 녹아내리자 불은 사라지고 어둠이 두 사람을 감쌌다.

• • •

떠나는 조휘를 보내고 지상이 무거운 발길을 향한 것은 개경에 머물고 있는 묘청의 거처였다. 개경 밖 서쪽, 바다 쪽으로 무겁게 깔려 있는 아침 안개가 지상의 마음을 무겁게 누르고 있었다. 몸은 황궁 광화문 밖 동쪽, 남산리를 향하고 있었으나 마음은 벽란도를 향하고 있었다. 말도 지상의 마음을 아는지 낮게 깔린 안개 속에 다리를 숨기고 느릿하게 걸음을 옮겼다. 한 걸음 한 걸음이 천근만근의 무게였다. 묘청의 집에 이르자 이미 몇몇이 도달했는지 서너 마리의 말들이 숨을 돌리고 서 있었다. 주인을 따라온 시종들은 주먹밥을 꺼내 빈 배를 채우고 있었다.

"어서오시오. 정지상 공!"

방 안에 들어서자 몇몇이 고개를 들어 인사를 건넸다. 친하진 않았으나 몇 번의 만남으로 어색하지 않은 얼굴들이었다. 지상이 자리를 하자 곧 묘청이 입을 열었다. 그러고 보니 늦은 걸음으로 인해서 다른 사람들을 기다리게 한 꼴이었다.

"죄송합니다. 아침에 그만……."

"그래 조휘 낭자는 출발을 하시었소?"

지상의 말이 끝나기도 전에 묘청이 먼저 질문을 던졌다.

"좀 전에 벽란도로 출발하는 것을 보고 왔습니다."

"걱정하지 마십시오, 차라리 일본국으로 가는 것이 더 안전할 것입니다. 또한 허역 공이 날랜 낭도 몇을 붙여놓았습니다."

지상은 허역을 바라보고 고개를 끄덕였다. 허역도 인사를 받으며 고개를 숙여 예를 표했다. 고개를 들자 익숙한 얼굴들이 지상을 기다리고 있었다.

"폐하께서 서경에 대화궁을 신축할 것을 허락하셨습니다. 다행입니다. 이제 우리들 꿈의 첫 발이 시작된 것입니다."

묘청이 밝은 표정으로 주위를 둘러봤다. 정지상을 제외하곤 모두들 밝은 표정이었다.

"대화궁 신축 책임 감독을 내시 김안 공에게 명하셨습니다. 김안 공은 폐하의 측근 중의 측근이 아니십니까? 대화궁에 거시는 폐하의 관심이 크다는 증거입니다."

윤언이가 만족스런 표정으로 김안을 바라봤다. 김안은 이자겸을 몰아내려던 친위 정변에 실패한 후 유배되었다가 이자겸의 축출 후 다시 돌아와 인종의 곁을 지키고 있었다.

"최선을 다해 하루 빨리 대화궁을 완성하도록 하겠습니다."

"그래야 합니다. 그래야 하루 빨리 폐하를 서경으로 모실 수 있습니다. 이곳은 아무래도 저들의 근거지가 아닙니까? 서경이 왕도로 다시 태어나는 일이 이제는 공의 손에 달려 있소이다."

김안을 바라보는 묘청의 눈에 진솔한 부탁이 어려 있었다.

"그런데……."

설명을 듣고 있던 정지상의 표정이 긴장하는 빛으로 어두워졌다. 이를 눈치챈 윤언이가 미소를 지으며 입을 열었다.

"아! 문공인 공이십니다."

"어찌 문공인 공께서 이곳에?"

문공유의 형 문공인이 윤언이의 옆에 앉아 있었다. 인종 즉위 후 한안인파라는 이유만으로 이자겸에게 축출되어 유배를 살다 척준경이 축출된 뒤 복권된 유학자였다. 아우 문공유와 함께 열렬하게 김부식을 추종하는 인사였다. 그런 문공인으로서는 뜻밖의 장소에 뜻을 달리하는 사람들과 자리를 함께하고 있었다.

"의외시겠지요. 제가 이곳에 온 것이……."

문공인은 묘청의 표정을 살폈다. 묘청이 미소를 짓고 침묵하고 있
자 용기를 얻었는지 주변 사람들을 살피며 입을 열었다.

"얼마 전 김부식의 집에서 몇몇이 모임을 가졌습니다. 그 모임에는
임완과 호종단이 자리를 같이했었습니다."

"호종단까지요?"

임완은 오래전부터 김부식의 곁을 맴돌고 있었다. 그러나 임완과
가까운 호종단은 거리를 두고 있었기에 호종단의 등장은 의외의 사
건이었다. 더군다나 호종단의 수상쩍은 행보가 낭도들의 정보망에 걸
려든 지금 호종단의 움직임은 경계 대상 일급이었다. 그 모임 후 김부
식은 인종에게 대화궁의 신축 결정을 번복할 것을 강력하게 요청하고
있었다.

"저들이 움직이고 있습니다. 우선은 대화궁의 신축을 무산시키는
것이 일차적 목표입니다. 그러곤 묘청선사께서 폐하께 올린 풍류대도
의 기본원리를 공격하는 것이 그 두 번째 목표입니다."

"그것은 들어서 알고 있습니다. 김부식을 비롯한 경주를 중심으로
하는 유학파들이 매일 폐하께 몰려가 간언하고 있다고 합니다. 그런
데……."

설명을 하다 잠시 중단한 정지상이 문공인의 표정을 살폈다. 무엇
인가 감추어진 것을 끄집어내려는 듯 정지상의 눈빛이 날카롭게 빛
났다.

"왜 여기에 왔느냐는 것이겠지요?"

정지상의 눈빛을 받은 문공인이 먼저 입을 열었다. 충분히 예상한
반응이어서였다.

"아시다시피 저는 제 아우와 함께 김부식 공을 지지하던 사람입니

다. 의외라 생각하시는 것도 무리는 아니겠지요."

문공인이 여유 있게 주위를 살폈다. 모두의 눈이 자신의 입을 향하고 있었다.

"그런 제가 이곳에 온 것은 두 가지 이유 때문입니다."

아무도 입을 열지 않았다. 반짝이는 눈빛들만이 문공인을 주시하고 있었다.

"하나는 제가 유배생활 중에 백성들의 삶을 좀더 가까이 볼 기회가 있었습니다. 다행이라면 다행이었습니다. 글만 읽으며 세상을 안다라고 생각했는데……. 백성들의 삶을 가까이서 볼 수 있었던 좋은 기회였습니다."

침묵이 계속됐다.

"그때 느꼈습니다. 글로만 세상을 파악하는 것이 얼마나 허상일 수 있는 것인지를……. 학문도 중요하긴 하지요. 허나 백성들의 삶을 풍요롭게 하는 것은 글의 학문보다 자연을 이해하고 다스리는 이치를 배우는 학문이라는 것을 말입니다."

문공인이 자세를 바로 했다. 목소리는 차분했다. 나름 진심을 전하려 애쓰고 있었다.

"그런 회의를 하던 중 유배생활에서 풀려나 서경에서 묘청선사를 뵈었지요. 폐하께 올린 글에서 선사께서 밝히신 내용이 바로 제가 찾던 길이 아닐까 생각해봤습니다. 하늘의 움직임을 관찰해서 농사에 도움이 되게 하고 바람과 구름을 살펴 백성들의 삶을 보살피는 삶의 가르침 말입니다. 천문과 지리, 역술과 연금술 등이 다 그런 실사구시實事求是의 학문이 아니겠습니까? 그게 또 우리 조선의 오래된 전통적인 사상이라는 것에도 놀랐고요. 제가 보기에 유학은 글의 학문이요 관념의 학문인 반면에 풍류대도는 실사구시의 학문이요 자연을 배우고 가르치는 학문으로 보였습니다."

묘청이 옆에서 말없이 고개를 끄덕였다. 희미했지만 미소를 짓고 있었다. 문공인이 계속했다.

"그에 반해 유학은 실천이 없는 글의 학문이라고 느꼈습니다. 백성들의 실생활과는 거리가 있는 학문입니다. 지배계급의 지배 논리를 공고히 하기 위한 이념의 학문, 글을 위한 글의 학문이 아닙니까? 그들은 혹세무민한다고 하여 풍류대도를 학문이 아니라 공격하지만 학문이 따로 있습니까? 배움이 따로 있습니까? 자연을 살피고 활용할 길을 깨달아 백성들의 삶을 풍요롭게 하는 데 도움이 되면 그게 바른 학문이 아닙니까?"

"그것입니까?"

침묵 속에 정지상이 질문을 던졌다.

"아닙니다. 그것만이 아닙니다. 얼마 전 김부식의 거처에 호종단이 나타나서 한 말이 결정적으로 제 마음을 움직였습니다. 호종단은 은근히 송의 개입을 부추겼습니다. 유학을 중심으로 통치체제를 구축하고 황제국인 송을 중심으로 천하의 지배질서를 공고히 해야 한다고 실파하너이나."

문공인이 고개를 들고 정지상과 윤언이를 바라봤다. 무엇인가를 확인하려는 듯한 눈빛이었다. 또 다시 한참의 침묵이 흐른 후 문공인이 입을 열었다.

"아시다시피 고려가 황제국임을 대내외적으로 공표한 것이 태조 폐하 때와 광종 폐하 때입니다. 그 후론 송과 거란의 눈치를 보면서 황제국과 제후국 사이를 왔다 갔다 했던 것이 사실이고요. 그러나 황제국임을 포기했던 것은 밖으로의 외교적 마찰을 피하기 위함이었지 근본 생각까지 포기한 것은 아니었습니다.”

모두의 눈길이 문공인에게로 쏠렸다.

“그런데, 제가 함께했던 저들은 그런 근본 생각마저 버리고 있는 듯했습니다. 호종단과 함께 이야기를 나누던 김부식은 송 황제의 신하 같더이다.”

“그게 그들의 한계가 아니겠습니까? 당과 협력했던 전과가 있는 신라계이고 유학을 신봉하며 우리 전통사상들은 모두 미신이고 혹세무민하는 것이라 치부하는 자들입니다.”

허역이 감정이 격했는지 문공인의 말을 받았다.

“김부식이가 지난번 사신으로 송에 갔을 때 송의 황제 휘종으로부터 석학이라는 칭찬도 듣고 《자치통감》도 선물 받지 않았습니까? 아마도 그때부터 사상적으로 완전히 사대파가 되어버린 것 같습니다. 오죽하면 자신의 동생 김부의의 이름을 소동파의 동생 소철의 이름을 따라서 김부철이라 개명까지 했겠습니까?”

“어디 동생의 이름만입니까? 자신의 이름도 소동파의 본래 이름인 소식을 따라 김부식이라고 하질 않았습니까? 이자들은 그냥 놓아두면 정신까지 다 팔아먹을 인간들입니다.”

“송에는 형인 소식, 동생인 소철, 고려엔 형인 김부식, 동생인 김부철이 나란히 있으니 이자들이 어떤 생각을 할지는 뻔한 것 같습니다.”

정지상이 이름을 거명하고 나서자 허역이 다시 되풀이하며 역겹다는 표정을 지으며 이름을 순서대로 불렀다.

“김부식의 머릿속엔 오직 중국의 역사서인 《사기》와 《자치통감》만이 들어 있을 뿐일 겁니다. 조선의 역사, 고려의 역사는 그 아류쯤으로 가벼이 생각하고 있을 겁니다."

윤언이도 가세하고 나섰다. 한동안 듣기만 하고 있던 묘청이 침묵을 깨고 나섰다. 표정은 덤덤해 보였다. 그러나 약간의 불안감을 떨치지 못한 표정이었다.

"우리도 빨리 움직여야 할 것 같습니다. 아시겠지만 대화궁은 그냥 보통 궁이 아닙니다. 하늘의 뜻을 지상에 펼 태양신을 받드는 신궁입니다. 조선의 뜻을 이어받은 고려가 세상에 올바른 길을 펼쳐 보이며 온 세상을 통치할 통치의 중심이 될 곳입니다."

묘청의 설명이 빨라지기 시작했다.

"이제 별반 다른 길이 없는 듯합니다."

마음을 다진 듯 묘청이 하나하나 얼굴을 바라봤다.

"김안 공께서는 다소 무리가 있더라도 대화궁의 신축을 가급적 빨리 진행해주셔야 할 것 같습니다."

"알겠습니다. 최선을 다하겠습니다."

"그리고 허역 공! 달리 방도가 없어 보입니다."

"무슨 말씀이신지……."

"직접적인 증거는 없다 하나 저들이 수서원의 서적들을 강탈해 간 것이 분명하실 않습니까? 고려인들 중 누가 감히 그런 패악을 서시르겠습니까? 찾아야 하겠지요? 어떤 수단과 방법을 쓰더라도 말입니다."

한참을 망설이던 허역이 윤언이를 한번 바라보곤 입을 열었다.

"알겠습니다. 방법을 강구해보겠습니다."

"명심하십시오. 모든 일의 성패가 바로 서책들에 있습니다."

묘청이 굳은 표정으로 다짐에 다짐을 하고 나섰다.

"서책이라니……. 무슨 서책들을 말씀하시는 건지요?"

문공인이 호기심 어린 표정으로 질문을 하고 나섰다.

"지난번 서경의 수서원에서 관원을 사칭해 서책들을 강탈해 간 자들이 있습니다. 주로 우리 역사를 기록한 서책들입니다."

"그런 일이 있었습니까?"

"아! 문공인 공은 저들과 가깝지 않았습니까? 혹 은밀하게 알아봐주실 수 있겠습니까? 혹여 저들이 그 서책들을 보관하고 있는지를?"

윤언이가 간절한 눈빛으로 문공인을 바라봤다.

"글쎄요, 도움이 될지 모르겠으나 한번 알아보겠습니다."

"도와주신다면 큰 도움이 될 것입니다. 부탁드립니다."

"한 가지가 더 있습니다."

묘청이 깊은 숨을 쉬고는 다시 입을 열었다. 묘청의 시선은 윤언이에게서 움직이질 않았다. 무엇인가를 부탁하려면 부탁하려는 당사자를 제법 오랫동안 바라보는 것이 묘청의 습관이었다. 감을 잡은 윤언이가 눈으로 묻고 있었다.

"호종단 이자를 그냥 놓아두어선 안 되겠습니다. 악성 종기 같은 자가 아닙니까?"

묘청의 말을 듣고 한참을 침묵하는 윤언이를 대신해 허역이 입을 열었다.

"종기는 도려내야 하질 않겠습니까? 다만 조정에 적을 두고 있는 분들이 나설 일은 아닌 듯싶습니다. 제게 맡겨주십시오. 낭도들과 상의해서 처리하도록 하겠습니다."

칭제건원의 대의

“수고하시었소!”

인종이 김안을 치하하고 나섰다. 종래 보기 드문 쾌활한 목소리였다.

“신이 수고랄 것까지는 없사옵니다. 백성들이 노고를 마다하지 않았고 하늘이 도왔을 뿐입니다. 이제 새 궁궐에 드셨으니 고려의 영광을 위한 폐하의 웅지를 새롭게 펴시옵소서.”

“그리하리다. 고맙소!”

왕은 나이가 어렸고 거듭되는 정변으로 지쳐 있었다. 혈육의 피가 어의御衣에 달라붙어 비린내를 지우실 않았고, 어미를 잃고 우는 어린 딸의 뜨거운 눈물은 인종의 가슴을 후벼 팠다. 또한 따르던 신하들은 자신을 핍박하던 정적들에 의해서 눈앞에서 사지가 잘려나가고 육신이 찢어졌다. 그러나 기억의 고통은 지나간 과거였다. 무엇보다도 최대의 문제는 어떤 것을 택해야 할지 망설이고 고민만 하고 있던 인종 자신이었다. 대화궁 신축을 명하고 4개월 만에 완공된 대화궐大花闕로 들어온 오늘, 인종의 가슴은 뭔가 탁 트인 듯 시원하고 상쾌했다. 찬성과 반대가 비등하는 상황이었다. 특히 개경파들은 대화궁의 신축을 거세게 반대했다. 그러나 대화궁은 인종에겐 특별한 궁궐이었다. 묘청이 말한 대화세의 명당자리에 자리 잡은 궁궐이란 사실도 중요했지만 무엇보다도 인종 자신에겐 논란 속에서도 자신이 결정을 내려 건축한 첫 작품이었다는 점이었다.

"묘청선사께서도 수고하시었소!"

인종이 옆에 서 있는 묘청을 바라보곤 치하하고 나섰다. 누구보다도 기쁨을 감추지 못하고 있는 묘청이었다.

"폐하! 감축드리옵니다. 새로운 땅에 새로운 왕업을 펼치셔서 강성한 고려를 만드시옵소서."

"물론 그래야지요. 그렇고말고요."

"이곳 임원역은 옛 고구려의 왕성 안학궁安鶴宮이 있던 자리옵니다. 바로 그곳에 다시 왕성을 여시니 이는 고려가 고구려의 맥을 잇고 뜻을 이은 나라임을 말하는 것입니다. 부디 고구려의 옛 광영을 다시 찾으시옵소서."

안학궁은 고구려의 장수왕이 고구려의 수도를 국내성國內城에서 평양 인근으로 천도할 때 지은 왕성이었다. 그 후 고구려 평원왕이 평양의 중심부에 장안성長安城을 짓기 전 130년 동안 고구려의 왕성 역할을 했다. 평양의 진산인 금수산이 펼쳐진 주봉 모란봉 인근 남쪽에 자리 잡은 안학궁은 북으로는 금수산을 주산으로 북동쪽에는 대성산을 좌청룡으로 남쪽으로는 서경의 넓은 들판을 끼고 앉은 천혜의 명당이었다.

"묘청선사의 의견을 경청하겠소. 부디 부국강병을 위한 묘책을 제시해주시오."

인종이 배석해 있는 문무백관들을 바라보며 훈훈한 미소를 지어 보였다. 대화궁의 완공 기념식을 벌이고 있는 건룡전乾龍殿은 신하들과 서경의 핵심 인사들로 발 놓을 틈이 없었다. 좌측으로는 개경에서 인종과 함께 온 신하들이, 그리고 우측에는 서경분사관을 비롯한 서경 유지들이 자리를 함께하고 대화궁의 신축을 축하했다. 건룡전은 축하 연회로 분주했다.

"폐하! 오늘같이 상서로운 날 신이 한 가지 제청을 드릴 일이 있사옵니다."

묘청이 한 걸음 앞으로 나서며 인종의 주목을 끌었다. 많은 이들이 기대 섞인 표정으로 묘청의 등장을 바라봤다. 그러나 한편에서 술잔을 기울이고 있던 김부식의 표정은 이내 붉어지기 시작했다. 그렇지 않아도 대화궁의 완공으로 서경으로 행차한 인종의 결정이 마음을 불편하게 하고 있던 참이었다. 김부식도 잔을 내려놓고 귀를 곤두세웠다.

"오늘 옛 고구려의 왕성에 대화궁을 다시 신축하였습니다. 이는 고려가 명실상부한 고구려의 계승자요 고구려의 기상을 표방할 적자임을 의미하는 것입니다."

묘청의 청원이 시작됐다. 김부식은 못내 속이 메슥거렸다. 맘도 편치 않은데 조금 마신 술도 문제였지만 무엇보다도 고구려를 꺼내 드는 묘청이 못내 거북해서였다. 김부식은 목을 타고 역류하는 쓴맛을 애써 억누르며 눈을 감았다.

"오늘 대화궁의 완공을 기점으로 해 고려가 황제국의 나라임을 천하에 공표(稱帝)하시옵소서. 태조와 광종대 이후로 끊겨 있던 연호를 지으시어(建元) 고려가 천하의 중심 국가임을 만방에 고하소서."

"불가합니다!"

묘청의 말이 끝나기도 전에 김부식이 막고 나섰다. 역류한 술기운 때문인지 김부식의 얼굴 표정은 찌푸려져 있었다. 옆에 있는 사람들이 보기에도 민망한 표정이었다. 왕 앞에서 그런 표정을 짓는다는 것 자체가 불충이요 불손이었다.

"궁궐을 짓는 일은 내정內政만으로 감당할 일이기에 불가피하게 진행한 것입니다. 그러나 칭제건원하는 일은 대내외적인 상황을 살펴야 합니다. 폐하께서는 요망한 자의 요설에 현혹되지 마시고 안팎으로 나라 일을 균형 있게 살피시옵소서."

"김부식의 말이 합당하옵니다."

김부식만이 아니었다. 김부식의 말이 끝나자마자 수많은 신하들이 한 목소리로 칭제건원을 반대하고 나섰다. 그렇지 않아도 서경파의 독주에 불만을 품고 있었던 사람들이 많았다. 마침 자신들이 보기에는 호재가 터진 것이었다. 말이 쉬워 칭제건원이지 칭제건원은 고려 그 어느 왕도 쉽게 언급하지 못하는 중대차한 화제였다. 묘청이 이를 들고 나오자 싸워볼 만하다는 판단이 섰는지 많은 신하들이 김부식을 지지하고 나섰다.

"누가 요망한 자라는 것이오?"

시끄러운 분위기를 뚫고 정지상이 나섰다. 일순 침묵이 흘렀다.

"나라의 기강을 새롭게 하고 천하에 으뜸인 국가임을 선포하자는 것이 어찌 요망한 요설이란 말씀입니까?"

어수선한 분위기만큼 정지상의 목소리도 날을 세우고 있었다. 상황이 상황인 만큼 물러설 수 없는 싸움이 시작되고 있었다.

"달리 요망하다는 것입니까?"

김부식이 목소리에 날을 세우며 정지상을 바라봤다.

"현실을 무시하고 허장성세를 부려 나라를 망하게 하거나 곤경에 처하게 하면 그게 요망한 것이지 달리 또 무엇이 그보다 더 요망하다고 할 수 있습니까?"

"어찌 칭제건원이 나라를 곤경에 처하게 한다고 하십니까?"

김부식과 정지상이 목소리를 돋우며 설전을 시작했다. 팽팽한 긴장감이 건룡전을 내리 눌렀다. 양편의 가운에 자리하고 있던 인종은 눈살을 찌푸렸다. 술잔을 들어 몇 순배를 거듭 들이킨 인종은 눈을 감아버렸다. 나름 새 궁궐의 신축을 축하하고 즐기고 싶은 자리였는데 으레 또 설전이 시작된 것이었다. 인종이 눈을 뜨더니 상기된 목소리로 입을 열었다.

"좋소이다. 일이 이렇게 된 바에 한번 해보십시다. 그렇지 않아도 사사건건 논쟁을 하던 두 분이 아니시었소? 내 오늘은 그 주장을 끝까지 들어보리다."

평소와 다른 반응이었다. 신하들 간에 설전이 시작되면 으레 외면하며 눈을 감고 앉아만 있던 인종이었다. 해보라며 멍석을 까는 일은 인종의 즉위 이래 처음이었다. 순간 당황하고 있는 정지상과 달리 김부식이 불을 붙였다.

"남으로 물러났다고는 하나 대륙엔 아직 송이 있고 북으로는 새로 일어난 여진의 금이 강성하여 그 기세를 날로 뻗고 있는 상황입니다. 하필 이럴 때 칭제건원해서 그들을 자극하는 것은 화를 불러들임입니다. 폭풍우가 거세면 이를 피하는 게 상수인데 이럴 때 굳이 배를 띄우자는 것은 그 배를 억지로라도 난파시키고자 하는 생각이 아니시오?"

"그렇습니다. 여진은 이미 천하의 강국입니다. 거란의 요를 멸했으며 송을 남으로 압박해 몰아냈습니다. 그런 여진의 요청을 받아들여 여진의 금을 사대하기로 결정한 것이 몇 해 전인데 지금 또다시 칭제건원을 언급하는 것은 화를 부를까 심히 걱정되옵니다."

이중이 김부식을 지지하고 나섰다.

"한번 들어나 봅시다. 미친 자가 아니라면 그리 주장하는 데 무슨 근거가 있을 것이 아니겠소?"

인종이 갑자기 설전 속으로 치고 들어왔다. 놀란 김부식과 이중은 인종의 표정을 살폈다. 즉위 이래 그리 강하게 신하들의 말을 자르고 나선 예가 없어서였다. 김부식과 이중이 물러나자 묘청이 앞으로 나섰다.

"오해가 있으셔서 그렇습니다."

묘청이 조용한 목소리로 좌중을 둘러보며 입을 열었다. 모두의 시선이 묘청에게로 향했다.

"그 하나는 우리가 바라보는 우리 자신들에 대한 오해이며, 그 둘은 제가 말씀드리는 칭제건원의 참뜻에 대한 오해입니다."

"자신들에 대한 오해라니……. 그 무슨 의미요?"

인종이 호기심 어린 표정을 지으며 묘청을 바라봤다.

"고려를 바라보는 우리 자신들의 잘못된 생각을 의미합니다."

"도대체 무엇이 잘못된 것인지 궁금하오. 선사는 어서 설명을 내어놓으시오."

인종이 재촉하고 나섰다. 김부식은 아직도 붉어진 얼굴 표정을 숨기지 않고 가슴을 들썩이고 있었다. 뭔가 조금이라도 잘못된 설명이 나오면 곧 통박하고 나설 기세였다.

"여진의 금이 고려를 압박하고는 있으나 외교적인 압박에 국한되고 있는 이유는 내심으로 고려를 두려워하고 있기 때문입니다. 그들의 요구를 거절하더라도 금은 쉽게 고려를 공격하지 못할 것입니다."

"그 무슨 소리입니까? 송을 공격해 수도 개봉을 함락시키고 남으로 밀어낸 금입니다. 오늘의 남송이 그냥 생겨났습니까?"

듣고 있던 임완이 나섰다.

"그건 그렇지요. 그런데 송은 지금은 금에게 망해버린 거란의 요에게도 항복한 전례가 있습니다. 이는 송이 약해서 그런 것입니다."

통박하고 나서던 기세와는 다르게 임완의 얼굴 표정이 일그러졌다. 송의 문치주의文治主義가 가져온 군사력의 약화가 초래한 송의 비극이었다.

"그러나 고려는 다릅니다. 거란이 수차례 침략했으나 한 뼘의 땅도 얻지 못하였습니다. 또한 여진이 금을 건국하기 전에 그들의 근거지를 공격해 여진을 정벌했던 것도 고려입니다. 거란의 요와 여진의 금이 외교적으로는 고려를 압박하고는 있으나 진작 싸움을 걸어오지 못하는 이유는 바로 고려가 강성한 국력을 갖고 있기 때문입니다."

처음과는 다르게 신하들이 침묵하고 묘청의 입을 주시했다.

"생각해보십시오. 여진의 금이 송을 압박하고는 있다 하나 천하는 지금 대륙의 남송과 여진의 금과 고려가 삼분하고 있는 형국입니다. 남송의 문화와 경제는 성하나 문치주의에 빠져 군사력이 약하고 여진의 금은 군사력으로는 강성하나 문화적·경제적으로는 아직 허약할 뿐입니다. 이제 고려를 보십시오."

묘청이 좌중을 둘러보며 열변을 토했다. 차분하던 목소리가 높아지기 시작했다.

"문화적으로 보거나 군사적으로 보거나 고려는 강국입니다. 문제는 그것을 있는 그대로 보지 못하는 우리 자신이 문제인 것입니다. 거란의 침공 당시 대동강 이북을 넘겨주자고 주장했던 그런 나약한 인식이 있어서는 안 됩니다. 우리는 거란의 침공을 격퇴한 강국입니다."

김부식을 비롯한 유학파 신하들의 얼굴빛이 어두워졌다. 그들이 따르고 있는 선배들의 잘못으로부터 자유롭지 않아서였다.

국풍파와 화풍파의 대립이 본격적으로 시작된 것은 고려 성종 때였다. 대립이 표출된 것은 거란의 제1차 침략 때였다. 성종이 유학자 최승로崔承老 등 경주세력의 후원으로 왕위에 앉자 유교 중심의 정책이 힘을 받기 시작했다. 황제국의 3성 6부 체제를 유지하긴 했으나 고려왕의 명령을 황제의 명령인 조詔에서 왕이나 제후의 명령인 교敎로 바꾸는 등 중국을 사대하는 체제가 자리를 잡아갔다. 성종과 최승로의 지나친 중국화 정책, 유교화 정책은 고려의 기강을 유약하게 만들었다. 이때 거란이 침략해 들어오자 대부분의 신하들이 들고 나왔던 것이 서경 이북 땅을 거란에 양도하여 평화를 사자는 것이었다. 이지백李知白과 서희徐熙의 강력한 반대가 없었다면 유학파 신하들은 돈을 주고 평화를 산 송을 따랐을 것이었다.

"여진 또한 내심으로는 우리 고려를 두려워합니다. 저들을 오랫동안 지배했고 저들이 고려의 국경 안쪽에 돌 하나 기왓장 하나 던지지 않겠다며 맹서하고 9성을 찾아간 것이 바로 엊그제의 일이옵니다. 이를 명심하셔야 합니다. 우리는 나약하게 만드는 것은 바로 나약한 우리들의 정신입니다."

주위가 조용해지자 인종이 다시 물었다.

"그럼 두 번째 오해가 있다는 것은 무엇이오?"

"여진의 금을 정벌하자고 하는 의미는 그것이 반드시 군사적인 정복만을 의미하지 않음에 주목하여야 합니다."

"아니 타국을 점령하는 데 군사를 동원하는 군사적인 방법이 아니라 하면 달리 다른 방도라도 있소이까?"

인종의 표정이 상기되어 붉어졌다. 다른 신하들도 마찬가지였다. 순간 묘청이 임완을 바라봤다. 두 사람의 눈빛이 부딪쳐 강하게 불꽃을 튀겼다.

"여진의 금이 강국이 되었다고는 하나 오래전부터 금은 고려의 군사적 힘을 두려워하고 있습니다. 그들은 그들의 머리 깊숙이 박혀 있는 과거로부터 결코 자유롭지 못할 것입니다. 더군다나 금은 문화적으로 고려에 한참 미치지 못합니다. 그들은 고려의 군사적 잠재력을 두려워하고 고려의 문화적 힘에 두려움을 느끼고 있습니다. 이런 상황에서도 고려가 금국을 평정하지 못한다고 주장하는 것은 자신의 힘을 믿지 않기 때문이며 자신의 힘을 과소평가해서입니다. 폐하! 거란 침공 때 있었던 망령된 패배주의에서 반드시 벗어나시옵소서!"

임완의 표정이 일그러졌다. 송의 문화적 힘, 거란의 군사적 힘을 고려가 다 갖고 있다는 주장이었다. 그리고 드러내놓고 주장하지는 않았지만 묘청은 송이 고려에게 은언 중에 투사하고 있는 문화적 점령을 강하게 경계하고 있었다.

"말뜻은 이해 안 되는 것이 아니나 실현성이 없는 주장이옵니다."

김부식이 다시 입을 열고 나섰다. 본인이 보기엔 방도도 없는 이상적인 주장에 불과해서였다.

"그렇지 않사옵니다. 폐하!"

묘청이 미소를 지어 보이며 여유롭게 김부식을 통박하고 나섰다.

"지난번 강독했던 '풍류대도'가 말하는 옛 조선의 사례는 다시 한 번 더 살펴보고 현실에 적용할 가치가 있습니다."

"그 무슨 말이오?"

혹독했던 풍류대도를 둘러싼 논쟁을 기억하며 인종이 질문을 했다. 자칫 잘못하면 논쟁이 다시 타오를 수 있어서였다.

"고대 조선은 제정일치의 사회였다고 우리의 옛 역사가 말하고 있습니다. 조선의 통치자 단군왕검이란 이름이 이를 말해줍니다. 단군이란 하늘에 제사 지내는 사제의 우두머리를 의미합니다. 또한 왕검王儉이란 지상의 정치적 제왕임을 의미합니다. 이는 고대 단군왕검의 조선이 단군과 왕검이 하나였던, 즉 정치와 종교가 하나였던 국가사회를 의미합니다. 천하가 혼란해지자 군사적 힘을 바탕으로 한 제후의 통치력만이 주목을 받게 된 것이 오늘의 천하이옵니다. 이런 혼돈의 시대에 문화적인 힘을 바탕으로 하늘에 제사 지내는 전통을 다시 바로 세우십시오. 세상을 다스리는 데는 무력만이 필요한 것이 아닙니다. 옛 종교적 전통을 다시 세우시어 지상의 왕이 갖고 있는 통치력과 합한다면 그것이 바로 단군왕검을 이 땅에 다시 재현하는 것이 될 것입니다."

"고려가 바로 그 둘을 합칠 나라라는 의미요?"

"그렇습니다. 폐하! 폐하께서 대화궁을 중심으로 하늘에 제사 지내는 풍속을 일으키시고 옛 통치체제를 복원하신다면 지상의 왕검들이 단군이자 왕검이신 고려의 단군왕검 폐하께 무릎을 꿇을 것이옵니다."

"실현성이 없사옵니다. 요망한 가설입니다. 속지 마시옵소서!"

김부식과 임완, 그리고 이중이 앞으로 나서며 강력하게 읍소했다.

그러나 묘청은 물러서지 않았다.

"실례가 있사옵니다."

"말도 안 되는 이야기입니다. 동서고금을 막론하고 그런 예는 없사옵니다. 현혹되시어 고려를 혼란에 빠지게 하지 마시옵소서."

"실례가 있사옵니다. 거란의 요와 여진의 금이 송을 점령했음에도 송을 황제국으로 인정하고 있는 것은 무슨 연유 때문입니까? 그것은 송이 천자국임을 자부하고 있어서입니다. 이제 대화궁에 그런 전통을 다시 세우셔서 바로 그 천자국이 중국의 송이 아니라 고려임을 천하에 알리십시오."

거란과 화친을 맺은 송은 자신을 형으로, 요를 동생으로 삼았다. 그러나 송은 매년 거란에게 비단 20만 필과 은 10만 냥을 바쳐야했다. 송은 서하에게도 그랬고 여진의 금에게도 돈을 주고 영토를 할양했다.

"김부식 공께서 동서고금을 말씀하시니 바다 건너 색목인들의 예도 들어드려야 하겠습니다."

묘청이 색목인을 언급하고 나서자 인종과 김부식의 눈이 휘둥그레졌다. 인종이 묘청을 재촉했다. 색목인들의 이야기는 언제 들어도 흥미로웠다.

"벽란도를 들락거리는 상인들에게 들은 이야기입니다. 제가 듣기로는 색목인들의 더 서쪽에서도 이와 같은 일들이 벌어지고 있다 합니다."

"그 무슨 이야기요? 선사께서 말씀하시는 그런 지배체제가 실제로 바다 건너 먼 저 서쪽에도 있다는 말씀이시오?"

"그렇습니다, 폐하! 신이 듣기로는 색목인들의 서쪽에 있는 지상의 나라들을 다스리는 제후들이 자신들의 통치권을 인정받기 위하여 교황敎皇이란 자에게 머리를 숙이고 정통성을 인정받기를 청한다고 들었습니다."

"교황이 어떤 존재이오?"

"교황이란 자는 종교적 우두머리로 알려져 있습니다. 강력한 군사력은 없으나 하늘의 뜻을 대신하여 지상에 그 뜻을 펴는 자라고 들었습니다. 그러므로 지상의 왕인 제후들이 군사력으로 지배력을 잡고 국가를 건설하더라도 그 정통성을 인정받기 위해서는 반드시 교황이란 자에게 청원을 해야 한다고 들었습니다. 이는 바로 지상의 권력이 하늘에서 나왔음을 의미합니다."

"그렇습니까?"

인종의 안색이 밝아지기 시작했다. 그런 사례가 있다면 가능하다는 것을 의미했다.

"폐하! 사실 그런 통치체제를 증명하기 위해서 멀리 갈 필요도 없습니다. 우리의 역사를 기록해놓은 우리의 사서들은 바로 그런 체제가 옛 조선의 통치체제였음을 증명하고 있습니다. 그러니 대화궁을 중심으로 새로운 정치를 펴시면 금국과 남송뿐 아니라 천하의 모든 국가들이 폐하의 통치에 무릎을 꿇을 것입니다."

인종이 고개를 끄덕였다. 논쟁이 시작된 처음보다 표정이 훨씬 밝아져 있었다. 인종이 고개를 끄덕이며 차 한 모금을 넘길 때 김부식이 다시 나섰다.

"폐하! 묘청이 주장하는 것은 지난번 말씀드린 바와 같이 근거가 없는 것이옵니다. 폐하께서 시간을 주셨는데도 저들은 근거가 될 서책들을 대령하지 못하고 있습니다. 증거가 없는데 어찌 믿으시겠습니까?"

인종이 차를 마시다 말고 찻잔을 내려놓았다. 나름 만족하고 기대하고 있었는데 또다시 증명이란 문제를 김부식이 제기하고 나선 것이었다. 인종의 표정이 싸늘하게 굳어졌다.

"허! 참! 아직 그 문제가 남아 있었습니다."

들고 있던 찻잔을 내려놓은 인종은 아무런 말도 없이 일어서선 내전으로 몸을 감췄다. 논쟁으로 들떴던 건룡전이 싸늘하게 식어갔다.

• • •

허역은 출렁이는 파도로 인해 속이 메슥거렸다. 산과 들길에는 익숙했으나 바닷길은 영 젬병이었다. 뒤집어진 속이 가라앉질 않고 뒤틀림을 계속했다. 하염없이 바닷물에 토사물을 쏟아냈다. 눈이 감겨져 앞도 분간 못할 즈음 한 사내가 다가오며 반갑게 말을 건넸다.

"이제 다 왔습니다. 정신 좀 차리십시오."

해안선을 따라 육지가 희미하게 모습을 드러냈다. 탐라도였다. 벽란도를 떠난 지 이틀 만에 밟는 땅이었다. 주시하고 있던 낭도들에게 호종단의 움직임이 잡힌 것은 인종이 신하들을 이끌고 대화궁의 완공을 축하하러 서경으로 떠난 직후였다.

정지상이 떠난 집에서 은밀히 묵고 있던 허역은 낭도들과 함께 호종단을 추적했다. 개경 서쪽 선의문을 빠져나간 호종단은 중간에 국청사에 들려 하루를 머문 후 곧장 예성강 하구의 벽란도로 향했다. 호종단은 벽란정으로 들어간 후 움직임 없이 3일을 소일했다. 3일 후 벽란정에서 나온 호종단은 건장한 사내 네 명과 함께 배에 몸을 실었다. 허역도 급히 배를 수소문해 호종단을 뒤쫓았으나 바닷길을 쫓는

것은 육지와는 또 달랐다. 거리를 유지해야 했고 바람과 바닷물은 쉽
게 뜻대로 뱃길을 내어주지 않았다. 최종적으로 호종단의 목적지가
탐라라는 것을 확인한 허역은 거리를 유지하며 한 나절을 늦게 탐라
에 도착했다. 선착장에는 탐라에 있던 낭도가 나와 허역을 마중했다.

"그래 호종단의 뒤는 잡고 있는가?"

"예! 어제 오후에 당도한 호종단은 행기물이란 곳으로 갔습니다."

"행기물? 그게 어딘가?"

"탐라의 북쪽에 위치한 마을 이름입니다. 그곳 샘물이 맑고 좋다
하여 행기물이란 이름을 갖고 있습니다."

"호종단이 그곳으로 가는 연유라도 있는가?"

"지난번 그 자가 탐라를 방문했을 때 탐라 여러 곳의 수혈을 막았
었습니다. 그런데 행기물 지대가 아직도 물이 흘러넘친다 하니 아마
도 그때 행기물의 수혈을 막지 못했던 것 같습니다. 다시 와서 막으려
는 심사가 아니겠습니까?"

"참으로 지독한 놈일세……."

한편으로는 바닷길에 놓아버린 정신을 부르고 다른 한편으로는
짐을 챙기며 허역이 혀를 찼다. 호종단의 독기가 사악하기가 그지없어
서였다. 장국에 한 사발 밥을 말아 넘기자 속이 풀렸는지 정신이 제법
돌아오고 있었다. 허역은 낭도 셋과 함께 말에 올랐다. 뒤처진 바닷길
을 회복하려면 빨리 말을 몰아야 했다.

"물질에 능한 낭도가 있나?"

말을 재촉하며 허역이 제주 출신 낭도에게 질문을 했다.

"탐라 장정이면 물질에 능하지 않은 자가 없습니다. 특별히 찾으시
는 이유라도?"

"그럼 자네가 자신 있는 것으로 알고 있겠네. 가세!"

행기물에 들렀던 호종단은 아침 일찍 제주 남쪽의 용머리 해안으로 장소를 옮겼다. 허역이 낭도들을 데리고 용머리 해안에 당도했을 때 용머리 해안에서는 희한한 일이 벌어지고 있었다. 호종단이 데리고 온 장정들과 마을에서 동원한 10여 명의 장정이 해안 쪽으로 돌출되어 길게 늘어진 산줄기를 파헤치고 있었다. 우뚝 선 산방산에서 길게 바다 쪽으로 이어진 산방산 자락은 구불구불 바닷가로 향해 있었다. 이어지던 산등성이는 바닷물에 접해서는 용머리 형상을 하고 있었다. 사암층으로 이루어져 수많은 기암절벽과 단층이 모습을 드러내 기묘한 풍경을 자아낸 곳이었다. 사람들은 마치 용이 머리를 바다로 향하고 있다 하여 마을 이름을 용머리 해안이라 불렀다.

"저들이 지금 뭔 짓을 하는 것인가?"

허역이 호기심 가득한 눈길을 용머리 해안에 고정시켰다. 산줄기는 한참을 파헤쳤는지 상당히 많은 부분이 잘려 나가 있었다.

"글쎄요……."

"저길 보십시오."

모두가 의아한 궁금증을 갖고 서로의 얼굴만을 바라보고 있을 때 낭도 하나가 손으로 용머리 해안을 가리키며 탄성을 질렀다. 탐라 출신 낭도였다.

"이 마을 사람들은 저 바닷가에 있는 돌출된 부분을 용머리라고 부릅니다. 산방산에서 나온 산줄기가 용의 꼬리와 몸통을 만들어 저렇게 바다에 머리를 내밀고 있다고 용머리 해안이라 불렀습니다."

"아! 그렇다면……. 저 자가……."

허역도 탄성을 질러댔다. 설명을 듣고 보니 병장기와 농기구를 동원해서 산줄기를 파내고 있는 자들의 의도를 명확하게 알 수 있었다.

"용의 출발점인 산방산과 바닷가에 접해 있는 용머리 가운데에 위치해 있는 용의 등을 잘라내는 것입니다."

"그래! 용의 몸통을 잘라내는 꼴이구먼……."

허역이 한탄을 쏟아냈다. 바닷물이 용머리를 때려댔다. 뽀얀 파도가 거세게 달려들어 용머리를 쳤지만 사내들은 아랑곳하지 않고 산등성이를 계속 파내고 끊고 잘라냈다.

"어서 명령을 내려주십시오."

허역 옆에 몸을 숨기고 있던 낭도 하나가 허역을 재촉했다. 탐라 출신이었다. 그렇지 않아도 탐라의 샘물 모두를 막아버린 호종단의 얘기는 탐라 주민들을 분노로 치를 떨게 하고 있었다. 다시 탐라를 찾은 호종단이 이번에는 제주의 땅을 훼손시키고 있었다.

"기다리게!"

"아니, 저놈들의 패악을 보지 못하셨습니까? 지금 당장 저들을 요절내야 합니다."

"기다려라!"

허역은 단호하게 낭도를 제지했다.

"이미 잘린 것은 잘린 것! 우리가 할 일은 따로 있다. 나를 따르라!"

울분과 분노로 하얀 낮을 보내기엔 고통이 너무도 가슴을 헤집고 찢고 있었다. 그러나 이미 용머리는 산방산에서 잘려 홀로 바닷물에 씻기고 있었다. 태양이 수평선 뒤로 몸을 감추자 어둠이 찾아왔다. 휘영청 밝은 달이 수평선 저쪽에서 모습을 드러내고 있었다. 그제야 호종단 일행은 작업을 마쳤는지 장비를 챙겨 들고 마을 사람들에게 품삯을 지급하고 길을 잡았다. 호종단과 일행은 열 명 남짓이었다. 산방산 앞마을에서 배를 탄 호종단 일행은 바닷길로 길을 잡았다. 달빛에 비친 용머리산은 끊어지고 파헤쳐져서 산발한 미친 여인네 같았다. 그런 용머리를 바닷물은 때리고 또 때렸다.

같은 시간 허역 일행은 차귀도遮歸島에서 배를 대고 호종단 일행을 기다리고 있었다. 차귀도는 탐라에서 가장 큰 무인도였다. 죽도, 지실 이섬 그리고 와도의 세 섬과 작은 섬들을 거느리고 있었다. 절벽이 사방을 둘러싸고 있었고 바닷물이 끊임없이 파도를 만들어냈다. 달빛이 조용히 비추고 있는 해안선은 말없이 흔들리며 반짝이는 빛을 토해냈다.

"불빛입니다!"

누군가가 달빛에 취해 있는 허역을 불렀다. 눈길을 보내자 멀리 수평선 위로 작지만 강력한 빛이 깜박였다. 산방산 마을에 남겨두고 왔던 낭도 일행이 보낸 신호였다. 눈을 가느다랗게 뜨고 주시하자 불빛 앞으로 제법 큰 배가 앞장서서 흘러가고 있었다.

"준비되었나?"

"예! 명령만 내려주십시오!"

용머리 해안에서 울분을 토하던 탐라 출신 낭도는 하체만 살짝 가린 채 온몸이 벌거벗겨진 나체로 대기하고 있었다.

"출발하게!"

허역의 명령과 함께 낭도가 바닷물에 몸을 날렸다.

"첨벙!"

고요한 바닷물에 선명한 소리가 들려왔다. 잠시 후 수면으로 머리를 들어낸 낭도는 빠르게 헤엄을 쳐 앞으로 나갔다. 사선 방향으로 나가자 낭도와 배의 거리가 점차로 좁혀졌다.

"자! 나머지 낭도들은 나를 따르라! 혹 물을 피해 섬으로 오르는 놈들은 하나도 남김 없이 주살한다. 각자 위치에서 배의 움직임을 놓치지 말고 경계하도록!"

절벽 사이에 난 암벽 길을 내려가며 허역은 칼집에서 칼날을 빼어들었다. 달빛을 받은 칼날이 싸늘하게 빛을 뿜어댔다.

멀지 않은 바닷길을 지나던 호종단 일행의 배에서 불길이 솟아오른 것은 시간이 그다지 지나지 않아서였다. 섬 경계선을 지키던 허역 일행은 함성을 질러댔다. 얼마 후 숨을 헐떡이며 사내 하나가 섬으로 밀려왔다. 달빛에 비친 사내의 모습은 누구인지 구분할 수 없었다. 파도에 밀려 헐떡이던 사내가 숨을 고른 후 몸을 일으켰다. 순간 사내는 움찔했다. 검은 그림자 하나가 자신의 앞을 막고 서 있었다.

"살려주시오!"

파도에 떠밀려 온 사내가 손을 뻗치며 부탁했다. 지치고 물을 먹어서인지 목소리는 탁했고 지쳐 있었다.

"어쩐 일로 이리 밤에 난을 당하셨습니까?"

"난 조정의 관원이오. 조정의 일로 탐라에 와서 일을 마치고 돌아가다 그만 배가 난파되었소."

"호종단 어른이 아니십니까?"

사내가 이름을 대고 묻자 모래 바닥에 앉아 있던 사내가 움찔거렸다.

"아니오! 난 호종단이 아니오."

잠시 침묵이 지나가자 사내가 다시 입을 열었다.

"호종단 어른은 배에서 빠져 나오질 못하셨소. 난 그분을 모시던 관원이외다."

"그런데 복장이 높으신 분 같소이다. 꼴은 물에 빠진 두더지 꼴이지만……."

그제야 호종단은 발걸음을 빼기 시작했다. 자신의 탐라행을 아는 이는 가솔들뿐이었다. 자신을 따라온 가솔 하나가 바다에 빠져버린 지금 자신의 이름을 알 사람은 적뿐이었다. 그렇지 않아도 탐라에서 자신의 악명이 높아져 조심하고 조심했던 길이었는데 자신을 알아보는 사람이 나섰다는 것은 위험을 의미했다.

"그렇게 제 목숨은 중한 것을 아는 놈이 남의 땅에 들어와 수혈을 막고 땅을 파 헤집어 철심을 꽂으며 이 땅을 해하느냐? 간악한 놈이다!"

"무슨 소리요? 이보시오?"

"이 칼은 조선의 땅과 물과 바다의 신령이 내리시는 칼이다. 목을 내어라!"

허역의 칼날이 달빛 속에서 춤을 췄다. 서슬 퍼런 칼 빛이 붉은 피를 뿌렸다. 차귀도의 절벽 아래 바닷물이 출렁이는 작은 모래밭이었다. 허역은 두 동강 난 호종단의 몸통과 목을 차귀도의 바다에 던졌다. 몸뚱어린 바다짐승들을 먹일 생각이었다. 갈아먹어도 시원치 않을 호종단이었지만 우선은 증거 인멸이 더 시급했다. 내 땅에서 벌어졌으나 떳떳이 밝히지 못할 일이었다. 단지 탐라 앞 바다에서 벌어진 일이었다. 탐라를 해한 호종단이 돌아가는 길을 막았다 하여 후세 사람들이 죽도와 귀실이섬을 합쳐 차귀도라 불렀다.

갑판 위에서의 결투

촛불만으로 어둠을 밝힐 수 없었다. 하나를 더했다. 주변은 좀더 밝아졌으나 팔을 뻗치자 손끝이 어둠 속으로 모습을 감춰버렸다. 또 하나를 더했다. 손등 위의 파란 핏줄이 어둠 속에서 모습을 드러냈다. 핏줄이 터질 듯 요동쳤다. 그러나 그것뿐이었다. 손에 잡힌 칼은 어둠 속에서 모습을 드러내지 않았다. 대왕검은 어둠 속에서 모습을 감춘 채 징징 울기만 했다. 칼의 비통한 울음이 가슴을 두드렸다. 가슴이 답답했다. 날카로운 칼로도 들어내지 못할 고통이요 미망이었다.

인종은 생각했다. 자신의 미망을 밝히려면 얼마나 더 많은 촛불이 필요할는지. 고려를 다 밝히려면 얼마나 많은 촛불이 켜져야 할는지. 천하를 밝히려면 또 얼마나 많은 촛불이 함께해야 할는지. 뻗었던 팔을 접자 촛불을 받아 대왕검이 빛을 발하며 모습을 드러냈다. 빛을 받자 대왕검은 더욱더 소리 높이며 징징 울었다. 칼날을 칼집에 넣었다. 휘두를 수 없는 칼은 칼집에 갇혀 어둠과 함께 빛을 잃고 또다시 많은 시간을 기다려야 했다.

임원후가 나타나 협박 아닌 협박을 했다. 자신은 왕의 장인이어서 왕실의 안위를 위해 고한다고 하며 무릎 꿇고 피를 토했다. 자신의 고언은 충정 어린 장인의 조언이라고. 편견 없이 가슴을 열고 들어달라고. 임원후는 눈물을 훔치며 인종 앞에서 목청을 터뜨렸다. 정치는 균형이라고. 진실은 모습 없는 허구요 만들어진 허상이라고. 왕의 운명은 날카로운 칼날 위를 균형 잡고 걸어야 할 숙명이라고.

임원후는 고했다. 부왕 예종 대의 윤관의 예를 곱씹어보라고. 여진을 정벌했던 윤관이 정치적으로 숙청당한 이유가 무엇이냐고. 북방을 향한 열정은 열정으로 끝나야 한다고. 열정은 이상이지 현실이 아니라고. 끝까지 살아남는 자들은 다 이유가 있다고. 열정을 태운 자들은 순간에 타버린다고. 열정이 순간 타버리고 말면 검은 재는 바람에 날려버린다고. 인종이 지켜야 할 것은 형체가 없는 북방의 꿈이 아니라 고려의 종묘사직이라고.

김부식은 무릎을 꿇고 사자후를 토해냈다. 현실은 냉혹한 희생을 요구한다고. 현실을 인정하고 질서를 받아들이라고. 조선의 꿈은 오래전에 사라져버린 한낮의 꿈이었다고. 왕이 따라야 할 것은 진실이 아니라고. 왕이 따라야 할 것은 현실이라고. 그리고 현실은 아주 조금씩 변화하는 것이라고. 그래서 먼 옛날 있었던 것은 순간 다시 잡을 수 없는 미망이라고. 꿈을 이루려면 수천 년을 기다리며 천천히 나가야 한다고. 현실을 붙들어 맬 수 있는 유일한 대안은 먼 옛날 잃어버린 것이 아니라 오늘 우리들 눈앞에 존재하는 현실이라고.

서경파의 질주가 계속되자 김부식의 경주파는 돌파구를 찾고 있었다. 그 결과 앞세운 사람이 인종의 장인 임원후였다. 왕비 임씨의 속삭임도 점점 더 애절해졌다. 인종이 머물고 있는 연덕궁은 유생과 경주파 사람들로 문지방이 닳아 반짝거렸다. 때론 집요했고 때론 강압적이었다. 아무것도 내어놓을 생각이 없는 그들은 순서를 번갈아가며 인종을 압박했다.

• • •

　인종은 어린 왕자를 무릎에 올려놓고 흐뭇한 미소를 지어 보였다. 복잡한 정국의 한가운데서 유일한 피난처가 바로 왕자였다. 왕비 임씨가 옆자리에 앉아 찻잔에 차를 우려내고 있었다. 간지럼을 태우자 어린 왕자의 웃음소리가 내전 안을 가득 채웠다. 어그적 어그적 걷던 어린 왕자가 어미에게 다가가 볼에 입을 맞추고는 다시 돌아서서 아비에게 달려와 품을 파고들었다.
　"그래! 어서 장성하여 왕위를 튼튼히 해라!"
　겨드랑이에 손을 넣어 공중제비를 하며 인종이 아들을 높이 들었다.
　"폐하! 임원후 공께서 드셨습니다."
　왕비가 먼저 몸을 일으켰다. 아직 그녀도 어찌 보면 아비 어미가 그리운 꽃다운 어린 나이였다.
　"모시어라!"
　내전으로 든 임원후가 왕자를 보며 흡족한 미소를 보냈다. 손자였지만 이 또한 오랜만의 만남이었다.
　"그렇지 않아도 모처럼 가족끼리 함께하고 있는데 잘 오셨습니다."
　"폐하의 시간을 뺏은 것이 아닌지 걱정입니다."
　"장인어른! 한 가족이 아니십니까?"
　인종이 장인이라고 호칭을 하자 왕비의 표정이 환하게 밝아졌다.

임원후 또한 밝은 표정을 지으며 어린 손자를 품에 앉았다. 찻잔이 돌려지고 다과상이 들어오자 모처럼 가족끼리 풍족한 시간이 흐르고 있었다. 어린 왕자는 이곳저곳을 분주하게 오가며 재롱을 피워댔다.

"폐하! 괜찮으시다면 긴히 드릴 말씀이 있어서 이리 뵙고자 했습니다."

피곤에 지친 어린 왕자가 보채자 왕비 임씨가 어린 왕자를 재우기 위해 자리를 비웠다. 약간의 침묵이 흐르고 나서 임원후가 인종에게 조심스런 목소리로 질문을 했다.

"서경과 개경을 오가는 바쁜 시간 속에 오랫동안 장인어른을 직접 뵙지 못했습니다. 그렇지 않아도 좀 뵐 요량이었는데 말씀하시지요. 편하게……."

인종은 내색을 하지 않았다. 모처럼 맞이한 가족들끼리의 시간이었다. 피하고 싶은 정치 얘기가 꼬리를 물고 인종을 놓아주질 않고 있었다. 그렇지 않아도 내전에 든 임원후는 뭔가 틈을 보고 있었다. 정치란 순간의 잔정도 허용하지 않는 비정한 싸움이었다.

"폐하! 정치란 균형이 잡혀야 하는 것입니다. 최근에 너무……."
"서경의 일 때문에 그러십니까?"

임원후의 힌마디를 들은 인종이 내뜸 서경의 일을 거론하고 나섰다. 임원후는 순간 움찔했다. 마음을 들킨 것처럼 얼굴이 뜨거워졌다.

"장인께서 김부식을 중심으로 하는 유학파와 가깝다는 것은 온 고려가 다 아는 일입니다. 최근 경주 쪽 사람들이 서운한 것이 많을 텐데 편하게 말씀해주십시오. 왕으로서 고려해야 할 일이 아니겠습니까?"

"그리 말씀하시니……."

인종의 표정을 살핀 임원후는 아랫배에 힘을 줬다. 마음을 단단히 먹자 호흡이 잦아들며 한층 여유가 생겼다.

"저들이 주장하는 것에 일리가 없는 것은 아닙니다."

"그리 생각하십니까?"

의외라는 표정으로 인종이 임원후를 바라봤다. 진심이냐고 다시
한 번 더 묻고 있었다.

"조선의 역사에 대해 세세히는 모르지만, 고려인으로서 어찌 그
대략적인 내용까지도 모르겠습니까?"

"그런데 어찌 증거를 대라고 주장한답니까?"

인종이 직설적으로 파고들자 생기가 돌던 임원후의 얼굴이 다시
벌게지기 시작했다.

"폐하! 그게 정치인 것입니다. 어차피 모든 이들의 관심은 오늘의
일에 관한 것이 우선인 것이지요. 신은 폐하께서 너무 한쪽 편을 드시
어 혹여 곤경에 처하실까 봐 그게 걱정될 뿐입니다."

"협박하시는 겝니까?"

"폐하! 무슨 말씀을……."

인종이 단도직입적으로 치고 나오자 임원후는 당황했다. 머리를
조아린 임원후는 더듬거리며 말을 이어갔다.

"폐하! 무슨 당치도 않으신 말씀이십니까? 신은 그저 왕실의 일원
으로서 폐하의 평안하심을 최우선으로 하는 사람입니다."

"미안하오! 내 너무 심한 표현을 써서."

내심 미안했는지 인종이 한 발을 물러섰다.

"폐하! 부왕이신 예종 폐하 대의 일을 기억하시옵소서. 여진을 정
벌했던 윤관 원수가 정치적으로 거세당한 것은 명분이 없어서도 아
니었고 자신을 뒷받침할 군사력이 없어서도 아니었습니다."

"무슨 말씀을 하시려는 게요?"

인종이 조금 누그러들자 임원후가 계속했다.

"북벌을 단행하자는 윤관 원수의 주장은 고려의 정통성과도 맥이 닿는 주장이었습니다. 그래서 서경세력을 중심으로 여진정벌을 대대적으로 응원했던 것이 아니었습니까?"

"그런데요?"

"결과를 보십시오. 어찌 됐건 여진정벌의 열기가 식자 정치적으로 숙청을 당한 것 또한 윤관 원수였습니다. 부왕이셨던 예종 폐하께서 윤관을 내치신 게 윤관에게 잘못이 있다고 생각하셔서였습니까?"

여진에게 9성을 반환하고 개경으로 돌아온 윤관은 예종을 알현하지도 못하고 집으로 물러나 근신해야 했다. 정치적 반대파들의 공격은 집요했고 끈질겼다. 그런 윤관을 측은하게 여긴 예종은 후에 윤관을 몇 번이나 조정으로 불러들였으나 정적들은 끝까지 반대했고, 윤관은 끝내 권력을 회복하지 못하고 숨을 거두어야 했다. 그리고 그런 견제는 윤관의 아들 윤언이에게까지 영향을 미쳤다. 윤언이는 능력과 출신을 고려할 때 윤관의 아들이어서 오히려 승진에 견제를 받고 있었다.

"그만큼 조정 내에 북벌을 반대하고 현상 유지를 바라는 세력늘이 많다는 반증입니다. 이를 생각하시어 균형을 잡으셔야 하겠기에 신이 이리 고언을 드리는 것입니다."

"구체적으로 말씀해주십시오."

인종이 조금은 짜증이 난 듯한 표정을 지으며 임원후를 바라봤다. 왕자를 재우고 내전으로 들어온 왕비 임씨는 뜻밖에 벌어진 상황 앞에 두 남자의 눈치를 살폈다. 딸 왕비 임씨가 옆자리에 앉자 임원후는 더욱더 목소리를 부드럽게 다듬었다.

"폐하! 폐하의 뜻을 접으시라는 것이 아닙니다. 신하들의 의견을 따르시되 좀더 치우치지 않게 균형을 잡으시라는 의미입니다. 유학을 중심으로 한 경주파 세력들은 조정에 그들의 뿌리를 내린 게 이제 제법 오랜 시간이 지났습니다. 선대왕들께서 그들의 주장에 귀를 기울이셨던 데는 다 나름의 연유가 있었던 것입니다. 이 점을 유념하십시오."

"어찌 들으면 협박으로 들리오."

"폐하! 무슨 말씀을……. 황공하옵니다."

임원후가 어찌할 바를 모른 채 고개를 바닥에 박고 조아렸다. 백지장처럼 하얗게 변해버린 왕비 임씨도 당황하긴 마찬가지였다. 왕비 임씨의 표정을 살핀 인종이 목소리를 누그러뜨렸다.

"그래……. 어찌하면 좋겠소이까? 편히 말씀하시오."

"……."

"가족이어서 내 편하게 솔직하게 말을 한 것이니 너무 괘념치 말고 말씀을 하세요."

인종이 더욱더 목소리를 누그러뜨리자 그제야 고개를 바닥에서 뗀 임원후가 조심스레 입을 열었다.

"폐하! 이제 개경의 궁궐을 복원하실 때가 된 것 같습니다. 오랫동안 황경의 궁궐을 잿더미로 방치하시는 것은 여러 가지로 바람직하질 않습니다. 또한 그리하시면 불안해하는 개경세력들과 경주세력들이 폐하의 관심이 서경에만 있지 않음을 알고 기뻐할 것입니다. 그리하십시오."

떠듬거렸지만 임원후는 또박또박 핵심을 조아렸다.

"폐하! 개경의 궁궐을 복원하는 것은 신첩도 바라는 일이옵니다.

타고 재만 남은 궁궐을 바라볼 때면 음산하고 괴기하기까지 합니다. 신첩의 마음이 이럴진대 개경 백성들의 마음은 어떻겠습니까? 그리 하시옵소서!"

"왕비까지도 그리 생각했다니……."

인종이 고개를 끄덕였다. 개경의 황성은 너무 오랫동안 잿더미 속에서 방치되고 있었다. 인종이 모처럼 환하게 미소를 지으며 왕비를 바라봤다. 땀을 흘리던 임원후도 그제야 마음의 긴장을 풀고 왕비 임씨를 바라봤다.

• • •

"들으셨습니까?"

문공인이 묘청의 표정을 살피며 조심스럽게 말문을 열었다.

"들었습니다. 폐하께서 재가를 하셨다고요."

"예! 어찌 보면 폐하의 입장에서는 당연한 결정이 아니시겠습니까?"

"그렇겠지요. 그동안엔 백성들의 살림이 궁핍하고 행궁들만으로도 정사를 보살핌에 충분하다고 황궁의 재건을 막던 저들이 아닙니까? 이제 와서 개경 황궁의 재건을 건의한 것은 서경을 의식하고 있어서입니다."

"그러니 드리는 질문입니다. 앞으로 어찌하시겠습니까?"

정지상이 묘청의 표정을 살피며 대답을 구했다. 경주파를 중심으로 개경세력들이 결집하고 있었다. 타버린 황궁을 재건하자는 것은 그런 결집이 구심점을 찾았다는 것을 의미했다. 개경의 황궁은 그들의 상징이요 중심이었다.

"개경 황궁의 재건을 막을 수는 없을 겁니다. 태조 폐하의 고향이 자 고려의 뿌리였습니다. 그런 개경에 있었던 궁궐을 복원하는 것을 막고 나선다면 목숨이 남아나질 않을 것입니다."

"그건 그렇습니다. 그러나 서경의 역할을 막으려는 저들의 저의가 뻔히 보이는데 가만히 있을 수도 없어서 그럽니다."

"방법이 없진 않습니다. 조심해서 접근해야겠지요."

묘청이 잔잔한 미소를 지어 보였다. 여유 있는 표정이었다.

"어차피 피할 수 없는 일이라면 일단 개경 궁궐을 중건하는 데 감독으로 우리 측 사람들이 임명되도록 해야 합니다. 그래야만 개경 황궁의 기본 건축에 우리의 생각을 반영할 수 있을 것입니다."

"우리의 생각이라뇨?"

"아시다시피 일개 백성의 집을 짓는 데도 자리를 보고 길지를 따지는 게 상식입니다. 하물며 고려의 황궁입니다. 어차피 피할 수 없는 일이니 반대하지 말고 적극적으로 찬성을 하는 대신 우리 측 사람들이 주도권을 잡도록 합시다. 또 그래야 건축 속도도 조정할 수 있을 것입니다."

"건축 속도를 조정한다면……. 무슨 다른 계획이라도 있으십니까?"

문공인이 묘청의 안색을 살피며 조심스레 질문을 던졌다.

"계획이야 너무도 자명한 것이 아니겠습니까? 황궁을 다시 건설한다 하더라도 개경은 이미 황도로서 지력이 쇠한 땅입니다. 궁궐을 다시 건축하기는 하되 가급적 개경의 황궁 건설을 지연시켜야 합니다. 그 틈을 이용해서 폐하를 설득해 하루 빨리 서경으로 황도를 옮겨야 할 것입니다."

묘청의 눈이 빛을 밝혔다. 그의 지론이었지만 지금처럼 명쾌하고 똑 부러지게 천도를 언급하고 나선 경우는 드물었다.

"가능하겠습니까?"

"그리해야지요. 벌써 경주파들이 사병들을 경주에서 개경 쪽으로 이동시키고 있다는 정보가 있습니다. 저들도 이미 준비를 하고 있는 상황입니다. 우리도 빨리 움직여야 할 것입니다."

"사병들을요?"

정지상이 화들짝 놀란 표정을 지었다. 통박하고 서로 논쟁을 했지만 군사력을 동원하는 정도까지 상황이 진전되리라곤 생각질 못해서였다.

"어찌하면 되겠습니까?"

정지상이 묘청에게 답을 구하고 나섰다. 상황과 시간과 심장이 속도를 빨리했다.

"올해 동지갑자일이 길일입니다. 상원이 열리고 삼원이 시작되는 천지개벽의 해인 게지요. 이때에 맞추어 황도를 서경을 옮겨야 합니다."

"그렇게나 빨리 가능하겠습니까?"

"최선을 다해야 하겠지요. 천지가 개벽하는 동지갑자일에 서경의 대화궁으로 황도를 옮기는 동시에 금국과 일본국 등 피를 나눈 형제국들을 서경에 모아놓고 고려의 황제를 전하의 황제인 단군왕검으로 모시는 행사를 개최할 예정입니다."

"예? 금국과 일본국을 포함한 형제국들이라 하셨습니까? 그게 가능합니까?"

문공인이 놀란 표정을 지으며 묘청을 바라봤다. 묘청은 표정 하나 바뀌지 않았다. 놀란 문공인과는 다르게 자신감 가득한 표정이었다.

"예로부터 천하의 황제를 선정하는 일을 우리 동이들은 국강상國崗

上을 뽑는다고 했습니다. 천하의 제후들 가운데 제왕 중의 제왕을 뽑는 일이지요. 그 국강상에 오른 영웅이 천계를 대신하여 삼한의 지상 봉국^{땅을 나누어주고 세우도록 허락한 국가}들의 군대를 통섭할 수 있는 권한을 얻고 천하의 질서를 유지하는 것입니다."

"일본국이나 다른 제후국들은 몰라도 금국이 그걸 용인하겠습니까? 그런 국강상에 자신들이 오르겠다고 고집하지 않겠습니까?"

문공인이 뜨악한 표정을 지으며 묘청에게 재차 질문하고 나섰다.

"군사력만 강하다고 해서 국강상에 오를 수 있는 것이 아닙니다. 천하를 평정할 수 있는 군사력도 있어야 하고, 천하를 다스릴 이론과 문화적 힘도 있어야 하는 것입니다. 금국이 고집은 할 수 있으나 대화궁을 짓고 천계의 지상 지배 전통을 보존하고 있는 우리 고려에게 끝까지 저항할 수는 없을 것입니다."

동이에서는 예악으로 나라를 일으킨다는 전통에 따라 국강상을 뽑는 일을 신선놀이라고 불렀다. 국강상의 후보는 신선놀이에 참여해서 군사적 능력과 함께 문화적 소양과 통치력을 검증 받아야 했다. 이 성스러운 의식을 통해 국강상에 뽑힌 영웅이 단상에 올라 관을 쓰고 부명과 대기^{大器}, 도록을 받았다. 이것은 하늘의 천신인 환인을 대신해서 지상을 통치할 대리자라는 인증서와 증거물^(금척, 金尺) 그리고 그가 통치할 지상의 군국^{郡國}들을 표시한 지도였다. 광개토대왕은 삼한의 제후 중 국강상에 오른 여러 왕들 가운데 대표적인 왕이었다.

"그래서 준비가 필요합니다."

묘청이 정지상과 윤언이를 바라보며 다짐하듯 강한 눈빛을 보냈다.

"아시다시피 대화궁은 태양신을 받들 신전을 표방해서 건설한 궁전입니다. 부도로서 신전을 준비한 이상 이제는 그런 신전의 정통성을 확인시켜줄 수 있는 증거가 필요한 것입니다. 하루 빨리 잃어버린 조선의 옛 서책들을 찾아야 합니다. 내부의 회의론자들을 설득할 수 있는 자료이기도 하지만, 그런 자료들을 체계적으로 정리해서 금국과 일본국을 포함한 천하의 36국에게 보여줘야 합니다. 그래야만 그들의 승복을 얻어낼 수 있을 것입니다."

묘청이 열기로 얼굴이 붉어졌다. 반면 윤언이가 차분하게 묘청에게 질문을 던졌다.

"혹시 조휘 아씨를 일본국으로 보내시면서 그런 일을 타진하셨습니까?"

"무슨 일이 있소? 그걸 물어보시게?"

화제를 돌리자 묘청이 차분하게 정색을 하며 윤언이의 질문을 되받았다.

"조금 전 일본국으로 건너간 조휘 아씨가 서찰을 보내왔습니다."

옆자리에 있던 정지상은 심장이 정지하는 줄 알았다. 기다리고 기다리던 조휘의 소식이었다. 그러나 정지상은 숨을 죽이고 윤언이의 표정을 살폈다. 윤언이가 계속했다.

"어떤 내용이오?"

"조휘 아씨가 접촉한 왜국 불교계 인사가 왜 조정과 접촉을 했다 합니다. 자신들이 갖고 있는 동이의 역사를 기록한 역사 서책들의 필사본을 보내줄 수 있다고 합니다."

"잘되었소. 정말 잘되었소."

"목록을 보니 옛 조선의 일을 적은 일부 고서들과 백제의 역사서들이 주를 이룹니다."

"다행이 아닙니까? 삼한의 하나였던 백제의 역사가 바다 건너 일본국에서나마 보존되고 있었으니 말입니다."

서신에 적혀 있는 목록을 한 번 더 읽은 후 묘청이 옆자리에 있는 정지상에게 서신을 건넸다. 학수고대하던 정지상은 서신에 머리를 박고 읽기 시작했다. 깨알 같은 글자들이 조휘의 체취를 전해주고 있었다.

"또한 서경에서 있을 국강상을 뽑는 행사에는 참여할 수 있다고 한답니다."

"그리 전해왔소? 잘되었소. 내심 걱정하고 있었는데……. 일단은 태양신전인 부도를 신축한 것을 축하해달라고 청했으니 큰 반대는 없었을 겁니다. 대화궁에 대해 저들도 관심이 클 것입니다."

묘청이 우선적으로 청한 것은 대화궁의 신축 기념식에 사절단을 보내달라는 청이었다. 대화궁에 사절을 모아놓고 국강상을 뽑는 일을 논의해보자는 생각이었다.

"그러나……."

윤언이가 걱정 어린 눈빛을 띠며 말끝을 흐렸다. 정지상은 가슴이 답답했다. 윤언이의 표정이 적지 않은 문제점을 예고하고 있어서였다.

"일본국은 고려국 조정 차원에서의 국서를 요구하고 있습니다."

"국서요?"

정지상이 더 이상 참지 못하고 입을 열었다. 가슴이 터져버리자 조급함이 정지상을 더 괴롭혔다.

"예! 국서입니다. 뜻은 알겠으나 그런 계획과 뜻이 국가 차원의 일임을 확인하려는 것이 아니겠습니까?"

"이해가 갑니다. 조휘 낭자는 아무래도 조정이 보낸 공식 사절단이 아니니……."

묘청이 수긍하고 나섰다. 묘청이 조휘로 하여금 만나게 한 것은 일본 사찰의 스님을 통해서였다. 국서를 요구하고 있다는 것은 사안에 관심이 없지 않음을 의미했다.

"국가 차원의 외교문서를 보낼 때까지 조휘 낭자를 인질 아닌 인질로 잡고 있을 요량입니다."

"인질이라고요?"

정지상이 화들짝 놀라며 튀어 올랐다. 인질이란 말이 주는 강한 거부감 때문이었다.

"걱정 마십시오. 적대적인 차원에서의 인질은 아닐 터이니……."

묘청이 다독거렸다. 조휘와 정지상의 관계를 알고 있는 묘청으로서는 정지상의 반응이 이해되었고, 동시에 안타까웠기 때문이었다.

"사람이 없습니까? 일본국과 금국에 가서 이번 일을 전할 사람이?"

"국서는 어찌하시겠습니까?"

윤언이가 질문을 하고 나섰다.

"걱정 마십시오. 제가 왕의 고문으로 있질 않습니까? 폐하께 자초지종을 설명드리고 국서는 받을 것입니다."

"아직 서책도 찾지 못하여 폐하께 증거를 보여드리지도 못하였는데 폐하께서 국서를 작성하고 보내는 일에 동의하시겠습니까?"

윤언이의 걱정 어린 질문이 계속됐다. 그러나 묘청은 미소로 질문을 받았다.

"폐하는 영특하신 분이십니다. 또한 고려의 왕이십니다. 서책이 사라졌다 하나 폐하는 이미 그 서책들을 접하셨을 겁니다. 어린 왕자들에게 조선과 삼한의 역사를 공부시키는 것은 오래된 왕실의 전통입니다. 제가 단언하건대 증거가 없다고 김부식 일파가 우겨서 증거를 기다리고 계실 뿐 폐하는 벌써 삼한의 역사와 풍류대도에 대해 확신을 갖고 계실 겁니다."

묘청은 자신 있는 표정이었다. 듣고 보니 그 말에도 일리가 있었다.

"그러니 그 일은 제게 맡기시고 국서를 갖고 금국과 일본국을 다녀올 믿을 만한 사람을 추천해주십시오."

"제가 추천할 사람이 있습니다."

조휘의 일로 가슴을 졸이며 대화를 듣고 있던 정지상이 나섰다.

• • •

며칠 후 최봉심崔逢深은 선의문을 빠져나와 서북 방면으로 말을 몰았다. 인종의 명을 받고 금의 동경으로 향하는 길이었다. 금으로 가는 사절단의 서장관書狀官에 최봉심이 임명되자 조정은 또 한 번 극한 대치로 치달았다. 최봉심을 서장관으로 임명하는 것에 대한 반대는 간관을 중심으로 퍼져나갔다. 우간인 이중 중심으로 구성된 김부식 일파 직문하성 안직숭安稷崇, 중서사인 임존林存, 좌사간 최함崔諴 등은 합문에 엎드려 3일간 극간했다. 핵심은 간단했다. 무과 출신인 최봉심은 무식하여 서장관에 적합하지 않다는 것이었다.

그러나 그들의 속뜻은 따로 있었다. 최봉심은 국학 7재중 무학武學을 전공한 강예재講藝齋 출신으로 처음부터 묘청을 지지하고 나선 몇 안 되는 인사였다. 정지상과의 친분도 드러나지는 않았지만 또 다른 이유였다. 경주 유학파가 보기엔 이래저래 최악의 인물이었다.

인종은 결정을 번복하지 않았다. 묘청과 정지상의 은밀한 요청도 있었거니와 금의 왕이 군사 3만을 이끌고 동경으로 움직인 것도 의사 결정에 도움이 되었다. 금의 왕이 군사를 이끌고 동경으로 움직인 것은 고려가 볼 때 이상 징후의 하나였다. 송과의 국경이 안정되지 않은 상황에서 군사를 동쪽으로 움직인다는 것은 고려에 대한 압박을 의미했다. 인종은 그 뜻을 살피려 합문지후閤門祗候 유희庾熙를 지례사持禮使로 파견했으나 유희는 금의 의도를 파악하지 못하고 돌아왔다. 무신 출신 최봉심을 서장관으로 임명한 것은 무인으로 하여금 군사적 의도를 파악하게 하려는 의도도 깔려 있었다.

최봉심은 길을 재촉했다. 금의 동경을 거쳐 바닷길로 왜국까지 다녀오는 만만치 않은 길이었다. 더군다나 왜로 가는 길은 인종과 묘청만이 아는 비밀 임무였다. 자신의 임명을 반대했던 개경의 문신들을 속이려면 육로에서 시간을 벌어야 했다.

같은 시각, 선의문 밖 서교西郊에서 벽란도에 이르는 길에서 허역은 낭도들을 거느리고 소리 없이 밤길을 움직이고 있었다. 허역은 이끌고 있는 말들의 말굽에 헝겊을 씌워 소리를 없앴다. 서교를 지난 지가 반 시진이 지나고 있었으니 벽란도가 코앞이었다.

"재촉하라!"

허역은 고개를 돌려 뒤따르고 있는 낭도 네 명의 얼굴을 일일이 확인했다. 모두가 굳은 표정으로 묵묵히 말을 달렸다. 개경의 송나라 상방에서 마차가 떠났다는 통보를 받은 것이 한 시진 전이었다. 통보를 받은 허역은 윤언이에게만 간략하게 보고를 넣어두곤 낭도들을 재촉해 벽란도로 말을 달렸다. 선의문에서 벽란도까지는 30리 길이었다. 서책을 실은 것으로 추정되는 마차 일행은 이미 벽란도에 도달해 있을 것이었다. 며칠 전부터 윤언이는 서두르고 있었다. 가급적 빠른 시간 내에 송방에 있는 것으로 보이는 서책들을 확보하라는 지시를 받고 있었다. 다행이었다. 송방을 배회하며 기회를 잡고 있었는데 상대가 우리를 빠져나와 밖으로 모습을 드러낸 것이었다. 허역은 고삐를 잡아챘다.

벽란도에 이르자 낭도 넷이 허역을 기다리고 있었다. 혹시 있을지 모를 상황에 대비하려 벽란도에 배치해놓았던 낭도들이었다. 허역이 들이닥치자 곧바로 근황 보고가 이어졌다.

"좀 전에 항구로 들어온 마차와 장정 다섯 명이 저기 저 배로 짐을 옮겼습니다. 지금은 배 안에서 대기하고 있습니다."

낭도가 손가락으로 어둠 속에서 작은 불빛을 뿜어내고 있는 상선을 가리켰다. 돛대가 둘이나 달린 비교적 큰 상선이었다. 어둠에 잠긴 배에서는 인기척이 들리지 않았다. 배 앞뒤로 장정 두 명이 경계를 서는지 반복하며 일정한 배 안 거리를 움직이고 있었다. 주변으로는 고깃배와 조운선들이 어지럽게 늘어져 파도에 출렁이고 있었다. 늦은 밤이어서인지 대부분 불도 밝히지 않은 채 조용했다. 몇몇 배에서만 술타령을 하는 사람들의 목소리가 가끔 바다를 깨웠다.

"어찌하시겠습니까? 지금 칠까요?"

낭도가 허역에게 명령을 청했다.

"아니다! 지금은 때가 아니다."

낭도를 제지해놓은 허역이 뒤를 바라보며 누군가를 불러 세웠다. 또 다른 낭도 하나가 허역에게 다가오자 허역이 목소리를 더욱더 낮추었다.

"오면서 내게 말한 것이 틀림없으렷다."

"예! 틀림없습니다. 말씀드린 대로 몇 권씩 묶어 포장한 서책들을 한지로 몇 겹씩 다시 포장하여 묶고 또 기름칠을 했으니 잠시 물에 빠지더라도 서책은 훼손될 가능성이 없습니다."

송방에서의 일을 제공해준 상인이었다. 확인을 위해 개경에서부터 벽란도까지 데리고 왔던 자였다.

"틀림없으렷다?"

거듭 확인을 마친 허역이 다시 낭도에게 질문을 던졌다.

"지시한 쾌속선은 준비가 되었느냐?"

"예! 상선에서 머지않은 곳에 대기해두었습니다."

"좋다! 그럼 쾌속선으로 간다. 너희 두 명은 이곳에 남아 상선의 움직임을 감시해라! 조금만이라도 움직임이 있으면 쾌속선으로 보고하라!"

눈꺼풀이 감기기 시작할 즈음, 상선이 움직이기 시작했다고 급보가 날아든 것은 쾌속선에 들어가 휴식을 취한 지 반 시진이 지나서였다. 아침이 오기 직전 가장 어두운 시각이었다. 허역은 즉시 쾌속선의 출항을 지시했다. 벽란항을 빠져나간 상선의 뒷모습을 잡은 것은 쾌속선이 바다로 나가는 항구 입구를 막 빠져나간 순간이었다. 쾌속선 뱃머리에는 허역과 함께 웃옷을 벗어젖힌 알몸 상태의 낭도 세 명이 눈을 깜박이며 상선을 응시하고 있었다.

"알겠느냐? 배를 댈 테니 급습해선 상선을 제압해라. 다 죽여도 무방하고 가능하다면 한 놈 정도는 살려두면 더 좋을 것이다. 다만 어떤 일이 있어도 보관되어 있을 서책들이 소실되는 것만 피하면 된다."

두 명의 낭도를 제외하곤 모두가 배 바닥에 엎드렸다. 일어선 낭도 한 명은 돛을 잡았고 또 한 명은 어부를 가장해 낚시를 드리웠다. 돛이 바람을 받아 부풀어 오르자 쾌속선이 속도를 더했다. 쾌속선이 상선에 다가가기까지 상선은 눈치를 못 채고 있었다. 바다낚시를 위해서 운행하는 배려니 하고 상선은 제 갈 길만을 향해서 물을 갈랐다.
그러나 급작스럽게 쾌속선이 옆구리를 상선에 가져다 대자 일대 소란
이 일어났다.

"적이다!"

고함과 동시에 쾌속선에 있던 낭도들이 갈고리를 상선에 집어 던
졌다.

"쿵!"

"쩍!"

일부는 상선 바닥에 내동댕이쳐졌고 일부는 상선의 옆 판자 틈에
갈고리바늘을 깊숙이 박았다. 동시에 검은 복면을 한 낭도들이 상선
안으로 뛰어들었다.

"막아라!"

고함을 치며 우두머리인 듯한 자가 앞으로 나섰지만 허역의 상대
는 되지 못했다. 가장 먼저 상선에 올라와 자세를 잡고 있던 허역은 칼
집에서 뽑아든 칼날을 상대의 정중앙에 깊숙이 밀어 넣었다. 달려드
는 또 다른 사내에게 칼을 날리자 칼날을 타고 흐르던 핏줄기가 허공
에 뿌려졌다. 비릿한 냄새가 바닷물 냄새에 더해졌다.

"한 놈도 남기지 마라!"

상황을 감지한 적은 사력을 다해 저항했다. 배로 뛰어든 사내들이
누군지는 몰랐으나 그들 모두 목숨이 위험에 빠지자 저항이 거세졌
다. 항해를 하던 뱃사내들마저 병장기를 들고 사력을 다해 저항했다.
그러나 낭도들의 공격을 막기엔 역부족이었다. 갑판이 우선 정리되고
갑판 아래까지 제압하는 데는 오랜 시간이 걸리지 않았다. 피는 낭자
했고, 죽음을 피하지 못한 자들 중 일부는 바닷물에 떠밀려 흘러갔으

며, 일부는 배 난간에 걸쳐 피를 흘렸다. 배 바닥으로 들어간 허역은 구석에 가지런히 정리되어 있는 서책 뭉치들을 발견했다. 단도로 기름 먹인 한지를 잘라내자 매끈하게 종이가 갈라졌다. 꺼내 든 서책엔 《삼성기三聖紀》, 《유기留記》 등의 제목이 붙어 있었다.

"짐을 쾌속선으로 옮겨라! 죽은 자들을 한곳에 몰아놓고 상선엔 불을 놓아라!"

아직 바다는 어두웠다. 다만 한 점의 불꽃이 무섭게 타오르기 시작했다. 벽란항으로 향하는 허역의 앞으로는 아침 태양이 붉은 빛을 밝히고 있었다.

"서경으로 간다."

• • •

그날 저녁 김부식의 집 앞 대문이 깨어질 듯 흔들렸다. 달이 막 떠서 빛을 밝히다 구름에 숨어버린 늦은 저녁 시각이었다.

"쾅! 쾅! 쾅!"

"뉘시오?"

하인 하나가 짜증나는 얼굴로 내문을 열자 사색이 다 된 사내 히나가 넘어가는 숨을 꺽떡이며 소식을 넣었다.

"대감 계시느냐? 어서 아뢰어라! 난 임완이란 사람이다."

하인은 대꾸도 하지 못했다. 얼굴만 봐도 잘 아는 임완이었다. 김부식의 집을 드나들 때마다 거북스럽게 예와 격식을 찾던 임완이었다. 그런 임완이 평소와는 다르게 얼굴에 땀을 뒤집어쓰고 눈을 까뒤집고 김부식을 찾고 있었다. 옆에 서 있는 말도 침을 질질 흘리며 가쁜 숨을 몰아쉬고 있었다. 대문이 열리자 임완은 눈치도 보지 않고 김부식의 내전을 향해 달려갔다.

"김부식 공!"

경황없는 다급한 목소리에 방문이 열리자 막 침소에 들려던 김부식의 얼굴이 임완을 맞이했다.

"어쩐 일이시……."

말을 하다 순간 김부식은 입을 닫고 임완을 급히 방 안으로 청했다. 표정을 보니 일이 났어도 큰일이 난 얼굴이었다.

"무슨 일이시오?"

잠자리 옆에 있던 물 잔을 건네준 김부식은 임완이 물 한 모금을 넘기자 임완을 재촉했다. 임완의 꼴을 보니 자신의 몸이 더 달아올랐다.

"도와주셔야 하겠습니다."

"무슨 소리시오?"

뭔가를 말하려던 임완은 혀가 말리는지 말을 하지 못하고 헛소리만 뱉어냈다. 다시 물그릇을 받아 든 임완이 물 한 모금을 마시곤 숨을 고르며 간신히 냉정을 찾으며 입을 열었다.

"오늘 벽란도에서 남송으로 보내던 서책들을 강탈당했습니다."

"서책이라뇨?"

김부식의 눈이 휘둥그레졌다. 밑도 끝도 없는 서책 타령이었다. 그렇지 않아도 묘청의 계속되는 서책 이야기로 인해 서책이라면 민감해질 대로 민감해진 상황이었다. 그런데 임완이 또 서책 이야기를 꺼내고 있었다.

"그러지 마시고 좀 천천히 설명을 해보시오."

김부식의 재촉을 받은 임완은 가슴을 쓸어내리며 설명을 이어갔다.

“일전에 서경의 수서원에서 논란이 되고 있는 서책들을 빼돌렸습니다.”

“뭐라고요? 그게 임완 공이셨다는 말씀입니까?”

김부식의 눈이 휘둥그레졌다. 상상은 하고 있었지만 정작 임완의 말을 듣고 보니 추정이 사실이 되어버렸다.

“아니……. 제가 아니고 호종단 공의 지시로 그리된 일입니다.”

“아니 그게 무슨 말씀이시오? 국가의 서책들을 그리 강탈하면 무사하실 줄 아시었소?”

“김부식 공! 지금 그걸 따질 때가 아닙니다!”

당황하면서도 임완이 목소리를 높였다.

“저간의 사정이야 어찌 되었건 지금 그 서책들이 폐하 앞에 제출된다고 생각해보십시오.”

순간 김부식의 눈빛이 ‘확’ 하고 달라졌다. 좀 전의 분노에 가까운 눈빛은 자취를 감췄다. 대신 눈가를 덮은 것은 싸늘한 낭패감이었다.

“누구의 소행이랍니까?”

“모릅니다! 부탁입니다. 빨리 손을 써서 그 서책들이 개경으로 반입되지 않도록 조치를 취해주십시오.”

김부식은 재빠르게 움직였다. 심복 이중에게 사람을 보내 개경으로 드는 모든 길을 봉쇄할 것과 벽란도에 사람을 보내 자초지종을 알아볼 것을 지시했다. 임완이 물 한 잔을 더 들고 숨을 고르기엔 충분할 시간이 흘렀다. 지시를 마친 김부식이 방 안으로 들어오자 멍하니 초점을 잃은 눈빛의 임완이 허공을 바라보고 앉아 있었다.

“어찌 그리 바보 같은 일을 저지르셨소?”

“김부식 공! 그것만이 아닙니다.”

“예! 또 무슨 일이 있었다는 말입니까?”

놀란 김부식이 임완에게 달려들 듯 임완을 다그쳤다. 임완은 넋이 나간 듯한 표정을 짓고 입을 열었다.

“말씀을 안 드리고 있었는데 아마도 호종단 공께서 일을 당하신 것 같습니다.”

“일이라뇨? 무슨 일 말입니까?”

“얼마 전 지방 행차를 했는데 개경으로 돌아오지 못한 게 벌써 세 달이 지나고 있습니다.”

“찾아는 보셨습니까?”

“사람을 내어 호종단 공께서 탐라로 갔다는 것까지는 확인을 했습니다. 그 후 탐라에서 세를 냈던 배와 함께 좌초되었다는 것만 파악했습니다.”

“죽었단 말씀입니까?”

“모릅니다. 그냥 사라졌다는 말을 할 수밖에……. 다른 것은 모르겠습니다.”

“답답한 양반이오. 어찌 일언반구도 없다가 이리 폭풍처럼 들이닥쳐 그 엄청난 일들을 이제야 풀어놓습니까?”

김부식의 얼굴 표정 또한 흙빛이었다. 저질러진 일은 저질러진 일이었으나 생각해보니 그 후폭풍이 감당이 안 될 것 같았다.

“일단은 이 일을 절대 다른 이들에게 말하지 마십시오. 내 가병들을 풀어서 은밀하게 조사할 것이니 공께서는 집으로 돌아가 칩거하십시오. 알겠습니까?”

임완은 말없이 김부식의 집을 물러 나왔다. 김부식의 집 대문을 나서며 그제야 임완은 숨을 깊게 쉴 수 있었다. 호종단의 행방은 알지 못하나 호종단이 예견한 대로 김부식이 짐을 떠안아버린 셈이었다. 임완이 타고 있는 말 위에 앉아 있는 것은 자신만이 아니었다. 얼떨결에 김부식이 자신과 함께 말을 타고 앉아 있었다. 임완이 희미한 달빛을 바라보며 혼잣말로 주절거렸다.

"어디 계시오? 호종단 공? 이제 김부식이 꼼짝없이 한배를 탔소이다. 공의 안배 하나는 참으로 경이롭소이다!"

서경에서 온 소식

김부식이 임완을 찾은 것은 임완이 벽란도에 갔다 개경으로 다시 들어온 그 다음날이었다. 임완은 호종단의 흔적을 잡으려 최선을 다했다. 그러나 호종단은 증발해버린 것처럼 자취를 감추고 있었다. 초조해져 있던 임완은 김부식의 초청이 내심 반가웠다. 그러나 김부식의 초대에는 꼬리가 붙어 있었다. 서책 일이며 호종단 일에 대해서는 다른 사람들에게 언급하지 말라는 부탁이었다.

사람으로 붐비는 김부식의 집에 비교적 느지막이 도착한 임완을 맞이한 것은 김부식만이 아니었다. 김부식의 동생 김부철은 물론이고 이중이며 문공유 등이 자리를 함께하고 있었다. 임원후는 도착한 지가 오래되었는지 벽에 기댄 채 피곤한 표정을 지으며 눈을 감고 앉아 있었다. 모두의 표정은 심각했고 침울했다. 비색의 작은 찻잔 속의 차는 이미 식어버려 싸늘했고 향취도 날지 않았다. 청한 사람이 다 도착했는지 김부식이 무겁게 입을 열었다.

"오늘 뵙자고 청한 것은……."

듣고 있는 이들도 맥이 빠져 있었다. 건조한 목소리가 방 안 분위기를 묵직하게 찍어 누르고 있었다.

"뭔가 대응책을 세워야 하겠기에 이리들 모셨습니다. 아시겠지만 폐하께서는 겉으로는 중립을 지키시는 것처럼 보이나 실제로는 묘청의 뜻을 따라 모든 것을 행하시고 계십니다."

대답은 없었으나 모여든 모든 이들이 한결같이 고개를 끄덕였다. 걱정이 앞선 무언의 동의요 공통의 걱정이었다.

"폐하도 폐하시지만 묘청과 정지상 그리고 백수한을 따르는 무리들의 행실도 더는 두고 볼 수 없는 지경입니다. 어찌나 설쳐대는지……."

서경에서 개경으로 돌아온 후 대화궁의 완공을 잇는 조치들이 줄을 잇고 있었다. 백수한이 천, 지, 인 삼정三庭에 대한 원리를 적어 인종에게 바치자 내시지후 김안은 이를 복사해 각 부서에 돌리며, 부서에서 강독하고 논술하도록 조치를 취했다. 풍류대도의 기본원리를 삼정의 원리로 풀어 쓴 서책이었다. 또한 대화궁을 둘러싼 외곽에 임원궁성을 축조한다는 결정도 내려졌다. 이 또한 감독을 인종의 측근인 내시 이중부가 맡아 서경에 대해 인종이 갖고 있는 기대와 성원을 대내외에 과시하고 있었다.

그러나 김부식이 보기에 성곽의 증축보다도 더 큰 문제는 대화궁에 묘청이 설치한 팔성당八聖堂이었다. 팔성당은 여덟 성인의 초상화를 그려 안치한 사당이었다. 호국백두악 태백선인, 용위악 육통존자, 월성악 천선, 구려 평양선인과 목멱선인, 송악 진주거사, 증성악 신인 그리고 두악의 천녀가 여덟 선인이었다. 팔성은 지역을 안배해 고려 전역에 고루 배치했고 고조선과 삼한, 삼국, 통일신라, 후삼국과 고려,

미래까지 고려한 안배를 따른 조치였다. 역사 계승이념이자 국토를 균형 있게 경영하고자 했던 국토경영사상이었다. 그러나 공자를 모시고 있는 김부식과 유학파에게는 미신이었고 해괴한 조치였다. 유교가 주장하는 예를 중심으로 강력한 중앙집권 국가체계를 꿈꾸는 유학파들의 생각과는 출발부터가 상이한 사상이었다. 더욱이 묘청의 팔성사상은 이미 고려의 민중 속에 뿌리를 내린 불교와 교묘하게 연계되어 있어서 유학파들에겐 심각한 위기의식을 불러일으키고 있었다.

"대응책을 세워야 합니다. 자칫 그대로 있다가는 어렵게 내렸던 우리 유학파의 뿌리가 뽑힐 것입니다."

이중이 대응책을 촉구하고 나섰다.

"예전부터 내려오고 있다는 해괴하기 그지없는 전국의 선인이란 선인들은 다 동원한 꼴이 아닙니까? 백성들은 그들 팔성에 각기 부처의 이름을 붙여놓고 고려와 자신들을 돌보는 성인이요 부처라 한답니다."

"혹세무민의 대표적 사례입니다. 저들의 사상을 민중들의 사상과 교묘하게 결합해서는 백성들의 정신세계를 쥐고 흔들겠다는 것입니다."

문공유가 걱정을 쏟아냈다.

"아 그런데 문 공!"

김부철이 다소 갑작스럽게 문공유를 뚫어질 듯 바라보며 정색을 하고 나섰다.

"왜 그러십니까?"

"그대의 형님이신 문공인 공께서 팔성당을 건립하고 팔성사상을 전파하는 데 앞장서고 있다 합니다. 이 무슨 해괴한 일입니까?"

문공유는 대답을 못 하고 머뭇거렸다. 이상하게도 지난번 인종의 첫 번째 서경행 이후로 형인 문공인이 달라져 있었다. 처음엔 미적거리더니 요즘 와서는 대놓고 묘청의 주장에 동조하는가 하면 정지상과 어울리는 등 김부식과는 거리를 두기 시작했다.

"소위 정통 유학자라는 분이 하는 짓이 눈을 뜨고 보질 못하겠습니다. 공께서 좀 말리십시오."

문공유는 말도 하지 못하고 김부철의 질책을 듣기만 해야 했다. 자신이 보기에도 형인 문공인은 달라져 있었다. 유배지에서 돌아온 처음엔 몰랐으나 요즘엔 노골적으로 묘청 일파의 주장을 스스로 전파하고 있었다.

"제가 차분하게 한번 말을 해보겠습니다. 죄송합니다."

"기대해보겠습니다. 그 일은 그만하고……."

겸연쩍어하는 문공유를 배려해서인지 김부식이 화제를 돌렸다. 각오가 된 듯 표정이 굳어 있었다.

"아무래도 경주에 있는 사병들을 좀 모아서 개경으로 불러야 할 것 같습니다."

"사병을요?"

묵묵히 듣고 있던 이중이 인상을 쓰며 김부식을 바라봤다.

"만일을 위해서 그렇게 해야 할 것 같습니다. 이미 개경의 황궁 복구공사를 빌미로 해서 일부 장정들을 개경으로 이동시켜놓았습니다만 좀더 사병들이 필요할 것 같습니다."

"그렇게까지 해야 하겠습니까?"

임원후가 심각한 표정을 지으며 김부식을 바라봤다.

"그래도 아직 조정의 주요 보직은 우리 측근들이 앉아 있습니다. 서경에 독립적인 군대가 존재하긴 한다 해도 만일의 경우 개경의 군사들만으로도 충분할 듯싶습니다. 혹 섣불리 군사를 움직였다가 먼저 의심을 살 수 있습니다. 잘 생각하시는 것이 좋을 듯싶습니다."

"그건 그렇습니다. 그러나 개경에 있는 관료들도 상황이 변하면 어찌 행동할지 예측하지 못할 인물들이 적질 않습니다. 만에 하나를 위해 경주에서 군사들을 불러들여 만일의 사태에 대비하는 것이 좋을 듯싶습니다."

"그리하시죠. 만일을 위한 것이니……."

임원후가 어두운 빛을 감추며 김부식의 결정에 동의했다.

"오늘 뵙자고 한 것은……."

김부식이 모든 이들의 얼굴을 살피며 조심스럽게 입을 열었다.

"최봉심이 동경에서 사신단 일행과 떨어져 자취를 감추었다고 합니다."

최봉심의 사신단에 넣어둔 밀자가 보내온 내용이었다. 동경에 들려 금나라 관원들을 만나 국서를 전한 최봉심은 곧바로 귀국하지 않고 자취를 감춰버렸다. 일행들에게는 서경에서 몇 날 며칠 다시 만나자는 약조만을 남겨둔 채였다.

"어딜 갔다는 것입니까?"

"모른답니다. 사신단에게는 동경에 좀더 머물다 출발하라 했고 귀국하는 길에 서경에서 다시 만나 개경으로 함께 들어가자고만 했답니다. 자신의 행적을 발설하지 말라는 입단속까지 철저히 했답니다."

"뭘까요?"

"혹 최근의 일과 관련이 있지 않을까 합니다."

"최근의 일이라뇨?"

호기심 어린 표정으로 묻고 있는 임원후와 임완을 번갈아 바라본 후 김부식이 조심스럽게 입을 열었다.

"최근 묘청이 폐하께 아뢴 것에 따르면 올해 동지갑자일에 대화궁에서 큰 행사를 개최한다고 합니다."

"무슨 행사랍니까?"

"이날이 길일이라며 대화궁의 신축을 대대적으로 축하하는 동시에 이날에 맞추어 칭제건원을 천하에 반포하자고 폐하께 주청했다고 들었습니다."

"그게 최봉심이 사라진 것과 무슨 관계가?"

"아마도 그 반포식에 몇몇 나라의 사절단을 초대하려는 것 같습니다."

"그럼 초청을 하면 되지 최봉심이 은밀하게 움직일 이유라도 있습니까?"

임원후의 안색이 어두워졌다.

"혹여……."

"짚이시는 것이라도 있으십니까?"

"얼마 전 왕비전에서 들은 이야기입니다. 묘청이 폐하께 아뢰길 시간은 걸릴 것이나 서책들을 가져다 자신의 주장을 증명할 수 있다고 장담을 했다 합니다."

"아니 그렇다면 혹 최봉심이 금나라 어딘가에서 동이의 역사를 기록한 서책들을 수집하고 있는 것이 아닐까요? 관련된 서책들을 수집하면 간접적으로나마 자신의 주장이 증명될 수 있다고 생각하는 것이겠지요."

"맞습니다. 충분히 그럴 가능성이 있습니다. 저들은 부르는 이름만 말갈에서 여진으로 바뀌었을 뿐 그들 또한 고구려의 구성원이 아니었습니까?"

"그렇다면 왜국도 마찬가지입니다. 왜국은 백제의 제후국이 아니었습니까? 백제 멸망시 왜국으로 망명한 백제의 후예들이 바로 오늘날 일본국의 기원입니다."

김부식의 얼굴이 긴장으로 굳어갔다. 벽란도에서 벌어진 서책 강탈 사건이 머리를 묵직하게 내리눌렀다.

"날랜 무사들을 풀어 최봉심을 추적하십시오. 혹여 필요하다면 그를 개경으로 돌아오지 못하도록 해야 합니다."

"그렇게 하십시오."

김부철과 이중이 합창을 하고 나섰다. 순간 묵묵히 듣고만 있던 임완이 정색을 하며 입을 열었다.

"그건 그리 처리한다 하더라도……. 어찌하실 겁니까?"

"뭘 말이오?"

김부철이 의아해하며 질문을 하자 임완이 김부식을 똑바로 바라봤다.

"이번 동지갑자일에 행한다는 그 행사는 어찌하실 건지를 묻고 있습니다."

임완의 표정은 다급했다. 임완의 시각에서 볼 때 고려에서 행해지는 행사에 금나라와 왜가 참여한다는 것은 송에 대항하는 거대한 동이의 동맹이 형성됨을 의미했다. 그렇지 않아도 남으로 밀려 국호까지 남송으로 바꾼 후 전전긍긍하며 간신히 생명을 이어가고 있는 송이었다. 임완의 목소리가 높아졌다.

"그런 행사가 성공리에 개최된다면 그건 바로 여기 계신 유학파에게는 악몽과도 같은 결과를 의미할 겁니다."

"막아야지요. 당연히 막아야지요. 그게 어디 그 일로 그칠 행사입니까? 저들은 필히 그 행사를 황도를 서경으로 옮기는 일과 함께 추진할 것입니다. 황도를 옮기고 칭제건원하자는 속셈일 것이니 목숨을 내놓고 막아야 합니다. 반드시!"

김부식이 언성을 높여가며 피를 토했다.

• • •

8월 무더위가 사방으로 열기를 뿜어냈다. 강렬한 빛과 함께 녹음이 터질 듯 숨 가쁘게 땅과 하늘을 메우고 있었다. 잘 정돈된 금송들이 사각형으로 밀집되어 늘어서서 사찰을 둘러싸고 뒷산을 빼곡하게 채우고 있었다. 앞선 조휘가 돌계단을 올라서는 사찰 내 한쪽에 있는 샘물로 다가갔다. 푸른 청룡이 입으로 물을 뿜어내 큰 돌그릇에 물을 가득 채웠다. 출렁이며 춤을 추는 물은 보기만 해도 흐르는 땀을 식힐 만큼 푸르렀다. 긴 나뭇가지에 달린 청동그릇으로 물을 뜬 조휘가 최봉심 앞으로 물 잔을 내밀었다.

"먼 길을 오셨는데 드릴 게 이것밖에 없습니다. 저도 객으로 머무는 사람이다 보니. 그래도 시원하기로는 으뜸이니 목이라도 축이십시오."

물 잔을 받아든 최봉심은 머뭇거림 없이 단숨에 들이켰다. 일본국의 도읍 헤이안경平安京 외곽에 위치한 기요미즈지清水寺를 찾은 것은 먼 길을 돌아서였다. 금나라의 동경에서 사신단 일행과 헤어진 최봉심은 단기로 말을 달려 동래를 거친 후 바다를 건넜다. 조휘가 머물고 있는 기요미즈지는 이름대로 물이 맑았다. 한 모금의 물이 그동안의 피로를 말끔히 씻어냈다. 짜릿한 청량감이 몸 안을 가득 채웠다.

“맛이 으뜸입니다. 그래서 기요미즈지라 불리나 봅니다.”

조휘는 작은 미소만 지어 보였다. 고개를 들어 눈을 보니 물처럼 맑은 여자였다. 모습이 청초해서일까? 조휘의 뒤로 늘어선 붉은색으로 칠해진 사찰의 모습이 극명한 대비를 만들어냈다. 최봉심은 시선을 돌렸다. 차마 계속 보고 있을 자신이 없어서였다. 그리고 순간 정지상을 이해할 수 있었다. 개경을 떠나던 자신의 손을 잡고 부탁에 부탁을 거듭하던 정지상이었다.

“먼 길을 오셨습니다. 고생이 많으셨겠습니다.”

맑은 목소리가 다시 최봉심의 가슴을 두드렸다. 최봉심은 정지상이 행운의 사내라 생각했다. 부러웠다.

“국서를 전달하는 게 제 임무입니다. 수고랄 것까지야…….”

입을 열고는 잠시 머뭇거리다 다시 한마디를 꺼내놓았다.

“정지상 공의 부탁이 있으셨습니다. 이번 길에 반드시 조휘 낭자를 뵙고 안부를 물어달라는…….”

“그랬습니까?”

‘툭’ 하고 한마디를 던져놓고 조휘의 시선이 사찰 저 너머의 헤이안 성으로 향했다. 오밀조밀하게 성곽이며 집과 건물들이 꼬리를 문 채로 아늑하게 늘어서 있었다. 헤이안 성 반대편으로는 또 다른 산이 헤이안 성을 포근하게 둘러싸고 있었다.

“왜국은 국서를 전달하면 일이 잘될까요?”

같은 방향으로 눈길을 돌린 최봉심이 헤이안을 바라보며 질문을 했다. 정부의 공식 의사 전달이 있으면 그리하겠다는 반응에 이끌려 바다를 건넌 자신이었다.

“그럴 겁니다. 이곳도 상황이 여러 모로 복잡합니다.”

"금국도 마찬가지고 왜국도 그렇고……. 저로서는 묘청선사와 정지상 공께서 하시는 일이라 토를 달 이유가 없긴 하지만 의외는 의외입니다. 그리들 반응을 하니."

최봉심은 묘청과 정지상을 마음속으로 존경하고 있었다. 최봉심은 과거제도 중 무학을 시험하는 강예재 출신이었다. 강예재의 폐지를 주장하는 유학자들의 거센 바람을 막고 서 있는 게 묘청과 정지상 그리고 윤언이 같은 사람들이었다. 그들은 글의 학문보다 자연의 학문의 중요성을 주장했다. 무학의 중요성을 주장하며 과거제도에 남겨 둬야 한다고 주장한 것도 그들이었다. 생각에 치우침이 없긴 학문 분야만이 아니었다. 특정 지역적 배경을 기반으로 한 정치보다는 고려 곳곳을 골고루 중시하는 치우침이 없는 생각을 갖고 있는 사람들이었다.

"왜국의 정치적 상황이 그런 반응을 보인 원인인 것 같습니다. 지금 이곳 헤이안에서는 천황을 두고도 그 위에 상황이 존재해 섭정하는 게 현실입니다."

"천황 위에 상황이라 하셨습니까?"

"예. 그렇습니다. 현재 공식적으로는 스토쿠 천황崇德天皇의 치세이지만 얼마 전 시라카와 상황白河上皇이 죽은 후에는 도바 상황烏羽上皇이 다시 실권을 잡고 원정院政을 하고 있습니다. 천황이 일인자가 아닌 셈입니다."

원정은 천황 위에 존재하는 상황이 실권을 잡은 섭정의 일환이었다. 천황에서 물러난 상황은 원院을 설치하고 원을 중심으로 실권을 행사했다. 왜국의 국정 일인자였던 천황은 소위 셋쇼攝政, 섭정와 감파쿠関白, 관백로 불리는 세칭 섭관가에 의해 권력행사를 제한 받았다. 이런 섭관

가로 대변되는 신권을 억제하고, 천황이 직접 실권을 발휘하게 하자는 정치적 바람이 천황 위의 상황정치를 탄생시킨 배경이었다. 장원경제를 중심으로 귀족들의 정치력이 컸던 시대적 상황을 배경으로한 독특한 정치체제였다.

"그래서 이 사람들이 아마도 대화궁에서 선포하겠다는 새로운 통치방식에 관심을 갖고 있는 것으로 보입니다."

"그런 복잡한 사정이 있었군요?"

"또한 서경에서 열릴 제전의식에 참관단을 보내겠다는 것도 이들이 장보고張保皐 장군에게 열광했던 이유와도 무관하지 않습니다."

"신라 말 청해진 대사 장보고를 말씀하시는 것입니까?"

최봉심이 느닷없이 튀어나온 장보고란 이름에 정색을 하고 질문을 했다.

"그렇습니다. 나당연합군에 의해 백제가 멸망하자 열도에 있던 백제의 제후국을 일본국으로 개명하고 명맥을 이어온 이들이 바로 지금의 왜국입니다. 신라 말 장보고 장군이 청해진에 해상기지를 세우고 세력을 키우자, 장보고 장군을 끊어졌던 백제의 명맥을 잇는 후예로 생각하고 열광한 게 이들이었습니다. 지금 신라가 망하고 고려가 고구려의 명맥을 잇는다고 주장하며 대화궁에서 제천행사를 열어 옛 삼한의 전통을 계승하겠다니 이들이 다시 서경을 주목하는 것입니다."

복잡한 현실적 정치 상황과 나당연합군에게 패망해 열도로 물러날 수밖에 없었던 백제의 후예들이 서경의 제천행사에 관심을 갖는 이유였다. 그런 이유는 여진의 금도 별반 다르지 않았다. 강성해진 국력을 바탕으로 금이라는 나라를 세우긴 했으나 옛 고구려와 발해, 그리고 고려와 갖는 동질성 내지는 밀접한 관계로 인해 여진의 금은 정치적 정체성을 확립하는 데 약간의 혼란을 겪고 있었다. 한편으로는 이어져 내려온 정통성 속에서 정치적 정체성을 확립해야 했고, 다른 한편으로는 바뀐 자신들의 정치적 위상에 걸맞은 새로운 정체성을 만들어야 했다.

"그 말씀을 들으니 왜 여진의 금이 서경성에서 있을 제천행사에 관심이 있는지를 알겠습니다. 그들의 뿌리도 어차피 고려와 같은 뿌리가 아닙니까?"

"그럴 테지요. 왜국이나 금국이나 다 같은 뿌리를 부정할 수 없는 상황에서 서경에서의 제천행사에 참여함으로써 그 전통을 확인하려는 겁니다. 그리고 혹 그런 행사를 통해 자신들의 황제를 국강상에 올려 옛 동이의 전통성을 등에 업고 자신들의 정치적 정당성을 확고히 하려는 것이지요."

"저는 이제야 묘청선사의 의중을 좀더 잘 이해할 수 있게 되었습니다."

"그러십니까?"

조휘가 최봉심을 바라보며 작은 미소를 지어 보였다.

"처음에 대화궁에 태양신전을 모시고 칭제건원하면 천하의 모든 국가들이 고려에 머리를 조아린다고 수상하서서 이게 뭔 소린가 하고 미심쩍어했습니다. 근데 낭자의 설명을 듣고 보니 그런 배경이 있었습니다."

"쉽지는 않은 일이지요. 오랜 세월을 두고 갈라지고 흩어진 지금 금국과 왜국이 동이의 옛 역사와 뿌리를 인정하며 온전히 고려의 뜻대로 움직이지는 않을 것입니다."

"그래도 관심을 갖고 참석하겠다는 것이 어디입니까? 참으로 대단하신 분이십니다. 역사를 정확하게 보고 계시니 그런 생각도 나오는 것이 아니겠습니까?"

작은 사찰 앞 난간에 몸을 기댄 최봉심이 푸른 숲으로 덮인 아래로 펼쳐진 넓은 절벽지대를 바라보며 숨을 깊게 들이마셨다. 무지가 가져왔던 의구심을 해결한 듯 표정이 밝았다.

"이제 어떻게 하시겠습니까?"

조휘가 다시 걸음을 옮기며 최봉심의 계획을 물었다.

"정지상 공의 부탁을 떠올리면 당장 낭자를 모시고 귀국하고 싶지만 이곳 사정도 있고……. 또 저는 하루라도 빨리 서경으로 돌아가 귀국하는 사신단 일행과 만나야 합니다."

먼 길을 돌아온 최봉심은 시간과 싸우고 있었다. 계획이 조금이라도 삐끗한다면 자신을 향해 달려들 정치적 공세가 만만치 않을 터였다.

"저는 지금 당장 출발하겠습니다."

"그렇게나 빨리요?"

"국서를 전달했으니 제 임무는 완수된 것입니다. 하루라도 빨리 돌아가야지요."

서두르던 최봉심이 잠시 침묵한 후 조휘를 바라봤다. 좀 전의 당당함과 서두르던 기색은 이내 사라지고 애잔한 눈빛을 하고서였다.

"정지상 공께서 당부하신 말씀이 있으십니다."

조휘의 눈빛이 반짝였다. 내내 왜국의 상황을 설명하면서 혹여 하며 기다려온 조휘였다.

"하루 속히 개경으로 돌아오라는 부탁이셨습니다."

"그리해야지요."

"지금 정치적 상황이 만만치 않습니다. 서경에서 있을 행사로 인해 정국이 팽팽하게 잡아당겨져 있는 상황입니다. 정지상 공께서 하루속히, 그리고 반드시 개경으로 돌아와 자신을 찾으라고 전하라 하셨습니다."

"그리하겠다고 전해주십시오."

조휘가 반짝이는 눈빛을 밝히며 최봉심을 바라봤다. 자신의 애절한 사랑을 전해달라고 부탁하는 눈빛이었다.

"이제 이 일이 끝나면 새로운 시대가 올 것입니다. 흩어졌던 형제가 하나가 되는 일이 아닙니까? 그리되면 개경이든 서경이든 어느 곳에서라도 함께할 것이라 전해주십시오."

"언제쯤 귀국하신다 전하면 되겠습니까?"

"글쎄요. 가져오신 국서를 왜국 조정에 전하고 답신만 받으면 돌아갈 수 있질 않겠습니까? 떠나신 후 며칠 내에 출발할 수 있을 겁니다."

"알겠습니다. 조심하시고 개경에서 뵙겠습니다."

말을 마친 최봉심은 조휘에게 머리를 조아렸다. 다시 고개를 든 최봉심은 말없이 조휘를 바라보곤 묵묵히 군장을 꾸린 후 몸을 돌려 사찰의 돌계단을 내려갔다.

조휘는 뒤따르지 않았다. 가볍게 손을 흔들어 인사를 건넨 조휘는 최봉심의 뒷모습을 눈으로 좇으며 돌계난을 세고 있있다. 기약 없이 흐르는 대동강물을 헤아리며 정지상을 기다렸던 그녀였다. 계단은 시작도 끝도 없는 대동강물과 달랐다. 앞에 놓인 돌계단을 다 세고 나면 정지상에게 이르는 길이 나타날 것 같았다. 최봉심을 태운 말이 먼지를 흩날리며 작아져 갔다. 흰 먼지 속에서 작아지며 최봉심의 모습은 사라져갔지만 조휘는 그를 놓치 않았다. 그 아련한 길 끝에서 정지상이 그녀를 기다리고 있었다.

천도의 좌절

어둠 속에서 묘청의 눈이 빛을 발했다. 묵직한 침묵이 공기를 누르고 있었다. 그러나 가라앉은 공기는 묵직했고 딴딴했다. 어둠 속에서 튀어오른 묘청의 눈빛을 단단히 지탱하는 힘이었다. 묘청의 목소리에도 각오와 자신이 묻어 있었다.

"수고하시었소."

묘청이 어둠 속의 두 사내를 번갈아 바라봤다. 눈빛을 받은 사내들은 아무런 말없이 하얀 이를 드러내며 미소만을 지어 보였다. 두 사내는 묘청의 눈빛만을 응시하고 있었다.

"두 분의 공이 적지 않습니다. 허역 공이 바다 건너 저들의 땅으로 들어가는 서책들을 구했고, 최봉심 공이 금과 왜를 다녀와 양국의 협조를 구했으니 만반의 준비는 끝났습니다. 이제 폐하만 이곳 서경의 대화궁으로 모시면 됩니다."

묘청으로서는 걱정하던 일들이 착착 풀려가고 있었다. 며칠 전 허역이 서책들을 마차에 가득 싣고 서경으로 들어왔다. 개경으로 직접

가져가 인종의 면전에 제출하지 못한 것이 아쉽기는 했지만 허역으로
서는 선택의 여지가 없었다. 조여드는 김부식 일파의 추적을 피해 서
경으로 무사히 들어온 것만으로도 다행으로 여겨야 했다. 그런데 오
늘은 최봉심마저 왜국에서 귀국하여 세 사람이 자리를 함께할 수 있
었다.

"풍류대도의 부도인 대화궁이 완공되었고, 비서원에서 약탈당했
던 우리 역사서들도 돌아왔습니다. 또한 형제국인 금국과 왜국이 이
곳 대화궁의 개궁을 축하하는 사신들을 보내겠다고 약조했으니 이제
준비는 끝났습니다. 하물며 금과 왜는 자신들이 보관하고 있던 옛 조
선의 역사를 적은 서책들을 사신들과 함께 이곳 대화궁으로 보내준
다고까지 했습니다. 그 모든 것들이 서경에 도착한다면 비서원의 서
책들과 함께 조선의 뿌리가 하나이며 단군왕검의 역사가 그저 전설
이 아닌 살아 있는 생생한 동이의 전통임을 증명해줄 것입니다."

묘청의 목소리가 가늘게 떨고 있었다. 침착했던 평소와는 무척이
나 다른 모습이었다. 묘청은 말을 이으며 손에 든 몇 권의 서책들을
쓰다듬고 또 쓰다듬었다.

"호종단도 처단했으니 이제는 어둠 속에 숨어 있던 악의 무리를
찾아내 단죄할 차례입니다. 어서 결단을 내려주십시오."

흥분한 묘청의 얼굴을 바라보며 허역이 단호한 목소리로 결정을
재촉하고 나섰다. 준비는 갖추어졌다 하나 사대파의 주역들은 개경에
서 뿌리를 내리고 똬리를 튼 채 어둠 속에 앉아 있었다.

"자중하세요."

흥분을 가라앉히며 묘청이 허역을 바라봤다.

"이제 폐하를 이곳으로 모셔와 칭제건원을 하면 될 일입니다. 서경

이 고려국의 황도가 되는 것입니다. 그리하고 나서 사대파들을 제거해도 늦질 않습니다. 우선은 폐하를 모셔와 서경을 황도로 하는 것이 우선입니다."

최봉심도 상기된 표정으로 거들고 나섰다. 며칠 낮 밤을 바다를 건너고 말을 달려 서경으로 돌아온 그였다. 피로와 긴장감으로 범벅이 된 일정이었지만 고조된 분위기가 가슴을 끓게 만들고 있었다.

"이리합시다."

차분하게 목소리를 가다듬은 묘청이 두 사람을 바라보며 입을 열었다.

"허역 공은 이곳에 남아서 분사병부상서 유참 공과 분사시랑 조광 공과 함께 만반의 준비를 해주시오."

말을 마친 묘청이 무엇인가를 책상에서 꺼내 허역에게 건넸다.

"준비할 사항들 적어봤습니다. 유참 공과 조광 공에게 말씀하면 잘 알 것입니다."

허역의 눈이 반짝였다. 허역은 알고 있었다. 결전의 순간이 다가오고 있었다. 결과는 예측할 수 없으나 피 냄새가 허역의 코끝을 자극하고 있었다. 평생 무인으로 살아온 자만이 느낄 수 있는 예감이었다. 허역이 고개를 숙여 묘청의 청에 답하자 이번에는 묘청의 시선이 최봉심에게로 향했다.

"최공은 나와 함께 개경으로 갑시다. 개경에 있는 동지들과 함께 이곳으로 폐하를 모십시다. 이제 새로운 시대가 시작됩니다."

묘청의 눈이 반짝였다. 새로운 시대를 기약하는 눈은 하늘처럼 빛을 발했다.

$$\cdots$$

"그게 사실입니까?"

김부식의 표정이 백지장처럼 창백해졌다. 목소리도 찢어질 듯 어둠을 갈랐다.

"예! 어제 묘청이 서경에서 돌아와 은밀하게 폐하를 알현했습니다."

임원후의 목소리 또한 비장했다. 서경에서 개경으로 돌아온 묘청이 인종을 알현했다는 소식을 전해 듣고 득달같이 김부식을 찾아온 그였다.

"서경으로 가는 날이 3일 후로 잡혔답니다."

오늘 아침 인종의 비인 자신의 딸이 급박하게 서신을 보내왔다. 서경에서 돌아온 묘청이 정지상과 윤언이, 그리고 인종의 측근인 김안과 함께 인종을 알현했다는 내용이었다.

"더군다나 황당한 것은 그동안 찾던 서책들이 서경에 준비되어 있다고 묘청이 말했답니다. 폐하께 서경으로 들어가시어 확인을 한 다음 칭제건원과 서경으로의 천도를 천명할 것을 주청했다고 합니다."

급박한 임원후의 표정과는 달리 김부식의 표정은 싸늘했다. 이야기를 듣고도 김부식이 한참을 침묵하자 김부철이 자신의 형을 대신하고 나섰다.

"저희 쪽에서도 정보를 수집하고 있었습니다."

"무슨 정보였습니까?"

눈길을 김부철에게로 돌린 임원후가 다급한 듯 재촉했다.

"얼마 전 벽란도에서 송나라 상선들이 괴한들에게 서책들을 강탈당한 사건이 있었습니다. 그 서책들이 어떤 내용인지는 확인할 수 없었으나 그 괴한들이 서경으로 들어간 것을 확인했습니다."

김부철의 눈길이 멀찌감치 떨어져 앉아 있는 임완에게로 쏠렸다. 임완은 침묵한 채로 눈만 껌벅이며 분위기를 살피고 있었다.

"또한 최봉심을 추적한 우리 측 세작들에 의하면 이자가 금의 동경에서 바닷길을 통해 왜국엘 다녀왔다고 합니다."

"왜국을요?"

임원후가 의외라는 표정을 지으며 다시 김부식을 바라봤다. 뭔가를 알고 있는 듯했지만 김부식은 계속해서 입을 일자로 굳게 다물고 있었다. 임원후의 눈이 빠르게 방 안을 굴러다녔다.

"그것만이 아닙니다."

다시 임원후의 시선이 김부철에게로 쏠렸다.

"세작들에 의하면 금의 동경에서 출발한 금의 사신이 벌써 귀주를 지나 안주에 도착했다 합니다."

"목적지가 어디랍니까?"

침묵하던 임완이 그제야 입을 열고 나섰다.

"저희 쪽에서 들어온 정보입니다. 금의 사신들은 서경으로 향하고 있다 합니다."

"저희 쪽이라뇨?"

"남송에서 들어온 정보라는 말씀입니다."

임원후가 예민하게 질문을 하자 머뭇거리며 임완이 대답을 했다. 임원후의 표정이 일그러지려 하자 김부철이 그 순간을 놓치지 않고 계속했다. 지금 중요한 것은 정보의 원천이 아니라 적들이 서경으로 결집하고 있다는 냉정한 현실이었다.

"그뿐만이 아닙니다. 왜국에서 출발한 사신도 이미 남경을 지나 북상하고 있다고 합니다."

"왜국은 또 무슨 일입니까?"

거기까지 설명을 한 김부철이 더 이상 답하지 않고 입을 닫았다. 대신 김부철의 시선이 김부식에게로 향했다. 마치 자신의 몫을 다했다는 표정이었다. 한참의 침묵이 흐르자 임원후가 김부식을 재촉했다.

"김 공! 말씀을 좀 해주시오. 무슨 일이오이까?"

김부식은 대답하지 않았다. 한참 동안 눈을 감고 침묵하던 김부식이 입을 연 것은 촛불이 자신의 몸, 반의반쯤을 태우고 난 후였다. 김부식의 입술이 촛불을 받아 흔들렸다.

"저들이 말한 천지개벽의 시간이 다가오고 있음을 의미합니다. 황도를 서경으로 옮기고 칭제건원해서 옛 조선의 역사와 전통을 다시 세우는 것 말입니다."

임원후의 표정이 점점 더 일그러져갔다. 암흑의 미로를 헤매는 답답한 표정이었다.

"수서원의 서책들을 찾지 못할까 봐 정지상이 금국과 왜국에 도움을 청했던 일이 있었습니다. 뿌리를 같이하는 형제국들에게 함께했던 옛일들을 기록한 옛 서책들을 빌리려 한 것이지요. 이제는 옛 조선의 역사서들을 구하는 것에서 너 나아가 대화궁에서 벌이길 옛 조선의 천제에 저들의 참관을 청한 것이겠지요."

말을 이으며 김부식이 못마땅하다는 표정으로 임완을 흘깃 바라봤다. 임완은 김부식의 눈길을 피했다.

"호미로 막을 일이 커져버렸습니다. 저들이 서경에 함께 모인다면 우리에게 앞날은 없을 것입니다. 어떻게 하든, 어떤 희생을 치르더라도 막아야 하겠지요."

비장감이 담긴 목소리였다. 항상 차갑지만 자신감이 담겨 있던 김부식의 평소 목소리와는 사뭇 다른 목소리였다.

"저도 힘을 보태겠습니다. 상국인 송 또한 가만히 있겠습니까?"

조용히 듣고만 있던 임완이 모처럼 목소리를 높였다.

"경거망동하지 마시오."

순간 싸늘해진 김부식의 목소리가 임완의 입을 막고 나섰다.

"그대는 앞으로 근신하고 있으시오. 그대와 호종단 공의 행실이 드러나면 그 파장을 예상할 수 없을지도 모릅니다. 우리를 제외한 고려의 모두가 적이 될 수 있습니다. 자칫하다간 우리 모두가 공멸할지도 모릅니다. 자중자애하시고 주변을 살피세요. 송의 도움이 필요하면 제가 청할 것이니 나서지 마세요."

"어떻게 하면 되겠습니까?"

한참을 듣고만 있던 임원후가 다시 입을 열었다. 김부식과 임완이 주고받는 대화 속에서 저간의 사정이 가늠되었는지 한층 어두워진 표정을 하고서였다.

"어차피 마주보고 달리던 마차가 아니겠습니까?"

비장감이 느껴질 만큼 김부식의 목소리가 굳어 있었다.

"이제는 피할 수 없게 되었소이다. 피할 수 없다면 부딪칠 수밖에……."

"부딪친다면?"

"막아야지요. 폐하의 서경행을 막아야 합니다."

단호한 목소리였다. 그 목소리엔 피할 수 없다는 운명과 해내야 한다는 다짐이 처절하게 범벅이 되어 있었다.

수창궁을 나선 인종의 어가는 서쪽의 신의문을 향해 나갔다. 의장병으로 구성된 신기대神旗隊가 앞장섰고, 그 뒤를 왕의 친위군인 용호군이 따랐다. 책임자로 보이는 장교 하나가 말을 타고 붉은 기를 든 채 앞서 길을 인도했다. 그다음으로 상장군이 있고, 다음으로는 낭장들이 군대를 이끌고 줄을 이었다. 기병들은 활과 화살을 지닌 채 칼을 차고 있었다. 칼날은 햇빛을 받아 반짝였고 깃발에 묶인 방울소리도 빠르고 경쾌하게 울려 퍼졌다. 인종의 가마 뒤로는 용호친위군장 한 사람이 자루의 끝에 힘차게 날개를 편 난조鸞鳥 한 마리를 그린 금월金鉞을 잡고 인종의 가마를 뒤따랐다. 개경을 떠나 새로운 황도를 향해 가는 행렬답게 발걸음이 힘찼고 경쾌했다. 문신들의 행렬을 따르던 묘청과 정지상의 표정도 무척이나 밝아 보였다. 지세를 다한 개경을 떠나 새로운 서경으로 황도를 옮기는 뜻깊은 날이었다.

국왕의 일행이 국자감에 다다르자 학생들이 거리 옆으로 무릎을 꿇은 채 열을 맞춰 인종을 맞이했다. 일행 중에 한 사람이 일어나 무릎을 반쯤 굽힌 채 큰 목소리로 간하기 시작했다. 국자감의 학관인 윤언이였다.

"폐하의 서경행을 감축드리옵니다. 지덕이 쇠한 개경을 떠나 새로운 기운이 발흥하는 서경으로 가시니 이제부터 고려의 앞닐이 흥힐 것입니다."

"감축드리옵니다. 폐하!"

국자감의 학생들이 윤언이를 따라 합창하자 어가를 둘러싼 주변 분위기가 한층 고조됐다. 잠시 일행을 멈추게 한 인종이 어가에서 몸을 일으켰다. 발갛게 상기된 표정으로 인종이 좌중을 둘러보며 입을 열었다.

"고려의 왕업이 시작된 개경을 뒤로 하고 서경으로 천도하게 되니 가슴이 착잡한 것 또한 사실이다. 그러나 왕업을 위해서 내린 결정이니 새로운 고려의 영광이 서경의 대화궁에서 실현될 것이다. 그대들은 고려의 앞날을 위해 축원하고 기도하라!"

"고려 만세! 폐하 만세!"

거리 옆에 도열한 국자감 학생들과 국왕을 호위하던 군사들 모두가 하나로 목소리를 높였다. 이자겸의 난으로 불타버린 이래로 이처럼 떠들썩하고 활기찬 적이 없던 개경의 거리였다.

"이제 폐하께서 서경에 새로운 황도를 여십니다. 우리 동이의 부도인 대화궁에서 고려의 새 역사가 펼쳐질 것입니다. 환인의 뜻을 받들 지상의 단군왕검의 나라가 시작됩니다. 이곳에서 영광스러운 환국의 역사가 다시 시작될 것이니 모든 고려국 백성들은 환호하고 축하하시오!"

어가 앞으로 나선 묘청이 큰 목소리로 축원을 발원하자 길 양쪽을 에워싼 백성들이 환호하며 답했다.

"고려 만세! 조선 만세!"

"참으로 뿌듯합니다. 이날이 다시 올 줄은 참으로 몰랐습니다."

일행 중에 있던 정지상은 눈물을 글썽거렸다. 서경을 떠나 개경으로 들어와 벼슬살이를 시작하며 품었던 꿈이 실제로 자신의 눈앞에서 벌어지고 있었다. 셋방을 살다 집을 사서 이사 가는 그런 느낌이었다. 이제 그 첫걸음이 자신의 눈앞에서 웅장한 발걸음을 내딛고 있었다.

"이제 시작입니다. 폐하를 모시고 옛 조선의 영광을 재현해야겠지요."

김안도 같은 표정이었다. 뒤를 따르는 문공인이나 다른 제신들도 한결같이 고무된 표정을 짓고 있었다.

"자! 갑시다. 지체 없이 서경으로 갑시다!"

어가가 다시 움직이기 시작했다. 한 걸음 한 걸음 움직일 때마다 백성들의 환호성도 물결치며 뒤를 따랐다. 윤언이도 국자감 학생들과 함께 어가 일행을 따르기 시작했다.

인종 일행은 개경의 서문 선의문을 빠져나와 북쪽으로 길을 잡았다. 그러나 일행은 평주의 금암역에 이르렀을 때 주춤거리다 이내 움직임을 멈췄다. 어가가 정지하자 왕비와 함께 밝은 표정으로 담소를 나누던 인종의 표정이 굳어졌다.

"무슨 일이냐?"

인종이 외쳤다. 웃음기가 싹 가신 표정이었다. 묘청과 백수한의 표정도 이내 굳어지기 시작했다. 행렬의 앞에서 시작된 웅성거림이 빠르게 뒤쪽으로 다가왔다. 서로의 얼굴을 바라보며 의아해하던 일행의 궁금증은 곧 풀렸다. 행렬의 앞쪽에서 호위군 장교 하나가 말을 달려 인종의 어가로 급히 달려왔다. 뽀얀 먼지가 일더니 이내 땅에 가라앉았다. 말에서 내린 호위군 장교가 고개를 숙이곤 쭈뼛거리며 보고를 했다.

"폐하! 앞쪽에 정체 모를 군사들이 길을 막고 있습니다."

"무엇이라?"

"어떤 놈들이기에 폐하의 어가를 막는다는 것이냐?"

일행의 앞에 서서 호위군들을 지휘하던 최봉심이 목소리를 키우며 앞으로 나섰다.

"정체를 모르겠습니다. 다만 창과 칼을 뽑아 들고 길을 막고 서 있을 뿐입니다."

"폐하! 잠시 이곳에 계십시오. 신이 나가 저들의 정체를 알아보고 오겠습니다."

묘청의 눈짓을 받은 최봉심이 인종에게 아뢰고는 말을 재촉하며 행렬의 앞으로 빠르게 나갔다. 인종의 표정은 급격하게 어두워졌다. 수많은 환란을 겪은 왕답게 표정의 변화도 빨랐다. 기대와 실망이 수도 없이 겹치고 사라졌던 경험이 가져다준 결과였다. 인종의 표정을 살피던 정지상은 인종의 표정을 힐끗거리는 김부식의 표정을 순간 바라봤다. 김부식의 얼굴에 알 수 없는 미소가 가느다랗게 퍼지고 있었다. 정지상은 고개를 돌려 뒤따르던 윤언이를 바라봤다. 멀찌감치 떨어져 있는 윤언이의 표정도 심하게 일그러지기 시작했다. 정지상은 조용히 뒤로 물러나 윤언이에게로 다가갔다. 목소리는 작고 날카로웠다.

"무슨 일일까요?"

윤언이에게 다가간 정지상이 나지막이 소리쳤다.

"……."

윤언이는 대답을 하지 않았다. 입을 굳게 다물고 고개를 두리번거리던 윤언이가 누군가를 발견하고 손을 흔들었다. 사내는 급하게 무리를 헤치고 두 사람에게 다가왔다. 허역이었다. 허역은 가쁜 숨을 내쉬며 거칠게 입을 열었다.

"매복입니다!"

"매복이라니? 무슨 소리요?"

윤언이의 목소리가 튀어 올랐다.

"정체를 알 순 없으나 상당한 군사들이 길을 막고 있습니다. 그리고 좌우와 뒤로 또한 상당한 군사들이 매복하고 있는 듯합니다."

"그 무슨 해괴한 소리입니까? 고려 국왕의 행차입니다. 어떤 놈들이 길을 막고 섰다는 것입니까?"

윤언이가 사방을 둘러보며 적의 모습을 잡으려 애를 쓰고 있었다.

"어제 확인했다고 그러지 않았습니까?"

정지상이 당황한 목소리로 급하게 질문을 했다. 좀 전까지 자신감 있던 표정과는 달리 긴장한 빛이 역력했다. 인종을 서경으로 모시기로 하고 허가를 얻어낸 묘청과 정지상 일행은 김부식 일파의 동향을 낱낱이 살폈다. 워낙 전격적으로 인종의 허가를 받아서이기도 했겠지만 하루 전날 서경행을 통보 받은 김부식 일파는 당황하는 기색이 역력했다. 그러나 그것뿐이었다. 생각보다 순순히 서경행에 동참한 김부식 일행들은 일언반구 없이 인종의 어가를 따라나섰다. 그런 상황에서 누군가가 인종의 길을 막고 나선 것이었다.

"그보다 더 급한 게 있습니다. 허역 공!"

윤언이가 소리쳤다. 순간 정지상도 윤언이의 기세에 눌려 입을 닫았다.

"어서 낭도들을 이끌고 어가를 호위하세요!"

윤언이의 명령이 끝나기도 전에 허역은 몸을 날렸다. 스무 명 남짓의 무사들도 순간 허역을 따라 인종의 어가로 날려 나샀다. 일행 중에 흩어져 있던 낭도들이었다. 어가로 다가가는 한 무리의 뒤를 바라보던 정지상의 눈에 또 다른 한 무리가 어가의 한쪽에서 어가를 감싸는 게 보였다. 순식간의 일이었다. 인종의 어가를 가운데에 두고 두 무리가 대치하는 형국이 펼쳐졌다. 한쪽은 정지상에게 익숙한 허역이 낭도들을 이끌고 있었다. 그러나 반대편은 알 수 없는 얼굴들이었다. 허겁지겁 두리번거리고 있던 정지상의 황당함을 깨운 것은 윤언이였다.

"아니 저들은 폐하의 친위군인 응양군이 아닙니까?"

앞서 어가를 호위하던 용호군을 뒤따르던 2군 중의 하나인 응양군의 군사들이었다. 그 순간 김부식과 임원후가 응양군 쪽으로 몸을 움직이더니 응양군을 등 뒤로 하고 어가를 에워쌌다.

"이게 무엇하는 짓입니까? 평장사!"

묘청이 김부식을 응시하며 목소리를 날카롭게 세웠다.

"무슨 일은요? 역적의 무리들로부터 폐하를 지키자는 것 아닙니까?"

"역적이라뇨? 누구를 지칭하시는 겁니까?"

묘청이 핏대를 돋우며 김부식을 응시했다. 김부식도 질세라 독기를 품고는 묘청을 응시했다. 두 사람은 어가를 마주한 채 한 무리씩의 군사들을 등에 업고 대치하고 있었다. 인종은 말없이 벙벙한 표정으로 양쪽에 서 있는 두 사람을 바라봤다. 두 사람 다 자신을 위한다고 외치고는 있었으나 누가 우군이고 누가 적인지 구분할 방법이 없었다. 그때 인종의 장인인 임원후가 김부식 쪽으로 자리를 옮기며 인종에게 고하기 시작했다.

"폐하! 신들이 무례하게 폐하의 허가 없이 군사를 동원하긴 했으나 이는 사악하고 간교한 무리들로부터 폐하를 보호하기 위한 불가피한 행동이었습니다."

아직 인종은 정신을 못 차렸는지 임원후의 고변을 들은 체 만 체하며 고개를 두리번거렸다. 신하들의 설명보다 군사들의 움직임이 더 신경이 쓰여서였다.

"폐하! 묘청은 요망스런 중이옵니다. 폐하를 현혹하여 서경으로 모신 다음 칭제건원한다면서 고려를 자신의 품에 넣으려는 망상에 사로잡힌 자이니 요망한 묘청을 내치시고 개경으로 환궁하십시오!"

그제야 임원후의 고변을 알아들은 인종이 두리번거리던 고개를 정지하곤 임원후를 바라봤다.

"이건 짐의 뜻이기도 합니다. 장인어른!"

참지정사 임원후를 얼떨결에 장인이라 부르며 인종이 반박했다.

"저들이 폐하를 겁박하고 기망하여 서경으로 모신다는 것을 알고 있습니다. 신들에게 맡기시면 될 일입니다. 명령만 내리십시오."

임원후도 물러서지 않았다. 그때였다. 행렬의 앞쪽에서 병장기가 부딪치는 소리가 들리기 시작했다. 선봉을 섰던 용호군의 군사들과 길을 막아선 정체불명의 군사들이 전투를 시작했다. 칼과 창이 부딪치는 소리가 점점 더 커져가자 인종을 둘러싸고 대치한 묘청과 김부식의 군사들도 긴장이 높아져갔다.

"폐하! 명령을 내리십시오. 역적들을 처단하겠습니다!"

윤언이가 인종에게 간청했다.

"폐하! 명령을 내리십시오. 요망한 무리들을 처단하겠습니다!"

김부식도 질세라 목소리를 높였다. 외곽에서 시작된 창과 칼날 부딪치는 소리가 점점 더 커져갔다. 병사들의 고함소리도 커져갔다. 소리가 높아지자 피비린내가 진동하기 시작했다. 사방에서 비명소리가 커져갔다. 주변으로 눈을 돌린 인종의 눈에 비친 것은 인종의 어가 일행을 에워싸고 거리를 좁혀 들어오는 군사들이었다. 어찌할 바를 모르고 어정쩡하게 서 있는 인종의 손을 잡으며 왕비가 낮게 속삭였다. 무슨 말인지 들리지는 않았으나 왕비는 무엇인가를 애원하는 듯 표정이 간절했다. 인종은 입을 열지 않고 고개를 돌리며 도리질했다. 그럴수록 왕비는 무엇인가를 더 애절하게 간청하는 모습이었다. 병사들의 함성 속에서 인종과 왕비의 밀고 당기기가 한참이나 계속됐다. 묘청도 정지상도 윤언이도 김부식도 임원후도 모두가 입을 다문 채 인종의 얼굴만을 바라보고 서 있었다. 얼마나 지났을까? 어가에서 몸을 일으킨 인종이 입을 열었다. 작지만 단호한 목소리였다.

"어가를 돌려라! 개경으로 돌아간다!"

"폐하!"

묘청이 비명을 지르듯 절규하듯 외쳐댔다. 정지상도 윤언이도 아무 말도 못 한 채 서로를 바라보고만 있었다.

"모두가 무기를 거두어라! 어가를 돌려 개경으로 돌아간다. 그게 짐의 뜻이다."

말을 던져놓은 인종은 어가에 '푹' 하고 꺼져 앉아버렸다. 곧이어 김부식이 인종에서 간청을 하고 나섰다.

"개경으로 환궁을 결정하신 이상 이 모든 사단의 원인인 묘청을 벌하시옵소서!"

"요망한 중이옵니다. 허황된 옛 사상을 들먹여 고려를 혼란에 빠트리고 어의를 혼미하게 만든 자이옵니다 벌하시옵소서! 폐하!"

임원후가 목소리를 돋우자 이내 임완이 거들고 나섰다.

"폐하! 묘청으로 말미암아 평화롭던 고려가 혼란의 도탄에 빠졌습니다. 상국이 고려를 탓하게 되었으며 금국이 고려를 원망하게 되었습니다. 이자를 벌하지 않으시면 반드시 고려가 환란에 처할 것입니다."

문공유가 거들고 나섰다.

"또한 묘청과 부화뇌동하여 조정과 백성들을 미망에 빠지게 한 정지상과 윤언이 등 관련자들도 함께 벌하시옵소서!"

　김부식 일파의 공격 속에서 인종은 말없이 눈을 감고 앉아만 있었다. 돌연한 군사들의 등장으로 수세로 몰린 묘청파와 함께한 인종 자신이었다. 어가를 돌려 개경으로 가자고 한 것은 수세를 피하고자 함이었지 뜻까지 굽히고 싶은 것은 아니었다. 묘청 일파를 벌하라 하는 것은 자신을 벌하라 하는 것과 다를 것이 없었다. 인종은 왼손으로 왕비의 손을 쥔 채 빈 오른쪽 손에 힘을 주곤 주먹을 쥐었다. 으스러지는 압박감이 팔을 타고 어깨까지 치밀어 들었다. 앙다문 이는 으스러지는 고통을 턱 관절과 머리 깊숙이 쑤셔 넣고 있었다.

　"병장기를 거두라!"

　한마디를 뱉어놓은 채 한참을 침묵하던 인종이 울부짖듯 외쳤다.

　"더 이상 피를 원치 않는다. 짐의 명령을 거부한다면 짐과 고려의 적으로 간주하겠다. 창칼을 거두고 개경으로 돌아간다!"

　말을 마친 인종은 어가의 휘장을 내려 자신의 모습을 감추어버렸다. 어가 안에서 다시 그림자가 격하게 흔들렸다. 잠시 후 휘장을 거둔 인종이 모습을 나타냈다. 인종은 부복하고 있는 묘청에게 무엇인가를 던졌다. 화려한 어의가 회오리를 치며 묘청에게 날아왔다. 던져진 어의가 가린 태양 빛 저쪽에서 인종이 명령했다. 목소리는 어두웠으나 각오가 서린 복소리였다.

　"묘청에게 명한다. 짐의 어의를 갖고 서경으로 돌아가 대화궁의 어좌에 어의를 모시도록 하라!"

　인종의 어가가 움직이기 시작했다. 불행이었다. 어가는 개경으로 방향을 틀어 다시 돌아가고 있었다. 홀로 남겨진 묘청은 눈을 감은 채 한참을 그대로 부복하고 있었다. 얼마나 시간이 지났을까? 하얀 먼지도 가라앉아 더 이상 날지 않았다. 절규하던 병사들의 목소리도 잦아들었다. 모든 것들이 숨을 죽인 채 정적 속에 있었다. 한참을 지나 고개를 든 묘청의 눈앞에 펼쳐져 있는 것은 인종이 궁을 나설 때 입고 있던 의관이었다. 좁은 소매가 어지러이 접힌 담황색 겉옷 위로, 검은색 비단으로 된 모자와 자색 비단 중간에 금빛과 푸른빛으로 수놓은 허리띠가 어지러이 겹쳐 있었다. 인종 본인은 개경으로 돌아가고 벗어놓은 어의만이 남아 있었다. 묘청의 얼굴 위로 뜨거운 눈물이 타고 흘렀다.

서경이 일어서다

공간이 텅 비어 있었다. 네 귀퉁이를 받치고 서 있는 대들보 기둥들이
아니었다면 먼지와 바람만으로 가득 찬 빈 들판이었다. 그 한가운데
덩그러니 빈 의자 하나만이 놓여 중심을 잡고 있었다. 의자에는 담황
색 어의가 걸쳐져 있었다. 양 손잡이엔 금빛과 푸른빛으로 수놓인 허
리띠가 감겨져 미끄러져 내리려는 어의를 지탱하고 있었다. 앉아 있어
야 할 인종의 육신은 오간 데 없고 인종의 의관과 허리띠만 빈 어좌
를 장식하고 있었다.

묘청은 일자로 입을 굳게 다문 채 어좌 앞에 앉아 눈을 감고 있었
다. 분노도 절망감도 없는 평온한 표정이었다. 시작도 무상에서였다.
끝도 무상이라면 그럴 만한 이유가 있을 것이었다. 다만 헤아리고 헤
아려도 알 수 없는 것은 주인 없는 어의가 어좌에 걸쳐져 있는 연유였
다. 오고 싶었지만 그럴 수 없었던 상황을 개탄한 인종의 피 끓는 마
음이었을까? 더는 나갈 수 없었던 인종의 포기였을까? 묘청은 허리를
올곧게 펴고 깊게 한숨을 들이마셨다. 끓는 가슴속에서 뜨거워진 숨

이 불길이 되어 뿜어져 나왔다. 누군가 대화궁 어전의 문을 열고 다가왔다. 거친 숨소리가 묘청을 깨웠다.

"고민하실 게 무어 있습니까?"

다가선 사내가 다짜고짜 일갈하며 묘청을 불러 세웠다.

"서경으로의 천도가 김부식 일파에 의해 저지되자 폐하께서 우회적으로 어심御心을 표현하신 게 아닙니까? 어서 군사를 일으켜 개경에 억류되어 계신 폐하를 이곳 서경으로 모셔 와야 합니다."

허역이었다. 무장이어서 표현은 서툴고 투박했지만 항상 묘청에게는 공손했던 사람이었다. 그러나 인종을 김부식 일파에게 빼앗긴 채 무기력하게 묘청을 따라 서경으로 들어온 후 허역은 달라져 있었다. 아직 예절은 차리고 있었으나 허역의 인내심은 바닥을 드러내고 있었다. 허역에겐 군사 동원만이 유일한 해결책이었다.

"대사! 더 생각하실 것이 없습니다. 폐하께서 어의를 내어주신 게 무슨 뜻이겠습니까? '나는 못 가나 내 옷이라도 가져가라! 하루 속히 군사를 내어 나를 데려가라!' 그런 뜻이 아니겠습니까?"

묘청은 대답하지 않았다. 침묵이 계속되자 또 한 사람이 입을 열고 나섰다. 서경의 병사권을 담당하고 있는 분사병부상서 유참이었다. 허역과는 달리 차분한 목소리였다. 그러나 유참 역시 끓어오르는 분노를 감추려 하지 않았다. 분노를 누르고 있는 예절은 유참의 입술에 매달려 떨고 있었다. 일단 입을 열어 말을 시작하자 울분이 치밀어 오르는지 말이 끊겼고 더듬거렸다.

"이곳 서경의 준비는 끝났습니다. 결심만 하십시오. 폐하의 뜻 또한 그러할진대 무엇을 두려워하고 무엇을 걱정하십니까?"

침묵이 계속되자 유참이 다시 계속했다. 결심이 섰는지 차분함을 되찾고서였다.

"시간이 없습니다. 간신히 초대한 금국의 사신이며 왜국의 사신들이 곧 서경성으로 들어올 것입니다. 폐하 없이 행사를 치를 수는 없질 않습니까? 그렇다고 저들이 하염없이 기다려주지도 않을 것입니다. 일이 이쯤 된 이상 선택의 여지가 없습니다. 결심하십시오."

"전국 각지에서 몰려든 낭도들이며 서경인들도 더 이상 참지 못하겠다는 분위기입니다. 그냥 놓아두어도 스스로 폭발할 상태입니다. 이제 다른 길은 없어 보입니다. 결정하십시오."

묵묵히 듣고 서 있던 허역이 거들고 나섰다. 하늘이 새로이 열리는 동지갑자일을 맞아 서경을 새로운 황도로 공표하고 '칭제건원'을 통해 고려를 동이족들의 새로운 중심 국가로 만들자는 그들의 꿈이 마지막 순간에 정지한 채 표류하고 있었다. 꿈이 얼어붙자 그들의 심장도 멈춘 채 딱딱하게 굳어갔다. 그들에게 좌절은 여진정벌 실패의 어두웠던 옛 기억으로 충분했다. 한 번이면 족했을 뼈아픈 경험이었다. 그리고 이제는 돌아갈 곳도 없었다. 압록강의 남과 북에서 뜻을 같이한 핏줄들이 서경성으로 몰려들고 있었다. 그들의 손에는 옛일을 기억하는 부모와 미래를 기억할 아이들의 미래가 달려 있었다.

"저희는 옛 조선의 영광을 재현하기 위해 백두산을 떠나 세상으로 나온 사람들입니다. 다시 돌아가란 말씀은 생각도 마십시오."

허역의 숨이 가빠졌다. 눈빛엔 억지로라도 밀어붙이겠다는 각오와 결의가 불타고 있었다.

"결정하십시오. 혼자가 아니십니다."

유참이 허역을 거들고 나섰다. 유참의 뒤엔 개경에 대한 불신감으로 팽배해진 서경인들이 있었다. 그들은 김부식의 사대파를 불신했고 유학파가 그리는 세상을 혐오했다. 처음부터 유일한 길이었고 이제는 막다른 골목에 몰린 꿈이었다.

"그리합시다. 다른 길이 있겠습니까? 폐하를 이곳으로 모셔와 우리 동이족들의 새로운 나라가 세워졌음을 온 세상에 공표합시다. 서경이 단군왕검이 계시는 조선의 중심임을 만천하에 밝힙시다."

눈을 뜬 묘청이 두 사람을 바라보며 입을 열었다. 작지만 단단한 목소리였다.

• • •

정지상은 어둠 속에서 눈을 깜빡였다. 몇 번이나 손에 쥔 밀서를 보고 또 훑어봤다. 가쁜 신음이 입술을 뚫고 가느다랗게 비집고 나왔다. 긴 호흡으로도 감출 수 없는 긴장감이 온몸을 휩싸며 구석구석에서 땀을 밀어내고 있었다.

"서경으로 하루 속히 오시라는 전갈입니다."

허역이 보낸 낭도가 밀지를 갖고 정지상을 찾은 것은 어둠이 깔리기 시작한 늦은 저녁이었다. 서경의 거병을 알리는 밀지였다.

"대사께서 왕명을 청탁하시어 서경 부유수 최재崔梓, 감군사 이총림李寵林 등 서경을 감시하던 자들을 감금했습니다. 또한 서북면 병마사 이중과 그의 보좌관 및 몇몇 성주들을 이미 가두었습니다. 병력을 파견해 절령 길목을 차단은 하였으나 서경에 머물던 모든 개경 사람들을 구속하지는 못 하였기에 아마도 곧 이 소식이 개경으로 날아들 것입니다. 지체 없이 서경으로 오시라는 부탁이셨습니다."

국호를 대위大爲라 했고 연호를 천개天開라 했으며 그 군대를 하늘이 보냈다 하여 천견충의군天譴忠義軍이라 칭했다. 서북면 사람들로 백성을 삼아 새로운 조정을 채우긴 했으나 아직 황제가 없는 황제의 나라였다.

"공께서 폐하를 서경으로 모셔달라고 부탁하셨습니다. 폐하는 지금부터 고려의 황제가 아니시고 대위제국의 정식 황제이십니다."

밀자가 또 다른 두루마리 하나를 정지상의 앞으로 내밀었다.

"그게 가능하겠소?"

잠자코 듣고 있던 최봉심이 입을 열었다. 긴장한 듯 침이 목을 넘는 소리가 방 안을 가득 채웠다.

"가능하면 오죽 좋겠습니까? 하지만 김부식 일파가 개경과 폐하를 장악하고 있는 이상 실현은 불가능할 것입니다. 다만 폐하를 거부하는 역모가 아니고 새로운 나라에 폐하를 모시겠다는 서경인들의 충성심과 의지를 표시하는 것입니다."

"아니 되면요?"

최봉심이 강한 어조로 다시 물었다. 말없이 최봉심을 바라본 낭도가 비장하게 답을 던졌다.

"서경의 군사를 동원해서 폐하를 모셔야 하겠지요. 달리 방도가 없질 않습니까?"

"허어!"

최봉심이 입술을 차댔다. 거병이 무엇을 의미하는지 명백해서였다. 고려는 내란으로 치닫고 있었다. 핏빛 파도가 어둠 저 너머에서 넘실거렸다.

"성급했습니다. 좀더 기다릴 것을……."

그제야 정지상이 입을 열었다. 실망감과 흥분이 교차되는 묘한 표정을 짓고서였다.

"서경인들은 들끓고 있습니다. 선택의 여지가 없었습니다. 누가 반역도입니까? 폐하의 서경행을 무력으로 막은 것도 저들입니다. 금국과 왜국 등 사신들도 곧 서경에 당도할 것입니다. 시간이 없습니다."

반쯤은 체념으로, 반쯤은 수긍으로 정지상의 표정이 묘하게 일그러졌다. 그러나 정지상은 곧 표정을 하나로 잡았다. 상황을 이해한 이상 머뭇거릴 이유가 없었다.

"내게 시간이 얼마나 있습니까?"

차분한 선비였지만 결단력이 있는 정지상이었다. 그러나 정지상은 평소와는 다르게 뭔가 머뭇거리고 있었다.

"빠르면 빠를수록 좋을 것입니다. 절령을 차단은 했으나 서경에서 빠져나온 개경인들이 먼저 소식을 전할 수도 있으니 언제라도 서경이 봉기했다는 소식이 개경에 당도할 수 있습니다."

"유념하겠소이다. 서경으로 돌아가서 잘 알았다고 전해주시오. 윤언이 공 등과 논의를 해 이곳에서 필요한 조치를 취하겠소이다."

"서경인들의 목숨과 나라의 운명이 달린 일입니다. 시간이 없음을 잊지 마십시오."

마지막 부탁을 뒤로 한 채 어둠 속으로 사라지는 낭도의 모습을 응시하는 정지상의 표정은 밝지 않았다. 사안이 사안인 만큼 그럴 수도 있겠거니 했지만 어둠은 곧 사라질 것 같지 않았다. 정지상의 묘한 고민을 읽은 최봉심은 한참을 머뭇거리다 힘들게 연유를 묻고 나섰다.

"걸리시는 일이라도?"

"나라를 세우는 일이 아니오. 곤경에 처하신 폐하를 구해 단군왕검으로 모셔야 하기도 하고……."

대답을 피하는 눈치였다. 정치인들 사이에서 힘겨운 줄타기를 해 온 최봉심이었다. 아둔한 무장이었지만 눈치만은 백단이었다. 맞는 말을 하곤 있었지만 가슴속에 숨긴 것이 있다는 것을 정지상은 감추지 못했다. 사연을 아는지라 최봉심도 마음이 무거웠다.

"너무 심려 마십시오. 왜국의 사신이 벽란도에 배를 대고 육로로 서경으로 가고 있다고 들었습니다. 벽란도에 당도한 것이 어제니 조만간 조휘 낭자께서 찾아오시지 않으시겠습니까?"

마음을 들켜버리자 정지상은 얼굴을 붉혔다. 금의 동경을 거쳐 왜국으로 갔던 최봉심에게 부탁했던 일이 있어서 부인도 못 할 상황이었다. 표정을 감추려 고개를 돌린 정지상이 자리에서 일어서며 입을 열었다.

"윤언이 공께 다녀오시오."

애써 표정을 감추려니 부탁이 매몰찬 느낌이 되어버렸다.

같은 시각, 김부식의 사랑채도 분주했다. 임원후, 임완 등 김부식 일파가 모여 열띤 논쟁을 하고 있었다. 논쟁의 주제는 서경파에 대한 대책이었다. 강공은 이중이 주도하고 있었다. 며칠 전 묘청과 백수한을 벌하라는 상소를 했으나 인종이 침묵하자 벼슬에서 물러나 농성 아닌 농성을 하고 있는 이중이었다.

"폐하의 저의가 의심스럽습니다. 아직도 묘청 일파를 감싸고도시니 그 속을 알 수 없습니다. 그때 모두 다 처치했어야 하는데 좋은 기회를 놓쳐버렸습니다."

이중이 김부식의 눈치를 보며 대화를 이끌었다. 이중에게 상소를 명한 것도 김부식이었다. 이제는 김부식이 답할 차례였다. 그러나 답은 동생 김부철이 대신했다.

"글쎄 말입니다. 그때 폐하를 서경으로 모시려 했던 정지상과 윤언이 등이 아직도 이 개경에서 활보하고 있으니 걱정이 적질 않습니다. 묘청 또한 서경으로 물러가 기회를 엿보고 있을 테니……."

"혹 저들이 서경의 군사들을 동원하여 일을 저지르지 않겠습니까?"

임완이 거들고 나섰다. 하루라도 고려의 조정이 김부식을 중심으로 한뜻으로 뭉치길 간곡히 원하고 있던 임완이었다.

"그렇게까지야……. 어쨌든 김부식 공께서 병권을 장악하고 계시질 않습니까? 문제는 없을 것입니다. 다만 이곳에 남은 인사들과 서경을 주시해야 합니다."

차분한 목소리로 임원후가 계속했다.

"폐하는 걱정 마십시오. 서경에 미련이 남아계신 것은 분명해 보이나 개경을 장악한 우리가 한뜻으로 뭉쳐 있는 이상 딴 생각을 하지 못하실 겁니다. 계속해서 주청을 넣어 하루속히 묘청을 개경으로 불러들여 벌을 줘야 할 겁니다."

김부식은 말없이 고개를 끄덕이고 앉아 있었다. 그의 표정을 살핀 이중이 문공유를 바라보며 질문을 던졌다.

"그래……. 문공인 공은 어떠십니까? 아직도 부화뇌동하고 계십니까?"

문공유가 설레발을 치며 자세를 바로하고 나섰다.

"아닙니다. 그럴 리가……."

같은 형제이면서도 뜻이 서로 갈려 묘청과 김부식을 따로 추종하던 문공유 형제였다. 그러나 지난번 평주 금암역에서의 사건 이후로 문공인이 흔들리고 있었다. 문공인은 사상적으로는 묘청을 추종하고 있었다. 그러나 그에겐 아픈 과거의 경험이 낙인처럼 뇌리 속에 자리하고 있었다. 이자겸에게 반대하다 오랜 세월 유배를 당한 전력이었다. 그런 만큼 사상적 지향도 중요했지만 문공인은 좀더 현실적인 정치인이었다. 더욱이 동생 문공유의 끈질긴 설득이 계속되고 있었다. 그러나 결정적으로 문공인의 마음을 흔든 것은 개경세력의 득세였다. 인종을 모시고 서경으로 가리라 믿었던 묘청 일파는 무력하게 인종을 내놓고 서경으로 물러나 있었다.

"지난번 금암역에서의 일 이후 많이 반성하고 있습니다. 곧 대감을 찾아뵐 날도 머지않았습니다. 조금만 더 말미를 주십시오."

"문공인 공을 설득해서 그쪽의 정보를 빼내도록 하십시오. 무슨 말인지 아시겠습니까?"

김부철의 은근한 부탁이 문공유를 압박했다. 무례하고 강압적인 부탁이었으나 문공유는 아무런 말을 할 수 없었다. 자기 형의 일이었고 김부철의 부탁엔 김부식의 의지가 실려 있었다.

"그리할 것입니다. 걱정 마십시오."

"그리고 묘청을 벌하는 것으로는 부족합니다. 이번에는 임완 공이 나서서 묘청의 목숨을 거두라고 주청을 하십시오. 폐하께서 결정을 하실 때까지 끈질기게 반복해야 합니다. 한 치의 양보도 없이 폐하를 계속 압박해야 합니다."

임원후가 침묵을 깨고 나섰다. 쐐기를 박겠다는 의사 표시였다.

"아! 그리고 지난번 최봉심을 미행시켰던 자에게서 좋은 소식을 들었습니다."

분위기를 살피던 임완이 미소를 지으며 끼어들었다.

"무슨 일인데 그리 표정이 밝아 보이시오? 어서 말해보시오."

문공인이 도망이라도 가듯이 임완의 말을 받고 나섰다. 형의 일에서 벗어나고 싶은 곤혹 속에 임완의 화제 전환은 유쾌한 도피였다.

"지난번 최봉심의 뒤를 캐기 위해 미행을 붙였던 것을 기억하시지요?"

임완이 느긋하게 김부식의 표정을 살피며 입을 열었다.

"아! 그 일이 있었지요."

시인도 부인도 않는 어정쩡한 표정으로 김부식이 임완의 말을 받았다. 최봉심이 인종의 명을 받고 사신으로서 금의 수도 동경으로 떠난 일이 있었다. 사절단의 서장관에 무인 출신은 안 된다는 김부식 일파의 강력한 반대에도 인종이 고집을 꺾지 않고 보낸 사절단이었다.

"당시 상황이 급했던지라 동경에 잠입해 있던 송의 추적단에게 호종단의 뒤를 쫓을 것을 부탁했었습니다."

반대는 했었지만 어쨌든 최봉심은 고려의 공식 사절단이었다. 해서 김부식은 은밀하게 임완에게 명령을 넣어 금의 수도 동경에 잠입해 있던 송의 추적단에게 최봉심의 뒤를 캐줄 것을 부탁했었다.

"어험!"

다른 사람들이 함께 있는 곳이라 부담이 되는지 김부식이 헛기침을 해댔다. 다들 눈치는 채고 있었으리라. 그러나 암묵적으로 아는 것과 공식적으로 인정하는 것은 차원이 달랐다. 계속되는 김부식의 헛기침에도 송의 개입이 드러나는 것을 개의치 않는지 임완이 계속했다.

"뜻밖에 다른 곳에서 사냥감을 낚았습니다. 동경부터 왜국으로 들어간 최봉심을 추적하던 와중에 고려로 들어오던 왜국 측 방문단을 발견하고 계속 뒤를 밟던 중에 여인 하나를 잡았습니다."

"여인이요?"

"예! 왜국의 사신을 이끌고 벽란도로 들어온 여인입니다. 서경으로 향하는 왜국의 사신단과 헤어진 후 홀로 개경으로 들어오는 것을 우리 쪽 애들이 잡았다 합니다. 어떻게 해야 하는지를 물어왔습니다."

"왜인입니까?"

"아닙니다. 서경에 살고 있는 여인인데……."

임완이 미소를 지으며 뜸을 들이자 김부철이 나섰다.

"무슨 일인데 좋은 소식이라고 하시오?"

"묘청을 따라다니던 여인이라 합니다. 그리고 정지상과도 인연이 있다 합니다."

"정지상과요?"

"예! 그렇습니다."

"묘청을 따라 다녔으면 정지상과 인연이 있는 것은 당연하질 않습니까?"

"그게 아니고……."

임완이 묘한 미소를 지으며 주위를 살폈다.

"아마도 그 이전부터 정지상과 아주 가까운 사이였던 것 같습니다. 지난번 왜국으로 떠나기 전에는 이곳 개경에서 정지상의 집에 머물러 있었다 합니다."

"그럼 개경으로 돌아온 것도 정지상을 찾으려고 그랬다는 것입니까?"

"그렇질 않겠습니까? 묘청이 서경으로 간 이상 누굴 보고 개경으로 들어오려 했겠습니까? 개인적 연유이든 아님 왜국으로 갔던 일 때문이든 우리에겐 좋은 정보를 줄 여인입니다."

"왜국과 관련한 내용이라도 알아내셨습니까?"

"아직은요……. 허나 곧 좋은 소식이 있을 듯합니다. 버티는 꼴이 분명 무엇인가 감추는 것이 있는 것 같다는 것이 우리 쪽의 보고입니다."

"뜸 들이지 말고 취조하라 하시오. 지금은 여유를 부릴 때가 아닙니다. 아시겠소?"

김부철이 당부를 하고 나섰다. 모든 정국을 장악하고는 있다 하나 어디서 틈이 벌어질지 모르는 위중한 상황이었다. 작은 일이라도 놓치지 않고 챙겨야 하는 편치 않은 긴장의 시간이 흐르고 있었다.

"작은 실수라도 큰일을 그르칠 수 있소이다. 신중하게 일을 처리하세요."

호종단의 일이며 수서원에서 서책들을 빼돌린 일이며 가뜩이나 마땅치 않던 임완의 보고에 김부식은 기분이 상해 있었다. 대놓고 다른 사람들 앞에서 송의 개입을 인정하는 태도도 성가신 일이었다. 김부식은 짜증을 부리듯 임완에게 책망 섞인 당부를 거듭 부탁했다.

• • •

잠에서 깼으나 간밤의 숙취로 머리가 묵직했다. 술도 술이었지만 정국 동향에 대한 논의가 더욱더 가슴을 짓누르고 있었다. 인종을 강제로 개경으로 모신 다음부턴 잠 못 이루는 밤이 계속 꼬리를 물고 있었다. 김부식은 손을 뻗어 물 잔을 잡았다. 한 모금을 넘기려는 순간 누군가가 불러 세웠다.

"나리!"

집사였다. 이른 아침은 아니었으나 잠을 깨워서 그랬는지 조심스레 서두르는 목소리였다

"무슨 일이냐?"

조금은 짜증이 섞인 목소리로 대꾸를 하자 다급한 목소리가 계속
됐다.

"문공인 공이 밖에서 나리를 뵙자고 하십니다."

"문공인 공이라 했느냐?"

김부식이 목소리를 높였다. 그렇지 않아도 어찌 회유할지 골치를
썩이던 자였다. 스스로 자신을 찾았다 하니 호기심이 잠을 확 깨웠다.

"저도 같이 왔습니다. 평장사 대감!"

낯익은 목소리였다. 바로 어젯밤 문공인을 걱정하며 난처한 표정
을 짓던 동생 문공유였다.

"어쩐 일이십니까? 형제 두 분이 이렇게 같이 저를 찾으시고……."

문을 열어젖히며 김부식이 모습을 드러냈다. 방문을 향해 서 있는
두 형제는 조급하고 서두르는지 쭈뼛거리며 김부식의 안색을 살피고
있었다.

"어서 드십시오. 아직 바람이 찹니다."

문공인은 서둘고 있었다. 당황한 기색도 역력했다. 방 안에 들어서
서 자신의 동생을 힐긋 바라보곤 김부식을 향해 고개를 숙였다.

"어서 오십시오. 이리 저를 찾아주시니 반가울 뿐입니다."

김부식이 짐짓 문공유를 힐긋거리며 바라봤다. 낮은 목소리는 서
운함과 약간의 분노를 담고 있었다.

"급한 일이 있어서 이리 평장사를 찾아뵙게 되었습니다."

"무슨 일이라도?"

"어서 말씀하세요. 형님!"

뜸을 들이는 자신의 형이 답답했는지 문공유가 재촉하며 나섰다.

그제야 결심이 섰는지 문공인이 입을 열었다.

"어젯밤 정지상의 집에서 모임이 있었습니다."

김부식은 긴장했다. 서두는 형색이 보통 일은 아닌 듯해서였다. 그러나 김부식은 서둘지 않았다. 찾아온 자의 얼굴에 이미 급한 상황을 말하고 싶은 기색이 역력해서였다.

"무슨 일이라도?"

차분히 목소리를 가라앉힌 김부식이 은근한 목소리로 질문을 던졌다. 문공인은 대답하지 않고 한참 동안 입맛을 다시더니 입술을 굳게 한 번 물고 난 후 입을 열었다.

"역모입니다. 역모!"

"역모라뇨? 무슨 말씀이십니까?"

그제야 김부식이 화들짝 놀란 표정으로 문공인을 재촉했다.

"어제 묘청이 정지상에게 밀사를 보냈습니다. 관련해서 대책을 논의하려 측근들이 모인 것인데……."

잠시 더듬거리던 문공인이 다짐이 섰는지 속도를 높여갔다.

"묘청이 서경에서 거병을 했다는 소식입니다. 국호를 대위, 연호를 천개라 하고 서북 방면의 모든 지역을 장악했다고 전해왔습니다."

"국호를 대위라 했다고요?"

김부식의 표정이 일그러지기 시작했다. 그러나 낭패감은 잠시 김부식의 표정은 곧 평상을 찾아갔다.

"누가 왕이 되었답니까?"

냉정한 목소리였다. 평소의 김부식답게 한마디 한마디가 또박거렸다.

"옹립한 왕은 없다 합니다. 폐하를 모셔가겠다는 겁니다."

순간 김부식의 얼굴에 작은 미소가 번져나갔다. 처음과는 다르게 김부식은 여유를 찾고 있었다. 자리에 엉덩이를 깊숙하게 밀어 넣고 김부식이 다시 질문을 했다.

"그래 저들의 계획은 무엇입니까?"

"폐하를 설득하여 서경으로 모신답니다. 정지상이 그 임무를 맡았습니다."

"그게 잘 안 되면요?"

김부식이 문공인의 눈을 똑바로 바라보며 질문을 던졌다. 한 치의 헛소리도 용서하지 않겠다는 다부진 표정이었다.

"뜻을 같이하는 몇몇이 함께 폐하를 설득할 겁니다. 그게 안 되면 그들만이라도 서경으로 떠난다 하더이다."

"그럼 언제 폐하를 뵐 것 같습니까?"

"그게 좀……."

"왜 그러십니까? 무슨 일이라도?"

"아닙니다, 조금 이상한 점은 다른 사람들은 오늘이라도 폐하를 뵙자고 하는데 정지상이 말미를 달라고 했다는 것입니다."

"뭘 기다린답니까?"

문공인은 입을 닫고 주변을 살폈다. 침묵이 길어지지 동생 문공유가 눈짓으로 형을 재촉했다. 김부식의 앞에 나선 이상 상황을 알리고 점수를 따는 일이 문공인이 사는 길이었다.

"이상하게 들릴지 모르겠으나……."

"괜찮습니다. 어서 말해보시오."

김부식이 재촉했다. 협박과 권유를 적당히 버무린 은근한 말투였다.

"누군가를 기다리는 눈치였습니다. 성공하면 다행이겠지만 만일

폐하를 설득하는 데 실패하면 곧바로 서경으로 가야 하질 않겠습니까? 그래서인지 말미를 갖고 누군가를 기다리는 눈치였습니다."

"혹, 서경에서 사람이 온다고 했습니까?"

"그건 아닌 것 같았습니다. 얼핏 듣기로는 왜국에서 오는 누군가를 기다리는 듯했습니다. 그 누군가가 오는 대로 폐하를 설득하고 서경으로 가겠다는 게 정지상의 계획인 듯했습니다."

"왜국에서 오는 사람이라 하셨습니까?"

"예! 확실하진 않지만 그런 것 같았습니다. 최봉심이란 자와 정지상이 나눈 말을 얼핏 들었습니다. 벽란도에 도착한 왜국의 사신들이 서경으로 향했으니 아마도 오늘 내로 도착할 것이라고 하면서……."

"그게 확실합니까?"

김부식이 문공인에게 몰아치듯 질문을 던졌다.

"예……."

더듬거리긴 했지만 문공인은 고개를 끄덕이며 확신한다는 표정이었다. 옆에 앉아 있는 문공유도 자신의 형을 신뢰한다는 표정을 짓고 있었다.

"수고하셨습니다. 잘하셨습니다."

김부식이 자리에서 일어나 문공인에게 다가앉으며 문공인의 두 손을 움켜잡았다. 더 가까이 다가가선 양손으로 문공인의 어깨를 잡고 흔들어대던 김부식이 강한 목소리로 부탁을 했다.

"돌아가 정지상의 동향을 감시해주십시오. 혹 폐하를 설득하러 궁성으로 들어가려 한다면 지체 없이 알려주십시오. 아시겠습니까?"

"예! 그리하겠습니다."

문공인의 대답이 나오자마자 김부식이 문공유에게 또 다른 부탁을 넣었다.

"이 길로 임완에게 좀 가셔야 하겠습니다. 가서서 분명히 전달하십시오. 어제 잡았다고 한 왜국에서 온 여인을 붙잡고 있다가 내일 정오에 풀어주라 하십시오. 알겠습니까? 정확하게 전달하십시오. 내일 정오입니다. 내일 정오! 아시겠소?"

김부식의 부탁은 절박했다. 몇 번이고 당부와 확인을 하고 김부식이 자리에서 일어나 문공인에게 다가가 문공인의 손을 덥석 잡았다.

"큰일을 하셨소이다. 문 공!"

떨어진 목

평시라면 짧았을 시간이었다. 그러나 천지가 개벽하고 천하가 요동치
는 변란의 시기였다. 조휘를 잡아둔 김부식은 세작을 서경으로 보내
정보를 수집했다. 세작은 오래지 않아 개경으로 돌아왔다. 서경세력
은 절령을 막고 황주의 동선역에 군사를 보내 관리를 체포하고 개경
과의 왕래를 금하는 조치를 취하고 있었다. 거병의 징후가 뚜렷했다.
뿐만 아니라 각지에서 정보가 쏟아져 들어오고 있었다. 서경에 머물
던 개경 사람들이 신분고하를 막론하고 체포됐다는 정보는 시작이었
다. 서북면 병마사 이중과 여러 성의 수령들이 체포돼 서경으로 끌려
갔다는 보고도 이어졌다. 눈으로 보진 않았지만 서경은 타오르고 있
었다. 문공인을 만난 그날 늦은 오후 김부식은 자신의 일파를 이끌고
인종을 알현했다.

"폐하! 변란이옵니다."

"변란이라니 무슨 소리요?"

믿기지 않는다는 표정으로 인종이 반문했다. 이미 수많은 변란을

겪은 인종이었다. 새삼스러울 것은 없었지만 인종의 기억 속엔 변란의 어두운 아픔과 고통이 항상 꿈틀거렸다. 부들부들 떠는 몸을 간신이 지탱하며 인종이 계속했다.

"무슨 해괴한 소리요?"

"묘청이 서경에서 반란을 일으켰다는 소식입니다. 폐하!"

"묘청이 반란을?"

믿지 못하겠다는 불신의 표정이 역력했다.

"그렇습니다. 국호를 대위, 연호를 천개로 하고 서경을 황도로 한다고 반포한 후 동북면과 양계의 군사들을 서경성으로 집결하고 있다 합니다."

"반란이라니……. 국호도 있다 하니 누가 왕으로 추대되었다 하오?"

"그건……."

"왜 그러시오? 반란이고 새로운 나라를 세웠다면 왕이 있을 게 아니오? 그 역적 놈이 누구란 말이오?"

인종이 김부식에게 따지듯이 질문을 던졌다. 대답을 못 하고 한참을 망설이던 김부식이 한층 누그러진 목소리로 대답을 했다.

"따로 옹립한 왕은 없다 합니다. 하지만……."

"하지만이라니……. 무슨 소리시오?"

인종이 다그치듯 계속했다. 은근히 서경세력과 정서적으로 닿아 있는 인종이었다. 벌겋게 상기된 얼굴엔 믿기지 않다는 표정이 역력했다.

"황송하오나 저들은 폐하를 새로운 왕으로 옹립했다 합니다."

"나를요?"

당황하고 긴장한 기색이 역력했던 인종의 얼굴에 싸늘한 미소가
지나갔다.

"그 무슨 소리요? 반란이라 했는데, 나를 왕으로 추대했다니…….
이 무슨 해괴한 소리요?"

"황공하오나 현혹되지 마시옵소서. 저들이 지금 폐하를 자신들의
왕으로 추대하긴 했지만 이는 백성들을 현혹하고자 하는 술책이옵니
다. 곧 저들의 수괴를 왕으로 옹립하지 않겠습니까? 반란이 틀림없습
니다. 명령을 내려주십시오. 저들을 토벌하소서!"

김부식도 물러서지 않았다. 반란이 틀림없는 만큼 몰아붙여야 했
다.

"폐하! 저들이 서경에 머물고 있는 무고한 개경 사람들을 모두 가
두어 하옥했다 합니다. 또한 폐하의 이름을 사칭하여 군사를 서경성
으로 불러들이고 반항하는 관리는 모두 하옥하고 있다 하니 이것이
변란이 아니고 무엇이겠습니까?"

"확실한 증거를 가져오시오. 그 전까진 내 믿지 못하겠소!"

인종은 증거를 요구했다. 그렇지 않아도 인종을 개경으로 강제로
끌고 돌아온 뒤 김부식 일파는 인종의 눈과 귀를 막고 있었다. 서경에
서 일어났다는 반란과 별반 다를 것이 없는 상황이 개경에서도 일어
나고 있었다. 그래서 인종은 모든 사람들과의 접촉을 끊은 채 독거하
고 있었다. 김부식도 예외가 없었다. 인종을 만나겠다는 청을 여러 번
넣었던 김부식이었다. 오늘도 청을 거절하자 거의 반 강압적으로 인
종 앞에 나타난 김부식이었다. 느닷없이 나타나 서경의 반란을 고하
는 김부식은 허락 없이 변란을 일으켰다는 묘청과 다를 것이 없는 자
였다.

· · ·

급박한 소식들이 들고 날았다. 김부식이 인종을 만나 서경의 반란을 고했다는 것은 비밀 아닌 비밀이 되어 개경에 날아다녔다. 사람들은 삼삼오오 모여 앞날을 우려했지만 섣불리 입을 열지 않았다. 변란과 반란은 이미 백성들에게도 익숙한 의례였다. 민초들은 알고 있었다. 그런 변란 속에서 목숨을 부지하는 방법이 어떤 것인지를. 개경은 혼란스러웠지만 그 혼란은 얼음 밑에 흐르는 소리 없는 물길이었다.

그런 어수선한 분위기 속에서 김부식의 설득에도 인종이 서경의 반란을 인정하지 않은 것은 서경파에게 다행이었다. 반란이 공식적으로 인정될 때까지 시간이 남아 있었다. 인종이 서경파에게 주는 마지막 배려인지도 몰랐다. 시간을 줄 테니 상황을 장악해서 어서 자신을 서경으로 데려가달라는 마지막 부탁. 모두가 시간과의 싸움을 힘겹게 치르고 있었다.

정지상은 초조했다. 자신에게 얼마나 시간이 주어졌는지 가늠해봤지만 모호한 추정이었다. 하나 확실한 것은 시간이 빠르게 흐르고 있다는 사실이었다. 흔들리는 촛불 앞에 앉은 지상은 흩날리는 조휘의 그림자를 좇고 있었다. 처음 대동강을 건너 개경으로 오던 그날 길 대밭에 모습을 감추고 울던 조휘의 모습을. 서경의 수서원에서 다시 만났을 때 조용한 미소로 다시 맞아주던 조휘의 밝은 표정을. 왜국으로 건너가기 전 자신의 품에서 돌아올 것을 기약하며 각지를 끼던 새끼손가락을.

"나리!"

몽롱하던 정지상을 깨운 것은 급하게 자신을 찾는 하인의 목소리였다. 대답할 새도 없이 문이 열렸다.

"나리! 조휘 낭자가 돌아오셨습니다."

"뭐라고? 조휘 아씨라 했느냐?"

자리를 박차고 일어섰다. 정지상은 문 밖으로 몸을 날렸다. 어둠 속에서 희미한 형체가 고개를 들어 정지상을 바라봤다. 힘겨운 듯 고개는 잔잔하게 떨고 있었다.

"접니다."

지치고 상처 받은 목소리였다. 그러나 분명 정지상이 기다리던 조휘의 목소리였다. 정지상은 용수철처럼 튀어 나가 무너져 내리는 조휘의 몸을 부축했다. 조휘의 몸은 물을 머금은 솜처럼 축 늘어진 채 천 근의 무게로 정지상에게 쏟아져 내렸다.

아침 햇살이 새벽을 걷어내며 창문을 비집고 들어와 조휘의 얼굴에 쏟아져 들었다. 상처로 얼룩진 얼굴이었지만 잠든 조휘의 얼굴은 편안해 보였다. 정지상은 물을 적신 수건으로 조휘의 얼굴을 닦아냈다. 피부가 물기를 먹자 하얀 꽃이 피어나기 시작했다. 정지상의 가슴이 촉촉해져 갔다.

"아! 이곳이 어디입니까?"

조휘의 까만 눈이 허공을 헤매다 정지상을 바라보고 움직임을 멈췄다. 정지상을 한참 바라본 조휘는 손을 뻗어 지상의 얼굴을 만졌다. 그제야 실감이 나는지 조휘는 자신의 손을 움직여 정지상의 손에 포갰다.

"꼬박 하룻밤을 잤습니다."

정지상은 몸을 일으키는 조휘를 다시 눕히곤 물수건을 손에 들었다. 차가운 물방울들이 조휘의 하얀 얼굴을 타고 흘렀다. 하얀 얼굴이 빛을 받아 반짝였다.

"이리 편히 쉬고 계시오. 난 폐하를 뵈어야 합니다."

하얀 미음을 담은 사발을 밀어놓곤 정지상이 자리에서 일어섰다. 정지상의 눈은 조휘의 눈을 놓칠세라 눈길을 떼지 않았다.

"무슨 일입니까?"

자리에 누운 채 조휘가 정지상을 바라봤다.

"묘청대사의 밀서를 폐하께 드려야 합니다."

"거병하셨습니까?"

정지상은 아무런 말없이 고개만을 끄덕였다. 피하고 싶은 일이었지만 받아들여야 할 현실이었다.

"언제 돌아오십니까?"

조휘도 직감하고 있었는지 더 이상 질문을 하지 않았다. 한참 동안 입을 닫고 있던 조휘가 자리에서 일어나 몸을 바로 하곤 방문을 나서려는 정지상을 불러 세웠다. 몸을 돌린 정지상은 아무런 대답을 하지 않았다. 힘겹게 조휘의 입술이 열렸다.

"저는 약조한 대로 돌아왔습니다. 공께서도 약조하십시오. 반드시 돌아오겠다고."

한 번의 헤어짐으로 족했다. 반복하고 싶지 않았다. 힘에 겨워 떨고 있었지만 조휘는 한마디를 던져놓고 입을 굳게 앙다물었다.

"잠시만 기다리시오. 폐하를 모시고 함께 서경으로 돌아갑시다. 반드시 돌아와 그대와 함께 서경성으로 가겠소."

"약속하셨습니다!"

정지상은 더 이상 아무런 말을 하지 않았다. 한참 동안을 서로 바라만 보고 있던 두 사람이 거리를 좁혀 서로를 부둥켜안았다. 숨 가빠진 지상의 입술이 조휘의 입술을 거칠게 빨아댔다. 서로가 원했다. 뜨거움으로 하나가 될 수 있다면. 자신의 가슴속에 사랑하는 이를 담아서 하나가 될 수 있다면.

"폐하를 모시고 함께 서경으로 갑시다. 그리 안 되더라도 약속하리다. 폐하를 모시지 못한다면 우리 둘이라도 서경으로 함께 돌아가겠다고."

한참을 부둥켜 안고 있던 정지상이 조휘를 떼어놓으며 무겁게 입을 열었다.

"약속하셨습니다."

자리를 좁힌 조휘가 다시 정지상의 품을 파고들었다.

"새로운 나라가 아니면 또 어떻습니까? 그저 둘이서 서경성 들판을 거닐 수 있다면 그것으로 족할 것입니다. 그저 둘이서 대동강물 위를 떠다닐 수 있다면 그것으로 기쁠 것입니다. 반드시 돌아오세요. 서경으로 함께 가시는 겁니다."

품에 안긴 조휘가 빤히 정지상을 바라보며 다짐에 다짐을 받고 있었다. 지상은 대답 대신 조휘를 힘주어 안았다. 정지상의 입술이 다시 조휘의 입술을 강하게 흡착했다. 먼 곳에 떨어져 있을 때도 오랫동안 헤어져 있을 때도 갈망하고 갈망했던 입술이었다. 정지상의 손이 조휘의 옷깃을 풀어 헤치기 시작했다. 조휘의 몸이 열기로 떨기 시작했다. 갈망으로 부풀어 오른 정지상이 조휘의 안으로 들어가 하나가 되었다.

정지상을 만난 인종의 표정은 조용했고 평안해 보였다. 옆에 선 김안의 얼굴 표정이 차라리 불안해 보였고 위태위태했다. 인종의 최측근 중의 측근이 김안이었다. 대조적인 두 사람의 표정을 읽은 정지상은 불길함을 느꼈다.

"폐하! 서경의 묘청대사가 폐하께 밀서를 보내왔습니다."

앞으로 나간 정지상은 둘둘 말린 서신을 인종에게 내밀었다. 인종은 움직임이 없었다. 모든 것을 안다는 눈으로 책망하는 듯 인종은 정지상을 바라만 보고 있었다. 인종이 움직이지 않고 침묵하고 있자 인종을 대신해 김안이 밀서를 받아들어 인종 앞에 내려놓았다. 한참을 기다리던 인종이 굳은 표정으로 밀서를 읽기 시작했다. 인종의 표정엔 전혀 변화가 없었다. 침묵 속에서 침 넘기는 소리만이 종이 펼쳐지는 소리와 섞여 불협화음을 만들어냈다. 인종은 부들부들 떨리는 손으로 밀서를 내려놓았다. 그러곤 한참 동안을 손가락 하나 꿈쩍하지 않았다. 그저 눈을 감은 인종은 한참을 침묵하고 있었다. 인종은 표정이 없었다. 한참 후에 열린 인종의 입술도 힘없이 흐느적거리고 있었다.

"그 길밖에 없었소?"

"폐하!"

정지상은 말하지 못하고 고개를 숙이고 서 있기만 했다.

"그대들의 충정을 모르지 않으나……. 대위라는 나라를 세우고 나름 독단적으로 천개라는 연호를 사용한다 했소이까?"

"폐하! 서경인들은 폐하를 기다리고 있습니다. 굴종과 패배의식에 젖어 있는 김부식 일파를 벌하시고 굴욕의 땅 개경을 떠나 영광의 땅 서경으로 가십시오.”

“개경에 있는 백성들은 어찌 하오리까? 또 남쪽의 백성들은 어찌 하리까?”

“폐하!”

엎질러진 물이었다. 가슴은 뛰고 목은 타올랐으나 정지상은 멈추지 않았다. 이제 더 이상 물러설 곳도 없었다.

“약간의 혼란은 있겠지만 옛 조선의 정통을 잇고 세상에서 으뜸가는 국가로 우뚝 서는 길입니다. 용단을 내리십시오.”

정지상이 나지막이 몸을 숙이며 절규하듯 간청했다. 한마디가 나올 때마다 정지상의 몸이 심하게 흔들렸다.

“저들은 변란을 일으킨 것이 아니옵니다. 사대와 굴욕의 고려를 강요하는 자들과 결별하고 자주와 자존을 앞세우는 새로운 나라를 세워 폐하를 모시겠다는 것입니다. 저들의 충정을 이해하시옵소서.”

“나는 서경으로 갈 수가 없소.”

“폐하!”

“가고 싶어도 갈 수가 없소.”

“폐하!”

“옛 조선의 영광이 내 가슴에 새겨져 있소. 내 몸에 동이족 형제들과 같은 뜨거운 피가 흐르고 있소. 하늘의 뜻을 이해하고 있소. 그러나…… 나는 갈 수 없소.”

“폐하!”

“짐이 어리석어 대화궁에 하늘의 뜻을 받들 불을 밝힐 수가 없소. 대화궁에 천제의 뜻을 받드는 불을 밝혀 어지러이 흩어진 한민족을 모아 위대한 나라를 만들고 싶소. 그대들이 모아놓은 동이의 역사서를 만천하에 알려 우리가 하늘의 뜻을 받든 환인의 아들이었음을 밝히고 싶소. 그러나…… 나는 갈 수가 없소.”

“폐하!”

“어찌 일을 이리해놓고 나에게 곤욕스런 결정을 강요하시는 게요.”

“폐하!”

“그대들과 함께했던 날들을 기억하기에……. 그대들의 충정을 이해하기에……. 벌하지 않을 것이오. 벌하지 못할 것이오. 내 치세에 또 다른 피를 원치 않소. 이미 충분한 피를 봤소. 돌아가시오. 돌아가 근신하고 계시오. 서경으로 돌아가시오. 가서 그들에게 전하시오. 칼을 놓고 명령을 기다리라고. 그리하면 피를 보지 않을 것이라고.”

“폐하!”

인종의 눈물이 뺨을 타고 흘러 바닥에 떨어졌다. 김안과 정지상도 눈물을 쏟았다. 그러나 더 이상 말을 할 수 없었다. 그러곤 침묵이 흐르는 동안 눈물이 함께 말라갔다.

정지상이 물러나자 인종은 대기하고 있던 김부식을 불렀다. 정지상과의 대면을 어디선가 보고 있었을 김부식이었다. 서경으로 진격할 토벌군을 편성해놓고 인종의 재가를 끈질기게 요구하고 있던 김부식이었다. 눈물로 얼룩진 얼굴을 들고 인종이 김부식을 바라봤다. 인종을 바라보고 있는 김부식의 표정 위에 이자겸이 겹쳐져 있었다.

“전장의 일은 다 경에게 일임하니, 상 주고 벌주는 것을 왕명을 받들 필요가 없소이다. 하지만 서경 사람들도 모두 나의 백성이니 극히 소수의 우두머리들만 죽이고 백성들은 죽이지 마시오. 또한 이곳 개경에서는 이 변란과 관련이 있는 사람이 한 명도 없소이다. 명하노니 개경에서는 그 어느 누구도 피를 흘리는 일이 없도록 하시오.”

전투복을 입은 김부식이 천복전의 계단 위로 올라왔다. 무릎 꿇고 앉은 김부식에게 다가간 인종이 지휘권을 상징하는 부월을 하사했다.

"폐하의 명을 받들겠습니다!"

어좌에 앉아 침묵하고 있는 인종을 뒤로 하고 김부식은 바삐 천복전을 나섰다. 부월을 건네받은 김부식의 발걸음은 분주했다. 발걸음 소리가 기둥과 천장을 울리고 있었다. 김부식이 천복전 밖으로 모습을 나타내자 대기하고 있던 이중이 김부식에게 바싹 다가서며 속삭였다.

"준비되었습니다."

"어디요?"

빠른 걸음의 이중을 따라 김부식이 도달한 곳은 천복전에서 조금 떨어진 궁 안이었다. 몇몇 군사들이 모여 김부식을 기다리고 있었다. 모두 만반의 군장을 갖춘 병사들이었다. 김부식이 도달하자 전투복을 갖추어 입고 있던 군사들이 예를 표시했다. 무리지어 있는 군사들 앞에는 두 사람이 포박당한 채 무릎을 꿇고 앉아 있었다.

"역적들은 고개를 들라!"

이중의 명령에 고개를 든 두 사람은 정지상과 백수한이었다. 이미 몇 차례 맞았는지 백수한의 얼굴은 피멍이 들어 있었다. 정지상은 천복전에서 나오자마자 결박을 당해서 백수한과는 달리 깨끗한 옷차림이었다.

"김안 이 놈은 왜 아직 오질 않소?"

김부식이 불쾌한 표정을 지으며 주변을 둘러봤다.

"저기 옵니다."

이중이 답하며 손을 들어 천복전을 가리켰다. 몇몇 병사들의 손에 이끌려 김안이 허둥대며 끌려오고 있었다. 조금 전까지만 해도 인종의 옆에서 정지상과 김부식의 만남을 배석하고 서 있던 김안이었다. 질질 끌려온 김안이 정지상과 백수한의 옆으로 가볍게 내동댕이쳐졌다.

"이게 뭐하는 짓이오. 대감!"

땅바닥을 뒹군 김안이 입안의 모래를 씹어대며 김부식에게 달려들었다. 끌려오며 구타를 당했는지 얼굴엔 선혈이 낭자했다.

"개경에선 그 어느 누구의 피도 금한다던 폐하의 명을 듣지 못하시었소?"

김부식은 아무런 말 없이 미소를 지어 보였다. 정지상, 백수한, 김안을 차례로 둘러본 김부식의 얼굴 표정엔 싸늘한 멸시감이 배어 있었다. 잠시 후 김부식이 싸늘한 목소리로 입을 열었다.

"어리석은 김안아! 피를 보지 않겠다는 폐하의 명령을 아직도 의지하고 있느냐? 폐하의 영이 설 것 같으면 이미 폐하께서 서경으로 가시고 있질 않겠느냐?"

"폐하를 능욕하다니 역신이 따로 없다!"

꿇어앉아 있던 정지상이 김부식을 힐난하고 나섰다. 인종의 명령을 어기다 못해 인종의 무력함을 능욕하고 있어서였다. 김부식이 고개를 돌려 정지상을 바라봤다. 싸늘한 경멸을 담고 있는 표정이었다.

"어리석은 놈! 정지상!"

김부식이 보라는 듯 인종이 자신에게 내린 부월을 휘휘 휘둘렀다.

"감히 견줄 수 없는 시를 짓는 너의 감성과 재주를 내 부러워하고 시기했다. 그러나 지나친 감정과 방심이 그대를 망쳤다. 아마도 그대가 좀더 일찍 움직였다면 폐하께서 주신 이 부월은 그대가 잡고 있을지도 모를 일이다."

옆에 서 있던 이중이 이죽거리고 나섰다.

"네놈의 여자를 잡고 있다 풀어준 것이 우리다. 이제야 알겠느냐?"

"지나친 감정과 연민이 일을 그르쳤소."

"어찌 사람을 그리 능욕하시오. 정지상 공의 재주를 시기하더니 이렇게 보복을 하시오?"

백수한이었다. 이미 끌려오며 폭행을 당해서 피와 멍이 얼굴을 덮고 있었다. 그러나 눈빛만은 기세등등했다. 끓어오르는 분노가 활활 타오르고 있었다.

"저런……. 이게 누구요? 폐하의 눈과 귀를 가리던 백수한 공이 아니시오?"

부월로 백수한의 턱을 들어 올린 김부식이 애처롭다는 표정으로 백수한을 바라봤다.

"천하제일 풍류대도의 대가가 아니시오? 바람을 부르고 비를 호령한다는……. 천둥과 번개를 부르시어 이 상황을 타개해보시오."

"능욕하지 마시오!"

"능욕은……. 그대들은 하늘을 모시고 하늘과 통한다고 주장했으니 이럴 때 하늘에게 청해보시오. 이 곤란을 벗어나게 해달라고……."

"폐하의 명령을 받드시오!"

옆에 있던 김안이 눈을 부릅뜨며 김부식에게 달려들었다.

"딱!"

김부식이 들고 있던 부월을 휘둘러 김안의 얼굴을 가격했다. 김안이 피를 토하며 땅바닥에 뒹굴었다.

"어리석은 인간들……. 아직도 허세에 의지해 만용을 부리다니……."

김부식이 부월에 묻은 김안의 피를 닦아내며 주절거렸다. 잠시 주변을 살피던 김부식이 병사들 틈에서 누군가를 발견하고 그에게로 다가갔다.

"윤언이 공이 아니시오. 잘 오셨소."

김부식이 앞으로 청한 사람은 윤언이였다. 머쓱한 표정의 윤언이가 앞으로 나서자 김안이 소리쳤다.

"윤언이 공! 어찌된 일입니까?"

윤언이는 난처한 표정을 지으며 고개를 돌려버렸다. 곤혹스런 표정이 어둡게 얼굴을 덮고 있었다. 윤언이 대신 나선 것은 이중이었다.

"아둔한 그대들과는 달리 고려 조정에 충성을 다짐한 충신이외다. 윤관 대원수의 핏줄이 아니시오!"

"윤 공!"

정지상이 절규하듯 윤언이의 이름을 불렀다. 윤언이도 정지상의 눈길을 바라보며 절규하듯 외쳤다. 외침은 절망과 원망을 담고 있었다.

"이건 아니오. 고려를 버리고 새로운 나라를 세우는 것은 반역이외다. 아무리 뜻이 좋다 하나 이건 아니오!"

"윤언이 공!"

분노와 절규가 가득 찬 울분이었나. 정시상, 백수한, 김안이 약속한 듯 윤언이의 이름을 외쳐댔다.

"윤관 원수의 뜻이 무엇이었습니까? 윤언이 공! 윤언이 공은 윤관 원수의 자제가 아니십니까?"

윤언이는 더 이상 대답하지 않고 고개를 돌려버렸다. 윤언이의 이름을 찾는 외침이 궁 안으로 퍼져나갔다. 저항하는 세 사람을 제지하는 병사들의 몸놀림이 거칠어졌다. 김안이 피를 끓이며 외쳐댔다.

"폐하!"

김안이 천복전을 바라보며 인종을 목청껏 불러댔다.

"폐하의 어명을 받드시오!"

백수한의 목소리도 터져 나왔다. 병사들은 저항하는 세 사람을 창으로 찍어 눌렀다. 피가 튀고 절규가 들끓었다. 혼란 속에 정지상은 하늘을 바라봤다. 파란 서경의 하늘이 개경의 하늘에 겹쳐져 있었다. 하얀 구름 속에 얹혀 있는 조휘의 맑은 얼굴이 자신을 바라보고 있었다.

"이 역적들을 참하라!"

혼란 속에서 김부식의 명령이 내려졌다. 곧이어 파란 하늘을 향해 붉은 피가 튀어 올랐다. 차례로 목 세 개가 땅 위로 떨어졌다. 피를 뿜어내는 김안의 목은 김부식을 노려보고 있었다. 백수한의 목은 눈알을 부르르 떨며 땅을 바라보고 있었다. 허공을 향한 정지상의 눈은 파란 하늘을 바라보고 있었다. 누군가를 찾고 있는 표정이었다. 피가 줄기차게 뻗어 나왔다. 뿜어 용솟음치던 피가 땅을 적시며 붉은 원을 그렸다. 원이 커질 대로 커지는 만큼 목 잃은 세 사람의 몸통은 늘어져 갔다. 맥박도 숨을 죽이고 있었다. 천복전 밖 궁궐 땅바닥이 세 사람의 피로 붉게 물들어갔다. 피는 흘러 땅을 붉게 물들였으나 식지 않고 굳지 않았다. 피에서 뿜어져 나온 뜨겁고 붉은 기운이 개경의 하늘로 날아올랐다.

감춰진 의도

김부식은 우군을 먼저 마천정에 주둔시켰다. 혹 있을지 모를 서경군의 급습을 방어하기 위함이었다. 자신은 중군을 이끌고 개경의 북쪽 금교역으로 나갔다. 금교역에서 군을 합하고 밀사들을 서경으로 보낸 후 김부식은 군사를 이끌고 평주 보산역으로 움직였다. 충분한 군세는 아니었지만 만일의 사태를 대비해 정규군 외 사병들을 은밀하게 준비하고 있어서 군세는 제법 위세를 떨칠 만했다. 출병 군사들은 반란군을 진압한다는 대의명분으로 사기도 높았다. 평주에 도착한 김부식은 3일간 열병하며 군세를 다스리고 신열을 잡았다. 서경으로 진격하기 전 준비였다. 그러나 곧장 서경으로 진격할 것이라는 일반적 기대와는 달리 김부식은 미적거렸다. 시간이 흐르자 초조해진 김부식의 측근들이 출병을 거듭 요청하며 김부식을 재촉했다.

"평장사 대감!"

성질 급한 이중이 먼저 앞으로 나섰다.

"전투에서는 빠름이 좋습니다. 먼저 공격하여 상대방의 사기를 꺾어야 하질 않겠습니까? 저들이 북쪽의 군과 성을 더 장악하기 전에 빨리 제압해야 할 것입니다."

"그렇습니다. 빨리 서경으로 진격해야 합니다."

동생 김부철도 거들고 나섰다. 그러나 토벌군의 원수 김부식은 느긋했다. 두 사람의 주청에 아무런 반응도 하지 않고 윤언이를 바라보며 의견을 청했다.

"윤언이 공께서 한번 비책을 말해주시오."

윤언이는 침묵한 채로 토벌군을 따라 서경으로 향하고 있었다. 비록 사상과 성향으로는 서경세력에 동조하고 함께했지만 서경의 거병에 반대 의사를 분명하게 밝힌 윤언이였다. 그리된 이상 자신의 결백을 밝히기 위해서라도 토벌군에 참여할 수밖에 없었다. 윤언이는 양쪽의 가운데에 처한 상황이 곤혹스러웠다. 그래서 이 전쟁을 빨리 끝내고 싶었다.

"두 분의 말씀이 지당하십니다. 하루 빨리 진격해서 서경군을 토벌해야 합니다. 빠르면 빠를수록 좋습니다."

곤혹스런 표정의 윤언이가 속공을 주장했다. 다른 사람들과 다름없는 제안이었다. 김부식은 작은 미소를 지어 보였다. 이미 짐작했다는 표정이었다.

"그러시겠지요. 빨리 끝내고 싶질 않으시겠습니까? 지금 서경에 있는 반역도들과는 관계가 돈돈하질 않으십니까?"

차분했지만 비아냥거림이 가득한 말투였다. 일그러지는 윤언이의 표정을 무시한 채 김부식이 자리에서 일어났다.

"기다려보십시다. 상황이 그리 간단치 않습니다."

더 이상 언급을 중단한 채 김부식은 자신의 막사로 모습을 감췄다.

"형님! 무얼 그리 망설이십니까?"

막사로 형 김부식을 따라 들어온 김부철이 김부식을 채근하고 나섰다. 누가 보아도 속공이 필요한 시기였다.

"상황을 모르십니까? 서경군은 지금 서경 인근과 양계 지역 그리고 안북대도호부로 세력을 넓히려 하고 있습니다. 서경군이 세를 넓히기 전에 제압해야 승산이 있습니다."

서경은 전략적 요새여서 자체적으로 군사력이 상당한 수준이었다. 그리고 개경의 북방에 위치한 양계도 전투력을 어느 정도 갖춘 방어군이 상당수에 달했다. 또한 안북대도호부는 청천강 북쪽에 위치해서 청천강부터 압록강에 이르는 지역을 지배하는 중요한 군사 요충지의 지배기구였다. 이들이 다 서경군에 합류한다면 그야말로 고려가 양분되는 최악의 상황도 배제할 수 없었다. 속공을 펴서 서경군을 고립시키고 토벌하는 전술은 누가 봐도 명백한 최선의 선택이었다.

"어리석은 놈!"

자리에 앉아 눈을 감고 있던 김부식이 자신의 동생을 바라보며 한마디 쏘아붙였다. 냉철하고 계산적인 김부식이었지만 동생에게까지 그리 말한 적은 없었다. 냉기가 막사 안을 가득 덮었다.

"예?"

김부식의 의외의 언급에 어안이 벙벙해진 김부철이 황당한 표정으로 김부식을 바라봤다. 김부식이 작전 지도를 바라보며 나지막한 목소리로 질문을 던졌다.

"이번 전쟁의 목표가 무어라고 생각하느냐?"

"그야 당연히 반란군인 서경군을 토벌하고 묘청을 잡아 죽이는 것 아닙니까?"

“그래 맞다.”

“그런데 왜 아둔하다 하십니까?”

김부철은 이해가 가지 않았다. 김부식의 입은 맞다고 하고 있었지만 표정은 전혀 달랐다. 형 김부식에 비해 학식과 명민함이 조금 떨어진다는 것을 인정은 하겠지만 자신도 정통 유학파의 종갓집 격인 가문을 지탱하는 네 형제 중의 한 명이었다. 형인 김부식이 없다면 고려에서 최고의 석학이라 자부할 정도로 자존심을 갖고 살아온 김부철이었다.

“그건 누가 봐도 명백하게 보이는 목표가 아니더냐?”

“그럼 감추어진 다른 목표라도 있다는 겁니까? 서경군을 토벌하고 묘청을 잡아 죽이면 될 일이 아니었습니까?”

“어리석다. 어찌 그리 생각이 거기까지밖에 못 미치느냐?”

또 다른 침묵이 흘렀다. 한동안 눈을 감고 입술을 질근거리던 김부식이 입을 열었다.

“네놈이라도 나를 도와줘야 할 것 같아 내 설명을 해주마. 잘 들어라. 절대 남에게는 발설하지 말고.”

김부식이 김부철을 앞으로 당겨 앉혀놓고 나지막한 목소리로 설명을 시작했다.

“지금도 저 인종이란 어린 왕은 양다리를 걸치고 있다. 자신의 친서를 은밀하게 서경으로 보내고 있지 않느냐. 저들을 설득해서 사태를 빨리 수습하려는 생각인 게지. 왜 그러는지 짐작이 가느냐?”

김부철이 눈을 껌벅이고 침묵했다.

“내게 부월을 주어 토벌을 명하긴 했지만 인종은 서경군이 토벌되는 것을 피하고 싶을 게다. 우리에게 막혀 자신의 뜻을 펴지 못하고 있지만 인종의 마음이 저들과 통하고 있다는 것은 삼척동자도 다 아는 일이 아니냐?"

김부식에게 부월을 하사하고 토벌군의 원수로 삼은 것은 정치적 상황을 고려한 인종의 고육지책이었다. 그런 만큼 인종은 가만히 앉아 있질 않았다. 개경에 있던 서경파 홍이서와 이중부를 밀사로 서경에 보내 서경군을 설득하려 했다. 그러나 불행히도 두 사람은 자비령 북쪽의 생양역에서 김부식의 수하군에게 잡혀 김부식의 막사로 끌려왔다.

"이번에 뿌리를 뽑아야 한다. 그래야 다시는 같은 일이 반복되지 않을 것이다. 그래야 왕도 다시는 다른 생각을 못 할 것이고 또한……."

김부식의 눈빛이 싸늘하게 빛을 뿜었다. 동생인 김부철도 싸늘함을 느낄 냉혹한 눈빛이었다.

"묘청을 따르며 옛 조선의 역사니 풍류대도니 하는 해괴한 사상을 추종하는 자들도 이번에 모두 잡아 죽여야 한다. 허역이란 놈을 따르는 화랑이네 하는 놈들이 곳곳에 흩어져 기회만을 보고 있질 않았더냐? 이번 기회에 다 잡아 죽여야 한다. 한 놈도 빼놓지 않고 모두 죽여 사상의 뿌리를 근본부터 뽑아내야 한다. 그게 바로 이번 전쟁의 진짜 목표다!"

주먹으로 책상을 내리치며 김부식이 열변을 토해냈다.

"이번 기회에 저들의 허황된 사상을 깨끗하게 말살해야 한다. 그래야 우리 경주파, 유학파가 살 수 있다. 그래야 너와 나의 가족이 살 수 있다. 알겠느냐?"

김부철은 아무런 말이 없었다. 김부식의 열변이 이미 자신의 혼을 쏙 빼놓고 있었다. 김부철은 아무런 말없이 고개를 끄덕였다.

"내 말을 잘 듣고 한 치의 오차 없이 행해야 한다. 알겠느냐?"

김부식이 김부철의 어깨를 움켜잡았다. 순간 김부철은 뼈가 으스러지는 느낌을 받았다. 김부식의 손아귀에 그의 절박함이 묻어 있었다.

"임완에게 송의 추적대를 활용해서 벽란도에서 서책들을 강탈해 서경으로 향한 자들의 흔적을 파악하도록 해라. 이번에 토벌할 것은 서경군만이 아니다. 반드시 그 서책들을 되찾아서 없애버려야 한다. 서경성으로 몰려들 낭가사상파 놈들과 서경인들은 씨를 말릴 수 있겠지만 그것으로는 부족하다. 그 사상의 뿌리인 서책들을 그대로 놓아둔다면 그 망령된 사상이 훗날 언제 다시 고개를 들지 모르는 일이다."

김부식은 사상의 힘을 믿는 자였다. 자신의 유학에 대한 신념이 뚜렷한 만큼 풍류대도를 따른 자들의 사상이 줄 잠재적 위협을 가장 잘 이해하고 있었다. 생각의 뿌리가 가장 크고 위험한 보이지 않는 적이었다. 방치한다면 끝도 없이 반복될 싸움이었다.

"또한 지금부터 전국으로 밀사들을 보내 풍류대도를 신봉하고 화랑임을 자부하는 자들의 동태를 감시해라. 그들은 이번 기회를 풍류대도를 중심으로 옛 조선의 역사와 사상을 다시 세우는 절호의 기회로 삼을 것이다. 묘청이 대위니 천개니 하며 칭제건원을 표방한 것은 모두 그놈들에게 대업에 합류하라고 보낸 무언의 요청이며 강력한 명령인 것이다. 벌써 일부 무리들이 서경성으로 들어갔다는 첩보도 있다. 그들은 반드시 서경성으로 집결할 것이다. 그 동태를 감시해라. 그들 모두를 서경성으로 몰아넣어야 한다. 필요하다면 선동이라도 해서 모두 서경성으로 몰아넣어라!"

"그럼……."

김부철이 떠듬거리며 입을 열었다. 그러나 한번 터진 김부식의 열변은 틈을 주지 않고 계속됐다.

"그래! 이번 기회에 모두를 서경성으로 몰아넣어야 한다. 그래야 모두를 다 제거할 수 있다. 허황된 사상을 담고 있는 서책들을 없애버리고 허황된 꿈을 꾸는 무리들을 서경성에 몰아넣어 모두 제거해야 한다. 그것이 이번 전쟁의 숨겨진, 그러나 진정한 목표인 것이다."

김부식의 표정에서 불꽃이 튀고 있었다. 이미 그의 눈엔 피가 흐르고 있었다.

"난 기다린다. 그들이 모두 서경성으로 기어들어갈 때까지! 1년도 좋고 10년도 좋다. 난 기다릴 것이다. 기다리고 또 기다린다. 한 놈도 빠짐없이 서경성으로 기어들어갈 때까지 기다릴 것이다. 그러곤 한 놈도 빠짐없이 뿌리를 뽑을 것이다. 그 서책들을 불쏘시개로 삼아 모두를 불태워버릴 것이다."

평주에서 며칠을 더 보낸 김부식은 군사를 움직여 북으로 진군했다. 토벌군이 서경으로 들어갈 수 있는 통상적 진격로는 개경과 서경을 잇는 절령을 거쳐 동주 황주를 통하는 길이었다. 그러나 토벌군의 진로는 모두의 예상을 벗어나 허를 찌르는 것이었다. 개경에서 서경으로 가는 통상의 길 절령로를 우회한 김부식 군은 평주를 떠나 협계 관산역에서 우군과 좌군을 합류시키고는 수안 사암역과 신성부곡을 경유해 성주로 나갔다. 서경으로 바로 진격한 것이 아니라 서경의 동쪽 성주 방면으로 우회한 것이었다. 성주에서 주변의 성에 사신을 보내 왕명을 내세워 토벌군에게 협조할 것을 권유하고 다짐 받은 후 김부식은 다시 북상을 계속했다. 서경성을 서쪽에 두고 김부식의 토벌군이 북상한 곳은 안북대도호부였다. 서경 북쪽에서 서경성을 압박함으로써 군사력의 결집을 막는 포위 작전이었다. 김부식은 척후대를 보내 서경성을 견제하는 한편 선전부대를 사방으로 보내 서경성을 포위하기 시작했다.

• • •

묘청은 어둠 속에 앉아 있었다. 뜨거운 눈물이 하염없이 흘러내렸다. 누구의 잘못이었을까? 그들은 왜 그리도 허무하게 죽었어야 하는가? 끝없는 자문을 했지만 답이 떠오르지 않았다. 인종을 모시고 서경성으로 왔어야 할 정지상이 어둠 속에서 싸늘한 표정으로 묘청을 바라보고 있었다. 그를 잡으려 손을 뻗자 지상의 모습이 구름처럼 사라져버렸다. 묘청은 가슴을 잡아 뜯었다. 옷섶이 뜯기고 살점이 뜯겨나왔다. 그러나 아픔은 없었다. 가슴속이 너무 아파서 살이 뜯기고 피가 튀어도 고통은 가슴속에만 있었다.

"좌정하십시오. 이미 엎질러진 물입니다. 마음을 굳게 하셔야 합니다."

허역의 위로도 살과 피를 태우는 묘청의 고통을 어찌하지 못했다. 묘청의 탄식만 계속됐다.

"내 탓입니다. 내 탓입니다."

끝없는 회한이 반복되고 있었다. 허역은 차마 보지 못하고 방문을 나섰다. 개경에서 소식이 오기를 목이 빠지게 기다리던 서경 사람들에게 정지상의 소식을 전한 것은 인종의 칙명을 갖고 서경성으로 들어온 평주의 판관 김순부金淳夫였다. 그가 전한 소식은 정지상과 백수한, 김안의 죽음과 오지 않겠다는 인종의 답신이었다. 인종은 김순부의 입을 통해 서경 백성들에게 뜻을 전했다. 칼과 창을 놓고 개경으로 들어오라고. 대화로 고려의 앞날을 논의하자고.

"어찌할까요?"

방문을 나서는 허역을 바라보며 유참이 물었다. 반란의 우두머리였으나 유참 또한 방향을 잃고 허둥대고 있었다.

"이제 선택의 여지가 없습니다. 서경성을 지켜야지요."

그나마 정신을 차리고 있는 유일한 사내가 허역이었다. 전혀 예상치 못했던 윤언이의 변절은 크나큰 낭패감이었다. 그러나 낭패감이 큰 만큼 변절자에 대한 복수심도 끓어올랐다. 허역은 마음을 잡고 오직 복수만을 다짐하며 버티고 서 있었다.

"그런데 문제가 또 있습니다."

유참이 허역을 바라보며 걱정스런 눈빛을 감추지 않았다.

"무슨 일입니까?"

"금국과 왜국에서 온 사신들이 귀국하겠다고 합니다."

대화궁의 완성을 축하하고 이를 기념하는 천제를 보겠다고 서경성에 들어온 사신들이었다. 그러나 축제 대신 발생한 변란은 금국과 왜국의 사신들을 한 가지 결정으로 내몰고 있었다. 그들에게 귀국 외엔 선택의 여지가 없었다. 다만 다행인 것은 그들이 갖고 온 서책을 두고 가겠다는 것이었다.

"그러겠지요. 말릴 수도 없질 않습니까?"

허역은 유참이 건넨 서책들을 받아 들곤 발걸음을 옮겼다.

"어딜 가십니까?"

유참이 당황하며 질문을 던졌다. 무너져 내린 모두들 옆에서 그나마 버티고 서 있는 허역이었다.

"부벽루엘 다녀오겠습니다. 화랑들이 서경성 안으로 반입된 서책들을 그곳에서 보관하고 있습니다. 금국과 왜국이 가져온 이 서책들도 그곳에 있는 국내 역사서들과 함께 보관하라 하겠습니다."

허역은 말은 던져놓곤 등을 돌려 덤덤하게 걸음을 옮겼다. 허역이 사라지자 유참은 묘청의 마음을 잡으려 방 안의 어둠 속으로 문을 열고 들어섰다. 무거운 표정으로 들어오는 유참을 보고 묘청이 먼저 입을 열었다.

"미안합니다. 나라도 정신을 차려야 하겠죠."

"그러십시오. 어차피 죽은 사람들입니다. 이제부턴 대사를 보고 거사에 동참한 서경성의 백성들과 전국에서 이곳 서경성으로 몰려 들어오고 있는 낭도들을 생각하십시오. 어서 떨쳐 일어나셔야 합니다. 김부식의 군사들이 서경성으로 다가오고 있다 합니다."

묘청은 흐르는 눈물을 닦았다. 유참을 바라보는 눈빛에 각오가 서려 있었다. 모처럼 보는 각오와 희망의 눈빛이었다.

"묘청은 나와 목을 내어놓아라!"

그 순간 방문 밖에서 요란한 고함이 터졌다. 조용하던 묘청의 방 앞은 순간 떠들썩하게 변해버렸다. 감정을 추스르던 묘청은 순간 당황한 표정이 역력했다.

"어서 나와라! 내가 네놈의 목을 베어 폐하께 바치고 서경성을 구해내리라!"

친숙한 목소리가 악귀같이 외치며 묘청의 목을 원하고 있었다. 황급히 방문을 나선 묘청과 유참은 칼을 빼어 들고 서 있는 조광을 발견했다.

"이 무슨 해괴한 일이시오?"

"해괴한 일이라니? 해괴한 짓은 바로 요망한 네놈이 더 저지르지를 않았느냐?"

조광이 역정을 내며 묘청을 바라봤다. 평소와는 전혀 다른 분노의 표정이었다.

"네놈의 세 치 혀를 믿고 군사를 일으켰다. 그런데 봐라! 무엇이 남아 있느냐?"

"……."

황당한 표정의 묘청과 유참을 개의치 않고 조광이 계속 소리쳤다.

"폐하는 오지 않는다 하신다. 정지상, 백수한은 벌써 저 세상 사람이다. 네놈이 호언장담하던 세계의 중심 국가는 어디 갔느냐? 금국과 왜국의 사신들도 꼬리를 감추었다. 이제 우리를 향해 다가오고 있는 것은 서경 백성들을 다 죽이겠다는 김부식의 군사들이다!"

조광은 인종의 사신 김순부가 들어온 이후로 갈팡질팡 헤매고 있었다. 김순부의 설득도 조광을 유혹에 빠트렸다. 칼을 놓고 투항한다면 목숨을 보장한다는 것이었다. 왕의 칙령이 그리 써놓았으니 못 믿을 것도 없었다. 다만 조광이 두려운 것은 김부식이었다. 인종은 힘없는 종이 호랑이었다. 인종에게 부월을 하사 받은 김부식은 으르렁거리며 피를 원하는 야생 호랑이었다. 조광은 희생양이 필요했다. 피를 원하는 김부식의 분노를 잠재울 희생양을.

"조광아! 정신 차려라! 이 무슨 짓이냐?"

유참이 소리치며 묘청 앞으로 나섰다. 그러나 그것도 잠시, 조광이 불같이 달려들며 유참을 향해 칼을 날렸다.

"유 공!"

묘청이 목을 잃고 땅으로 떨어지는 유참의 몸뚱어리를 부여잡으
며 유참의 이름을 불렀다. 묘청의 목소리는 터져버린 유참의 피에 묻
혀 들리지 않았다. 피를 철철 흘리는 유참의 몸뚱어리를 발로 밟고 조
광이 묘청에게 외쳤다.

"목을 내어놓아라! 서경인들의 목숨을 구하기 위해선 네 목이 필
요하다."

묘청에게 달려든 조광이 칼을 휘둘렀다. 또 하나의 목이 피를 토하
며 땅바닥에 굴러떨어졌다.

· · ·

언덕은 개경을 아래로 내려 보는 송악산 산등성이에 자리하고 있
었다. 푸른빛을 잃은 나무들이 빼곡히 싸여 한쪽으로 난 빈 공간을
통해 겨우 개경 시내를 바라볼 수 있었다. 무덤은 초라했다. 봉분을
덮은 흙은 주변의 땅과 달리 붉은색을 띠고 있어 최근에 조성된 묘지
임을 말해주고 있었다. 누구의 무덤인지 비석도 없었다. 간혹 근처를
날다 주변 나뭇가지에 앉은 새들이 간간이 울어댔을 뿐 한적했고 적
조했다. 하얀 소복을 입은 여인 하나가 무덤 앞에 앉아 흘러내린 흙을
손으로 다시 덮어 올렸다. 여인은 말없이 눈물을 머금은 채 망연한 표
정으로 무덤만 응시하고 있었다.

얼마나 지났을까? 빼곡한 나무숲을 헤치고 머리를 나타낸 사내
하나가 주변을 기웃거리다 무덤으로 다가왔다. 여인은 돌아보지 않
았다. 미동도 없이 앉아 있는 여인의 뒤로 다가선 사내는 무덤을 향해
예를 올리곤 여인으로부터 조금 떨어진 곳에 자리를 잡았다. 잔잔한

바람이 사내의 머리에 흐른 땀을 씻어냈다.

"서경에서 소식이 왔습니다."

한참을 지나서야 사내가 입을 열었다. 여인은 개의치 않는다는 듯이 대답을 하지 않았다. 사내가 쏟아놓은 단어들이 바람을 타고 숲속으로 사라졌다. 다시 한참을 지난 후 사내가 입을 열었다.

"묘청대사께서도 변을 당하셨다 합니다."

그제야 여인이 고개를 들고 사내를 바라봤다. 최봉심이었다. 조휘의 얼굴은 햇빛을 받고 있었지만 창백하고 어두웠다. 핏기가 싹 사라진 얼굴이었다.

"뭐라 하셨습니까?"

"묘청대사도 이승 분이 아니라 했습니다."

정지상이 죽던 날 김부식 군에게 붙잡힌 최봉심은 다행이 목숨을 건질 수 있었다. 혼란을 틈타 옥에서 도망친 최봉심은 개경을 떠나지 않고 상황을 살피며 조휘의 근처를 배회했다. 서경의 허역에게서 연락을 받은 최봉심은 정지상의 가묘를 떠나지 않고 있는 조휘를 찾아왔다. 두 사람은 함께하지 못했던 나날을 이승과 저승에 떨어진 채 함께하고 있었다.

"묘청대사마저……."

"김부식 군이 서경성을 포위하고 서경 안의 관리들을 회유하고 있다 합니다. 조광이란 자가 묘청대사와 유참 공의 목을 베어 개경에 항복 의사를 전했답니다. 아마도 토벌군의 회유가 계속되고 서경성에 왔던 각국의 사절단마저 각기 떠나버리자 서경인들이 희망을 잃었던 것 같습니다."

"아!"

　아득한 신음소리를 뱉어낸 조휘는 혼절하듯 휘청거렸다. 지상이 가슴 끓이는 열정이었다면 묘청은 마음속의 이정표였다. 험난한 세상을 살아갈 수 있게 해준 기둥이었다. 언제 어디서든 마음으로 의지했던 모두가 사라져버렸다.

　"관리들이 묘청대사의 수급을 개경으로 압송해 개경 저잣거리에 걸었다 합니다."

　정지상을 위해 모든 눈물을 쏟은 조휘였다. 눈물은 바닥까지 말라 있었다. 마른 눈물 대신 피가 볼을 타고 흘러내렸다. 정지상의 무덤에 얼굴을 파묻은 조휘는 피눈물을 흘리고 또 흘렸다. 무덤 아래로 피와 눈물이 범벅이 되어 흘러내렸다.

　"어찌하시겠습니까?"

　대답 없던 조휘가 최봉심을 바라봤다. 기댈 곳을 잃은 눈빛은 초점 없이 흔들렸다.

　"무엇을 어찌하라고 물으십니까? 정인情人은 이미 죽어 흙에 묻혔고 따르던 스승마저 목이 저잣거리에 널렸는데 저보고 뭘 어찌라 물으십니까?"

　눈물과 피로 얼룩진 절망의 소리였다. 정지상의 손을 잡고 서경성 평야를 뛰놀던 해맑던 여인은 오간 데 없었다. 두 손을 모아 묘청의 설법을 듣던 총명한 제자도 찾을 수 없었다. 일본의 기요미즈지에서 희망을 품고 내일을 기약하던 여인의 모습도 찾을 수 없었다. 그저 길을 잃고 깨어진 마음 조각을 움켜쥔 채 피를 흘리고 서 있는 한 여인이 있을 뿐이었다.

　"서경성의 허역 공이 서신을 보내왔습니다."

　조휘는 반응하지 않은 채 계속 눈물만을 흘렸다. 최봉심도 개의치 않았다. 조휘에게 전해달라는 글이 있어서 왔을 뿐 최봉심도 절망감에 빠져 있긴 마찬가지였다.

"허역 공이 조휘 낭자에게 물어보라 하셨습니다. 자신은 어찌 되었건 서경성에서 최후의 항전을 하겠다고 합니다. 다만 서경성에 보관 중인 서책들을 어찌하면 될지 물었습니다."

서책 이야기가 나오자 조휘가 고개를 들었다. 슬픔과 절망감으로 까맣게 잊고 있던 서책들의 존재였다.

"아! 그 서책들이 서경성에 있습니까?"

"예! 송나라 자객들에게 빼앗아 서경성에서 보관하고 있었습니다."

조휘의 눈에서 떨어진 눈물이 반짝이며 무덤 위로 떨어졌다.

"지금 전국 각지에서 낭도들이 서경성으로 집결하고 있다고 합니다. 허역 공은 끝장을 보겠다는 생각인 것 같습니다. 항전이 어떻게 결말을 맺을지는 모르겠으나 혹여 만일을 대비해서 서책들을 어찌했으면 좋을지 물어보라 하셨습니다. 정지상 공도 없고 묘청대사도 없는 지금 서책들을 어찌할 것인지를 결정할 분은 조휘 낭자라 생각한 것 같습니다."

조휘는 대답 없이 고개를 돌려 무덤을 쓰다듬었다. 붉은 흙이 하얀 작은 손을 삐져나와 무덤에 떨어졌다. 산기슭 아래로 개경성을 한참이나 바라보고 있던 조휘가 일어섰다. 뭔가를 결심한 듯 좀 전과는 다른 결기의 표정이었다.

"이제야 제가 살아 있는 이유를 알겠습니다. 저를 좀 도와주시겠습니까?"

눈에 주체할 수 없는 눈물을 머금은 채 조휘가 최봉심을 바라봤다. 눈물이 빛을 머금고 반짝였다.

"어떻게 도와드리면 되겠습니까?"

"저를 서경까지 데려다주세요."

• • •

이중의 보고를 받은 김부식은 측근들을 앞에 두고 불같은 역정을 냈다. 좀처럼 폭발하지 않는 김부식이었다. 이성을 잃고 허둥대는 김부식의 모습은 처음이었다. 김부식의 그런 모습에 이중은 안절부절못했다.

"그건 아니다!"

한마디를 쏟아놓은 김부식은 이쪽저쪽을 왔다 갔다 하면서 불안한 기색을 감추지 않았다. 김부식의 의외의 반응은 측근들을 곤혹 속으로 밀어 넣었다.

"대감 반란군이 항복을 한다고 합니다. 저희들이 모르는 무슨 다른 일이라도 있는 겁니까?"

"바보 같은 놈들! 대체 개경성에 앉아서 무엇을 한다는 말인가? 그리도 머리가 돌지 않아서 어찌 대사를 함께 논할 수 있는가? 답답하다! 답답해!"

김부식의 불안은 묘청의 목을 들고 개경으로 투항한 서경의 분사 대부경 윤첨과 소감 조창언, 서경성에 파견되었다 그들과 함께 개경으로 돌아간 인종의 특사 평주 판관 김순부의 개경에서의 행동거지를 듣고서 시작됐다. 새로 서경의 수뇌부가 된 조광 등이 묘청의 목을 개경에 바치고 항복 의사를 보내자 조정은 그들을 환영하고 나섰다. 반란이 곧 수습될 수 있으리란 예상이 커져갔다. 그러나 김부식의 반응은 전혀 달랐다. 이제 곧 모든 상황이 끝나겠다고 안도의 한숨을 쉬고 있던 김부식의 측근들은 전혀 예상치 못한 김부식의 반응에 당황하고 있었다. 그제야 김부철이 나서서 자신의 형을 다독거렸다. 김부식이 무엇을 걱정하고 무엇을 원하는지를 아는 유일한 핏줄이었다.

"형님! 아직 시간이 있습니다. 진정하시고 제 말을 좀 들어보시지요."

형의 의도를 읽은 김부철이 앞으로 나섰다. 흥분으로 안절부절못하던 김부식은 그제야 한숨을 깊게 내쉬며 호흡을 가다듬었다. 모두의 시선이 김부철에게도 쏠렸다.

"어찌하자는 말이냐?"

김부철이 묘한 미소를 지으며 입을 열었다.

"묘청 일파를 따르던 문공인을 이용하십시오."

"무슨 의미냐?"

동생 김부철에게 상황을 타개할 묘책이 있다는 말을 들은 김부식이 자리를 잡고 앉았다. 김부식은 길게 호흡을 가다듬었다.

"간단하질 않습니까? 지금은 서경인들에게 공포심을 심어줘야 합니다. 저들은 용서 받지 못할 대역죄인이라는 것을요."

"어떻게 하란 말이냐? 폐하의 번덕이 죽 끓듯 하는데. 폐하께서 반역자 조광이 보낸 사절단을 용서하시고 융숭하게 접대를 하고 있다지 않느냐?"

인종은 항복의 뜻으로 묘청의 목을 들고 개경에 나타난 서경 사절단을 보곤 경악을 금치 못했다. 몸은 따로였으나 묘청과는 뜻을 같이했기 때문이었다. 그러나 상황은 인종의 손을 떠나 있었다. 묘청의 목이 떨어진 이상 더 중요한 것은 서경의 백성들을 다독거려 난을 하루

속히 끝내는 것이었다. 인종은 수습을 논의하고 있었다.

"문공인에게 밀서를 보내 폐하를 압박하라고 명하십시오. 저들은 역적입니다. 역적을 멸하라 주청하는 것은 신하된 자의 당연한 도리 요 의무입니다. 묘청의 목을 들고 항복하러 온 서경의 사절단을 역적 으로 몰아 하옥하고 단죄하도록 폐하께 강력하게 주청하라 하십시 오. 서경세력과 폐하를 갈라놓아야 합니다."

"아, 그 방법이 있구나!"

"그리고 서경성으로 밀자들을 보내는 겁니다. 조광 등 서경이 보낸 항복사절단이 역적으로 간주되어 벌 받았다고 서경성에 퍼뜨리는 것 입니다. 지금 서경인들에게 심어줘야 할 것은 공포심입니다. 서경성이 항복을 하더라도 변란을 획책했던 저들은 온전치 못할 것이라 선동 해 항전을 계속하도록 몰아붙이는 겁니다."

자리에서 일어선 김부식이 손뼉을 치며 기뻐했다. 흑색으로 변해 있던 얼굴빛은 이미 환해져 있었다.

"어서 문공인에게 밀서를 보내라! 이리 전해라! 이번 일을 성사시 키지 못하면 지난날 묘청세력과 부화뇌동한 죄를 물을 것이다!"

· · ·

조휘는 말을 달려 최봉심과 함께 서경으로 달려갔다. 익숙한 길이 었으나 지금은 어느 때보다도 황량한 모습을 하고 있었다. 서경엔 묘 청이 있었고 개경엔 정지상이 있어서 어느 방향으로 가더라도 포근하 고 익숙했던 길이었다. 그러나 지금 달리는 길은 처음 본 듯 낯설었고 황량했다. 눈물이 흩날려 길도 잘 보이지 않았다. 다만 절망감 속에서 조휘를 이끌고 있는 것은 묘청과 정지상이 이루지 못한 꿈이었다. 절망의 끝에서 조휘를 일으켜 세운 것은 이루지 못한 꿈을 마무리해야 한다는 의무감이었다. 그것은 조휘가 표해야 할 묘청에 대한 존경심이었고 간직해야 할 정지상에 대한 사랑이었다.

개경의 북쪽으로 달린 조휘는 평주와 동주를 거쳐 황주로 달려갔다. 개경에서 서경으로 이르는 최단 거리였다. 낮과 밤을 달려 서경성 앞에 도달한 조휘는 토벌군의 포위를 뚫고 서경성 안으로 들어갈 길을 찾고 있었다. 대동강 물길을 따라 늘어선 갈대밭에 몸을 숨긴 조휘는 최봉심과 함께 길 안내자를 기다리고 있었다. 강바람을 타고 갈대가 춤을 췄다.

"조금 이상합니다."

갈댓잎을 손으로 헤쳐 내며 사방을 경계하던 최봉심이 조휘를 바라보며 고개를 까웃거렸다.

"무슨 말씀이신지?"

극도의 경계감 속에서 사방을 주시하던 조휘가 반문했다.

"아무리 김부식의 주력 토벌군이 아직 남하를 하지 않고 안북대도호부에 있다고 하나 이건 너무 느슨한 것 같습니다."

"예?"

"급히 서두느라 별 생각 없이 달려오긴 했지만 평주, 동주 그리고 황주를 거쳐 오는 동안 토벌군의 검문이나 제지가 전혀 없었습니다. 평시에도 그리 달렸다면 반드시 경계병들이나 지역 군사들을 마주쳤을 겁니다."

"듣고 보니 조금 이상하긴 하네요."

"이건 마치 일부러 길을 비켜준 것 같은 느낌입니다. 마치 들어가고 싶은 놈은 다 들어가라는 듯 말입니다."

"우리가 운이 좋았나 봅니다."

"아닙니다. 뭔가 이상합니다. 건곤일척의 전쟁을 앞둔 군대치곤 경계가 이상하리만치 허술합니다."

"무슨 계책이라도 있는 걸까요?"

"쉿!"

순간 최봉심이 갈대숲 저편을 응시하며 조휘의 입을 막았다. 숲속 사이에서 작은 소리가 들리며 갈대가 갈라졌다. 사방을 경계하며 덥수룩한 머리를 흩날리는 사내 하나가 조심스럽게 다가왔다.

"누구냐?"

"최봉심 공이십니까?"

다가선 자는 갈댓잎을 헤치고 얼굴을 디밀었다. 평복을 하고 있었지만 병장기를 찬 폼이 군병과 다르지 않았다.

"나요! 내가 최봉심이요."

"따르십시오."

최봉심을 만난 자는 조휘를 흘깃 바라본 후 몸을 돌려 길을 잡았다. 사내는 말없이 갈댓잎사귀들을 헤치며 나가기 시작했다. 잠시 후 강물에 몸을 반쯤 담근 나룻배가 모습을 드러냈다. 세 사람은 배에 올라 어둠에 덮인 대동강물을 가르기 시작했다. 대동강물은 평온했다. 오랫동안 그랬던 것처럼 변함없이 흘러 서쪽 바다로 향했다. 그제야 경계심을 늦춘 최봉심이 길 안내를 하는 사내에게 다가가 질문을 던졌다.

"성안은 어떻습니까?"

사내는 고개를 물길 앞에 그대로 고정한 채 투박한 음성으로 입을 열었다.

"난리지요. 생난리!"

한마디를 뱉어놓곤 흘깃 조휘를 바라봤다. 걱정스런 눈빛이었다.

"얼마 전 묘청대사의 목을 벤 조광이 항복사절단을 통해 묘청대사의 목을 개경으로 보냈습니다. 처음엔 용서를 받는 듯했다 합니다. 나름 환대를 받던 사절단이 투옥되어 상황이 급변했습니다."

"그게 무슨 소리요? 항복사절단을 투옥하다니?"

최봉심이 의아하다는 표정으로 다시 캐묻자 사내는 귀찮다는 듯 한참 동안 입을 다물고 있다가 서경성벽에 가까이 다다르자 그제야 한마디를 던졌다.

"처음 폐하께서는 서경인들을 가엾게 여기서서 항복을 받고 죄를 묻지 않기로 했다 합디다. 그런데 재상 문공인이 최유, 한유충과 함께 항복사절단을 벌할 것을 강력하게 주청하자 상황이 급변했다고 합니다. 역적들은 씨를 말려야 한다고 강력하게 주장을 했답니다. 폐하께서 강경파들의 주장에 굴복하신 겁니다."

"아니, 어찌 그런 일이?"

"왕이, 왕이 아니니까 그런 일이 일어나지 않았겠습니까? 또 얼마 전 왕명을 받들고 서경성에 온 감찰관 김부라는 자는 서경성에 늘어와 서경인들을 겁박하고 위협하였습니다. 역적들은 대가를 치러야 한다고 하면서 말이죠. 그래서 지금은 서경인들이 달리 선택의 여지가 없게 되었습니다. 결사항전을 다짐하고 전쟁을 계속할 수밖에요."

"허어!"

인종은 감찰관 김부를 보내 속히 항복할 것을 권유하려고 했다. 항복을 한다면 용서가 있을 것이란 왕명과 함께. 그러나 어찌된 일인지 김부는 인종의 의도와 다르게 서경인들을 겁박하고 나섰다. 막다른 길목에 몰리게 된 서경인들에겐 다른 선택이 없었다.

"김부식을 중심으로 경주파 유학파가 서경인들을 다 죽인다고 합디다. 그래서 항복도 받아들이지 않았다 하더이다. 반역을 빌미 삼아 서경인들의 씨를 말리겠다는 음모가 있다 합니다. 소문이라 하나 왠지 섬뜩합니다."

사내는 두려움에 떨고 있었다.

"서경인들은 누군가가 일을 틀고 있다고 생각합니다. 폐하와 서경인들을 반목시키는 자가 있습니다."

조근조근 작은 목소리였다. 그리고 사내의 목소리엔 절망감이 배어 있었다. 어느덧 조휘 일행을 태운 배가 대동강변의 서경성벽에 몸을 갖다 댔다. 삐거덕거리며 배가 뒤뚱거렸다. 물에 불은 가죽 끈이 배 바닥의 나무 널빤지를 부여잡고 있었다. 조휘는 작은 상자를 가슴에 부여잡고 있었다. 가묘에서 꺼내 화장한 정지상의 유골을 담은 상자였다. 조휘에겐 사내의 말이 들리지 않았다. 이미 정지상이 죽은 이상 조휘에게 더 이상의 죽음은 무의미했다. 세상이 무너져 내렸으니 무엇을 더 잃을 수 있는 것일까? 조휘는 상자를 가슴에 밀착시켰다. 다시는 헤어지지 않으리라는 다짐으로.

저항

서경성은 평야지대에 위치하고 있었다. 평양성이라고도 불린 서경성은 평평한 땅이라 주산인 금수산의 가장 높은 모란봉도 백 미터를 넘지 않았다. 그러나 평양성은 고구려의 황도였다. 북으로는 금수산을 등지고 동쪽으로는 대동강, 서쪽으로는 평양강보통강, 남쪽은 다시 대동강으로 둘러싸인 천혜의 요지였다. 서경성을 요새로 만든 것은 자연적인 구조만이 아니었다. 서경성은 금수산의 모란봉 남쪽 기슭에 궁성과 황성을, 그 남쪽에 내성을 다시 남쪽에 나성인 외성을 지니고 있는 구조였다. 적의 침략에 대비해 겹겹이 성을 쌓아 다중방어시설을 설치한 요새였다.

김부식은 3월에 이르러서야 5만의 군사를 이끌고 서경성을 포위했다. 개경을 떠난 것이 지난 늦가을이었으니 무려 반년을 돌고 돌아 서경성에 도달한 셈이었다. 원래 삼군으로 구성되었던 군을 오군으로 나누고 중군은 서경성 서쪽의 천덕부에, 좌군을 서경성의 남쪽 흥복사에 우군을 서경성의 북쪽 중흥사의 서쪽에 주둔시켰다. 그리고 대동강을 통한 적군의 왕래를 막고자 동쪽에 후군을 배치했다. 나머지 군을 중흥사의 동쪽에 주둔하게 하곤 전군이라고 불렀다. 토벌군은 서경의 반란세력을 서경성 안에 옭아맸다. 그러나 김부식의 개경군 안에서는 공격방식을 둘러싼 논쟁이 계속되고 있었다. 속공을 주장하는 대다수의 장수들과 지연전을 강하게 고집하는 김부식 간의 논쟁이었다. 김부식의 지연전을 반대하는 목소리는 높았으나 김부식은 움직이지 않았다.

"원수! 반란군은 고작 1만입니다. 뭘 두려워하십니까? 공격을 하시면 서경성은 곧 무너집니다. 어서 명령을 내리십시오!"

김부식의 참모들이 속공을 주청하고 나섰다. 천혜의 요새였지만 토벌군은 수적으로 서경군을 압도하고 있었다. 각 군이 각각 1만씩이었으니 5만의 군세였다. 또한 각 지역에서 군사들이 충원되고 있었다.

"그러십시오. 원수! 어서 공격해서 역도들을 몰살시켜야 합니다."

듣고 있던 임완이 거들고 나섰다. 임완은 흥분하고 있었다. 서경성의 반란을 알게 된 송이 10만의 군사를 보내주겠다고 제의하고 나서서였다. 송의 입장에서는 다목적의 제안이었다. 유학을 반대하는 풍류대도의 뿌리를 뽑는 동시에 금에 공동으로 대항할 연합전선을 형성하기에 딱 좋은 기회였기 때문이었다. 송이 계속 파병을 자청하고 있었다.

"원수! 지금 서북면에서도 군사를 충원해서 계속 보강하고 있습니다. 또한 송에서도 10만의 군사를 보내 돕겠다고 하지 않았습니까? 무엇을 두려워하십니까?"

"감사한 일이지요. 그러나 그 도움은 받을 수 없습니다."

"왜 그러십니까? 이 기회에 저들을 깡그리 제거하는 게 원수의 오랜 숙원이 아니십니까?”

임완이 집요하게 묻고 나섰다. 지난날의 실수에도 불구하고 송의 지원군이란 세를 등에 지고서인지 임완의 기세가 제법 등등했다.

“송이 개입을 하게 되면 금도 가만히 있질 않을 것입니다.”

한참을 듣고 있던 김부식이 임완을 제지하고 나섰다. 송의 속내를 알고 있었지만 김부식은 그 제안을 받아들일 수가 없었다. 송이 움직인다면 금도 움직일 것이 분명했다. 잘못하다간 고려가 송과 금의 전쟁터가 될 수 있었다. 그러나 더 중요한 것은 김부식의 가슴 깊숙이 들어 있던 다른 이유였다. 김부식이 동생 김부철을 바라봤다.

“폐하께는 서신을 보냈느냐?”

“예! 서경성의 굳건함을 아뢰고 속공이 아닌 지구전을 펼 것이라 말씀드렸습니다. 납득하셨다는 문공인의 언질이 있었습니다. 개경은 걱정 마십시오.”

“잘되었다.”

김부식은 항상 인종의 변덕이 마음에 걸렸다. 자신을 토벌군의 원수로 임명하고도 인종은 때론 공개적으로 때론 은밀하게 특사를 보내 서경의 반란군을 설득하고 있었다. 보이지 않는 곳에서 서경군과 내통할 수도 있는 상황이었다. 그런 인종을 얽매기 위해 김부식은 임원후와 문공인 형제로 하여금 인종을 설득하고 자신의 뜻대로 붙잡아둘 것을 강력하게 요청하고 있었다.

“화랑들의 움직임은?”

옆에 서 있는 이중을 바라보며 김부식이 낮은 목소리로 질문을 던졌다. 김부식의 눈빛이 어둠 속에서 빛을 냈다.

“지금까지 관찰한 바로는 전국에 산개해 있던 거의 모든 화랑들이 서경성 안으로 들어간 것으로 보입니다. 개경의 남쪽이나 서경의 북쪽에서 화랑도들의 움직임이 거의 사라졌습니다. 들어갈 만한 낭도들은 다 들어간 것으로 판단됩니다."

"아니다. 한 놈이라도 더 옭아매야 한다. 더 기다린다. 간자들을 전국으로 보내서 혹 남아 있을 낭도들의 움직임을 하나도 빠짐없이 감시하라!"

각오가 서려 있는 목소리였다.

"그리고 낭도들을 부추겨서 서경성 안으로 들어가게 하라 일러라! 절호의 기회다. 한 놈도 빠짐없이 몰아넣어서 끝을 봐야 한다. 그래야 다시는 헛된 생각과 잘못된 사상을 갖는 놈들이 뿌리를 내리지 못할 것이다."

"그리 살피겠습니다. 혹 한 놈이라도 남아 있다면 원수의 명을 따라 처리할 것입니다.

전국으로 파견된 김부식의 사병들이 화랑에 대한 사냥을 전개하고 있었다. 움직이지 않는 이는 살던 곳에서 목숨을 내어놓았고 움직인 화랑은 서경성으로 들어갔다.

"이제 우리가 할 일은 서경성 안으로 몰려 들어간 저들을 꼼작 못하게 옭아매는 일이다. 한번 서경성으로 들어간 이상 쥐새끼 한 마리도 빠져나가지 못하게 하라!"

"알겠습니다."

김부철이 자신 있는 목소리로 김부식의 명령을 받았다. 자신감이 넘치는 표정이었다.

"그래……. 서책들은?"

다시 한참을 뜸을 들인 김부식이 마지막 확인이라도 하려는 듯 다시 임완을 바라보며 질문을 던졌다.

"서경성으로 들어간 후 움직임이 없습니다. 허역이란 자가 자신의 휘하 화랑들과 함께 서책들을 보관하고 있다는 것을 정탐병이 확인했습니다."

"잘했소. 서책들에서 절대 눈을 떼면 안 됩니다. 놓치지 말고 계속 감시하라 이르시오. 절대 눈에서 놓치면 안 되오. 알겠소?"

"예! 원수! 그리하겠습니다. 그런데……."

"무슨 일이오?"

머뭇거리던 임완이 작은 미소를 지으며 입술을 열었다.

"일전에 잡아두었다 풀어줬던 조휘라는 여인을 기억하십니까?"

"아! 그 정지상의 정인이란 여인 말이오?"

"예! 맞습니다. 그 여인이 이 서경성 안에 있다 합니다."

"뭐요? 그 여인이 서경성에 왔다는 말이오?"

"예! 허역과 그 일당의 동태를 감시하는 우리 염탐병들이 며칠 전부터 그 여인을 보았다는 보고가 있었습니다."

들고만 있던 김부식이 한참 혼자만의 생각을 하다 주변을 둘러보며 입을 열었다. 낮고 싸늘한 음성이었다.

"허역 일당에게 사람을 붙여놓았듯이 그 여인에게도 임살자를 하나 붙여놓으시오. 대대적인 토벌전이 벌어질 때 반드시 죽여야 하오. 알겠소?"

혹시나 하여 김부식은 특별히 조직된 암살조를 특정의 목표에 밀착시켜놓고 있었다. 화랑도들을 이끌며 저항하고 있는 허역이 첫 번째 목표였고 서책을 보관하고 있는 경호조가 그 두 번째 목표였다. 이제 또 하나의 목표가 추가된 셈이었다.

"그나저나 원수! 공격은 언제 하실 생각이신지요?"

"경거망동하지 마시오. 쥐새끼 한 마리라도 남으면 안 됩니다. 더 기다리세요. 우리가 모르는 화랑들이 앞으로도 은밀히 서경성 안으로 들어갈 것입니다. 품에 조선의 역사서를 품은 채 한 놈도 빠지지 않고 다 들어가게 해야 합니다. 그리된 다음 그다음에 토벌해도 늦지 않을 것입니다. 기다리세요. 내가 바라는 것은 진시황이 행했던 분서갱유를 서경성에서 재현하는 겁니다. 서경인들과 화랑도들을 깡그리 죽이고 불온한 서책들을 모두 불살라야 두 발을 뻗고 살 수 있질 않겠소? 그래야 유학을 바탕으로 송을 중심 삼아 이 땅에 새로운 세상을 열 수 있을 것입니다."

김부식은 수하들에게 부탁에 부탁을 거듭했다. 그러나 자신도 긴장감을 늦추지 않았다. 김부식은 서경성 밖을 돌아다니며 서경성 안을 들여다보고 있었다. 그는 매의 눈으로 금수산 기슭에선 장락궁을 바라봤고 광덕문 밖에서는 내성을 주시했다. 그에게 서경성 안의 백성들은 개미요 미물이었다. 망령된 사상에 취해 무엇을 하는지도 모른 채 꿈틀대는 냄새나는 벌레들이었다.

선요문을 통해 은밀하게 서경성 안으로 들어가는 낭도들을 보며 김부식은 소리 없이 미소 짓고 있었다. 가슴에 옛 조선의 역사책을 품고 대동강을 건너는 백성의 몸뚱어리에서 튈 피를 생각하며 김부식은 안도했다. 대동강물에 순시선을 띄우곤 붉은 핏빛 물에 빠져 허우적거릴 서경성 반역도들의 최후를 상상하며 김부식은 새 역사를 다짐했다. 그렇게 김부식의 포위망으로 조선의 역사와 조선의 혼을 담은 낭도들이 하나둘씩 모여들고 있었다. 김부식은 기다리고 또 기다렸다.

"왕이 우리를 버렸소이다!"

서경인들은 끓고 있었다.

"서경 사신을 옥에 가두고 반역의 죄를 용서치 않겠답니다. 서경인들을 모두 죽이겠다 합니다!"

개경에서 들려온 소식은 전혀 예상 밖의 강공책이었다. 묘청의 목을 들고 간 윤첨 등이 하옥되었고 인종의 칙령을 들고 서경성에 온 감찰관 김부와 내시 황문상 또한 서경인들을 반역자라며 위협했다. 분노한 서경인들은 김부와 황문상을 죽여 거리에 목을 걸고 저항을 다짐하고 있었다.

"김부식이가 서경 백성들을 깡그리 멸절하겠다는 게 아니오?"

"이제 방법이 없소이다. 개경이 죽든지 아님 우리가 다 죽든지 끝장을 볼 수밖에!"

곳곳에서 저항을 다짐하고 복수를 다짐하는 목소리가 커져갔다. 칭제건원의 대의를 내걸고 시작됐던 서경인들의 거사는 이제 삶과 죽음 사이에서 외치는 절규로 변해가고 있었다. 광장의 집회에 참여한 허역은 쓸쓸한 미소를 지어 보였다.

"묘청대사의 죽음이 헛된 것이 되었습니다."

"그러게요. 안타깝습니다. 서경인들만이라도 실 수 있길 비랐는데……."

하얀 면사를 뒤집어쓴 조휘가 허역의 말을 받았다. 광장 중앙에는 복수를 다짐하며 울부짖고 있는 서경인들의 집회가 분노로 끓어올랐다. 광장은 복수의 다짐과 분노의 열기로 가득했다. 창과 칼, 낫과 쟁기를 들고 나온 서경인들의 눈은 핏빛으로 타고 있었다.

서경인들은 광장 중앙에서 외치고 있는 조광의 연설에 흥분되어 개경을 향해 분노를 토해냈다.

"대의는 오간 데 없고 이제는 개경과 서경인들이 서로에 대한 실망과 분노와 복수만을 다짐하는 상황이 되었습니다."

허역의 목소리에 힘이 없었다. 조휘도 최봉심도 힘이 없긴 매한가지였다. 철저히 기회만을 보던 조광이 병권을 잡고 반란을 지휘하기 시작하자 허역은 낭도들을 이끌고 부벽루에 결집한 채 상황을 살피고 있었다.

"어찌하시겠습니까?"

최봉심의 표정도 어둡긴 마찬가지였다.

"뭘 어쩌겠습니까?"

광장 바깥쪽으로 걸어 나가면서 따르는 최봉심에게 허역이 희미한 미소를 지어 보였다.

"김부식의 의도가 뻔하질 않습니까? 서경성을 꼼짝달싹 못 하게 포위를 하곤 계속 불만 지피고 있습니다. 아마도 폐하의 뜻을 전하러 온 사신들을 부추겨 서경인들을 분노하게 사주한 것도 김부식일 것입니다."

따르는 조휘 또한 씁쓸한 표정을 짓고 있었다.

"조광 놈이 하는 짓 또한 마음에 들지는 않으나 어쩌겠습니까? 김부식의 뻔한 의도를 아는 이상 이곳에 남아서 우리 몫을 다해야지요."

"아! 어찌 상황이 이리되었는지 원!"

최봉심이 안타까운지 한숨을 토해내며 눈을 껌벅였다. 최봉심은 이해할 수 없었다. 오로지 한뜻으로 시작한 서경의 봉기가 이상하게도 아귀다툼의 이전투구로 모습을 바꾸고 있어서였다. 사람들은 더 이상 북방의 꿈을 이야기하지 않았다. 서경인들은 더 이상 묘청의 뜻을 언급하지 않았다. 그들이 말하고 있는 것은 오로지 분노요 배반의 낭패감이요 버림받았다는 절망감뿐이었다.

"세상이 그리 돌아가는 것이 더 정상인가 봅니다. 묘청대사나 정지 상공 같은 이들의 높고 숭고했던 뜻은 잊히고 김부식과 조광 같은 자들의 꼼수만이 살아서 숨 쉬니 말입니다."

"삶의 절박감이 더 질긴 때문입니다."

세 사람은 군중들 속을 벗어나 부벽루 쪽으로 길을 잡았다. 거리엔 서경성 밖에서 성안으로 들어온 사람들이 세워놓은 천막들이 즐비하게 늘어서 있었다. 어수선했지만 서경성은 그렇게 복수를 다짐하고 있었다.

• • •

대치는 지루했다. 서경성을 둘러싼 김부식의 군대는 움직이지 않았다. 여름이 지나자 김부식의 군사는 10만에 이르렀다. 개경을 출발했던 3만의 군사를 중심으로 서경성의 북쪽과 타 지방에서 출발한 지원군이 서경성으로 집결한 결과였다. 서경성을 바라보는 대동강변 들판에 주둔한 김부식 군의 막사가 줄에 줄을 잇고 세워져 있었다. 김부식의 토벌군은 전투보다는 장마철의 비와 넘치는 물을 더 두려워했다. 그들은 성을 쌓았다. 다섯 군으로 나뉜 김부식의 토벌군은 5군마다 각기 성 하나씩을 쌓은 뒤꼍에 곡식을 쌓고 병사들을 휴식시켰다. 그들은 성안에 들어앉아 전투와 훈련보단 언제 쓸지 모를 병기를 수리하는 데 대부분의 시간을 보내고 있었다. 지방에서 올라온 병사들은 번갈아 휴가를 떠났다. 그들 고향의 농사를 돌보기 위함이었다.

　지루한 대치가 계속되자 개경에서 김부식의 무능함을 탄핵하는 목소리가 높아져 갔다. 개경 정부도 몇 만의 군사를 내어 지루한 대치만 하기엔 그 부담이 만만치 않았다. 내란이 발생한 상황에서 혹여 금나라가 움직인다면 그 또한 걱정거리였다. 또한 각지에서 군사를 동원한 터라 지방의 치안도 불안감을 높이고 있었다. 그 원인은 흉흉한 소문이었다. 나라가 둘로 갈라져 대치를 하자 누군 개경 편을 들었고 다른 이는 개경의 무능함을 탓했다.

　인종은 사신을 김부식에게 보내 어떻게 하든 빨리 상황을 끝낼 것을 종용했다. 그러나 김부식은 움직이지 않았다. 서경성의 견고함과 섣부른 공격이 가져올 치명적 패배를 구실로 삼았다. 김부식은 서경성의 만만치 않은 방어력을 핑계 대며 인종의 요구를 번번이 비켜갔다. 인종도 몇 번 재촉을 하다간 못 이기는 척 신료들의 의견을 묵인하곤 김부식에게 모든 결정권을 일임해버렸다. 마음이야 불편했고 못마땅했으나 어찌 됐건 고려의 군사력 대부분이 김부식의 손안에 놓여 있었다. 지루한 대치는 여름의 더위를 뒤로하고 가을까지 지속되고 있었다.

　"원수! 개경에서 서신이 왔습니다."

　쌀쌀한 기운이 김부식의 막사 안을 덮고 있었다. 북방의 가을은 남쪽의 겨울보다 싸늘했다. 손을 비비며 김부식이 자세를 바로 했다. 기다림의 지루함에 지쳐 누워서 잠을 청하고 있던 차였다.

　"무슨 소식이냐?"

　"송에서 지원군을 보내겠다는 제안이 조정에 도착했다 합니다."

　"송이 지원군을?"

　"예! 서경성에서의 대치가 오랫동안 지속되자 송이 지원군을 보내 하루 속히 진압하도록 돕겠다고 했답니다."

김부식이 쓸쓸한 미소를 지어 보였다. 지원 의사를 밝힌 송이 고맙긴 했으나 송 조정은 자신의 감추어진 의도를 놓치고 있었다.

"개경에서도 일부 대신들이 송의 지원군을 받아서라도 하루 속히 반란을 진압해야 하지 않느냐는 의견을 폐하께 주장하고 있다 합니다."

계속되는 보고에도 김부식은 입을 열지 않았다. 희미한 미소만을 띤 채 김부식은 탁자 위에 놓인 지도만을 응시했다. 한참을 침묵하던 김부식이 자신의 동생 김부철에게 눈짓으로 뭔가 지시를 내렸다. 김부철이 막사를 나서자 그제야 김부식은 개경에서 온 사신에게 명령을 내렸다.

"돌아가 송의 지원군은 필요 없다고 폐하께 아뢰라. 송이 개입한다면 금 또한 가만히 있지 않을 것이다. 이제 곧 우리 토벌군의 힘으로 반란군을 진압할 것이니 걱정하지 마시라 이르라."

김부식의 명을 받은 사신이 개경으로 떠난 지 얼마 되지 않아 김부식의 막사로 주요 장수들이 모여들었다. 참으로 오랜만의 소집이었다. 장수들도 오랜 지루한 대치 속에 속살만 붙어 있던 참이었다.

"그래 성 안쪽은 어떠하오?"

탁자를 중심으로 둘러앉은 장수들을 향해 김부식이 질문을 던졌다.

"방어는 공고하나 아마도 식량이 떨어진 것 같습니다."

"그래요?"

"얼마 전 노약자와 부녀자들이 성 밖으로 몰려 나왔습니다. 이들이 굶주린 기색이 역력했습니다."

“몇몇 병사들도 투항을 해오고 있습니다. 지친 탓이기도 하나 배고 픔이 가장 큰 원인인 것 같습니다.”

서경성을 포위한 지 벌써 1년의 시간이 흐르고 있었다. 크고 작은 산발적인 전투가 지속되고 있었다. 북방의 방어를 책임지는 서경성이 라 보관하고 있던 식량이 상당량에 달했지만 시간은 서경성의 편이 아니었다.

“이제 서경성이 무릎을 꿇을 날도 머지않은 것 같소이다.”

오랜만에 김부식의 얼굴에 미소가 퍼져나갔다.

“공격을 하시겠습니까?”

김부식의 눈치를 보며 이중이 제안했다.

“아니요. 아직은……. 좀더 기다립시다.”

탁자 위에 놓인 서경성 곳곳을 그려놓은 지도를 바라보며 김부식 이 고개를 가로저었다.

“아! 그 말이오. 일전에 윤언이 장군이 제안한 것 있지 않소?”

“무엇을 말씀이신지요?”

“그 왜 거인距堙이라고 하지 않았소이까?”

“아! 흙을 쌓아올려 만든 토산 말씀이십니까?”

“그래요. 토산 말씀입니다. 그 토산!”

토산을 쌓자는 윤언이의 제안은 전쟁을 빨리 끝내려던 윤언이의 의중을 담고 있었다. 흙으로 큰 산을 쌓아 성에 접근시키면 성안을 살 필 수 있고 공격하는 데 유리한 고지를 점령할 수 있는 이점이 있었 다. 일전에 윤언이가 제안한 것을 반대하던 김부식이 이제 와서 그 토 산을 쌓으라고 제기하고 나섰다.

“거인을 쌓으라 하시오. 거인을 쌓아 병사들을 배치해서 성안을 샅샅이 감시하도록 하시오. 곧 총공격을 할 것이니 이제 준비를 해야 할 것이외다."

김부식의 지시가 있은 후, 서경성 밖에 토산이 크기를 더해가기 시작했다. 도합 다섯 개의 토산이 중요 공격 지점에 세워졌다. 총 공격시 주 공격로로 잡혀 있는 지점이었다. 그중 하나가 서경성 서남쪽의 양명문과 마주한 토산이었다. 낮은 지대에 위치해 상대적으로 취약한 양명문이 집중 공격의 대상이 된 것이었다. 토벌군은 밤낮으로 토산의 높이를 더해갔다. 어느 정도 토산이 쌓이자 토벌군은 포기砲機, 즉 대포와 발사대를 설치했다. 공격시 수백 근의 돌을 서경성 안으로 날려 보낼 발사대였다. 돌을 날려 성문을 깰 것이었고 불덩이를 날려 성 안을 태울 것이었다. 불과 서경성의 성벽과는 몇 장의 거리밖에 되지 않는 근접 거리였다.

거인이 완성되자 토벌군은 거인의 가장 높은 지점에서 서경성 안을 들여다보기 시작했다. 기괴한 거인 몇 개가 서경성을 둘러싸고 성 안을 바라보고 있었다. 토벌군의 눈에 들어온 서경성 안의 백성들은 오랜 기다림에 지쳐 있었고, 배고픔에 고통 받고 있었으며, 차가운 바람에 얼어붙은 몸을 떨고 있었다. 성 안에 두려움이 퍼져나갔다. 오랜 포위가 끝나가고 있음을 직감하고 있어서였다. 토벌군은 오랜 기다림이 지난 후 칼날을 갈고 서경성 안을 노려보고 있었다. 북쪽에서 들판을 헤치고 내려온 차가운 바람이 서경성의 벽을 때리고 있었다.

최후의 결전

새벽 공기가 싸늘했다. 차가운 바람은 대동강 얼음을 지나 성벽을 넘어 군영에 들이닥쳤다. 움직임이 없는 군영은 더욱더 싸늘했다. 군사들은 움직임을 멈추고 막사 안에 처박혀 명령만을 기다렸다. 병사들은 이해할 수 없었다. 승리를 자신하고 있었지만 토벌군의 원수 김부식은 명령을 내리지 않고 있었다. 자잘한 전투만 치르며 서경성을 둘러싼 지가 벌써 2년째로 접어들고 있었다.

어둠 속에서 검은 그림자가 은밀하게 움직였다. 그림자는 장락궁과 가까운 칠성문을 빠져나와 토벌군의 막사로 숨어들었다. 병사들의 막사를 지나친 그림자는 군영 한가운데 세워진 막사로 다가갔다. 주위를 둘러본 후 막사 안으로 들어선 그림자는 순간 가운데 위치한 침대로 다가갔다. 그림자는 천천히 칼을 꺼내들었다. 싸늘한 푸른빛의 칼이 울음을 토해냈다.

"스르릉!"

싸늘한 살기를 품은 칼이 침대 위에서 잠든 사내의 목으로 다가갔다. 싸늘함에 눈을 뜬 사내가 몸을 일으켰다.

"쉿! 움직이지 마라!"

재빨리 일어서던 사내의 목에 칼을 갖다 댄 그림자가 날카롭게 위협했다. 살기가 가득한 속삭임이었다.

"소리치거나 움직이지 않으면 목숨을 살려주겠다. 경거망동하지 마라!"

"아니! 그대는?"

일어선 윤언이가 그림자를 바라보며 낮은 목소리로 외쳤다. 어둠 속에서 두 사람의 눈빛이 불을 밝혔다.

"칼을 거두시오. 오랜만에 만났으니 이야기나 나눕시다."

윤언이가 천천히 손으로 칼날을 밀쳐냈다. 그림자 사내는 순순히 칼을 거두고 윤언이를 바라봤다. 윤언이가 자리에서 일어나서 책상으로 다가가 의자를 하나 뽑아 검은 그림자에게 권했다. 그림자는 이미 칼을 칼집에 거두고 있었다.

"와중에도 목소리를 알아봐주니 감사해야 하겠소이다."

비꼬는 투의 목소리였다. 윤언이는 개의치 않는다는 듯 자신도 자리에 앉으며 계속했다.

"이리 또 서로 갈라져 있긴 하지만 내 어찌 그대의 목소리를 잊을 수 있겠소?"

"변절자!"

사내의 목소리는 싸늘한 살기를 품고 있었다. 칼날보다 더 날카로운 살기였다.

"허역 공! 내 할 말이 없소이다."

윤언이는 옷깃을 여미며 어둠 속에 서서 자신을 노려보고 있는 허역을 바라봤다. 허역은 분노로 몸을 떨고 있었다.

"이해하시오. 서경성이 반역을 하지 않았다면 내가 왜 그대들에게 등을 돌렸겠소이까? 어쨌든 왕명도 없이 개경을 향해 칼을 든 것은 그대들이었소."

"우리는 폐하를 모시려 했을 뿐 반역을 하고자 했던 것이 아니요!"

목소리는 분노하고 있었다.

"뜻이야 어떠했건 결과는 그리되었질 않소이까?"

윤언이의 목소리는 차분했다. 백두산에 은거하고 있던 허역을 세상으로 끌어낸 것이 자신이었다. 그리고 둘은 서경성을 둘러싸고 반란군과 토벌군으로 다시 나뉘어 있었다.

"그럴 거면 그냥 산에 묻혀 살게 놓아둘 것이지 왜 찾아와 이 모진 세상으로 끌어내시었소?"

허역은 분노하고 있었다. 그러나 허역의 목소리는 막사를 넘지 않았다.

"그대와 부친은 우리 낭도들을 두 번 배신하였소."

윤언이의 아비 윤관이 여진정벌 후 정적들의 공격에 못 이겨 낙향하며 화랑도들을 버린 것과 비슷한 상황이 반복되고 있었다. 할 수 없이 김부식의 토벌군에 합류하게 된 윤언이었다. 윤언이는 마음의 괴로움을 잊기 위해 속공을 주장하고 있었다. 그러나 토벌군의 원수 김부식은 왠지 공격을 미루고 미적거리고 있었다. 동료들을 배신했다는 죄책감은 대동강물처럼 얼어붙어 윤언이의 가슴을 짓누르고 있었다. 날로 자라난 얼음은 날을 세워 윤언이의 가슴을 헤집고 있었다. 빨리 잊고 싶은 미안함과 죗값을 치루기 위한 윤언이의 몸부림은 그렇게 한 겨울의 싸늘한 바람과 싸우고 있었다.

"왜 오시었소?"

윤언이의 질문에 허역은 대답하지 않았다. 윤언이가 계속했다.

"나를 즉각 베지 않은 것을 보니 나를 죽이려 오신 것 같지는 않소. 할 말이 있어 보입니다."

허역은 속마음을 들킨 듯 눈을 내리 깔았다. 변절자를 베고 싶었지만 베지 못하는 사연이 있었다. 한참을 침묵하던 허역이 입을 열었다.

"부탁이 있어 왔소이다."

"부탁이라니 무슨?"

"이제 곧 서경성을 공격한다 들었소."

"그래야겠지요. 벌써 1년의 세월이 넘어 2년이 되어가고 있습니다. 김부식도 더 이상 기다릴 수 없을 것입니다. 개경에서는 성과 없는 전쟁에 대한 비난이 들끓고 있다 합니다."

길고 지루했던 대치가 끝을 향해가고 있었다. 서경성을 포위한 채 1년을 더 끈 김부식은 마침내 총 공격을 결심하고 하루하루를 재고 있었다. 크지는 않았지만 수도 없는 작은 접전들이 계속되고 있었다. 작은 불길이 한곳에 모여 큰 불길로 타오를 날이 다가오고 있었다. 서경성은 기아와 반역과 분노, 그리고 증오로 얼룩진 채 지옥처럼 불속에서 타고 있었다.

"오늘 내일일지도 모르오. 시간이 많이 남지 않은 셈이지요."

"사람 하나만 서경성 밖으로 나가게 해주시오."

한참을 기다린 허역이 윤언이를 똑바로 바라보며 청을 넣었다. 부탁이라기보단 명령조에 가까웠다.

"한 사람이라니?"

"우리 낭도들은 더 이상 물러날 곳도 없고 그럴 생각도 없소이다.

서경성을 베고 누워 옛 조선의 역사와 영광을 위해 목숨을 내놓을 것
입니다."

"그러시겠죠."

윤언이의 목소리가 무거웠다. 자신도 그들과 함께해야 할 같은 운
명을 지닌 사람이었다. 운명이 바뀐 것은 우습게도 순간이었다. 서경
의 봉기 소식을 듣지 못한 채 인종과 함께 궁성에 있던 윤언이는 인종
의 명을 받을 수밖에 다른 길이 없었다. 무엇보다도 충성을 가장 중요
시했던 윤관의 후손이 자신이었다. 내용이야 무엇이었던 간에 반란
은 반란이었다.

"그런데 누구입니까? 서경성을 빠져나가야 할 한 사람이?"

토벌군은 삼중 사중의 포위로 서경성을 옭매고 있었다. 개미 한 마
리 들 수도 날 수도 없는 상황이었다. 서경성을 둘둘 옭아매고 있는 토
벌군의 누군가가 도와주지 않는다면 김부식의 집요한 포위망을 뚫는
것은 원천적으로 불가능했다. 그리고 누군가의 도주를 돕는 것은 목
숨을 내어놓아야 할 일이었다. 김부식은 실낱같은 허점도 허락하지
않았다. 광적일 만큼의 집착이었다. 반란군을 진압하는 것보다 더 중
요한 것은 반란군을 서경성 안에 가두는 것이었다. 서경성 안의 반란
군과의 전투에서 목숨을 잃는 토벌군 측 병사들의 수보다 경계를 느
슨하게 하다 김부식에게 걸려 목숨을 내놓는 토벌군의 숫자가 더 많
았다. 비난에도 불구하고 김부식은 공격 대신 포위에만 열을 올리고
있었다. 허역이 윤언이를 찾은 사연이었다.

"윤 공도 아는 사람이외다."

"내가 아는 사람이라뇨?"

"조휘 낭자이오."

윤언이에게도 익숙한 이름이었다. 묘청의 뜻을 따르던 여인, 정지상의 주변을 떠나지 않은 채 정지상의 그림자가 되어 있던 여인이었다.

"조휘 낭자가 선택된 이유를 묻는다면?"

윤언이가 허역을 바라봤다. 반드시 알고 싶다는 표정이었다.

"누군가는 살아남아 이곳 서경성에서 일어난 일을 밖에 전해야 하질 않겠소이까?"

허역이 싸늘한 눈빛으로 윤언이를 바라봤다. 윤언이는 반문하지 않았다. 입을 다문 채 고개만을 끄덕였다.

"또한 조휘 낭자는 그동안 서경성 안에서 아이를 낳았습니다."

윤언이의 표정이 놀라움으로 움찔했다.

"누구의 아이입니까?"

"정지상 공의 핏줄입니다."

허역이 자리에 앉으며 계속했다.

"고집을 부리는 조휘 낭자를 설득했습니다. 죽음만이 능사가 아니라고요. 정지상 공의 핏줄과 함께 옛 조선의 일을 기록한 서책들을 몇 권이라도 밖으로 내보내어 후일을 기약해야 한다고 설득했습니다. 서경인들과 낭도들의 뜻입니다."

"정지상의 핏줄이라……. 서책늘이라……."

"정지상 공의 핏줄이니 딱 아닙니까? 몇 권이라도 서책들을 구해 내고 그 의미를 세상 사람들에게 그리고 후세에게 전달할 전령을 정한 것이지요."

"어떻게 하면 되겠습니까?"

윤언이는 더 이상 질문을 하지 않았다. 더 알고 있어도 짐이었다. 허역이 무엇을 생각하는 지는 오래전부터 공감하고 있던 터였다. 그리고 새로운 핏줄이 달려 있다는 것은 암울한 상황에서도 붙잡고 싶은 새로운 희망의 싹이었다.

· · ·

김부식은 정예병을 삼도三道로 나누어 서경성을 공략했다. 진경보, 왕수, 박정명으로 하여금 3천을 이끌고 중도로 삼았고 지석숭, 전용 등으로 하여 2천을 이끌고 좌도가 되게 하였으며 이유, 이영장, 김신련에게 다시 2천을 주어 우도가 되게 하였다. 7천은 돌격대였다. 또한 김부식은 장군 공직에게 병력을 이끌고 서경성의 서쪽 석포 방면으로 들어가게 했고 장군 양맹에게 병력을 이끌고 서경성 남쪽의 당포 방면으로 들어가게 하는 동시에 중군과 전군, 후군, 좌우군 등 군단을 총동원해 서경성의 남쪽에 공격을 집중했다. 서경성 외성의 남서문을 먼저 뚫은 것은 진경보의 군사들이었다. 양명문을 떨어뜨린 토벌군은 서경군이 설치한 목책을 뽑고 내성의 연정문으로 나아가 공격했다. 지석숭 군은 외성을 넘어 들어가 내성 함원문을 공격했다. 이유 군이 외성을 넘어 내성 홍례문을 공격했다. 오랜 대치의 지루함이 길러낸 적개심이 핏빛을 띠며 타올랐다.

윤언이는 중군을 위임받고 공격에 가담했다. 군대를 비밀리에 움직인 윤언이는 새벽녘에 서경성의 북문인 칠성문 아래로 이르러 장작을 쌓아놓고 화공을 시작했다. 불은 무섭게 타올랐다. 칠성문 아래의 회랑 97칸이 불길을 밝히며 타올랐다. 서경성의 어디에서도 볼 수 있는 무서운 불길이었다. 불길로 회랑이 타버리고 성채가 무너지자 토벌군이 서경성 안으로 들이닥쳤다. 승세를 잡은 토벌군은 파죽지세로 밀어붙이며 서경군의 목을 잘랐다. 기다림이 오래서였을까? 한번 폭발한 적개심은 피를 마시며 끊임없는 불길이 되어 퍼져나갔다. 순식간에 무너져 내린 서경군은 허둥대기 시작했다. 반란의 수뇌 조광이 자살했다는 소식은 불길에 기름을 부었다. 기다린 세월은 무의미했다. 어차피 비슷한 군세가 만들어낸 대치도 아니었다. 서경성을 공격하기까지 왜 오랜 시간을 기다려야 했는지는 김부식만이 아는 비밀이었다.

칠성문이 사납게 타오르는 그 시각 조휘는 칠성문 옆 얼마 되지 않은 무너져 내린 성곽을 넘고 있었다. 새벽어둠에 얼굴은 빛을 감추고 있었다. 간혹 무섭게 타오르는 불길이 조휘의 얼굴을 붉게 밝혔다. 움직임도 은밀했다. 칠성문을 태우고 있는 불길이 모든 토벌군들의 시선을 칠성문으로 집중시켰다. 셋 중 몸집이 작은 조휘가 먼저 성곽 밖으로 몸을 던지자 두 사람이 뒤를 따랐다. 한 사내의 등엔 하얀 강보에 싸인 아이가 들러붙어 있었고 다른 사내의 등엔 겹겹이 두른 헝겊에 직사각형을 이룬 보따리가 짊어져 있었다. 조휘는 성벽 밖 허물어진 돌 틈 사이에 무릎을 꿇고 앉아 칠성문을 바라봤다. 세상을 다 밝힐 것처럼 불길은 무섭게 타올랐다. 그렇게 서경성이 타오르고 있었다. 그렇게 서경인들이 산화하고 있었다. 칠성문을 사이에 두고 토벌군과 서경군이 창칼을 부딪치며 타고 있었다. 불길은 서경인들의 피를 먹고 빛을 뿜어냈다.

조휘의 눈은 붉은 눈물로 가득했다. 뜨거운 눈물이 앞을 가렸다. 자신이 태어나고 자란 서경성이 뜨겁게 타오르고 있었다. 모든 추억 또한 불길에 타 뜨거운 불길이 되어 하늘로 솟고 있었다. 차마 발길을 떼지 못하는 조휘를 옆에서 보고만 있던 두 화랑이 채근했다. 죽고 있는 자들을 대신할 산 자들의 다짐이었다. 조휘는 자신의 몸을 감싸고 있던 어깨끈을 조였다. 묵직한 짐이 몸에 밀착되었다. 다시 한 번 더 허리띠를 조이자 이고 진 짐이 등을 압박해왔다. 사내 둘이 조휘를 채근했다. 두 사람은 사방을 경계하며 살기를 뿜어내고 있었다. 조휘가 앞장서 길을 잡았다. 금수산을 타고 넘어 북쪽으로 방향을 잡아 임원역을 우회하여 대동강을 거슬러오를 생각이었다. 갈 곳은 정해지지 않았으나 방향은 분명했다. 등에 진 조선의 역사서들을 보호할 수 있는 곳. 가슴에 품은 정지상의 영혼을 자유롭게 해줄 곳. 그의 핏줄로하여 서경성의 일을 세상 밖에 그리고 후세에 전할 수 있도록 살아남을 수 있는 곳. 조휘가 향하는 곳이었다. 조휘는 눈물이 길을 잡는 대로 발길을 내딛었다. 금수산에 올라서 바라본 서경성은 새벽하늘을 밝히며 타오르고 있었다. 눈부신 불길이었다. 얼굴이 뜨거워지고 가슴이 탈 듯 끓어올랐다. 불길 속에서 허역이 조휘에게 던진 마지막 말이 떨어지지 않는 발걸음을 재촉했다.

'정지상 공의 핏줄이니 희망을 걸 것입니다. 서경성의 일은 화랑도들의 꿈은 잊히지 않을 것입니다. 우리는 죽지 않고 기억될 것입니다. 우리 모두가 간직할 진실의 역사가 아닙니까? 어서 가십시오!'

• • •

김부식은 2년을 기다려 서경성 안으로 들어섰다. 오랜 기다림의 시간들이 끝나가고 있었다. 병장기를 든 어느 누구라도 목숨을 보전치 못할 것이었다. 오랜 기다림의 이유는 서경성이 아니었다. 김부식이 바란 것은 그들의 멸절이었다. 김부식은 2년 동안을 지켜보고 있었다. 누가 서경성으로 들어가는지, 그들이 왜 서경성으로 들어갔는지를. 그들이 무엇을 지니고 서경성으로 들어갔는지, 그들이 무엇을 지키려고 저항하는지. 김부식은 병사들을 보내 서경성의 모든 성문을 걸어 잠갔다. 혹시나 빠져나갈지 모를 모든 반역도들을 놓치지 않기 위해서였다. 김부식은 지독할 정도로 부하들을 몰아붙였다. 서경성 밖을 그물처럼 옭아매곤 그 무엇 하나도 놓치지 않도록 닦달했다. 그 지루하고 처절했던 2년의 봉쇄가 끝을 향해 달려가고 있었다. 관풍전까지 진군한 김부식은 승리를 눈앞에 두고 있었다.

"원수! 찾았습니다!"

급하게 김부식을 찾아온 이중이었다. 얼굴은 검게 그을려 있었고 손에 든 칼은 핏물을 뚝뚝 떨어트리고 있었다.

"허역을 비롯한 낭도 무리들이 최후의 저항을 시도하고 있습니다."

"어디냐?"

"대동문 근처 부벽루입니다."

대동문은 칠성문의 동남쪽, 장경문의 남쪽에 위치한 서경성의 관문이었다. 유유히 흐르는 대동강물을 내려다보는 문이었고 개경으로 가는 서경의 열린 문이었다. 조휘를 칠성문으로 보낸 허역은 반대편인 대동문을 근거로 적을 유인해 전투를 벌이고 있었다.

"몇이더냐?"

"대략 백 명 남짓입니다. 하지만 결사 항전하는 결기가 제법이라 토벌군이 고전을 면치 못하고 있습니다."

"그 외의 지역은 어떠한가?"

다른 지휘관에게 성안의 전투 상황을 묻는 김부식은 그제야 다소 여유를 찾은 표정이었다.

“거의 모두 다 진압됐습니다. 일부 항거가 있긴 하지만 세를 뒤집진 못할 것입니다.”

그제야 안도를 느꼈는지 투구를 벗어놓고 한숨을 내쉰 김부식이 다시 투구를 머리에 얹으며 단호하게 명령을 했다.

“윤언이 장군을 대동문으로 오게 하라! 마지막 쥐새끼들을 정리해야겠다.”

· · ·

허역은 최후의 결전을 벌이고 있었다. 우뚝 선 부벽루를 뒤로 하고 왼편의 대동문을 따라 겹겹이 늘어선 낭도들과 함께였다. 최후의 탈출로로 대동강을 염두에 둔 배치였지만 탈출은 애초에 의미가 없었다. 대동강의 수로를 장악한 토벌군은 모든 배를 장악하고 서경성을 압박했다. 부벽루에 이르는 계단 위에서 허역은 칼을 빼들고 화랑들을 독려했다.

“이제 이곳이 우리가 죽을 곳이다. 한 놈이라도 더 저승 동무로 삼아라! 저들은 조선의 혼을 고려의 자존심을 팔아넘긴 놈들이다!”

핏줄을 세우며 독려하고 있는 허역의 옆으로 낭도 한 사람이 다가와 외쳤다.

“됐습니다. 조휘 낭자는 이미 임원역의 대화궁을 지나 북쪽으로 진입했다 합니다.”

힐긋 낭도를 바라본 허역이 만족한 표정을 지어 보였다. 잠시 뒤를 돌아보곤 허역의 외침이 계속됐다.

“우리가 갈 곳은 없다. 역사의 반역도들을 처단하고 죽음으로 조선 낭도들의 혼이 살아 있음을 증명하라!"

순간 앞의 전선이 혼란스럽게 흔들렸다. 일선을 방어하고 있던 낭도들이 주춤거리며 뒤로 물러섰다. 다가오던 토벌군이 전열을 정비하고 압박을 강화해서였다.

"역도들은 목을 내어놓아라!"

토벌군의 중앙에서 항복을 독려하는 목소리가 튀어 올랐다. 다가오는 토벌군의 행렬 가운데 적장들이 무리를 지어 다가오고 있었다.

"김부식입니다."

옆의 낭도가 외쳤다.

"윤언이도 있습니다."

외침이 따라왔다. 곧이어 낭도들은 다시 전열을 가다듬고 창칼을 앞으로 세워 들었다. 흩어져 전투를 벌이던 낭도들도 허역을 중심으로 집결해서 전열을 가다듬었다.

"어리석은 놈들이다! 소원대로 모두 죽여주마!"

김부식의 옆에 서 있는 부장인 듯한 자가 목소리를 높였다. 만족한 미소를 머금은 김부식이 주변을 둘러보고 입을 열었다.

"그대가 허역인가?"

"그렇다! 이 역적 놈아!"

분기 어린 목소리로 허역이 김부식을 불렀다.

"역적 놈이 토벌군의 원수를 역적이라고 부르니 네놈들이 역적이 맞긴 맞는가보다. 어리석은 놈들!"

김부식의 옆에 서 있는 윤언이는 눈길을 바닥에 깔고 있었다. 김부식이 계속했다.

"세상 돌아가는 이치를 모르고 고집을 피우는 아둔한 것들이구나!

시대가 변했는데도 따르지 못하니 이는 네놈들이 어리석어서이다.”

“송의 뒤를 빠는 김부식이란 놈이 요설을 퍼붓는구나! 이름까지 부식 부철로 바꾸어 사대의 미망에서 허우적거리더니 이제는 그것도 모자라 고려를 들어 바쳐 송의 개가 되려 하는구나!”

허역도 지지 않을 기세로 김부식에게 욕설을 쏟아부었다. 인상을 찌푸린 김부식이 다시 목소리를 높였다.

“마지막 살길이 있다. 칼을 놓고 항복하라! 그리고 네놈들이 강탈한 서책들을 내어놓으면 목숨을 보장하겠다.”

“이제야 네놈이 본색을 드러내는구나!”

허역의 외침이 계속됐다.

“폐하와 서경인들을 반목하게 하곤 낭도들을 이곳에 몰아넣어 멸절하려는 네놈의 의도를 내 미리 알아봤다.”

“그래서 이제 어떻게 하려느냐?”

이죽거리며 김부식이 허역에게 침을 뱉었다. 경명과 조롱을 담은 눈빛이었다.

“이놈아! 역사의 심판이 두렵지 않느냐? 네놈 의도대로 이곳에서 벌어진 일이 그냥 묻힐 것으로 생각하느냐?”

대대적인 토벌전이 시작되기 전, 토벌군 가운데 서경 백성들을 향해 동정적인 기류가 흐르자 김부식은 토벌전을 시작하기 직전 병사들에게 술을 돌려 취기를 돋우게 했다. 전쟁의 동기를 잘 이해하지 못한 토벌군들을 학살의 전장으로 내몰기 위함이었다.

“그래서 어찌하겠느냐? 이제 서경성은 함락됐다. 서책을 내놓고 목을 늘이면 고통은 없이 보내주겠다.”

“어리석은 놈이다. 항복할 것이라면 이곳까지 오지도 않았다.”

순간 허역을 에워싸고 있던 낭도들이 함성을 지르며 결전의 의지를 불살랐다.

"김부식을 죽여라!"

"송의 개를 죽여라!"

개의치 않고 미소를 지은 김부식이 계속했다.

"풍류대도라는 미신을 옛 사상이라 치부하며 백성들을 미혹했고 대국을 향해 반기를 든 네놈들은 같은 하늘을 이고 함께 살 수 없는 놈들이다."

김부식이 윤언이를 바라봤다. 김부식은 일그러진 윤언이의 얼굴 표정에서 야릇한 쾌감을 느꼈다. 김부식은 미소를 지으며 날카롭게 명령을 내렸다.

"모두 죽여라!"

명령과 함께 밀고 들어간 김부식의 토벌군들은 낭도들을 살육해 나갔다. 일당백의 전투력을 갖고 있는 낭도들이었지만 토벌군의 수는 몇 천을 헤아렸다. 대동문 앞뜰과 계단 위의 부벽루를 둘러싼 토벌군은 머릿수조차 헤아릴 수 없이 가득했다. 화살이 날고 창검이 빼곡하게 밀려들었다. 그러나 낭도들은 전혀 밀리지 않았다. 대동강 물로 뛰어드는 낭도도 없었다. 창이 살을 꿰면 창을 부여잡고 칼을 날렸다. 칼이 베고 들어오면 피 흘리는 살로 날을 잡고 주먹을 날렸다. 죽음은 간단히 오지 않았다. 그렇게 죽기에는 너무도 한이 컸고 깊었다. 낭도들은 끝까지 날을 세우고 주먹을 움켜잡았다. 4천 년간을 이어온 역사의 싸움이었다. 앞으로도 끝 모를 시간을 계속할 싸움이었다.

"성안을 샅샅이 뒤져라! 한 놈도 빼놓지 말고 주살하라!"

살육전을 바라보며 김부식이 피를 토하듯 명령했다. 화랑들의 최후의 항전을 보며 김부식도 악귀같이 변해 있었다. 눌러도 무너지지 않는 악귀 같은 놈들이었다. 밟아도 튀어 오르는 살귀 같은 놈들이었다. 적당히 눌러놓았다간 또다시 혼귀가 되어 나타날 놈들이었다. 김부식은 계속 외쳐댔다.

"한 놈도 남기지 말라! 목숨이 끊어질 때까지 살을 파내고 혼이 소멸할 때까지 뼈를 추려라!"

칼을 빼어든 김부식이 병사들을 독려했다. 핏빛 눈빛이 햇빛에 반사돼 뻘겋게 빛났다. 김부식의 외침이 계속됐다.

"성안을 샅샅이 뒤져라! 책이란 책은 모조리 찾아내 불살라라! 서책을 갖고 있는 놈은 모조리 죽일 것이다. 한 장의 먹지라도 갖고 있는 놈은 뼈를 추릴 것이다!"

칼과 창을 맞아 널브러져 있는 허역의 목에 칼날을 밀어 넣으며 김부식이 외쳤다. 칼끝이 목뼈를 타고 허역의 심장으로 밀려 들어갔다. 뜨거운 피가 김부식의 손을 적셨다.

칼을 빼어든 김부식이 허역의 주검을 밟고 섰다. 김부식을 둘러싼 병사들이 승리를 외쳤다.

"만세!"

김부식이 칼을 높이 들고 병사들에게 외쳤다.

"반란군을 한 놈도 살려두지 마라! 성을 샅샅이 뒤져서 모두 죽여라!"

"만세!"

"서책이란 서책은 모두 찾아내 불살라라! 책도 좋고 종잇조각도 좋다. 모두 찾아내 불 질러버려라! 한 장의 종이, 한 자의 글자라도 내 눈에 뜨이면 목숨을 보전치 못할 것이다."

"만세!"

"반란군은 모두 죽이고 그 외 모든 서경인들의 얼굴에 낙인을 찍어라! '서경역적'이란 낙인을 생생히 찍어 어딜 가든 그들이 고려를 배반한 역도임을 알리고 그 죄를 용서치 말라!"

"만세!"

"수괴들의 목을 저잣거리에 매달아라! 그 처자들은 모두 다 노비로 삼아라! 서경은 역적의 땅이다! 모든 것을 불사르고 모든 것을 죽여라!"

김부식이 외치고 또 외쳤다.

꿈의 씨앗

송악산이 푸름을 광명사光明寺 마당에 가득 채웠다. 차분한 독경소리가 파란 하늘과 녹색의 송악산을 울리며 개경 시내로 퍼져나갔다. 한가한 오후였다. 햇빛을 받아 달구어진 공기가 나지막이 내려앉아 땅을 달궜다. 뜨거워진 공기는 다시 이리저리 흔들리며 비상을 했다. 커다란 몸집의 누렁이 황소 한 마리가 걸음을 거치적거리며 광명사 입구로 들어섰다. 느닷없는 소의 침입에 당황한 스님들이 소를 몰아내려 광명사 정문으로 내달려왔다. 스님들은 소 앞을 가로막고 섰다. 그러나 잠시 후 스님들은 누렁이 황소에게 길을 비켜줘야 했다. 낯익은 노인이 소 등에 앉아 가볍게 인사를 건네서였다.

"관승스님 계시오?"

촌로의 늙은이 한 사람이 짐짓 익살스런 표정을 지으며 스님들에게 인사를 건넸다.

"대웅전에 계십니다."

"어서 가서 윤언이가 왔다고 전하시오."

밝은 표정으로 고개를 끄덕이며 윤언이가 황소에서 내려섰다. 먼 길을 왔는지 황소는 입가에 침을 질질 흘리며 거친 숨을 몰아쉬었다.

"거참 요란도 하시오! 오셨으면 조용히 부처님께 인사나 올릴 것이지 이리 절을 떠들썩하게 들었다 놓으시오."

가까이 다가서며 스님이 윤언이에게 인사를 건넸다. 윤언이는 반가운 표정으로 다가가 스님의 손을 잡았다.

"대웅전에 계신다더니 어찌 이렇게 직접 나오시어 미천한 저를 맞아주시오?"

"금강거사가 오셨는데 안 나오면 됩니까?"

광명사의 주지 관승스님이었다. 광명사는 송악산 기슭에 자리 잡고 있는 선종계통의 사찰이었다. 주지 관승스님은 서경성의 함락 이후 조정에서 파면되어 낙향해 있던 윤언이가 가끔 들려 담소를 나누는 오랜 친구였다. 관승은 윤언이를 금강거사라 불렀다. 관직을 내어놓은 후 고향 파평^{파주}에 머물던 윤언이는 수염을 기르고 소를 타고 세상을 주유했다. 모습이 영락없는 도인이었다. 윤언이에게는 일인지하 만인지상이 된 김부식의 세상에서 살아남기 위한 고육책이었다.

"그래 오늘은 또 어떤 일로 오셨소?"

방으로 안내한 후 찬물 한 잔을 내어놓고 관승이 윤언이에게 질문을 던졌다. 윤언이는 말없이 물 한 잔을 다 비워냈다. 파평에서 개경까지 느릿한 소걸음으로는 온전한 하룻길이었다. 말을 타고 북방을 달리던 윤언이에게는 답답하고 지루한 하루였을 것이었다. 관승은 벗이 느꼈을 그런 지루함이 한 잔의 찬물로 깨끗이 씻겨나가길 바랐다.

"보고 싶어서 왔지요."

"보고 싶었다? 고맙습니다."

관승이 넉넉한 웃음으로 윤언이의 인사를 받았다. 웬일인지 윤언이의 표정이 밝아 보였다. 서경성 전투 이후로 좀처럼 웃는 모습을 보기 힘들었던 윤언이 금강거사였다.

"좋은 일이 있었나 봅니다."

아무런 대답을 하지 않으며 윤언이가 관승을 바라보며 웃음을 지어 보였다.

"폐하께서 부르셨습니다."

서경성이 함락되고 개경으로 돌아온 김부식은 충성을 바쳐 난을 평정해 국가를 바로잡은 공신이라는 의미를 지닌 '수충정난정국공신輸忠定難靖國功臣'에 책봉되었고, 문하시중 판상서이부사 감수국사 겸 태자태보에 임명되었다. 왕을 빼고 명실상부한 고려의 일인자가 된 것이었다. 실권을 잡은 김부식은 조용한 숙청을 단행했다. 막판에 자신을 도왔지만 묘청파 등과 가까이 지냈던 문공인을 판국자감으로 좌천시킨 김부식은 국정을 손아귀에 넣었다. 윤언이도 예외일 수가 없었다. 양주 방어사로 좌천된 윤언이는 광주 목사를 지낸 후 임시직을 거쳐 고향 파평으로 물러나 있었다. 배반의 후회와 좌천의 울분 속에 보내야 했던 근 10년의 세월이었다.

"폐하께서 부르시다니요?"

"호부상서로 발령을 내리셨습니다."

"저런! 잘되었습니다. 축하드립니다."

관승이 환하게 웃으며 축하를 했다. 친구였던 윤언이가 보내야 했던 지난 세월을 잘 아는 관승이었다. 여진정벌의 총원수였던 윤관의 아들, 윤언이 일가는 한때 끼니까지도 걱정해야 할 정도였다. 그러나 가슴속의 울분과 회한은 배고픔보다 더한 고통이었다.

"축하를 받아야지요. 이제 배는 곯지 않게 되었질 않습니까?"

윤언이는 쓸쓸하게 미소를 지었다. 두 사람은 잡은 손을 흔들며 서로의 얼굴을 바라봤다. 관승을 바라보는 윤언이의 눈빛은 걱정 반 기대 반의 표정이었다. 무엇을 걱정하는지를 잘 아는 관승인지라 관승의 목소리도 그다지 밝지 않았다.

"운명인가 봅니다. 또 김부식과 마주쳐야 하시니 말입니다."

"그러게요……."

"폐하께서 아주 어려우신가 봅니다."

"그러니 절 부르시는 게 아니겠습니까?"

"김부식의 권세가 하늘을 찌른답니다. 얼마 전에는 김부식의 아들 김돈중金敦中이 연회 도중 폐하 앞에서 무신인 정중부의 수염을 촛불로 태웠다고 합디다."

"그런 일까지 있었습니까?"

"저들 유학파들이 자신들 외에는 사람으로 보이지 않는 게지요."

"걱정입니다. 저러다 사단이라도 난다면……. 그들은 칼을 든 사람입니다."

관승의 장탄식이 터져 나왔다. 서경성을 정벌할 때 김부식을 지지했던 무인들까지도 소외 받고 있었다. 자주파, 북벌파가 제거되자 문치주의를 숭배하는 김부식 일파는 무신들을 능멸하는 풍토를 만들고 있었다.

"폐하께서도 모든 의사 결정에 김부식의 눈치를 보신다 합니다. 윤 공께서 하실 일이 많겠습니다."

"걱정입니다. 저들을 견제하시려는 폐하의 뜻을 잘 받들 수 있을지 말입니다."

"한 10년 쉬었다고 그 실력이 어디 가겠습니까? 윤 공이 어떤 분입니까? 그런데 진짜 문제는 달리 있습니다."

윤언이를 치켜세우던 관승의 목소리가 한층 더 어둡고 깊어졌다.

"무슨 일이라도?"

반은 농으로 반은 진으로 덕담을 하던 지금까지와는 분위기가 확 달라져 있었다."

"아마도 몇 년 전부터 김부식이 주축이 되어 옛 고구려, 백제, 신라 삼국의 일을 적은 사서를 편찬하고 있었나 봅니다."

"역사책을요?"

"예! 그렇습니다. 김부식과 친근한 공부시랑 지제고 정습명鄭襲明과 내시 보문각교감 김충효金忠孝, 사관인 직사관 허홍재 등을 동원하여 지난 삼국의 일을 기록하고 있다고 들었습니다."

"잘된 일이 아닙니까? 지난 일을 기록하여 남겨놓는다는 것은 권장할 일이니 오랜만에 김부식이 좋은 일을 하고 있습니다. 나이가 들어 죽는 날이 다가오니 이제 제 정신을 차리는 것이겠지요."

모처럼 윤언이가 김부식을 긍정적으로 평가하고 나섰다.

"그랬으면 오죽 좋겠습니까? 그게 아니라서 문제인 게지요."

"문제라뇨? 옛 일을 기록하는데 무슨 문제가 있기에……."

윤언이의 질문에 관승의 표정이 더 심각해졌다.

"역사책의 이름이 '삼국사기'라 들었습니다."

"삼국이라뇨? 어떤 국가들의 역사를 기록했기에 삼국입니까?"

"고구려, 백제 그리고 신라의 일을 적었다 하더이다."

"아니! 신라와 각축했던 가락국駕洛國의 일은 적지 않았습니까?"

"없다 하더이다. 송나라 사람들이 우리를 가리켜 해동삼국海東三國

이라 부르질 않았습니까? 아마도 그를 본받아 표준으로 삼은 게지요."

"한심합니다. 우리의 자랑스런 역사가 있음에도 중국인들의 시각에 기대어 역사서를 지었다니……."

"일전에 폐하께 초고를 바쳤는데 그 내용이 참으로 황당하다고 하더이다."

"어떤 내용이기에 황당하다 하십니까?"

"얼핏 폐하 앞에서 《삼국사기》를 일독하는 데 참석했던 지인에게 들었는데 그 내용이 하도 괴이하고 황당해서 드리는 말씀입니다."

"어떤 내용이기에 그러십니까?"

윤언이가 자세를 바로 잡으며 관승에게 다가갔다. 심각한 표정을 지으며 관승이 입을 열었다.

"김부식의 사대정신이 지나치다 못해 미친 것이 아닐까 의심이 들 정도입니다. 기본적으로 《삼국사기》는 타국의 문화로서 고려를 정복하고 유교로 국교를 대신하려는 의도가 너무도 뚜렷했다 합니다. 강독을 듣고 있기가 민망할 정도였다고 합디다."

"어떤 내용이 있었다 합니까?"

"고기古記의 기록이 지난 이자겸의 난 때 소실되었다 하나 웬만한 학자라면 우리의 옛 조선의 역사에 대해서는 다 알지를 않습니까? 그런데 김부식은 고기의 기본 내용을 무시하고 깎아내렸다 하더이다."

"어떻게 저런 일이?"

"윤 공의 부친과 함께 여진을 정벌하신 예종 폐하께서는 사성四聖의 유적을 얼마나 중히 여기셨습니까? 친히 명을 내리셔서 그 유적과 정신을 잘 보전할 것을 명하셨는데 김부식은 이런 기록을 모두 빼트렸다 하더이다."

"사성의 일을 빠트렸다 하셨습니까?"

사성은 무릇 사선四仙이라고도 불린 국수國粹 정신의 중심이었다. 우리 고유의 전통적 숭무정신崇武精神을 대변하는 무사였던 신라의 선랑仙郎이었던, 남랑南郎, 술랑術郎, 영랑永郎 그리고 안상랑安詳郎 등 네 사람을 의미했다. 이들은 호국의 근간인 화랑의 대표 격이었다.

"지난날 서경성 토벌시 화랑들을 모조리 주살하더니 이제는 그 기록마저 없애버리려 하는가 봅니다."

"죽일 놈!"

윤언이가 치를 떨었다.

"평양성이었던 서경성이 바로 선인仙人 왕검이 자리를 잡았던 곳이 아닙니까? 즉 서경성이 선사의 본문이니 서경성은 어찌 보면 우리 옛 조선의 무사도武士道를 상징하는 곳이기도 합니다. 아마도 그게 두려웠겠지요. 그런 서경성에 화랑들을 몰아넣고 모두 주살한 일 말입니다. 후세들이 그 일을 알면 김부식을 부를 때 무엇이라 하겠습니까? 서경성의 일이 두려우니 화랑의 일을 언급하는 게 두려웠을 것입니다."

"이제 단군 때부터 내려오던 종교의 혼이자 국수의 중심이었던 화랑이 유교도에게 잔멸殘滅을 당하게 되었습니다."

윤언이가 한숨을 들이마셨다. 호흡을 다듬으며 가슴을 진정시키는 기색이 역력했다.

"호종단인가 뭔가 하는 송에서 위장 귀화한 놈이 전국을 돌며 사선비를 부수고 다니더니 이제는 김부식 놈이 그 위대한 기록마저 사서에서 누락해버렸으니 두 놈이 다 한통속이외다."

"그러게 말입니다. 김부식은 옛 신라의 수도 경주 출신이 아니더이까? 그런데 신라의 일도 그리 기록했으니 고구려와 백제의 기록은 오죽하겠소이까?"

"참으로 지독한 놈입니다."

"더 큰 문제는 옛 조선의 강역을 대륙에서 지우고 반도로 국한시켰다고 하더이다. 고조선과 고구려, 백제를 잇는 부여의 역사도 누락시켰다 합니다. 아마도 삼국이라는 틀에 맞추려다 보니 부여의 존재가 거추장스러웠을 겁니다. 발해 또한 언급이 없었습니다. 그 모든 역사를 누락시켰으니 《삼국사기》에 기록된 우리의 조선은 압록강 이남의 한구석에 있던 작은 나라가 되어버렸습니다."

"죽일 놈입니다. 발해가 멸망한 지 백 년밖에 더 되었습니까? 아직도 발해의 일을 기억하는 이들이 많은데 그 생생한 발해의 역사도 기록에서 지워버렸다니 그놈이 제 정신이 있는 놈입니까?"

"우리의 독립된 역사를 기록하려는 것이 아니고 우리의 역사를 축소하고 왜곡하여 중국의 역사서 가운데 있는 《동이열전東夷列傳》의 주석을 쓰려고 한 것이 아닌가 합니다."

"그리 봐야 하겠지요. 중국을 중심으로 우리 조선을 끼워 맞춘 패악입니다."

윤언이의 얼굴이 벌겋게 달아올랐다.

"그것만이 아닙니다."

"또 무엇이 더 있습니까?"

어이가 없다는 표정으로 윤언이가 관승을 바라봤다. 상상할 수 있는 모든 것이 다 나온 줄로 알았는데 관승의 표정을 보니 끝이 아니었다. 관승이 계속했다.

"김부식이 《삼국사기》를 전국에 배포하라는 명령을 내렸다 합니다. 그러면서 동시에 명을 내려《삼국사기》를 저술할 때 참고했던《신지神誌》,《삼한고기三韓古記》,《선사仙史》,《화랑세기花郎世紀》,《구삼국사舊三國史》,《신라고사新羅古史》등 우리의 옛 역사서들을 전부 몰아다가 궁중의 내각內閣에 감추라고 했다 합니다. 이들 서책들이 민간에서 읽히는 것을 허용하지 말라고 했다니 그 의도가 뻔하질 않습니까?”

윤언이는 말을 하지 못하고 가슴만 헐떡였다. 서경성의 변란을 진압하기만 하면 끝날 줄 알았던 김부식의 욕심은 끝이 없었다. 김부식은 미래의 시간과도 전쟁을 벌이고 있었다.

“어찌해야 하겠습니까?”

답답한 절망의 표정으로 윤언이가 관승에게 자문을 구했다. 그러나 관승도 아무런 말없이 깊은 한숨만을 쏟아냈다.

“김부식으로서는 당연한 수순이 아니었겠습니까? 얼마나 많은 피를 보았습니까? 폐하를 겁박하여 서경성의 반란을 부추긴 것이 김부식입니다. 그러고는 서경인들을 반역으로 몰아 멸절을 시켰으니 후세의 평가가 두려웠던 게지요.”

관승이 염주를 손에서 돌리며 계속했다. 눈길은 먼발치의 송악산을 향하고 있었다.

“김부식 한 사람과 싸울 일이 아닙니다. 이제 김부식 일파는 시대정신이 되었습니다. 고려를 유학으로 접수하고 옛 조선의 역사를 중국 역사의 일부로 편입시켰으니 이 일이 후세에 어찌 비춰질까 그게 두렵습니다. 이제 강성하고 자랑스러웠던 조선의 역사를 중국의 일부로 보는 시각을 만들어놓았으니 앞으로 이를 추종하는 이들이 계속 나올 것입니다. 긴 싸움이 될 것 입니다. 아주 긴 싸움 말입니다.”

한동안 침묵이 흘렀다. 관승이나 윤언이나 입을 다물고 눈을 감고 귀를 막고 있었다. 그 어떤 노력도 가치가 있을까 하는 회의요 낙담이었다. 한참을 지나 윤언이가 관승을 바라보며 입을 열었다.

"부탁이 있습니다."

"말씀하시지요."

"개경으로 떠나기 전에 그 아이를 보고 싶습니다. 제게도 이제 시간이 얼마 남지 않은 것 같습니다. 마지막이 될 듯합니다. 가능하겠습니까?"

"뭣이 어렵겠습니까? 어차피 윤언이 공이 맡긴 아이가 아닙니까?"

말을 마친 관승이 앞장을 섰다. 윤언이가 뒤를 따랐다. 두 사람은 말없이 회랑을 돌아 사찰의 뒤로 갔다. 후문을 나서자 양옆으로 승방들이 늘어선 회랑이 나타났다. 관승이 윤언이를 이끌어 다다른 승방 안에서는 몇몇의 동자승들이 경문을 낭독하고 있었다. 관승은 멀찌감치 거리를 두고 송악산을 바라보고 있었다. 문틈으로 방 안의 한 아이를 한참이나 바라보고 있던 윤언이가 눈을 떼고 관승에게 다가갔다.

"저 아이가 그 긴 싸움에서 우리의 희망이 될 수 있을까요?"

질문을 받은 관승이 희미한 미소를 지어 보였다.

"너무 많은 기대는 하지 마십시오. 저 아이들의 미래는 그들이 결정을 하겠지요."

"왠지 스님마저 비관적으로 생각하시는 듯합니다."

풀이 죽은 윤언이가 깊은 한숨을 토해냈다.

"너무 걱정도 하지 마십시오. 숨긴다고 숨길 수 없는 것이 있고, 감춘다고 감출 수 없는 것이 있는 법입니다. 손으로 하늘을 가릴 수는 없는 일이 아니겠습니까? 그저 개경으로 돌아가서 공이 할 수 있는 최선을 다하십시오. 저는 이곳에서 저들을 가르치겠습니다. 그런 작

은 노력들이 합쳐진다면 언젠가는 진실의 조각들이 다시 세상의 빛
을 보는 날이 올 겁니다."

"그리되겠지요?"

윤언이가 반문했다. 자신에게 하는 다짐이기도 했다. 무거운 걸음
을 옮긴 윤언이가 다시 황소 위에 올라탔다. 두 발이 땅에서 떨어지자
조금이나마 무거운 짐을 벗어놓은 듯 윤언이의 표정에 여유가 생겼
다. 황소가 서서히 걸음을 옮겼다. 몇 발자국을 가던 윤언이가 고개를
돌리고 관승에게 물었다.

"아이의 어미는 어찌 되었습니까?"

관승은 미소를 지어 보였다. 걱정하지 말라는 표정이었다. 그래도
윤언이가 고개를 돌리지 않자 관승이 입을 열었다.

"압록강 너머 북쪽 땅을 헤매고 다닌다 합디다. 서경성에서 가져나
온 몇 권의 역사서들을 참고삼아 빠지고 잃어버린 부분들의 기록들
을 찾고 있다고 들었습니다."

그제야 윤언이의 얼굴 표정이 조금 밝아졌다.

"걱정 마시고 길을 가십시오. 우리의 뜻이 살아 있고 우리의 생명
이 아이들의 핏줄 속에 뜨거움으로 남아 있는 동안 희망은 사라지지
않을 것입니다."

황소의 걸음이 그제야 조금 빨라지기 시작했다. 관승스님이 고개
를 숙이고 느릿하게 걸음을 떼는 황소의 뒤를 향해 합장했다.

"아미타불!"

윤언이가 탄 황소가 움직이기 시작했다. 뚜벅뚜벅 느린 걸음이었
다. 하지만 끊이지 않을 걸음이었다. 황소 등 위에 올라탄 윤언이는 고
개를 들어 하늘을 바라봤다. 계속될 걸음이요 싸움이었다.